Arara Verlag

Die Schriftstellerin Dr. Carola Lambelet, geboren am 20.08.1967 in Südbaden, lebt nach ihrer Facharztausbildung zur Gynäkologin mit ihrem Ehemann zwei Jahre in Brasilien. Sie lernt die portugiesische Sprache, bereist vielfach die neue Heimat und adoptiert zusätzlich zu ihren Zwillingen einen brasilianischen Jungen. Während ihres Aufenthaltes befasst sie sich intensiv mit der wechselvollen und faszinierenden Geschichte des farbenprächtigen Landes, die sie in ihren erfolgreichen Debütroman *Die Hälfte der neuen Welt* (2016, Arara Verlag) einfließen lässt, der bereits in der 3. Auflage erschienen ist. Im Oktober 2020 wird ihr zweiter Roman *Das Erbe der Tränensammler* im Arara Verlag veröffentlicht, Schauplatz der spannenden Geschichte ist der brasilianische Regenwald. Heute lebt die Autorin mit ihrer Familie im Dreiländereck von Deutschland, Frankreich und der Schweiz und schreibt zurzeit an ihrem dritten Buch, einem Familienroman in zwei Bänden, in denen sie sich mit den historischen Ereignissen des 20. Jahrhunderts auseinandersetzt.

Carola Lambelet

DAS ERBE DER TRÄNENSAMMLER

Roman

ARARA VERLAG

Die Deutsche Nationalbibliothek verzeichnet diese Publikation in der Deutschen Nationalbibliografie; detaillierte bibliografische Daten sind im Internet über http://dnb.d-nb.de abrufbar.

1. Auflage, Oktober 2020

Cover: Emil Herzenstiel
Druck und Bindung: Esser printSolutions, Bretten
Gedruckt in Deutschland auf RecyStar Natur
www.arara-verlag.de

ISBN 978-3-9818090-4-6

INHALTSVERZEICHNIS

Für meinen Mann Jörg, der mich seit jeher bei allen Verrücktheiten unterstützt hat.

Dentro de mim há dois cachorros:
um deles é cruel e mau,
o outro é muito bom.
Os dois estão sempre brigando.
O que ganha a briga é aquele que eu
alimento mais frequentemente.

In mir leben zwei Hunde:
Der eine ist gewalttätig und schlecht,
der andere ist gut.
Beide befinden sich in ständigem Kampf.
Wer gewinnt, ist derjenige, den ich besser ernähre.

-Indianisches Sprichwort-

PROLOG

Sie kamen aus allen Richtungen. Das dichte Blätterwerk des Dschungels, das sie bisher geschickt vor einer Entdeckung verborgen hatte, schützte die Männer nun nicht mehr. Endlich hatten sie ihr Ziel erreicht, und damit war jegliche Vorsicht gewichen.

Ein boshaftes Lächeln der Vorfreude glitt über das Gesicht ihres Anführers, eines hochgewachsenen Weißen, der eine natürliche Autorität ausstrahlte. Dann verengten sich seine Augen zu schmalen Schlitzen. Der tief in seinem Blick verwurzelte Hass auf die *seringueiros* war unübersehbar. Bald würde er Genugtuung finden und sich an ihnen rächen können. Darauf hatte er schon viel zu lange gewartet.

Mit einer kräftigen Handbewegung schlug er das riesige fächerförmige Blatt einer Aninga-Pflanze zurück, das ihm den Weg versperrte. Nichts würde ihn mehr aufhalten, bevor er seinen schrecklichen Plan umgesetzt und die Indios bestraft hatte.

Er blieb stehen und stellte zufrieden fest, dass auch seine Begleiter anhielten und zu den Waffen griffen. Sie waren ihm treu ergeben und hatten ihn bei seinen bisherigen Unternehmungen noch nie enttäuscht. Auch dieses Mal würde er sie nach seiner Pfeife tanzen lassen. Schließlich bezahlte er sie gut, und sie fürchteten seinen Zorn.

In weiter Ferne kreischte ein Vogel in der dunklen Nacht. Vielleicht, so überlegte der Hellhäutige, kämpfte auch dieses Tier soeben gegen einen übermächtigen Feind – und würde den Wettstreit verlieren.

Der Mann atmete tief ein. Wie er ihn verabscheute, diesen ewig modrigen Geruch des undurchdringlichen Regenwaldes, die faulige und nur schwer zu ertragende Hölle Amazoniens.

Kurz zuckte sein Mundwinkel. Dann beobachtete er mit eiskaltem Gesichtsausdruck die gerodete Freifläche am Ufer des großen Stromes, an dessen Böschung sich das Indiodorf ausbreitete. Schwarz erhob sich der sternenklare Himmel über den strohgedeckten Dächern der primitiven Häuser, die in einem geordneten Halbkreis standen. Nur die schmale gelbe Sichel des Mondes, die bereits hoch über dem Fluss stand, erhellte die beinahe idyllische Szene.

Die Bewohner hatten nur einige wenige Feuer inmitten des langgestreckten Versammlungsplatzes brennen lassen. Ansonsten lag die Ansiedlung wie ausgestorben vor den Angreifern. Nicht einmal ein streunender Hund war zu sehen, kein Kleinkind schrie nach der Brust seiner Mutter. Sie schienen nichts zu befürchten, sondern befanden sich in tiefem Schlaf.

Es war die Ruhe vor dem Sturm, der in Kürze über die Ansiedlung hereinbrechen sollte.

Der Weiße grinste hinterhältig. Wie unvorsichtig diese Wilden doch waren! Schon als sie sich der *aldeia* genähert hatten, war eine bisher ungekannte Zufriedenheit in seinem Inneren gewachsen. Unablässig hatte er sich ausgemalt, wie die verhassten Indios für ihren Wortbruch büßen würden. In wenigen Augenblicken wäre es nun soweit, und er konnte sich endlich an ihnen rächen. Niemand, und schon gar keiner dieser niederträchtigen Eingeborenen, würde ihn ungestraft hintergehen!

Schließlich waren sie selbst für diesen Überfall verantwortlich. Er hatte die faulen, nichtsnutzigen Indios oft genug gewarnt.

Ein Knacken im Unterholz brachte ihn in die Wirklichkeit zurück. Er sah den langen Schwanz einer Beutelratte unter einem der überhängenden Farnzweige verschwinden und setzte ihr mit der Fußspitze nach, obwohl er wusste, dass der Stoß das hässliche Tier nicht mehr treffen würde.

In dieser Nacht musste es zu Ende gebracht werden, denn lange konnte er die zermürbend mörderische Schwüle nicht mehr ertragen. Er sehnte sich zurück nach der Zivilisation, von der er schon viel zu lange getrennt war.

Die heutige Bestrafungsaktion sollte die Indianer den nötigen Respekt vor ihren Herren lehren. Fortan würden sie nie mehr auf den Gedanken kommen, ihn oder einen anderen Europäer zu betrügen. Dann wäre diese Mission zur Zufriedenheit seiner Auftraggeber erfüllt, und er könnte den Dschungel, den er verabscheute, für immer hinter sich lassen.

Das aufgeregte Kreischen des Vogels verebbte auf einen Schlag. Das Tier war wohl das Opfer eines geschickten Jägers geworden. So war der Lauf der Natur. Er kannte das zur Genüge. Nur der Stärkere setzte sich in dieser unwirtlichen, menschenfeindlichen Gegend durch.

Auch die Indios würden von nun an schnell lernen, wer hier das Sagen hatte. Wenn sein Plan gelänge, dann hielte die Nachricht über das, was in Kürze an diesem fernen Ort geschehen würde, sicherlich auch die anderen Stämme davon ab, sich mit dem Feind einzulassen.

Er spuckte verächtlich auf die feuchte, mit verfaulten Blättern bedeckte Erde und gab seinen Schergen das erwartete Zeichen zum Angriff. Diese entsicherten die Gewehre und setzten sich ohne Skrupel in Bewegung. Sie wussten, was zu tun war. Alle waren erfahrene Kämpfer.

Aus dem schützenden Dunkel der Nacht fielen sie über die nichts ahnenden Dorfbewohner her, die ihnen wehrlos ausgeliefert waren. Sie durchkämmten die fensterlosen Langhäuser und zerrten jeden heraus, den sie finden konnten, sofern sie ihn nicht schon zuvor getötet hatten. Markerschütternde Schreie, die nur durch das Echo der Gewehrsalven unterbrochen wurden, hallten durch die Dunkelheit. Einige wenige, die den Verfolgern hatten entwischen können, versuchten, sich im umgebenden Dickicht zu verbergen, aber die Indios erreichten das Buschwerk nicht, sondern wurden durch gezielte Schüsse in den Rücken niedergestreckt.

Doch ihn bewegte die Todesangst der Eingeborenen nicht im Geringsten. Im roten Schein der Lagerfeuer, die die Dorfbewohner zur Abwehr der wilden Tiere hatten brennen lassen, lehnte er am ausladenden Stamm eines Andirobabaumes und zündete sich langsam eine Zigarette an. Er selbst wollte sich bei diesem Angriff nicht die Hände schmutzig machen. Das hatte er früher getan, jetzt hier in der *selva* würden seine Handlanger alles für ihn erledigen.

Nachdem er zweimal tief inhaliert und sein ausströmender Atem kleine Rauchkringel in der Nachtluft verbreitet hatte, bemerkte er es. Schlagartig wurde ihm bewusst, was an dem gespenstischen Schauspiel, das sich ihm hier bot, nicht stimmte: Die Männer fehlten. Nicht ein einziger Krieger hatte sich seinen wie wild feuernden Gefolgsleuten zur Wehr gesetzt.

Wo waren die Männer geblieben? Aus den Behausungen trieben sie nur angstvoll schreiende Frauen und Kinder oder humpelnde Greise. Sein Ziel waren aber die elenden Kautschuksammler gewesen, die sich ihm entgegengestellt hatten. Sie wollte er für ihren Wortbruch bestrafen.

Schnell warf der breitschultrige Mann die noch glimmende Zigarette in den träge dahindümpelnden Fluss und näherte sich raschen Schrittes den gedungenen Söldnern, die seine Ahnung bestätigten: An diesem Ort gab es keine Verteidiger. Außer drei halbwüchsigen Jungen, die sich ihnen in ihrer Verzweiflung mutig entgegengestellt hatten, waren unter den Leichen keine Krieger.

Maßloser Zorn erfasste ihn, und er stampfte mit dem Fuß in den weichen Sand des Ufers, sodass sich im feuchten Untergrund eine Kuhle bildete. Was sollte er mit seiner vermeintlichen Beute anfangen? Die lange vorbereitete Aktion hatte zu nichts geführt. Er hatte versagt – wie schon einmal vor vielen Jahren in einer anderen Welt.

Und er schwor sich, dass er nie mehr scheitern würde.

Da sah er es: Ein junges Mädchen, kaum älter als ein Kind, grazil und feingliedrig, mit glatten schwarzen Haaren, die ihm in langen Bahnen über den nackten Rücken bis zu den Schenkeln reichten. Die kleinen, festen Brüste der Heranwachsenden wurden nur teilweise von einer großen Muschelkette bedeckt und wippten bei jeder ihrer anmutigen Bewegungen auf und ab. Außer dem kurzen, mit Ornamenten bedruckten Lendenschurz, der um ihre schlanken Hüften gebunden war, trug dieses schöne Geschöpf nichts weiter an ihrem begehrenswerten braunen Körper.

Eine heillose Wut stieg in ihm auf, weil der Rachefeldzug in der Wildnis erfolglos geblieben war. Bevor er von hier fortginge, musste er für seine aufgestauten Gefühle noch ein Ventil finden. Die gazellenhafte Schönheit erschien ihm hierfür das willkommene Opfer. Als Strafe würde er sich der jungen Frau bemächtigen und diese schänden.

Auf sein Zeichen hin hielt einer seiner Komplizen das sich heftig wehrende Mädchen fest. Ja, er weidete sich daran, wie die kleine Indianerin um ihre Freiheit bettelte und dann, als sie keinen Ausweg mehr sah, mit überraschender Kraft kämpfte, obwohl sie keine Möglichkeit hatte, von hier fortzukommen. Jedenfalls nicht, bevor er sie sich genommen hatte.

Rasch packte er die sich ihm widersetzende Wildkatze am Nacken und schob sie in Richtung des Feuers, um ihr Gesicht noch besser sehen zu können. In der Tat, was er vor sich sah, gefiel ihm. Die sonst so derben Indiofrauen sagten ihm gewöhnlich nicht zu, aber die reinen Züge dieses unschuldigen Naturkindes waren etwas anderes. Wundervolle dichte Haare umrahmten ein schmales, formvollendetes Gesicht, dessen Anmut ihn sogleich gefangen nahm.

Er achtete nicht auf die schreckhaft geweiteten schwarzen Augen und die bebende Brust der Eingeborenen. Mit einem einzigen Stoß warf er das vor Furcht bebende Mädchen vor sich in den Staub und drängte sich gezielt auf ihren schlanken Körper, dessen Anblick ihn zutiefst erregte. An diesem hilflosen Kind würde er seinen ganzen aufgestauten Ärger über die misslungene Aktion auslassen. Ihr Schicksal wäre eine Warnung für alle anderen.

Grob schob er mit dem Knie ihre zitternden Beine auseinander und wunderte sich über die verzweifelte Gegenwehr, deren Stärke er nicht erwartet hatte. Sie musste doch einsehen, dass sie keine Chance hatte!

Den Sand, den ihm ihre kleine Hand als letzten Verzweiflungsakt in die Augen streuen wollte, wehrte er ab, indem er ihr erbarmungslos auf den Arm schlug. Doch als ihn ein Stein am Hinterkopf traf, kannte er kein Erbarmen mehr.

Brutal nahm er sich die Indianerin, drang tief in sie ein, wobei sie wie ein verwundetes Tier schrie, und bestrafte sie auf diese Weise für den Wortbruch ihrer ganzen Sippe.

Nachdem er von ihr abgelassen hatte, widerte ihn ihr geschundener, verletzter Körper an, der unbeweglich wie ein Sack auf der aufgewühlten roten Erde lag. Überall auf ihrer zuvor makellosen Haut zeigten sich Spuren roher Gewalt. Um sie nicht mehr sehen zu müssen, stieß er sie wie ein Stück Dreck zur Seite in Richtung des Feuers. Dann spuckte er neben ihr in den Sand und verschwand mit seinen verbrecherischen Helfershelfern im Schutz des dunklen Waldes. Sie hinterließen ein einziges Feld der Verwüstung und des Grauens.

Von diesem Tag an lebte er in der Erinnerung der Amazonasindianer als *O Carniceiro*, der *Schlächter*, fort.

LONDON, AUGUST 1976

1

Wie sie diese offenen Aufzüge hasste. Sienna stand vor dem rechten der beiden Paternosterschächte, dessen holzgetäfelte Kabinen die Etagen der Zeitungsredaktion in stetem Wechsel miteinander verbanden. Sie mochte es nicht, dass man erst nach und nach die Personen erkannte, die langsam an den Wartenden vorbeifuhren.

Da man die Geschwindigkeit der Aufzüge aus Sicherheitsgründen extrem gedrosselt hatte, war es jedes Mal unvermeidlich, die Mitfahrenden freundlich grüßen zu müssen. Danach entstanden meist peinliche Pausen oder man warf sich gegenseitig nichtssagende oberflächliche Floskeln zu. Für Sienna war diese Situation stets ein Gräuel.

Schon längst, dachte sie, hätte man statt dieser alten Holzboxen moderne Kabinen im Redaktionsgebäude installieren können.

Sie hoffte, dass ihre Kollegen noch in den jeweiligen Büros saßen und keine Notwendigkeit verspürten, das Stockwerk zu wechseln. Auch ihr war heute gewiss nicht danach, diesen Schritt hinauf in die Chefetage auf sich zu nehmen.

Ihre Augen folgten den rot umrahmten Warnhinweisen, die an den verblichenen Verschalungen der Fahrkörbe zu erkennen waren und davon abrieten, die Hände zu weit hinaus in den Schacht zu strecken.

Die nächste Kabine kam, doch zu ihrem Ärger stellte Sienna fest, dass diese mit mehreren aufeinandergestapelten Paketen belegt war. Wahrscheinlich benutzte der alte Myles im Parterre den Aufzug unerlaubterweise zum Warentransport.

Sie seufzte. In ihrem Kopf schwirrte es. Sienna war aufgeregt. Was hatte Rachel, mit der sie sich unten im großen Büro den Schreibtisch teilte, vor wenigen Minuten zu ihr gesagt? Bob wolle sie sprechen.

Normalerweise hätte sie sich darüber gefreut, wenn Robert Thornton, der Chefredakteur, sie zu einer Unterredung gebeten hätte. Seitdem sie vor über einem Jahr beim Evening Star angefangen hatte, waren ihr einige wirklich gute Storys gelungen, für die Bob Sienna trotz seiner oft gebieterischen und manchmal sehr direkten Art mehrfach gelobt hatte.

Obwohl sie noch sehr jung war, konnte sie mit einem gewissen Stolz auf ihre bisherige Reporterkarriere zurückblicken. Von der renommierten Journalistenschule in Maida Hill hatte sie keine großen Umwege auf sich nehmen müssen, um ins Wirtschaftsressort einer der größten Tageszeitungen Englands zu gelangen. Sie hatte ihre Aufgaben bisher immer zu Bobs vollster Zufriedenheit erledigt. Und der Chefredakteur war anspruchsvoll. Er liebte es, wenn man einen gewissen Biss zeigte und eine Geschichte mit eisernem Willen verfolgte, bis man alle Puzzleteile für eine Enthüllungsstory zusammen hatte. Schließlich war das Blatt bekannt für gut recherchierte Reportagen.

Noch vor zwei Tagen war sie der trügerischen Meinung gewesen, auf ihrem Weg nach ganz oben könne sie von nun an nichts mehr aufhalten.

Wie falsch diese Annahme war, zeigte sich jetzt.

Sienna sah an sich herab. Sofort fielen ihr die langen schlanken Beine auf, die unter dem kurzen Rock hervorschauten. Vielleicht hätte sie sich heute doch etwas konservativer kleiden sollen. Nicht, dass ihr modischer Aufzug Bob bisher etwas ausgemacht hätte, aber bei der Strafpredigt, die wahrscheinlich in Kürze über sie hereinbrechen würde, hätte sie sich lieber nicht derart nackt gefühlt. Viel zu grell wirkten die groß gedruckten Sommerblumen auf dem weißen Baumwollstoff, der ihre Oberschenkel nur notdürftig bedeckte.

Sie schluckte. Die nächste der alten Holzkabinen fuhr an ihr vorbei, ohne dass sie eingetreten war. Wie Blei steckten ihre Füße in den bunten Sandaletten mit den hohen Keilabsätzen.

Sienna studierte die Maserung der Holzverschalung, die die Schachtöffnung umrahmte. Die Balken waren übersät mit Spuren der Wartenden, die wohl aus Langeweile irgendwelche Zeichen in das weiche Material geritzt hatten. Auch das Messingschild mit der eingravierten Stockwerknummer, das an der Wand daneben hing, müsste dringend gereinigt werden. Es hatte sich schon eine unschöne dunkle Patina darauf abgelagert.

Sienna schüttelte den Kopf. Sie erkannte sich nicht wieder. Welche Dinge beschäftigten sie nur? Diese plötzliche Lethargie passte nicht zu ihr, der kämpferischen Reporterin, dem Arbeitstier mit der Nase für gute Geschichten. Doch diesmal war sie unvorsichtig gewesen. Kurzum, Sienna hatte Mist gebaut, und sie wusste es.

Gerade wollte sie die nächste Paternosterkabine nehmen, als sie Douglas erkannte, der diese bereits besetzt hatte. Freundlich lächelte ihr der hagere Mittdreißiger zu und hob zum Gruß kurz die Hand, was sie mit einem Nicken erwiderte.

»Immer korrekt, immer zuvorkommend«, ging es Sienna durch den Kopf. Sie konnte sich nicht entsinnen, dass sie Douglas einmal hektisch oder unhöflich erlebt hatte. Der beinahe kahlköpfige Kollege vom Feuilleton war seit Jahren eine feste Institution beim Evening Star. Niemand konnte die klassischen Konzerte in der Royal Albert Hall oder die Theaterpremieren in der Drury Lane so fantastisch beschreiben wie er. Er war ein Meister seines Fachs, hielt sich aber im Umgang mit Kollegen meist zurück.

»Vielleicht sollte ich in sein Ressort wechseln«, überlegte Sienna. »Auf jeden Fall könnte ich mir dann in den Vergnügungstempeln des West Ends angenehme Abende bereiten und würde mir keinen solchen Ärger wie jetzt einhandeln.«

Sie wusste, wie zynisch dieser Gedankengang war.

Ihr wurde bewusst, dass sie sich noch nie Gedanken über Douglas' Privatleben gemacht hatte. So hatte sie keine Ahnung, ob ihr Kollege verheiratet war oder gar Kinder hatte. Bisher hatten sie, wann immer sie einander auf den Fluren des Redaktionsgebäudes begegnet waren, lediglich Nettigkeiten gewechselt. Zu einer Unterhaltung war es dagegen nie gekommen.

Jetzt wurde es aber Zeit, endlich zu Bob Thornton zu fahren. Schnell wollte Sienna die Kabine, die auf Douglas gefolgt war, betreten, als sie im entgegengerichteten Fahrstuhlschacht ein Paar glänzende schwarze Pumps entdeckte. Sienna wartete noch kurz, bis sie auch die wohlgeformten Beine und den türkisfarbenen Kostümrock sah. Ohne Zweifel, es war Lindsay Eliot! Ihre Alarmglocken begannen zu läuten.

Sienna und Lindsay konnten sich seit dem ersten Tag ihrer Begegnung nicht leiden. Für die gegenseitige Abneigung gab es vielerlei

Gründe: Da war zunächst der maßlose Ehrgeiz beider Frauen, es weit nach oben bringen zu wollen. Sowohl Lindsay als auch Sienna arbeiteten in der Wirtschaftsabteilung, was ein ständiges Konkurrenzdenken auslöste.

Außerdem besaß jede eine auffallende Attraktivität, auch wenn sie völlig andere Typen darstellten. So war die brünette, gertenschlanke Lindsay mit ihrem fein frisierten Pagenkopf immer perfekt gekleidet und ließ sich modetechnisch auf keine Experimente ein. Sienna dagegen fiel oft mit schrillen Kleidungsstücken, die sie in einem der verrückten kleinen Läden rund um Soho ergattert hatte, aus dem Rahmen. Sie legte auch keinen Wert auf eine tadellose Frisur, sondern trug ihr blondes langes Haar meist offen. Im Gegensatz zu Lindsays vollendetem Make-Up schminkte sich Sienna dezent – und dies auch nur, wenn in ihrer morgendlichen Hektik hierfür überhaupt die Zeit blieb.

Völlig unvereinbar aber waren ihre Charaktere: Sienna sagte meist, was sie dachte und schoss damit hin und wieder über das Ziel hinaus, während die damenhaftere Lindsay Bob mit ihren Schmeicheleien wie eine schnurrende Katze umgarnte. Man wusste bei ihr tatsächlich nie, woran man war. Sienna hielt sie für falsch und hinterhältig.

»Auf jeden Fall!«, schoss es Sienna durch den Kopf, »Lindsay Eliot ist soeben bei Bob gewesen.« Was hatte sie um diese Zeit auch sonst in einem der oberen Stockwerke des Gebäudes zu suchen? Schließlich befand sich Lindsays Schreibtisch ebenso wie der von Sienna in dem schäbigen Anbau, den eine Baufirma vor Jahren im dunklen Innenhof hochgezogen und mit den bisherigen winzigen Büros verbunden hatte. Man hatte versucht, der Wirtschaftsredaktion auf diese Weise einige Quadratmeter mehr Platz zu verschaffen, was architektonisch jedoch gänzlich misslungen war. Nach wie vor traten sich die Journalisten auf den Füßen herum oder mussten sich sogar die Arbeitsplätze teilen.

Lindsays süßliches Lächeln, das ihren dunkelrot geschminkten Mund noch mehr betonte, sagte alles. Sienna wusste Bescheid. Dass Bob auf diese perfide Schlange überhaupt hereinfallen konnte! Im Grunde hatte sie ihn für intelligenter gehalten.

»Na, meine Liebe, auch auf dem Weg in die Höhle des Löwen?« Dies schien keine Frage zu sein, sondern eher einer der bekannten Seitenhiebe. Sehr wohl war sich Lindsay im Klaren darüber, welche unerwarteten Chancen sich ihr durch Siennas vermasselte Story auf einmal boten. Mit Bestimmtheit hatte sie bereits positiv auf sich aufmerksam gemacht.

»Na, ich hab‘s schon hinter mir, Darling, allerdings mit Erfolg. Aber bei mir ist ja auch nichts schiefgegangen.« Aus Lindsays Augen sprühte überlegene Zufriedenheit. Sie strich über den fein plissierten Rock und fuhr mit der flachen Hand durch das dichte braune Haar, das sie mit einer Rundbürste zu einer leichten Welle nach innen geföhnt hatte. Dabei hatte sie es gar nicht nötig, ihre Frisur zu kontrollieren. Alles saß einwandfrei.

Bevor Sienna antworten konnte, war die Kabine weiter nach unten gefahren. Obwohl sie die Rivalin nicht mehr erkennen konnte, sah sie noch deren anmaßendes Lächeln vor sich.

Sie gab sich einen Ruck und stieg endlich in den nächsten freien Fahrkorb – nicht ohne sich darüber zu ärgern, kein Wort erwidert zu haben. Normalerweise war sie schlagfertiger, aber heute fehlten ihr einfach die Worte. Der jämmerliche Ausgang ihrer letzten Recherche hatte Sienna wohl tiefer getroffen, als sie es sich eingestehen wollte. Nein, sie war wirklich nicht mehr die Alte.

Doch das würde sie jetzt sofort ändern. Sie hatte auch schon eine Idee. Allerdings musste sie ihren Plan noch Bob schmackhaft machen, und das war eine Hürde, die man nicht unterschätzen durfte.

Bevor sie an die beigelackierte Holztür klopfte, von der sich im Laufe der Jahre einige Farbsplitter gelöst hatten, holte sie noch einmal tief Luft und reckte sich. Sie durfte jetzt nicht wie ein Jammerlappen aussehen, sondern musste selbstbewusst und kämpferisch wirken.

Allerdings wartete sie einige Sekunden zu lang. Das Pochen in ihrer Brust nahm zu, und sie spürte, wie ihr trotz der sommerlich ausgeschnittenen Kleidung auf einmal am ganzen Körper heiß wurde. Peinlich berührt bemerkte sie, wie ihr das Blut ins Gesicht schoss und leichter Schweiß aus den Poren trat.

Dass sie sich diese Geschichte aber auch dermaßen zu Herzen nahm! Bestimmt würde schon in Kürze Gras über die Sache gewachsen sein. Bob war schließlich kein Unmensch. Sicherlich war ihm in seiner langen Karriere auch schon ein Patzer unterlaufen, und er würde nicht zu hart mit ihr ins Gericht gehen.

Sie hob den Arm und hielt den Zeigefinger klopfbereit vor sich.

Zu ihrer Überraschung hörte sie eine leise, freundliche Stimme hinter ihrem Rücken: »Wird schon schiefgehen, Kopf hoch! Lass einfach sein Brüllen über dich ergehen. Bob beißt nicht gleich zu. Und er regt sich auch wieder ab.«

Noch bevor sie sich umdrehte, wusste sie, dass ihr Douglas Mut machen wollte. Er stand neben einem der Wasserspender, die über alle Stockwerke verteilt waren, und nickte ihr aufmunternd zu.

Gequält lächelte sie zurück.

Douglas wischte sich den feuchten Mund mit einem Taschentuch trocken und steckte es rasch zurück in die Hosentasche. Verträumt betrachtete er ihren Rücken, während sie sich anschickte, ihren Vorgesetzten aufzusuchen.

Nach einem kurzen Klopfen trat sie in Bobs muffiges, ungelüftetes Büro. Es gelang ihr sogar, sich betont locker und leger zu geben. Hoffentlich, dachte sie, bemerkte er nicht, wie sehr sie schauspielerte.

»Na, Bob, was gibt‘s so Dringendes, dass ich gleich zu dir hochschwirren muss?«

Sienna wusste selbst nicht, ob er ihr dieses unbeschwerte Auftreten abnahm.

Robert Thornton, ein übergewichtiger Mittvierziger, der die Geschicke des Evening Star schon seit mehr als einem Jahrzehnt lenkte und die Tageszeitung bereits durch mehrere Krisen gelotst hatte, drehte sich in seinem speckigen Lederstuhl um. Wie immer, wenn sie den Chefredakteur sah, fielen Sienna zuerst die knallroten Hosenträger über dem zerknitterten weißen Hemd auf, ohne die Bob nicht auszukommen schien. Früher hatte sich Sienna manchmal gefragt, ob er damit auch schlief. Jetzt aber erlaubte sie sich derartige Gedanken nicht. Dafür war die Situation viel zu brenzlig.

Er schaute sie über seinen kleinen runden Gläsern der Lesebrille durchdringend an, nickte kurz, wobei sich sein auffallendes Doppelkinn zeigte, und meinte dann ernst und ohne Umschweife: »Mädchen, setz dich!«

Obwohl Sienna diese Bezeichnung nicht mochte, tat sie wie ihr geheißen und nahm auf der vorderen Kante eines der beiden Besucherstühle Platz. Der Bezug war abgewetzt und sollte dringend ersetzt werden, doch Bob schien so etwas Alltägliches nicht aufzufallen. Für ihn gab es nur seine Zeitung, sonst nichts.

Es hieß, in jungen Jahren wäre er einmal verlobt gewesen, hätte sich aber nach einer großen Enttäuschung auf keine weiteren Beziehungen mehr eingelassen. Sienna konnte sich beim besten Willen nicht vorstellen, wie Robert Thornton liebestoll einem Mädchen den Hof gemacht hatte. Er war keine Erscheinung, die einen auf den ersten Blick begeisterte. Doch er strahlte eine beeindruckende natürliche Autorität aus und besaß ein enormes Durchhaltevermögen, das ihn geradezu dafür prädestinierte, ein Enthüllungsblatt wie dieses zu leiten.

Jetzt lebte er jedenfalls ausschließlich für das Wohl des Evening Star und schien diese völlige Hingabe auch von seinen Angestellten zu erwarten.

Um Bob nicht ins Gesicht schauen zu müssen, ließ sie den Blick auf den vollkommen überladenen Schreibtisch wandern, wo sich Massen von Klemmmappen, rasch getippte und mit krakeliger Handschrift verbesserte Entwürfe, ein Wust von ausgeschnittenen Artikeln und immense Aktenberge mit einer Vielzahl von wirr herumliegenden Kugelschreibern trafen. Es war ihr jedes Mal, wenn sie hier saß, absolut unerklärlich, wie man in solch einem Durcheinander arbeiten, geschweige denn etwas finden konnte.

»Bob, ich...«, begann sie, brach aber sogleich ab, als sie den Bleistift wippen sah, den er hinter das rechte Ohr geklemmt hatte. Ohne dieses Utensil war der Chefredakteur kaum vorstellbar. Das Schreibgerät gehörte zu Bob wie der knallrote Lippenstift zu Lindsay und das blütenweiße Einstecktuch in der Brusttasche zu Douglas.

Es verhieß nichts Gutes, wenn der Bleistift in Bewegung geriet.

Nach einem kurzen Augenblick fasste sie neuen Mut: »Ich hätte da noch eine wirklich gute Idee bezüglich dieses Herold Caplan von der Securities Bank.«

Sienna hoffte, ihn mit einer Story über den betrügerischen Bankrott des bekannten Finanzmannes vom eigentlichen Grund ihres Hierseins ablenken zu können. So hatte sie es sich auf jeden Fall vorgestellt. Irgendwie musste sie ihren Kopf retten, und es erschien ihr am besten, ihm einen neuen Köder hinzuwerfen, auf den er sich hoffentlich stürzen würde. Doch sie hatte ihn unterschätzt.

»Mädchen«, sagte er, wobei sie überlegte, ob er auch Lindsay so angeredet hatte, »du weißt, ich bin kein Mensch, der lange um den heißen Brei herumredet.«

»Ja«, antwortete sie. Er würde ihr jetzt wirklich den Kopf waschen.

»Sienna, schau mich bitte an, wenn ich mit dir rede!« Sein Ton war ernst.

Sie schluckte, blickte aber sofort auf und sah direkt in Bobs teigiges Gesicht mit den dicken Tränensäcken, die durch die Brillengläser noch verstärkt wurden. Seine dunklen Augen sahen sie prüfend an.

»Also, deine Geschichte über den Lonrho-Skandal war fantastisch geschrieben, aber miserabel recherchiert«, fasste er in wenigen Worten zusammen.

Sienna fühlte sich getroffen. Das stimmte leider, aber trotzdem tat er ihr Unrecht. Ihr Informant bei der Rhodesian Mining Company hatte ihr umfangreich von den ungeheuren Bestechungsvorwürfen berichtet und ihr sogar etliche Details zukommen lassen. Der gesamte Vorstand stand unter Verdacht, die Hand offen gehalten zu haben und damit der Korruption erlegen zu sein. Außerdem sah es so aus, als ob der von der UNO verhängte Rhodesienboykott von Rowland und seinen Spießgesellen mit einigen raffinierten Tricks umgangen worden war. Auf diese Weise hatte sich die gesamte Chefetage der Firma maßlos bereichert. Ihre Informationen stimmten, die Fakten trafen allesamt zu.

»Bob, die Geschichte hat Hand und Fuß. Ich habe alles aus erster Hand. Du weißt doch, wie gut ich bisher gearbeitet habe. Schließlich hat der Evening Star von meinem Riecher schon einige Male enorm profitiert. Du kannst mir wirklich glauben.«

Sienna spielte auf ihre Recherche über die IMF-Krise und den damit verbundenen bedrohlichen Kursverlust des Britischen Pfunds an. Hier war sie als eine der Ersten am Ball gewesen und hatte einige wirklich gute Stories zu Papier gebracht. Auch über den überraschenden Rücktritt von Premier Wilson hatte sie noch am selben Abend berichtet.

»Für den Glauben, Sienna, ist die Kirche zuständig. Ich bin kein Pfarrer, sondern habe hier eine Zeitung zu führen. Jeden Tag muss ich schauen, wie wir uns gegen die Konkurrenz behaupten, da kann ich keine Journalisten brauchen, die irgendwelche Behauptungen hinpinseln, aber kaum schriftliche Beweise vorlegen. Hat man dir das nicht als allererstes auf der Journalistenschule beigebracht? Ich weiß nicht, was die da draußen in Maida Hill mit euch Studenten so treiben. Das ist das A und O des Recherchierens, Mädchen. Ist dir das nicht klar?«

Sein Gesicht war rot angelaufen, und sie sah, dass er schwitzte.

Sienna schluckte. Das war ihr großer Fehler gewesen, der Haken an der ganzen Sache: Nach all den bisherigen Erfolgen hatte sie sich diesmal allzu sehr darauf verlassen, die Unterlagen nachgereicht zu bekommen und nicht auf die Original-Dokumente gewartet. Zu rasch war sie der Versuchung erlegen, diese sensationelle und einmalige Geschichte sofort zu verbreiten. Jetzt machte ihr Informant unerwartet einen Rückzieher, aber die gesamte Story war schon gedruckt worden.

Bob stand auf, lief um den Bürotisch herum und platzierte seinen übergewichtigen Körper auf dessen Ecke, wobei beinahe ein Teil der Papierstapel auf den Linoleumboden fiel.

Er befand sich ihr genau gegenüber. Seine kleinen, tief liegenden Augen musterten sie, und sie roch seinen nach Kaffee riechenden Atem. Sienna fiel auf, dass ihm die Brille schief auf der Nase saß. Kleine Bartstoppeln überzogen seine Wangen. Er hatte sich heute Morgen wohl gar nicht oder nur schlecht rasiert. Für wen sollte er sich auch herrichten?

»Du verstehst, dass das total unprofessionell von dir war?«, fragte er und brachte sie mit diesen harten Worten wieder in die unangenehme Realität zurück.

»Ja«, erwiderte sie tonlos und verzog den Mund. Er hatte recht. Sie selbst hätte sich wegen dieser Nachlässigkeit ohrfeigen können. Dennoch musste Bob doch wissen, was er an ihr hatte. Mit ihrer nächsten Story würde sie alles wieder hinbiegen.

»Die anderen Blätter warten nur auf solche Fehler wie diesen. Das ist dir schon klar?«, fuhr er fort. Er spielte auf die zurückgehenden Abonnentenzahlen an, mit denen der Evening Star seit Monaten zu kämpfen hatte. Die Herausgeber saßen ihm diesbezüglich bereits im Nacken und forderten eine höhere Auflage.

»Ich besorge die Unterlagen, Bob«, versprach sie. »Wirklich, ich werde noch einmal Kontakt mit meinem Informanten aufnehmen, und dann...«

»Das ist jetzt völlig egal, Mädchen. Schnee von gestern sozusagen. Mittlerweile hat sich die hohe Politik bei mir gemeldet. Da gibt es gewisse Verbindungen bis hin zu korrupten Abgeordneten des Unterhauses, und die sehen es gar nicht gerne, wenn ihre Namen irgendwo auftauchen, wo sie nicht stehen sollen.«

Diese Wendung der Dinge überraschte Sienna. Sie hatte nicht damit gerechnet, in ein derartiges Wespennest gestochen zu haben, als sie den Lonrho-Skandal aufdeckte. Nun sollten auch noch einige hochrangige Politiker in die Sache verstrickt sein. Unfassbar!

»Die Presse ist nicht bestechlich, Bob. Das sind doch deine Worte, oder?«, begehrte sie kleinlaut auf. »Wenn nicht wir als vierte Macht im Staat, wer kontrolliert die Regierung dann? Einer muss doch diese Missstände anprangern. Ich dachte, wir lassen uns nicht unterkriegen.«

Er tätschelte ihr väterlich auf die Schulter und schob die Lippen zusammen. »Du erinnerst mich daran, wie ich selbst früher einmal war: Damals habe ich eine gute Geschichte förmlich gerochen und verbissen daran gearbeitet. Aber wenn du auf meinem Stuhl hier sitzt, sieht die Welt anders aus. Glaub mir. Ich habe in diesen wirtschaftlich schlechten Zeiten schließlich ein Unternehmen zu führen, das immerhin jeden Monat einige Mitarbeiter ernähren muss. Dich übrigens eingeschlossen, Sienna.«

Sie wusste nicht, was sie antworten sollte. Es sah ganz so aus, als würde er sie jetzt entlassen. In diesem Fall wäre sie erledigt. Nach solch einer Pleite würde sie keine andere Zeitung mehr einstellen – egal, welche Artikel sie zuvor abgeliefert hatte.

Robert Thornton stand auf und ging einige Schritte zu einem der beiden vergitterten Fenster seines Büros. Es erschien ihr, als studiere er die dunkelrote Backsteinfassade des gegenüberliegenden Geschäftshauses in der Fleet Street zum ersten Mal. Er ließ sich Zeit. Die Stille, die nun eintrat, war für Sienna beinahe schlimmer zu ertragen als seine Strafpredigt zuvor.

Indem er ihr den Rücken zuwandte, fragte er endlich: »Sagt dir der Name Wickham etwas?«

Wie kam er nur darauf? Schließlich ging es augenblicklich um ihre weitere berufliche Karriere. Oder wollte er ihr einen Ausweg aus ihrer misslichen Lage anbieten?

»Nein, nie davon gehört. Ein neuer Skandal?« Sienna schöpfte bereits ein wenig Hoffnung, dass er die leidige Angelegenheit vergessen und sie auf eine andere Sache ansetzen würde.

»Sir Henry Wickham?«, hakte er nach und drehte sich erwartungsvoll um. Er hatte jedes Wort einzeln betont.

Sie schüttelte den Kopf. Was bezweckte er nur?

»Das ist eine Bildungslücke, Sienna. Du solltest mehr lesen!«, meinte er tadelnd. »Wickham war der erste Biopirat überhaupt, wenn man das heute nach so vielen Jahren so salopp bezeichnen kann.«

Was um Himmels Willen wollte Bob mit diesem unbekannten Wickham?

»Okay, aber was hat das mit mir zu tun?« Sie verstand immer noch nicht.

»Das ist deine neue Story. In drei Tagen fliegst du nach Brasilien.«

Sprachlos starrte sie ihn an.

»Gummi?«, fragte sie ungläubig, nachdem sie sich wieder etwas gefangen hatte. »Wen interessiert heutzutage Gummi? Das ist ein Allerweltsprodukt, Bob.«

»Kautschuk, meine Liebe, hundert Jahre frei verfügbarer Kautschuk für die Welt«, erklärte er.

Mit seinen schleierhaften Andeutungen konnte sie nichts anfangen.

Bob schien sein Wissen sichtlich zu genießen, denn er fuhr ausschweifend fort:

»Im Grunde ist die Damenrunde im Haus meiner Tante schuld an der Sache. Vergangenes Wochenende besuchte ich *Auntie* Gladys, um ihr zum Geburtstag zu gratulieren. Sie wurde 85, ist aber immer noch recht rüstig, musst du wissen. Das scheint übrigens in der Familie zu liegen.«

Sienna wunderte sich über so viel Redseligkeit, die ihr in dieser Situation völlig fehl am Platz erschien. Sie erkannte Bob nicht wieder.

Doch er ignorierte ihren perplexen Gesichtsausdruck und erzählte weiter: »Im Kreise der Gäste hörte ich von einer gewissen Lady Violet Wickham. Die alte Dame hatte die letzten Lebensjahre bis zu ihrem Tod im Jahre 1928 im Nachbardorf meiner Tante verbracht. Gladys' Bridgefreundinnen erinnerten sich noch gut an die seltsame Frau in dem zugigen Haus oben auf dem Hügel, die immerzu von Südamerika erzählte. Ihr Mann, Sir Henry Wickham, war auf abenteuerliche Weise für das Ende des brasilianischen Kautschukmonopols verantwortlich, indem er die Samen der Pflanze unter größten Gefahren aus der Amazonashölle schmuggelte. Darauf, das musst du wissen, stand damals in Brasilien die Todesstrafe.«

Sienna legte die Beine übereinander. Die Atmosphäre schien sich etwas zu entspannen. Bob würde, wenn sie sich interessiert zeigte, wahrscheinlich nicht mehr auf ihr Versagen im Rowland-Skandal zurückkommen.

»Die alten Damen berichteten mir also ausführlich von der Lady. Und ich muss zugeben, dass deren Lebensgeschichte interessanter war, als ich zunächst dachte.«

»Aber das ist doch schon Jahrzehnte her, Bob!«, warf sie ein. »Wen interessiert so etwas noch?« Sienna ärgerte sich. Wieder hatte sie sich nicht zurückhalten können und ihre Gedanken offen gezeigt.

»Genau hundert Jahre, Sienna. Der Samenraub geschah im Jahr 1876. Wir feiern also gewissermaßen ein Jubiläum.« Und mit einem kurzen, leicht tadelnden Blick auf ihren hochgerutschten Minirock sprach er weiter:

»Du hast es selbst mitbekommen, Mädchen: Der Ölpreisschock und seine Auswirkungen während der vergangenen drei Jahre, seitdem die OPEC die Produktion gedrosselt hat. England geht es schlechter denn je. Die Wirtschaft schrumpft enorm, das Haushaltsdefizit liegt bei über fünf Prozent, die Arbeitslosigkeit bei 1,5 Millionen. Ich prophezeie dir, Premier Callaghan wird noch über diese allgemeine Misere stolpern. Das wird ihn das Amt kosten. Die Sache ist also aktueller als man auf den ersten Augenblick glaubt, denn die Welt ist wieder an einem ihrer Wendepunkte angelangt.«

Sienna wusste selbst, dass sich der Ölpreis seit 1973 vervierfacht und zur größten Wirtschaftskrise im Königreich seit dem Zweiten Weltkrieg geführt hatte. Lange Schlangen hatten sich im Verlauf des Jahres an den Tankstellen gebildet, da das Benzin knapp wurde.

Auf dem Kontinent waren autofreie Sonntage sowie generelle Fahrverbote eingeführt worden. Es sah so aus, als hätten die großen Energielieferanten die Industrienationen vollkommen in der Hand.

»Und wegen so etwas willst Du mich nach Brasilien schicken? Das ist doch verrückt, Bob.«

Sie hoffte, ihm diese Idee noch ausreden zu können. Auf keinen Fall konnte sie jetzt für ein paar Tage ans andere Ende der Welt reisen. Dafür stand in ihrem Privatleben viel zu viel auf dem Spiel.

»Die Situation damals ist vergleichbar mit der heutigen: Die sich rasch industrialisierende Welt war abhängig vom brasilianischen Naturkautschuk, für den Brasilien ein Monopol besaß und daher die Preise diktieren konnte. Doch die Nachfrage für Gummi stieg jedes Jahr enorm an. Es musste also ein Weg gefunden werden, den Rohstoff billiger herzustellen. Und zwar rasch.«

»Hör mal, Bob, ich denke, Gerald Caplans Devisenschiebereien werden unsere Leser weitaus mehr interessieren als diese uralte Geschichte. Ich wollte dir schon die ganze Zeit davon erzählen. Es ist nämlich so, dass Caplan an der Börse...«

»Schluss damit, Sienna! Ich will nichts mehr von irgendwelchen Skandalen hier in London hören. Die haben mir schon genug Ärger eingebracht«, brüllte er plötzlich durch den Raum.

Erschrocken schwieg sie und blickte betreten auf den Linoleumboden, der unter dem Schreibtisch einige unschöne Flecken zeigte. Am liebsten wäre Sienna sofort aus Bobs Büro geflohen, doch so viel Blöße wollte sie sich nicht geben.

Auch Robert Thornton verstummte und sah wieder durch die schlecht geputzten Scheiben auf die Gebäude der anderen Straßenseite. Sie wusste nicht, ob es klug war, ihn dabei zu stören.

Wahrscheinlich war ihm seine eigene Unbeherrschtheit ebenso peinlich wie ihr.

Dennoch begann sie: »Warum engagierst du nicht einen brasilianischen Reporter? Ich meine, wie soll ich als Britin da unten in Südamerika denn etwas herausfinden?« Sienna klang ungewohnt kleinlaut.

Auf einmal drehte er sich grinsend um. Jeglicher Zorn war aus seinem Gesicht verflogen. »Mädchen, willst du mich veräppeln? Glaubst du, ich bin blöd? Rachel hat mich natürlich darüber unterrichtet: Du sprichst fließend Portugiesisch. Also, keine Ausflüchte mehr!«

Sie fühlte sich ertappt, denn dies war ihre letzte Trumpfkarte gewesen. Sienna hatte nicht geahnt, dass er so gut über seine Mitarbeiter informiert war. In ihrem Bewerbungsschreiben hatte sie damals nichts von ihren Sprachkenntnissen erwähnt, da sie nicht auf Flávia und den Grund für deren Anwesenheit in England angesprochen werden wollte. Dass Rachel Bescheid wusste, hatte Sienna einem portugiesischen Kellner in South Bank zu verdanken, der sich vor einigen Wochen lautstark bei ihr entschuldigt hatte, nachdem er ihr den Wein über den Rock gegossen hatte.

Bob sah sie erneut streng an. »Sienna, ich glaube, du verstehst mich nicht ganz. Du fliegst nach Manaus oder du bist raus hier. Dass ich dir die Wickham-Geschichte anbiete, ist reines Entgegenkommen. Ich versuche nur, dich für ein paar Tage aus der Schusslinie zu ziehen. Oder meinst du, diese feinen Herren lassen sich vom Evening Star einfach so durch den Dreck ziehen, ohne dass wir irgendetwas beweisen können?«

Er seufzte. Seine Stirn zog sich in Falten. Wenn Bob diese Miene aufsetzte, war die Situation wirklich ernst.

»Es täte mir leid um dich, denn du hast Talent. Aber die Lonrho-Sache hast du ziemlich vermasselt. Sieh es von der positiven Seite, Schätzchen: Mach dir auf unsere Kosten ein paar schöne Tage in den Tropen und bring etwas Nettes für die Sonntagsbeilage zustande – etwas, das auch Ladys wie meine Tante und ihre Bridgedamen zu ihrem Nachmittagstee lesen können, ohne sich allzu stark aufzuregen. Du weißt doch, wie nationalstolz diese Witwen sind. Ich dachte da an eine Fortsetzungsreihe für die trüben Herbstsonntage.«

Und mit den Worten »So, und nun habe ich anderes zu tun. Ich denke, wir haben uns verstanden, Sienna«, beendete er das Gespräch und ging zurück zu seinem Bürostuhl.

Das stete mechanische Klappern der unentwegt arbeitenden Schreibmaschinen nahm sie beim Eintreten in das verblichene Hinterzimmer, das der Wirtschaftsredaktion als Büro diente, kaum wahr.

»Wirklich kein angenehmer Raum, um hier zu arbeiten«, ging es ihr durch den Kopf.

Die alten Heizungsrohre waren sichtbar auf dem Putz verlegt und nur behelfsmäßig mit weißer Farbe überpinselt worden. Ebenso wies der graue Boden an manchen Stellen Spuren jahrelangen Abriebs auf. Die blasse hässliche Tapete verstärkte nur die Trostlosigkeit des dunklen Büros, in dem keine Zimmerpflanze länger als ein paar Wochen überlebte. Dennoch hätte sie in diesem Augenblick alles dafür gegeben, an diesem Ort bleiben zu dürfen.

Sienna fühlte sich wie in Watte gepackt und war gedanklich weit entfernt. Brasilien, ans andere Ende der Welt! Noch dazu in den Amazonasdschungel und nicht an die Strände Rio de Janeiros. Was hatte sie sich da nur eingebrockt?

An Bobs Entschluss gab es jedoch nichts mehr zu rütteln. Sie musste sich ihrem Vorgesetzten fügen, da sie sonst ihren Job verlieren würde. Der Chefredakteur hatte ihr das klar und deutlich zu verstehen gegeben.

Lachte Lindsay hinten in der Ecke über sie oder tat sie nur betont amüsiert, weil Taylor einen Witz erzählte? Sie fühlte den stechenden Blick der Konkurrentin auf sich ruhen.

Was hatte Bob noch erwähnt, als sie den Türgriff schon fest in der Hand gehalten hatte und sein Büro verlassen wollte?

Die verhasste Kollegin würde sich während ihrer Abwesenheit um die andere Seite der Medaille kümmern, nämlich eine Story über die Kautschukplantagen in Malaysia vorbereiten. In der früheren britischen Kolonie waren die aus den geraubten Samen gereiften Kautschuksetzlinge später angepflanzt worden und hatten zur wirtschaftlichen Blüte Südostasiens und damit des Britischen Empires beigetragen.

»Was ist mit Dir? Du bist ja ganz blass«, war Rachel zu hören. Sie sah Sienna durch ihre dicke Hornbrille fragend an. Wie immer türmten sich vor der Kollegin Berge von Papier, denn Ordnung war nicht Rachels Stärke.

»Nichts, rein gar nichts, ich habe nur bald Urlaub«, antwortete Sienna hastig und rang sich mühevoll ein schiefes Lächeln ab. Ohne auf Rachels überraschten Gesichtsausdruck zu achten, griff sie nach ihrer braunen Lederhandtasche und huschte schnell aus dem düsteren Raum. Auf keinen Fall wollte sie den Kollegen jetzt etwas erklären müssen. Und schon gar nicht würde sie weiterhin Lindsays Schadenfreude ertragen.

Bevor sie jedoch das Zeitungsgebäude verließ, schaute sie noch kurz beim alten Finley im Keller vorbei. Den Archivar kannte sie gut. Obwohl er meistens schlecht gelaunt war und sich bei kleineren Gefälligkeiten gern bitten ließ, hatte er sie schon bei früheren Recherchen tatkräftig unterstützt. Irgendwie schien er sie als eine der wenigen Mitarbeiter ins Herz geschlossen zu haben.

Sie schrieb ihm stichwortartig auf, wonach er in den umfangreichen Lagerbeständen suchen sollte, und er versprach, das Gewünschte bis zum morgigen Tag für sie bereitzulegen.

»Hoffentlich findet er in seinen Katakomben nicht allzu viel«, dachte Sienna. »Ich werde diese Unterhaltungsgeschichte für alte, gedanklich noch in viktorianischen Zeiten verhaftete Bridge-Ladys in kürzester Zeit aufgesetzt haben. Dann können die Damen bei ihren Sonntagsteerunden weiterhin in der Vergangenheit schwelgen, und Bob wird mit einem unverfänglichen Bericht über seinen englischen Nationalhelden höchst zufrieden sein. Danach aber werde ich mich sofort um Martin Wales von der feinen ›Bank of England‹ und seine Devisenschiebereien ins Ausland kümmern.«

Sienna hatte noch nicht aufgegeben.

2

Megan war noch zu Hause, als Sienna das kleine Apartment betrat, das sich beide aus Kostengründen in Muswell Hill teilten. Ursprünglich war das rot geklinkerte Doppelhäuschen mit den markanten weißen Schiebefenstern im Erker für eine einzige Familie vorgesehen gewesen. Doch da die Wohnungsnot in London seit Jahren immer spürbarer wurde, hatte sich der Vermieter noch vor ihrer Zeit dazu entschlossen, einige Zwischenwände in die einst großzügigen Räume einzuziehen. Zusätzlich hatte er in jedes Stockwerk ein winziges Bad sowie eine Küchenzeile einbauen lassen, die jedoch wegen ihrer bescheidenen Abmessungen ihren Namen kaum verdiente. Auf diese Weise konnte der Hausbesitzer die

Miete gleich von mehreren Bewohnern einkassieren. Sienna ärgerte sich jedes Mal, wenn sie zu Monatsbeginn einen Blick auf ihren Kontostand warf.

Im Erdgeschoss lebte schon seit Jahren ein altes Ehepaar, das das Haus nur selten verließ und meist schlecht gelaunt war. Die obere Etage dieses architektonischen Kunstwerks bewohnten Sienna und Megan, wobei es ihnen zugute kam, dass beide meist zu unterschiedlichen Tageszeiten arbeiteten. Anders wäre ihr Zusammenleben auf diesen wenigen Quadratmetern kaum zu bewerkstelligen gewesen. Megan Brown war am St. Mary's Hospital in Paddington als Hebamme angestellt. Auch jetzt befand sie sich auf dem Sprung zur nächsten Underground-Haltestelle bei Highgate, da sie diese Woche zum Nachtdienst eingeteilt war.

»Du kommst früh, Sienna«, rief sie durch die offene Badezimmertür. »Ist euch in der Redaktion die Arbeit ausgegangen?«

Sienna hörte das Zischen des Sprays, mit dem Megan ihre dunklen, oft widerspenstigen Haare in eine glatte Form brachte. Gleich würde sie mit einem straffen Knoten unter der gestärkten weißen Haube zu ihr heraustreten, die makellose Schürze glatt streifen und kontrollieren, ob das Abzeichen über ihrer linken Brust auch richtig saß. Megan war stolz auf die ovale Brosche, die sie als Absolventin des Royal College of Midwives auswies.

Die Wohnungsgenossin war eine durch und durch gradlinige, verlässliche junge Frau. Sienna schätzte ihre solide Bodenständigkeit und ihr unerschütterliches Pflichtgefühl.

»Ein Wunder«, dachte sie, »dass wir so gut miteinander auskommen. Im Grunde sind wir beide völlig verschieden.«

Um sich nicht einzugestehen, dass ein wenig mehr von Megans Gewissenhaftigkeit bei ihrer Lonrho-Recherche wohl das Schlimmste verhindert hätte, schlüpfte sie rasch aus den Sandaletten und warf diese in die Ecke hinter der Wohnungstür, wo bereits ein Paar ihrer Pumps herumlag.

»Ich höre«, rief Megan wieder aus dem Bad. Ihre Stimme überschlug sich dabei, weil die gekachelten Wände ein leichtes Echo verursachten.

Sienna antwortete noch immer nicht, sondern schaute an sich herab: Durch das für englische Verhältnisse ungewöhnlich warme Sommerwetter, aber wohl eher wegen der unangenehmen

Unterredung mit Bob klebte die hellgelbe Bluse mit den modernen weiten Ballonärmeln an ihrer Haut. Sie musste dringend unter die Dusche. Zum Glück war Megan bald fertig, sodass sie die winzige Nasszelle in Kürze für sich hätte.

»Sienna? Bist du noch da?«, fragte die Stimme hinter der Badezimmertür.

Nach dem Ärger in der Redaktion hatte Sienna keine große Lust auf eine lange Unterhaltung, bei der sich die Mitbewohnerin sicherlich auf Bobs Seite schlagen würde. Megan würde so ein Fehler natürlich nie passieren. Klar, sie hätte sich vor der Veröffentlichung eines Artikels lieber hundertmal abgesichert.

Während sich Sienna ihrer Kleidung entledigte, kam Megan in den größten der drei Räume, der ihnen als gemeinsames Wohnzimmer diente. Eine Wolke von Haarspray umhüllte sie, sodass Sienna unwillkürlich husten musste.

Wie sie es vorausgesehen hatte, gab es an der Hebammenuniform nichts auszusetzen: Der weiße Stehkragen des knielangen Kleides umschloss akkurat Megans schlanken Hals. Auch an den hellen Strumpfhosen zeigte sich nicht die kleinste Laufmasche, und sogar die bequemen schwarzen Schnürschuhe wiesen keinen einzigen Spritzer auf. Stattdessen waren sie perfekt poliert.

»Und? Schon bereit für euer romantisches Wochenende?«, fragte Megan augenzwinkernd, während sie die Strickjacke vom Haken zog, die ihre Dienstkleidung vervollständigte.

»Es ist erst Donnerstag, Megan«, stellte Sienna etwas genervt klar, um aber sofort fast bittend nachzuhaken: »Hat er schon angerufen?«

Die andere setzte eine entschuldigende, fast mitleidige Miene auf, schüttelte aber den Kopf. »Nein, bisher nicht, aber du weißt ja, wie beschäftigt er immer ist«, meinte sie erklärend.

Charles' voller Terminkalender hatte Sienna leider schon oft genug einen Strich durch die Rechnung gemacht. An wie vielen Wochenenden saß sie auf einmal doch allein zu Hause, weil ihm etwas Unvorhergesehenes dazwischengekommen war.

Die Mitbewohnerin kam mit einem freundlichen Lächeln auf sie zu und sagte mit einem Blick auf das hinter ihr auf der Kommode stehende Telefon: »Er wird sich schon noch melden. Ganz bestimmt, Sienna.«

Dann tätschelte sie leicht Siennas Schulter.

Megan hatte gut reden. In weniger als einer Stunde würde sie ihrem Verlobten, dem vielversprechenden jungen Assistenzarzt Timothy Dwain, im Krankenhaus gegenüberstehen und einige Stunden ihrer Nachtschicht in seiner Gegenwart verbringen. Einzig der Tatsache, dass er seine Facharztprüfung noch nicht abgeschlossen hatte, verdankte es Sienna, sich noch mit Megan die Miete teilen zu können. Sonst wären die beiden bereits verheiratet.

Wie anders sah dagegen ihre Beziehung zu Charles aus! Sienna spürte, wie ihr Kopf zu pochen begann. Sie hoffte, dass die Schmerzattacke bald vorüber wäre und ihr kein weiterer Abend mit einer lähmenden Migräne bevorstand.

Megan war immer noch da und schien etwas zu suchen. Während sie die Kuhlen hinter den Sofakissen durchsah, murmelte sie beiläufig: »Dein Charles ist eben kein gewöhnlicher Mann, Sienna. So eine wichtige Persönlichkeit kann nicht einfach alles stehen und liegen lassen, wenn du nach ihr rufst. Versteh das doch.«

Sienna wäre es lieber gewesen, Megan hätte nichts von ihrer Beziehung zu Charles gewusst, aber infolge der Enge, in der beide wohnten, war es unvermeidlich, dass sie etwas mitbekommen hatte. Schließlich währte ihre Affaire schon seit Anfang des Jahres, als Sienna den aufstrebenden Unterhaus-Abgeordneten der *Tories* für ein Interview getroffen hatte. Wie stolz war sie damals darauf gewesen, diesen begehrten Termin ergattert zu haben.

Zunächst hatte sie nur mit einem halbstündigen Gespräch in seinem Büro gerechnet, doch dann lud sie der gutaussehende Jurist zum Abendessen in ein nahe gelegenes französisches Restaurant ein. Aus Fragen zu Wirtschaft und Politik waren sie auf Persönliches zu sprechen gekommen und sich sofort sehr sympathisch gewesen. Der schwere Burgunderwein, den er ständig nachbestellte, hatte ebenfalls dazu beigetragen, dass sie an diesem Abend extrem häufig lachte. Unablässig hatte er sie dabei beobachtet und sogar vorsichtig ihre Hand ergriffen. Als er sie mit dem Taxi nach Hause brachte und vor der Eingangstür stürmisch küsste, war es ihr äußerst schwergefallen, sich von ihm zu lösen und ihn nicht in die Wohnung zu bitten.

In den folgenden Tagen hatte sie ständig an ihn denken müssen, sich aber auch gesagt, dass Charles Hennessy nichts für sie wäre, denn es gab ein gewichtiges Hindernis für ihre Beziehung: Er war verheiratet.

»Ach, da liegt ja mein Lippenstift! Er muss mir vorhin aus der Tasche gefallen sein«, erklärte Megan, die das Gesuchte rasch einsteckte.

Gedankenverloren sah Sienna der Mitbewohnerin nach, als diese zur Tür ging. Sienna war Megan für ihre Verschwiegenheit dankbar. Schließlich hätte eine kleine Indiskretion ihrerseits Charles' politische Karriere auf einen Schlag beenden können.

Unbewusst schüttelte Sienna den Kopf. Sie hätte einfach nicht auf sein Werben eingehen dürfen, aber es hatte ihr geschmeichelt, wie sehr Charles sich um sie bemühte. Schließlich hatte ihr noch kein Mann zuvor einen Strauß roter Rosen nach Hause geschickt. Er hatte sie mit seinem Charme und seinem Intellekt ziemlich rasch erobert. Letztendlich gab sie ohne große Gegenwehr seinem Drängen nach, und das war der Grund dafür, dass sie sich in dieser misslichen Lage befand.

»Jetzt muss ich aber los, sonst verpasse ich die nächste *tube*. Also, dann bis morgen. Ich hoffe, heute Nacht bleibt es auf der Entbindungsstation schön ruhig«, meinte sie vielsagend.

Die Tür fiel ins Schloss.

»Und vergiss nicht, den Kühlschrank aufzufüllen! Es sieht dort recht deprimierend aus«, hörte sie noch Megan vom Treppenhaus aus rufen.

Sienna verzog den Mund. Sie wusste selbst, wie leer die Fächer im *fridge* waren. Nach Einkaufen stand ihr jetzt allerdings überhaupt nicht der Sinn.

Mit einem letzten Blick auf die Wählscheibe des schwarzen Telefonapparats ging Sienna ins Bad, das trotz des geöffneten Kippfensters noch voller feuchter Wärme war, und stellte sich unter die Dusche. Das kühle Wasser tat ihrem Körper gut. Sie massierte die pulsierenden Schläfen mit beiden Zeigefingern, woraufhin das Stechen in ihrem Kopf etwas nachließ.

Sienna beobachtete, wie der Schaum des Shampoos langsam an ihren langen Beinen hinunterlief und sich in der Duschwanne um ihre lackierten Zehen herum zu kleinen Bergen ansammelte.

Obwohl ihre Wasserrechnung sowieso schon viel zu hoch war, ließ sie den Hahn geöffnet und träumte vor sich hin.

Was sollte sie tun? Für Sonntagabend war ihr Flug nach Brasilien gebucht. Dabei hatten Charles und sie, nach vielen Tagen der Trennung, vorgehabt, endlich wieder ein gemeinsames Wochenende in Cornwall zu verbringen. Natürlich war es riskant, zusammen zu verreisen, was er auch immer wieder betonte, doch sie konnten einfach nicht voneinander lassen. Zu schön waren die gemeinsamen Ausflüge an die Klippen der Steilküste, zu aufregend die langen Nächte miteinander.

Charles' Wahlbezirk lag in Suffolk, also in einer völlig anderen Richtung als Cornwall, sodass die Gefahr, erkannt zu werden, ihm relativ gering erschien. Dennoch sah er sich ständig verstohlen um, wenn sie bei ihren einsamen Spaziergängen am Meer unerwartet auf andere Leute stießen. Wahrscheinlich, so vermutete Sienna, behielt er auch deshalb ständig seinen Hut auf und zog den Schal weit ins Gesicht.

Nachdem sie sich die nassen Haare mit dem Handtuch trocken gerieben hatte, betrachtete sie sich im Spiegel. Sie war fünfundzwanzig Jahre alt, hatte symmetrische, fein geschnittene Züge und hellblaue Augen, die von langen dunklen Wimpern umrahmt wurden. Ihre Lippen waren voll und wohlgeformt, die Zähne standen zu ihrer Freude gerade. Eine winzige Narbe an der Stirn erinnerte an ihre ersten Fahrversuche mit dem Fahrrad, das sie mit fünf Jahren von ihrem Vater geschenkt bekommen hatte. Infolge der starken Sonneneinstrahlung zeigten sich seit wenigen Wochen ein paar lustige Sommersprossen auf ihrer zierlichen Nase, die sie jedoch nicht weiter störten. Vielleicht waren die Wangenknochen etwas zu prominent, aber ansonsten hatte Sienna nichts an sich auszusetzen.

Nein, sie würde jetzt nicht noch länger auf seinen Anruf warten. Schon gestern hatte sie voller Ungeduld bereits auf der Treppe die Post untersucht, aber keine Nachricht von Charles erhalten. Stattdessen waren ihr die Stromrechnung sowie eine Mahnung der örtlichen Bücherei in die Hände gefallen, da sie es schon wieder versäumt hatte, ihre Lektüre fristgerecht zurückzugeben.

Während sie zur Cremedose griff, dachte sie über die verbleibenden Tage bis zum Abflug nach: Auch wenn sie Sonntagnacht im

Flieger sitzen würde, stünde einem gemeinsamen Aufbruch morgen Nachmittag nichts im Wege. Immerhin könnten sie zwei Nächte zusammen in Mousehole oder Bude verbringen. Die Zeit würde reichen, um sich ganz nahe zu sein. Sie sah schon das romantische Abendessen in einem der kleinen Touristenrestaurants am Strand vor sich und stellte sich die malerische Küstenszene Nordcornwalls vor. Jetzt, im August, gab es noch einige sonnige Tage, und die Vorhersage des Wetterberichts klang verlockend.

Aber er meldete sich nicht. Wann hatte er überhaupt zum letzten Mal angerufen? Warum saß sie wie ein kleines Schulmädchen herum und ließ sich von ihm hinhalten? Sie war eine erwachsene Frau und hatte es bisher nie nötig gehabt, einem Mann nachzulaufen.

Nein, sie würde nicht länger auf ein Lebenszeichen von ihm warten und bereitstehen, wenn es ihm passte. Etwas musste sich ändern.

Nur mit dem Badetuch bekleidet, stürzte sie ins Wohnzimmer, griff nach dem Telefonhörer und wählte hastig die Nummer, die sie seit Monaten auswendig kannte. Niemand ging an den Apparat.

Auch bei ihrem zweiten Versuch hörte sie nur den schrillen Klingelton, der ihr die Zwecklosigkeit ihrer Unternehmung verdeutlichte. Demnach war Charles nicht in seiner Londoner Wohnung.

Sollte sie es wagen, ihn auf seinem Landsitz anzurufen? Was würde geschehen, wenn Grace den Hörer abnahm? Seitdem sich die Krankheit seiner Frau verschlimmert hatte, verbrachten sie und die Kinder fast die ganze Woche fern von London auf Audley Hall.

Sienna schürzte die Lippen. Sie sah Charles bildlich vor sich, wie er in Suffolk den mitfühlenden Ehemann spielte, während es ihm im Grunde nur um seine Karriere ging. Charles hatte Grace, wie er ihr erklärte, damals geheiratet, weil ihm die Beziehungen ihres Vaters für seine politische Laufbahn sehr wichtig waren.

Wie oft hatte er Sienna beteuert, Grace schon lange nicht mehr zu lieben, aber aus Rücksicht auf seine konservative Wählerschaft und natürlich wegen der fortschreitenden Multiplen Sklerose, unter der sie seit Jahren litt, bei ihr bleiben zu müssen.

Anfangs hatte sie ihn für seine Haltung bewundert und diese als edel und ritterlich empfunden. Jetzt aber, nachdem Grace langsam ein unüberwindbares Hindernis für ihre Beziehung darstellte, machte sie seine Opferbereitschaft wütend. Es kam ihr vor, als benutze er seine leidende Frau nur als Vorwand, um sich nicht entscheiden zu müssen.

Cornwall war der Ort ihrer Kindheit. Hier hatte Sienna mit ihren Eltern ein intaktes Leben geführt, bevor das Unglück über die Familie hereingebrochen war. Deshalb war es Sienna auch so wichtig, mit Charles ein paar Stunden der Zweisamkeit dort zu verbringen. Doch dieses gemeinsame Wochenende würde wohl zum wiederholten Male ein Wunschtraum bleiben.

Sienna fühlte sich einsam und leer. Sein tagelanges Schweigen hatte sie derart aufgebracht, dass sie ihm beinahe wünschte, er würde die nächste Unterhauswahl verlieren.

Sie knallte den Hörer auf die Gabel und ließ sich, nur mit dem Handtuch bekleidet, in die Rosenmusterbezüge des Sofas fallen, wo sie zu weinen begann.

Sienna musste eine geraume Zeit geschlafen haben, denn als sie aus dem Fenster blickte, stand die Sonne schon tief und schien fast horizontal in den mit Möbeln vollgestopften Raum hinein.

Sie benötigte ein paar Augenblicke, um sich an das Geschehene zu erinnern. Erneut spürte sie den Ärger in sich hochsteigen. Dann verscheuchte sie die trüben Gedanken an Charles und fasste einen Entschluss:

Fast trotzig griff sie erneut zum Hörer und wählte eine ihr bekannte Nummer beim Evening Star. Der Mann am anderen Ende der Leitung freute sich, etwas für sie tun zu können, auch wenn er wegen der abendlichen Zusatzarbeit wahrscheinlich verspätet in seinen wohlverdienten Feierabend kommen würde. Auf den alten Finley konnte man sich immer verlassen. Zum Glück hatte er sie von ihrem ersten Tag an bei der Zeitung in sein Herz geschlossen. Sienna war zufrieden mit dem Ergebnis ihres Anrufs, denn sie hätte nicht auf den nächsten Tag warten können. Immer wenn sie sich ärgerte, überkam sie ein beharrlicher Aktionismus.

Eilig zog sie sich an und überschminkte so gut es ging ihre vom Weinen rot geränderten Augen. Sie trug jetzt ein Paar flache Turnschuhe zu ihren weit ausgestellten Lieblingsjeans, da sie rasch an Ort und Stelle sein wollte.

Bloß nicht nachdenken müssen! Lieber stürzte sie sich in die neue Recherche, auch wenn ihr das von Bob auferlegte Thema »Gummi«

kein bisschen zusagte. In persönlichen Lebenskrisen hatte Arbeit ihr immer geholfen.

Keine Stunde später stand Sienna vor dem großen, jetzt verlassen daliegenden Backsteingebäude des Evening Star unweit der Temple Church in der Londoner City, das in der Dunkelheit nicht gerade einen einladenden Eindruck machte. Bruce Majors vom Sicherheitsdienst hatte sie trotz der vorgerückten Stunde ins Haus gelassen, und Finley hatte tatsächlich Wort gehalten: Auf ihrem Schreibtisch stapelte sich eine Unmenge von Unterlagen. Der alte Archivar hatte wohl alle Artikel angeschleppt, derer er in seinen Katakomben habhaft geworden war. Wahrscheinlich hatte er angenommen, ihr damit einen Gefallen zu tun. Es handelte sich um weitaus mehr Material als Sienna erwartet hatte. Vor ihr lag eine lange und einsame Nachtarbeit.

3

Als sie frühmorgens aufwachte, bemerkte Sienna, dass sie über den Papieren eingeschlafen war. Ihre Nackenmuskulatur schmerzte, und die Finger der rechten Hand fühlten sich infolge der unbequemen Haltung taub an. Sienna streckte sich und gähnte.

Das war ihr noch nie passiert. Egal, wie dringend eine Story war – sie hatte bisher, wenn auch zu vorgerückter Stunde, immer den Weg nach Hause gefunden. Nie war sie über Nacht im Redaktionsgebäude geblieben.

Schlaftrunken schaute sie sich im Raum um. Das farblose Büro sah aus wie immer, doch noch nie hatte sie es so ausgestorben erlebt. Gewöhnlich herrschten hier große Geschäftigkeit und Hektik.

Sienna fühlte sich mehr als unbehaglich, als sie an die gestrige Unterredung mit dem Chefredakteur dachte. Schlagartig fiel ihr wieder ein, was er von ihr wollte. Sofort war sie hellwach und saß mit aufrechtem Rücken auf dem unbequemen Holzstuhl.

Auf keinen Fall konnte sie momentan aus London weg. Vorher musste sie noch die vertrackte Sache mit Charles klären. Vielleicht hatte er unterdessen schon in Muswell Hill angerufen, um Megan eine Nachricht für sie zu hinterlassen.

Es war Freitagmorgen. Für Sonntagnacht war ihr Flug nach Brasilien gebucht. Ihr blieben noch etwas mehr als zwei Tage für ein Treffen.

Mit dem Unterarm schob sie mürrisch den Aktenstapel, auf dem sie eingeschlafen war, zur Seite und warf dabei ungeschickterweise einige der Schriftstücke vom Tisch. Diese Dokumente hatte sie bisher noch nicht durchgearbeitet.

Mühsam bückte sie sich unter das Pult, um die Papiere aufzuheben und bemerkte, dass eine Schwarzweißfotografie aus einer der Kladden gefallen war. Sienna hob das Bild auf und studierte es eingehend.

In äußerst schlechter Aufnahmequalität sah ihr der Mann, der die begehrten Gummisamen aus dem Amazonasbecken gestohlen und damit das Ende der dortigen Pflanzeraristokratie eingeläutet hatte, mit ernstem Blick entgegen. Einen eleganten Spazierstock in der Hand haltend und perfekt gekleidet, stand der bärtige Greis neben einem der Bäume, die den britischen Plantagen in Südostasien einen immensen Reichtum beschert hatten. Sienna drehte das Foto um und las: »Sir Henry Wickham, der Vater des Kautschuks, Ceylon 1905.«

Irgendwie musste sie wieder zu Kräften kommen. Nach der arbeitsreichen Nacht war ihr ganz flau im Magen. Daher beschloss sie, ein Stockwerk tiefer in die Teeküche zu gehen. Ein Blick auf die Uhr sagte ihr, dass um diese frühe Tageszeit noch niemand im Gebäude sein würde. Nach der Unterredung mit Bob wollte sie keinem ihrer neugierigen Kollegen in die Arme laufen. Geheucheltes Mitleid oder bissige Kommentare konnte sie augenblicklich wirklich nicht ertragen.

Sienna betrat den kleinen, fensterlosen Raum neben dem Treppenhaus, in dem sich lediglich ein Emaillespülbecken, eine Ablage mit einer abwaschbaren, karierten Plastiktischdecke sowie zwei alte Holzregale befanden. Zwei Tassen mit eingetrocknetem Teein waren in der Spüle zu sehen, wobei an der einen noch der Rest eines knallroten Lippenstifts sichtbar war. Sienna verzog missbilligend den Mund. Nur jetzt nicht an Lindsay denken! Es war schon schlimm genug, dass Bob sie beide zu Konkurrentinnen bestimmt hatte.

Sienna füllte den Kessel mit Wasser und wollte ihn soeben anschalten, als sie ein leises »Hi« hinter sich vernahm.

Völlig überrascht drehte sie sich um und war froh, dass ihr der Wasserbehälter nicht entglitt.

»Vorsicht«, mahnte Douglas, als er den engen Raum betrat.

»Douglas, du hier?«, fragte sie verblüfft. Ihre Stimme klang grell. Sienna fühlte sich gestört. Außerdem musste sie einen übermüdeten und reizlosen Eindruck auf ihn machen.

»Du hast mich furchtbar erschreckt. Was treibst du so früh hier in der Redaktion?«, hakte sie nach.

»Dasselbe könnte ich dich fragen, Sienna. Ich für meine Wenigkeit bin nach jeder Premiere schon vor allen anderen hier. Dann kann ich die Aufführung vom Vorabend noch einmal in Ruhe Revue passieren lassen. Du glaubst gar nicht, wie erholsam das ist.«

Doch, das konnte Sienna nach dieser einsamen Nacht in ihrem Büro nachvollziehen. Ihr fiel auf, dass sie rein gar nichts von Douglas wusste. Obwohl sie schon fast zwei Jahre beim Evening Star angestellt war, hatte sie sich nie gefragt, zu welcher Tageszeit der Kollege seine Theaterkritiken verfasste.

Sie hatte den Teebeutel gefunden und ließ ihn in die Tasse gleiten.

»Und? Was hast du dir angesehen?«, erkundigte sie sich ohne großes Interesse.

»Ach, ein deprimierendes Stück von Denis Cannan, in dem es um einen alten, verbiesterten Familientyrannen geht. Nichts Bemerkenswertes.«

Auch er nahm sich nun eine Tasse mit angeschlagenem Rand vom Brett und fuhr fort: »Ich habe wirklich schon bessere Premieren im Ambassador Theatre erlebt.«

Der Pfeifton des Kochers bestätigte, dass das Wasser heiß war.

»Darf ich?«, fragte sie und füllte auch schon beide Tassen bis zum Rand.

»Wollen wir uns in mein Büro setzen und den Tee zusammen trinken?«, schlug er freundlich vor.

Ob er niemanden hatte, mit dem er zu Hause frühstücken konnte? Verstohlen blickte sie auf seine Hände und suchte die Finger nach einem Ring ab, entdeckte jedoch keinen.

Sienna schreckte ein wenig vor seiner Gesellschaft zurück, folgte ihm aber zu seinem Schreibtisch. Sie wollte den Tag nicht mit einer Unhöflichkeit beginnen.

Sofort war ihr klar, welche Ecke des Büros ihm gehörte: Überall an den Wänden hingen gerahmte Programmhefte oder Fan-Karten mit den Unterschriften der Stars, über deren schauspielerisches Können er berichtet hatte. Die großen Poster diverser Erstaufführungen waren mit Reißzwecken befestigt, die er in die ausgebleichte Tapete gedrückt hatte.

«Beeindruckend, Douglas«, meinte sie ehrlich fasziniert und sah sich die Plakate genauer an. «Du hast Dorothy Tutin gesehen? Und hier: Peggy Ashcroft!«

Die beiden Schauspielerinnen hatten dieses Jahr den begehrten Sir Lawrence Olivier Award gewonnen.

Während sie begeistert seine Schätze betrachtete, schmunzelte er nur.

»Willst du dich nicht setzen, Sienna?«, ermutigte er sie.

Sie stellte die Tasse auf den Tisch und bemerkte, dass sie beim Gehen den Tee verschüttet hatte. Auf der Holzoberfläche bildete sich sogleich eine kleine unschöne Pfütze.

Es trat ein betretenes Schweigen ein. Sienna starrte auf das Wasser in ihrer Tasse, in dem sich die braune Farbe des Earl Greys nun schlierenförmig verteilte.

»Das war nicht angenehm gestern, oder?«, begann Douglas.

Sie schaute erschrocken auf, beruhigte sich aber, als sie sein aufrichtiges Lächeln sah.

»Nein, ganz bestimmt nicht. Bob schickt mich in die tiefste Amazonashölle, um ein paar Fotos für eine hundert Jahre alte Geschichte zu machen«, beklagte sie sich. »Ich weiß ja, dass ich Mist gebaut habe, aber dann gleich so etwas...«

»Trink erst mal einen Schluck!«, forderte er sie auf und hielt ihr den Papierkorb zur Entsorgung des Teebeutels hin. »Das wird dir etwas helfen.«

»Danke«, antwortete sie. Vor Rührung wären ihr beinahe die Tränen gekommen. Seit Tagen war niemand mehr so freundlich zu ihr gewesen. Innerhalb weniger Minuten hatte sich eine überraschende Verbundenheit zwischen ihnen aufgebaut.

»Was ist das für eine seltsame Geschichte, für die du nach Brasilien musst?«, erkundigte er sich.

»Ich habe mich vergangene Nacht schlau gemacht, weißt du. Auf Finley ist wirklich Verlass. Er hat in seinem Kellerarchiv Unmengen an Material gefunden. Einfach unglaublich, was er dort unten alles versteckt hält«, erklärte sie ihm.

Douglas schmunzelte. Er schien von Finleys geheimen Schätzen zu wissen.

Sie fuhr fort: »Da gab es also diesen Sir Henry Wickham, übrigens aus London, der damals weit davon entfernt war, den Titel Sir zu erhalten. Vielmehr war er ein gewöhnlicher Abenteurer, der auf der ganzen Welt versuchte, zu Ruhm und Vermögen zu kommen, was ihm aber mehrfach nicht gelungen ist. Also ging er mit zwanzig Jahren nach Nicaragua, um Federn für das Hutgeschäft seiner Mutter aufzutreiben. Wegen ein paar Federn um die halbe Welt! Stell Dir das einmal vor! Das war dann die erste seiner vielen Reisen nach Lateinamerika.«

Sienna lachte sarkastisch auf. Der Mann, über den sie sich heute Nacht informiert hatte, gefiel ihr charakterlich ganz und gar nicht. Auch in den spärlichen Tagebuchaufzeichnungen seiner Ehefrau, der späteren Lady Violet, kam er nicht gut weg. Das Paar hatte sich Anfang des Jahrhunderts sogar für einige Jahre getrennt, was in der damaligen Zeit wohl ein kleiner Skandal gewesen sein musste.

»Und weiter?« Douglas klang interessiert.

Auf einmal machte es Sienna Spaß, ihm davon zu erzählen, was sie herausgefunden hatte.

»Im Amazonasgebiet muss ihm dann diese großartige Idee gekommen sein, die schlagartig alles veränderte. Kaum zu Hause legte er seine Reiseberichte Joseph Hooker, dem damaligen Direktor der Royal Kew Gardens, vor und überzeugte diesen von der Notwendigkeit, Kautschuk in Massen anzupflanzen. Damals besaß Brasilien ja noch das Monopol auf Gummi. Der Baum wuchs schließlich nur im Amazonasgebiet.«

»Und was hat ihn so berühmt gemacht, dass Bob jetzt eine Story über ihn haben möchte?« Douglas schien nicht nur Interesse für die

Theater in Soho und Covent Garden zu haben. Sein freundliches Lächeln forderte sie auf, noch mehr zu erzählen.

»Also, Hooker glaubte ihm, da die Industriestaaten in diesen Jahren quasi nach Latex lechzten, und schlug ihm vor, die Samen des Kautschukbaums außer Landes zu schmuggeln, was 1876 bei Androhung der Todesstrafe verboten war. Klar, die brasilianische Regierung musste verhindern, das alleinige Vermarktungsrecht zu verlieren. Auf jeden Fall bot ihm Hooker bei gutem Gelingen 10 Pfund Sterling für je 1000 mitgebrachte Samen an.«

Douglas pfiff leise durch die Zähne. Sie beobachtete, wie er die Stirn in Falten legte und kurz nachdachte. Er schien zu rechnen.

»Das war damals ein kleines Vermögen, wenn ich mich nicht irre.«

»Genau. Allerdings erhielt er keine schriftliche Garantie von Seiten Hookers. Der wollte sich nämlich nicht festlegen. Wickham schlug daraufhin alle Warnungen in den Wind und überzeugte seine halbe Familie davon, ihn nach Santarém an den brasilianischen Amazonas zu begleiten. Dort sollten seine Verwandten ihre gesamten Ersparnisse in eine örtliche Pflanzung investieren.«

»Und was kam dabei heraus?« Sienna stellte zufrieden fest, dass Douglas tatsächlich neugierig geworden war. Vielleicht war die Geschichte gar nicht so langweilig wie sie gedacht hatte.

»Seine Mutter, Schwester und Schwägerin starben an verschiedenen Tropenkrankheiten«, erklärte sie gleichmütig.

»Das harte Los vieler Auswanderer. Wahrscheinlich ist das Zehntausenden so ergangen.«

Sienna nickte. »Der Tod seiner Familienangehörigen hielt diesen kaltblütigen Abenteurer jedoch nicht davon ab, sein Projekt bis zum Schluss durchzuführen.«

»Du magst diesen Wickham nicht, stimmt's?«

»Nein!«, erwiderte sie energisch. »Ganz und gar nicht.«

Er nahm einen Schluck Tee, lehnte sich zurück und schlug die Beine übereinander. Ihr fiel auf, dass er in dieser Haltung leicht mit dem Fuß wippte.

»Deine persönliche Einstellung scheint mir nicht gerade hilfreich für diese Story, Sienna.«

Sie verzog den Mund. »Eben. Ich weiß auch gar nicht, was ich da unten in Südamerika noch Neues herausfinden soll – wenn schon so viel über Wickham bekannt ist.«

Er strich sich mit der Hand über den fast kahlen Kopf. Douglas war kein attraktiver Mann, aber er wurde ihr immer sympathischer, denn er hatte etwas Beruhigendes an sich.

»Gehe ich recht in der Annahme, dass Bob den Kerl gerne als ›den britischen Helden‹ verkaufen möchte?«, hörte sie ihn plötzlich sagen.

Sienna seufzte. »Richtig. Er meinte, es solle etwas ›Nettes und kulturhistorisch Wertvolles‹ werden – also ein Artikel, über den sich niemand aufregen wird.«

»Ganz im Gegensatz zu deinen bisherigen Storys.«

Beide lachten. Das Eis war gebrochen.

»Kautschuk sagst du?« Er legte die Stirn in Falten. »Irgendwie kommt mir das bekannt vor. Da gab es doch mal... warte, ich schaue kurz etwas nach.«

Douglas verließ den Raum und kam wenige Minuten später mit einem leicht abgegriffenen Register zurück. Noch im Gehen blätterte er suchend in den vielen Seiten.

»Wusste ich's doch!«, strahlte er über das ganze Gesicht. »Hier schau, es gab da in den Dreißigerjahren einen deutschen Spielfilm mit dem Titel ›Kautschuk‹, dem die Nazis das Prädikat ›Staatspolitisch und künstlerisch wertvoll‹ verliehen.«

Sienna betrachtete den in zackigen Lettern geschriebenen Filmtitel auf dem alten Kinoplakat. Die Namen der erwähnten UFA-Schauspieler sagten ihr nichts.

»Ha, das war ein Film von Borsody. Übrigens ein großartiger Regisseur.« Douglas schien sich zu freuen wie ein kleines Kind. Er war ganz in seinem Element, da er ohne lange Suche auf das Gewünschte gestoßen war.

Er las ein paar Sätze und meinte dann: »Klar, die wollten mit Hilfe dieses Streifens der deutschen Bevölkerung verdeutlichen, wie sehr das Deutsche Reich von ausländischen Rohstoffen abhängig war. Ein eindeutiger Propagandafilm, wenn du mich fragst.«

»Da sieht man, wie wenig aktuell das Thema ist. Ich wünschte, Bob würde mich auf die Securities Bank und diesen zwielichtigen

Caplan ansetzen. Dabei käme sicherlich mehr heraus, glaub mir«, bemerkte Sienna bedrückt.

Es gefiel ihr zwar, wie er sich um ihre Angelegenheit kümmerte, aber langsam bekam sie ein schlechtes Gewissen, da sie ihn zu sehr mit der Kautschuksache aufhielt. Gewiss hatte er anderes zu tun.

»Douglas, vielen Dank fürs Zuhören, aber ich möchte dich nicht noch länger mit meiner gedanklichen Rückkehr ins viktorianische Empire belästigen. Da muss ich jetzt allein durch.«

Verwundert sah er sie an. »Das tust du überhaupt nicht, Sienna. Ich bin froh, wenn ich dir helfen kann. Ehrlich.«

Sie lächelte ihm zu. So verlassen wie sie sich momentan fühlte, war sie für jede Hilfe dankbar.

»Wie willst du dich da drüben in Südamerika eigentlich durchschlagen? Sprachlich meine ich. Die reden dort ja fast überall spanisch. Oder war es eher portugiesisch? Englisch werden wohl nicht alle verstehen, denke ich.«

»Dank meines Vaters hatte ich mal für ein paar Jahre eine Nanny aus Portugal. Du musst wissen, Daddy ist ein begeisterter Romanist. Deshalb spreche ich ganz passabel Portugiesisch.«

Dass Flávia nach dem plötzlichen Tod ihrer Mutter ein Notbehelf gewesen war, erzählte ihm Sienna nicht. Sie sprach nicht gerne über den größten Verlust ihrer Kindheit. Diesen Schmerz hatte sie tief in ihrem Innern begraben, um nicht an der Trauer zugrunde zu gehen.

»Aha«, war von seiner Seite zu hören. »Und was hast du jetzt noch vor? Legst du dich noch etwas zu Hause aufs Ohr, bevor es losgeht? So ein Transatlantikflug kann ganz schön ermüdend sein.«

Mit einem Blick auf ihre Armbanduhr stand sie rasch auf. »Nein, ich habe vorher noch einen wichtigen Termin.«

Erst jetzt war ihr bewusst geworden, welchen Ort sie vor ihrem Abflug noch unbedingt aufsuchen musste.

4

Bevor sie bei Blackfriars in die *tube* gestiegen war, hatte sie sich an einem der Kioske ein Thunfisch-Sandwich gekauft. Zu sehr rebellierte ihr Magen gegen die Leere, die sich in ihm ausbreitete.

Während sie die steilen Stufen am Eingang der Untergrundbahn hinablief, biss Sienna voller Heißhunger in das weiche Toastbrot und ließ sich genüsslich die gesalzene Mayonnaise auf der Zunge zergehen. Diesen Energieschub hatte sie jetzt gebraucht. Schon nach kurzer Zeit fühlte sie sich besser.

Es ärgerte sie nicht einmal, dass sie sich nur langsam durch die nicht enden wollenden Reihen von Pendlern bewegen konnte, die frühmorgens im Labyrinth der Londoner U-Bahn unterwegs waren. Alle möglichen Nationen schienen in diesen, wie von unsichtbarer Hand geordneten Menschenschlangen vertreten zu sein.

Beinahe stolperte sie über einen Obdachlosen, der sein Lager hinter einer Ecke aufgeschlagen hatte und neben einer geöffneten Brandyflasche seinen Rausch ausschlief. Sie warf die restlichen Pence-Münzen aus ihrer Börse in einen abgeschabten Herrenhut an seiner Seite und hoffte, dass man ihn nicht bestehlen würde.

Hinter der nächsten Biegung spielte ein einsamer Cellist ein melancholisches Lied. Die Umrisse des jungen Mannes, der ganz versunken in sein trauriges Spiel war, zeichneten sich dunkel vor den nackten Fliesen der Wände ab. Ein kühler Luftzug wehte durch die Gänge.

Nein, die Großstadt zeigte nicht überall ihr schönes Gesicht, dachte Sienna. Hier unten im Durcheinander der U-Bahn-Tunnel sah man das wahre Leben mit all seinen unangenehmen Schattierungen. Auch dies gehörte zu London, das sich krakenhaft immer weiter in die Vorstädte ausdehnte und den Pendlern oft lange Anfahrten abverlangte.

Sie nahm zwei Rolltreppen nach unten, passierte einen schmalen, verdreckten Fußgängerkorridor und folgte den markanten grünen Tafeln, bis sie auf dem gewünschten Bahnsteig stand. Nicht viel später brauste die Metro in die Station, wobei die Seiten einer herumliegenden Zeitung vom Windstoß so aufgewirbelt wurden, dass sie sich verselbstständigten und auf die Gleise flogen.

Eingepfercht zwischen einer dicken Afrikanerin, die ihre prall gefüllte Basttasche auf dem Schoß hielt, und einem dürren, müden Jungen in Schuluniform starrte sie auf den Waggonboden zwischen ihren Füßen. Sie saß in der District Line Richtung Richmond, die sie direkt an ihr Ziel bringen würde.

Bevor sie sich in ihre Reportage über den Biopiraten Wickham stürzen konnte, musste sie zuerst noch etwas über die Pflanze, um die es bei dem ganzen Drama ging, erfahren. Ihre Mutter war eine begnadete Hobby-Gärtnerin gewesen, aber Sienna selbst hatte trotz aller gutgemeinten Versuche nie großes Interesse für Botanik gezeigt. Daher fuhr sie jetzt nach Kew Gardens im Westen Londons, dem Ort, wo vor hundert Jahren alles seinen Anfang genommen hatte. Hier wollte sie mit ihrer Recherche beginnen.

Eine halbe Stunde später befand sie sich auf der anderen Seite der Themse inmitten eines Wohnviertels aus hübschen zweigeschossigen Häusern, die von gepflegten Baumbeständen gesäumt wurden. Der Norden Richmonds mit seinen viktorianischen Eigenheimen war aufgrund seiner Nähe zur City eine teure Adresse. Obwohl sie bereits mehrere Jahre in London wohnte, hatte sie diesen Teil der Stadt noch nie besucht.

Nachdem sie einige Schritte gelaufen war, stand sie bereits vor der hohen Ziegelsteinmauer, die den weitläufigen Park von Kew Gardens umgab. Sie ging auf das imposante dreigliedrige Victoria-Tor zu, dessen hohe Gitterflügel noch geschlossen waren.

Auf der Besuchertafel neben dem Eingang las Sienna, dass die Parkanlage erst um 10 Uhr öffnen würde. Sie musste also noch eine gute halbe Stunde warten. Daher kam ihr die mit Faltblättern gefüllte Box an der schmalen Steinsäule gerade recht. Mit Hilfe des Flyers konnte sie in der Zwischenzeit einen ersten Überblick über die Gliederung der Grünflächen gewinnen.

Es handelte sich um eine nahezu rechteckige Anlage in einer der vielen Schleifen, die der Fluss westlich von London machte. Durchzogen wurde das Erholungsgebiet von einem Gewirr von Wegen, die die einzelnen Wasserbecken und Gebäude miteinander verbanden. Kew Gardens war vor mehr als dreihundert Jahren angelegt worden und zog jährlich mehr als eine Million Besucher an. Sienna las beeindruckt weiter. Sie hatte nicht gewusst, wie weit die Geschichte des Parks in die Vergangenheit zurückreichte.

Mit einem Blick auf die Armbanduhr überlegte sie, wie sie am besten vorgehen sollte. An wen konnte sie sich wenden? Sienna vermutete, dass sich die Parkverwaltung wohl im alten Kew Palace befände, den einst die deutsche Prinzessin Augusta bewohnt hatte. Der geschätzten Mutter Georgs III. verdankte die Gartenanlage auch ihre Gründung als ehemaliger Lustgarten der Königsfamilie. Sienna erfuhr in der Broschüre außerdem, dass sich Kew rühmte, weltweit der erste Botanische Garten überhaupt zu sein.

Nachdem einer der Pförtner gekommen war und die beiden Flügeltore mit einem lauten Quietschen geöffnet hatte, lief sie mit dem Flyer in der Hand am großen Teich und weiter am beeindruckenden Rosengarten vorbei in Richtung Orangerie, einem klassizistischen, ganz in weiß gehaltenen Bau mit bodenlangen Fenstern. Hier konnte man riesige Zitrusbäume mit ihren noch kleinen grünen Früchten bestaunen, die erst in wenigen Monaten ausgereift sein würden. Auf der Terrasse davor luden gemütliche schmiedeeiserne Stühle die Besucher zum Verweilen ein.

Durch die dünnen Sohlen ihrer Turnschuhe spürte sie beim Gehen jeden einzelnen Kieselstein auf dem Fußweg, doch sie achtete nicht darauf, sondern lief rasch weiter.

Als sie sich nach links wandte, sah sie ein stattliches Ziegelsteingebäude mit hübschen Lavendelrabatten und einem kleinen Springbrunnen vor sich. Sie war an ihrem Ziel, dem Kew Palace, angekommen

Zielstrebig folgte sie dem Schild »Park Authority« und betrat den Bau durch eine doppelflügelige Tür, woraufhin sie sich sogleich in einer großen Halle befand. Hinter der Empfangstheke saß eine ältere Frau in einer hellrosa Seidenbluse mit Stehkragen und dazu passendem grauen Bleistiftrock. Auf Siennas Begrüßung reagierte sie kaum und kanzelte deren Anliegen, den Direktor sprechen zu wollen, sofort unfreundlich ab. Mit einem herablassenden Blick auf Siennas eng sitzende Jeans und die modisch gesmokte Bluse gab sie ihr klar zu verstehen, dass aus einem Gespräch sicherlich nichts werden würde. Schon gar nicht für eine Reporterin vom Evening

Star, meinte Sienna hinter der Stirn ihres biederen Gegenübers lesen zu können.

Noch einmal schaute sie sich im Gebäude um, sah dann aber ein, dass sie der Drache an der Rezeption mit der spießigen Schleife am Kragen keinen Schritt weiter in den Palast hineinlassen würde.

Sienna fasste den Entschluss, auf dem kürzesten Weg zum Palmenhaus zu gehen, um dort auf eigene Faust nach dem Kautschukbaum zu suchen. Vielleicht würden sich ein oder zwei Fotos aus den Gewächshäusern in Kew neben ihren baldigen Schnappschüssen vom Urwald gut als Zeitungsabdruck machen.

Ihr Blick wanderte über die ausgedehnte Grasfläche zu ihrer Linken. Trotz des warmen und trockenen Augustwetters strahlte der Rasen noch in einem satten Grün. Unmengen von Gärtnern mussten hier unermüdlich beschäftigt sein, um den Park zu unterhalten. Sienna liebte diese englische Hingabe zur Natur.

Als sie gedankenverloren an der Ligusterhecke entlanglief, übersah sie den grauhaarigen, leicht untersetzten Mann, der ebenfalls um die Ecke bog. Im nächsten Augenblick war er in sie hineingelaufen, wobei ihm ein kleiner Topf mit einem Setzling aus der Hand fiel. Sienna fing die kleine Pflanze geschickt mit beiden Händen auf. Allerdings breitete sich als Folge davon ein Teil des Erdballens unschön auf ihren hellen Sportschuhen aus. Nachdem sie die Krumen abgewischt hatte, gab sie ihrem dankbaren Gegenüber den Ableger zurück.

»Oh, nein! Wie ungeschickt von mir!« Der sichtlich erschrockene Mann untersuchte vorsichtig jedes einzelne Blatt der violetten Blüte, bis er sicher war, dass dem Setzling nichts geschehen war.

Sienna verstand nicht, weshalb er wegen einer derart unauffälligen Pflanze solch ein Aufhebens machte.

»Wie konnte mir das nur passieren!«, meinte er und war noch immer ganz aufgeregt.

Sienna beobachtete ihn irritiert. So einzigartig sah der dunkle Flor nun auch nicht aus. Er schien ihr Unverständnis zu spüren.

»Wissen Sie, was Sie da vor sich sehen, junge Dame? Das ist ein Rhododendron ferrugineux aus der Familie der Ericaceae, der gewöhnlich im Mittelmeerraum angesiedelt ist. Sehr selten hier in

Großbritannien. Eine wahre Kostbarkeit sozusagen«, erklärte er umständlich.

Sienna heuchelte Interesse.

»Nicht auszudenken, wenn dem guten Stück etwas passiert wäre«, murmelte er kopfschüttelnd. »Nein, es ist noch alles dran. Zum Glück ist noch einmal alles gut gegangen.«

Der Mann atmete auf. Erleichtert lächelte er sie an, wobei sich in seinem faltigen Gesicht noch tiefere Furchen als zuvor bildeten.

»Wie kann ich Ihnen danken, Miss?«, doch bevor sie antwortete, meinte er: »Ach, wie unhöflich von mir, wo bleibt meine gute Erziehung? Ungehobelt wie ich bin, habe ich mich noch gar nicht vorgestellt: William Archer, Direktor der Royal Kew Gardens. Und von nun an in Ihrer Schuld, Mylady.«

Sienna ließ sich ihre Überraschung nicht anmerken, sondern nutzte die Gelegenheit zu ihren Gunsten. Sie stellte sich ebenfalls vor und berichtete Mr Archer offen von ihrem dringenden Anliegen. Prompt willigte er ein, ihr alles zu erklären. Es wäre ihm eine Ehre, interessierten Besuchern von der Kautschukpflanze zu berichten. Schließlich wäre der tropische Baum aufgrund seines schlichten Äußeren nicht das beliebteste Ziel der meisten Parkgäste.

»Leider gibt es immer weniger Menschen, die sich in der Botanik weiterbilden wollen. Aber das ist der Lauf der Welt: Die Leute verdummen mehr und mehr«, ließ er betrübt verlauten und schüttelte dabei verständnislos den Kopf.

Sienna überhörte die leise Anklage. Das Einzige, was sie im Augenblick interessierte, waren fachkundige Auskünfte über den Gummibaum und dessen Aufzucht in Kew Gardens.

»Sie müssen mich aber zum Palm House begleiten, dem weltweit ältesten, noch existierenden viktorianischen Gewächshaus. Es liegt einige Yards von hier entfernt. Ich hoffe, ein wenig Bewegung macht Ihnen nichts aus, Miss.«

Sienna folgte ihm. Während sie am Seerosenhaus vorbeigingen, fiel ihr ein verdrehtes, turmartiges Bauwerk im Hintergrund auf, das eigentlich gar nicht in die englische Landschaft passte. Sie sprach ihn darauf an.

»Die chinesische Pagode«, erklärte ihr Begleiter. »Als sie 1762 gebaut wurde, hätte kaum jemand einen Penny darauf gewettet, dass sie aufrecht stehen bliebe. So gewagt war die Konstruktion für damalige Verhältnisse. Aber man war in dieser Zeit eben verrückt nach allem, was aus China kam.«

Beeindruckt von der fremdländischen Schönheit des Turmes, blieb Sienna kurz stehen.

»Wenn Sie später Lust haben, kann ich Sie noch durch den Bambusgarten führen. Wir sind stolz darauf, mehr als 120 verschiedene Arten zu besitzen.«

So gerne Sienna alles besichtigt hätte, musste sie sich jetzt auf ihre eigentliche Aufgabe konzentrieren.

Endlich befanden sie sich vor dem fast vollständig aus Glas gebauten Tropenhaus.

»Schon über hundert Jahre alt – und noch immer ein architektonisches Wunderwerk, nicht wahr?« Es war Mr Archer anzumerken, wie sehr er seine Arbeit hier liebte.

»Kommen Sie! Hereinspaziert!«, meinte er, während er für sie die Tür öffnete. Mr Archer war ein wahrer Gentleman der alten Schule.

Als Sienna eintrat, verschlug es ihr vor lauter feuchter Wärme beinahe den Atem. Sie bemerkte, wie ihr der Schweiß aus den Poren trat und sich langsam auf der Haut verteilte. Diese tropische Schwüle würde sie bald in Brasilien erwarten.

Mr Archer grinste und meinte: »Manche Besucher haben Probleme mit der hohen Luftfeuchtigkeit. Ich hoffe, sie gehören nicht dazu.«

Sie lächelte nur müde und versuchte zu atmen.

Vom Innern des Gewächshauses aus war dessen enorme Größe weitaus besser erkennbar. Die weiß lackierten Stahlträger, die dem Palm House als Gerüst dienten, hoben sich markant vom tiefen Blau des Londoner Himmels ab. Über kleine Wendeltreppen mit verschnörkelten Geländern gelangte der Besucher auf eine schmale Empore, von wo aus man die meterhohen Pflanzen genauer studieren konnte.

Während sie den engen Wegen zwischen den Palmenreihen folgten, las sie auf den moosumrankten Tafeln zu ihren Füßen Borassus flabellifer oder Euterpe edulis. Es war ihr ein Rätsel, wie Mr Archer in diesem Gewirr aus fremdklingenden Namen den Überblick behalten konnte.

Ohne näher auf die Gewächse einzugehen, führte sie der Direktor weiter. Sienna meinte, eine wilde Ananasfrucht hinter einer mannshohen Bananenstaude erkannt zu haben.

Eine laut lärmende Schulklasse in einer graublauen Uniform, angeführt von einer streng blickenden Lehrerin, kreuzte ihren Weg. Viele der Kinder zeigten einen gelangweilten Gesichtsausdruck und trotteten desinteressiert hinter der Frau her.

»Wahrscheinlich freuen sich die Schüler bereits auf das Eis am Ausgang«, ging es Sienna durch den Kopf, wobei sie sich an ihre eigene Schulzeit erinnerte.

Plötzlich hielt Mr Archer an und nahm den Zweig einer eher unscheinbaren Pflanze in die Hand.

»Das ist sie, die Hevea brasiliensis aus der Familie der Wolfsmilchgewächse«, meinte er liebevoll und strich zärtlich über die schmalen, gestielten Blätter.

Sienna betrachtete den Baum mit der hellgrauen, recht glatten Rinde und dem unerwartet dünnen Stamm genauer. Er schien ihr viel zu unauffällig für den schrecklichen Wirtschaftskrieg, den er einst ausgelöst hatte.

»Im Dschungel erreicht die Hevea eine Höhe von 30 bis 40 Metern, doch dieses Exemplar hier hat es wohl nur auf sieben oder acht Meter geschafft. Interessant ist, dass die dreiteiligen Laubblätter jährlich neu gebildet werden.«

Sienna nahm eines der dunkelgrünen Blätter in die Hand und stellte fest, wie unerwartet hart es sich anfühlte.

Er beugte sich etwas weiter hinunter und zog eine Rispe zarter weißer Blüten aus dem Geäst. »Sehen Sie, die Kelche der weiblichen Blüten sind doppelt so groß wie die der männlichen.«

Sienna studierte die winzigen Staubblätter, die in Zweierreihen um einen kugeligen Fruchtknoten mit gelbem Griffel angeordnet waren.

»Leider kann ich Ihnen augenblicklich keine der Früchte zeigen, obwohl Sie sich für deren Inhalt, die Samen, die im Übrigen ölhaltig sind, ja am meisten interessieren. Da müssten Sie noch einige Monate warten, Miss Davis. Bei Reife platzen die Früchte übrigens mit einem lauten, gut hörbaren Knall und entleeren die drei oder vier ellipsenförmigen Samen, die sie tragen, in weitem Bogen. Das ist jedes Mal ein kleines Spektakel.«

»Ich kann mir beim besten Willen nicht vorstellen, wie die Kautschuksamen einen wochenlangen Transport auf einem Dampfschiff quer über den Atlantik überstanden haben«, antwortete sie.

Mr Archer lächelte wieder. »Einige Jahre vor Wickham hat es schon einmal einen Versuch gegeben, die Samen des Gummibaumes aus dem Land zu bringen. Damals wurden sie in ausgestopften Krokodilen versteckt, um sie am brasilianischen Zoll vorbei zu schmuggeln, doch die Rechnung ging nicht auf. Es gab drakonische Strafen für die Schmuggler.«

Sienna schüttelte ungläubig den Kopf. »Und alles wegen ein bisschen Gummi«, sagte sie leise.

»Latex, meine Liebe, Latex. Sie sollten die Bedeutung des Milchsaftes nicht unterschätzen. Nachdem Charles Goodyear 1839 die Vulkanisation des Naturkautschuks mit Schwefel entdeckte, war weltweit ein Riesenproblem gelöst: Endlich war das Produkt elastisch und stabil.«

Sie schaute ihn fragend an: »Das war es voher nicht?«

»Nein, denn bei Hitze wurde das Material klebrig, und bei Kälte spröde. Also absolut nichts für die Industrie. Die Leute zerbrachen sich Anfang des 19. Jahrhunderts darüber den Kopf, wie sie diese Schwierigkeiten überwinden könnten.«

»Nach Goodyears Erfindung stieg die Nachfrage nach Kautschuk?«, hakte sie nach.

»Genau, und wie! Man benötigte Latex für Schläuche und Dichtungen, aber natürlich auch für Reifen, Kleidung und wasserdichte Behälter. Die Welt lechzte damals gewissermaßen nach dem begehrten Rohstoff. Ohne den Kautschuk wäre die heutige Industrialisierung überhaupt nicht denkbar.«

»Witzig ist nur, dass der Amerikaner wohl lediglich durch einen Zufall zu seiner Entdeckung kam. Man erzählt sich, er habe vor lauter Angst vor seiner Frau den Kautschuk zusammen mit etwas Schwefel im Ofen vergessen.« Mr Archer lachte verhalten in sich hinein.

Sienna schüttelte lächelnd den Kopf. Wahrscheinlich erging es dem Direktor zu Hause nicht anders, nahm sie an.

Noch einmal warf er einen Blick auf die gestielten Blätter. Dann sagte er: »Mein Vorgänger Joseph Hooker hat damals vor hundert Jahren sehr schnell begriffen, wie wichtig das klebrige Material sein würde, als dieser verrückte Abenteurer Wickham vor ihm stand und von seiner wahnwitzigen Idee erzählte, Kautschukplantagen in Südostasien aufzubauen. Schließlich sollte sich das aufblühende Empire aus seiner wirtschaftlichen Abhängigkeit von Brasilien lösen. Beide waren Nationalisten. Für sie stand nur die Vormachtstellung Großbritanniens im Vordergrund.«

»Das Risiko aber hatte Wickham allein zu tragen«, warf sie ein.

»Natürlich! Außerdem musste alles absolut geheim bleiben. Auch wenn es dieser Draufgänger mit seinen gestohlenen Samen bis nach England geschafft hätte – wer wusste, ob sie tatsächlich hier zu Keimlingen heranwachsen würden? Man wollte zuerst ganz sichergehen.«

Noch ein letztes Mal strich sie mit den Fingern langsam über die glatte Oberfläche des schmalen Stammes. Dabei stellte sie sich vor, was für ein Erfolg es für Wickham gewesen sein musste, als tatsächlich die ersten Setzlinge nach Südostasien verschifft worden waren und er sein Ziel erreicht hatte.

Mr Archer beobachtete sie.

Schließlich meinte er: »Wenn Sie möchten, könnte ich Ihnen noch eine Büste von Mr Hooker zeigen. Wir müssten nur noch ein wenig hoch zum Fluss spazieren.«

Sienna schoss noch ein paar Fotos des Kautschukbaumes und folgte danach dem Direktor. Sie war sich jedoch sicher, den Marmorkopf Mr Hookers nicht im Evening Star abdrucken zu lassen.

5

»Er hat NICHT angerufen!«, hatte Megan auf einen Notizzettel gekritzelt und diesen für Sienna gut sichtbar auf den Teppichboden gelegt. Wütend zerdrückte diese das Blatt Papier mit der Hand und warf es in Richtung des Papierkorbs, den sie jedoch verfehlte.

Missmutig ließ sie sich in den Ohrensessel fallen, den Megan vor ein paar Monaten auf einem der örtlichen Flohmärkte erstanden hatte. Ihre Mitbewohnerin war vernarrt in alte Dinge.

Während sie mit den Fransen der Kissenbezüge spielte, dachte sie nach. Hatte sie wirklich erwartet, dass sich Charles bei ihr melden würde? Am besten noch direkt aus Audley Hall, wo er an jeder Ecke Zuhörer hatte. Was war das überhaupt für eine Beziehung zwischen ihnen? Während sie aus dem Fenster starrte, biss Sienna nervös auf der Unterlippe herum und verfolgte wie über Fortis Green die Sonne langsam unterging und dabei einen zarten graurosa Dunstschleier bildete. Es war ein wunderbar lauer Sommerabend, an dem sich verliebte Paare zu Ausflügen entlang der Themse trafen. Sie aber saß allein zu Hause herum.

Zu dieser Stunde sollte sie sich eigentlich in seinem schwarzen Rover auf einer der überfüllten Londoner Ausfallstraßen befinden – auf dem Weg in ein romantisches Wochenende irgendwo in Cornwall. Stattdessen standen ihr bis zu ihrem Abflug zwei einsame Tage bevor. Diese Aussichten waren mehr als ernüchternd.

Abrupt sprang sie auf und eilte zur Küchenzeile. Der Inhalt des Kühlschranks wirkte nicht gerade vielversprechend: Außer der halbvollen Milchflasche, einem Stück Käse und dem bereits geöffneten Glas Marmite fand sie im hintersten Winkel nur noch drei Eier.

Sie hatte bereits am Vortag einkaufen sollen, dies aber infolge der sich überschlagenden Ereignisse vergessen. Megan musste eine ganz schöne Wut auf sie gehabt haben, als sie nach Ende ihrer Nachtschicht heimgekommen war. Sienna bekam ein schlechtes Gewissen. Wieder einmal hatte sie bewiesen, dass sie die Unzuverlässigere von beiden war.

Ihr Magen knurrte erneut. Sie brauchte jetzt dringend etwas zu essen. Aus diesem Grund rannte sie schnell zu Ranjan‘s Food Store an der Ecke zur Sutton Road, den der freundliche Pakistani schon seit Jahren führte. Glücklicherweise nahm es Ranjan mit den Öffnungszeiten nicht so genau und war auch spätabends noch für seine Kunden da. Wenigstens würde sie Megan einen halbwegs gefüllten Kühlschrank hinterlassen, bevor sie sich auf den Weg nach Südamerika machte.

Obwohl sie nun nicht mehr hungrig war, lief sie rastlos in der Wohnung herum.

Was für eine idiotische Idee, sie mit dieser Geschichte zu beauftragen! Henry Wickham war ihr nach allem, was sie bisher über ihn gehört und gelesen hatte, höchst unsympathisch. Und auch an der Rolle, die Direktor Hooker damals gespielt hatte, konnte sie nichts Ehrenwertes erkennen. Im Grunde war der Samenschmuggel nichts anderes als ein dreister Raub, der dem viktorianischen England auf Kosten der Amazonaspflanzer einen gehörigen Wirtschaftsvorteil eingebracht hatte. Sie verstand nicht, dass dieser Diebstahl später zur Heldentat aufgebauscht worden war.

Sienna war sich sicher, dass man sie als Britin in Brasilien gewiss nicht mit offenen Armen empfangen würde, um unverblümt über den Untergang der Gummiindustrie zu berichten.

Gerne hätte sie über dieses Problem mit jemandem gesprochen, doch ihre Kollegen wollte sie so lange nicht wiedersehen, bis etwas Gras über die Lonrho-Sache und damit auch über ihr unbedachtes Vorpreschen bei der Veröffentlichung des Artikels gewachsen war. Und mit ihren Freunden von der Journalistenschule hatte sie sich seit Ewigkeiten nicht mehr getroffen, weil sie die freie Zeit lieber mit Charles verbrachte. Dies rächte sich jetzt, da sie nun völlig allein dastand.

Um sich irgendwie zu beschäftigen und nicht weiter nachdenken zu müssen, holte sie den alten Lederkoffer vom Dachboden und begann, ihre Sachen für den bevorstehenden Flug zu packen. Sie warf ein paar Sommerkleider hinein und kontrollierte das Ablaufdatum ihres Reisepasses. Außerdem steckte sie eine ausreichende Anzahl Filme für die teure Olympus-Kamera ein und platzierte ihr abgegriffenes Notizbuch im Innenfach der Umhängetasche. Als sie bemerkte, dass der Blitz noch fehlte, hastete sie zur Kommode und verstaute ihn zusammen mit dem Belichtungsmesser im Beutel.

Gut, dass auf Hazel, Bobs Mädchen für alles, Verlass war: Als begnadetes Organisationstalent hatte diese einen Boten mit dem Flugticket, der per Telefax bestätigten Hotelbuchung, einigen Traveller-Checks und nicht wenigen US-Dollarnoten vorbeigeschickt. Bob war, wie sich Sienna widerwillig eingestehen musste, diesmal unerwartet großzügig gewesen. Megan hatte den dicken Umschlag wohl in Siennas Abwesenheit in Empfang genommen und dann gut sichtbar auf deren Nachttisch gelegt.

Als sie mit den Reisevorbereitungen fertig war, stellte sie fest, dass immer noch eineinhalb leere Tage vor ihr lagen, die sie auf keinen Fall mit Gedanken an Charles füllen wollte. Langsam setzte sie sich neben den Koffer auf die Patchworkdecke, die ihr Megan letzte Weihnachten geschenkt hatte, und dachte nach. Auf einmal wusste sie, wohin sie gehen würde. Sie war schon viel zu lange nicht mehr dort gewesen.

Am späten Samstagvormittag erreichte sie Oxford.

Nach Paddington hatte sie die Piccadilly Line genommen und war dann in den Direktzug der First Great Western umgestiegen. Sienna kannte die Bahnstrecke auswendig. Früher hatte sie sich fast jedes Wochenende in den Zug gesetzt, um in die Universitätsstadt im Nordwesten Londons zu gelangen. Jetzt musste sie sich eingestehen, dass sie diese schon seit dem Frühjahr nicht mehr aufgesucht hatte. Ihr schlechtes Gewissen machte sich bemerkbar, weshalb sie nervös in der Umhängetasche nestelte. Doch auch das Buch, das sie darin fand, konnte ihre trüben Gedanken nicht verscheuchen. Sie bemerkte, dass sie die Zeilen zwar gelesen hatte, sich an deren Inhalt allerdings nicht mehr erinnern konnte. Mit einem Seufzer klappte sie die Lektüre wieder zu. Sie war froh, dass sich außer ihr kein weiterer Fahrgast im Abteil befand.

Sienna warf einen Blick durch das Fenster. Die dichte Besiedlung der Londoner Randbezirke mit ihren endlosen, fast identischen Reihenhaussiedlungen und den winzigen Vorgärten hatte abgenommen und ging allmählich in offene Felder und Wiesen über. Verträumt ließ sie die reizvolle Landschaft Berkshires mit ihren sanft geschwungenen Erhebungen an sich vorbeiziehen. Vor einem kleinen Wäldchen entdeckte Sienna eine Pferdekoppel, weiter hinten bevölkerte eine friedliche Schafherde die grüne Hügelkuppe.

Als der Zug den Bahnhof bei Reading verließ, hatte sie Oxfordshire erreicht.

Der Koffer war ihr auf der Bahnfahrt einige Male im Weg gewesen, doch Sienna hatte es vorgezogen, das Gepäckstück gleich mitzunehmen. Auf der Rückreise würde sie dann am Airport in

Heathrow aussteigen und müsste nicht mehr zu ihrer Wohnung in Muswell Hill. Ihre einsame Bleibe wollte sie im Augenblick auf jeden Fall meiden.

Nachdem sie ausgestiegen war, blieb sie kurz auf dem Bahnsteig stehen und schaute sich um. Alles sah noch so aus wie bei ihrem letzten Besuch: Das kleine, herausgeputzte Blumengeschäft mit dem imposanten Schild in den fein geschwungenen Lettern über dem Eingang, daneben der altmodische Tea Room von Auntie Ruby, wo sich die alten Ladys zum Nachmittagstee trafen, und dann natürlich der Gemischtwarenladen, vor dem sie sich als Jugendliche immer mit ihren Freunden auf ein Eis getroffen hatte.

Doch sie wollte jetzt keine Melancholie aufkommen lassen, weshalb sie die Abkürzung durch einige schmale Gassen in Richtung des Christ Church Colleges nahm.

An einem halbhohen schmiedeeisernen Gartentor stellte sie den Koffer neben der Backsteinmauer ab. Ihr Arm schmerzte infolge der ungewohnten Last, und sie rieb sich die tauben Handflächen, bis sie leichte Stiche in der Haut spürte.

Sienna ließ ihren Blick über den hübschen Vorgarten mit den verwilderten Rosenrabatten schweifen: In den wärmeren Monaten hatte Flávia hier immer eine große Decke auf dem Gras ausgebreitet und mit ihr in der Sonne gespielt. Schon oft hatte Sienna gedacht, dass das englische Regenwetter für die gebürtige Portugiesin hart gewesen sein musste. Doch obwohl diese zunächst nur als Aushilfe für wenige Monate vorgesehen gewesen war, blieb sie mehrere Jahre bei ihnen in England. Flávia hatte das kleine verschreckte Mädchen, das Sienna nach dem plötzlichen Tod ihrer Mutter war, mit viel Wärme und Hingabe betreut und ihr so über die schlimmste Zeit ihres Lebens hinweggeholfen.

Erst als Sienna in die High School kam und den Mutterersatz anscheinend nicht mehr so dringend brauchte, war Flávia nach Portugal zurückgekehrt und hatte sich bald darauf mit einem Mann aus ihrem Heimatdorf verlobt.

Als Ersatz für die Portugiesin war Mrs Whitcombe, eine rundliche, etwas rechthaberische Witwe aus Devon, ins Haus gekommen. Die Wirtschafterin sah bis heute in der Brewer Street täglich nach dem Rechten.

Sienna betrachtete die Fassade und schüttelte den Kopf. Das Erkerfenster war seit vergangenem Herbst nicht repariert worden. Es schloss nicht richtig und ließ den Regen, wenn der Wind aus nordwestlicher Richtung kam, über das Fensterbrett in das dahinterliegende Zimmer eintreten. Auch sonst sollte am Haus einiges in Ordnung gebracht werden, doch Trevor Davis schien dies nicht zu kümmern. Stattdessen vergrub er sich in seiner eigenen Welt der Bücher.

»Es ist viel zu groß für ihn allein«, ging es Sienna durch den Kopf. »Er sollte sich etwas Kleineres suchen.« Aber im nächsten Augenblick wusste sie auch schon, dass ihr Vater dieses Haus, in das er damals nach dem Krieg mit seiner jungen italienischen Frau gezogen war, nie verlassen würde. Es war das Letzte, was ihn an die glücklichen Zeiten von damals erinnerte. Hier würde er alt werden wollen und in diesem Gemäuer vielleicht auch irgendwann sterben.

Nicht einmal das schon windschiefe Feriencottage in Cornwall, ihr früheres Familienrefugium für die Wochenenden, hatte er bisher verkauft. Dabei bot ihm John Spencer, der umtriebige Makler aus dem Nachbardorf, seit Jahren einen anständigen Preis dafür.

Plötzlich spürte sie einen energischen Druck an ihrem rechten Bein. Als Sienna verwundert an sich heruntersah, entdeckte sie zu ihrer Überraschung Flyer, den braunen Cocker Spaniel ihres Vaters, der schon wild wedelnd um ihre Füße strich und voller Freude die langen Ohren weit nach hinten zog. Er hatte es schon immer verstanden, sich lautlos anzuschleichen.

»Hallo Flyer, mein Schatz, hast du mich entdeckt?«, sprach sie ihn liebevoll an und kniete schon neben ihm auf dem Gehsteig. Der Hund schnüffelte an ihrem langen Haar und legte die Vorderpfote auf ihr Knie. Sein treuer Blick zeigte, wie er sie vermisst hatte.

»Ist ja gut. Ich bin wieder bei dir. Du musst dich nicht so aufregen.« Zärtlich strich sie ihm über den Kopf und fühlte sein weiches Fell. Man sah dem Tier an, dass es schneller ermüdete als früher. An seiner Schnauze waren einige weiße Haare dazu gekommen. Flyer war nicht mehr der junge aufgedrehte Hund von früher, der stundenlang toben konnte.

Sienna schaute sich nach ihrem Vater um, denn Flyer und Professor Davis waren ein unzertrennliches Paar. Wie jeden Morgen gleich nach dem Frühstück hatte er wohl den alten Hund ausgeführt. Es war ein Ritual.

Als sie den Mittsechziger mit Hut und Jacke um die Ecke biegen sah, lief sie ihm lächelnd entgegen.

»Hi Daddy, bist du für diese Jahreszeit nicht ein bisschen zu warm angezogen?«, rief sie ihm zu, um ihm dann in die Arme zu fallen.

Er drückte sie fest an sich, und sie erkannte die Zufriedenheit in seinen Augen.

»Es hieß, es würde heute noch regnen, Darling. Welche Freude, dich zu sehen. Aber... habe ich etwa vergessen, mir deinen Besuch einzutragen? Hast du mir geschrieben, dass du kommen würdest? Ich bin in der letzten Zeit recht vergesslich. Die Arbeit, weißt du, die Arbeit…«

Sienna nickte verständnisvoll. Sie kannte ihn nicht anders als vertieft in die Lektüre seiner vielen Bücher.

»Wenn ich gewusst hätte, dass du das Wochenende hier verbringen willst, Sienna, dann...«, begann er erneut.

»Ein spontaner Entschluss, Dad. Mach dir keine Sorgen! Freust du dich denn gar nicht?«, fragte sie ihn herausfordernd und hakte sich bei ihm ein.

Er schüttelte den Kopf. »Wie könnte ich mich nicht freuen? Du bist schließlich das Liebste, was ich habe.«

Sienna spürte, wie ihn die Gefühle übermannten. Doch nach wenigen Sekunden hatte er sich wieder gefasst. Nach einem kurzen Blick auf den Spaniel fügte er grinsend hinzu: »Gleich nach Flyer natürlich.«

Sie lachte hell auf und führte ihn ins Haus, wobei ihr auffiel, dass er das rechte Bein etwas nachzog.

Sie bezog ihr früheres Kinderzimmer im ersten Stock, wo sich im Laufe der Jahre der gesamte Nippes ihrer Jugend angesammelt hatte. Wie stolz war sie gewesen, als sie das kitschige kleine Holzboot während ihres Schüleraustauschs in Südfrankreich in einem Andenkenladen ergattert hatte. Sogar der Name des Fischerortes, in dem man die Klasse damals untergebracht hatte, war mit knallroter Farbe für immer am Bug verewigt. Jetzt thronte es neben dem Miniaturatomium aus Brüssel und einem Paar geschmackloser Holzschuhe aus den Niederlanden. Sie schmunzelte, als sie den Kitsch auf dem Regal betrachtete.

Sienna ließ sich auf die Matratze des Gitterbetts fallen, wobei die bunte Tagesdecke in Unordnung geriet, und schaute zum Schreibpult. Wie viele Stunden hatte sie hier daran verschwendet, das Geheimnis der Logarithmen zu ergründen! Bis zum heutigen Tag war ihr die Mathematik ein Rätsel geblieben. Viel leichter war es ihr als junges Mädchen gefallen, kleine Geschichten aufzusetzen. So erinnerte sie sich an einen verregneten Sommer in Scarborough, als sie mit einer kurzen Novelle begonnen hatte, die selbst von ihrem anspruchsvollen Vater gutgeheißen wurde.

Daddy! Sie musste hinunter. Zu lange hatte sie hier oben schon mit offenen Augen geträumt. Schließlich war sie nach Oxford gekommen, um Abstand zu gewinnen und nicht mehr nachdenken zu müssen.

Die ausgetretenen Treppenstufen knarrten bei jedem Schritt. Es nützte auch nichts, langsamer zu gehen oder vorsichtiger aufzutreten. Sienna kannte das dumpfe Geräusch bereits ihr ganzes Leben lang, und auch dieses Mal wartete sie förmlich darauf, dass der zweitletzte Tritt den stärksten Lärm verursachen würde.

Im Erdgeschoss angelangt, fiel ihr Blick durch die geöffnete Wohnzimmertür auf das Klavier. Sie betrat den Raum und strich mit dem Zeigefinger über das schwarz lackierte Holz des alten Instruments, wobei sie eine staubfreie Wellenlinie auf dem Tastendeckel hinterließ.

»Mrs. Whitcombe kommt auch in die Jahre. Hier ist es längst nicht mehr so sauber wie früher«, dachte sie. Aber sie wusste, dass die Versäumnisse der Haushälterin ihrem Vater nichts ausmachten.

»Na, Sienna, willst du nicht eine Sonatine für mich spielen?«, hörte sie plötzlich seine weiche Stimme. Er war aus dem Arbeitszimmer getreten und sah sie an.

»Nein, Daddy, du weißt, dass der ganze Musikunterricht nichts für mich war«, lachte sie und ging ihm entgegen. »Vertanes Geld, vertane Zeit«, resümierte sie.

»Deine Mutter spielte immer gerne, aber bitte, wenn du jetzt mit deinen fabelhaften Enthüllungsgeschichten glücklicher bist, mein Kind«, schloss er.

Sienna atmete tief ein. Ihre Berufswahl passte Trevor Davis nicht. Das war kein Geheimnis, denn bei jedem ihrer Besuche erklärte er ihr, wie grässlich er es fand, andere Leute öffentlich durch den Dreck zu ziehen.

Viel lieber hätte er, der weithin geschätzte Romanistikprofessor, sie in einem wissenschaftlichen Studium gesehen. Am besten, sie wäre ganz in seine Fußstapfen getreten. Auf jeden Fall hatte er sich damals gegen den Besuch der Journalistenschule in London ausgesprochen – wohl auch, um sie hier bei sich in Oxford zu halten.

Aber genau das war auch der Grund für ihr Aufbegehren gewesen. Sie hatte es in diesem Haus der Erinnerungen einfach nicht mehr ausgehalten.

»Es hat zu nieseln begonnen«, lenkte er vom Thema ab und schloss rasch das Fenster. »Bald ist unser kurzer Sommer wieder vorüber. Leider. Flyer und ich spüren den Herbst schon in den Knochen. Wir werden beide nicht jünger.«

Als sein Name genannt wurde, hob der Hund den Kopf. Sienna rechnete nach, wie alt er mittlerweile sein musste. Überrascht stellte sie fest, dass seit dem Tag, als ihr Vater mit einem kleinen Welpen in der Aktentasche nach Hause gekommen war, mehr als 13 Jahre vergangen waren. Den Namen Flyer hatte sie ihm während des darauffolgenden Urlaubs in Cornwall gegeben, da er wie ein Verrückter mit fliegenden Ohren über die Felder und Wiesen gerannt war.

Flyer hatte ihr über viele Probleme ihrer Jugend tröstend hinweggeholfen.

»Ohne ihn wird Dad hier zugrunde gehen«, dachte sie und tätschelte den für jede Streicheleinheit dankbaren Hund.

»Liebes, komm, Mrs Whitcombe hat ein Irish Stew für mich vorbereitet. Du weißt, in welchen Massen sie kocht. Es ist genug für die nächsten Tage da.«

»Ich werde uns den Raum noch etwas anheizen«, meinte er, während er sich über den offenen Kamin beugte, auf dessen Sims die gerahmten Familienbilder standen.

»Lass mich das doch machen, Daddy!«, sagte sie schnell, da sie sah, welche Mühe ihm das Bücken bereitete.

»Wenn du unbedingt willst, Sienna«, gab er zur Antwort.

»Seine Arthrose ist schlimmer geworden«, ging es ihr durch den Kopf. »Wie lange wird er noch seine täglichen Spaziergänge durchführen können?«

Während sie vor dem Feuerraum kniete und einige Holzscheite auflegte, dachte sie über das Leben ihres Vaters nach.

Vor dem Tod ihrer Mutter war er ein zufriedener Mann gewesen, der nach den Schrecken des Weltkriegs seine Erfüllung in der kleinen Familie fand, die er gegründet hatte. Unwillkürlich suchten Siennas Augen den Weg zum Hochzeitsfoto der Eltern, der größten Fotografie oben auf der Steinablage über dem Kamin. Ein hübsches Paar, aufgenommen vor einer kleinen italienischen Dorfkirche, strahlte ihr verliebt entgegen. Die Mutter trug, wie es damals in der Nachkriegszeit üblich war, einen kurzen, über der Stirn leicht aufgebauschten Schleier und ein knielanges Kleid, während ihr Vater in seiner beigen Army-Uniform geheiratet hatte.

Im letzten Kriegsjahr hatte Trevor seine viel jüngere Frau Francesca in der Toskana kennengelernt, als er auf der Seite der Alliierten am Italienfeldzug gegen Hitlers Truppen teilgenommen hatte. Ihn, der kriegsbedingt viele Jahre nicht in seine geliebten Mittelmeerländer hatte reisen können, deren Sprachen er an der Universität lehrte, hatte es sofort zu dem jungen schönen Mädchen hingezogen, das sich zunächst nicht mit einem fremden Soldaten einlassen wollte.

»Dann erhörte sie ihn aber doch«, schmunzelte Sienna bei der Erinnerung und legte noch mehr Holzscheite auf. Ihr Vater konnte sehr dickköpfig sein, wenn er sich etwas vorgenommen hatte.

Es war den beiden nur eine sehr kurze gemeinsame Zeit geblieben, denn im Sommer nach Siennas siebtem Geburtstag wurde ihr Glück für immer zerstört.

»Komm, Kind, das Essen wird kalt. Die gute Mrs Whitcombe hat sich solche Mühe damit gegeben. Wir sollten sie nicht enttäuschen.«

Sienna folgte ihm ans Kopfende des langen Tisches, auf den die Wirtschafterin eine leicht verfleckte Baumwolldecke gelegt hatte.

»Die alte Mrs Whitcombe macht es sich immer einfacher!«, ärgerte sich Sienna.

»Und, mein Kind, was ist der eigentliche Grund für deinen Überraschungsbesuch?«, begann er. »Die Sorge um meine Gesundheit führt dich wohl nicht hierher.«

Sie sah ihn mit großen Augen an. Schon früher hatte er sich nicht belügen lassen.

Schließlich fasste sie sich ein Herz und meinte: »Daddy, ich werde morgen nach Brasilien fliegen.« Es war besser, nicht länger um den heißen Brei herumzureden.

Trevor Davis kniff die Augen zusammen. »Was wirst du, Sienna?«, fragte er. Diese Auskunft hatte er wohl nicht erwartet.

Sie schluckte. »Bob hat mich auf eine Story über Kautschuk angesetzt. Dafür muss ich ein paar Tage vor Ort recherchieren.«

»Aber sicherlich nicht an der Copacabana, oder?« Ihr Vater klang besorgt.

»Nein... Nicht ganz. Ich habe einen Flug nach Manaus am Amazonas, Dad.«

Als sie seinen entgeisterten Gesichtsausdruck sah, sprach sie schnell weiter: »Alles ganz ungefährlich. Nur eine einfache Fotodokumentation, weißt du. Bäume knipsen, ein paar Leute interviewen, nichts Aufregendes. Du musst dir wirklich keine Sorgen machen. Und ich spreche ja zum Glück Portugiesisch. Mir kann also nichts passieren.«

Ihr Vater schwieg zunächst. Dann fragte er: »Und was sagt dein neuer Freund dazu, dass du ganz allein in den Urwald fliegst?«

Sienna wich seinem Blick aus und schaute auf den an manchen Stellen schon recht abgetretenen Teppichboden. Zwischen der Küchentür und der Vitrine lagen einige Staubflusen herum.

»Er... er hat viel Arbeit, weißt du«, murmelte sie schwach.

Bisher hatte sie ihrem Vater nicht die ganze Wahrheit über Charles erzählt. So kannte Trevor Davis weder dessen Nachnamen noch wusste er, dass Charles verheiratet war. Schon gar nichts hatte sie ihm über dessen Beruf und sein Leben in der Öffentlichkeit berichtet.

»Nach großer Liebe klingt das ja nicht, Sienna«, kommentierte er und stocherte missmutig mit dem Suppenlöffel in seinem Eintopf herum. Sie sah, dass ihm das Stück Lammfleisch vom Löffel rutschte, was er aber nicht zu bemerken schien.

Wiederholt ärgerte sie sich über die Gleichgültigkeit ihres Geliebten.

»Nicht jeder hat als Idealbild seines Lebens ein Häuschen im Grünen und eine lärmende Kinderschar davor. Die Zeiten haben sich geändert. Es gibt auch noch andere Zukunftsentwürfe, Dad!« Ihre Stimme war unabsichtlich lauter geworden.

Langsam sah er von seinem Teller auf und betrachtete sie eingehend.

Sofort bereute Sienna ihre harten Worte, wusste jedoch nicht, wie sie die Sache wiedergutmachen konnte. Sie fühlte sich unwohl, da er nichts darauf erwiderte.

Hastig griff sie nach dem Glas und trank einen Schluck Wasser.

Ruhig und beinahe jede Silbe betonend, meinte er schließlich: »Irgendwann Sienna, wirst auch du erkennen, dass daran nichts Verwerfliches ist.«

Daraufhin aß er stumm weiter.

MANAUS, BRASILIEN

1

Sie hörte sein *desculpe, desculpe*! bereits, seitdem er den oberen Abschnitt der Fluggastbrücke erreicht hatte, doch Sienna schenkte den Schritten, deren dumpfer Widerhall sich gleich darauf in der ganzen Kabine verbreitete, keine große Beachtung. Hoffentlich waren sie jetzt endlich vollzählig und mussten nicht noch länger auf weitere Passagiere warten. Ihr Abflug aus São Paulo hatte sich schon um mehr als fünfzig Minuten verzögert.

Sie war es leid, mitzuverfolgen, wie sich die anderen Flugzeuge zielstrebig über das Rollfeld in Richtung Startbahn bewegten und von dort abhoben, während ihre Maschine immer noch am Gate stand. Selbst das Lächeln der beiden Stewardessen, die leise miteinander neben der Cockpittür tuschelten, konnte nicht darüber hinwegtäuschen, dass auch die Besatzung langsam ungeduldig wurde.

Vor einer Viertelstunde hatte man Wasser an die Fluggäste verteilt, da es wegen der ausgeschalteten Klimaanlage stickig und warm geworden war.

Sienna starrte auf den leeren Plastikbecher auf ihrem Klapptisch.

Während des Nachtflugs hatte sie kaum geschlafen. Ihr Rücken schmerzte, und die Beine fühlten sich seltsam steif an. Sienna begann, mit den Zehen zu spielen und versuchte auf diese Weise, den Blutstrom in ihren Füßen anzuregen. Die Zeitumstellung machte ihr mehr zu schaffen als erwartet.

Ihr Blick fiel auf die von der Sonne verdorrte Landschaft hinter den gesichtslosen Betonbauten des Flughafens. In matten Braun- und Grautönen lag die endlose Ebene vor ihr, die heiße Luft flimmerte und hinterließ einen breiten diffusen Streifen am Horizont. Es musste schon eine Ewigkeit nicht mehr geregnet haben. So unwirtlich und trocken hatte sie sich Brasilien nicht vorgestellt. Es war höchste Zeit, dass sie von hier fortkam!

Auf keinen Fall wollte sie in São Paulo übernachten müssen.

Der verspätete Reisende war in der Mitte der Boeing angelangt und entschuldigte sich immer noch lautstark. Sein übertriebenes Getue ging Sienna auf die Nerven. Sie griff nach dem kleinen Kissen, das sie zuvor im oberen Gepäckfach gefunden hatte, und versuchte, eine einigermaßen bequeme Position einzunehmen. Auf dem mehrstündigen Inlandsflug nach Manaus, der nun vor ihr lag, würde sie die fehlenden Stunden Schlaf nachholen, um wieder zu Kräften zu kommen.

Der ständig um Verzeihung bittende Mann war auf ihrer Höhe angelangt. Sienna hoffte, dass der frei gebliebene Platz neben ihr nicht für ihn reserviert war. Er schien kein ruhiger Sitznachbar zu sein. Ihr Kopf versank in der Kuhle zwischen Armlehne und Fenster.

Während er sein Handgepäck hektisch in die dafür vorgesehene Klappbox einlud, entfuhr ihm ein Ausdruck des Unmuts. Wahrscheinlich hatte er nicht damit gerechnet, ihre Umhängetasche im Stauraum vorzufinden. Es dauerte, bis er im hinteren Bereich der Kabine ein leeres Fach gefunden hatte, und Sienna wünschte sich erneut, dass er auch dort sitzen bliebe.

Doch kurz darauf erfolgte eine Erschütterung: Die gesamte Stuhlreihe geriet ins Wanken, da sich der Passagier tatsächlich in den Sitz neben sie fallen ließ.

Waren drei Reihen weiter vorne neben dem Notausstieg nicht noch zwei Plätze frei gewesen? Sienna meinte jedenfalls, sich daran zu erinnern. Hätte sich der unangenehme Mensch nicht dort niederlassen können? Warum hatte gerade sie stets so ein unwahrscheinliches Pech!

»Er muss übergewichtig sein«, vermutete Sienna, öffnete aber immer noch nicht die Augen. Erst nachdem sich ein leichter Schweißgeruch ausbreitete, schielte sie durch die Lider und sah den enormen Bauch des Mitreisenden, der nur teilweise von einem stark behaarten Unterarm verdeckt wurde. Als sie feststellte, dass sein Ellenbogen auch noch viel zu weit in ihren Sitzbereich hineinragte, atmete sie zur eigenen Beruhigung tief ein. Ihr blieb auch nichts erspart.

In diesem Augenblick zog der Mann ein Taschentuch aus der Hose und wischte sich damit nervös über die glänzende Stirn. Bei der Flugbegleiterin bestellte er sogleich einen Softdrink.

»Das kann ja ein erholsamer Flug werden!«, dachte Sienna. Hoffentlich würde sie rasch einschlafen.

Nachdem die hübsche Stewardess zum wiederholten Mal durch den Flur gelaufen war und die Vollzähligkeit der Fluggäste kontrolliert hatte, rollte die Maschine endlich zur Startbahn und hob sanft ab. Durch den Schub wurde Sienna für wenige Sekunden in ihren Sitz hineingedrückt, rutschte dann aber neugierig nach vorne, um São Paulo von oben sehen zu können. Die Stadt tief unten kam ihr wie ein einziges Labyrinth vor, das sich auf einer weiten Hochebene ungeordnet und planlos ausbreitete und dabei immer größere Flächen seines Umlandes in Besitz nahm. Nichts schien vor diesem ungestümen Wachstum Halt zu machen.

Bald befanden sie sich auf einigen tausend Metern Höhe und hatten die Dunstglocke, die sich wahrscheinlich ständig über der riesigen Industriestadt auftürmte, durchbrochen. Die größte Wirtschaftsmetropole Brasiliens lag mittlerweile weit hinter ihnen. In weniger als fünf Stunden würde Sienna das tropische Manaus mitten im Amazonasdschungel erreichen.

Die schützende Wirkung der Wolken fehlte hier oben, weshalb ihr die Sonne nun direkt ins Gesicht schien. Sienna zog die Schiebeklappe über die kleine Fensterluke. Im Schatten hoffte sie die nötige Ruhe zu finden.

Der Mann nestelte an seinem Gurt herum. Höchstwahrscheinlich beengte ihn der schmale Riemen um den Bauch, und er wollte ihn so schnell wie möglich lockern.

Sienna versuchte noch einmal, eine einigermaßen komfortable Schlafhaltung einzunehmen, doch es gelang ihr nicht mehr. Daher begann sie, die Gedanken der vergangenen Nacht zu ordnen.

Auf Höhe des Äquators war es während ihres Transatlantikflugs zu Turbulenzen gekommen, sowohl die Reisenden als auch die Crew mussten angeschnallt auf ihren Sitzplätzen bleiben. Dabei hatte Sienna an ein mit kostbaren Kautschuksamen beladenes Schiff gedacht, das sich durch beängstigend hohe Ozeanwellen kämpfte.

Welche Furcht mochte die Besatzung damals empfunden haben, als der Dampfer von der Kraft der Wogen wie ein Spielball hin- und hergeschaukelt wurde? Zweiundzwanzig Tage, so hatte sie in ihren Unterlagen gelesen, war die Amazonas von Santarém bis Liverpool unterwegs gewesen. Wickham musste mit dem Schlimmsten gerechnet haben. Durch sein gewagtes Unternehmen hatte der Abenteurer alles auf eine Karte gesetzt. Seine ganze Zukunft hatte auf dem Spiel gestanden. Bei einem erneuten Scheitern hätte ihm wohl der endgültige finanzielle Zusammenbruch gedroht.

Wie hatte es der Glücksritter nur verhindert, dass die empfindlichen 70000 Samen auf der langen Reise keimten?

Die schlaflose Nacht und der Jetlag setzten ihr schon genug zu. Und nun noch dieser dicke Mann neben ihr, dem ständig ein Missgeschick passierte.

Es war später Montagmorgen brasilianischer Zeit. In London verließen die meisten Menschen, bedingt durch die Zeitverschiebung, bereits ihre Arbeitsstätten und befanden sich auf dem Heimweg. Ob sich Charles noch in Suffolk bei seiner Familie aufhielt und dort den besorgten Ehemann spielte? Aber wahrscheinlich war er schon in seinem Londoner Büro. In der Stadt würde er eine Woche lang fern jeglicher häuslichen Probleme sein – wenn Grace nicht wieder einen ihrer Anfälle bekam.

»Und Dad?«, überlegte sie. Wenn ihn Flyer nicht schon geweckt hatte, um ihn an den abendlichen Spaziergang am Themseufer zu erinnern, läge er mit Sicherheit noch auf der Couch in seinem mit Büchern überfüllten Arbeitszimmer, um ein Nachmittagsschläfchen zu halten.

Der Abschied von ihrem Vater war ihr schwerer gefallen, als sie zugeben wollte. Ständig hatte sie seinen anklagenden Blick gespürt, der ihr riet, endlich zur Ruhe zu kommen.

Trevor hatte es sich nicht nehmen lassen, Sienna zum Bahnhof zu begleiten. Nur als er auch noch ihren Koffer tragen wollte, erhob sie Einspruch.

Zunächst waren sie, ohne viele Worte zu wechseln, nebeneinander hergelaufen, doch infolge seiner früheren Lehrtätigkeit am

Oriel College kannte der Professor zahlreiche Leute in Oxford und wurde daher an jeder Ecke aufgehalten.

Sie fürchtete schon, ihre Verbindung nach Heathrow zu verpassen, doch als sie am Bahnsteig ankamen, hörten sie, dass der Zug aus Banbury Verspätung hätte. Gedanklich richtete sie sich auf eine unangenehme Wartezeit ein.

Um die Zeit zu überbrücken, kontrollierte Sienna ihre Reiseunterlagen und vertiefte sich in die Daten des Flugtickets. Sie hatte Angst davor, noch einmal mit ihrem Vater zu streiten, und wich daher einem Gespräch aus.

Dieser ließ sie vorerst gewähren, doch als die Lautsprecherstimme die Einfahrt des Expresszuges ankündigte, kam er plötzlich näher. Das helle Qietschen der Bremsen überschallte beinahe die wenigen Worte, die er mit trauriger Miene an sie richtete: »Pass auf dich auf, Sienna.«

Sie wollte so rasch wie möglich diesen Abschied hinter sich bringen und griff hastig zum Koffer. »Daddy, ich muss«, sagte sie schnell und hielt bereits Ausschau nach der nächsten Waggontür.

Indem sie ihm einen flüchtigen Kuss auf die Wange drückte, eilte sie davon, doch Trevor folgte ihr bis zum Einstieg. Er half ihr dabei, den Koffer hochzuhieven und die Tür von außen zu schließen.

Dann folgte die Stille kurz vor der Abfahrt. Beide sahen sich in die Augen, aber niemand sprach ein Wort durch das hochgeschobene Fenster. Der Bahnbeamte führte schon die Pfeife zum Mund, als Siennas Vater nach seiner Jackentasche tastete und auf einmal einen kleinen Samtbeutel in der Hand hielt, den er ihr entgegenstreckte. Ungläubig betrachtete sie den schwarzen Stoff und griff danach. Geschenke waren gewöhnlich nicht seine Art.

»Der Inhalt wird dich hoffentlich ebenso klar ans Ziel führen wie er mich immer geleitet hat, Sienna.«

Er konnte nicht weitersprechen, denn der Pfiff ertönte, der das unmissverständliche Signal zur Abfahrt des Zuges war.

»*Droga*«, hörte sie erneut den Mann zu ihrer Linken sagen. Als sie die Augen öffnete, sah sie, dass er sich schwerfällig bückte, um etwas vom Fußboden aufzuheben.

Es waren einige ihrer Papiere, die sie zuvor noch studiert hatte. Dummerweise waren die Blätter auf ihrem Schoß liegen geblieben.

Vor lauter Müdigkeit hatte sie es versäumt, die Unterlagen in ihre Tasche zu räumen. Wahrscheinlich wurden sie dann durch eine Unachtsamkeit ihres Nachbarn auf den Boden befördert, wo sie jetzt zwischen seinen Füßen verteilt lagen. Sienna verdrehte die Augen. Was war das nur für ein schusseliger Kerl.

»Ich mache das schon selbst«, fuhr sie ihn entnervt an, doch er hatte die Seiten bereits aufgesammelt und übergab sie ihr mit einem entschuldigenden Gesichtsausdruck.

»Pardon, Senhora, heute läuft bei mir wirklich alles aus dem Ruder. Wie ich São Paulo, diesen Sechsmillionenmoloch, hasse. Zweieinhalb Stunden im Stau – und das nur, um nach Guarulhos zum Airport zu kommen«, ließ er sich aus. »Immer dieser elende Verkehr auf dem Planalto.«

Sie nickte abwesend und versuchte, die Blätter einigermaßen zu ordnen.

»Es ist eine Schande für die größte Stadt Südamerikas. Jeden Tag kommt eine neue Siedlung in der Peripherie dazu, aber nichts ist anständig geplant oder durchdacht. Dabei wissen die Politiker schon seit Jahren, dass sich Millionen von *nordestinos* auf den Weg in den Süden machen. Ich weiß nicht, wo das noch alles enden wird.«

Wenn er nur mit seinen Monologen aufhören würde! Auch Sienna hatte während ihres Landeanflugs heute Morgen dem platten, braunen Hochplateau, auf dem sich São Paulo ungebremst ausdehnte, nichts abgewinnen können. Sie war froh gewesen, nach den überstandenen Einreiseformalitäten und einer für ihr Empfinden viel zu langen Pause am Gate endlich in das Anschlussflugzeug nach Manaus steigen zu können.

Um ihm nicht länger zuhören zu müssen, lächelte sie etwas steif und war schon im Begriff, die Papiere im Fach vor sich zu verstauen, als der korpulente Mann meinte: »Jetzt musste auch noch dieser Flieger hier auf mich warten. Das ist mir äußerst unangenehm, wissen Sie. Aber was soll ich tun? Meine Maschine nach Belém ist schon abgeflogen, und das ist die einzige Chance, heute noch über Umwege zurückzukommen.«

Sienna hatte keine Lust darauf, seine Erzählungen anzuhören. Bewusst unhöflich wendete sie sich ab.

»Augenblick!« Seine weiche Hand griff nach ihren Unterlagen. »Habe ich da etwa WICKHAM gelesen?«, fragte er überrascht.

Bevor sich Sienna aufregen konnte, sagte er: »*Borracha* - Kautschuk! Das Gold des Amazonas. Ein heikles Thema. Interessieren Sie sich dafür?«

Sienna wurde aufmerksam. War ihr Nebenmann etwa mit der Sache vertraut?

»Entschuldigen Sie vielmals, dass ich mich noch nicht bei Ihnen vorgestellt habe. Der Stress hat wohl alle guten Eigenschaften in mir tief vergraben«, begann er zu scherzen. »Ernesto Batista, von Haus aus Ethnologe und mit der wunderbaren Aufgabe betraut, das *Museu do Índio* in Belém zu leiten. Er kramte umständlich in seiner Sakkotasche, fand das Gewünschte aber erst, nachdem er die falsche Innentasche durchsucht hatte.

»Hier, meine Verehrteste, meine Visitenkarte. Man weiß ja nie.«

Sienna ließ diese rasch zwischen den losen, immer noch ungeordneten Blättern verschwinden. Wenn er doch nur aufhören würde, dauernd zu reden. Ihr Kopf schmerzte vor Übermüdung, und sie hatte keine Lust auf stundenlangen Smalltalk bis Manaus.

»Fliegen Sie auch bis Belém?«, forschte er nach, ohne sich um ihr Schweigen zu kümmern.

»Nein, ich steige in Manaus aus.« Sie holte tief Luft. Ein englischer Gentleman würde sich nie dermaßen aufdringlich verhalten. Merkte er denn nicht, dass sie an einer Unterhaltung kein Interesse hatte?

»Sie sind keine gewöhnliche Touristin, nicht wahr? Wie lautete noch einmal Ihr Name?«, hakte er nach.

Sie konnte sich nicht erinnern, ihm diesen genannt zu haben.

»Davis«, entgegnete sie kurz.

Er pfiff durch die Zähne und schien plötzlich hellwach. »Aus Europa?«

Doch bevor er sie antworten ließ, fuhr er schon fort: »Aber nicht aus Portugal, aus England, stimmt's? Ich habe Ihren Akzent herausgehört.«

Es schien so, als würde er sich sichtlich über seinen Rateerfolg freuen.

Sie nickte unverbindlich.

»Und was haben Sie in der *zona franca* vor?«

»Wie bitte?«, fragte sie.

»Na, in der Freihandelszone. So nennt man das Sonderwirtschaftsgebiet, das vor gut einem Jahrzehnt in Manaus geschaffen wurde. Nach dem zweiten Kautschukboom in den Vierzigerjahren lag der lokale Handel nämlich vollständig am Boden. Und das nach einem halben Jahrhundert unfassbaren Reichtums.«

Er studierte ihr Gesicht, als wollte er überprüfen, ob sie verstanden hatte. Von einem zweiten Boom nach 1876 wusste Sienna bislang nichts. Sie hatte angenommen, dass sich das Anzapfen der weit im Urwald verbreiteten Bäume mit der Einführung der malaysischen Plantagenwirtschaft erledigt hatte. Doch dies hatte auch nichts mit ihrer Geschichte über Wickham zu tun. Deshalb würde sie sich nicht damit befassen.

»Also?«, beharrte er jedoch.

»Reines Interesse am Dschungel«, schloss sie. Sie nutzte die Pause, zog ihr Kissen hervor und schloss die Augen.

Es mussten zwei oder drei Stunden vergangen sein, als sich Batista über sie beugte und in Richtung der halb herabgezogenen Fensterblende spähte.

»Wollen Sie etwas absolut Atemberaubendes sehen, Senhora Davis?«, fragte er schmunzelnd. »Obwohl ich schon so alt bin und diesen wunderbaren Teil der Welt bereits unzählige Male überflogen habe, berauscht mich der Anblick immer wieder aufs Neue. Da, schauen Sie nur, diese meanderförmigen Schleifen, in denen sich der Fluss in seiner unvorstellbaren Breite durch das üppige Grün bewegt.«

Sienna schob die Klappe ganz nach oben und blinzelte leicht, da die Helligkeit auf ihre Augen traf. Die Wolkendecke war nun vollständig verschwunden, und unter ihr zog sich bis zum Horizont ein einziges dunkelgrünes Meer, das von einem Gewirr unzähliger blauer Adern durchflossen wurde. Vor lauter Staunen konnte sie ihm nicht antworten. Stattdessen rutschte sie noch näher an das kleine, ovale Fenster, um die unfassbar schöne Aussicht zu genießen.

Batista schaute auf die Uhr und sagte dann: »Ich schätze, wir überfliegen soeben den Rio Juruena, einen der größten Nebenflüsse des Amazonas. Er entspringt im nördlichen Mato Grosso und mündet direkt in Santarém in den großen Strom.«

Sienna zuckte zusammen. In Santarém war Wickham damals dank einer glücklichen Fügung auf den Kapitän des modernen britischen Dampfers *Amazonas* gestoßen, dessen Ladung zuvor gestohlen worden war. Umso erfreuter hatte sich der verzweifelte Schiffsführer nach diesem Vorfall gezeigt, als ihm Wickham die geheime Fracht anbot und versprach, ihn für die geleistete Hilfe fürstlich zu bezahlen.

»Unglaublich!«, entfuhr es ihr. So etwas Paradiesisches hatte sie noch nie gesehen. Das Ausmaß der Wasserläufe und des bis zum Horizont reichenden Waldes war gigantisch. Sie erkannte ein Labyrinth von bewaldeten Inseln, Flussbiegungen und Sandbänken, die mit dem Grün des Urwaldes zu verschmelzen schienen.

»Ja, das ist meine Heimat, Senhora. Nie könnte ich irgendwo anders leben. Die Lunge der Welt. Wissen Sie, dass sich neun Staaten den Amazonasregenwald teilen, Brasilien aber mit einer Landfläche, die größer ist als Westeuropa, den Hauptteil besitzt? Man kann diesen Garten Eden tatsächlich als die Krönung der Natur bezeichnen, denn er beherbergt allein 40000 Pflanzenarten. Aber wahrscheinlich finden wir, wenn wir weiter in seine Tiefen vordringen, noch weitaus mehr unbekannte Spezies. Dieser Dschungel ist eines der letzten großen Mysterien unseres wunderbaren Planeten.«

Als Batista so begeistert über den Regenwald zu ihren Füßen sprach, wurde ihr der Mann langsam sympathischer. Erwartungsvoll schaute sie ihm jetzt direkt in sein rundes, von einem dichten Oberlippenbart dominiertes Gesicht, aus dem er sie hinter dicken Brillengläsern freundlich anlächelte.

Die Stewardess ging noch einmal durch die Reihen, um warme Getränke auszuschenken. Batista bestellte für beide einen *cafezinho*, der für Siennas Geschmack recht stark war.

»Unser Kaffee ist für Sie noch gewöhnungsbedürftig, wie ich sehe.«

Sie fühlte sich ertappt und schmunzelte.

Er schien sich über ihr erwachtes Interesse zu freuen und sprach sogleich weiter: »Und natürlich meine Indios! Mehr als 300 unterschiedliche Bevölkerungsgruppen - und wahrscheinlich haben wir noch nicht mal alle entdeckt - leben immer noch auf traditionelle Weise an irgendeinem entlegenen Amazonasarm. Die Ausmaße dieses Gebietes sind einfach unvorstellbar.«

Ohne auf eine Antwort ihrerseits zu warten, fuhr er fort: »Sie haben Glück, dass Sie jetzt im August zur Trockenzeit hier sind. In wenigen Monaten werden sich die Wassermassen überall ausdehnen und ein Durchkommen ohne Boot völlig unmöglich machen. Dann verdienen der Fluss und all seine Nebenarme wirklich die Bezeichnung Grüne Hölle. Glauben Sie mir.«

»Der längste Fluss der Erde also?«, fragte Sienna fasziniert.

»Nicht ganz, aber mit seinen 6400 km kommt er gleich nach dem Weißen Nil.«

Sie verstand.

Die Ansage der Stewardess informierte die Fluggäste darüber, dass sich das Flugzeug auf dem Landeanflug befand und sich die Passagiere erneut anschnallen sollten. Entgegen ihrer Erwartungen war die Zeit mit dem Professor überraschend schnell vergangen, und sie musste zugeben, dass er über ein enormes Wissen verfügte. Beinahe freute sie sich jetzt sogar darauf, in dieses Wunderland einzutauchen.

Batista suchte hektisch nach dem Gurt, der zwischen die Sitze gerutscht war, und strich dabei über Siennas Hüfte, was ihn jedoch nicht zu stören schien.

»Südamerikanische Männer«, dachte Sienna und amüsierte sich.

Das Flugzeug verlor zunehmend an Höhe. Sienna entdeckte unter sich ein gerodetes rechteckiges Areal inmitten grüner Wälder, das wohl den Flughafen darstellen sollte. Von hier oben aus sah die Landebahn jedoch erschreckend klein aus.

»Wohin hat mich Bob nur geschickt.« Sie schüttelte den Kopf und betete, dass der Pilot die Piste nicht verfehlen würde.

Bald schon setzten sie auf der Rollbahn auf, und die Mitreisenden erhoben sich lärmend, als der Flieger endlich stand. Ein jeder sprach durcheinander, und plötzlich musste alles ganz schnell gehen. Die Mütter kümmerten sich um ihre kreischenden Kinder und griffen nach der Zeitschrift, in der sie soeben noch gelesen hatten. Ihre Männer zerrten die Gepäckstücke aus den dafür vorgesehenen Fächern und gerieten aneinander, weil keiner dem anderen den Vortritt lassen wollte.

Als endlich die Türen geöffnet wurden und alle Reisenden zu den beiden Ausgängen strebten, atmete sie erleichtert auf.

Batista verstellte ihr mit seiner Leibesfülle im schmalen Flur den Weg. »Sie müssen mich besuchen, wenn es Sie nach Belém verschlägt, junge Dame. Versprechen Sie mir das?«

Sie wollte ihm gerade noch erklären, dass sie gewiss nicht an die Mündung des Amazonas fahren würde, die immerhin mehrere tausend Kilometer von Manaus entfernt lag, als sich ein Mann im hellgrauen Zweireiher zwischen sie drängte.

»Auch egal«, sagte sich Sienna. Jetzt musste sie erst einmal in ihr Hotel kommen.

Nachdem sie ihr Gepäck an sich genommen hatte und hinaus in die Empfangshalle des Flughafens trat, traf sie die feuchte Hitze mit ihrer ganzen Wucht. Es war noch drückender als im Gewächshaus von Kew Gardens. Sofort krempelte sie sich die Ärmel ihrer Bluse hoch und öffnete zwei Knöpfe am Ausschnitt. Dennoch klebte der Stoff bereits an ihrem Körper.

»Puh!«, stöhnte sie. Wenn es im Gebäude schon so unerträglich war, wie würde es dann erst draußen sein?

Hinter der automatischen Tür hatte sich eine Doppelreihe von jungen Männern dunklerer Hautfarbe gebildet, die große Pappschilder vor der Brust trugen, auf denen die Namen der Ankommenden standen. Auch Sienna würde abgeholt werden, hatte ihr Hazel erklärt.

Tatsächlich fragte im nächsten Augenblick ein mittelgroßer Mulatte: »Senhora Davis?« und grinste dabei über beide Ohren. »Mein Name ist Floriano, Ihr Fahrer.«

Sienna war froh, dass wenigstens der Empfang problemlos geklappt hatte. Als er sie zum geparkten Wagen führte, kämpfte sie gegen die Schwüle an, die sie bereits umfing. Sie hatte auch Schwierigkeiten, sein Portugiesisch zu verstehen, das viel weicher und singender klang als Flávia immer gesprochen hatte. Doch Sienna begriff immerhin, dass er sie zum Tropical de Manaus bringen würde, dem Hotel, in dem für sie ein Zimmer reserviert worden war. Rasch stieg sie in das Taxi ein, in dem es jedoch noch stickiger war als draußen, und kurbelte das Fenster herunter.

Sofort nachdem sie das Flughafengelände verlassen hatten, stellte Sienna fest, wie leer die Straßen im Vergleich zu London waren. Autos schienen kaum zu verkehren, dafür aber einige recht ramponiert aussehende Busse und etliche kleinere VW-Transporter, die wohl die Nebenstrecken bedienten. Auch der weiße Chevrolet, in dem sie jetzt saß, hatte schon bessere Zeiten gesehen.

Beidseits der Straße waren perlschnurartig ein paar schiefe Strommasten aufgereiht, von denen die Leitungen ungeordnet ins Hinterland führten. Aufgrund der Betonmauern und der damit abwechselnden dichten Vegetation konnte sie sonst nicht viel erkennen. Hier und da lag neben einer bunt bemalten Bar eine Kuh am Straßenrand oder ein herrenloser Hund rannte über die Fahrbahn.

Das sollte also das prächtige Manaus, das Paris der Tropen, sein, dachte Sienna. Laut ihrer Informationen aus dem Londoner Archiv war die Stadt einst ein Ort des überbordenden Luxus gewesen. Ende des vergangenen Jahrhunderts hatten von elektrischem Licht hell erleuchtete Boulevards die Casinos und Schauspielhäuser miteinander verbunden. Mit dem Import von Stahl aus England, Marmor aus Italien und Keramikkacheln aus Deutschland scheuten die Gummibarone keine Kosten, um Manaus den Stempel grenzenlosen Reichtums aufzudrücken. Innerhalb von vierzig Jahren war aus dem 5000-Seelen-Ort eine Großstadt mit unzähligen Palästen und der ersten Straßenbahn Südamerikas geworden.

»Bald sind wir in Ihrem Hotel am Rio Negro«, meinte ihr Chauffeur aufmunternd.

Sienna runzelte die Stirn. »Warum am Rio Negro? Ich denke, am Amazonas.« Sie vermutete schon, er würde sie an einen falschen Ort bringen. War sie etwa zu vertrauensselig in seinen Wagen gestiegen?

Floriano lachte: »*Claro*, das Tropical befindet sich noch vor dem Encontro das Águas, dem Zusammenfluss von Rio Negro und Rio Solimões. Auf Höhe des Hotels ist das Wasser sehr dunkel. Ich habe mal einige Tage lang einen Bergbauingenieur herumkutschiert, der mir den Grund dafür erklärte. Es soll an den Säuren liegen, die der Fluss aus dem Boden gewaschen hat. Obwohl das Wasser fast schwarz wirkt, ist es absolut klar.«

»Ich bin hier also noch gar nicht am Amazonas?«, hakte Sienna nach.

»*Isso,* Senhora, den richtigen Amazonas finden Sie erst zehn Kilometer weiter flussabwärts. Das Schauspiel der nebeneinander herfließenden zweifarbigen Wassermassen sollten Sie sich keinesfalls entgehen lassen. Ich könnte Sie für einen guten Preis morgen hinfahren…«

Doch Sienna winkte ab. Für touristische Ausflüge hatte sie hier wirklich keine Zeit. Sie musste so rasch wie möglich mit ihrer Recherche beginnen.

»Also zur Ponta Negra«, meinte Floriano. Er wirkte enttäuscht, weil er ein gutes Geschäft gewittert hatte.

In der Hoffnung, dass ihr der Fahrtwind etwas Kühlung verschaffen würde, kurbelte sie das Seitenfenster noch weiter hinunter und ließ die Landschaft an sich vorbeiziehen.

Nachdem er rechts auf eine kleinere Nebenstraße abgebogen war, sah sie den Strom. Sienna war sprachlos. Vor ihr breitete sich eine einzige dunkle, träge dahinfließende Wasserfläche aus, sodass sie meinte, sich an irgendeinem Meer und nicht inmitten des brasilianischen Dschungels zu befinden. Das gegenüberliegende Ufer war nur als schmaler Silberstreifen am Horizont erkennbar, an das sich der von bedrohlich dunklen Wolken bedeckte Himmel anschloss. Kein Berg, kein Hügel war dahinter zu sehen – die Landschaft wirkte topfeben, unendlich weit und war einfach überwältigend.

Sie hieß den Fahrer anhalten und stieg aus dem Taxi, um ein paar Schritte zu gehen.

Unterhalb der Promenadenbrüstung, an der sie jetzt lehnte, lag der feinsandige Strand, an dem gerade einige Sonnenhungrige gebadet hatten. Wegen des nahenden Gewitters packten diese jedoch eilends ihre Habseligkeiten zusammen oder liefen bereits zu einem der verbeulten Minibusse, die oben auf der Küstenstraße parkten.

Auch Floriano hatte den Chevrolet verlassen und zündete sich neben ihr genüsslich eine selbstgedrehte Zigarette an.

»Das kennen Sie von England her nicht, denke ich«, meinte er und blies ein paar Rauchkringel in die schwüle Luft. »In der Regenzeit wird an dieser Stelle der Amazonas manchmal 15 bis 20 Kilometer breit. Dann sehen Sie von Iranduba auf der anderen Flussseite überhaupt nichts mehr.«

Sienna musste lachen. Sie dachte daran, wie schmal die Themse bei Oxford war. Die Dimensionen waren einfach nicht vergleichbar. Die Ausmaße dieses Landes waren unbeschreiblich.

»Und hier kann man wirklich baden?«, fragte sie ungläubig.

Er grinste: »Sie sehen es doch. Nicht der ganze Lauf des Amazonas ist voller Piranhas und Krokodile, Senhora.«

Sienna fiel ein vor Vergnügen quietschendes Kleinkind auf, das bis zu den Knien im Wasser stand und seiner Mutter, die es zur Eile rief, nicht gehorchen wollte. Gerne wollte sie Florianos Worten Glauben schenken.

Mit einem besorgten Blick auf den Himmel meinte der Taxi-Chauffeur nun aber: »Es wird gleich regnen, und Sie sollten lieber trocken ins Tropical kommen.«

»Ich bin Regen gewohnt«, antwortete Sienna und erinnerte sich an die nebelverhangenen, nassen Tage in London. Bald wäre auch in England der Sommer vorüber, und der Schirm würde wieder zu ihrer täglichen Ausrüstung gehören. Bei dem Gedanken, was sie nach ihrer Rückkehr zu Hause erwartete, fühlte sich ihr Mund auf einmal trocken an. Charles – nein, nur nicht an ihn denken!

Floriano zeigte einen belustigten Gesichtsausdruck: »Das, was hier gleich ankommen wird, haben Sie sicher noch nie erlebt. Darauf wette ich.«

Sie hatten es gerade noch geschafft. Der Himmel öffnete jetzt mit einer für Sienna ungekannten Kraft seine Schleusen und ließ Regentropfen in Schneeballgröße auf die Erde herabprasseln. Auf einen Schlag wurde die Welt um sie herum dunkel und wenig einladend. Mit einem gewaltigen Donnergrollen entlud sich der erste Blitz und erhellte für eine Sekunde die in Düsternis versunkene Hoteleinfahrt, wo sich die Palmen unter dem starken Wind duckten.

Zum Glück war es Floriano noch möglich gewesen, ihren Koffer in die trockene Vorhalle des Tropical zu bringen. Hinter den weißen Säulenreihen, die das Entrée stützten, spritzte das Wasser bereits auf den Marmor der Treppenstufen, und draußen auf der Fahrbahn bildete sich schon ein reißender Bach.

Der Fahrer hatte mit seiner Vorhersage wirklich nicht übertrieben. Sienna war fasziniert von diesem Naturschauspiel.

Während sie am Empfang eincheckte, sah sie, dass sich der Chauffeur immer noch in der Halle herumdrückte. Ob sie ihm zu wenig Trinkgeld gegeben hatte? Doch da drehte sich der Portier schon mit dem Schlüssel in der Hand zu ihr um.

»Wir haben eine wunderschöne Suite für Sie, Senhora. Sogar mit Blick auf unseren hoteleigenen Zoo. Gleich den Flur hier hinten entlang. Tadeu wird Ihnen mit dem Gepäck sogleich behilflich sein.«

Mit einer herrischen Handbewegung rief er den schmalen, livrierten Jungen zu sich und trug ihm auf, sie zu ihrem Zimmer zu bringen.

Bevor sie dem Hoteldiener folgte, legte Sienna diskret eine Zehn-Dollar-Note auf die Palisanderablage. Ihr Gegenüber hielt sofort verstohlen die Hand darüber und sah sie plötzlich höchst erwartungsvoll an. Sie hatte schon oft die Erfahrung gemacht, dass sich mit etwas Geld die Hilfsbereitschaft der meisten Leute enorm verstärkte. Auch jetzt war ihr die Aufmerksamkeit des Portiers sicher.

»Ich muss ein paar alte Akten zum Kautschukboom finden, habe aber nicht viel Zeit für meine Recherche. Wenn Sie mir diesbezüglich helfen könnten, wäre ich Ihnen äußerst dankbar, Senhor«, lächelte sie freundlich, behielt den Mann jedoch im Auge.

Sie sah, dass der Portier konzentriert nachdachte, dann hellte sich seine Miene auf. Mit den Worten »Ich werde alles tun, was in meiner Macht steht, Senhora« griff er nach dem Geldschein und ließ ihn schnell in der Seitentasche seiner Uniform verschwinden.

Sein vielsagender Blick ließ keinen Zweifel offen, dass er einen passenden Weg finden würde, ihr zu Diensten zu sein.

2

Obwohl Sienna am Vorabend früh ins Bett gegangen war, machte ihr die Zeitverschiebung immer noch zu schaffen. Bei tiefer Dunkelheit wachte sie auf und räkelte sich in den Kissen, konnte jedoch nicht wieder einschlafen. Ein Blick auf die Uhr sagte ihr, dass es früher Morgen sein musste.

Das Rattern des Deckenventilators hinderte sie daran, erneut Schlaf zu finden.

Sie ließ die Stationen ihrer Reise im Geiste Revue passieren und konnte es kaum glauben, tatsächlich in einem der besten Hotels entlang des Amazonas einquartiert zu sein – noch dazu auf Bobs Kosten!

»Geschieht ihm recht«, meinte sie trotzig, es wäre billiger für ihn gewesen, mich in London an meiner Story weiterarbeiten zu lassen.«

Dann überdachte sie noch einmal ihre augenblickliche Lage. Schlecht ging es ihr hier in diesem tropischen Luxustempel gar nicht. Zum ersten Mal seit ihrem Abflug kam in ihr so etwas wie Gelassenheit auf. Sie würde das Beste aus dieser Reise machen und sich einfach ein paar Tage entspannen. Vielleicht war Bobs Rat gar nicht so übel gewesen,

Zufrieden drehte sie sich auf die Seite und zog das dünne Laken über die Schulter. Doch ihre Ruhe währte nicht lange, da sie sich auf einmal an die Szene am Bahnhof in Oxford erinnerte. Plötzlich war sie hellwach und schnellte im Bett hoch.

Der Samtbeutel! Wie hatte sie das geheimnisvolle Geschenk ihres Vaters nur vergessen können? Während der Reise hatte sie das Säckchen nicht untersuchen wollen, da ihr das vollbesetzte Zugabteil und später die Enge des Flugzeugs nicht als der richtige Ort erschienen war. Ein Hotelzimmer war ihr passender für diese sehr persönliche Sache vorgekommen. Doch nach ihrer Ankunft war sie völlig übermüdet ins Bett gefallen und hatte nicht mehr an den Inhalt der Umhängetasche gedacht.

Sienna eilte zum Beistelltisch, auf dem ihr Handgepäck lag, zerrte am Reißverschluss der kleinen Seitentasche und zog ungeduldig den weichen schwarzen Stoff heraus. Gleich würde sie wissen, was ihr Trevor mit auf den Weg gegeben hatte. Die letzten Worte ihres Vaters auf dem Bahnsteig hatte sie immer noch im Ohr. Sein Geschenk solle sie auf ihrer Reise leiten und ans Ziel führen, hatte er vieldeutig gesagt.

Trotz ihrer Neugier zögerte sie kurz, dann öffnete sie den Beutel und hielt ein Stück kühlen Metalls in der Handfläche.

Das Medaillon! Wie lange hatte sie das Schmuckstück nicht mehr gesehen! Auf jedem der Schwarz-Weiß-Fotos auf dem Kaminsims, die ihre junge Mutter zeigten, trug Francesca den Anhänger, doch nach deren Tod war er plötzlich aus Siennas Gesichtsfeld verschwunden. Sie hatte nicht einmal gewusst, dass das Medaillon noch existierte.

Was bezweckte ihr Vater nur damit? Warum gab er ihr das verloren geglaubte Kleinod, den Lieblingsschmuck ihrer Mutter, gerade jetzt? Es war ihr neu, dass ihr Vater an die Wirkung eines Talismans glaubte. Dafür war er viel zu sehr Realist.

Sienna strich mit dem Finger über die quadratische Vorderseite, auf der zwei geschwungene Buchstaben erkennbar waren, die sich um eine exotische Blüte rankten. Das »T« und »F« der beiden Lettern konnte Sienna den Vornamen ihrer Eltern zuordnen, doch die Blume war ihr völlig unbekannt.

Schon wollte sie die beiden Seiten aufklappen, um in das Innere zu sehen, als sie den Zettel entdeckte, der beim Herausziehen des Schmuckstücks aus dem Beutel auf die Tischplatte gefallen war.

Sienna faltete das winzige Papier auf und erkannte die verschnörkelte, schlecht lesbare Schrift ihres Vaters. Kein anderer versah die Großbuchstaben mit diesen ausladenden Schleifen.

Sie las: »Öffne das Medaillon dann, wenn du dein passendes Gegenstück gefunden hast!«, waren die wenigen Worte, die Trevor Davis seiner Tochter um die halbe Welt mitgegeben hatte. Nicht einmal einen Gruß oder seinen Namen hatte er daruntergesetzt.

Sienna begriff nicht. Was wollte er ihr damit sagen? Sie schüttelte verständnislos den Kopf, hielt sich aber aus einem sentimentalen Gefühl heraus an seine Anweisung und legte langsam die Kette um. Kalt spürte sie das Gold auf ihrer Haut.

Zärtlich strich sie mit dem Zeigefinger über die Gravur.

Nach dieser Entdeckung hatte Sienna nicht wieder einschlafen können. Um sich abzulenken, lief sie noch in der Dämmerung zum Hotelpool, wo sie um diese Zeit erwartungsgemäß keinem Menschen begegnete. Dafür begleitete sie beim Schwimmen ein stimmgewaltiges Vogelgezwitscher, wie sie es noch nie erlebt hatte. Es war, als würde der gesamte Urwald um sie herum zu neuem Leben erwachen.

Sanft glitt sie durch das kühlende Wasser und betrachtete dabei die Schönheit des schneeweißen nur drei Stockwerke hohen Hotelgebäudes im edlen Kolonialstil, vor dem palisadenförmig eine Reihe schlanker Palmen wuchs. Nachdem sich der Himmel zunächst nur rosa verfärbt hatte, erschien die Sonne wie eine goldgelbe Kugel am Horizont und stieg schnell über die Bogen der Arkaden, die ihr nun hell entgegenstrahlten.

»Wie im Paradies«, dachte Sienna, trocknete sich ab und folgte verträumt dem Schild *Jardim Zoológico*, das sie am Seerosenteich vorbei zu dem kleinen Zoo im Innenhof des Hotels führte. Hier warf sie einen Blick auf laut krächzende blau-gelbe Papageien, Affen und *capivara* genannte Wasserschweine, bedauerte aber auch den in einem viel zu engen Käfig eingesperrten Jaguar, der in monotonem Schritt ständig am Gitter entlanglief und sie feindselig anfauchte. Wie musste das schöne gefleckte Tier seine Freiheit im Dschungel vermissen!

Danach ging sie frühstücken und freute sich über das riesige Angebot an frischen Früchten, Pasteten und Säften. Sie genoss es, in Ruhe die Schätze des Buffets auszuwählen und nicht, wie zu Hause, in ständiger Hetze ihr Toastbrot herunterzuwürgen, um die nächste *tube* in die City nicht zu verpassen.

An den Nachbartischen saßen meist übergewichtige Kreuzfahrtgäste in leuchtenden Hawaii-Hemden, deren Schiff einen kurzen Halt in Manaus eingelegt hatte. Sienna amüsierte sich insgeheim über die Touristenhüte der Männer und die rosa Shorts der stark geschminkten Frauen.

Irgendwo hatte sie gelesen, dass der Amazonas aufgrund seiner großen Tiefe noch Tausende von Kilometern flussaufwärts mit Überseeschiffen befahrbar war. Dies nutzten die amerikanischen Luxusdampfer aus.

»Es ist nicht richtig, wie sie ihren Wohlstand hier zur Schau stellen«, dachte Sienna während sie in ein *pão de queijo* biss, das ihr außerordentlich gut schmeckte. Die Touristin mit den hellblond gefärbten Locken und dem breiten Goldarmreif regte sich soeben über den Kellner auf, der ihr Englisch nicht verstand. Der Ehemann pflichtete seiner Frau bei und ließ eine abfällige Bemerkung über das niedrige Bildungsniveau der Eingeborenen fallen.

Beide waren sich darin einig, dass der Service in Miami oder auf Barbados doch um Klassen besser sei als in diesem Urwaldkaff.

Sienna stand auf und schob den Stuhl mit einem lauten Ruck nach hinten, sodass ihre Tischnachbarn verstummten. Dieses Gespräch wollte sie sich nicht länger anhören. Sie verabscheute es, wie überheblich sich die Fremden aufführten.

Nach dem starken Kaffee war sie bereit für den Tag und machte sich auf zur Rezeption, wo sie den Portier vom vorigen Abend entdeckt hatte. Mit einem gewinnenden Lächeln ging sie auf ihn zu. Ob es schon Neuigkeiten für sie gab? Vielleicht hatte er bereits seine Kontakte spielen lassen.

Auch er schaute von der Ablage auf, registrierte kurz ihre Anwesenheit in der Empfangshalle, blickte dann aber sofort in eine andere Richtung. Mit einem beinahe unauffälligen Kopfnicken schien er ein Zeichen in Richtung der weißen Säulen im Eingangsbereich zu senden. Hinter diesen saßen schon einige Hotelgäste auf bequemen Rattansofas und waren ganz in ihre morgendliche Zeitungslektüre vertieft. Bildete es sich Sienna ein, oder hatte dabei eines seiner Augenlider leicht gezuckt? Wem hatte er einen Wink gegeben?

Danach konzentrierte sich die Aufmerksamkeit des Hotelangestellten jedoch wieder ganz auf Sienna. Er begrüßte sie betont freundlich. Sie blieb an der mit Schnitzereien versehenen Empfangstheke stehen und wollte das Wort an ihn richten, als plötzlich ein mittelgroßer Mann in den Dreißigern neben ihr auftauchte.

»Senhora Davis?«, fragte er höflich, wobei er zum Gruß etwas übertrieben den Kopf senkte, sie aber nicht aus den Augen ließ.

Sienna wich leicht zurück, betrachtete ihr Gegenüber dann aber genauer. Der Schwarzhaarige trug einen beigen Anzug, dazu ein hellblaues Hemd und eine Krawatte, was ihr bei dieser Hitze völlig überflüssig vorkam. Er war glatt rasiert, hatte polierte Lederschuhe an und machte auch sonst einen sehr gepflegten Eindruck. Es kam ihr vor, als wäre ihm sein Äußeres außerordentlich wichtig.

»Ja?«, antwortete sie überrascht. Woher kannte der Mann ihren Namen?

Er lächelte sie an und machte erneut einen Bückling.

»Darf ich mich vorstellen? Francisco da Cunha, ab heute zu Ihren Diensten«, gab er zur Antwort und führte sie mit leichtem Druck auf ihr Schulterblatt hinter einen der Farne, die in der Halle als Sichtschutz dienten.

Mit einem Blick auf den Portier fuhr er fort: »Ich hörte, Sie benötigen jemanden, der den *jeito brasileiro* bestens kennt und Ihnen bei Ihrer Recherche im Labyrinth der brasilianischen Bürokratie ein wenig behilflich sein kann.«

Selbstbewusst grinste er sie an. Daraufhin trat er theatralisch einen Schritt zurück, streckte die Arme ausladend von sich, als wolle er sich vor ihr präsentieren, und meinte: »Glückwunsch! Diesen Menschen haben Sie nun in mir gefunden, Senhora.«

So rasch funktionierten hier in Brasilien also die Buschtrommeln. Sie hatte nicht erwartet, dass ihr der Portier einen Mittelsmann schicken würde. Der Name eines Mitarbeiters im Archiv hätte ihres Erachtens völlig ausgereicht, um mit der Wickham-Sache weiterzukommen. Bisher hatte sie noch nie Erkundigungen im Team durchgeführt, sondern immer alles allein aussondiert.

»Ich versichere Ihnen, ich bin der Beste!«, lobte er sich nun. »Mit meiner Hilfe finden Sie alles heraus, was Sie wünschen.«

Sie schüttelte leicht den Kopf über so viel Unverfrorenheit.

»Senhor ... Cunha«, sagte sie langsam. Sein Name war ihr nicht sofort eingefallen. »Ich brauche keinen Agenten. Wirklich, ich komme ganz gut allein zurecht. Das Recherchieren bin ich wahrlich gewohnt. Was ich wollte, war nur ein Kontakt zum Staatsarchiv...«

»Richtig, Senhora Davis, genau darum geht es ja!«, fiel er ihr immer noch freundlich lächelnd ins Wort. »Ohne mich werden Sie sich, wie wohlgemerkt bei allen Behörden hier in Brasilien, äußerst schwertun, Zugang zu irgendwelchen Akten zu bekommen. Es sei denn...« Sein Grinsen wurde breiter.

»Was meinen Sie?«, hakte sie nach.

»Es sei denn«, wiederholte er, »Sie haben ein paar Wochen Zeit, um mühevoll alle nötigen Berechtigungsscheine zu beantragen. Die Hürden in unserem Verwaltungswesen sind nämlich sprichwörtlich. Man muss die richtigen Leute kennen – sonst läuft auf den Dienststellen überhaupt nichts. Aber ich möchte Sie gewiss nicht drängen. Sie können es natürlich gern allein versuchen. Nur werden Sie dann bis zu Ihrem Abflug kein einziges Dokument gesehen haben. Das versichere ich Ihnen.«

Anscheinend genoss er die Wirkung seiner Worte, denn er blieb seelenruhig vor ihr stehen und wartete ihre Reaktion ab. Sein gespielt lockeres Auftreten irritierte sie zunehmend.

»Der Mann hat schauspielerisches Talent«, dachte Sienna, als sie seine Mimik verfolgte. »Er will mich nervös machen, da er genau weiß, dass ich nur wenig Zeit habe.«

Mittlerweile ärgerte sie sich darüber, am Vortag den Portier bestochen zu haben.

»Nun, die Entscheidung liegt ganz bei Ihnen. Ich kann nichts weiter tun, als auf Ihre Antwort zu warten.« Da Cunha lag auf der Lauer.

Sienna überlegte. Sollte sie sich auf sein Angebot einlassen oder es lieber allein versuchen? Schließlich konnte sie sich problemlos selbst auf Portugiesisch verständigen. Bisher hatte sie es immer geschafft, auf eigene Faust an die nötigen Informationen zu gelangen. Doch das war in England gewesen, wo sie genau wusste, wie die Menschen dachten und handelten. Außerdem besaß sie in London die nötigen Kontakte.

Die Sache hier in einem Land voller Korruption sah jedoch anders aus. Sie kannte in Manaus niemanden und hatte keinerlei Beziehungen. Außerdem war es ihr unmöglich, länger als ein paar Tage für diese lächerliche Story vor Ort zu bleiben.

Wohl oder übel musste sie das Angebot ihres Gegenübers annehmen.

Nachdem sie mit da Cunha einig geworden war und ihm erklärt hatte, was sie suchte, holte sie ihre Unterlagen aus dem Hotelzimmer.

Jetzt saß Sienna bereits neben ihm in einem der Taxis, die vor dem Portal gewartet hatten. Es war ihr unangenehm, dass er ebenfalls auf der Rückbank Platz nahm, weshalb sie die Umhängetasche als Abstandhalter auf den mittleren Sitz stellte. Seine Aufdringlichkeit gefiel ihr nicht.

»Über was soll ich nur mit ihm reden?«, ging es ihr durch den Kopf, doch da Cunha begann sofort, ausschweifend von der Stadt zu berichten, die sie soeben durchquerten.

»Wissen Sie, woher Manaus seinen Namen hat?«, fragte er, obwohl ihm klar sein durfte, dass sie keine Ahnung davon hatte.

So ließ er ihr auch keine Zeit zum Antworten, sondern beantwortete seine Frage rasch selbst: »Der Name bedeutet in der Sprache der Indios so viel wie Mutter Gottes. Wie finden Sie das?«

Die Bezeichnung gefiel ihr. Er trug etwas Warmes, Behütendes in sich.

Nun erzählte er detailliert von der mehr als 300-jährigen Geschichte der Stadt, die einst als kleines portugiesisches Fort begonnen hatte. Bis zur Gründung der eigentlichen Stadt Mitte des 19. Jahrhunderts war es zu etlichen Aufständen der Soldaten und kriegerischen Auseinandersetzungen mit den Nachbarstaaten gekommen.

Sienna heuchelte Interesse, schaute dann aber aus dem Seitenfenster. Es war ihr egal, ob er sie für unhöflich hielt. Sie ließ ihn einfach reden.

Der Wagen verließ nun die reizvolle Küstenstraße und fuhr durch ein Gebiet mit ärmlichen Hütten und aneinanderklebenden winzigen Backsteinhäusern, vor denen sich in hohen Bergen endloser Plastikmüll stapelte. Neben stinkenden, teils lecken Abwasserrohren, aus denen eine dunkle Flüssigkeit tropfte, spielten kleine Kinder Fangen und wurden dabei von streunenden, laut bellenden Hunden begleitet. Irgendwo hinter einem Turm ausrangierter LKW-Reifen, die am Straßenrand aufgeschichtet waren, blökte missmutig eine angeleinte Ziege. Zwei hübsche farbige Mädchen in abgewetzten Kleidern verkauften an einer Hofeinfahrt ein paar grüne, noch unreife Bananen.

Sienna atmete tief ein und war entsetzt darüber, wie die Menschen hier lebten. Sie war froh, als sie auf eine belebte Geschäftsstraße kamen, auf der Dutzende von Kleinbussen neben bunten Werbetafeln auf mögliche Mitreisende warteten. Immer noch waren die einfachen Häuser nur ein- oder zweigeschossig, oft nicht einmal verputzt. Vor beinahe jeder Behausung saßen ein paar Männer auf knallroten Plastikstühlen, hielten eine Flasche *cerveja* in der Hand und verfolgten gelangweilt den Verkehr. Mussten die Leute nicht zur Arbeit?

Da Cunha schien ihre Gedanken zu lesen, denn er sagte: »Ja, Senhora, alles eine Folge des wirtschaftlichen Niedergangs der Stadt nach der Kautschukkatastrophe. Sie müssen wissen, dass in den Siebzigerjahren des vergangenen Jahrhunderts die Arbeitssuchenden aus ganz Brasilien nach Manaus strömten. Auch die Händler aus aller Welt warteten nicht lange, nachdem ihnen endlich erlaubt worden war, den Amazonas mit ihren Schiffen zu befahren. Das war damals das wahre Luxusleben hier. Viele haben in Manaus ihr Glück gemacht und sind durch den Gummi reich geworden. Doch Ihr Landsmann Henry Wickham hat mit seinem Verrat all diesem Goldrausch ein jähes Ende bereitet.«

Sienna sah ihm ins Gesicht, konnte den Ausdruck seiner Augen aber aufgrund der dunklen Sonnenbrille nicht erkennen.

»Kein Wunder, dass er hier immer noch Henker des Amazonas genannt wird«, fuhr er ungerührt fort. Wollte er sie reizen? Was bezweckte er mit seinen Ausführungen?

Sollte sie sich jetzt schuldig fühlen?

»Senhor da Cunha. Das ist viele Jahrzehnte her«, antwortete sie ihm und wunderte sich selbst, dass sie Wickhams Taten verteidigte. Schließlich war auch ihr dieser gewissenlose Abenteurer alles andere als sympathisch.

Sie mussten sich dem Zentrum nähern, denn der Verkehr nahm langsam zu und zwischen den einfachen Unterkünften zeigten sich verstreut ein paar moderne Hochhäuser, die einen gewissen Wohlstand verkörperten.

»Wir sind gleich da, Senhora Davis. Nur noch ein kleines Stück, dann haben wir den Hafen und damit auch das Arquivo do Estado erreicht.«

Sienna atmete auf. Bald würde sie sich von da Cunha verabschieden und in Ruhe in den Unterlagen des Staatsarchivs stöbern können.

Nachdem sie sich durch die Innenstadt gekämpft hatten, hielt der Chauffeur an einem kleinen Platz in einer Nebenstraße, den niedrige Kolonialbauten in den verschiedensten Pastellfarben säumten.

An den Hauswänden bröckelte an etlichen Stellen der Putz ab, und der Rost hatte sich im Laufe der Jahre durch die Fenstergitter gefressen, deren einstiges Weiß nun rot verfärbt war. Dennoch strahlte die *praça* einen einnehmenden Charme aus, der auch Sienna gefangennahm.

Erst jetzt wurde ihr bewusst, dass da Cunha immer noch redete. Als sie das Wort *borracha* hörte, wurde sie aufmerksam.

»Wussten Sie, dass es wegen des Kautschuks 1902 sogar zu einem Krieg zwischen Brasilien und Bolivien kam? Seitdem gehört der Bundesstaat Acre mit seiner verhältnismäßig hohen Dichte an Kautschukbäumen zu unserem Land. Ja, die fantastischen Preise für Gummi machten eben gierig«, endete er.

Sienna war bekannt, dass die immense Nachfrage weltweit dazu geführt hatte, dass der Kautschukpreis dem des Silbers entsprochen hatte. Besonders die hoch industrialisierten Staaten wie Großbritannien und die USA waren damals stark daran interessiert, ein weiteres Ansteigen des Handelspreises für Latex zu verhindern. Sonst hätte man den Naturgummi bald mit Gold aufwiegen müssen. Eine verrückte Vorstellung, wie sie fand.

Sie suchte nach ihren Papieren und zog ein paar Kopien aus den Katakomben des Londoner Evening Star hervor. Sofort fiel ihr Blick auf die Fotografie, die Sir Henry Wickham mit einem ausladenden Oberlippenbart im Alter von 80 Jahren zeigte. Er wirkte wie ein ehrwürdiges Mitglied der höheren britischen Gesellschaft. Nichts erinnerte mehr an den dreisten Abenteurer, der er zuvor gewesen sein musste.

Beide verließen den Wagen und betraten den winzigen Grünstreifen in der Mitte des Platzes, wobei sie einer kleinen Meute von Fußball spielenden Jungen ausweichen mussten, was da Cunha mit einem verärgerten Zischlaut kommentierte. Die Kinder stoben laut lachend davon. Sienna sah ihnen gedankenverloren nach, da keiner der Jungen Schuhe getragen und auch der Ball eher einem Bündel aus Lumpen geglichen hatte.

Da Cunha strich sich verstimmt den aufgewirbelten Staub vom hellen Anzug.

»Elende Brut«, hörte sie ihn murren.

Sie gingen gerade über die Freifläche der *praça*, als ihr ein hoch gewachsener Mann in ausgebeulten Jeans und weißem Hemd mit hochgekrempelten Ärmeln auffiel, der im selben Augenblick die Außentreppe eines gesichtslosen dreistöckigen Betongebäudes hinunterstieg. Außer der schmalen, sichtlich gebogenen Nase sowie den langen braunen Koteletten war weiter nichts Auffälliges an ihm. Er schien, ebenso wie sie selbst, noch nicht sehr lange im Land zu sein, da ihm die hierfür nötige Bräune fehlte.

Auch da Cunha hatte den etwa dreißigjährigen Mann, der jetzt langsam in ihre Richtung ging, entdeckt. Es kam Sienna vor, als zeige ihr Agent eine plötzliche, schwer zu deutende Anspannung. Jedenfalls hörte er abrupt auf, sich mit ihr zu unterhalten, und schritt überraschend steif neben ihr über den ungepflegten Weg.

Auch der Fremde hatte innegehalten, ging dann aber weiter.

Als er sich ihnen näherte, konnte sie bereits seine sommersprossige Haut erkennen. Da er die Augen nicht wie da Cunha hinter dunklen Gläsern verbarg, bemerkte sie, dass er ihrem Begleiter direkt ins Gesicht sah. Langsam, fast wie in Zeitlupe, gingen die beiden Männer aneinander vorbei und beobachteten sich wortlos. Ihre Mienen verfinsterten sich und ließen nichts Gutes ahnen.

Mit Sicherheit waren sie sich in der Vergangenheit in einer unangenehmen Situation begegnet, vermutete Sienna. Die Abneigung, die aus ihren Blicken sprach, war unübersehbar.

Sienna hätte der Sache jedoch kein großes Gewicht beigemessen, wenn da Cunha sie nicht zu demselben weißen Gebäude geführt hätte, aus dem der Unbekannte gekommen war, dem Staatsarchiv.

»Vielen Dank noch einmal«, meinte Sienna und wollte die Angelegenheit damit beenden. Sie hoffte, da Cunha würde, nachdem er den Kontakt zum Archivar hergestellt hatte und bezahlt worden war, gehen, damit sie, wie gewohnt, allein in den Akten stöbern konnte. Es störte sie, dass er noch geblieben war, als Senhor Henrique, der ältere Mann mit der Nickelbrille, ihr erklärte, wie sie das Lesegerät für die Mikrofiches bedienen sollte.

Alle wichtigen Zeitungsmeldungen der vergangenen Jahrzehnte waren, dank des Einsatzes seines umsichtigen Vorgängers, auf den winzig kleinen Filmen für die Ewigkeit gerettet worden, erklärte der Alte stolz. Eine andere Möglichkeit zur Archivierung blieb ihnen hier, im feuchtheißen Tropenklima, bei der schlechten Qualität des Zeitungspapiers gar nicht, fuhr er fort. Sienna kam es vor, als würde Senhor Henrique es genießen, endlich einmal eine Abwechslung in seinem einsamen Arbeitsalltag zu erleben. Ihr Besuch war wohl die erhoffte Zerstreuung für ihn.

Erwartungsvoll sah sie da Cunha an und streckte ihm zum Abschied die Hand hin, doch er ging nicht auf ihre Aufforderung ein. Stattdessen setzte er sich auf den Holzstuhl am Kopfende des Tisches, den der Archivar von einem Stoß Akten befreit hatte, und schlug ein Bein über das andere, wobei seine perfekt gepflegten Lederschuhe zur Geltung kamen. Es sah ganz so aus, als wollte er es sich hier gemütlich machen.

»Ich werde Ihnen natürlich unter die Arme greifen, Senhora Davis. Das bin ich Ihnen als Gentleman schuldig«, säuselte er und strich einen Fussel vom feinen Stoff seiner Hose.

»Senhor da...«, begann sie. Sie merkte, wie unhöflich sie war, aber in England war so viel Direktheit auch gar nicht nötig. Dort drängte sich niemand dem anderen auf. Diskretes Abstandhalten war oberstes Gebot – selbst in ihrer Generation.

»Nicht doch, Senhora, keine falsche europäische Etikette! Mit dem alten Henrique kann ich Sie doch nicht allein lassen, und vier Augen sehen letztendlich mehr als zwei. Umso schneller sind Sie mit Ihrer Recherche fertig und können die Freuden und den Luxus des Tropical genießen. Schließlich sind Sie nicht mehr lange bei uns hier in Brasilien.«

Hörte sie ein Bedauern oder ein Hoffen aus seinen Worten? Sienna schluckte. Sie war es gewohnt, allein zu arbeiten und niemanden an ihrem Wissen zu beteiligen, bis die Story Hand und Fuß hatte, um dann in den Druck zu gehen. So hatte sie das bisher immer bewerkstelligt. Auch wenn dieses Vorgehen bei der Lonrho-Geschichte, wie sie zugeben musste, nicht ideal gewesen war. Wahrscheinlich hätte ihr bei dieser Enthüllung besser jemand warnend über die Schulter geschaut.

Unschlüssig blieb sie neben dem Aktenregal stehen. Sollte sie die Hilfe des aufdringlichen Agenten annehmen?

Da Cunha wartete ihre Antwort nicht ab, sondern lief suchend den schmalen Gang entlang, bis er vor einem der Regale stehen blieb und erfreut meinte: »Hier! Eine Abhandlung irgendeines vergessenen Historikers über die Herkunft des Kautschuks«.

Er kam mit dem vergilbten Buch zu ihr und las: »... Bereits im 3. Jahrhundert vor Christus stellten die Maya Bälle aus Kautschuk her. Auch der Eroberer Mexikos, Cortés, berichtete später in Spanien begeistert von den Ballspielhäusern der Azteken. Französische Expeditionsteilnehmer beobachteten schon vor dreihundert Jahren, dass die Indios ihre Boote mit einem speziellen Saft abdichteten, den sie aus Bäumen gewonnen hatten...«

Er wollte weiterlesen, doch sie unterbrach ihn: »Es geht mir hier nicht um eine geschichtliche Abhandlung, sondern um den Fall Wickham. Haben Sie dazu etwas gefunden?«

Ihr Ton war ungewohnt scharf gewesen, was ihr peinlich war, deshalb wendete sie sich ab und machte sich selbst auf die Suche. Indem sie an den verstaubten Borden entlangging, wollte sie so viel Abstand wie möglich zwischen sich und da Cunha bringen.

Ein Einband mit dem Titel *Manaus e a virada do século*, was so viel wie *Manaus um die Jahrhundertwende* bedeutete, fiel ihr auf. Sie begann, darin zu blättern und fand einige Schwarz-Weiß-Fotos, die vom Verfasser kurz kommentiert wurden. Da sah sie Bilder von abgearbeiteten *seringueiros*, die mit behelfsmäßig zusammengenagelten Holzschubkarren voller Geld durch die Straßen der Stadt spazierten. Oder hier ein kleines Friseurgeschäft, in dem sich die Männer nach Monaten in der Wildnis die Urwaldbärte abrasieren ließen, während die Geldkarren unbeachtet auf der Straße standen – sich aber niemand für die Scheine interessierte, da es einfach zu viele davon gab.

Unwillkürlich musste Sienna an den Goldrausch am Klondike in Alaska denken, über den sie in der Schule gelesen hatte.

»Unfassbar«, dachte sie. »Und alles wegen ein paar Klumpen Naturkautschuks.«

Wie dieser hergestellt wurde, war auf den folgenden Bildern zu sehen: In der Wildnis wurde von den Sammlern über offenem Feuer langsam ein Stock gedreht und die Gummimilch in Schichten darauf geträufelt. So entstand in stundenlanger Arbeit der Kautschukballen, die überall übliche Handels- und Transportform.

Einige Seiten weiter entdeckte sie, dass sich die Zapfer, waren sie endlich in Manaus angelangt, ihre Zigarren mit 20-Dollar-Noten anzündeten. Sie wussten schier nicht, wohin mit ihrem enormen Reichtum.

Dann folgten Fotos mit Arbeitern, die im tiefsten Dschungel eine Eisenbahnstrecke entlang des Rio Madeira verlegten, um das neu gewonnene Territorium von Acre mit seinen reichen Kautschukvorkommen zu erschließen. Sie geriet ins Träumen und stellte sich die sicherlich unmenschlichen Arbeitsbedingungen im Urwald vor. Was musste das für ein Horror für diese Menschen gewesen sein?

Da Cunhas Worte brachten sie in die Realität zurück: »Ich habe etwas, das Sie interessieren dürfte.«

Er war neben sie getreten und warf einen Blick auf die Seite, die sie soeben betrachtete.

»Oh, die Madeira-Mamoré-Eisenbahn! Bei ihrem Bau sollen an die 6000 Menschen umgekommen sein. Und alles für rein gar nichts. Nach dem Preisverfall für Latex wurde das ganze Projekt schlussendlich aufgegeben«, meinte er.

Sienna musste zugeben, wie sie das Drama um diesen Natursaft immer mehr fesselte, denn es ging nicht nur um das Produkt Gummi. Dahinter standen Zehntausende von Schicksalen.

»Aber ich wollte Ihnen auf den Mikrofiches etwas zeigen, was Sie sicherlich für Ihren Bericht verwenden können. Kommen Sie«, fuhr da Cunha fort.

Als sie auf dem Bildschirm den Text eines Zeitungsartikels aus dem vergangenen Jahrhundert las, begriff Sienna, dass es sich um einen Prozessbericht handelte. Nach Bekanntgabe des geglückten Samenraubs durch die britische Regierung war das Gerichtsverfahren hier in Manaus wohl auch in Abwesenheit des Verursachers eröffnet worden.

»Ein Prozess?«, fragte sie.

»Davon wusste ich auch noch nichts«, gab da Cunha zu. »Schließlich war Wickham schon auf und davon, als die ersten Setzlinge in England heranwuchsen. Verurteilen konnte man damals nur noch seine Mitwisser und natürlich die Indios, die die Samen für ihn gesammelt und deren Frauen sie in Bananenblättern versteckt hatten.«

»Steht noch etwas über den Ausgang des Prozesses drin?«, fragte Sienna.

In diesem Augenblick erschien Senhor Henrique. Er sprach sehr leise, aber sie verstand, dass er bei da Cunha nachfragte, ob ihr Interesse auch dem zweiten Kautschukboom gelte, da er hierzu noch Material besorgen könnte. Doch der Agent verneinte sofort mit unfreundlichen Worten und schickte den Archivar schroff zurück in den Vorraum. Es kam Sienna vor, als hätten sich da Cunhas Züge für einen Augenblick auf seltsame Art verhärtet.

Sie schaute ihren Begleiter ungläubig an, doch er tat so, als wäre nichts geschehen. Stattdessen sprach er weiter über das erwähnte Gerichtsverfahren: »Es kam zu mehrjährigen Haftstrafen, aber die angedrohten Todesurteile wurden nicht vollstreckt.« Mit einem zynischen Lachen meinte da Cunha: »Die hätten dann besser Wickham selbst gegolten, aber dieser wurde ja stattdessen für seine sagenhaften Verdienste in Ihrem Land geadelt!«

Missbilligend verzog er das Gesicht und sah sie provozierend an.

»Nur zu Ihrer Beruhigung, Senhor da Cunha: Ich habe gelesen, dass er dennoch nicht glücklich geworden ist. Mehrere seiner Geschäfte führten ihn in den Bankrott. Erst als sich die Gummiindustrie vierzig Jahre später seiner annahm und Wickham finanziell unterstützte, hatte er ein bescheidenes Auskommen.«

Weshalb verteidigte sie diesen Dieb vor da Cunha? Hatte der Agent nicht recht? Irgendetwas störte sie an ihrem brasilianischen Mittelsmann, doch sie wusste nicht, was, denn im Grunde war Francisco da Cunha äußerst hilfsbereit. Sie musste sich eingestehen, dass sie ohne ihn nicht so schnell an das Prozessmaterial gekommen wäre. Vielleicht waren diese Unterlagen für ihren geplanten Artikel sogar verwertbar, dachte sie.

Sie stöberte noch etwas durch die Dokumente, fand aber nichts Vergleichbares mehr. Bevor sie aufbrachen, machte Sienna noch rasch ein paar Kopien und war zufrieden mit dem heutigen Ergebnis ihrer Recherche.

Vor dem Staatsarchiv rief da Cunha ein Taxi. Nachdem er dem Fahrer den Namen ihres Hotels genannt hatte, wollte auch er einsteigen, doch das war jetzt zu viel für Sienna. Sie ertrug seine aufdringliche Gesellschaft nicht länger. Ständig fühlte sie sich in seiner Gegenwart bevormundet und überwacht, weshalb ihr die Idee mit der Kopfschmerzattacke gerade recht kam.

»Ich werde mich gleich im Tropical ins Bett legen, um meinen Jetlag auszukurieren«, ließ sie verlauten und fasste sich leise klagend mit der Hand an die Stirn.

Er betrachtete sie kritisch.

»Schlaf ist immer das Beste gegen Migräne«, erklärte sie weiter.

Wie sie sah, war ihm die Wendung der Dinge unangenehm. Warum war es ihm so wichtig, sie bis in ihr Hotel zu begleiten?

»Lassen Sie mich meiner guten Erziehung folgen und Sie zurück ins Tropical bringen. Gerade, wenn es Ihnen nicht gutgeht, sollten Sie auf eine helfende Hand nicht verzichten.«

Seine gestelzte Ausdrucksweise ging ihr auf die Nerven. Dennoch schenkte sie ihm ihr strahlendstes Lächeln: »Das kann ich nicht von Ihnen verlangen. Ich werde bereits an der nächsten Ecke eingeschlafen sein und wäre daher nur eine langweilige, stumme Gesellschaft für Sie. Auf keinen Fall!«

Missmutig schloss der Agent die Tür. Als sie abfuhr, rief er ihr noch zu, dass er morgen wieder zu ihren Diensten stehen würde, doch Sienna ließ sich erleichtert auf die Rückbank fallen und schloss zufrieden die Augen. Sie brauchte jetzt etwas Ruhe.

Erst als der Fahrer schon einige Kurven hinter sich gebracht hatte, interessierte sie sich wieder für ihre Umgebung. Zu ihrer Rechten fiel ihr das wunderschöne palastartige Gebäude mit seiner goldgelben Fassade auf, die eine reich geschmückte Ballustrade trug. Sie rutschte nach vorne und erkundigte sich beim Chauffeur, um was es sich bei dem imposanten Schlösschen handle.

Wie sie erfuhr, war es der Palácio Rio Negro, den ein deutscher Kautschukbaron Anfang des Jahrhunderts gebaut hatte – eines der architektonischen Schmuckstücke der *cidade* aus einer Zeit, als es Manaus wirtschaftlich noch ausgesprochen gut ging. Nun stand dieses Kleinod inmitten herabgewirtschafteter Zweckbauten der Innenstadt und wirkte völlig fehl am Platze.

Sienna sah auf ihre Armbanduhr. Es war erst kurz nach Mittag. Sollte sie wirklich schon zurück ins Hotel oder stattdessen die Zeit nutzen, um etwas von Manaus zu sehen? So hätte die Reise wenigstens für sie persönlich einen Sinn gehabt. Noch einmal fiel ihr Blick zurück auf den eindrucksvollen Prunkbau.

»Zum Theater, bitte«, forderte sie den Taxichauffeur auf einmal auf und freute sich insgeheim, allein auf Entdeckungstour zu gehen.

Das berühmte Opernhaus wollte sie sich nicht entgehen lassen. Sie würde den Tag genießen und sich von keinem Mann mehr sagen lassen, was sie zu tun hätte. Viel zu lange hatte sie nach Charles' Zeitplan gelebt. Jetzt bestimmte sie, was sie unternahm – und wenn ihr Wunsch auch noch so verrückt war, ohne Begleitung durch eine brasilianische Stadt zu spazieren.

3

Sie war auf der Nordseite des beeindruckenden Opernhauses ausgestiegen und die schiefe Ebene bis zu einem kleinen gepflegten Rasenstück hinaufgelaufen, von dessen Umfassungsmauer aus man einen herrlichen Blick auf das säulengeschmückte Portal hatte. Die weißen Stützen hoben sich markant vom Roséton des restlichen Gebäudes ab, das sich in seinen Ausmaßen vor keinem seiner europäischen Vorbilder verstecken musste. Im Gegenteil, da sich das Teatro Amazonas auf der ausgedehnten Fläche frei präsentieren konnte, ohne von konkurrierenden Gebäuden optisch erdrückt zu werden, wirkte es beinahe majestätischer als seine älteren Vorgänger.

Zwischen den beiden in Marmor gemeißelten Göttinnen, die wohl die Musen der Künste darstellen sollten, erkannte sie auf dem Fries eine große Tafel, deren Ziffern wahrscheinlich das Einweihungsjahr angaben: 1896. An jedem anderen Ort hätte man das seltsame architektonische Gebilde, auf dessen Dach völlig unpassend eine bunte Kuppel thronte, als kitschig bezeichnen können, doch Sienna fand, dass das stilistische Sammelsurium genau hierher passte. Schließlich war Manaus seit jeher ein Schmelztiegel der Kulturen.

Sie wurde von einer laut schwatzenden amerikanischen Touristengruppe, die einer wortgewandten Führerin folgte und sich genau vor Sienna aufbaute, aus ihren Gedanken gerissen. Sienna blieb gar nichts anderes übrig, als den mit starkem portugiesischen Akzent vorgetragenen Erklärungen zuzuhören, da die Reisenden ihr den Weg versperrten.

So erfuhr sie, dass allein für die riesige, in den brasilianischen Nationalfarben gehaltene Kuppel 36000 Keramikkacheln aus Frankreich importiert werden mussten. Die gewagte Dachkonstruktion war allerdings nicht nur als Blickfang gedacht, sondern diente der Belüftung des Hauses und nahm außerdem den nach oben gezogenen Bühnenvorhang auf. Darüber hinaus war das Innere mit kostbaren Lüstern aus Murano-Glas ausgestattet, die man schon vor Jahrzehnten elektrisch beleuchtet hatte.

Im Laufe der Bauzeit war es immer wieder zu Finanzierungsengpässen gekommen, weshalb das Opernhaus erst nach 15 Jahren eröffnet werden konnte.

Die US-Amerikaner schienen kaum zuzuhören, sondern schossen stattdessen unaufhörlich Fotos oder schimpften über die feuchte Hitze des Nachmittags. Eine kleinere Gruppe hatte bereits unter den schattenspendenden Arkaden Schutz gesucht, fächerte sich mit den Hüten notdürftig etwas Luft zu oder trank aus den mitgebrachten Coke-Dosen.

Ungerührt fuhr die Brasilianerin mit ihren Erklärungen fort und berichtete der Gruppe, dass die Kautschukbarone keine Kosten und Mühen gescheut hätten, um einen einzigartigen Ort des Luxus zu erbauen. So war der Pflasterung rund um das Gebäude ein spezielles Sand-Gummi-Gemisch beigemengt worden, um die Geräusche der vorbeifahrenden Kutschen zu dämmen. Auf diese Weise sollte das Musikerlebnis in den Logen des Opernhauses nicht beeinträchtigt werden. Die Touristen staunten über eine derartige Prachtentfaltung, waren dann aber aufgrund der Schwüle froh, der Führerin ins Innere des Theaters folgen zu können.

»Wahrscheinlich freuen sie sich schon auf die Pools ihrer modernen Kreuzfahrtschiffe«, dachte Sienna. Die Reisenden sahen nicht gerade sehr sachkundig und interessiert aus.

Sie überlegte, ob sie ebenfalls ein Eintrittsticket für die *ópera* kaufen sollte, beschloss aber, zuerst nach etwas Trinkbarem Ausschau zu halten. Es kam ihr vor, als benötige sie in diesem Land ständig einen Schluck Wasser.

Ihr Blick fiel auf die seltsam aussehende Kirche gegenüber der kleinen Erhöhung, auf der das Theater thronte. Auffallend an dem Gotteshaus war, dass es nur einen einzigen fertiggestellten Turm besaß. Aus welchen Gründen auch immer war der zweite nicht errichtet worden und wirkte neben dem Portal wie ein abgetrennter Stumpf.

»Ob ihr Bau in den Niedergang der Kautschukindustrie fiel?«, überlegte Sienna. Wahrscheinlich war nach Ende des Gummi-Monopols kein Geld mehr für derartige Luxusobjekte vorhanden.

Vor den groben Steinquadern der grauen Kirchenfassade entdeckte sie den kleinen Stand eines Straßenverkäufers. Bunte Schilder wiesen darauf hin, dass der junge Mann frischen Saft anbot. Rasch eilte sie hinüber und studierte unschlüssig die reichhaltigen Obstauslagen, die er liebevoll auf drei schmalen Holzbrettern ausgebreitet hatte. Da sie keine der Früchte kannte, ließ sie sich vom Händler jede einzelne in die Hand drücken, wobei er ihr ausführlich die Geschmackseigenschaften einer Graviola, Açaí oder Pupunha erklärte. Sienna wunderte sich vor allem über die grasgrüne stachelige Oberfläche der Stachelannone, die sie an eine Kastanie erinnerte. Die Reichhaltigkeit des Angebots faszinierte sie.

Sie begutachtete gerade eine grüngelbe Bacuri-Frucht, als es passierte: Sie spürte einen plötzlichen Schlag auf den rechten Oberarm und schrie sofort vor Schreck auf, wobei sie das zitronengelbe Obst fallen ließ. Als sie vor lauter Überraschung instinktiv den Kopf drehte, konnte sie hinter sich nur einen huschenden Schatten ausmachen, der zu einem davoneilenden Jugendlichen zu gehören schien. Der Flüchtende rannte so schnell er konnte über die Straße, schubste dabei rücksichtslos einige fluchende Passanten zur Seite und verschwand hinter einem Zeitungskiosk im Gassengewirr der Stadt. Vor Schreck wie gelähmt, starrte ihm Sienna mit großen Augen nach, obwohl er schon längst nicht mehr zu sehen war. Unbewusst rieb sie sich den Arm an der Stelle, wo der Dieb zugeschlagen hatte.

Dann erst hörte sie das lärmende Zetern des Saftverkäufers, der über die verkommene Jugend und die zunehmende Kriminalität im Allgemeinen schimpfte. Zwei ältere Frauen, die soeben aus einem Haushaltsgeschäft kamen, pflichteten ihm eifrig bei, kümmerten sich jedoch nicht um Sienna.

Trotz der Aufregung um sie herum stand Sienna wie angewurzelt da. Erst jetzt bemerkte sie den hünenhaften älteren Mann mit dem langen weißen Vollbart, der sich eine Armlänge neben ihr befand.

Er mochte im Alter ihres Vaters sein, trug aber an den braungebrannten, wettergegerbten Beinen kurze Hosen und dazu ausgetretene Ledersandalen. Das wilde Haupthaar reichte ihm bis zu den Schultern, und auch sonst machte er nicht den Eindruck, als würde er auf irgendeine Weise auf sein Äußeres achten.

Was war nur geschehen? Siennas Griff um ihre Umhängetasche wurde fester. Sie wusste nicht, ob sie Freund oder Feind gegenüberstand.

Nachdem auch er dem flüchtenden Jungen mit nachdenklichem Blick hinterhergeschaut hatte, wandte sich der Mann ihr zu. Er lächelte freundlich, wobei sich kleine sympathische Falten um seine hellblauen Augen zeigten, und meinte dann: »Alles in Ordnung?«

»Ja,... ja, natürlich!«, stotterte Sienna. »Was ist... ich meine...Wie?« Sie hatte keine Ahnung, was sie sagen sollte.

Ihr Gegenüber ließ ein liebenswürdiges, aber dröhnendes Lachen erklingen. »Der kleine Halunke wollte Sie bestehlen. Haben Sie nichts mitbekommen? Er schlich doch schon die ganze Zeit um Sie herum.«

Sienna öffnete überrascht den Mund. Ihr war nichts aufgefallen.

»Ich habe gerade noch eingreifen können. Sonst wären Sie jetzt wahrscheinlich den Inhalt Ihrer Tasche los.«

Nachdem er einen kurzen Seufzer ausgestoßen hatte, fuhr er fort: »Aber man kann es den armen Kerlen nicht verdenken. Sie müssen irgendwie überleben. Die Zeiten sind mehr als hart.«

Daraufhin machte er sich zu ihrem Erstaunen an ihrer Tasche zu schaffen, die sie noch immer über der Schulter trug, und schloss einen der seitlichen Reißverschlüsse. Sie hatte nicht bemerkt, wie ihn der Dieb zuvor geöffnet hatte.

»So, gestohlen hat der *moço* zum Glück wohl nichts. Das konnte ich gerade noch verhindern«, erklärte er zufrieden. »Ich hoffe, dieses unangenehme Erlebnis hat Ihnen nicht die Freude an unserem schönen Manaus verdorben. Ich bin mir sicher, der Junge hätte Ihnen nichts weiter getan.«

Sie beruhigte sich wieder etwas und atmete jetzt langsamer.

Aus seinen Worten hatte sie den unüberhörbaren irischen Akzent herausgehört, den auch sein fließendes Portugiesisch nicht überdecken konnte.

»Sie sind aus Großbritannien, Sir?«, fragte sie erstaunt und musterte ihn nun eingehender. Er wirkte wie ein Aussteiger, der nicht viel auf sein äußeres Erscheinungsbild achtete. Dennoch kam es Sienna so vor, als könnte sie ihm vertrauen.

Auch ihr Gegenüber sah sie aufmerksam an. Bei ihren Worten war ein fast unmerklicher Schatten über sein faltiges Gesicht gezogen. Sienna erschien es, als müsse er nach ihrer Frage seine Gedanken neu ordnen.

Bevor er antwortete, streckte sie ihrem Retter die ausgestreckte Hand hin und meinte freundlich: »Sienna, Sienna Davis aus London. Ich danke Ihnen für Ihre Hilfe, Mister...«

Ein breites Lächeln umspielte jetzt seine Augen. »Das gibt‘s doch nicht! Besuch aus der Heimat! Einfach wunderbar!«, wobei er auf einmal ins Englische fiel. »Alasdair O‘ Hara, ganz zu Ihren Diensten, Miss Davis.«

Er drückte ihr die Hand zum Gruß und nickte dabei altmodisch mit dem Kopf, was bei seiner eindrucksvollen Körpergröße etwas linkisch wirkte.

Nach kurzem Überlegen meinte er: »Darf ich Sie zu einem Jenipapo-Saft einladen, Miss Davis? Die Indios sagen, er wäre ein Allheilmittel für alle möglichen Beschwerden, und häufig haben sie in diesen Dingen recht. Ich denke, Sie können jetzt Erholung gebrauchen, denn Sie sehen etwas blass um die Nase aus.«

»Gern«, antwortete sie. Ihre Kehle war trockener denn je.

»Am besten, Sie schleppen hier nicht viel Bargeld mit sich herum«, riet er ihr, als sie an einem der wackligen Plastiktische Platz genommen hatten. O‘ Hara hatte sie zu einer unscheinbaren Bar auf der gegenüberliegenden Seite des Opernhauses geführt. Nach diesem unangenehmen Erlebnis war sie froh, sich endlich setzen zu können.

»Ja, daran werde ich mich von jetzt an wohl halten müssen«, meinte sie einsichtig.

»Und auch auf Ihren schönen Anhänger sollten Sie achtgeben.«

Siennas Hand fuhr unwillkürlich zur Kette, an der das Medaillon hing. Sie hatte ganz vergessen, dass sie den Schmuck trug. Deutlich spürte sie die Linien der Gravur unter ihren Fingerkuppen.

»Sieht nach einem recht alten Stück aus«, kommentierte ihr Gegenüber und trank einen Schluck Saft aus dem Plastikbecher.

»Ja, sehr alt... es gehörte meiner Mutter. Mein Vater schenkte ihr das Schmuckstück zur Verlobung. Sie war Italienerin.« Bei diesen Worten fühlte sich Siennas Zunge seltsam belegt an. Die Erinnerung schmerzte jedes Mal.

»Das dachte ich mir. Die Machart ist typisch für Norditalien. Ich kenne mich da ein bisschen aus. War schließlich lange genug im Krieg da unten in den Abruzzen.«

»Mein Vater auch. Er diente beim...«, begann sie, wurde aber durch sein Räuspern unterbrochen.

Scheinbar wollte er sich mit ihr nicht über seine Zeit beim Militär unterhalten. Stattdessen fragte er: »Und, wie schmeckt Ihnen der *suco*? Ich wette, dass Sie noch nie etwas Vergleichbares getrunken haben.«

»Noch etwas gewöhnungsbedürftig«, gab sie zu, woraufhin er ein donnerndes Lachen erschallen ließ.

»Hier ist alles neu und exotisch, Miss Davis. Der Urwald offenbart jeden Tag ein neues Geheimnis. Selbst noch nach so vielen Jahren – das kann ich Ihnen versichern.«

Sie überlegte, wie lange er wohl schon in Brasilien sein mochte.

»Sie entschuldigen?«, fragte O' Hara, bevor er aus der Brusttasche eine alte Pfeife holte und diese vorsichtig mit Tabak füllte. Sienna nahm nicht an, dass ihr Widerspruch ihn davon abhalten würde zu rauchen.

Wie zur Erklärung sagte er: »Die Sucht!« und zuckte dabei mit den Schultern. »Eines meiner vielen Laster, die ich nicht in den Griff bekomme. Ich habe den Kampf mittlerweile aufgegeben. Wenn Sie hier in dieser Weltabgeschiedenheit leben, werden Sie in solchen Dingen nachlässig.«

Sie sog an ihrem Strohhalm. Der Saft schmeckte ihr langsam etwas besser.

»Was treiben Sie hier, Miss Davis? Sie sind doch keine gewöhnliche Touristin. Sonst hätten Sie sich diesem weißhäutigen Pulk da drüben mit den Baseballmützen und den Sonnenschirmen angeschlossen!«

»Er spielt auf die Amerikaner an«, dachte Sienna und lachte, da sie seine Beschreibung treffend fand.

»Nun ja, einen Blick ins Opernhaus hätte ich schon gern geworfen, wenn ich schon hier bin«, gab sie zu bedenken.

»Da haben Sie nichts verpasst, junge Dame. Die letzten Renovierungen sind einfach fürchterlich geworden. Ein einziges Flickwerk ist das! Aber warum sollte man auch mehr tun? Schließlich fand im Teatro Amazonas seit Jahrzehnten keine einzige Aufführung mehr statt.«

Das hatte Sienna nicht gewusst. Die Nachricht enttäuschte sie.

»Da drüben, sehen Sie.« O' Hara zeigte auf die gegenüberliegende Kirche. »Für den zweiten Turm fehlte nach dem Ruin der Latex-Aristokratie der Stadt ebenfalls das Geld. So ist der fehlende Teil bis heute ein Mahnmal für den unvorstellbaren Größenwahn der Gummibarone.«

Er schob die Pfeife in den Mundwinkel und sog den Rauch genüsslich ein. Dann starrte er vor sich hin auf den Asphalt. Auf einmal wirkte er gedanklich sehr weit von ihr entfernt.

»Leben Sie schon lange hier, Mr O' Hara?«, begann sie nach einer Pause, in der sie noch einmal das graue Kirchenschiff betrachtet hatte.

»Nennen Sie mich bitte Alasdair!«, forderte er sie auf. »Ja, ich bin in dieser Urwaldhölle hängen geblieben. Nur weit weg von Europa, dachte ich damals, als dieser fürchterliche, menschenverachtende Krieg zu Ende war. Danach habe ich nie mehr richtig Fuß auf den britischen Inseln gefasst. Und nachdem dann meine Frau mit einem anderen..., aber was erzähle ich Ihnen? Das interessiert eine junge Dame wie Sie überhaupt nicht. Persönliche Katastrophen einer längst vergangenen Zeit.«

»Nein, im Gegenteil,... Alasdair, mein Vater kämpfte ebenfalls voller Überzeugung gegen Hitlerdeutschland. Wie Sie war er in Italien stationiert. Manchmal erzählte er mir von der Schlacht um den Monte Cassino, an der er teilgenommen hat. Auch ihn haben diese Jahre sehr gezeichnet.«

»Ich war schon bei der Invasion in der Normandie dabei. So viele Tote! Nie hätte ich gedacht, den ersten Tag zu überleben, als wir aus unseren Landungsbooten liefen und Schutz im Sand suchten. Den Nazis waren wir an dieser Steilküste von Omaha Beach wie Vieh ausgeliefert.«

Sienna wusste: Selbst wenn man sich als Nachgeborene die Schrecken des Zweiten Weltkriegs vorzustellen versuchte, man würde nie an die grauenvolle Wirklichkeit herankommen. Das waren Erinnerungen, mit denen Männer wie ihr Vater und Alasdair O' Hara allein klarkommen mussten.

»Seit wann sind Sie am Amazonas?«, fragte sie, um auf ein anderes Thema zu sprechen zu kommen.

Er machte einen intensiven Zug an seiner Pfeife und blies dann den Rauch in die Luft. »Viel zu lang für ein einziges Leben«, war die knappe Antwort.

»Und was tun Sie in Manaus, wenn ich Sie das fragen darf ?« In Sienna war wieder die neugierige Journalistin erwacht.

»Manaus«, lachte er. »Als ob ich es hier länger als eine Nacht aushalten könnte.« Mit einem Ruck setzte er sich gerade auf den Stuhl. Sein Gesichtsausdruck wurde ernst.

»Ich bin Missionar geworden. Damals habe ich mir gedacht, ich müsste der Menschheit etwas Gutes, Positives zurückgeben, nachdem ich im Krieg so viel Leid und Tod gesehen hatte.«

Voller Überraschung schaute sie ihn an. Mit dieser Antwort hätte sie nicht gerechnet. Alasdair wirkte so gar nicht wie ein Mann der Kirche.

»Was ist? Das hätten Sie nicht gedacht, hm?«, fragte er und schmunzelte.

»Nein, ehrlich gesagt, nicht«, wobei sie ihn erneut musterte. Einen Prediger hatte sie sich anders vorgestellt.

»Miss Davis...«

»Sienna«, bat sie.

»Gut, Sienna. Bei den Indios draußen in der *selva* ist es gleich, ob man ein bodenlanges weißes Gewand oder Shorts trägt. Und für mich sind kurze Hosen als Arbeitskleidung einfach bequemer.«

Sie nickte belustigt. Ihr Gegenüber wurde ihr immer sympathischer.

»Sie leben also bei den Ureinwohnern. Das klingt spannend. Erzählen Sie mir von Ihrer Arbeit, Alasdair«, forderte sie ihn auf.

Es überraschte Sienna, dass er wirklich zu reden begann: »Nachdem das mit meiner Frau passierte, bin ich einige Jahre in die USA gegangen und habe dort meinen Frieden bei den Baptisten gesucht.

Aber das streng geregelte Leben war auf Dauer nichts für mich. Tief in mir drinnen bin ich ein Eigenbrötler, wissen Sie. Ich halte es nicht lange aus mit meinesgleichen. Wir haben uns dann in gegenseitigem Einvernehmen darauf geeinigt, dass ich diese verwaiste Missionarsstelle hier im Amazonasdschungel antrete, bis ich für die Gesellschaft wieder tragbar wäre. Da das aber bisher nicht der Fall war, bin bin auch nie mehr in die Zivilisation zurückgekehrt.«

»Ich verstehe nicht ganz«, sagte Sienna und runzelte die Stirn.

»Mit klaren Worten: Ich bin ein Alkoholiker oder besser gesagt: ein hoffnungsloser Trinker.«

Sie zuckte leicht zusammen.

»Schockiert, Sienna?«, fragte er. Seine Augen beobachteten sie genau.

»Etwas...«, gab sie zu und schielte verlegen nach dem Saftbecher, den Alasdair bereits geleert hatte.

Er klopfte sich auf den Oberschenkel und lachte los: »Wenigstens sind Sie ehrlich, junge Dame!«

Alasdair sah sie von oben bis unten an. Ohne Umschweife fragte er dann: »Aber was machen Sie hier in Manaus, Miss? Wenn man an diesem Ort nicht mit einem Kreuzfahrtschiff anlegt, um die berühmte Oper zu sehen, dann hat man als Tourist in der Stadt eher wenig bis gar nichts verloren.«

Mit knappen Worten erklärte sie ihm, wonach sie in den örtlichen Archiven recherchierte, und ließ zu ihrem Erstaunen auch die leidige Geschichte mit dem Lonrho-Skandal nicht aus, der überhaupt erst zu ihrer Strafversetzung geführt hatte. Sie berichtete ihm von ihrer verhassten Konkurrentin Lindsay, die parallel zu ihr Nachforschungen in Malaysia anstellte, von ihrem Vertrauten Douglas und natürlich von Bob, der sie nach Brasilien geschickt hatte. Nur die Geschichte mit Charles ließ sie aus, da es ihr zu peinlich war, die Geliebte eines verheirateten Mannes zu sein.

Sienna hatte zu Alasdair O‘ Hara Vertrauen gefasst, obwohl sie ihn erst weniger als eine Stunde kannte.

»Dann sind wir also zwei im Dschungel Gestrandete«, fasste er zusammen.

Sie lächelte und fühlte sich zu ihrer Überraschung verstanden.

»Und? Haben Sie schon etwas Gewichtiges für Ihre Story herausbekommen?«, hakte er nach.

»Nicht besonders viel Neues«, musste sie zugeben. »Ein paar gute Fotos von damals und einige alte Zeitungsberichte.«

Er verstaute die Pfeife in der ausgebeulten Brusttasche seines Leinenhemdes und schien nachzudenken.

»Was haben Sie von Manaus bisher schon gesehen, Sienna? Außer dieser architektonischen Missgeburt hier, meine ich«, wobei er abschätzig auf das Opernhaus deutete.

»Noch rein gar nichts, aber ich wollte irgendwann zum *mercado municipal* gehen, um dort nach ein paar Geschenken für meine Freunde zu Hause zu suchen.«

Alasdair verzog das Gesicht, als könne er mit ihrem Vorhaben kaum etwas anfangen.

»Geschenke?«, meinte er leicht abwertend. Einkaufen schien nicht seine Lieblingsbeschäftigung zu sein. Dann aber kam er ihr entgegen: »Nun ja. Warum auch nicht? Die Markthalle befindet sich am Hafen, liegt also auf meinem Rückweg, und ich habe noch etwas Zeit übrig. Wenn ich Sie also begleiten darf...«

Er führte sie über die belebten Straßen des *centro*, die nicht nur Unmengen kleinerer Geschäfte, sondern auch viele einfache Straßenstände säumten. Sienna hatte Mühe, hinter Alasdair Schritt zu halten, da die Bürgersteige voller Menschen waren. Neben einem Stand mit billigen, bunten Transistorradios, deren Lautstärke ohrenbetäubend war, wurden Ledersandaletten, Taschen und Gürtel verkauft. An einer Kreuzung sah Sienna, wie ein Mädchen kleine Katzen anpries. Daneben gackerten Hühner, die, wie Sienna annahm, noch heute in irgendeinem der hiesigen Kochtöpfe landen würden.

Sienna fiel auf, dass die Bewohner der Stadt die verschiedensten Gesichtszüge zeigten: Da gab es eher kleinere Menschen mit indianischem Aussehen, aber auch viele Mulatten und ab und zu ein paar besser gekleidete Weiße.

Der Missionar schaute sich fürsorglich nach ihr um. Dann erklärte er ihr: »Das ganze Warenangebot hier ist eine Folge der Freihandelszone. Immer mehr Unternehmen siedeln sich in Manaus an, um Steuern und Zoll zu sparen. Langsam geht es etwas aufwärts mit der Wirtschaft. War auch an der Zeit nach den Jahrzehnten des Niedergangs. Allerdings wird auf den Straßen meist nur billiger Schrott verkauft. Aber das sehen Sie ja selbst«, und er zeigte auf einen winzigen Stand mit grasgrünen Fröschen aus Blech, die der noch jugendliche Verkäufer ständig vor den Augen seiner begeisterten Kundschaft einige Zentimeter hoch springen ließ.

Alasdair bog um eine Ecke. »Im Grunde geschah es den Pflanzern ja recht, dass sie alles verloren«, meinte er, während sie nebeneinander herliefen.

Sie hörte seinen Erzählungen gern zu. Seine dunkle Stimme erinnerte sie an ihren Vater.

»Wissen Sie, wie die Indios ausgebeutet wurden? Obwohl die Sklaverei in Brasilien schon seit Jahrzehnten abgeschafft war, erging es den *seringueiros* kaum besser als früher den schwarzen Sklaven auf den Kaffee- und Zuckerrohrplantagen des Südens. Man schätzt, dass mehrere Zehntausend Ureinwohner starben, nachdem sie zunächst eingefangen, gefoltert und später in der Wildnis ausgesetzt worden waren.«

Er sah ihr bestürztes Gesicht, sprach aber weiter: »Die Flucht in die Tiefen des Amazonasdschungels war oft die einzige Möglichkeit, dem Tod zu entgehen, denn wenn die Kautschuksammler keinen Gummi fanden, kam es nicht selten vor, dass sie zur Strafe einfach erschossen wurden.«

Alasdair hatte sich in Rage geredet. »Wie passend ist doch der ursprüngliche Name, den die *indígenas* dem Baum gegeben haben: Ca-Hu-Chu heißt er auf Tupinambá, der Sprache der Indios, und bedeutet weinender Baum. Genug Tränen sind für unsere Gummireifen weltweit ja auch geflossen. Was für ein Pech, dass die Pflanze nur in diesem Teil der Erde heimisch war. Sonst hätte es den Boom und damit all das Elend gar nicht gegeben.«

Plötzlich stolperte sie über eine Bodenwelle und hielt sich an seinem Arm fest. Er wandte ihr seine ganze Aufmerksamkeit zu. »Sorry, ich hätte sie vor dem schlechten Zustand unserer Straßen warnen müssen, Sienna. Aber wir sind bereits an unserem Ziel, dem *mercado*.«

Sienna blickte auf einen langen eingeschossigen, in gelben und roten Farben gehaltenen Bau, dessen verschiedene Eingänge jeweils von niedrigen Uhrtürmen geschmückt wurden. Vor den weit geöffneten schmiedeeisernen Toren hatte sich eine Unzahl von Straßenhändlern ausgebreitet, die den Passanten ihre Waren, auf umgedrehten Holzkisten drapiert, anboten.

»Gehen wir hinein?«, fragte ihr Begleiter. Sienna kam es so vor, als würde Alasdair diesen Ort des Kommerzes nur ihr zuliebe betreten.

»Mit Freuden«, antwortete Sienna. Sie ließ sich gerne von ihm herumführen. Und auch seine Meinung zur verrückten Gier der Europäer nach Kautschuk gefiel ihr.

»Auch ein Überbleibsel der alten Zeit. Die gesamte Stahlkonstruktion wurde aus England angeliefert. Mal sehen, ob Sie hier etwas Geeignetes für Ihre Freunde zu Hause finden.«

Sie schluckte, da sie weniger an Rachel oder Megan, dafür aber an Charles gedacht hatte. Er spukte immer noch in ihrem Kopf herum, obwohl ein ganzer Ozean sie trennte.

Sienna spazierte durch die engen Flure der einladenden Markthalle und schaute sich fein gewebte Hängematten, Bastkörbe, hübsche Haarreifen oder kitschigen Modeschmuck an. Dann gelangten sie zur Fischabteilung und sie entdeckte neben den riesigen, auf Eis gelagerten Amazonasfischen Namensschilder wie *Tambaquí* oder *Tucunaré*, die ihr allesamt nichts sagten.

»Wenn sie gut ausgenommen sind, schmecken die Amazonasfische köstlich«, berichtete Alasdair. »In der Missionsstation müssen wir uns jedoch meistens mit gewöhnlichen Katzenfischen oder Piranhas zufriedengeben.«

»Sie essen Piranhas?«, fragte sie ungläubig und schaute ihn mit großen Augen an.

»Es gibt Besseres, denn sie besitzen recht viele Gräten, aber wenn man nichts anderes hat, geht auch das. Meine Zöglinge sind glücklicherweise nicht so wählerisch wie die Leute hier in der Stadt.«

Sienna war froh, sich nun wieder in einem anderen Bereich des Marktes zu befinden. Hier wurde allerhand Kunsthandwerk der Indios angeboten. So gab es geschnitzte Papageien in allerlei Formen und Größen, daneben hingen große Strohhüte an den Wandhaken, und beim nächsten Stand fielen Sienna viele verschiedene Holzmasken auf, hinter denen ungewöhnlicher Federschmuck erkennbar war.

»Machen die Ureinwohner dies alles selbst?«, erkundigte sie sich neugierig. Sie stellte sich einen indianischen Kopfschmuck an der Esszimmerwand von Audley Hall vor. Direkt neben all den Gemälden von Graces ehrwürdigen Vorfahren! Es reizte sie beinahe, ihm ein derart provokantes Geschenk mitzubringen, obwohl sie wusste, dass er es wahrscheinlich sofort im nächstbesten Mülleimer in der Nähe seines Londoner Büros entsorgen würde.

»Die Indios sind darauf angewiesen. Was meinen Sie, weshalb ich hier in Manaus bin, Sienna? Heute Morgen habe ich meine Waren abgeliefert und die Bestellung beim Großhändler abgegeben. Wir benötigen Medikamente, Kleider, Kochtöpfe, Werkzeuge und vieles mehr. Schließlich leben die Indianer in der Missionsstation nicht mehr wie im letzten Jahrhundert. Es ist gar nicht möglich, den Fortschritt aufzuhalten. Leider, muss ich sagen, leider.«

Sienna verspürte ein Gefühl der Enttäuschung. Zu gern hatte sie das Bild des mit sich und der Natur im Einklang lebenden Menschen vor sich gesehen. Dies schien heutzutage nicht mehr vollständig zuzutreffen.

»Wissen Sie, jeder Tag im Amazonasregenwald ist ein einziger Existenzkampf. Obwohl das üppige Grün auf den ersten Blick so reich wirkt, bietet es seinen Bewohnern aufgrund des Lichtmangels am Boden außer Maniok, Süßkartoffeln und Mais nicht viel. Den Rest müssen sie sich im Fluss besorgen.«

Sie starrte auf die Auslagen und ließ sich seine Worte durch den Kopf gehen. Das Paradies hatte Kratzer bekommen. Plötzlich war ihr die Lust vergangen, etwas einzukaufen.

»Hunger?«, hörte sie ihn fragen, als hätte er ihre Gedanken lesen können.

»Was? Ich meine... ja«, lachte sie nach kurzer Überlegung.

Alasdair zeigte auf einen kleinen Pavillon in der Ecke der kunstvollen Eisenkonstruktion. »Hier kann man gut und preiswert essen. Kommen Sie.«

Während sie den von Alasdair empfohlenen Speisefisch Pirarucu aßen, der vor Siennas Augen in einer großen Pfanne voller Kokosöl zusammen mit geschnittenen Bananen gekocht wurde, begann er, vom Amazonas zu berichten.

»Ihnen dürfte bekannt sein, weshalb der Fluss diesen Namen trägt, Sienna«, forschte er.

Sie war froh, ihm darauf eine passende Antwort geben zu können, da die Etymologie ihren Vater immer besonders begeistert hatte. Schon in ihrer Kindheit hatte er ihr immer wieder die Wortherkunft von Fremdwörtern erklärt.

»Ein Pater soll auf seiner Reise entlang des Amazonas weibliche Kriegerinnen gesehen haben, die ihn an die Amazonen der Antike erinnerten«, rasselte sie die Erklärung wie damals als Schulmädchen herunter.

Er grinste und strich sich über den weißen Vollbart. »Brav aufgepasst! Genauer gesagt, gehörten die Ordensbrüder zur Pizarro-Expedition. Der Eroberer des Inkareichs schickte Pater Orellana und ein paar Getreue vom Andenhochland bis zur Amazonasmündung, wofür die Reisenden ein gutes Jahr benötigten. Da ihnen Pizarro aber befohlen hatte, nach Peru zurückzukehren, versuchten sie, mit ihren Booten gegen den Strom zu rudern, was ihnen verständlicherweise nicht gelang. Als Orellana daraufhin lieber über den Atlantik zurück nach Spanien fuhr, wurde er dort wegen Hochverrats angeklagt, aber freigesprochen. Er reiste noch einmal an den Amazonas zurück, blieb dann aber hier verschollen. Kein schönes Ende für den Entdecker dieses gewaltigen Flusses. Finden Sie nicht auch?«

»Nein, wirklich nicht«, kommentierte Sienna, während sie eine Zitrone über dem weißen Fischfleisch zerdrückte.

»Auf jeden Fall nahm Orellana in seinen Fieberträumen, die ihn während der endlosen Fahrt auf dem Fluss plagten, an, auf einer Insel inmitten eines riesigen Sees das sagenumwobene Eldorado gefunden zu haben. Wenn der Amazonas in der Regenzeit anschwillt, kommt man schon einmal auf die Idee, sich auf einem See oder sogar an einem Meer zu befinden. Er brachte die Kunde vom märchenhaften Goldland, das von nackten Kriegerinnen bewacht und verteidigt wird, mit nach Europa, woraufhin sich alle möglichen Glücksritter auf den Weg machten, um den fantastischen Schatz zu finden.«

Alasdair trank noch einen Schluck aus seinem Bierglas. Sienna hatte genau beobachtet, dass es nur bei einer *cerveja* geblieben war.

»Ahhh«, prustete er. »Und das Beste: Gold hat kein einziger von ihnen je gefunden. Die ersten Nuggets wurden erst vor 18 Jahren am Rio Tapajós entdeckt.« Diese Tatsache schien ihm zu gefallen.

»Der Rio Tapajós?« Sienna fuhr auf. »Aber das ist ja genau der…«

»Ja, Sienna, auch ich habe meine Hausaufgaben gemacht: Hier ließ Ihr geschätzter Henry Wickham die begehrten Kautschuksamen von den Indios einsammeln. Deshalb erzähle ich Ihnen ja diese Geschichte.«

Sie sah ihn mit offenem Mund an.

Nach einem *cafezinho* war Sienna klar geworden, dass sie schon den halben Nachmittag in Alasdairs Gesellschaft verbracht hatte. Sie musste dringend zurück ins Hotel, um Ordnung in ihre Unterlagen zu bringen. Außerdem war es ihr peinlich, wie sie den Missionar stundenlang in Beschlag nahm. Sicherlich hatte ihr Begleiter noch weitaus Wichtigeres zu erledigen, bevor er zurück in sein Indiodorf fuhr.

Er wollte ihr noch den weltberühmten Hafen mit den schwimmenden Quais zeigen, doch sie lehnte ab und ließ sich von ihm ein Taxi heranwinken.

Noch als sie bereits auf der Rückbank des Fahrzeugs saß, hielt er die Tür geöffnet und betrachtete sie nachdenklich.

»Schade, Sienna, sehr schade. Mir hat es gefallen, mich wieder einmal mit jemandem aus der Heimat unterhalten zu können. Noch dazu in meiner Muttersprache. Ansonsten bin ich eher menschenscheu, aber bei Ihnen…«

Er stockte. Dann fuhr er fort: »Sie sollten nicht so schnell wieder nach Hause fliegen.«

Sienna lächelte. Das war sicherlich eine seiner Höflichkeitsfloskeln. Wahrscheinlich atmete er erleichtert auf, wenn er wieder seine Ruhe hatte.

Schon zog sie am Türgriff, als er langsam und mit seltsamer Betonung sagte: »Ich hoffe, Sie finden hier das Gesuchte. Viel Glück!«

Sienna wusste nicht, was er meinte, und bemerkte erst nach Minuten, dass sie die ganze Zeit nervös an ihrem Medaillon herumspielte. Während der Heimfahrt fühlte sie einen schalen Nachgeschmack bei seinen Worten und kam innerlich nicht zur Ruhe.

4

Als Sienna den menschenleeren Flur zu ihrem Hotelzimmer entlangging, wünschte sie sich nichts sehnlicher als eine erfrischende Dusche. Ihr erster Tag in Manaus war anstrengend und voller neuer Erlebnisse gewesen. Sie wollte sich die Haare waschen und danach mit den Kopien aus dem Archiv und einem Erfrischungsgetränk aus der Minibar auf der kleinen Terrasse niederlassen, die hinaus zum idyllischen Innenhof führte. Schon am Morgen hatte sie die ruhige Lage des Sitzplatzes inmitten von Jussarapalmen und Acerolabäumen begeistert. In diesem Haus schien alles nur einem Zweck zu dienen: der völligen Erholung und Entspannung der Gäste.

In Gedanken versunken betrachtete sie den Zimmerschlüssel, an dem ein geschnitzter Holzanhänger in Form eines Papageienkopfes hing. Der Portier hatte ihr das schwere Objekt kommentarlos in die Hand gedrückt, da er gerade telefonierte.

Es wäre ein Traum, mit Charles hier zu sein, zu schwimmen, das Leben zu genießen und vielleicht eine kleine Flusstour zu unternehmen, um danach gemeinsam zärtliche Tropennächte zu erleben. Doch Sienna war sich bewusst, wie realitätsfern ihr Wunsch war. Wenn er sich nicht einmal für ein gemeinsames Wochenende in Cornwall freinehmen konnte, wie sollte er dann unbemerkt mit ihr auf einen fernen Kontinent reisen? Schnell verscheuchte sie die unangenehmen Erinnerungen und steckte den Schlüssel ins Schloss.

Sie wollte nur noch allein sein.

Die Tür zu ihrem behaglichen Zimmer hatte sie bereits einen Spalt geöffnet, als sie hinter sich aufgeregte Schritte hörte und kurze Zeit später heftige Atemzüge vernahm. Sienna sah eines der jungen indianischen Zimmermädchen, das sie mit großen, angstgeweiteten Augen anstarrte, in größter Eile näherkommen. Ruckartig blieb es auf ihrer Höhe stehen, blickte dann voller Furcht zum Flurende zurück und schob sich plötzlich mit flehendem Gesichtsausdruck an ihr vorbei in das Hotelzimmer. Alles ging so schnell, dass Sienna nichts sagen konnte. Noch immer sprachlos schaute sie auf die zierliche junge Frau im Vorraum ihrer Suite, welche bedeutsam den Zeigefinger vor die Lippen hielt, hektisch den Kopf schüttelte und sich dann rasch im angrenzenden Badezimmer verkroch.

Doch bevor Sienna das Wort an sie richten konnte, hörte sie auf dem Marmor des Fußbodens den lauten Widerhall von Ledersohlen. In schnellem Schritt lief ein junger, groß gewachsener Mann, der einen dunkelblauen Anzug trug und gerade dabei war, seine Krawatte glatt zu ziehen, um die Ecke. Er keuchte, während er sich mit den Fingern durch das gegelte Haar strich, von dem einige Strähnen wild in die Stirn hingen. Seine Augen suchten den Flur ab, an dessen Ende er zu seiner Überraschung jetzt Sienna entdeckte. Sie bemerkte, wie sich sein Körper straffte und die Geschwindigkeit seiner Schritte nachließ. Mit ihrer Anwesenheit hatte er augenscheinlich nicht gerechnet. Der südländisch wirkende Mann versuchte, ein freundliches Lächeln aufzusetzen, was ihm nur andeutungsweise gelang, räusperte sich zweimal und grüßte sie mit einem übertriebenen *boa tarde*.

Sienna schielte noch einmal in ihre Unterkunft, bemerkte jetzt aber, dass von dem Zimmermädchen nichts mehr zu sehen war. Erleichtert atmete sie auf und hoffte, dass der aalglatt wirkende Mann rasch an ihr vorbeigehen würde. Schon war er auf ihrer Höhe angekommen, als er auf einmal stehen blieb.

»*Com liçenca*, Senhora«, begann er. »Ich bin auf der Suche nach einer unserer *empregadas*, die ihre Pflichten noch nicht erfüllt hat. Sie müsste sich hier irgendwo aufhalten. Haben Sie vielleicht...?«

Er versuchte, einen Blick in ihr Hotelzimmer zu werfen.

»Nein, bedaure!«, meinte Sienna schnell, wobei sie unwillkürlich einen Fuß zwischen die halb geöffnete Tür und ihr Gegenüber stellte. Sie würde den Kerl nicht hineinlassen, nahm sie sich vor.

»Ein faules Ding ist das, wissen Sie, Senhora. Ständig muss man den Indios Beine machen, damit sie überhaupt arbeiten. Von sich aus würden die Eingeborenen nie etwas in Angriff nehmen. Am liebsten liegt das Pack den ganzen Tag träge in der Sonne und faulenzt«, gab er von sich.

Sienna befand sich jetzt im Türrahmen und hielt die Hand fest um den Messingknauf geschlossen. Der überhebliche Kerl würde nicht an ihr vorbeikommen.

Sie sah, dass er schwitzte. Winzige Schweißperlen zeigten sich auf seiner Stirn. An seinem Kinn entdeckte sie einen langen, noch leicht blutenden Kratzer. Ein dünnes Rinnsal lief ihm bereits an der Halsseite entlang und erreichte jetzt den schneeweißen, gestärkten

Hemdkragen. Ob die Wunde von dem Dienstmädchen stammte, das sich in ihrem Zimmer versteckte?

»Also, Sie haben wirklich nichts gesehen?«, versuchte er es erneut. »Sie muss hier irgendwo sein.«

Sie schüttelte den Kopf. »Wie gesagt, Senhor, nein... Ehrlich gesagt, hätte ich momentan auch gern meine Ruhe.«

»Natürlich«, antwortete er gedehnt, versuchte aber dennoch, einen Blick in Siennas Suite zu werfen, die wegen der geschlossenen Fensterläden nur im Dämmerlicht erkennbar war.

Sein Gesicht zeigte einen enttäuschten Ausdruck.

Sienna nutzte die Gesprächspause. »Sie entschuldigen mich, ich bin heute wirklich sehr müde«, entgegnete sie kurz und schloss die dicke Holztür, ohne sich noch einmal umzudrehen.

Den Wunsch eines Gastes musste der junge Mann wohl oder übel respektieren.

Wo war das junge Mädchen nur? Nachdem sie sich etwas gefasst hatte, ging Sienna vorsichtig in ihr weiß gefliestes, großzügig ausgestattetes Badezimmer und sah sich um. Die Indianerin befand sich nicht, wie sie vermutet hatte, in der Nische hinter der Tür. Aber wo konnte sie sonst sein? Sienna hatte sie doch selbst hineingehen sehen.

Dann bemerkte Sienna den zugezogenen Duschvorhang und schob ihn langsam zurück. Sie erschrak über das ergreifende Bild, das sich hier bot: Die dunkelhäutige Indianerin kauerte zitternd in der hintersten Ecke der Badewanne. Mit großen furchtsamen Augen blickte sie ihr entgegen, ergriff aber nach leichtem Zögern Siennas ausgestreckte Hand, nachdem ihr diese versichert hatte, dass ihr Verfolger nicht mehr hier wäre.

»*Desculpe,* Senhora.« Die junge Frau schaute betreten auf den Boden. »Ich hätte Sie nicht belästigen dürfen. Es tut mir schrecklich leid«, meinte sie schüchtern, als sie wieder auf beiden Beinen vor Siennas großem Badezimmerspiegel stand.

»Das ist nicht schlimm. Sie stören mich überhaupt nicht«, erwiderte Sienna. Die junge Frau tat ihr leid. Was war geschehen? Wovor hatte die Indianerin Schutz gesucht?

»Wir dürfen die Gäste auf keinen Fall stören. Das Personal hier im Tropical muss beinahe unsichtbar sein. Bitte entschuldigen Sie. Ich hätte das nicht tun sollen. Jetzt werde ich meine Stelle verlieren.«

»Kommen Sie«, forderte Sienna sie auf. »Möchten Sie etwas trinken?«

Nachdem sie mehrfach abgelehnt hatte, ließ sich das Mädchen schließlich dazu überreden, sich zu Sienna an den kleinen Tisch zu setzen.

Mittlerweile hatte Sienna die Läden geöffnet, sodass das helle Licht in den eleganten Raum strömte. Erst jetzt fielen ihr die verweinten Augen der Indianerin auf. Ihre strenge Hochsteckfrisur war durcheinander geraten, sodass sich einige Strähnen gelöst hatten, und am Kragen der Haustracht fehlte gut sichtbar ein dunkelroter Knopf. Dennoch strahlte die junge Frau eine zarte Sinnlichkeit aus. Unter ihren dichten blauschwarzen Haaren zeigte sich ein fein geschnittenes Gesicht mit ebenmäßigen Zügen. Besonders beeindruckend fand Sienna die langen Wimpern, die die dunklen Augen wie einen Schleier umgaben.

Kein Wunder, dass der unbekannte Mann Gefallen an dem Hausmädchen gefunden hatte.

»Was ist passiert?«, fragte sie ruhig und setzte sich auf den zweiten Sessel. Sie schob das Glas mit Wasser über die Tischplatte, sodass es vor der anderen zu stehen kam.

Das Mädchen druckste herum.

»Sie können es mir ruhig sagen«, bekräftigte Sienna.

»Ach, es würde mir ja sowieso niemand glauben, Senhora.« Erneut traten Tränen in ihre Augen.

»Ich bin Sienna Davis – aus England. Und Sie?«, versuchte es Sienna noch einmal, doch das Mädchen schwieg. Auf diese Weise würde Sienna hier nicht weiterkommen.

Daher versuchte sie es anders: »Sind Sie diejenige, die aus den Badetüchern so wunderschöne Kunstschwäne drapiert?«

Bereits am Vortag waren ihr die hübsch gefalteten Frottéetücher auf der Tagesdecke ihres Bettes aufgefallen, die sie nach ihrer Ankunft willkommen geheißen hatten.

Die Antwort war ein kurzes Nicken. Nachdem ein freudiges Lächeln über ihr Gesicht gehuscht war, schaute sie sichtlich geschmeichelt auf.

»Amanacy«, antwortet das Zimmermädchen schwach. »Ich heiße Amanacy.«

»Ein sehr schöner Name. Was bedeutet er?«

Amanacy freute sich über Siennas Interesse und erklärte: »In unserer Sprache heißt das Mutter des Regens.«

Sienna gefiel es, dass die Namen der Indios immer eine Bedeutung hatten.

»Hat der Mann Ihnen etwas angetan?«, begann sie vorsichtig.

Ihr Gegenüber sah sie erschrocken an. Amanacy schluckte, dann fasste sie sich.

»Er wollte es. Schon seit Wochen ist er hinter mir her, aber ich konnte es jedes Mal so einrichten, nicht mit ihm allein zu sein. Bis auf heute. Da war ich nicht wachsam genug.«

»Aha«, meinte Sienna.

»Als ich die Leintücher für morgen früh in der Wäschekammer ordnete, hat er den günstigen Moment abgepasst, als meine Kolleginnen fort waren, und sich leise von hinten angeschlichen...«

Sienna bemerkte, dass die junge Frau vor Angst völlig am Ende war.

»Er wollte Ihnen Gewalt antun?«

Amanacy kniff die Augen zusammen. »Senhora, Sie müssen mir glauben, ich habe ihm keinen Anlass dazu gegeben. Nicht einmal angesehen habe ich ihn in den letzten Wochen, aber als *empregada* hat ein Mädchen wie ich keine Chance.«

»Warum zeigen Sie ihn nicht an? Ich könnte mit Ihnen zum Hoteldirektor gehen. Dann würde der Kerl bestimmt sofort auf der Straße stehen.«

Ihr Gerechtigkeitssinn war erwacht. Amanacy durfte das nicht auf sich sitzen lassen. Schließlich war sie keine beliebige Beute für irgendwelche Angestellten, sondern sollte hier in Ruhe arbeiten und ihr Geld verdienen können.

Doch das Mädchen schüttelte langsam den Kopf. Ihr Gesichtsausdruck zeigte einen erschreckenden Fatalismus.

»Das mag in Ihrem Land vielleicht so sein, Senhora, aber nicht hier in Brasilien. Wir *indígenas* haben keine Rechte.«

»Ich könnte bezeugen, dass er...«

»Nein, das würde nichts helfen«, warf Amanacy traurig ein, »denn Senhor Sérgio ist der Sohn des Direktors.«

»Was wollen Sie nun anfangen, Amanacy? Ich meine, wo wohnen Sie? Haben Sie jemanden, der nach Ihnen schaut?«

Für heute musste die junge Frau erst einmal aus der Reichweite des jungen Mannes kommen, der ihr nachstellte. Was dann geschehen sollte, wusste Sienna auch noch nicht, denn die Situation war mehr als kompliziert geworden. Sie konnte sich vorstellen, wie machtlos Amanacy gegen den Sohn ihres Arbeitgebers war, der wahrscheinlich allen weiblichen Angestellten nachstellte. Möglicherweise kümmerte es seinen Vater kein bisschen, was der missratene Sohn trieb. Sienna mutmaßte, dass sich eine Menge junger wohlhabender Männer ähnlich frauenverachtend benahm.

Das Mädchen biss nervös auf der Unterlippe herum. Es wusste wohl ebenfalls nicht, wie es weitergehen sollte.

»Ja, ich habe meinen *noivo*, aber er arbeitet in der Stadt, genauer gesagt, am Hafen«, antwortete sie endlich. Sie begann, über das ganze Gesicht zu strahlen, als sie von ihrem Verlobten berichtete.

»Wissen Sie, Senhora, Raoni ist kein einfacher Hafenarbeiter. Er ist bei der FUNAI angestellt und setzt sich jeden Tag für uns *indígenas* ein.«

Sienna wusste nicht, was sie mit diesem Kürzel anfangen sollte.

»Amanacy, was ist das, die FUNAI?«, fragte sie.

Die Indianerin lehnte sich jetzt im Stuhl zurück und begann sichtlich entspannter zu erzählen: »Wir stammen beide aus einem kleinen Dorf bei Santarém. Unsere Eltern waren Kautschuksammler in Fordlândia, aber dort gab es keine Arbeit mehr. Hier in der *zona franca* waren die Chancen, eine Stelle zu finden, etwas besser. Im Tropical bin ich noch nicht lange. Vorher habe ich bei einer reichen Familie als Hausangestellte gearbeitet, aber dort hat mich der *patrão* genauso bedrängt wie jetzt hier im Hotel Senhor Sérgio.«

Amanacy machte einen verzweifelten Gesichtsausdruck. »Ich weiß nicht, was ich falsch mache. Ich versuche immer, mich ganz unauffällig zu verhalten und mich nur auf meine Arbeit zu konzentrieren. Von diesen Männern möchte ich doch überhaupt nichts.«

»Sie haben keinen Fehler gemacht, glauben Sie mir«, versicherte Sienna und versuchte, ihr Gegenüber zu beruhigen. Sie war froh um die in ihrer Heimat schwer erkämpfte Gleichberechtigung und eine

Justiz, die es weitgehend verhinderte, dass Mädchen wie Amanacy ihren Arbeitgebern derart ausgeliefert waren.

»Und die FUNAI?«, fragte sie noch einmal, um über ein anderes Thema zu sprechen.

»Das ist die Brasilianische Behörde zum Schutz der brasilianischen Ureinwohner. Sie vertritt unsere Rechte und ist dem Justizministerium unterstellt.«

»Ich wusste gar nicht, dass es so etwas gibt.« Sienna war erstaunt.

»Sie besteht auch erst ein paar Jahre.« Amanacy machte eine Pause. »Vorher«, begann sie erneut, »war das SPI, das Amt zum Schutz der Indios, zuständig. Dabei war die Organisation mitverantwortlich für den Tod Tausender Ureinwohner.«

Sie schaute Sienna tief in die Augen, als sie nach einer kurzen Pause weitersprach: »Wissen Sie, was das SPI tat, um an unser Land zu kommen? Die Männer schreckten nicht davor zurück, in die Süßigkeiten, die sie an die nichtsahnenden Dorfbewohner verteilten, Arsen zu mischen, damit diese wie die Fliegen starben.«

Sienna war schockiert. »Was?«, entfuhr es ihr. »Das ist nicht möglich!«

»Doch. Und es ist noch nicht lange her. Mit der FUNAI hat sich das zum Glück geändert. Sie kümmert sich um die Gesundheit der Indios und die Bildung der Kinder. Raoni sagt immer, dass diese Arbeit das Beste war, was ihm passieren konnte – außer mir natürlich.«

Sienna war froh, dass das Mädchen wieder lächelte. Sie schätzte Amanacy auf achtzehn oder neunzehn Jahre, doch trotz ihrer Jugend zeigten sich im Gesicht der jungen Frau Spuren einer harten Kindheit. Sie wirkte, als habe sie schon viel Unschönes erlebt.

»Möchten Sie jetzt zu Ihrem Verlobten fahren? Soll ich Sie begleiten? Dann wären Sie nicht ganz ohne Schutz. Ich könnte für uns beim Portier ein Taxi bestellen«, schlug Sienna vor, die es auf jeden Fall vermeiden wollte, dass Amanacy diesem schrecklichen Kerl, der sie beinahe vergewaltigt hätte, noch einmal über den Weg lief.

»*Não*, Senhora! Das geht auf keinen Fall. Senhor Sérgio darf nicht erfahren, dass Sie mir geholfen haben. Wenn ich mit Ihnen vorne am Eingang in ein Taxi steige, weiß das sofort das ganze Hotel. Dann bin ich meine Arbeit hier los, und das kann ich mir wirklich nicht leisten.«

»Aber...«, warf Sienna ein. Sie konnte sich nicht vorstellen, wie das Mädchen noch länger an diesem Ort arbeiten wollte. Für heute musste sie jedoch ganz schnell aus dem Tropical verschwinden.

»Nein, natürlich nehme ich den Bus. Sie müssen mir auch nicht helfen, denn Sie haben schon genug für mich getan. Vielen Dank. Sie sind ein guter Mensch.« Amanacy lächelte sanft.

Sienna war gerührt.

Die Indianerin stand auf und glättete die weiße Schürze, auf der das Emblem des Luxushotels eingestickt war. »Ich muss jetzt gehen. Sie sollten sich ausruhen.«

»Warten Sie, Amanacy!« Sienna hielt die junge Frau auf, indem sie ihren Arm ergriff. Ihr war etwas eingefallen. Vielleicht könnte sie zwei Fliegen mit einer Klappe schlagen.

»Glauben Sie, Ihr Freund Raoni von dieser Indianerbehörde würde mir etwas über das frühere Leben der Kautschuksammler erzählen können? Ich schreibe darüber nämlich einen Bericht für eine große englische Zeitung und brauche weitere Informationen. Sie sagten doch, sie sind auf einer Kautschukplantage aufgewachsen.«

Vielleicht, so überlegte Sienna, würde sie ihre Story aus einer menschlichen Sicht präsentieren können.

Wenige Minuten später befand sich Sienna an einer verlassenen Straße einige hundert Meter hinter dem Hotel. Gemeinsam hatten sie das Zimmer vorsichtig über die Terrasse verlassen, waren dann am Jaguargehege vorbeigeschlüpft und nahmen am Ende des Geländes unbemerkt den Lieferanteneingang. Amanacy hatte sie zur Eile gedrängt, da sie Angst hatte, ihrem Peiniger noch einmal zu begegnen, und es außerdem bald dämmern würde. Dann sollte eine Ausländerin wie Sienna nicht mehr mit dem Stadtbus unterwegs sein, hatte sie warnend erklärt.

Sienna kam sich äußerst seltsam vor, als sie zusammen mit der zierlichen Indianerin neben einem der schiefen Strommasten an der menschenleeren, ungepflegten Landstraße stand und minutenlang kein einziges Gefährt erschien. Wenn sie nicht sprachen, war nur das Zirpen der Grillen zu hören. Ansonsten herrschte absolute Stille, die sie nervös machte.

Worauf hatte sie sich nur eingelassen? Schließlich kannte sie das Mädchen überhaupt nicht. Hatte sie nicht duschen und anschließend ihre Unterlagen ordnen wollen, um danach einen ruhigen Abend im Hotel zu verbringen? Stattdessen befand sie sich keine zwei Stunden vor Sonnenuntergang zum zweiten Mal an diesem Tag auf dem Weg in die Stadt.

Wie zur Entschuldigung meinte Amanacy schulterzuckend: »Für uns hier am Amazonas ist das Schiff viel wichtiger als das Auto. Es wird noch ein bisschen dauern, bis der Bus kommt.«

Sienna schaute noch einmal auf den grauen, an manchen Stellen aufgeplatzten Asphalt der endlosen Straße, die von ausgedehnten Grasflächen gesäumt wurde. Kein Mensch war zu sehen.

Endlich näherte sich ihnen der grüne Bus aus der Ferne mit lautem Hupen. Dem Gefährt war anzusehen, dass es einige Jahrzehnte alt war und nur durch ständige Reparaturen überhaupt noch zum Fahren taugte. Als das Fahrzeug mit einem Qietschen der Räder neben ihnen hielt, hatte es bereits ein paar Spritzer der noch feuchten roten Erde in Richtung der Frauen geworfen und dabei Siennas buntbedrucktes Sommerkleid getroffen. Rasch sah sie an sich herunter und stellte missbilligend fest, dass der Baumwollstoff verschmutzt war und zudem infolge der hohen Luftfeuchtigkeit unschön an ihrer Haut klebte. Nach nichts sehnte sie sich jetzt mehr als nach einer erfrischenden Dusche.

»Und so soll ich ein Interview führen«, ging es ihr durch den Kopf. Sie würde mit Sicherheit einen erstklassigen Eindruck bei ihrem Gesprächspartner hinterlassen. Schon jetzt bereute sie es, sich auf dieses Abenteuer eingelassen zu haben.

Für die Strecke zum Hafen benötigte der öffentliche Bus beinahe doppelt so lange wie das Taxi zuvor. Da die beiden Frauen wegen des Abendverkehrs keinen Sitzplatz gefunden hatten und sich nur notdürftig an den Haltestangen abstützen konnten, war die Fahrt inmitten der vielen fremdartigen Menschen alles andere als erholsam. Die ganze Zeit musste sich Sienna darauf konzentrieren, nicht das Gleichgewicht zu verlieren, was ihr bei der erschreckend schnellen Fahrweise des Busfahrers und der Bodenwellen, über die er rücksichtslos preschte, äußerst schwerfiel.

»Da, sehen Sie die *alfândega*, das alte Zollhaus?«, fragte Amanacy und deutete mit dem Zeigefinger auf ein imposantes Gebäude aus der Zeit der Jahrhundertwende. »Ist es nicht wunderschön?«

Siennas Augen bahnten sich einen Weg durch die vielen schwitzenden Körper in ihrer unmittelbaren Nähe, bis auch sie den rotweißen, völlig symmetrisch gebauten Palast sah.

»Raoni hat mir erzählt, dass alle Steinblöcke für den Bau aus England hierhergebracht wurden. Er kennt sich aus, wissen Sie. In seiner Freizeit liest er sehr viel und bringt mir einiges bei.«

»Nichts wurde in Manaus selbst hergestellt«, dachte Sienna, »sondern alles aus Europa importiert. Das konnte man sich damals eben leisten. Heute sieht das ganz anders aus.« Nachdenklich betrachtete sie das an mehreren Stellen aufgerissene Kunstlederpolster der Sitzbänke.

Mit einem einzigen Ruck hielt der Bus im dichten Straßenverkehr des *centro* an.

»Wir müssen aussteigen«, rief Amanacy hinter dem Rücken einer dicken schwarzen Frau und zeigte hektisch auf die sich öffnende automatische Tür.

So gut es ging, suchte sich Sienna einen Weg durch das Gewühl der Mitfahrenden und verließ erleichtert das überfüllte Gefährt.

»Ist das jeden Tag so?«, fragte sie und atmete auf dem Gehsteig tief durch. Im Gegensatz dazu konnte man die Rushhour in der Londoner *tube* als wohlgeordnet bezeichnen.

»Ja«, lachte ihre hübsche Begleiterin. Sie zeigte auf eine schmale Gasse, die zur Hälfte mit Haushaltsgeräten, Plastikeimern und Besen vollgestellt war. »Hier entlang, Senhora. Das ist der kürzeste Weg.«

Als sie um die nächste Ecke bogen, verschlug es Sienna die Sprache. Dicht aneinandergedrängt ankerten Dutzende von weißen Lastkähnen an den endlosen Piers des Hafens. Mit ihrer mehrstöckigen Bauweise und den langgestreckten Außendecks, auf denen unzählige Hängematten für die Mitreisenden angebracht waren, glichen sie sich allesamt. Etliche Arbeiter waren dabei, mit großen Lastkränen die schweren Waren auszuladen. Andere schrubbten die Planken der Decks oder führten kleinere Reparaturarbeiten durch.

Langsam ging Sienna in Richtung des vor ihr liegenden Flusses und schaute begeistert dem eifrigen Treiben an den Docks zu. Das braune Wasser des Amazonas dümpelte träge vor sich hin und schlug gemächlich gegen die Kaimauern und Boote.

»Unsere Lebensader, Senhora«, hörte sie Amanacy stolz hinter sich sagen.

Sienna schüttelte fasziniert den Kopf. »Das ist atemberaubend. Die vielen Schiffe sehen beinahe aus wie gestrandete Wale.«

In der Tat lagen die Kähne mit ihrem spitzen Bug beinahe auf dem Ufersand und ankerten so eng nebeneinander, dass Sienna kaum ihre Umrisse unterscheiden konnte.

»Das sind schwimmende Docks, eine Besonderheit von Manaus. Anders ginge es gar nicht, denn in der Regenzeit ist der Wasserspiegel des Amazonas viele Meter höher als jetzt. Dann ertrinkt die Stadt fast in den Wassermassen.«

»Reist man mit diesen Dampfern denn schnell entlang des Flusses?«, fragte Sienna die Indianerin. Sie konnte sich eine Fahrt auf einem der Schiffe nicht vorstellen.

Ihre Begleiterin zog unschlüssig die Schultern hoch. Es war erkennbar, dass Amanacy einen anderen Zeitbegriff zu haben schien als Sienna.

»Das hängt von Ihrer Geduld ab. Bis Santarém ist man 30 Stunden auf einer *barca* unterwegs. Also eine gute Verbindung, wenn Sie mich fragen.«

Das Büro der FUNAI befand sich in einem kleinen, unscheinbaren Gebäude unweit des Hafens. Außer einem einfachen Metallschild neben dem Eingang, das als Erkennungszeichen einen bunten Indio-Federschmuck zeigte, wies nichts auf die staatliche Organisation hin, die die Angelegenheiten der indigenen Bevölkerung vertrat. Sienna war enttäuscht. Hier würde man ihr wahrscheinlich bei ihrer Recherche keine große Hilfe sein.

Neugierig betrachtete sie Amanacy, die neben ihr ging, jetzt aber ihre Schritte beschleunigte und ihr freudig zulächelte. »Gleich sind wir da.«

Man merkte ihr die gespannte Erwartung an, da sie ihren *namorado* bald wiedersehen würde.

Sienna bedauerte schon, dem Zimmermädchen gefolgt zu sein.

»Was für eine Schnapsidee, kurz vor der Dämmerung an den Hafen zu fahren!«, dachte sie sich. »Ich könnte erfrischt auf meiner Terrasse sitzen und in meinen Notizen lesen.«

Dann betraten sie das einstöckige Haus. Das erste, was sie im Innern des vollgestopften Büros wahrnahm, war das laute, unentwegte Surren des Deckenventilators, der es jedoch nicht verhinderte, dass die Luft stickig und feucht blieb. Durch die wenigen Scheiben gelangte kaum Licht in den Empfangsraum, in dem sich fünf bis sechs große, mit Akten übersäte Schreibtische befanden. Dahinter entdeckte Sienna einige Regale voller grauer Kladden, die penibel in alphabetischer Reihenfolge aufgereiht waren.

Trotz der Enge herrschte ein geschäftiges Treiben im Büro. Zwei junge Indios in hellen Hosen und dazu passenden weißen Hemden diskutierten wild gestikulierend miteinander, während ein dritter geräuschvoll im Zweifingersystem auf einer alten Schreibmaschine herumtippte. Das Klicken der Tasten wurde jäh unterbrochen, als der junge Mann hochschaute und Amanacy sah. Überrascht sprang er auf und eilte ihr verdutzt entgegen.

»*Querida*, was machst du schon Anfang der Woche hier?«, fragte er verwirrt. Doch er wartete ihre Antwort nicht ab, sondern umarmte und küsste sie zärtlich, wobei er ihr liebevoll über das lange schwarze Haar strich. Sienna entging nicht, wie vertraut die beiden miteinander waren. Insgeheim verspürte sie ein Gefühl des Neids. Sie konnte sich nicht vorstellen, dass Charles bei einem überraschenden Besuch ihrerseits in seinem Londoner Büro auch nur annähernd so freundlich reagiert hätte.

Amanacy hatte ihr berichtet, dass sie ihren Freund nur am Wochenende sehen konnte, da sie selbst nur ein kleines Hinterzimmer im Hotel bewohnte, er aber mit zwei Kollegen in der Stadt untergekommen war. Für mehr reichten ihre finanziellen Reserven nicht.

Dann fiel Raonis Blick auf Sienna, und er kniff kritisch die Augen zusammen. Sie registrierte, wie der stämmige junge Mann mit den schulterlangen blauschwarzen Haaren überlegte, in welcher Verbindung sie zu Amanacy stehen könnte.

»Das ist Senhora Davis, Raoni«, erklärte ihm die Indianerin und wies mit der Hand auf Sienna.

Er nickte ihr höflich zu, sagte aber kein Wort. Sienna spürte deutlich die Ablehnung, die ihr in diesem Büro entgegenschlug. War es, weil sie Europäerin war oder als einzige eine helle Hautfarbe besaß?

»*Boa tarde*«, grüßte Sienna freundlich und sah sich in der Runde um, erhielt aber von den Männern, die weiter ihrer Arbeit nachgingen, nur einen gemurmelten Gruß zurück. Jetzt ärgerte sie sich noch mehr, Amanacy hierher begleitet zu haben. Am besten verschwand sie gleich wieder. Sie musste schnellstens einen Vorwand finden, die Behörde verlassen zu können, ohne ihr Gesicht zu verlieren.

Amanacy bemerkte, wie angespannt Sienna und Raoni waren und wollte der unangenehmen Situation entgegenwirken.

Lächelnd sagte sie: »Raoni, die Senhora kommt aus England und ist Journalistin. Sie ist sehr freundlich und hilfsbereit – nicht so wie die anderen *brancos*. Ich habe ihr von der FUNAI erzählt, und da sie eine Geschichte über *borracha* schreibt, würde sie gerne ein paar Fotos in einem unserer Dörfer machen, die *selva* kennenlernen und vielleicht auch beim Kautschukritzen zuschauen, um…«

All diese möglichen Unternehmungen hatte ihr Amanacy während der Busfahrt vorgeschlagen und in den glühendsten Farben vom Urwald berichtet. Doch sie kam mit ihren Erklärungen nicht weiter, da aus dem angrenzenden Büro plötzlich der laute Ton eines eilig zurückgeschobenen Stuhles erklang. Alle Geräusche verebbten schlagartig. Kein Klicken der Schreibmaschinentastatur war zu hören, niemand unterhielt sich mehr. Stattdessen sahen alle in angespannter Erwartung zur halb angelehnten Tür zu ihrer Rechten, die sich jetzt urplötzlich mit einem Ruck öffnete.

»Für welche hochinteressierte Schaulustige dürfen wir denn eine Führung im Indio-Zoo veranstalten? Möchten Sie, dass die Wilden noch auf ihren Trommeln spielen und auf dem Dorfplatz nackt für Sie herumtanzen? Am besten in voller Kriegsbemalung und mit Pfeil und Bogen? Oder haben Sie weitere Sonderwünsche, die wir Ihnen problemlos erfüllen können? Ich bin mir sicher, dass diese Ausfahrt in den Dschungel einen bleibenden Eindruck von der Rückständigkeit der Eingeborenen in Ihrem Gedächtnis hinterlassen wird.«

Diese sarkastischen und verletzenden Worte in fehlerfreiem Englisch erschütterten Sienna zutiefst. Sie war sprachlos. Fassungslos starrte sie zur Tür, durch die ein außergewöhnlich attraktiver und beeindruckender Mann um die dreißig trat.

Seine Anwesenheit erfüllte sogleich den ganzen Raum. Respektvoll nahmen die Angestellten Haltung an und schwiegen weiterhin. Im Büro der Indio-Behörde war es ganz ruhig geworden.

Ihr Gegenüber musste der Vorgesetzte der Männer sein. Alle Augen waren auf ihn gerichtet, doch er taxierte nur Sienna, die wie erstarrt dastand.

Während Sienna mühevoll seinem harten, durchbohrenden Blick standhielt, musterte sie fasziniert seine äußere Erscheinung, die sie sofort auf unerklärliche Art gefangennahm. Eine seltsame Aura von Attraktivität und Härte umgab ihn. Sie wusste nicht, ob sie sich vor ihm fürchten oder von seiner Stärke beeindruckt zeigen sollte.

Er überragte die anderen Männer um mehr als einen Kopf. Auch war seine olivfarbene Haut einige Nuancen heller als die der Mitarbeiter. Das dunkle Haar trug er auffallend kurz geschnitten, sodass seine europäisch wirkenden Züge perfekt zur Geltung kamen. Im Gegensatz zu den anderen war seine Nase schlanker und die dunklen Augen runder. Der groß gewachsene *mestiço* war wirklich eine vollendete männliche Erscheinung.

Sie fühlte sich unbehaglich in seiner Nähe, konnte sich jedoch auch nicht von ihm abwenden, da sie sein Äußeres derart fesselte. Wahrscheinlich fiel es ihm nicht schwer, die Herzen der Frauen zu erobern, dachte Sienna.

Doch sein Blick passte nicht zu der außergewöhnlichen Attraktivität seines Äußeren, denn er war kalt und abweisend. Kein Leben zeigte sich in seinen Augen. Stattdessen wirkten sie wie abgestorben.

»Woher sprach der Mann nur so gut Englisch?«, fragte sich Sienna.

Dann nahm sie allen Mut zusammen und begann ebenfalls auf englisch: »Ich kann Ihnen versichern: Nichts liegt mir ferner.«

Nach dem ersten Schreck hatte sie sich wieder etwas gesammelt. Sie würde sich von diesem ungehobelten Kerl nicht einschüchtern lassen. Schließlich tat er ihr Unrecht.

Sie versuchte es mit ihrem strahlenden Lächeln, das in der Vergangenheit meistens die gewünschte Wirkung erzielt und ihr den Weg für weitere Recherchen geebnet hatte, und ging einen Schritt auf ihr Gegenüber zu.

»Mein Name ist Sienna Davis, und ich arbeite für eine große britische Tageszeitung. Zurzeit schreibe ich an einer Story über das

Ende des Kautschukmonopols und würde gerne vor Ort sehen, wie Latex gewonnen wird. Ein paar typische Aufnahmen für unsere Leser, die keine Ahnung vom Regenwald haben, wissen Sie. Außerdem würde ich hierzu gern noch ein paar Fragen an Sie richten, wenn sich das einrichten ließe.«

Seine Lippen wurden schmal und bebten. Aus seinen beinahe schwarzen Augen leuchtete ihr blanke Ablehnung entgegen. Eines seiner Lider zitterte unaufhörlich.

Er war neben dem Schreibtisch stehen geblieben und betrachtete sie kritisch von oben bis unten, sagte aber kein Wort. Sienna bemerkte, wie ihre Nervosität langsam wuchs. Noch nie hatte sie sich in der Gegenwart eines Mannes so unbedeutend und klein gefühlt. Vor allem schienen ihre weiblichen Reize bei ihm keinerlei Eindruck zu hinterlassen. Das war sie nicht gewohnt.

Sie versuchte es noch einmal, was sie bereits einige Überwindung und Kraft kostete.

Wenn sie aufgeregt war, beging sie den Fehler, zu viel und zu schnell zu reden: »Oder wir verzichten auf das Interview mit Ihnen, und ich befrage stattdessen einen Ihrer Mitarbeiter. Das wäre vielleicht klüger. Wichtiger erscheinen mir dagegen die Aufnahmen im Urwald. Diese wilde Exotik würde unsere Abonnenten mit Sicherheit sehr interessieren, und ich…«

»Nein«, war seine kurze, aber bestimmte Antwort, die er ihr mit barschem Ton entgegenschleuderte. Sie schien jegliche Widerrede auszuschließen. Noch immer war die Luft im Büro zum Zerschneiden dick. Ein Muskel an seiner Wange zuckte warnend.

Sienna schluckte. Sie war noch nie in ihrem Leben so abgekanzelt worden. Nicht einmal Bob, der in der Redaktion für seine cholerischen Anfälle bekannt war, hatte sie auf diese Weise niedergemacht.

»Gehen Sie zurück nach Europa und bleiben Sie dort«, meinte er verächtlich.

Schon hatte er sich im Türrahmen umgedreht und ihr den muskulösen Rücken zugewendet, als erneut ihr Kampfgeist erwachte. Es brachte sie auf, wie überheblich er sie behandelte und vor seinen Mitarbeitern wie ein Schulmädchen zurechtwies.

»Wie reden Sie überhaupt mit mir?«, rief sie ihm nun auf portugiesisch hinterher. Sienna wollte, dass alle in der Behörde mitbekamen, wie unhöflich und beleidigend er war. Sie rechnete nicht mehr damit, einen Schritt in eines der Indiodörfer setzen zu können oder ein Interview führen zu dürfen, aber so ließ sie ihn nicht davonkommen.

»Hat man vergessen, Ihnen gutes Benehmen beizubringen, als man Ihnen unsere Sprache beibrachte? Ich komme aus einem fremden Land und bin Gast hier. Ein wenig Freundlichkeit und Entgegenkommen hätte ich, glaube ich, verdient. So hält man das wenigstens bei uns im zivilisierten England.«

Hinter ihr war es noch stiller geworden – als ob die Männer den Atem anhielten. Sienna bemerkte, dass alle Augen auf sie und ihr Gegenüber gerichtet waren. In der Spannung, die nun herrschte, trat ihr der Schweiß auf die Stirn.

Sie wusste, dass sie in ihrem Ärger zu weit gegangen war, doch die Worte waren gesagt. Sie konnte sie nicht mehr rückgängig machen.

Wie in Zeitlupe drehte sich der groß gewachsene Mann um, seine faszinierend dunklen Augen verengten sich zu schmalen Schlitzen, und sie erkannte, wie sehr die Wut dahinter kochte. Sein Blick schien sie zu durchbohren, doch er beherrschte sich und winkte einen der Angestellten zu sich. Dann sagte er in bewundernswert ruhigem Tonfall: »Bring die Dame bitte hinaus, Jaci! Sie möchte jetzt gehen.«

Verlegen stand Amanacy neben ihr, blickte unentwegt auf den Boden und malte mit dem Fuß Linien in den Sand. Die Indianerin hatte sie vor die Tür begleitet, aber bisher noch nichts gesprochen. Man sah ihr an, wie peinlich ihr die ganze Angelegenheit war.

Sienna starrte ebenfalls auf eine unverputzte Stelle der Hauswand und spürte ihr Herz immer noch bis zum Hals schlagen. Der Zorn, der in ihr aufgestiegen war, verebbte nur langsam.

»Sagen Sie doch gleich, dass ich alles falsch gemacht habe, Amanacy!«, entfuhr es Sienna. Gleichzeitig tat es ihr leid, das Mädchen jetzt anzuschnauzen. Schließlich hatte es Amanacy nur gut gemeint, als sie sie hierhergebracht hatte.

Die Indianerin schürzte die Lippen. Sie suchte nach einer Antwort.

»Vielleicht hätte ich Sie warnen sollen. Aber ich wusste gar nicht, dass Matheus heute hier ist«, erklärte sie. »Manchmal ist er etwas schwierig.«

»Manchmal!«, lachte Sienna zynisch. »Was hat dieser Mensch nur?«, brauste sie auf. »Warum ist er so unfreundlich und verletzend? Ich habe ihm rein gar nichts getan. Noch nie in meinem Leben hat mich jemand so behandelt.«

Um sich abzureagieren, kickte sie eine zerbeulte Coke-Dose in die nächste Ecke, wo diese mit lautem Scheppern an eine Mauer stieß. Sofort fiel ihr ein, wie wenig damenhaft ihr Tun gerade war. Charles hätte sich kopfschüttelnd von ihr abgewendet, wenn er Zeuge dieser Szene geworden wäre.

»Das ist eine lange Geschichte, von der ich auch nur ein paar wenige Dinge weiß, weil die Männer um Raoni hin und wieder etwas erzählen. Matheus spricht nie über die Vergangenheit, wissen Sie, Senhora. Da reimen sich die Jungs eben etwas zusammen.«

Sienna überlegte.

»Er ist kein richtiger Indio, nicht wahr?« Sie war neugierig geworden. Wieder fielen ihr seine viel hellere Haut und sein fast europäisch geschnittenes Gesicht ein.

Wahrscheinlich hatte er es als Mischling in seinem bisherigen Leben nicht leicht gehabt, aber das gab ihm noch lange nicht das Recht, sie derart niederzumachen.

Dennoch fragte sich Sienna, was einen Menschen nur so hart werden ließ.

»Nein, er ist ein *caboclo*. Es ist nicht einfach, hier Kind eines portugiesischen Vaters und einer indianischen Mutter zu sein. Man gehört nirgends richtig dazu«, erklärte Amanacy.

»Aber dennoch kann er mich nicht einfach...«, doch sie konnte nicht weitersprechen, da Raoni aus dem Büro trat.

»Es tut mir leid, Senhora«, sagte er ehrlich betroffen und schaute über die Schulter zur Tür zurück, als würde er sich versichern, nicht gesehen zu werden.

Sienna atmete tief durch. Sie musste sich jetzt beruhigen. Die Aufregung brachte sie nicht weiter.

»Ich hatte wirklich nicht die Absicht, wie ein Zoobesucher durch ein Indiodorf zu laufen. Bitte, glauben Sie mir«, erklärte sie schon etwas gefasster.

»Gehen wir ein Stück zum Hafen?«, schlug Raoni vor, woraufhin ihm die beiden Frauen folgten. Die Ruhe, die er trotz des Vorfalls ausstrahlte, gefiel ihr.

Sienna bemerkte, wie spät es bereits geworden war. Die Sonne hatte ihre Leuchtkraft verloren und stand als orangegelber Feuerball tief über dem Fluss, dessen Oberfläche sie in ein glitzerndes Meer verwandelte. Im Gegenlicht wirkten die Holzbrüstungen der im Hafen ankernden Schiffe wie seltsame Gerippe. Trotz der vorgerückten Stunde herrschte an den Quais noch große Betriebsamkeit.

»Raoni, ich hatte gehofft, du könntest die Senhora morgen mit nach Iquitos nehmen«, meinte Amanacy leise. Sienna rechnete ihr diesen Versuch hoch an. Schließlich wusste das Mädchen, dass alle ihre Bitten keinen Sinn mehr hatten.

»Du hast doch gehört, was Matheus gesagt hat, *querida*!« Er wirkte etwas ungehalten. »An seiner Meinung lässt sich nicht mehr rütteln.«

»*Sim*, aber Senhora Davis hat mir heute sehr geholfen. Ich bin ihr zu großem Dank verpflichtet.«

»Ach, lassen Sie nur, Amanacy! Es reicht mir. Ich werde ins Hotel zurückfahren. Die ganze Sache war eine dumme Idee von mir.«

Sienna hatte nach diesen Ereignissen genug. Sie würde einfach ein paar alte Fotos aus dem Archiv kopieren und diese veröffentlichen. Mittlerweile wusste sie selbst nicht mehr, warum in ihr der Wunsch erwacht war, ein Dorf der *seringueiros* zu sehen.

»Was heißt das? Bei was war dir Mrs Davis behilflich?«, hakte Raoni nach. Er klang alarmiert. Schnell stellte er sich direkt vor das Mädchen und hielt es mit beiden Händen an den Schultern.

Amanacy wollte nicht antworten und schaute beschämt auf ihre Fußspitzen, doch sein Zeigefinger zog ihr Kinn nach oben, sodass sie ihn ansehen musste. Sein Verhör schien ihr sehr unangenehm zu sein.

»Hat er es wieder versucht?«, fragte er wütend. Sienna sah, wie der Zorn in seinen Augen wuchs.

Amanacy drehte, ohne zu antworten, den Kopf zur Seite. Sie weigerte sich, ihm Auskunft zu geben.

»Aha!« Er ließ die Hand sinken und wendete sich verärgert zum Fluss. »Wenn ich Sérgio erwische, bringe ich den Kerl um! Das schwöre ich dir! Dieser Hurensohn!«

»Dank der Senhora ist nichts geschehen«, versuchte sie ihn zu beschwichtigen. »Sie hat mich vor ihm versteckt.«Nun wandte sich

Raonis Aufmerksamkeit Sienna zu. Er kräuselte die Stirn und kam auf sie zu.

»Sie haben Amanacy geholfen?«, wunderte er sich und konnte es kaum fassen.

Sienna nickte stumm.

Endlich entspannten sich seine Züge. »Dafür danke ich Ihnen sehr. Ich habe ihr gesagt, dass sie nicht länger im Tropical arbeiten kann, aber sie hört ja nicht auf mich, sondern setzt dauernd ihren Kopf durch.«

»Raoni, das ist nicht wahr. Wir brauchen das Geld. Bisher können wir uns eine Hochzeit nicht leisten. Das weißt du selbst. Und eine andere Arbeit finde ich hier nicht.«

»Und deshalb soll ich jeden Tag Angst um dich haben, Amanacy?« Er klang frustriert wie jemand, an dem es nagte, seine Freundin nicht besser schützen zu können.

Die beiden schauten sich traurig an.

»Also, bis dann! Vielen Dank und alles Gute noch«, meinte Sienna und wollte sich auf zum Taxistand machen, den sie weiter oben an der Hafenstraße entdeckt hatte. Es war ihr peinlich, den Streit des Paares mitzuerleben. Sie hatte damit im Grunde nichts zu schaffen, sagte sie sich. Am besten verschwand sie schnell von hier und vergaß alles.

Beim Weggehen sah sie noch, wie Amanacy sich vor Raoni stellte und eindringlich auf ihn einredete, doch sie verstand kein Wort. Im Grunde war es ihr auch gleichgültig. Sienna wollte nur noch zu ihrer wohlverdienten Dusche und ihrem Abendessen im Hotel. Diese ganze Reise war bisher ein völliger Reinfall für sie gewesen. Bob konnte froh sein, dass er so weit entfernt war!

Schon hatte sie einige Schritte zurückgelegt, als sie Raonis weiche Stimme nach ihr rufen hörte: »Senhora Davis!«

Sie drehte sich um. Was konnte er jetzt noch von ihr wollen? Von Vorwürfen hatte sie für heute genug.

»Senhora, wenn Sie morgen früh um 6 Uhr am Bootssteg des Tropical stehen, kann ich Sie den Rio Negro hinauf mitnehmen. Aber packen Sie etwas anderes ein als diese unbequemen Schuhe«, wobei er grinsend auf ihre hohen Keilabsätze zeigte. »Wir bleiben über Nacht.«

RIO NEGRO, BRASILIEN

1

Ein zarter morgendlicher Nebel lag über dem Fluss, als sich das weiße Dampfschiff schnaufend dem Anlegeplatz näherte. Es kam nur langsam voran, da es gegen die gewaltige Strömung des Rio Negro ankämpfen musste. Sienna stand am Bootssteg des Hotels und wartete, bis sie die Umrisse des Gefährts besser erkennen konnte. Als intensiv leuchtender Ball war die Sonne erst vor wenigen Minuten hinter der verschwommenen Skyline der entfernt liegenden Stadt aufgegangen, schien aber schon mit ungeahnter Kraft auf die sich unter ihr ausbreitende Wasserwildnis.

Um von niemandem gesehen zu werden, hatte Sienna ihr Zimmer, wie am Tag zuvor, über die Terrasse verlassen und war dann durch den noch menschenleeren Innenhof in Richtung des Dienstboteneingangs gelaufen. Dabei folgte sie einer inneren Stimme, denn sie traute dem Portier an der Rezeption nicht. Auf keinen Fall wollte sie, dass da Cunha etwas von ihrem Ausflug in die Wildnis erfuhr. Der Agent war ihr aus unerklärlichen Gründen nicht ganz geheuer.

Der Dampfer drosselte seine Geschwindigkeit und steuerte direkt auf den Anlegesteg zu. Jetzt, da sie den ruhigen Wellenschlag des Flusses unter sich hörte, schüttelte sie den Kopf über ihre lächerliche Heimlichtuerei. Sah sie mittlerweile Gespenster? Zwar war der Agent recht aufdringlich, aber schließlich wollte er ihr nur auf seine Art behilflich sein. Wahrscheinlich war es da Cunhas Mentalität, alles zur absoluten Zufriedenheit seiner Klienten zu erledigen. Sie würde die Sache nach ihrer Rückkehr in Ordnung bringen, nahm sie sich fest vor.

Am Bug des sich nähernden Schiffes entdeckte Sienna Raoni, der die Hand zum Gruß hob. Sie winkte freundlich zurück und lächelte ihm zu. Schließlich wusste sie, was er riskierte, weil er sie gegen die ausdrückliche Anordnung seines *patrão* auf diese Fahrt mitnahm.

Rasch ging sie noch einmal in Gedanken durch, ob sie nichts vergessen hatte. Die Kamera war sicher in ihrer Tasche verstaut, Notizblock und Stifte befanden sich im Außenfach neben den Filmen. Auch das Insektenspray war eingepackt. Außerdem hatte sie noch ein Shirt und etwas Wäsche zum Wechseln dabei. Als sie auf ihre bequemen Ledersandalen schaute, verzog sie unbewusst den Mund. Sie hasste die flachen Schuhe, doch für den Urwald waren sie sicher besser geeignet als ihre modischen Sandaletten.

Die Ipanema legte am Steg an und einer der Matrosen sprang geschickt über die Reling, um das Tau sicher am Poller zu befestigen. Erst jetzt sah sie, dass Raoni eine khakifarbene Uniform trug, die wohl seinem offiziellen Auftrag im Namen der FUNAI entsprach. Der bunte Indio-Kopfschmuck, den sie am Vortag auf dem Blechschild neben der Bürotür gesehen hatte, war als Emblem auf seiner linken Brusttasche eingestickt.

Mit einem breiten Lachen reichte er Sienna die Hand, sodass sie an Deck klettern konnte, wo sie erst nach Halt suchen musste, bis sie schließlich gerade stand.

»Willkommen an Bord, Senhora!«, begrüßte er sie freundlich. Nichts an ihm erinnerte mehr an den nachdenklichen Mann des Vorabends. Raoni schien sich bei ihr für die Unterstützung, die sie Amanacy geleistet hatte, mit dieser Fahrt bedanken zu wollen.

Die Größe des Dampfers überraschte sie. Eher hätte sie mit einem der kleineren, motorgetriebenen Langboote gerechnet, doch Raoni erklärte ihr, dass die Ipanema an den verschiedensten Orten Waren ausliefern würde und deshalb einen ausreichenden Stauraum benötigte. Auch fuhren auf diesen Verbindungen immer ein paar Indios mit, die sich den Transport in die jeweiligen Heimatdörfer auf andere Art nicht leisten konnten. Ihr Blick fiel auf die in den Hängematten herumlungernden Männer jeglichen Alters, die sie aufmerksam beobachteten.

»Wohin fahren wir überhaupt?«, fragte sie. Als das Schiff ablegte, hatte sie lediglich bemerkt, dass es sich gegen die Strömung des Rio Negro bewegte, sie sich also noch weiter von Manaus entfernten.

»Ein paar Stunden den Fluss hinauf zum Rio Apuaú. Es wird Ihnen gefallen, aber erwarten Sie bitte keinen Luxus«, warnte er sie. »Unser ganzes Leben...«, begann er, »... ist sehr einfach.«

»Natürlich nicht«, antwortete sie. Sienna war gespannt auf das, was sie in den nächsten Stunden zu sehen bekommen würde. Sie freute sich darüber, dass Raoni ihrem Wunsch entgegengekommen war, auch wenn er dies nur aus Dankbarkeit, weil sie seiner Freundin beigestanden hatte, tat.

Ihr fiel ein, sich nach Amanacy zu erkundigen.

In Raonis Gesicht konnte sie lesen, wie unangenehm ihm das Thema war, doch nach einem kurzen Blick zur Seite hatte er sich gesammelt und meinte: »Sie hat die Nacht bei mir verbracht und dann frühmorgens den ersten Bus zum Tropical genommen.«

Er seufzte tief. »Gebe Gott, dass sie diesem Schweinehund nicht wieder über den Weg läuft.« Was er mit dem Sohn des Hoteldirektors am liebsten tun würde, ließ er aus, doch sie sah die Wut in seinen Augen brennen.

Sienna wusste nicht, was sie sagen sollte. Es schien keinen Ausweg für das Zimmermädchen und ihren Verlobten zu geben. Von Gerechtigkeit war in dieser streng nach Klassen eingeteilten Gesellschaft keine Spur zu finden. Und ganz unten in der Hierarchie befanden sich die *indígenas*, die ihr Dasein meist als einfache Handlanger oder Hausangestellte fristen mussten.

Zur Ablenkung beobachtete sie jetzt das flache Ufer zu ihrer Rechten. Mit dem Hotel waren die letzten Häuser aus ihrem Blickfeld verschwunden und Sienna sah nur noch dichtes, grünes Buschwerk, das bis zum Ufer reichte. Dahinter erhoben sich Bäume mittlerer Höhe, die von einzelnen Urwaldriesen weit überragt wurden. In der Schule hatte Sienna etwas über den typischen Stockwerkbau des Regenwaldes gelernt, doch ihn tatsächlich vor sich zu sehen, war etwas völlig anderes. Das üppige, nicht aufzuhaltende Wachstum der Vegetation beeindruckte sie zunehmend. Auch wenn sie nicht freiwillig an diesen Ort mitten im Dschungel gekommen war, gefiel ihr diese Schifffahrt in die Natur immer besser.

»Über was wollen Sie genau schreiben, Senhora?«, hörte sie Raonis Stimme hinter sich. Erst jetzt merkte sie, dass sie ganz in ihren Träumen versunken war. Der Urwald hatte schon nach kurzer Zeit völlig Besitz von ihr genommen.

Sienna drehte sich um und lächelte: »Es geht um den Mann, der vor 100 Jahren für Manaus und damit für den Kautschukboom der

Ruin war. Henry Wickham – ein Landsmann von mir, auf den ich nicht gerade stolz bin. Ich weiß nicht, ob Sie schon jemals von ihm gehört haben.«

Wie sie erwartet hatte, schüttelte er den Kopf, meinte aber: »Ich dagegen weiß nur, für wen der Kautschuk bei uns am Rio Tapajós das Ende bedeutete, nämlich für Henry Ford.«

Aufmerksam sah sie ihn an. »Ford – der US-amerikanische Autogigant?«, hakte sie nach. Sie hatte keine Ahnung, in welcher Verbindung der berühmte Selfmade-Millionär zu Brasilien stand. Das einzige, was Sienna von Ford wusste, war, dass er die Fließbandproduktion eingeführt und mit seinem berühmten Modell T den ersten erschwinglichen Wagen für breite Bevölkerungsschichten geschaffen hatte.

Raoni nickte bedeutsam.

»Was hat Henry Ford mit dem Amazonas zu tun?« Ihre Neugier war geweckt.

Raoni schien sich zu freuen, dass er ihr etwas erklären konnte: »Vor einem halben Jahrhundert kaufte die Ford Motor Company ein 10000 Quadratkilometer großes Stück Land nördlich von Santarém und gründete dort in der Nähe meines Heimatdorfes den Ort Fordlândia. Es sollte eine riesige Kautschukkolonie werden, damit die Amerikaner das Rohmaterial für ihre Ventile, Dichtungsringe und Reifen ohne Zwischenhändler herstellen konnten. Das war so eine fixe Idee von ihm. Ford selbst wurde von der brasilianischen Presse als der Moses des 20. Jahrhunderts bezeichnet, da man sich von seinen Investitionen einen enormen wirtschaftlichen Aufschwung für die verlassene Gegend versprach.«

»Und? Ist es dazu gekommen?« Sienna ahnte, dass sich die Erwartungen nicht erfüllt hatten.

»Mein Großvater war damals ein junger Mann. Er hat mir viel darüber erzählt. Zunächst einmal brannten zur Regenzeit die nassen Bäume nicht, als die Amerikaner ohne Rücksicht zu roden begannen. Sie behalfen sich deshalb einfach mit Benzin und schütteten das Zeug massenhaft in den Wald.«

Sienna machte vor Schreck große Augen.

»Ja, ein furchtbares Verbrechen an der Natur«, sagte Raoni. »Aber es kam noch viel schlimmer: Henry Ford zwang meine Vorfahren, nach Stechuhren und Fabriksirenen zu arbeiten – selbst während der oft unerträglichen Mittagshitze. Eine Unmöglichkeit bei unserer Mentalität.«

Sie hörte ihm gebannt zu. Warum hatte sie darüber nirgendwo etwas gelesen?

»Täglich gab es dieselbe Einheitskost aus Fisch und Vollkornreis. Ford schwebte vor, dass die Ureinwohner wie in einer US-amerikanischen Kleinstadt leben sollten, weshalb die *seringueiros* immer Ausweiskarten bei sich tragen und auf Alkohol und Zigaretten verzichten mussten. Sie waren völlig rechtlos, von der miserablen Bezahlung ganz zu schweigen.«

»Aber er hatte keinen Erfolg damit, oder?«, fragte Sienna, die dieses Ergebnis nun beinahe erhoffte.

Raoni verneinte kopfschüttelnd: »Die Amerikaner hatten keine Ahnung vom Amazonas. Wie sollten sie auch? Auf den Plantagen pflanzten sie die Kautschukbäume in viel zu dichten Reihen. Dabei wächst der Baum in der *selva* nicht ohne Grund einzeln und in großem Abstand zum nächsten.«

»Ich verstehe Sie nicht ganz«, meinte sie.

»Dann hole ich etwas weiter aus: Es gibt hier in Südamerika einen Pilz, der die Pflanze während der Phase der Blattentwicklung befällt. Das ist unter natürlichen Bedingungen nicht besonders schlimm, aber für eine riesige Plantage wie Fordlândia bedeutete es den Untergang. In der Monokultur des Gummibaumes konnte sich die Blattfallkrankheit wegen der geringen Abstände von Baum zu Baum rasch weiterverbreiten.«

Sienna begriff. »Ford hat hier also nichts verdient?«, fragte sie. Sie konnte es kaum fassen, dass sich der geniale Industrielle hier tatsächlich verkalkuliert hatte.

»Nein, er hat mit seiner Idee Millionen von Dollar verloren. Ein absoluter Reinfall war das Ganze«, erklärte Raoni.

»Und was ist aus Fordlândia geworden?«, hakte sie nach.

»Eine überwucherte Ruine im Dschungel ist alles, was an die Arroganz der US-Amerikaner erinnert«, antwortete er und schaute auf die weite Wasserfläche, die das Schiff umgab.

Sienna ließ seine Worte auf sich wirken und meinte schließlich: »Dann können Sie Wickham und Ford ja beinahe dankbar sein. Schließlich haben beide der Ausbeutung ein Ende bereitet – jeder auf seine Art und Weise natürlich.«

Raoni sah sie eindringlich an. »Die Ausbeutung von uns Indios, Senhora, wird niemals ein Ende haben.«

Wieder wandte er sich ab, doch sie sah den Schmerz in seinem Gesicht.

Sienna beobachtete nun das in einiger Entfernung liegende Ufer, denn sie hatte eine Ansammlung von Holzhütten entdeckt, vor denen ein winziger Sandstrand erkennbar war. Ein paar vor Freude jauchzende, halbnackte Kinder sprangen wild im Wasser herum und spritzten einander laut kreischend an. Die Ausgelassenheit schien ihnen großen Spaß zu bereiten.

Auch Sienna amüsierte sich über das lebendige Treiben und lächelte Raoni an. Er hatte sich wieder etwas gefangen und die Kinderschar ebenfalls gesehen. Am Steg fiel ihr jetzt ein Mann auf, der bis zur Hüfte im Fluss stand und etwas an der Anlegestelle zu reparieren schien. Jedenfalls biss er mit den Zähnen wohl auf irgendein Werkzeug, während er mit den Händen an einem der Holzpfosten herumhantierte.

Sienna erschrak. »Ist das nicht gefährlich?«, fragte sie besorgt.

Raoni zuckte mit den Schultern. »So bin ich auch aufgewachsen. Bei uns fragt man nicht nach der Zukunft. Es geht darum, den heutigen oder vielleicht noch den morgigen Tag irgendwie zu überstehen. Natürlich lauern überall im Amazonasgebiet Gefahren. Hier ein Schwarm voller Piranhas, da ein *jacaré*, aber soll man sich deshalb im Haus einschließen? In England können Sie auch jeden Tag von einem Auto oder einem Bus überfahren werden, oder?«

Sienna dachte nach. Eigentlich hatte er recht.

»Wie kommt es, dass Sie jetzt für die Indio-Behörde arbeiten?«, fragte sie.

»Sie meinen: Wieso kann er lesen und schreiben und sich sogar noch ein bisschen anständig ausdrücken?« Sein Ton war hart geworden. Ohne es zu wollen, hatte sie ihn verletzt.

Sienna schluckte. »Nein, so hatte ich das...«

»Doch, genau so denkt ihr Weißen. Ich weiß das, Senhora, denn ich erlebe das jeden Tag.«

Ihre Bemerkung tat ihr sofort leid. Wie konnte sie das Gesagte bloß wiedergutmachen?

»Raoni, ich...«, aber sie wusste nicht weiter.

Er atmete tief ein. Dann erklärte er: »Es war reines Glück. Vor vier Jahren bin ich Matheus über den Weg gelaufen. Er arbeitete damals schon für die FUNAI. Wissen Sie, Matheus ist sehr intelligent. Er hat studiert und weiß viel mehr als wir alle zusammen. Eigentlich könnte er ganz anders leben, so wie die *brancos*, aber er arbeitet nur für uns *indios* und möchte unser Leben verbessern – allerdings auf unsere Art und Weise, nicht auf die der Europäer.«

»Deshalb hasst er uns.« Sie hatte die Worte nicht aussprechen wollen, doch sie waren einfach über ihre Lippen gekommen. Jetzt erschrak Sienna, weil sie laut gedacht hatte.

Raoni verzog den Mund. »Ich weiß nicht, ob man einen Teil von sich selbst hassen kann. Schließlich ist er ein halber Weißer. Aber Sie haben Recht: Er kämpft mit allen Mitteln gegen die Ausbeutung und Unterdrückung durch die Behörden. Auch mit der Wirtschaft hat er sich angelegt und verteidigt vehement unser Land. Die Firmenbosse in Belém und São Paulo warten nur darauf, sich der Bodenschätze in unseren Gebieten zu bemächtigen. Das will Matheus verhindern.«

Sienna erinnerte sich, wie zornig ihr der große *mestiço* im Büro der Indio-Behörde entgegengetreten war. Auf einmal wollte sie mehr über diesen seltsamen, undurchschaubaren Mann erfahren.

»Woher kommt denn Senhor de Nóbrega?«, fragte sie unvermittelt.

Raoni lachte, als sie Matheus Nachnamen erwähnte.

»Entschuldigen Sie, Senhora, aber wir sprechen uns hier nur mit den Vornamen an«, erklärte er. »Ihre Anrede klingt so... seltsam steif.«

Wieder bemerkte Sienna, dass sie nicht dazu gehörte. Sie war typisch englisch, so schrecklich formell.

Doch da begann er schon zu erzählen: »Viel weiß ich nicht, da er kaum ein Wort darüber verliert, und auf diese Sache ansprechen möchte ihn lieber niemand. Er ist in Maravilha am Rio Negro aufgewachsen und von dort auf die Oberschule und später auf die Universität geschickt worden. Jedenfalls hat er in Santarém Agrar- und Forstwirtschaft studiert.«

Das hatte Sienna nicht erwartet. Raoni war sichtlich stolz auf den Erfolg seines Vorgesetzten.

»Und sein Vater ist ein Weißer?«, fragte sie vorsichtig. Ihr Interesse war geweckt. Warum fesselte sie die Lebensgeschichte dieses Mannes, der sie ohne jegliche Manieren aus dem Haus geworfen hatte, überhaupt?

Raoni wand sich. Man sah ihm an, dass ihm die Antwort, die er geben musste, nicht gefiel.

»Ja«, sagte er gedehnt. »Aber niemand weiß etwas Genaues darüber. Im Büro ist es ein unausgesprochenes Gesetz, ihn nicht danach zu fragen. Auf jeden Fall scheint es keine angenehme Geschichte zu sein. Wie sollte sie auch?«

»Aha«, meinte Sienna und sah das eindrucksvolle, sehr männliche, aber auch harte, undurchdringliche Gesicht von Matheus de Nóbrega vor sich. Welches schreckliche Geheimnis umgab ihn?

Es war, als wolle Raoni sie auf andere Gedanken bringen, denn er erzählte ihr nun allerhand von den Tieren, die in den Tiefen des Rio Negro und an dessen Ufern lebten. So sprach er von den nahezu unbeweglichen Faultieren in den Baumwipfeln, den Aalen, die bei Gefahr elektrische Schläge aussenden würden, dem gelben Pfeilgiftfrosch, von giftigen Riesenspinnen und der gefürchteten Grünen Anaconda. Dabei ließ er auch die Löwenkopfaffen nicht aus, die sich vor allem von Insekten ernährten. Traurig berichtete er von den Manatis, den nur in diesen Gewässern anzutreffenden, kleinsten Seekühen der Welt, die wegen ihrer Friedfertigkeit und der menschlichen Gier nach ihrem Fleisch bald ausgerottet sein würden.

Vor Sienna tat sich eine bunte, vielfältige und exotische Welt auf. Dennoch sah sie auch die ständige Gefahr für die Bewohner dieses unwirtlichen Lebensraums vor sich.

»Wie kann man hier nur überleben?«, meinte Sienna, wobei sie zweifelnd den Kopf schüttelte.

Raoni grinste. »Wollen Sie die Geschichte der Isabel Godin hören? Dann wissen Sie es.«

Sie nickte und schaute ihn erwartungsvoll an.

»Ihr Mut und ihre Entschlossenheit haben sie zur berühmtesten Frau am ganzen Amazonas gemacht. Noch heute erzählt man voller Bewunderung von ihren Abenteuern.«

Dann fuhr er fort: »Isabel entstammte altem peruanischen Adel und heiratete vor mehr als 200 Jahren den französischen Kartographen Jean Godin. Dieser war im Rahmen einer Expedition in den Anden, welche durch Messungen am Äquator die Frage nach der wahren Gestalt der Erde lösen sollte. Nachdem ihr Mann zunächst allein den Amazonas entlang bis nach Französisch-Guayana gereist war, um die Heimkehr seiner Familie nach Frankreich vorzubereiten, wurde ihm die Rückkehr in die spanischen und portugiesischen Gebiete verwehrt, da sich die politischen Verhältnisse mittlerweile verändert hatten. Fast zwanzig Jahre lang wartete Isabel in Riobamba im heutigen Ecuador auf Jean. Dann, nach dem Tod ihrer einzigen Tochter, brach sie selbst auf.«

»Sie meinen, sie ist allein losgereist? Vom Pazifik an den Atlantik? In der damaligen Zeit?« Sienna konnte sich eine derartige Reise nicht vorstellen.

»Nicht ganz, Verwandte und Diener begleiteten Isabel – insgesamt wohl über 40 Personen, doch eine Pockenepidemie, Unfälle beim Überqueren des Gebirges und auch gewaltige Versorgungsprobleme verminderten die Zahl ihrer Begleiter rasch. Als sich die Überlebenden dann per Kanu einschiffen wollten, bemerkten sie bald, dass sie auf diese Weise nicht weiterkämen.«

»Und?«, fragte Sienna verblüfft. Es war ihr absolut unbegreiflich, wie man ein Unternehmen dieser Dimension mit den damaligen Mitteln hatte bewerkstelligen können.

»Sie beschlossen, nur eine kleine Truppe weiterzuschicken, um bei den Indios Proviant zu besorgen. Der Rest der Gruppe schlug irgendwo ein Lager auf – was allerdings ihr Todesurteil war. Die Mehrzahl steckte sich mit Malaria und anderen Infektionskrankheiten an und starb.«

Dies überraschte Sienna nicht. Wie sollte man auch in dieser menschenfeindlichen Hölle überleben?

»Nur Isabel nicht.«

Sienna hörte Raoni gebannt zu.

»Zwar wurde fälschlicherweise ihr Tod gemeldet, doch sie schlug sich tagelang allein durch den Dschungel und gelangte, von Parasiten übersät und fast wahnsinnig vor Hunger, schließlich in ein Indianerdorf, wo man ihr weiterhalf. Als einzige Überlebende wohlgemerkt.«

»Unglaublich. Hat sie ihren Mann je wiedergesehen?« Sie wünschte sich, dass die Geschichte für Isabel Godin doch noch ein gutes Ende gefunden hatte.

Raoni ließ sich absichtlich Zeit. Grinsend erklärte er: »Ihren Lebensabend verbrachten die beiden in Frankreich. Isabel war dort zu einem hochgeschätzten Mitglied der Gesellschaft geworden und sehr geachtet.«

Sienna gefiel diese unglaubliche Erzählung. Insgeheim musste sie an ihre völlig verfahrene Beziehung zu Charles denken. Wohl kaum hätte Charles so lange auf sie gewartet.

Vermisste er sie in London überhaupt?

»*Nossa!*« Raonis lauter Fluch riss Sienna aus ihren Gedanken.

»Was ist?«, fragte sie erstaunt. So kannte sie ihn gar nicht.

Er atmete tief ein und schloss kurz die Augen, um sich zu sammeln. Doch Sienna sah ihm an, wie aufgewühlt er war. Langsam deutete er auf das nahe Ufer, wo sie bei genauerem Hinsehen inmitten einer hübschen Bucht einen größeren Pfahlbau entdeckte, der vollständig im ruhigen Wasser stand.

Sienna kniff die Augen zusammen, um besser sehen zu können. Sie erkannte nun, dass es sich um keine der üblichen schäbigen Indiohütten am Fluss handelte, sondern um ein gepflegtes, farbig gestrichenes Holzhaus, dessen Dach säuberlich mit Palmwedeln gedeckt war. Rund um die Behausung herum verlief eine großzügige Terrasse, die zu einem kleinen Steg führte, an dessen Ende ein hoher Mast erkennbar war. Darunter dümpelte ein schmales Motorboot im Schilf.

»Er hat den Wimpel aufgezogen!«, sagte Raoni tonlos und starrte ebenfalls zur gelben, im Wind flatternden Fahne.

»Was meinen Sie? Wer ist ›er‹?« Sienna wunderte sich, was Raoni so erschreckt haben konnte.

Doch er gab ihr keine Antwort, sondern schaute nur mit ernstem Gesicht zu dem ansprechenden Haus auf den Stelzen. Die Besorgnis war ihm anzusehen.

»Wer wohnt dort?«, insistierte sie. Sienna wollte jetzt unbedingt wissen, was Raonis gute Laune auf einmal derart vertrieben hatte.

»Ich verstehe das nicht. Er war doch schon seit Wochen nicht mehr hier«, hörte sie ihn murmeln. Man sah ihm an, dass sich in seinem Kopf die Gedanken überschlugen. Er musste eine höchst unangenehme Entdeckung gemacht haben.

Doch dann erkannte sie selbst den Besitzer des Pfahlbaus, und ihr wurde alles klar. Am Ende des Holzstegs stand Matheus de Nóbrega und wartete mit ausdrucksloser Miene auf sie.

2

Der Streit, dessen Zeugin sie geworden war, dauerte nun schon einige Minuten. Sienna verstand lediglich wenige Brocken des Gesagten, da die beiden Männer nur teilweise portugiesisch sprachen, meist aber in ihren indianischen Dialekt verfielen. Den Gesichtern jedoch war anzusehen, dass ernste Worte ausgetauscht wurden und Raoni sich vor seinem Vorgesetzten rechtfertigen musste. Er gestikulierte aufgeregt mit seinen Händen herum und schien den anderen umstimmen zu wollen. Doch dieser stand bewegungslos an der Holzbrüstung. Lediglich ein Muskel seiner Wange zuckte kurz. Das war das einzige Zeichen, das de Nóbregas innere Erregung verriet.

Das ganze Theater nur wegen ihr! Sienna machte sich große Vorwürfe, weil sie den sympathischen Raoni dazu überredet hatte, sich Matheus' Anordnung zu widersetzen. Jetzt bekam er deswegen massiven Ärger. Raoni tat ihr von Herzen leid.

Der FUNAI-Chef war mit unbeweglichem Gesichtsausdruck an Bord gekommen und hatte sie keines Blickes gewürdigt. Stattdessen war er schweigend an ihr vorbeigegangen als würde sie gar nicht existieren. Dann hatte er mit wenigen knappen Worten Raoni angesprochen und diesen rasch zur Seite genommen.

Die beiden befanden sich immer noch backbord an der Reling, während der Kapitän des Schiffes nicht wusste, ob er die Maschinen in Gang setzen sollte, und unschlüssig herumstand. Achselzuckend gab er Sienna auf ihren fragenden Blick hin zu verstehen, dass sie abwarten mussten. Alles hing jetzt davon ab, ob Raoni Matheus überzeugen konnte.

Für die mitreisenden Indios war der Disput, dessen Zeugen sie nun unfreiwillig wurden, eine willkommene Abwechslung. Mit

Interesse verfolgten sie von ihren Hängematten aus das Wortgefecht und schmunzelten vielsagend.

Sienna war klar, dass es bei der verbalen Auseinandersetzung um ihre Anwesenheit an Bord ging. Sicherlich fühlte sich der Leiter der Indianerbehörde von seinem Angestellten hintergangen. Soweit konnte sie sein Verhalten auch nachvollziehen, aber sie sah keinen Grund, deshalb so aus der Haut zu fahren. Weshalb diese Ablehnung, obwohl er sie überhaupt nicht kannte?

War dieses Haus auf Stelzen das Refugium de Nóbregas? Wie konnte man sich in solch eine Einöde zurückziehen, obwohl es in der Stadt weitaus angenehmere Aufenthaltsorte gab? Er war doch, wie sie erfahren hatte, ein studierter Mann. Warum führte er ein derart abgeschiedenes Leben? War er nicht verheiratet und hatte Kinder?

Der FUNAI-Chef schien ihr fremdartig und geheimnisvoll. Es machte ihm wohl nichts aus, was andere über ihn dachten. Auch war es ihm einerlei, ob er die Menschen in seiner Umgebung verletzte oder missachtete. Nein, Matheus de Nóbrega brauchte niemanden, denn er war sich selbst genug.

Was hatte ihn nur zu diesem gefühllosen, harten Mann werden lassen?

Die Stimmen der beiden Streitenden am Heck wurden etwas leiser, und Raoni nickte fast unmerklich. Waren sie endlich zu einer Einigung gekommen? Doch sein Gesichtsausdruck verriet ihr nicht das Geringste.

Würde sie jetzt zurückgeschickt werden? Beinahe erhoffte sich Sienna diese Entscheidung, da sie sich nicht vorstellen konnte, mit Matheus de Nóbrega zwei Tage auf dem Amazonasdampfer zu verbringen. Bereits jetzt fühlte sie sich hier wie ein ungebetener Eindringling.

Wenige Augenblicke später kam Raoni auf sie zu und trat neben sie an die Reling. Sienna fühlte sich beobachtet. Es kam ihr vor, als wären auf einmal alle Augen der Mitreisenden auf sie gerichtet. Nicht nur die Matrosen schienen ein Interesse daran zu haben, wie es für die fremde Senhora weiterging, sondern auch die Indios, die das Schiff als Transportmittel zu ihren Dörfern nutzten. Amüsiert verfolgten sie das ungewohnte Schauspiel, das sich ihnen in ihrem sonst tristen Alltag bot. In Kürze wäre sie dem Spott der Passagiere ausgeliefert.

Sienna atmete tief ein.

»Senhora Davis...«, begann Raoni und schluckte. Die Angelegenheit war ihm sichtlich unangenehm.

»Ich muss zurück nach Manaus, nicht wahr?«, fiel sie ihm ins Wort.

Wie zur Entschuldigung senkte er den Kopf.

»Es tut mir leid, ich hätte mich nicht über die Anordnung meines *chefe* hinwegsetzen sollen. Auf diese Weise habe ich Ihnen falsche Hoffnungen gemacht.«

Sienna bekam ein schlechtes Gewissen, da sie ihn dazu angestiftet hatte.

»Ist schon gut, Raoni. Sie können absolut nichts dafür. Es war eine blöde Idee von mir und ich hätte Sie nicht überreden sollen. Aber wie komme ich jetzt zurück ins Hotel?«

»Gar nicht!« Ein kaum merkliches Lächeln huschte über sein Gesicht.

Sie sah ihn verwundert an. Was hatte ihm de Nóbrega nur aufgetragen? Zu welcher Lösung waren er und Raoni gekommen?

»Wir können nicht mehr wegen Ihnen umkehren. Dafür ist es zu spät. Matheus hat sich davon überzeugen lassen, Sie wenigstens bis nach Maravilha mitzunehmen. Sie können in der dortigen Station die Nacht verbringen, uns aber nicht ins Indiodorf begleiten. Morgen nehmen wir sie dann wieder mit, wenn wir uns auf dem Rückweg befinden.«

Sie sah, wie schwer es ihm fiel, sie zu enttäuschen. Ihr Ziel würde sie also nicht mehr erreichen. De Nóbrega hatte sich in diesem Punkt durchgesetzt, schickte sie jedoch nicht nach Manaus zurück, womit er Raoni entgegenkam. Den Kautschukbaum und die *seringueiros* würde sie nicht zu Gesicht bekommen, stellte Sienna fest und verzog missmutig den Mund. Sie war wütend auf diesen anmaßenden Kerl von der FUNAI, der über alles und jeden bestimmen konnte.

Plötzlich spürte sie, dass sie beobachtet wurde, und schaute zum Heck. Matheus de Nóbrega lehnte gemächlich an der Seitenwand eines Rettungsboots und sah sie mit eisigem Blick an. Sie meinte, sogleich innerlich gefrieren zu müssen, hielt dem Blick seiner dunklen schönen Augen jedoch stand. Es war, als würde jeder die Kräfte des anderen messen.

Sienna nahm sich vor, sich nicht von ihm einschüchtern zu lassen.

Während der folgenden Stunde blieb Sienna auf einem der Plastikstühle an Deck und las in ihren Unterlagen. Zumindest tat sie so, als wäre sie beschäftigt. Allerdings konnte sie sich später an keines der Worte, die sie überflogen hatte, erinnern. Die Gedanken schwirrten in ihrem Kopf wild umher. Sie fühlte sich völlig fehl am Platz und haderte mit sich selbst. Diese Reise nach Brasilien war ein absoluter Fehler gewesen. Sie hatte bisher nichts Bedeutendes über Wickham herausgefunden, sondern viel zu viel Zeit für Nebensächliches verschwendet. Sicherlich wäre Lindsay mit ihrer Story über die Kautschukplantagen in Malaysia bereits fertig und würde sich damit gehörig bei Bob einschmeicheln.

So bemerkte sie gar nicht, dass Raoni langsam zu ihr gekommen war.

»Senhora Davis?«, begann er leise in seiner höflichen Art.

Überrascht schaute sie auf und lächelte ihn schuldbewusst an. »Raoni, setzen Sie sich doch. Ich wollte Ihnen noch sagen, dass es mir...«

Die ganze Sache war ihr schrecklich peinlich.

Abwehrend hielt er die Hand hoch.

»Wissen Sie, Matheus ist normalerweise kaum mehr auf seinem *sítio*. Ich weiß nicht, was ihn gerade jetzt dorthin getrieben hat.«

»Das ist im Augenblick egal. Jedenfalls haben Sie meinetwegen mächtig Ärger bekommen. Und das tut mir ehrlich leid.«

Nach einer Pause, in der beide schweigend über die glitzernde Wasserfläche gestarrt hatten, begann Sienna: »Hat Senhor de Nóbrega denn keine Familie in Manaus?«

Sie hoffte, ihre Frage würde nicht zu neugierig klingen. Dann sah sie den nervösen Lidschlag in Raonis Gesicht.

»Nein, er ist allein. Das heißt, seine Mutter lebt noch in Iquitos an einem Seitenarm des Rio Negro. Ursprünglich stammt sie jedoch wie Amanacy und ich aus der Gegend von Santarém. Sie kam erst nach dem...« Sienna sah, dass er nach Worten suchte. »Nach dem ›Unfall‹ hierher.«

»Ein Unfall?«, hakte Sienna überrascht nach. Würde sie nun mehr von der seltsamen Lebensgeschichte des FUNAI-Chefs erfahren?

Doch er kam nicht mehr dazu, ihr zu antworten, da sich plötzlich große Hektik auf dem Schiff ausbreitete.

Die Männer strömten zum Bug und standen laut gestikulierend zusammen. Alle Blicke waren auf das kleinere Motorboot gerichtet, das mit überhöhter Geschwindigkeit auf sie zufuhr. Sie sah, dass Matheus, der ihr bislang geflissentlich aus dem Weg gegangen war, nun ebenfalls ganz vorne an der Bugspitze stand und die Entgegenkommenden aus schmalen, feindseligen Augen betrachtete. Die Männer in dem Langboot konnten kaum seine Freunde sein, nahm Sienna an.

Auf einmal drehte das Gefährt bei, sodass nur noch wenige Meter zwischen dem Dampfer der FUNAI und den hellhäutigen Fremden lagen.

Matheus ergriff als erster das Wort und rief ihnen ein unfreundliches »Was macht ihr hier?« zu.

Die Angesprochenen begannen laut zu lachen. Sienna erkannte nun, dass es sich um drei Männer mittleren Alters handelte, die ihr auf den ersten Blick unsympathisch waren. Sie wirkten, als ob ihnen die Indianerbehörde ziemlich gleichgültig wäre.

Nachdem sie ihr Johlen beendet hatten, schrie der Dickste: »*Caboclo*, was geht dich das an? Das ist ein freier Fluss. Du hast uns hier gar nichts zu befehlen!«

Matheus' Augen verengten sich zu Schlitzen. Sie sah, wie er sich beherrschen musste, um ruhig zu bleiben. Die Beleidigung sollte ihn nicht aus der Fassung bringen.

»Der Fluss ja, aber nicht der Ort, von dem ihr kommt. Das Gebiet dort gehört dem Stamm der Paratari. Ich habe euch schon hundertmal gesagt, dass ihr kein Recht auf dieses Land habt«, erwiderte er.

Ein Prusten ertönte vom Boot. Die Männer hielten sich die Hände vor den Mund, als sie laut loslachten. Der Ausdruck in ihren Gesichtern gefiel Sienna nicht. Sie glaubte, etwas Niederträchtiges, fast Gefährliches in ihnen zu erkennen.

Dann wurde ihr Anführer wieder ernst: »Nóbrega, du hergelaufener Bastard, du hast mir gar nichts zu sagen. Verstehst du? Was interessiert's dich, wo wir herumfahren? Muss ich jetzt schon einem wie dir Rechenschaft ablegen? Das wäre ja noch schöner! So weit ist es zum Glück in unserem Land noch nicht gekommen.«

Sienna sah, wie Matheus die Hände zu Fäusten ballte, sich aber mit eisernem Willen beherrschte. Es musste ihn eine unglaubliche Kraft kosten, nicht auf die Beschimpfungen der Weißen zu reagieren.

»Ich will euch nie wieder hier sehen«, warnte er sie, doch die Männer zeigten ihm nur mit einer eindeutigen Geste, was sie von ihm, einem Mischling, hielten. Dann fuhren sie krakeelend davon.

Als sich der FUNAI-Chef umdrehte, sah er ihr direkt ins Gesicht, und ihre Blicke trafen sich für einen kurzen Moment. Fast körperlich spürte sie den unaussprechlichen Schmerz in seinen dunklen Augen und ihr wurde angst.

»Wer waren die Kerle?«, fragte Sienna Raoni.

Er machte ein betretenes Gesicht, gab ihr aber schließlich Auskunft: »Das waren die Leute von de Vries. Sie machen uns schon seit Jahren das Leben schwer. Furchtbare Kerle, die vor nichts Skrupel haben.«

»De Vries?« Der Name sagte Sienna nichts.

»Ja, einem der reichsten und mächtigsten Männer am Amazonas. Ich glaube, er ist gebürtiger Niederländer oder Belgier. Auf jeden Fall lebt er schon seit Jahrzehnten hier in Brasilien. Der Handel mit Edelhölzern hat ihn vor Jahrzehnten sehr wohlhabend gemacht, und jetzt kontrolliert er jegliche Wirtschaftszweige von der Lederindustrie bis zum Fischfang. De Vries ist einer der einflussreichsten Männer von Belém bis Manaus.«

»Und was wollten seine Angestellten in dieser Gegend?«

»Das ist es ja. Sie dürfen sich eigentlich nicht an diesem Nebenarm aufhalten, denn hier beginnt das Indio-Reservat. Doch seit einiger Zeit haben sie ein vermehrtes Interesse an diesem Gebiet.«

»Und was beabsichtigen sie an diesem Ort?«

Raoni zuckte mit den Schultern, wurde aber sofort abgelenkt. Es musste etwas hinter ihrem Rücken geben, das ihn erheiterte. Schnell drehte auch sie sich um und sah dem Schauspiel mit offenem Mund zu:

Die bisher ruhige Flussoberfläche wurde auf einmal von unzähligen fliegenden Fischen wild durcheinandergewirbelt, die sich in eleganten Sprüngen aus dem Wasser erhoben und ebenso rasch wieder darin versanken. Es war ein faszinierendes Spektakel, das sich ihnen nur einige Meter von der Bordwand entfernt bot. Sienna verfolgte die unerwartete Szene gefesselt.

»Die Brustflossen dienen den Fischen als Flügel«, erklärte Raoni, der sich freute, ihr nach dem unglücklichen Zusammentreffen mit den Männern etwas Schönes zeigen zu können. »So entgehen sie ihren vielen Feinden. Oft denke ich, dass sich die Natur in diesem Teil der Welt selbst übertroffen hat. Und das, obwohl ich schon mein ganzes Leben hier verbracht habe.«

»Ungeheurlich beeindruckend.« Sienna war immer noch ganz gebannt von den silbernen Flussbewohnern.

»An die 2000 Fischarten leben in unseren Gewässern. Ich glaube, in ganz Europa sind es nicht einmal 200.«

Wieder zeigte sich die unglaubliche Artenvielfalt am Amazonas. Langsam entfernte sich der Fischschwarm.

Während sie ihm nachblickte, ertönte auf einmal die Sirene des Schiffes. Raoni hob den Kopf und lächelte ihr zu.

»Wir sind in Maravilha«, erklärte er ihr. Mit einem Seufzer fügte er hinzu: »Es tut mir leid, aber Sie müssen jetzt Ihre Sachen packen.«

Sienna war aufgestanden und sah am Ufer etwa fünfzig auf hohen Pfählen errichtete Holzhäuser, die in allen erdenklichen Farben leuchteten und sich zu ihrer Überraschung um eine kleine Kirche aus Stein gruppierten. Symmetrisch zu beiden Seiten des Gotteshauses erhoben sich zwei niedrige Glockentürme, und über der blau gestrichenen Eingangstür zeigte sich ein großes Kreuz aus Metall.

»Eine Kirche – hier?«, fragte sie ungläubig. Ein Gotteshaus hatte sie in dieser Wildnis nicht erwartet.

»*Claro*, Senhora, Maravilha ist eine Missionsstation, aber gleichzeitig auch ein wichtiges Handelszentrum. Senhor Alasdair wird sich um Sie kümmern. Bei ihm sind Sie heute Nacht in sicheren Händen.«

»Alasdair?«, Sienna konnte es nicht glauben, doch da sah sie den Missionar auch schon inmitten einer aufgeregten Menge johlender Kinder stehen, die sich kurz darauf in die braunen Fluten warfen, um dem Dampfer entgegenzuschwimmen. Die kleineren blieben am Ufer und tanzten vor Freude am Sandstrand umher, um sie willkommen zu heißen. Es war ein lebendiges, wunderschönes Bild, das sich vor Sienna auftat.

Sie freute sich auf das Wiedersehen mit dem Missionar, der wie am Vortag bei ihrer Begegnung in Manaus in seine hellbeigen Shorts und die alten Ledersandalen gekleidet war. Seiner Beliebtheit bei den Indios schien dieser legere Aufzug nicht zu schaden, denn gleich mehrere kleine Mädchen rissen sich darum, ihn an der Hand halten zu dürfen.

»Kommen Sie, Senhora Davis, ich werde Ihnen den Missionar vorstellen«, meinte Raoni und führte Sienna zur Reling. Geschickt kletterte er darüber und sprang auf den nahen Holzsteg, auf dem sich schon die halbnackten Kinder drängten, um den Besuch näher in Augenschein nehmen zu können. Von hier aus reichte er Sienna die Hand.

Keine zwei Minuten später stand sie vor Alasdair O' Hara, der es kaum fassen konnte, sie zu sehen. Es amüsierte Sienna, ihn für einen Moment sprachlos zu erleben.

»Unglaublich, Sienna, wenn ich gestern bei unserem Zusammentreffen in Manaus gewusst hätte, dass Sie unsere Station heute besuchen würden! Nie im Leben hätte ich das erwartet«, begrüßte er sie und nahm sie zu ihrer Überraschung freundlich in die Arme.

Sofort fühlte sie sich bei ihm geborgen und vergaß beinahe, dass er ein Mann der Kirche war. Sie begriff, wie allein sie bisher in diesem fremden Land gewesen war, und vermisste ihren Vater plötzlich sehr. Auf einmal kam es ihr gar nicht mehr so schlimm vor, eine Nacht in Maravilha verbringen zu müssen. Alasdair würde alles dafür tun, damit es ihr hier gut ging.

Dann entdeckte Alasdair Matheus, der sich, wie Sienna jetzt erst bemerkte, einige Meter hinter ihnen befand und die Szene erstaunt beobachtete. Mit Sicherheit hatte er nicht erwartet, dass sie den Missionar kannte. Insgeheim freute sich Sienna darüber, ihn etwas aus der Fassung gebracht zu haben.

Auch ihm ging der irische Missionar entgegen. Er umarmte sein Gegenüber mit großer Vertrautheit.

»Mein Junge, das wurde auch mal wieder Zeit. Du hast dich schon ewig nicht mehr bei uns blicken lassen. Ich dachte schon, du hättest deinen alten Lehrmeister ganz vergessen.«

Sienna horchte auf. Alasdair bezeichnete sich als de Nóbregas Lehrer.

Ein bisher unbekanntes Lächeln huschte über de Nóbregas Gesicht und deutete an, wie schön seine Züge im Grunde sein konnten.

»Ihr wisst ja, was in Manaus alles zu tun ist, *padre*«, gab er zur Antwort.

»Natürlich, du setzt dich täglich mit deiner geballten Kraft für uns alle ein.« Hörte sie da eine Spur Sarkasmus aus den Worten O' Haras heraus?

»Aber wie dem auch sei, Matheus. Ich freue mich, dass du endlich wieder da bist und auch noch gleich die reizende Miss Davis mitgebracht hast.«

Sie sah, wie sein Lächeln plötzlich erstarb. Eine unangenehme Stille breitete sich zwischen ihnen aus.

Als de Nóbrega zurück zum Schiff gerufen wurde, um das Ausladen der Waren zu überwachen, atmete sie erleichtert auf. Ihm würde es wohl ebenso ergehen, mutmaßte sie.

»Kommen Sie, ich muss Ihnen alles zeigen, Sienna«, begann Alasdair und legte den Arm um ihre Schulter.

Sie überlegte, wie er die seltsame Szene zuvor wohl deutete.

Als sie verlegen nach ihrer Tasche schielte, hieß er einen der Jugendlichen am Steg, ihr Gepäck in eines der umliegenden Häuser zu bringen.

Der Missionar führte sie zur gerodeten Fläche, auf der sich das gesamte Dorf erstreckte. Viele bunte Holzhäuser auf Stelzen waren um die zentral gelegene Kirche angeordnet. Sie betraten deren Innenraum, der lediglich aus einem großen hölzernen Kreuz, einigen lehnenlosen Bänken und ein paar naiven Wandmalereien der Indios bestand. Ansonsten war er leer und erinnerte keineswegs an die überladenen barocken Kirchen, die Sienna während ihres Aufenthalts in Portugal bestaunt hatte.

»Mein Reich!«, erklärte er zufrieden. »Karg und für fremde Augen recht simpel, aber für mich ein Ort des Friedens.«

»Und wie viele Jahre leben Sie schon hier, Alasdair?«, fragte sie, da es ihr unmöglich erschien, an diesem verlassenen Ort sein Dasein zu verbringen.

Er seufzte. »Ach, wissen Sie, wenn hier jeder Tag des Jahres gleich abläuft, Sie keine Jahreszeiten wie in Europa kennen, das tägliche Einerlei nur von ein paar Monaten der Regenzeit unterbrochen wird, dann denkt man nicht mehr in Jahren, Sienna.«

Sie antwortete nicht. Ein derart planloses Leben erschien ihr nicht nachvollziehbar.

»Am besten trinken wir einen Whisky auf Ihre Ankunft«, schlug er vor.

»Hier gibt es Whisky?« Sie sah ihn ungläubig an.

»Den einzigen Luxus, den ich mir ab und zu gönne. Ich erzählte Ihnen ja schon von meinem alten Laster. Es lohnt sich nicht, dagegen anzukämpfen. Die Dämonen der Vergangenheit sind einfach stärker.«

Mittlerweile waren sie bei einem der palmgedeckten Häuser angelangt, das wohl Alasdairs Heim darstellte. Er bot ihr einen der beiden Stühle auf der Veranda an, von der aus man einen herrlichen Blick auf den Rio Negro hatte. Nachdem er zwei mit Alkohol gefüllte Gläser auf den Tisch gestellt hatte, meinte er: »Prost – oder besser ausgedrückt *saúde*, wie man bei uns hier sagt.«

Das hochprozentige Getränk brannte in Siennas Kehle, sodass sie beinahe husten musste.

Alasdair ließ sein unnachahmliches lautes Lachen erklingen.

Dann hielt er die Hand quer vor die Stirn und schaute konzentriert zum Steg. »Ich muss mich nur vergewissern, dass auch alle Kisten ausgeladen werden. Sonst fehlt uns wieder für die nächsten Wochen die nötige Medizin. Das war auch der Grund für meinen gestrigen Aufenthalt in Manaus. Ich habe dort die Bestellungen aufgegeben.«

»In Maravilha befindet sich eine Krankenstation?« Sie kam aus dem Staunen nicht mehr heraus.

»Nun ja, eine der jungen Frauen hat eine Schwesternausbildung in der Stadt absolviert, und im Laufe der vergangenen Jahre habe ich mir einige nötige Kenntnisse selbst beigebracht. *Learning by doing* sozusagen. Nichts ist hier, entfernt von jeglicher Zivilisation, wichtiger als das. Sie müssen selbst sehen, wie sie über die Runden kommen.«

Er trank ein zweites Glas. Dann meinte er: »Wir sind ein wichtiger medizinischer Anlaufpunkt für die umliegenden Dörfer geworden. Nicht jeder Kranke kann warten, bis ein Dampfer vorbeikommt und ihn nach Manaus in die Klinik mitnimmt.«

Wieder hörte sie sein tiefes Lachen, das Sienna zum Schmunzeln brachte. Wenn Alasdair die Station leitete, konnte es wirklich nicht ganz so schlimm werden, die Nacht hier zu verbringen.

»Aber sagen Sie, Sienna, Sie sind doch gewiss nicht meinetwegen hierhergefahren. Was ist der wahre Grund für Ihre Reise den Fluss hoch?«

Sie hielt inne und meinte dann langsam: »Nein, eigentlich wollte ich wegen meines Artikels mit zu den Indio-Dörfern, um zu sehen, wie Kautschuk gewonnen wird, aber... jetzt geht das nicht mehr.«

Es war ihr peinlich, über die Sache zu sprechen.

»Warum denn nicht?« Der Missionar verstand nicht.

»Senhor de Nóbrega sieht es nicht gerne, wenn...« Sie beendete den Satz nicht, da Alasdair sich bereits aufgerichtet hatte, indem er den Stuhl hörbar nach hinten geschoben hatte.

»Dieser Lümmel! Dem werde ich etwas erzählen!«, brauste er auf. »Wo sind denn die ganzen Manieren geblieben, die ich ihm beigebracht habe?«

»Nein, bitte! Mischen Sie sich am besten nicht ein. Es ist so schon… wie soll ich sagen, schwierig genug.«

Sienna hatte alle Mühe, ihn wieder zum Sitzen zu bewegen. Er schnaubte noch immer, als er endlich Platz nahm.

Rasch schenkte sie ihm ein weiteres Glas ein, woraufhin er ruhiger wurde. Allerdings schalt sie sich im gleichen Augenblick, da sie seine Alkoholabhängigkeit nicht auch noch unterstützen wollte.

Alasdair lehnte sich seufzend im Stuhl zurück.

»Er hatte es nicht leicht, wissen Sie, Sienna. Nirgends dazuzugehören, kann einen Menschen auf die Dauer zerreißen. Die Indios sehen ihn als Fremden an, und die Weißen bezeichnen ihn abwertend als *caboclo*.«

Sienna tat es weh, diesen Ausdruck zu hören. Wie verächtlich hatte er im Mund des dicken Mannes auf dem Motorboot geklungen.

»Mein Vorgänger an diesem Ort hier hat Matheus in Iquitos aufgelesen. Der pfiffige Junge ist ihm damals sofort aufgefallen. Er war sowohl geistig als auch körperlich den anderen Kindern weitaus überlegen. Klugerweise hat Pater Riley ihn dann einfach nach Maravilha geholt und ihm eigenhändig Lesen und Schreiben beigebracht. Sozusagen war Matheus der erste Schüler hier – noch bevor es in der Station eine richtige Schule gab. Und er hat seinen Lehrmeister nicht enttäuscht.«

Mit einer ausladenden Handbewegung in Richtung des gegenüberliegenden Schulhauses meinte Alasdair: »Und nun lernen hier alle Kinder etwas. Ja, die Zeiten haben sich zum Glück geändert.«

Sienna hing an seinen Lippen. Sie wollte so viel wie möglich über die Vergangenheit von Matheus de Nóbrega erfahren, obwohl sie sich nicht erklären konnte, woher ihr Interesse kam.

»Auch Englisch hat er von dem alten Riley gelernt. Sie werden sicherlich bemerkt haben, wie gut und akzentfrei er unsere Sprache beherrscht.«

Sienna erinnerte sich an die harten englischen Worte, die ihr Matheus im Büro der Indianerbehörde an den Kopf geworfen hatte. Seitdem hatte er nicht mehr mit ihr gesprochen.

»Er sog jegliches Wissen in sich auf und las alles, was er in die Finger bekommen konnte. Dann starb mein Vorgänger, sein Förderer. Als schließlich ich hier auftauchte, brauchten wir einige Zeit, bis wir miteinander klarkamen. Er ist mehr als misstrauisch allen Weißen gegenüber. Sie haben das sicher schon bemerkt.«

Sienna nickte. Und wie sie das schon selbst zu spüren bekommen hatte! Doch sie wollte Alasdair nicht unterbrechen. Er schien der einzige zu sein, der etwas Licht ins Dunkel bringen könnte. Vielleicht würde sie dann verstehen, warum Matheus de Nóbrega so anders als alle war.

Der Missionar sprach weiter: »Dann aber, als ich eines Tages mit ihm allein Fischen ging, löste sich der Knoten. Er lachte mich aus, weil er dreimal so viele Fische am Haken hatte wie ich. Seither sind wir die besten Freunde. Wir haben, wenn man das so sagen kann, beinahe ein Vater-Sohn-Verhältnis. Ich war es auch, der ihn auf die Universität nach Santarém schickte. Es war ein harter Kampf, bis meine Missionsgesellschaft das dafür nötige Geld herausrückte, aber schließlich konnte ich die Verantwortlichen von dieser lohnenden Investition überzeugen. Und jetzt bin ich verdammt stolz auf den Kerl, auch wenn man ihm ab und zu den Kopf waschen muss.«

Ein riesiger strahlend türkisfarbener Schmetterling ließ sich auf dem Plastiktisch nieder. Sienna beobachtete ihn hingerissen.

»Ein ›Morpho‹«, erklärte Alasdair. »Sie werden leider immer seltener hier. Wissen Sie, warum die Schmetterlinge gejagt werden? Ihre Pigmente dienen unter anderem dazu, die amerikanischen Dollarnoten fälschungssicher zu machen.«

Sienna schüttelte entsetzt den Kopf.

Er wollte schon aufstehen, als Sienna die Frage stellte, die sie schon lange bewegte: »Seine Mutter lebt wohl in der Nähe«, begann Sienna.

Alasdair seufzte. »Oh ja, die arme Poranga. Das ist ein anderes Kapitel. Ganz üble Sache.«

Er machte ein ernstes Gesicht.

»Was ist mit ihr?« Siennas Neugierde wuchs.

Der Missionar seufzte tief. »Keine schöne Geschichte, Sienna. Wollen Sie sie wirklich hören und sich die gute Laune verderben?«

»Ja«, antwortete Sienna angespannt. Wie konnte Alasdair annehmen, dass sie gut aufgelegt sei? Schließlich hatte sie heute schon genug Unangenehmes erlebt.

»Poranga, Matheus Mutter, stammt nicht vom Rio Apuaú, sondern kam in den Vierzigerjahren auf der Höhe des zweiten Kautschukbooms schwer gezeichnet als eine der wenigen Überlebenden eines Massakers hierher. Seither ist sie nicht mehr ganz richtig im Kopf.«

»Sie meinen, sie ist verrückt?« Sienna hielt den Atem an.

»Nicht direkt. Sie hat gute und schlechte Zeiten. Manchmal ist sie klar, dann tanzt und singt sie tagelang herum und findet keinen Schlaf, aber an den meisten Tagen liegt sie nur apathisch in irgendeiner Ecke. Man würde ihren Zustand heutzutage wohl als manisch-depressiv bezeichnen.«

Sienna war schockiert.

»Und der Vater?« Sie musste jetzt alles wissen.

»Ein großes Geheimnis. Noch lange wurde hier gemunkelt, dass mein Vorgänger selbst Matheus' Erzeuger gewesen sei, weil er sich so intensiv um ihn kümmerte, aber ich halte das für ein übles Gerücht. Dafür war der alte Riley viel zu konservativ. Nein, er hat sich dem Jungen aus reiner Menschenliebe angenommen, da bin ich mir ganz sicher. Und wenn er etwas darüber wusste, dann hat er sein Wissen wohl mit ins Grab genommen.«

Auf einmal erhob er sich. Beinahe wäre dabei der Stuhl, den er zur Seite gerückt hatte, umgefallen. Sein Blick wanderte über den Dorfplatz hinunter zur Anlegestelle. Sie folgte ihm und entdeckte Matheus, der aus dem Inneren des Dampfers getreten war und einige Frachtpapiere kontrollierte.

Alasdair lächelte vielsagend und meinte dann augenzwinkernd: »Aber jetzt Sienna, werde ich Ihnen eine Mitfahrgelegenheit nach Iquitos verschaffen. Das bin ich Ihnen und Ihrer Story über Kautschuk schuldig. Verlassen Sie sich auf mich!«

3

Sienna wusste, wie ungern Matheus de Nóbrega sie mitgenommen hatte. Umso mehr wunderte sie sich, dass er dem Missionar nicht deutlich widersprach, als dieser ihm auftrug, der Journalistin aus seiner alten Heimat bei ihrer Recherche nicht im Wege zu stehen. Stattdessen hatte er nur kurz genickt und sich danach wieder um das Einladen des indianischen Kunsthandwerks gekümmert, das in Manaus verkauft werden sollte.

Seit ihrer Abfahrt in Maravilha war sie Matheus auf dem Dampfer glücklicherweise nicht mehr über den Weg gelaufen. Auch Raoni hatte sie kaum zu Gesicht bekommen. Daher betrachtete sie nun intensiv die vorbeiziehende Landschaft.

Immer wieder taten sich neue Biegungen des Flusses vor ihr auf, und sie bewunderte den Kapitän dafür, wie er sich in diesem Labyrinth aus Wasser und Regenwald zurechtfand. Ein älterer Mitreisender hatte ihr erklärt, dass der Amazonas über tausend Nebenflüsse besaß und der Landstreifen, den sie fälschlicherweise für das gegenüberliegende Ufer gehalten hatte, in Wirklichkeit eine große Insel mitten im Strom war.

Zweimal hatten sie in der Zwischenzeit an kleineren Indio-Ansiedlungen einen kurzen Halt eingelegt, um die dortigen Bewohner mit Waren zu beliefern. Jedes Mal war das Schiff der FUNAI freudig begrüßt worden, da die Ankunft des Dampfers eine kurze Unterbrechung im oft eintönigen Alltag bedeutete.

Immer war Matheus ausgestiegen und hatte sich die Sorgen und Nöte der Indianer angehört, sich Notizen gemacht und versprochen, so weit es ging, Lösungen zu finden. Von ihrer Hängematte aus, in die sie auf Anraten eines Matrosen geklettert war, konnte sie dem Treiben am Strand zusehen, dabei aber bewusst im Hintergrund bleiben. Während das Schiff weiterhin gemächlich flussaufwärts tuckerte, fiel auf einmal die Anspannung von ihr ab, und es breitete sich eine völlig ungewohnte Ruhe in ihr aus. Nach wenigen Minuten war sie bereits eingeschlafen.

Erst als sie am späten Nachmittag endlich ihr Ziel, Iquitos am Rio Apuaú, erreichten, wachte Sienna auf.

Es lag wie die anderen Dörfer hinter einer großen Amazonasschlinge und bestand aus nicht mehr als zwei Dutzend windschiefen Pfahlhütten.

»Von hier stammt er«, dachte Sienna und ertappte sich dabei, wie ihre Augen nach de Nóbrega Ausschau hielten. Langsam stand sie auf und ging zur Reling, damit sie sich ein besseres Bild vom Dorf machen konnte. Schließlich sollte sie an diesem Ort die kommende Nacht verbringen. Einen einladenden Eindruck machte die Siedlung nicht unbedingt auf sie. Sienna bedauerte fast, nicht in Maravilha bei Alasdair geblieben zu sein. Wahrscheinlich hatte Matheus in diesem Punkt sogar Recht gehabt, musste sie zähneknirschend zugeben.

»Im Innern der Häuser ist es gemütlicher als man denkt«, meinte Raoni, der sich ihr vom Heck her genähert hatte. Es kam Sienna vor, als bemerkte er ihre Unsicherheit.

»Natürlich«, antwortete sie. Sienna ärgerte sich plötzlich über Bob, Charles, ihren unzuverlässigen Londoner Informanten, aber am meisten über sich selbst. Nein, es war kein böser Traum! Sie befand sich tatsächlich in einer Indioansiedlung im brasilianischen Regenwald, fühlte sich völlig erschöpft und war umgeben von lauter fremden Menschen. Wie hatte sie nur in diese dumme Geschichte hineingeraten können?

Wieder wurden die Ankömmlinge von einer ausgelassenen Kinderschar aller Altersklassen begrüßt, die sich von ihnen Süßigkeiten erhoffte. Sienna verfolgte, wie Matheus inmitten der schreienden Meute über das ganze Gesicht strahlte und jedem Kind, das bettelnd die Hand ausstreckte, ein paar *doces* zusteckte. Es war das erste Mal, dass sie ihn gutgelaunt und gelöst sah.

»Wenn er lacht, ist er wirklich ein sehr schöner Mann«, dachte sie und erschrak über ihre kühnen Gedanken.

Raoni griff nach der kleinen Umhängetasche und führte Sienna, die es noch immer nicht eilig hatte, an Land zu gehen, zum Steg. Einige der kleinen braunen Mädchen umringten sie und griffen nach ihren langen blonden Haaren, bis sie von einem lauten Pfiff zurückgehalten wurden.

Sienna drehte sich um und sah, dass Matheus' eindeutiges Zeichen der Sache ein schnelles Ende bereitet hatte.

Verwirrt schaute sie zu Raoni, der rasch reagierte: »Am besten, ich bringe sie zu Iracema. Sie ist für uns alle wie eine Großmutter und wird bei vielen wichtigen Dingen um Rat gefragt. Sie hat lange bei den Weißen in der Stadt gelebt und dort viel gelernt. Iracema ist nicht nur die älteste Frau hier, sondern sie kennt sich wie keine andere mit Heilpflanzen aus. Manchmal kann sie wahre Wunder bewirken. Und für Sie am wichtigsten: Sie weiß alles über Kautschuk.«

Sienna folgte ihm. Es war ihr gleich, wo sie für diese Nacht unterkommen würde, Hauptsache, die Stunden bis zu ihrer Abreise würden rasch vorübergehen.

Gerade wollten beide um die erste Hausecke biegen, als sie von einem schrillen Schrei zurückgehalten wurden. Sienna blickte sich verwundert um und entdeckte eine sehr schmale, kleine Frau mittleren Alters, die wie verrückt über den ausgewaschenen Weg zwischen den Hütten rannte und dabei mehrmals stolperte. Sie schien wie von Sinnen zu sein, denn sie lamentierte die ganze Zeit im kehligen Dialekt der Indios. Erst als sie näherkam, konnte Sienna die sich ständig wiederholenden Worte auseinanderhalten.

»Cauré! Cauré! Du bist zurück!«, hörte sie die Indianerin wild schreien. Immer wieder Cauré.

Völlig perplex verfolgte Sienna das seltsame Schauspiel, das sich ihr jetzt bot: Die Frau stürzte auf Matheus de Nóbrega zu und warf sich ihm weinend an den Hals. Sie umfing sein Gesicht mit beiden Händen, wobei sie sich strecken musste, da er viel größer war als sie. Dann küsste sie ihn übertrieben häufig, strich ihm über das schwarze Haar und rief dabei der kleinen Menge, die sich um die beiden herum gebildet hatte, immer wieder etwas in ihrer Sprache zu. Danach umarmte sie ihn so gut es mit ihren dünnen Armen ging, versank mit dem Kopf an seiner Brust und ließ ihn nicht mehr los.

Sienna hielt den Atem an. Was würde geschehen?

Zu ihrer Verwunderung wehrte er die Frau nicht ab, sondern blieb einige Augenblicke bewegungslos stehen. Dann erst griff de Nóbrega langsam, ja fast zärtlich nach ihren Händen und drückte diese vorsichtig hinunter. Er zog die Indianerin erneut an sich und umfing sie mit seinen starken Armen, wobei er für einen Moment die Augen schloss.

Diese sanfte Geste kam für Sienna völlig überraschend. War sie Zeugin seiner weichen, zärtlichen Seite geworden, von der sie bisher keine Ahnung gehabt hatte?

Verwirrt schaute sie zu Raoni, doch dessen Mimik verriet ihr nichts.

Sienna starrte weiter mit offenem Mund zu Matheus und der seltsamen Frau, die an dessen Seite plötzlich ganz ruhig geworden war. Offensichtlich handelte es sich um Poranga, Matheus' Mutter. Die Indianerin musste früher eine Schönheit gewesen sein, was man an ihrem herrlichen Haar, der feingliedrigen Gestalt und vor allem an dem beinahe vollkommen geschnittenen Profil erkennen konnte.

Matheus legte fürsorglich den Arm um seine Mutter, die er beinahe wie ein Kind behandelte, und wollte sie in Richtung der Hütten führen, als Sienna stutzte.

War es möglich? Was hatte sie nur gesehen?

Um nicht loszuschreien, hielt sie sich die Hand vor den Mund. Dennoch entfuhr ihr ungewollt ein Laut des Entsetzens. So etwas Grauenvolles hatte sie bisher noch nie gesehen. Sie entsann sich eines entstellten Bettlers in der Londoner U-Bahn, dem ein faustgroßer Tumor aus der Wange gewachsen war. Damals war sie so schnell sie konnte an der Fratze vorbeigegangen und hatte nur verstohlen einen kurzen Blick auf den monströsen Auswuchs geworfen.

Doch das hier war etwas ganz anderes: Die rechte Gesichtshälfte der Indianerin wurde von einer hässlichen, schlecht vernarbten Brandwunde völlig entstellt, die der Frau vom Ohr bis hinunter an den Hals und zur Schulter reichte. Die pigmentlose Haut war infolge der Narbenbildung verzogen, sodass Poranga den Kopf leicht schief halten musste. Rund um die Reste der früheren Ohrmuschel fehlten ihre wundervollen schwarzen Haare und ließen eine unebene Narbenplatte erkennen. Es war ein grässlicher Anblick.

Sienna konnte vor Erschütterung den Blick nicht abwenden, und genau in diesem Moment schaute er sie an. Seine Augen schienen sich in die ihren zu bohren. Sie sah den Schmerz und das Leid darin, sodass ihr ein Schauder über den Rücken lief. Beschämt sah sie auf den sandigen Boden vor ihren Füßen. Ihr wurde gleichzeitig heiß und kalt.

Iracema, eine kleine rundliche Indianerin mit straffem Haarknoten im Nacken, hatte sie in ihrer Behausung herzlich willkommen geheißen und ihr sofort eine der Hängematten angeboten, die an den Deckenbalken hingen. Dennoch sah sich Sienna etwas beunruhigt im Raum um, denn sie entdeckte keine Moskitonetze.

»Wie schützen Sie sich hier vor Malaria?«, fragte sie Raoni, der immer noch bei ihr stand und so wirkte, als wolle er ihr nach dem Vorfall mit Poranga noch etwas Kraft geben.

Er lächelte und erklärte ihr dann, dass der Rio Negro beinahe moskitofrei wäre, was an einem natürlichen Insektizid im Wasser des Flusses läge. Sie könne sich problemlos bei Iracema für die Nacht einrichten, sollte allerdings am kommenden Morgen ihre Kleidung und vor allem die Schuhe nach giftigen Spinnen durchsuchen. Sienna wusste nicht, ob sie diese sicherlich gutgemeinte Warnung wirklich hatte hören wollen.

Dann verabschiedete sie sich von Raoni und wählte einen Schlafplatz im hinteren Bereich des Langhauses. Viel gab es hier nicht zu sehen. Der große Raum war in mehrere Abteilungen eingeteilt, bot aber wegen der fehlenden Wände keinerlei Rückzugsmöglichkeit. Direkt neben der Eingangstür werkelte die alte Frau mit einem zerbeulten Zinkeimer und ein paar bunten Plastikschüsseln herum, die sie zu ordnen schien.

Sienna sah nach oben zum halboffenen Dach, wo sich ein paar kleine farbenprächtige Vögel niedergelassen hatten, die sie an Kanarienvögel erinnerten.

»Keine Käfige«, murmelte sie leise vor sich hin. »Welch ein Paradies für Tiere.«

Was sollte sie nun anstellen? Niemand hatte ihr gesagt, wie es weitergehen würde. Offenbar waren die FUNAI-Leute den restlichen Tag über mit sich selbst beschäftigt. Doch sie musste etwas tun, um sich von dem soeben Erlebten abzulenken. So wenig wie möglich wollte sie an die erschütternde Szene denken, deren unfreiwillige Zeugin sie geworden war. Immer noch schauderte sie, wenn sie an die entstellte Gesichtshälfte Porangas dachte.

Daher beschloss Sienna, einige Eindrücke des Indiodorfes fotografisch festzuhalten. Vielleicht konnte sie diese Aufnahmen später für ihre Story gebrauchen. Als sie die Kamera aus der Tasche holte, ließ sie jedoch ein Gedanke nicht mehr los. Sie ging zu Iracema, die unterdessen Wasser in den Eimer gefüllt hatte, und fragte: »Was bedeutet eigentlich Cauré?«

Ein leichtes Zucken huschte über das faltige Gesicht der Alten. »Sie haben Poranga rufen gehört, nicht wahr?«

»Ja, es war unvermeidlich«, gab Sienna zur Antwort.

»In unserem Nheengatu-Dialekt bedeutet der Name Sohn des Habichts. Er ist Matheus' eigentlicher Rufname. Seinen jetzigen Namen bekam er erst bei der Taufe in der Missionsstation. Poranga vergisst das oft – so wie sie alles irgendwie vergisst und sich dann plötzlich wieder erinnert. Wahrscheinlich ist das auch besser so für sie.«

Bekümmert verzog sie den Mund.

»Was ist mit ihr? Ich meine, woher hat sie diese... Narbe?«, wollte Sienna wissen. Sie hoffte, dass die Indianerin sie nicht für allzu neugierig hielt.

»Oh, *filha*, das ist eine lange Geschichte«, seufzte sie, machte aber keine Anstalten, ihr von Poranga zu erzählen, weshalb Sienna den Kameragurt über die Schulter warf und zu ihrem Spaziergang durch die Siedlung aufbrechen wollte. Doch Iracema hielt sie zurück und sah sie auf einmal verdutzt an. Eingehend betrachtete sie Siennas Medaillon, das durch die Bewegung im Ausschnitt ihrer Bluse zum Vorschein gekommen war.

»Was tragen Sie da, Senhora?«, erkundigte sie sich, ohne den Blick von dem Schmuckstück abzuwenden.

Siennas Finger fuhren unwillkürlich über die fein ziselierte Oberfläche des Anhängers, wobei sie die Umrisse der fremdartigen Blüte neben den Initialen ihrer Eltern leicht nachzog.

»Oh, das ist nur ein altes Familienstück. Mein Vater hat es mir mitgegeben.«

Als die andere noch immer nichts sagte, fügte Sienna lächelnd hinzu: »Eine Art Schutz, meinte er.«

Die Alte nickte langsam und nachdenklich. Danach schaute sie Sienna an, als hätte sie sie zum ersten Mal gesehen. Dieses Verhalten war Sienna nicht geheuer, weshalb sie die Hütte verließ. Sie musste ihre Gedanken dringend neu ordnen und etwas Ruhe haben.

Ohne darauf zu achten, wohin sie lief, gelangte sie zu einem gerodeten Platz am Ufer. Da die Ansiedlung nun hinter ihr lag, hatte man hier wenigstens den Eindruck, völlig allein zu sein. Nur weiter draußen auf dem Fluss erkannte sie im Gegenlicht einen älteren Mann, der in einem langen Einbaum saß und gemächlich fischte.

Wo befand sie sich nur? Hier, in dieser Umgebung, wo Menschen ihrer Hautfarbe nicht willkommen waren, sollte sie die Nacht verbringen. Ihr graute jetzt schon bei dem Gedanken. Aber was hatte sie sich denn gedacht? Dass man nach all dem Gräuel, den die Indios im Laufe der vergangenen Jahrhunderte mit den weißen Eroberern erlebt hatten, den roten Teppich vor ihr ausbreiten würde?

Sie kam sich fremd vor und fühlte sich wie ein ungebetener Gast. Am meisten ärgerte sie sich über ihre Naivität, die sie an diesen gottverlassenen Ort Iquitos gebracht hatte.

Sie schüttelte den Kopf und schlug den Rückweg ein. Gedankenverloren ging sie über den vom Regen ausgehöhlten Weg, der die einfachen Hütten am Dorfrand voneinander trennte. Eine der Behausungen erregte ihre Aufmerksamkeit, da hier einige Kinder miteinander spielten. Sie schaute durch die offene Tür und erkannte vier kleine Mädchen in kurzen Shorts und verwaschenen Trägerhemden, die großen Spaß miteinander zu haben schienen. Sienna blieb stehen und lächelte den Kindern freundlich zu. Diese winkten scheu zurück und kamen langsam aus dem Dämmerlicht der Hütte heraus. Es waren ausgesprochen hübsche Kinder mit faszinierend dunklen Augen, die sie bittend betrachteten. Sie bedauerte, kein Geschenk für die Kleinen dabei zu haben.

Als Sienna jedoch sah, was das größte der Mädchen um die Schultern trug, erstarrte sie: Wie einen Schal hatte die kleine Indianerin eine orange-weiß-gestreifte Schlange um sich gewickelt, deren Enden sie mit ihren zarten Händen festhielt. Es schien, als würde sie dabei mit den Fingern über die glatte Haut des sich schlängelnden Reptils streicheln. In eleganten Bewegungen wand sich das Tier auf den Armen entlang in Richtung des zweiten Mädchens, das schon vergnügt die Hand nach ihm ausstreckte.

Vor Schreck ging Sienna sofort einen Schritt zurück, stieß dabei jedoch mit dem Rücken an eine Holzwand, sodass sie das Schauspiel weiterverfolgen musste. Ihr blieb keine andere Wahl, als Zuschauerin dieser bedrohlichen Szene zu sein. Unfähig, ein Wort an die Kindergruppe zu richten, schaute sie mit angstgeweiteten Augen auf die gut zwei Meter lange Schlange, die sich in langsamen Drehbewegungen um den Körper der noch kleineren Spielkameradin wickelte und dabei gefährlich züngelte.

Eines der Kinder deutete mit dem Finger auf Sienna und lachte, wobei es eine Reihe strahlend weißer Zähne entblößte. Das dritte Mädchen nahm der Freundin nun ebenfalls die Schlange ab und drapierte diese geschickt um ihre schmalen Hüften. Dabei machte sie kecke Tanzbewegungen und strotzte vor lauter Ausgelassenheit.

»Sind diese Indios denn völlig verrückt geworden?«, ging es Sienna durch den Kopf. Sie wusste nicht, was zu tun sei. Das einzige, was sie wollte, war, dass die Mädchen ihr groteskes Spiel beendeten, das sie in eine derartige Gefahr brachte. An die Wand der Hütte gelehnt, spürte sie, wie sie zu zittern begann, konnte sich jedoch nicht rühren.

Wie aus dem Nichts erschien Raoni neben ihr. »Ah, hier sind Sie. Ich habe Sie schon überall gesucht. Iracema sagte mir, Sie seien im Dorf unterwegs.«

»Da!« Sienna zeigte mit klopfendem Herzen zur Treppe, auf die sich die Kinder mittlerweile gesetzt hatten und über deren Stufen das Reptil nun langsam und geschmeidig in Richtung des Gestrüpps am Wegrand davonglitt.

Raoni lachte laut los. »Haben Sie keine Angst. Das ist nur eine *serpente de leite*, eine einfache Milchnatter, die kein bisschen giftig ist. Sie hat sich geschickterweise getarnt und wirkt auf den ersten Blick wie ihre giftige Verwandte, die Korallennatter. Ein reiner

Abwehrmechanismus gegen diverse Feinde. In der Biologie heißt diese Form des Schutzes Mimikry.«

Sienna atmete erleichtert auf. Noch immer spürte sie, wie ihr Herz raste, hoffte jedoch, dass Raoni davon nichts mitbekam.

»Unsere Kinder wissen, womit sie spielen dürfen und womit nicht, glauben Sie mir«, versicherte er. »Sie haben das jahrelang gelernt.«

Langsam beruhigte sich ihr Puls wieder, und sie folgte Raoni. Ihr ängstliches Verhalten war ihr jetzt peinlich, denn sie bemerkte, wie die Mädchen hinter ihrem Rücken über sie lachten.

»Das ist doch kein Spielzeug, Raoni!«, platzte es dennoch aus ihr heraus, und sie wusste, wie belehrend sie in den Augen des Indios klingen musste.

Er zuckte nur leicht mit den Schultern. »Das Puppenangebot ist hier leider nicht so weit gestreut. Da behelfen sich die Kinder eben mit Dingen aus der nahen Natur.«

Sienna schwieg nachdenklich.

Nach ein paar Schritten meinte er: »Aber kommen Sie, ich wollte Ihnen etwas Interessantes zeigen, das Sie bestimmt noch nie gesehen haben: Wie unser heutiges Abendessen hergestellt wird.«

Er führte sie zum Dorfplatz, an dessen hinterem Ende sie eine seitlich offene, aber mit Palmwedeln überdachte Küche sah. Das nahm sie wenigstens an, da sich im Zentrum des Unterstandes ein riesiger Ofen mit einer großen Metallplatte befand, auf die eine ältere Frau gerade ein mehlartiges, weißes Pulver streute.

»Mandioka«, erklärte Raoni, »Maniokmehl – unser Hauptnahrungsmittel hier in der *selva*.«

»Ist die Knolle nicht irgendwie mit der Kartoffel verwandt?«, fragte Sienna.

»Im weitesten Sinne ja, aber man muss sehr vorsichtig mit ihr sein, da sie bei Verletzung des Gewebes Blausäure bildet.«

Sienna machte große Augen. Und davon sollte sie heute Abend kosten?

Raoni lachte. »Vertrauen Sie mir, wir wissen, wie wir die Knolle zu behandeln haben. Das Wichtigste ist, dass der Maniok nach ein bis zwei Tagen verzehrt wird, da er sonst verdirbt. Nach dem Waschen und Zerkleinern wird er geröstet, was Sie hier sehen können. Dafür sind Temperaturen von mindestens 150 Grad Celsius notwendig. Danach können Sie die *farinha* bedenkenlos verzehren.«

Ungläubig schaute sie ihn an.

»Wenn Sie mir nicht glauben, werde ich heute Abend Ihr Vorkoster sein«, schlug er vor.

Bei dieser Vorstellung lachte sie laut auf.

»Wollen Sie sich zuvor noch frisch machen, Senhora?«

Er schlug ihr ein Bad im Fluss vor, was sie dankend ablehnte und sich mit der Katzenwäsche am Wassereimer vor Iracemas Hütte begnügte. Gerade war Sienna dabei, ihr Gesicht mit dem kleinen Handtuch aus dem Hotel trockenzureiben, als die alte Frau neben ihr erschien. Die Indianerin musterte sie unverwandt, schwieg aber, was Sienna unangenehm war. In England beobachtete man niemanden bei der Körperpflege, sondern hielt höflich Abstand.

»Ich bin gleich fertig«, sagte sie deshalb etwas verlegen und hoffte, Iracema würde ins Haus gehen.

Stattdessen setzte sich die betagte Frau auf einen quer liegenden Baumstamm, der vor dem Langhaus lag und ihr wohl des Öfteren als Sitzgelegenheit diente.

»Was haben Sie auf dem Herzen, Kind?«, fragte sie unverwandt und schaute dabei Sienna tief in die Augen.

Diese erschrak, da es ihr vorkam, als würde ihr die Alte direkt in die Seele blicken. Konnte ihr Gegenüber wirklich erahnen, was in ihr vorging? Sie wandte den Kopf ab und zog sich das frische Shirt über. Auf diese Weise hoffte sie, Zeit zu gewinnen, um sich zu sammeln.

Dann nahm sie neben Iracema Platz. Am besten, sie würde Iracema jetzt von ihrem Auftrag berichten, um von ihrer Gefühlswelt, die in Aufruhr war, abzulenken.

»Ich schreibe für eine große englische Zeitung. Es geht um die Kautschukpiraterie vor genau hundert Jahren«, erklärte Sienna.

Doch sie kam nicht dazu weiterzusprechen, denn plötzlich war die Frau neben ihr hellwach.

»Wickham meinen Sie?«, fragte diese aufgeregt. »Henry Wickham?«

»Ja, ich...«, begann Sienna.

»Dieser Hund! Dieser hinterhältige Verbrecher!«, hörte sie Iracema fluchen.

»Senhora«, hakte Sienna nach. »Sie kennen Wickham?« Sie schätzte die Indianerin zwar auf mehr als 70 Jahre, aber dennoch war es rein rechnerisch nicht möglich, dass Iracema Wickham begegnet war.

»Ich nicht«, fing ihr Gegenüber an, »aber meiner Familie ist durch diesen Engländer großes Leid zugefügt worden.«

Ihr Blick schien auf einmal in die Ferne zu gehen und hatte einen traurigen Zug angenommen.

»Inwiefern?« Sienna war angespannt. Vielleicht würde sich in der Erinnerung der alten Frau etwas Persönliches für ihre Story ergeben. Individuelle Erfahrungen verkauften sich bei den Zeitungsabonnenten erfahrungsgemäß besser als alle Allgemeinplätze.

Iracema seufzte, dann sprach sie in gedehntem Tonfall: »Mein Vater Moacir hat diesem Menschen als Gehilfe gedient – damals vor langer Zeit am Rio Tapajós, als all das Elend begann.«

»Tatsächlich?« Sienna konnte kaum ihre Freude verbergen. Die Journalistin in ihr meldete sich zurück. Den Lesern gefiel es gewöhnlich gut, wenn ein menschliches Schicksal hinter der manchmal recht trockenen Geschichte erschien. Vielleicht konnte sie den Samenraub ein bisschen mit der abenteuerlichen Biografie einer Ureinwohnerin anreichern und die Story mit Fotos der eindrucksvollen Alten versehen. Plötzlich sah sie schon den Titel ihres Artikels vor sich, doch die Worte Iracemas brachten sie wieder in die Realität zurück.

»Ja, er war sehr jung damals, vielleicht 16 oder 17 Jahre alt, als der weiße Mann kam. Er versprach einigen jungen Männern wie auch meinem Vater für unsere Verhältnisse viel Geld, wenn sie ihm beim Sammeln der Kautschuksamen behilflich wären. Natürlich wussten auch wir Indios, dass dies streng verboten war. Doch was sollten die Leute tun? Sie nagten am Hungertuch und dachten an ihre Familien, die nichts zu essen hatten. Außerdem hofften nicht wenige, dass auf diese Weise die Ausbeutung endlich aufhören würde. Schließlich wurden viele von uns schon seit Jahren in die tiefsten Wälder getrieben, um die Gummibarone mit dem gewünschten Saft zu versorgen. Wenn der Latex nicht mehr nur Mangelware wäre, sondern auf der ganzen Welt erhältlich, dann würde man die Dorfbewohner vielleicht auch in Ruhe lassen, nahm man fälschlicherweise an.«

Iracema vergewisserte sich, ob Sienna sie verstand.

»Und weiter?«, flüsterte diese ungeduldig.

»Das Dorf meines Vaters und einige andere belieferten Wickham heimlich mit Samen. Das war eine schwierige Arbeit, denn im Regenwald stehen die Kautschukbäume weit voneinander entfernt. Außerdem muss man mit den empfindlichen Samen äußerst vorsichtig sein. Ich weiß das, denn bevor ich in der Stadt lebte, war ich selbst jahrelang Latexsammlerin.«

»Was ist dann geschehen?« Sienna hielt es vor Neugierde kaum mehr aus. Nun würde sie zum ersten Mal richtigen Einblick in das Leben der *seringueiros* erhalten und nicht nur Informationen aus Akten beziehen.

»Die Frauen wickelten die *sementes* des Gummibaums als Orchideensamen getarnt in Bananenblätter, um die Zöllner zu täuschen. Das gelang diesem verdammten Engländer so gut, dass er die Samen problemlos außer Landes bringen konnte und einem Gerichtsverfahren entging. Ein Prozess hätte für ihn sicherlich eine langjährige Gefängnisstrafe, wenn nicht sogar den Tod bedeutet.«

Iracema starrte vor sich hin auf den schlammigen Boden.

»Wissen Sie, was aus Wickham geworden ist?«, fragte sie nun und sah Sienna direkt ins Gesicht.

»Er wurde in England geadelt«, musste Sienna zugeben. Plötzlich fühlte sie sich nicht wohl in ihrer Haut. Ihre Kehle wurde trocken.

Die Alte zertrat einen Stock unter ihren Füßen.

»Es ist immer dasselbe: Die eigentlichen Verbrecher kommen davon, während die anderen bestraft werden!«, rief sie wütend aus.

»Was passierte mit Ihrem Vater?«, forschte Sienna vorsichtig nach. Sie hatte das Gefühl, dass Moacirs Leben kein gutes Ende genommen hatte.

Iracema atmete tief ein, als würde ihr die Erinnerung Schmerzen bereiten.

»Einige Jahre später, als die Keimlinge in England tatsächlich gewachsen waren und man sie in die britischen Plantagen nach Asien verschifft hatte, gab es ein spektakuläres Gerichtsverfahren. Da man dem abwesenden Wickham nichts mehr anhaben konnte, suchte man nach seinen Mitwissern.«

»Und einer davon war Ihr Vater?«, schloss Sienna.

»Richtig. Die aufgebrachten Behörden ließen die Einwohner ganzer Dörfer verhaften und aburteilen. Die angedrohte Todesstrafe wurde allerdings nicht vollstreckt. Dafür saßen mein Vater und viele andere für 25 Jahre im Gefängnis – lediglich weil sie ein paar Pflanzensamen eingesammelt hatten! Aber ob es gerecht zuging, war allen gleichgültig, denn es handelte sich ja nur um ein paar Indios.«

Sienna schaute betroffen auf ihre Hände und studierte die Linien der Handflächen. Auch wenn sie selbst nichts mit der Sache zu tun gehabt hatte, fühlte sie sich der alten Frau gegenüber irgendwie schuldig.

»Sie können sich sicherlich nicht die Gefängnisse in unserem Land vorstellen. Ein *prisão* in Brasilien ist wie die Hölle auf Erden. Moacir, mein Vater, verließ es als gebrochener Mann. Das Zuchthaus kann einem Menschen jegliche Ehre nehmen.«

Iracema presste die Lippen aufeinander. Dann erzählte sie weiter: »Ich war sein einziges Kind. Er lernte meine Mutter kennen, als er mehr als vierzig Jahre alt war. Nach meinem zwölften Geburtstag starb er an völliger Entkräftung. Er ist in seinem Leben nie mehr glücklich geworden.«

Sienna wusste nicht, was sie antworten sollte. Es erschien ihr, als ob die Schuld einer ganzen Nation auf ihren Schultern liegen würde.

»Aber kommen Sie, wir sollten jetzt essen gehen. Sie sind sicher hungrig«, beendete Iracema die unangenehme Situation. Sienna bewunderte die Selbstbeherrschung der alten Frau.

Sie selbst verspürte einen schalen Geschmack auf der Zunge. Nein, hungrig war sie im Augenblick nicht im Geringsten.

Sienna saß zwischen Raoni und Iracema unweit des offenen Feuers, das die Indios inmitten des Dorfplatzes entzündet hatten. Fast alle Bewohner hatten sich im Kreis versammelt und aßen Fisch, Mais und *farinha*. Für Siennas Gaumen war die Zusammenstellung etwas gewöhnungsbedürftig, aber nachdem sie die vielen kleinen Gräten entfernt hatte, schmeckte der Fisch zu ihrer Überraschung recht gut. Das ziemlich fade Maniokmehl sagte ihr allerdings weniger zu, aber sie verstand, dass es den Indianern als wichtiger Stärkelieferant diente und deshalb zu jedem Essen einfach dazugehörte.

Auf einmal bemerkte sie, wie ihre Augen die Freifläche absuchten. Hielt sie tatsächlich Ausschau nach Matheus de Nóbrega? Wo war er? Sie blickte sich nun etwas genauer um, konnte ihn aber nirgends entdecken, was sie seltsam fand. Sienna hätte erwartet, dass auch er am gemeinsamen Mahl der Indios teilnahm.

»Er ist nicht hier, *filha*«, hörte sie plötzlich Iracema neben sich sagen und zuckte überrascht zusammen.

»Wer?«, fragte sie und fühlte sich ertappt. Woher konnte die alte Frau nur wissen, an wen sie in diesem Moment gedacht hatte?

»Cauré. Wenn er im Dorf ist, nimmt ihn Poranga meist ganz in Beschlag. Wahrscheinlich sitzt er seit Stunden in ihrem Haus und wiegt sie in den Schlaf. Dann hat sie wenigstens einmal Ruhe vor den Dämonen der Vergangenheit.«

Sienna schaute sie verständnislos an. »Was genau ist mit Senhor de Nóbregas Mutter passiert?«

Sie wollte jetzt wissen, welches Geheimnis die verwirrte Frau umgab. Ob ihr Iracema berichten würde, wie es zu dieser schrecklichen Entstellung gekommen war?

Die Alte räusperte sich und senkte die Stimme, sodass nur Sienna verstehen konnte, was sie sagte: »Poranga und ich stammen beide nicht von hier, sondern von einem Nebenfluss des Amazonas nahe Santarém, dem Rio Tapajós, wo damals auch Ihr grandioser Wickham herumschlich. Nachdem die Engländer mit ihren Plantagen in Asien erfolgreich waren, kam es, wie Sie wissen, zum Niedergang von Manaus, aber nicht zum Ende der Kautschuksklaverei.«

Sienna war überrascht. »Ich dachte...«, sagte sie.

»Ja, mein Kind, das ist ein Stück Geschichte, von dem Ihr in Europa alle keine Ahnung habt, weil es totgeschwiegen wurde. Während des Zweiten Weltkriegs gab es sogar einen zweiten Boom, denn die Nachfrage nach Latex stieg enorm an. Die Amerikaner verbündeten sich mit unserem Diktator Getúlio Vargas und beuteten das Amazonasgebiet fast noch schlimmer aus als zuvor. Wieder wurden wir Indios, aber auch Fremdarbeiter aus dem Nordosten Brasiliens, zum Ritzen der Bäume in die Wälder geschickt, um genügend Gummi für Gasmasken oder die kriegswichtigen Flugzeugreifen zu zapfen.«

»Aber was hat das mit Poranga zu tun?« Sienna wurde ungeduldig. Sie wollte jetzt alles über diese sonderbare Indianerin, Matheus Mutter, erfahren.

»Warten Sie ab! Es war im vorletzten Kriegsjahr 1944, als unser Dorf zwischen die Fronten geriet. Die *americanos* wollten so viel Latex wie möglich bekommen, und die Deutschen waren natürlich darauf aus, ihnen dies zu verderben. Also bedrohten sie die Dorfbewohner, die für die Amerikaner arbeiteten, und warnten sie davor, die Gegner mit dem Rohstoff zu versorgen. Unsere Männer hörten nicht auf diese Kampfansage der Faschisten und zogen weiter für die USA in den Urwald.«

»Brasilien war also inoffiziell ein Kriegsschauplatz des Zweiten Weltkriegs?« Sienna konnte es nicht glauben. Woher wusste diese einfache alte Indiofrau so viel über die Vergangenheit ihres Landes?

Iracema nickte nachdenklich. »Ja, das ist ein dunkles Kapitel unserer Geschichte. Ich habe seit vielen Jahren nicht mehr darüber gesprochen. Seltsam, dass Sie mich nun dazu bringen, mich wieder an diese schreckliche Zeit zu erinnern.«

Sie sprach weiter: »In einer mondlosen Nacht im November kamen sie und überfielen unser Dorf, als beinahe alle Männer in der *selva* waren. Eigentlich hatten die Deutschen angenommen, wir würden ein großes Fest feiern, sodass sie uns alle auf einem Fleck antreffen und unsere Krieger mühelos abschlachten könnten, doch sie hatten sich vertan. Die Initiationsriten waren schon Tage zuvor durchgeführt worden, und zur Zeit des Angriffs befanden sich unsere Männer nicht im Dorf. Wir Frauen und Kinder waren ihnen schutzlos ausgeliefert. Nur ein paar Greise und die unerfahrenen Jungen stellten sich ihnen in den Weg, doch sie wurden sofort niedergemetzelt. Auch meine Tochter...«

Tränen traten in die Augen der alten Frau. Sienna hätte sie am liebsten in den Arm genommen, doch Iracema sprach schon weiter: »Wir waren nur eine Handvoll Überlebende. Dass es Poranga schaffen würde, hätte ich damals wahrlich nicht geglaubt. Sie war ein unglaublich schönes Mädchen, so anmutig, reizend, leichtfüßig wie ein zarter Schmetterling – und gerade einmal vierzehn Jahre alt, als es geschah. Ein völlig unschuldiges Geschöpf, das gar nicht begriff, was in dieser Nacht mit ihm passierte. Der Anführer der Deutschen stürzte sich auf sie, als er seine Rache nicht an unseren

Männern auslassen konnte. Er vergewaltigte sie mehrfach auf bestialische Weise und warf sie dann wie ein Stück Abfall auf das noch glühende Holz des Lagerfeuers.«

Sienna traf es bis ins Mark.

»Deshalb die Brandwunden!«, schloss sie entsetzt. Sie meinte, verbranntes Fleisch zu riechen und musste sich davon abhalten, weiter an das junge, begehrenswerte Mädchen zu denken, das Poranga einst gewesen war. Immer wieder sah sie die verzogene Gesichtshälfte der Frau vor sich, als diese ihren Sohn umarmt und innig geküsst hatte.

»Es war ein Wunder, dass sie überlebte. Aber, ehrlich gesagt, weiß ich manchmal nicht, ob der Tod nicht besser für sie gewesen wäre, anstatt dieses Dasein seit diesem grauenvollen Verbrechen vor mehr als dreißig Jahren zu führen.«

Sienna schluckte. »Und Matheus ist... er ist...?« Sie kam nicht weiter. Die Worte blieben ihr im Hals stecken. Sie befürchtete das Schlimmste.

»Ja, er ist das Kind dieses Mörders, des *carniceiro*, wie wir ihn alle nannten, des *Schlächters*«, schloss Iracema.

Sienna biss sich auf die Lippen. Ihre Gedanken rasten.

»Und Senhor de Nóbrega weiß davon?«, fragte sie vorsichtig.

»*Sim*, er schleppt diese Last schon zeitlebens mit sich herum, aber er lässt sie nicht an sich heran. Es ist, als hätte er eine Mauer der Abwehr um sich herum gebaut«, seufzte die Indianerin. »Hier im Dorf gibt es nur noch wenige, die sich an den deutschen Henker erinnern. Ich bin eine der letzten, die die Geschichte kennt. Und das ist auch besser so. Es sind schließlich neue Zeiten angebrochen.«

»Hat man ihn nach dem Krieg für seine Taten bestraft?«, hakte sie zaghaft nach. Die Vergangenheit ließ sie aus irgendeinem Grund nicht los.

Iracema lachte auf. »Den *carniceiro*? Wie denn? Er ist schon lange tot.«

Eine Pause trat ein. Tausend Überlegungen schossen Sienna wild durch den Kopf. Welche Bürde lastete nur auf Matheus de Nóbrega? Er war das Produkt der furchtbaren Vergewaltigung und Misshandlung seiner Mutter. Sie verstand nun seine schroffe, abweisende Art.

Wie sollte er nach diesem Leid Europäern wie ihr ohne Hass gegenübertreten können?

»Und dann sind Sie hierhergekommen«, fragte Sienna weiter. Sie wollte jetzt die ganze Geschichte hören.

»Nein, nach dem Massaker bin ich mit Poranga nach Santarém geflohen, wo ich einige Monate im Haushalt eines Professors gearbeitet habe und sie bei mir wohnen lassen durfte. Es war eine kurze, aber gute Zeit für mich, denn mein verwitweter *padrão* hat mir viel beigebracht und war sehr anständig zu uns. Nachdem er jedoch gestorben war und sein Sohn das Haus übernahm, konnten wir nicht mehr bleiben. Poranga schrie jedes Mal los und versteckte sich wie wahnsinnig im hintersten Winkel der *casa*, wenn sie den jungen weißen Herrn sah. Er erinnerte sie einfach viel zu sehr an ihn.«

Sienna nickte nachdenklich.

»Glücklicherweise hatte ich Verwandte hier, die sich dann um uns kümmerten. Poranga nahm ich an Kindes statt an, denn nach dem Tod meiner Tochter gab es ja niemanden mehr. Da half es mir auch, eine Aufgabe zu haben. Anfangs schien sich Poranga in der Abgeschiedenheit der *selva* zu fangen. Es war, als würde sie die schrecklichen Erlebnisse gedanklich völlig ausklammern, aber dann, direkt nach Caurés Geburt, begann es: Sie hatte Phasen, in denen sie monatelang nur noch dahinvegetierte und für nichts mehr Interesse zeigte, und Tage, an denen sie nicht ein einziges Mal schlief, sondern stundenlang wild tanzte und wie verrückt sang. Am schlimmsten wurde es, wenn sie sich den Männern an den Hals warf und ihnen eindeutige Angebote machte.«

»Nein!«, entfuhr es Sienna.

»Doch! Sie schlief mit fast jedem Mann, der trotz ihrer deformierten Gesichtshälfte noch Interesse an ihr zeigte. Ihr restlicher Körper war ja noch wunderschön und verlockend. Doch der Gedanke, für immer beschmutzt zu sein, hat sie nie mehr richtig losgelassen. Und ich konnte es nicht verhindern. Das ist für mich das Erschütterndste, und ich werde mir dieses Versagen nie verzeihen.«

»Wie fürchterlich muss das alles für ihren Sohn gewesen sein«, fasste Sienna den Bericht der Indianerin zusammen. Bei dem Gedanken an Matheus de Nóbrega empfand sie unbeschreibliches Mitleid.

»Ja, das war es. Ich war froh, als der Missionar aus Maravilha kam und den verstörten Jungen zu sich holte. Cauré wäre hier sonst wie seine Geschwister zugrunde gegangen.«

»Er hat Brüder und Schwestern?« Sienna konnte die Wendungen dieser leidvollen Geschichte nicht fassen. Die Neuigkeiten, die sie heute Abend von Iracema erfuhr, waren beinahe zu viel für sie.

»Die jungen Mädchen sind gleich fort, als der Erstbeste sie haben wollte. Die Jungs haben Arbeit beim Bau der Transamazônica oder irgendwo als Baumfäller gefunden. Keines von Porangas Kinder ist mehr hier. Sie halten ihre Mutter einfach nicht aus. Verständlich, wenn Sie mich fragen. Nur Cauré kommt alle paar Monate vorbei, wenn er stark genug ist, ihre Gesellschaft zu ertragen. Und Sie sehen ja, wie sehr sie an ihm hängt. Überraschenderweise besitzt nur er die Gabe, ihr die nötige Ruhe zu vermitteln. In seiner Gegenwart spuken die Geister der Vergangenheit nicht in ihrem Kopf herum.«

Sienna schüttelte fassungslos den Kopf.

»War es eine zu schlimme Geschichte für Sie?«, fragte die alte Indianerin und sah ihr tief in die Augen. Sienna spürte die ungeheure Kraft, die trotz deren vorgerückten Alters von der Greisin ausging.

»Warum haben Sie gerade mir davon erzählt, wenn Sie nicht möchten, dass man sich an die Vergewaltigung erinnert?«, wollte Sienna wissen. »Schließlich bin ich eine Fremde.«

Auf die Antwort musste sie nicht lange warten: »Weil ich fühle, dass Sie es wissen müssen.« Der Blick Iracemas schien sie zu durchbohren. »Bei Ihnen ist sein Geheimnis gut aufgehoben.«

Bevor Sienna etwas entgegnen konnte, erhob sich lautes Geschrei, das vom dunklen Flussufer zu kommen schien. Erst jetzt fiel ihr auf, dass nur noch wenige Indios am Feuer saßen. Die meisten waren hinunter zum Strand gegangen, klatschten dort laut in die Hände und riefen wie im Takt immer dieselben Worte. Im Hintergrund hörte sie eine Trommel, deren dumpfe Schläge immer schneller wurden.

»Was ist dort unten los?«

Iracema lächelte. »Kommen Sie, das Spektakel wird Sie auf andere Gedanken bringen.«

Neugierig lief sie hinter der gebückten Frau her und sah zunächst nichts, da ihr die vielen tanzenden Rücken der Zuschauer die Sicht versperrten.

Dann hörte sie die Leute *jacaré, jacaré* singen, was so viel wie Alligator bedeutete. Sienna wich zurück. Sie verspürte keinerlei Interesse, mit einer der riesigen Amazonasechsen Bekanntschaft zu machen. Für heute hatte sie genug Unerfreuliches erlebt. Was sie sich wünschte, war nur noch ein erlösender Schlaf in einer von Iracemas Hängematten.

Wieder die lauten Rufe nach dem Alligator! Die Menge wurde immer geräuschvoller. Die Indianerin vor ihr schob zwei Frauen zur Seite, sodass Sienna nun freie Sicht auf den Fluss hatte.

Ihr gefror beinahe das Blut in den Adern, als sie im Halbdunkel zwei junge Burschen bis zur Schulter im schwarzen Wasser stehen sah. Die beiden durchstreiften mit einer Fackel in der erhobenen Hand das dicht stehende Schilf am Ufer und lachten vor Vorfreude und Begeisterung, wie es nur junge Männer tun konnten, die sich blind in Gefahr begaben.

»Aber die Jungen können doch nicht…«, rief sie. Sie sah bereits vor sich, wie sich der Alligator auf die übermütigen Krieger stürzen würde. Wie konnten die Leute angesichts dieser Bedrohung nur so ruhig bleiben?

»Senhora, das gehört dazu. Hier muss man schon früh zum Mann werden«, erklärte Iracema seelenruhig. »Die beiden kennen das Risiko und sind auf der Hut, glauben Sie mir. Keine Sorge!«

Da entdeckte Sienna Raoni inmitten der anderen. Er applaudierte ebenfalls im Rhythmus der ihn umgebenden Indios und verzog das Gesicht zu einem breiten Grinsen. Sie konnte nicht glauben, dass auch er derart gelassen blieb.

»Unfassbar«, dachte Sienna und eilte zu ihm. Wenigstens ihr treuer Begleiter musste diesem Irrsinn Einhalt gebieten.

»Raoni, Sie müssen diese wahnwitzige Sache sofort beenden. Das sind ja noch fast Kinder!«

Doch er lachte ihr nur amüsiert ins Gesicht und klatschte vergnügt weiter.

Unschlüssig ging sie an der jauchzenden Menschengruppe vorbei zum Sandstrand, der direkt hinter den heißblütigen jungen Männern lag. Irgendjemand musste diesem gefährlichen Spektakel, dessen unfreiwillige Zeugin sie geworden war, umgehend ein Ende bereiten! Langsam näherte sie sich dem Ufer und konnte noch immer nicht die Augen von der unwirklichen Szene abwenden.

Dann erklang der Schrei des Jägers. Der größere der beiden Indios tauchte prustend aus dem Wasser auf und hielt triumphierend einen etwa einen Meter langen Kaiman in den Händen. Die grauenvolle Schnauze des Tieres befand sich nur wenige Schritte von Sienna entfernt. Trotz der geschlossenen Kiefer sah sie die langen Reihen spitzer Zähne aus dem gefährlichen Reptilienmaul ragen.

Sienna geriet in Panik. Vor Angst wie versteinert, konnte sie sich keinen Schritt mehr vom Fleck bewegen. Mit entsetztem Gesichtsausdruck starrte sie auf die helle Brustseite des furchterregenden Alligators. Sie nahm jede einzelne der quergestreiften Rillen in der panzerartigen Haut wahr und warf dann einen furchtsamen Blick auf die jetzt schon gewaltigen Krallen.

Ihr wurde zugleich kalt und heiß. Der Schweiß trat ihr aus den Poren. Sienna meinte, in Kürze vor Übelkeit ohnmächtig zu werden, doch zu ihrer Überraschung stand sie immer noch unbeweglich am Strand und starrte die Echse voller Entsetzen an.

Der Halbwüchsige hielt das Reptil mit beiden Händen am Nacken und streckte es ihr herausfordernd entgegen, sodass sie einen spitzen Schrei des Grauens ausstieß, einen Schritt nach hinten setzte, dabei strauchelte und für eine Sekunde das Gleichgewicht verlor. Sie bemerkte, wie sie mit dem rechten Fuß ins Flusswasser trat, was sie gänzlich aus der Fassung brachte. Bebend vor Furcht zog sie das Bein zurück, schaffte es jedoch nicht, sich von diesem schrecklichen Ort zu entfernen. Sie war wie gelähmt.

Hinter sich hörte sie das Lachen der anderen, die Siennas Angst nicht verstanden und sich über die unwissende Fremde lustig machten.

Plötzlich spürte Sienna, wie starke Hände sie nach hinten rissen. Ein schützender, kräftiger Arm legte sich um sie und drehte sie rasch in Richtung des Ufers, sodass sie wieder auf festem Boden stand, was sie aufatmen ließ. Ihr Kopf sank erleichtert auf die Brust ihres Retters, und Sienna ließ ihren Tränen freien Lauf. Die Wärme, die sie auf einmal umgab, beruhigte sie. Sie fühlte sich beschützt und behütet. Welche Erlösung, das grässliche Reptil nicht mehr sehen zu müssen!

Doch wer hatte sie aus ihrer Starre befreit? War es Raoni, bei dem sie nun Halt suchte? Sein Körper roch angenehm herb.

»Ihr seid wohl alle wahnsinnig geworden«, hörte sie den Mann, dessen muskulöse Arme sie umfingen, jetzt in Richtung der Menge rufen. Daraufhin ebbte das Geschrei wie auf Kommando ab.

»Wie könnt ihr euch nur auf ihre Kosten solch einen Spaß erlauben?«, hallten seine markigen Worte anklagend durch die Nacht.

Sienna kannte die dunkle Männerstimme. Schlagartig wurde ihr bewusst, dass der athletische Arm und die tiefe Stimme zu Matheus de Nóbrega gehörten.

4

Erst in den späten Morgenstunden war Sienna eingeschlafen. Zuvor hatte sie sich in der unbequemen Hängematte hin und hergewälzt, doch was sie auch tat, sie war nicht zur Ruhe gekommen. Schließlich hatte ihre Müdigkeit gesiegt. Wilde Träume, in denen sie riesige Schlangen und Kaimane vor sich sah, die in tödlichem Kampf ineinander verschlungen waren, wechselten sich mit Phasen des Wachseins ab. Wenn sie die Augen schloss, tauchte ein gewaltiges Feuer in ihrer Vorstellung auf, das seine Funken in Richtung des Waldes warf und diesen entzündete, bis der gesamte Dschungel hell aufloderte. Und immer wieder erschien ihr zwischen diesen aufwühlenden Visionen der ernste, unbewegliche Blick Matheus de Nóbregas, den sie am Fluss entgeistert angestarrt hatte.

Als sie ein sanftes, aber bestimmtes Rütteln spürte, meinte sie, selbst angegriffen zu werden, und hielt die Hände schützend vor den Kopf. Durch ihre gespreizten Finger erkannte sie jedoch das freundliche Gesicht Iracemas, in dessen braunrote Haut sich im Laufe der Jahre tiefe Furchen gezeichnet hatten.

»Aufstehen, Senhora, wir müssen früh los«, erklärte diese forsch.

Sienna blinzelte. Das Innere der Hütte lag im fahlen Dämmerlicht. Kein Sonnenstrahl erhellte bisher den Himmel, den sie durch die geöffnete Tür lediglich als rötliche Wand erkennen konnte.

»Fährt die Ipanema schon los?«, fragte sie mit trockener Zunge und sehnte sich nach etwas Flüssigkeit. Sie musste die Alte dringend um Wasser bitten, dachte sie.

Sienna überlegte, wie sie eigentlich in der vergangenen Nacht vom Ufer in das Langhaus gekommen war. Da fiel es ihr wieder ein: Matheus de Nóbrega hatte sie nach dem Vorfall am Fluss wortlos über die ausgetretenen, vom Mond nur spärlich beleuchteten Pfade zu Iracemas Haus gebracht. Während des gesamten Weges hatte sie sich nicht getraut, ihm ins Gesicht zu schauen oder das Wort an ihn zu richten, sondern war einfach nur stumm neben ihm hergestolpert.

Sie atmete tief ein. Für ihr gestriges Verhalten schämte sie sich maßlos. Sie erinnerte sich, dass er sie in die Hütte der alten Frau hineingeschoben und ihr in eine der Hängematten geholfen hatte, wo sie sofort die Augen schloss, um seinem vorwurfsvollen Blick zu entgehen. Viel zu unangenehm war Sienna ihr unpassendes Auftreten am Strand gewesen.

Die Angelegenheit am Fluss war ihr mehr als peinlich. Warum hatte sie sich auch in die Bräuche der Indios einmischen müssen? Er hatte Recht gehabt, als er sich weigerte, sie mitzunehmen. Sie passte einfach nicht hierher.

Gut, wenn sie bald von hier fortkam. In Manaus würde sie nach einem erfrischenden Bad im Pool ihre Angelegenheiten in Ordnung bringen, den Artikel beenden und packen. Den letzten Tag bis zu ihrer Abreise wollte sie mit einer ausgiebigen Shoppingtour im *mercado municipal* ausfüllen und dann endlich zurück nach England fliegen. Es war Zeit.

»Am besten, Sie ziehen sich ein Paar feste Schuhe an, denn Sie sind diese Umgebung nicht gewohnt«, meinte Iracema fürsorglich.

Sienna verstand nicht. Auf das Schiff kam sie zur Not auch noch barfuß. Fragend schaute sie die alte Indianerin an.

»Sie wollten doch sehen, wie man Latex gewinnt, oder?«, schmunzelte diese und wartete auf Siennas Reaktion.

Auf einmal fühlte sich Sienna ganz wach. Mit einem Ruck war sie auf den Beinen und registrierte, dass sie noch dieselben Kleider trug wie in der Nacht zuvor. Sie musste einen schrecklich ungepflegten Eindruck vermitteln.

»Ich sollte mich zuerst waschen. Ich sehe ja aus wie...«

»Nach unserem Ausflug, Senhora. In der *selva* interessiert ihr Äußeres niemanden. Kommen Sie! Latex gewinnt man morgens – und zwar sehr früh.«

Nachdem sie in ihre knöchelhohen Lederschuhe geschlüpft war, folgte sie Iracema. Das Dorf lag noch in völliger Ruhe. Nur ein bunter Tukan pickte mit seinem riesigen krummen Schnabel auf dem großen Platz die Reste des gestrigen Essens auf, ließ sich von den beiden Frauen jedoch nicht aus der Ruhe bringen. Als Sienna in den Dschungel trat, schaute sie sich ein letztes Mal zum Fluss um und sah, wie feine Nebelschleier über den Amazonas zogen und diesen fast vollständig einhüllten. Es war ein wunderbar friedliches Bild. Sienna fühlte, dass diese Gegend ihren eigenen Reiz haben konnte und nicht durchweg bedrohlich sein musste.

Es war nicht einfach, der kleinen Frau zu folgen, die trotz ihres Alters und der ausgetretenen Plastiksandalen, die sie trug, unerwartet gut zu Fuß war. Sienna dagegen stolperte oft über feuchte Wurzeln oder glitt auf den glatten Steinen aus, die sie wegen des dichten Unterholzes nicht sah. Iracema schien dagegen schon zu ahnen, wann das nächste Hindernis kommen würde.

Mit der Zeit begann Sienna zu keuchen. Sie war es nicht gewohnt, den Tag ohne eine Tasse Kaffee und eine ordentliche Mahlzeit zu beginnen. Ihr wurde flau im Magen.

Iracema drehte sich belustigt um. »Es dauert nicht mehr lange. Versprochen«, sagte sie.

Mit Mühe versuchte Sienna, Schritt zu halten. Einige Minuten später gab ihr Iracema ein Zeichen anzuhalten. Sie waren neben einem kleinen stehenden Gewässer angekommen, dessen Oberfläche beinahe vollständig mit riesigen Seerosen bedeckt war.

»Das ist wundervoll«, staunte Sienna.

Die Alte schmunzelte. »Ich wusste, dass die Vitória Ihnen gefällt. Unsere Kinder machen sich oft einen Spaß daraus und setzen sich einfach mit ihrem ganzen Gewicht auf die Blätter. Die Jungen tun dann so, als hätten sie ihre eigenen Boote, und die Mädchen stecken sich die Blüten ins Haar.«

»Und die Pflanzen halten das aus?«, fragte Sienna ungläubig.

Iracema nickte amüsiert, dann ging sie weiter.

Sienna warf noch einen nachdenklichen Blick auf die faszinierenden Riesenseerosen, deren Blattdurchmesser sie auf zwei bis drei Meter schätzte. Die Sensationen in diesem fantastischen Urwald schienen nicht aufzuhören.

Wenig später hielt Iracema erneut an und zeigte auf einen unauffälligen Baumstamm, der teilweise mit hellgrünem Moos überwachsen war. Deutlich erkennbar waren die vielen, in einer schrägen Linie geführten Einschnitte in der grauen Rinde.

»Ist er das?«, wollte Sienna aufgeregt wissen, denn nach ihrem Besuch in Kew Gardens ahnte sie schon, was ihr die Indianerin jetzt zeigen würde. Allerdings waren die Exemplare der Hevea in England einige Meter kleiner gewesen, und hier in der brasilianischen *selva* sah sie nun auch endlich die typischen braunen Früchte vor sich.

»Ja, mein Kind, das ist der Baum, der so viel Leid über uns gebracht hat. Man sieht ihm seinen Reichtum wahrlich nicht an, aber ich werde Ihnen erklären, wie der Kautschuk aus ihm gewonnen wird. Das wollten Sie doch wissen, oder?«

Sienna nickte.

»Erst nach sieben bis acht Jahren kann überhaupt mit dem Ritzen begonnen werden. Vorher muss man die Pflanze in Ruhe lassen, sonst geht sie ein.«

Zu Siennas Überraschung zog Iracema ein scharfes Messer und eine handgroße Schale aus ihrem Beutel hervor.

»Die Milchröhren sind leicht schräg zur Senkrechten angeordnet, weshalb man in einem kleinen Winkel zur Horizontalen in den Bast schneiden muss. Nur auf diese Weise öffnen sich die wichtigen Milchgefäße.«

Rasch befestigte sie die Schale mit einem Stück Schnur am Stamm und begann, etwa einen halben Meter darüber in die Rinde zu ritzen, wie sie es ihr Leben lang getan hatte.

»Außerdem muss von links nach rechts geschnitten werden.«

Gebannt verfolgte Sienna die geübten Hände der Indianerin. Schon trat etwas weißliche Flüssigkeit aus dem verletzten Stamm.

»Keineswegs darf man mehr als die Hälfte des Umfangs zerstören, denn ein Lebensstreifen muss auf jeden Fall stehen bleiben. Er dient dem Kautschukbaum zur Wasser- und Nährstoffversorgung.«

Sienna hörte fasziniert zu.

Der dicke Milchsaft floss bereits über eine vertikale Tropfrinne hinunter in das kleine Auffanggefäß.

»Wie lange hält der Latexfluss an?«, wollte Sienna wissen.

»Ein bis zwei Tage, aber die Tropfgeschwindigkeit verringert sich dabei, bis die Milch ganz versiegt.«

»Und dann?«

»Man schneidet weiter oben in die Rinde, bis eine Seite des Baumes ganz abgeerntet ist, und beginnt daraufhin mit der anderen Seite. Wenn die Zapfer nicht zu gierig sind, hält die *seringueira* das aus.«

»Wie hoch ist der Ertrag nach einem Schnitt?«, erkundigte sich Sienna.

»Lächerliche 20 bis 30 Gramm«, schloss Iracema.

Sienna schüttelte den Kopf. Für diese geringe Ausbeute hatten so viele Menschen ihr Leben riskiert.

Ihre Hand strich über die vernarbte Pflanze, die unzählige Male gemolken worden war.

»Wie geht es dann weiter?«, fragte sie interessiert.

»Heutzutage ist das kein Thema mehr. Die meisten Kautschukbäume stehen sowieso nicht mehr am Amazonas, sondern im Bundesstaat São Paulo, da sich der Pilz in kühleren Regionen mit jahreszeitlichem Klima weniger ausbreitet. Hier haben wir dagegen ein ganzjähriges Blattwachstum, was fatal für den Baum ist.«

»Aber wie wurde die Milch früher weiterverarbeitet?« Sienna dachte an die großen Kautschukballen, über die sie im Archiv gelesen hatte.

»Sie wird mit Wasser und Ameisensäure oder Essig verdünnt. Daraufhin verklumpt die Masse, weil das Eiweiß ausflockt. Noch vor Ort kann man den Gummi dann walzen und zum Trocknen aufhängen.«

»Und diese Platten haben die Händler später abgeholt und nach Manaus gebracht«, fasste Sienna zusammen.

»Richtig. Aber Sie müssen bedenken, dass im Urwald nur sieben bis acht Bäume pro Hektar stehen, die *seringueiros* also ungeheure Wege zurücklegten, um die gewünschte Menge zu erhalten. Nicht selten mussten sie 90 bis 120 Bäume pro Tag schaffen. Was bedeutete, dass die Arbeiter abends ihre Tour erneut durchführten, um die Schalen zu leeren. Oft hatten sie dabei eine Lampe um den Kopf geschnallt, da sie beide Hände zum Arbeiten brauchten. Ich erinnere mich noch gut, wie mich mein Onkel zum ersten Mal mitnahm und mir alles zeigte. Ich meinte damals, den ersten Tag nicht zu überleben, aber, wie man sieht, schafft man im Leben mehr als man denkt, nicht wahr?«

Iracema lächelte, konnte jedoch den traurigen Ausdruck in ihren Augen nicht verbergen.

Sienna sah sie sprachlos an. Was hatte diese bewundernswerte Frau nicht schon alles durchgestanden?

»Mehrere Männer meiner Familie erlitten üble Augenschäden vom Kochen der Kautschukmilch über dem offenen Feuer. Dabei entsteht nämlich ein starker Qualm, der die Schleimhäute reizt, aber das war den Händlern egal. Stattdessen holten sie im Großen Krieg vor mehr als dreißig Jahren Zehntausende von hungernden Bauern aus Ceará und versprachen diesen armen Menschen, sie würden hier am Amazonas reich werden. Die Männer haben ihre Familien in Fortaleza und Aracati nie wiedergesehen. In kurzer Zeit hatten sie sich zutiefst verschuldet und ihr Leben glich dem der früheren Sklaven.«

Sie schaute Sienna in die Augen, als ob sie die Wirkung ihrer Worte sehen wollte.

»Was ist mit ihnen geschehen?« Sienna ahnte Schlimmes.

»Die meisten starben an Malaria oder Mangelernährung, durch Angriffe wilder Tiere oder durch Unfälle. Sie waren eben nicht für das Leben in der *selva* geschaffen.«

Iracema ging trotz ihres Alters leichtfüßig weiter und schob das dichter werdende Buschwerk für Sienna zur Seite.

»Ach, der Amazonas kann eine schreckliche Menschenfalle sein. Unter immensem Zeitaufwand musste der Gummi beschafft werden, denn die Gewinnung des Latex erfolgt nur zwischen Mai und September. In der übrigen Zeit des Jahres verhindern die starken Überschwemmungen, dass man sich frei bewegen kann.«

»Also wirklich fast vergleichbar mit Gold«, meinte Sienna.

»Ja, Senhora, ich sehe, Sie verstehen.« Wortlos ging die Indianerin weiter durch das feuchte Geäst. Sienna folgte ihr. Es faszinierte sie, was die alte Frau alles erlebt hatte, aber nicht daran zugrunde gegangen war.

Plötzlich blieb Iracema stehen. Sie hatten sich mittlerweile einem schmalen Flussarm genähert. Sienna vermutete, sich auf dem nördlichen Teil der Halbinsel zu befinden, auf der Iquitos lag. Allerdings war in diesem dichten Dschungel die Orientierung nahezu unmöglich. Sie bewunderte die Indianerin dafür, wie sicher sich diese in der Wildnis bewegte.

Sienna war froh, endlich der Dunkelheit des Waldes entronnen zu sein. Trotz des nunmehr kräftigen Sonnenlichts drangen deren Strahlen kaum durch das üppige Blattwerk hindurch, sodass der Erdboden in ständigem Schatten lag.

»Mit Booten haben sie die Arbeiter in ihr Revier gebracht. Sie gaben ihnen ein Messer, den Topf und die Stirnlampe. Mehr nicht. Wie sie sich ernährten oder schützten, mussten die Männer selbst herausfinden.«

Sienna schüttelte den Kopf. Nie hatte sie sich darüber Gedanken gemacht, woher der Gummi für einen Autoreifen oder eine Dichtung an ihrer Tür stammte. Dabei war dieses Produkt in ihrem Leben allgegenwärtig gewesen.

Auf dem Rückweg zeigte ihr Iracema die berüchtigten fleischfressenden Pflanzen. Sienna staunte über deren meterhohe, filigrane Stängel, die sich zu hülsenartigen Enden verjüngten. Hier befanden sich bunte, stachelbesetzte Fangklappen für ihre Opfer, die Insekten. Weiterhin erkärte ihr die Indianerin, dass diese schreckliche Methode die einzige Möglichkeit für die Sträucher wäre, in den nährstoffarmen Gebieten des Rio Negro zu überleben. Nur indem sie ihre Beute durch einen Säuerungsprozess vertilgten, kämen sie an die lebenswichtigen Mineralstoffe.

Als die beiden Frauen zur Ansiedlung zurückkamen, sah Sienna Matheus bereits auf dem oberen Deck des Schiffes sitzen. Breitbeinig hatte er auf einem der weißen Plastikstühle Platz genommen und schaute von dort aus zur freien Grasfläche am Ufer. Einige Männer beluden bereits das Schiff mit ein paar schweren Kisten, die sie mit nach Manaus nehmen wollten. Er schien von seinem Aussichtspunkt aus die Aufnahme der Güter zu überwachen. Dennoch fühlte sich Sienna von ihm beobachtet, als sie mit Iracema zu deren Hütte ging. Es kam ihr vor, als würde er jeden ihrer Schritte verfolgen, und sie beeilte sich, aus seinem Gesichtsfeld zu kommen.

Nachdem sie sich am Wasserbottich hinter der Hütte gewaschen hatte, zog sie sich rasch um und warf die Reiseutensilien in ihre Umhängetasche. Der Dampfer sollte nicht ihretwegen mit der Abfahrt warten müssen. Schließlich war sie während des vergangenen Tages schon negativ genug aufgefallen.

Doch sie hatte nicht mit der alten Indianerin gerechnet, die ihr erklärte, dass es zuerst etwas zu essen gäbe. Mit leerem Magen würde sie Sienna nicht auf die stundenlange Heimfahrt gehen lassen.

So saß sie dann auf Iracemas Anordnung hin auf dem querliegenden Baumstamm vor deren Behausung, während diese geschäftig im Innern des Hauses herumwerkelte.

Sienna spürte, dass Matheus zu ihr schaute, was sie nervös werden ließ. Nach den Ereignissen des vorigen Abends wäre sie am liebsten unsichtbar gewesen. Mit ihrer Naivität hatte sie alle seine Vorurteile Fremden gegenüber bestätigt.

Daher fiel sie in übertriebenen Aktivismus, kontrollierte die Kamera, mit der sie im Urwald einige gute Fotos geschossen hatte, sah mehrfach nach, ob auch alle Reißverschlüsse der Tasche zugezogen waren und bekam irgendwann ihr schwarzes Notizbuch in die Hände, das sie zu studieren vorgab. Um nichts in der Welt wollte sie in Richtung des Schiffes sehen und seinen kalten, selbstgerechten Augen begegnen.

Was für eine dumme Person sie seiner Meinung nach darstellen musste! Es kam ihr vor, als würden ihr in seiner Anwesenheit ständig Fehler unterlaufen.

»Nur nicht aufblicken«, befahl sie sich und las weiterhin die zahlreichen Adressen und Telefonnummern in ihrem abgegriffenen Buch.

Im Dschungel hatte sie einige Stichwörter zu Iracemas Erklärungen notiert. Sie überlegte, wie sie diese in ihre Fortsetzungsgeschichte einbauen konnte, ohne die von Bob angestrebte konservative Leserschaft zu vergraulen. Bestimmt wollten gepflegte Ladys wie Bobs Tante Gladys nichts von den Misshandlungen der Kautschukzapfer hören, die vor allem durch die Gier ausländischer Firmen verursacht worden war.

Schon brachte Iracema zwei zusammengewickelte glatte Blätter. Eines davon reichte sie Sienna, die es mit großem Interesse betrachtete. Im Innern befanden sich mehrere geröstete Bananen, die mit einer braunen Zuckermasse bedeckt waren. Sie begriff, dass die Blätter als Tellerersatz dienten, und biss in die erste, wunderbar süß schmeckende Banane.

»*Ótimo*«, lobte sie Iracema mit vollem Mund und kaute weiter. Langsam kehrten ihre Lebensgeister zurück. Die wenigen Stunden bis zu ihrer Rückkehr nach Manaus würde sie auch noch überstehen, indem sie de Nóbrega einfach aus dem Weg ginge. Und bald befände sie sich auf dem Rückflug in eine ihr wohlbekannte Welt. Dann wäre dieser peinliche Ausflug in den Dschungel nur eine unangenehme Erinnerung – nichts weiter.

Da geschah es: Sie sah nur einen undefinierbaren Schatten, der sich rasch über sie hinwegbewegte und dann von oben her plötzlich und unerwartet zuschlug. Eine bekrallte Hand fasste nach ihrem Frühstück, das Sienna jedoch krampfthaft festhielt und zu ihrer eigenen Überraschung nicht losließ, weshalb sich das fremde Etwas aus der Luft nun Ersatz suchte und sich mit einem geschickten Griff ihres auf dem Baumstamm liegenden Notizbuches bemächtigte. Voller Schreck schrie sie laut auf und verfolgte den davonhuschenden Körper mit ungläubigem Blick. Was hatte diese Attacke aus der Luft nur zu bedeuten? Wer hatte sie angegriffen?

Die Krallenhand gehörte zu einem langbeinigen Affen, der mit ihrem Buch in den behaarten Fingern nun auf dem Baumwipfel direkt über ihr saß. Durch die dichten Blätter war er kaum erkennbar. Sienna sah nur, dass seine Unterseite beinahe weiß, der Hinterkopf jedoch dunkelgrau gezeichnet war, was ein wenig wie eine Perücke wirkte.

Vor Freude über den geglückten Raub quietschte der Affe und zappelte aufgedreht auf dem Ast herum. Er schien sich über seine Beute zu freuen.

»Mein Notizbuch!«, schrie Sienna entsetzt. Sie konnte nicht glauben, dass sie gerade Opfer eines tierischen Angriffs geworden war.

Nach den ersten Schrecksekunden schnellte sie auf und eilte in Richtung des Affen. Unschlüssig lief sie unter dem Baum umher und sah schon ihr wichtigstes Utensil für immer in den Wäldern des Amazonas verschwunden, als das Blattwerk auf einmal erzitterte, der Affe wie wild zu zetern begann und aus lauter Angst davonsprang.

Sie schaute neben sich und sah Raoni, der soeben den Arm senkte. Er musste einen Stock oder Stein hinaufgeworfen haben, was das Tier glücklicherweise verscheucht hatte. Obwohl Raoni versuchte, ein ernstes Gesicht zu machen, entging es Sienna nicht, dass er vor Belustigung über das Spektakel schmunzelte.

»Das brauche ich unbedingt wieder«, rief sie ihm zu.

»Aufpassen!«, warnte er sie und zog sie zur Seite, denn das lederbezogene Buch, das das Tier auf der Flucht hatte fallen lassen, hätte sie sonst getroffen.

Rasch bückte sich Sienna und hob es von der Erde auf. Nachdem sie den schwarzen Einband am Stoff ihrer Shorts saubergewischt hatte, wollte sie sich bei Raoni bedanken, doch dieser fiel in das Gelächter der Indios ein, die Siennas verzweifelten Kampf von ihren Hütten aus mitverfolgt hatten.

Erneut hatte sie sich bis auf die Knochen blamiert.

Es war ihr nur recht gewesen, dass zwei Stunden nach ihrer Abfahrt aus Iquitos ein starkes Gewitter aufgezogen war. So konnte sie sich ohne weitere Erklärungen ins Innere des Dampfers zurückziehen. Sienna gab vor zu schlafen, da sie weder Raoni noch den Matrosen und schon gar nicht Matheus de Nóbrega begegnen wollte. Sie hatte genug vom Dschungel, den Indios und der menschenfeindlichen Natur. Ihre Haare klebten, sie roch nach Schweiß und benötigte dringend frische Kleider. Alles, was auf dieser Fahrt geschehen war, hatte ein lächerliches Ende genommen. Ihr Verhalten war ihr in ganzem Maße peinlich. Die Sache mit dem Totenkopfaffen war nur das letzte in einer ganzen Reihe von Ereignissen, für die sie sich schämte.

Wahrlich, sie war ein Stadtmensch und taugte nicht für die Wildnis.

MANAUS

1

Wohlig empfing sie die elegante Empfangshalle des Tropical. Es schien, als wäre seit Siennas Aufbruch am Vortag nichts weiter geschehen, doch deutlich spürte sie die innere Unruhe, die sich ihrer seither bemächtigt hatte. Der Ausflug in den Dschungel hatte etwas längst Vergrabenes in ihrer Seele wachgerüttelt. Doch Sienna wollte nicht weiter darüber nachdenken und schon gar nicht die sich widerstreitenden Gefühle an sich heranlassen.

Von Raoni hatte sie sich kurz, aber herzlich verabschiedet und es dabei auch nicht versäumt, sich noch einmal für alles bei ihm zu entschuldigen. Zwar wollte er nichts davon wissen, aber Sienna war sich sicher, dass die Unannehmlichkeiten für ihn erst jetzt richtig beginnen würden.

In ihrer Gegenwart hatte sich Matheus de Nóbrega noch zurückgehalten, aber sobald er mit dem Indio allein auf dem Schiff wäre, würde er diesem gründlich den Kopf waschen. Schließlich hatte Sienna selbst miterlebt, wie sehr ihn Raonis Eigenmächtigkeiten erzürnt hatten. Sie wollte sich nicht vorstellen, was ihm de Nóbrega noch alles vorwerfen würde.

Letzteren hatte sie keines Blickes gewürdigt, als ihr einer der Matrosen über die Rampe zum Ufer half. Doch sie wusste, dass er auf dem Vorderdeck stand und seinen Augen nichts entging. Fast körperlich spürte sie, wie er jeden ihrer Schritte beobachtete. Daher hatte sie ihre Füße mit Bedacht auf die unebenen Holzplanken gesetzt. Auf keinen Fall wollte sie in seiner Anwesenheit auch noch straucheln. Was sie sich im Urwald geleistet hatte, war schon blamabel genug.

Beim Abschied erklärte ihr Raoni mit einem breiten Grinsen, dass ihre Sorgen wegen des Kaimans unbegründet gewesen waren. Die Kiefer hatten sich aufgrund des Nackengriffs, den der Junge auf das Tier ausübte, nicht öffnen lassen, da auf diese Weise nur die Schließmuskulatur des Mauls wirken konnte. Der Indio hatte sich also zu keiner Zeit in Gefahr begeben, sondern stets gewusst, was er tat.

Beschämt war Sienna die Treppen zum großen Rondell hinaufgelaufen, auf dessen freien Parkplätzen schon die Taxis auf mögliche zahlungskräftige Gäste warteten. Ihr gestriges Auftreten war ihr nun umso peinlicher.

Wie musste sich Matheus de Nóbrega über sie als ahnungslose und naive Europäerin amüsiert haben.

Müde und mit gesenktem Kopf ging sie durch die geflieste Halle. Sie bemerkte nicht, dass sie beim Gehen ein Spiel ihrer Kindheit spielte, indem sie es vermied, auf die grauen Fugen zwischen den einzelnen Marmorplatten zu treten. Früher hatte sie sich eingeredet, auf diese Weise einem drohenden Unglück zu entgehen. Wie lächerlich dieses Versprechen jetzt auf sie wirkte. Von ihr aus konnten die Indios abergläubisch sein – sie war es auf jeden Fall nicht.

Die Umhängetasche lastete auf einmal schwer auf ihrer Schulter. Sienna wollte nur noch unter die Dusche und dann ins Bett, um bis zum nächsten Tag durchzuschlafen.

»Am besten alles vergessen«, sagte sie sich. Seit ihrer Ankunft vor wenigen Tagen war viel zu viel geschehen.

So nahm sie die Nachricht, die ihr da Cunha an der Rezeption hinterlassen hatte, mit einem mürrischen Kopfschütteln auf. Was wollte dieser Agent nur von ihr? Langsam fühlte sie sich von ihm beinahe verfolgt.

Während sie durch den langen Flur zu ihrem Zimmer schritt, las sie die wenigen Worte, die da Cunha auf einen kleinen Notizzettel gekritzelt hatte. Er hatte wohl gestern den halben Tag auf sie gewartet und erkundigte sich nun schriftlich, wo sie wäre. Unter seiner Unterschrift erkannte sie eine aus mehreren Ziffern bestehende Telefonnummer. Als ob sie ihn anrufen würde! Da hatte er sich aber getäuscht.

Sienna zerknüllte das Papier und stopfte es eilig in ihre Hosentasche. Sie war fertig mit diesem Land. Das Kapitel Amazonas war endgültig abgeschlossen. Übermorgen würde sie zurück nach London fliegen, ihre mittelmäßige Story schreiben, diese mit ein oder zwei Fotos von Iracema ausschmücken und sich dann bei Charles melden. Sie wollte sich in Zukunft auch diskreter verhalten, wenn er es wünschte.

Eine der Bürotüren am Anfang des langen Flures stand halb offen. Sienna hörte das unterdrückte Lachen einer Frau und drehte unwillkürlich den Kopf zur Seite. Im selben Moment erschrak sie, da sie die Silhouette des großen schlanken Mannes erkannte, der sich in einer eindeutigen Pose soeben über eine der farbigen Schreibkräfte beugte. Die hübsche junge Frau schloss mit einem verführerischen Lächeln die obersten Knöpfe ihrer dünnen Bluse und strahlte ihn hingebungsvoll an. Er zog sich das Sakko gerade und ordnete sein zerzaustes Haar.

Sérgio! Die Erkenntnis fuhr Sienna durch Mark und Bein. Hatte sich der Sohn des Hoteldirektors also an sein nächstes Opfer herangemacht – allerdings erschien ihr die Angestellte etwas williger zu sein als Amanacy. Wahrscheinlich erhoffte sie sich von dieser Liaison einen persönlichen Vorteil.

Kopfschüttelnd ging Sienna weiter, hielt dann aber plötzlich inne. Ihr war klar geworden, wie wenig sich ihr Verhältnis zu Charles von dieser Affaire hier unterschied.

Sienna spürte es bereits, bevor sie den Lichtschalter angeknipst hatte. Etwas war anders in ihrem Hotelzimmer. Ihre gute Nase trog sie nicht. Ein Schwall herben Herrenparfums hatte sich in ihrer Abwesenheit im ganzen Raum ausgebreitet – ein auffallender Duft, der sich durch die geschlossenen Fensterläden noch verstärkte.

Sie war gewarnt. Ihre Alarmglocken schrillten. Würde sie hier dasselbe erwarten, was sie im Schreibbüro gesehen hatte? Wartete auch an diesem Ort ein feuriger Südamerikaner im Dunkeln auf sie, um über sie herzufallen?

Unschlüssig stand sie in der Tür und überlegte, was zu tun sei. Sollte sie umkehren und den Sicherheitsdienst benachrichtigen oder sich erst selbst einmal einen Überblick verschaffen?

Sie wagte kaum zu atmen. Alle Fasern ihres Körpers waren angespannt. Dann traf sie eine Entscheidung: Sie drückte auf den Lichtschalter und fuhr im nächsten Augenblick regelrecht zusammen:

In der Ecke neben der Terrassentür befand sich tatsächlich ein Mann. Er saß in einem ihrer Rattanstühle neben dem kleinen Tischchen und hatte die Beine ruhig übereinandergeschlagen. Ihr Gegenüber machte nicht den Eindruck, als ob er sich gleich auf sie stürzen würde. Stattdessen wirkte er so, als ob er schon lange auf sie gewartet hätte.

Als Sienna sein Gesicht betrachtete, zuckte sie erneut zusammen, denn sie kannte ihn. Es handelte sich um den sommersprossigen Fremden, den sie zusammen mit da Cunha vor dem Staatsarchiv getroffen hatte. Diesmal trug er das Hemd nur nicht bis zum Ellenbogen aufgerollt, sondern bis zum Handgelenk zugeknöpft, was sie der Kühle im Hotelzimmer zuschrieb.

Was um alles in der Welt wollte der Mann von ihr? Und warum harrte er in der Finsternis in ihrem Zimmer aus? Wie hatte er es überhaupt geschafft, hier einzudringen? Tausend Fragen schwirrten durch ihren Kopf, doch sie fand keine befriedigende Antwort.

»Herzlich willkommen zurück in Manaus, Miss Davis. Ich hoffe, Sie hatten eine interessante Ausfahrt in den Urwald«, sagte er, ohne sich zu erheben, auf Englisch. Stattdessen schenkte er sich mit unbewegtem Gesichtsausdruck den Rest der Coke in das bereits geleerte Glas, das neben ihren Unterlagen auf dem Tisch stand. Er musste die Flasche aus ihrer Minibar genommen haben. Ob er sich auch an den Dokumenten zu schaffen gemacht hatte? Sienna erinnerte sich, wie er die Papiere in ihrer Hand musterte, als sie vor zwei Tagen über den kleinen Platz vor dem Archiv gelaufen war. Hatte der Unbekannte sie etwa hierher verfolgt?

Sienna starrte den Fremden ungläubig an. Immer noch stand sie am Zimmereingang und ärgerte sich, dass ihr keine schlagfertige Antwort einfiel. Sie war doch sonst nicht so auf den Mund gefallen!

Ein Einbrecher war der Mann, der sie in fließendem Englisch angesprochen hatte, wohl nicht. Er hätte in ihrer Abwesenheit genug Zeit gehabt, ihre wenigen Utensilien, die überhaupt einen gewissen Wert darstellten, an sich zu nehmen. Nein, der Unbekannte strahlte eine bewundernswerte Gelassenheit und Selbstsicherheit aus und schien mit ihr reden zu wollen.

»Ich bin es nicht gewohnt, dass sich Männer vor mir im Dunkeln verstecken.« Beinahe war sie stolz, dass ihr endlich etwas eingefallen war, mit dem sie ihre Furcht überspielen konnte.

Er lächelte. Dann stand er langsam auf und ging in Richtung des Terrassenfensters, dessen Doppelflügel er nun weit aufschlug. Grell fiel das Tageslicht durch die Türöffnung und blendete Sienna. Sie blinzelte und hielt unbewusst die Hand vor die Stirn.

»Regel Nummer eins, Miss Davis«, erklärte er nun wie ein Schulmeister. »Lassen Sie die Läden niemals angelehnt. Ein geübter Beobachter erkennt sofort, dass die Tür dahinter offen ist. Und dann blühen Ihnen ungeliebte Überraschungen wie jetzt meine Anwesenheit.«

Er drehte sich um, warf einen wachen Blick durch den Raum und fuhr dann nachdenklich fort: »Wundert mich eigentlich, dass Ihr Zimmermädchen nichts gemerkt hat.«

Sienna schluckte. War es nicht Amanacy gewesen, die ihr diesen Weg aus dem Zimmer gezeigt hatte? Als Sienna am vorigen Morgen den Weg durch den Garten gewählt hatte, um dem Portier nicht in die Arme zu laufen, war sie recht stolz auf ihr Werk gewesen. Im Morgengrauen hatten die Holzläden auf sie einen gut verschlossenen Eindruck gemacht. Sienna hatte gehofft, dass dies auch anderen so erscheinen würde, doch dieser Fremde belehrte sie soeben eines Besseren.

»Was wollen Sie?«, sprach sie ihn nun deutlich an. Mittlerweile war sie einige Schritte ins Zimmer hineingegangen. Die Helligkeit, die durch die geöffneten Läden in den Raum strömte, hatte ihr Mut verliehen.

Nun konnte sie auch sein Gesicht besser erkennen: Er war ungewöhnlich blass, schlecht rasiert und insgesamt eine recht hagere Erscheinung. Das hervorstechendste Merkmal war seine große, leicht gebogene Nase, über die sich viele Sommersprossen zogen. Den wachen Augen, die in tiefen Höhlen lagen, entging keine ihrer Bewegungen. Der Mann wirkte nicht so, als würde er sich schon lange im Land befinden.

»Ich möchte Ihnen ein Geschäft vorschlagen – ein Geschäft unter Kollegen sozusagen«, warf er den Köder aus.

Kollegen? Er war Journalist! Das hatte Sienna am wenigsten erwartet.

Bevor sie etwas sagen konnte, ging er auf sie zu und streckte die Hand zum Gruß aus: »Snyder, Dan Snyder von der New York Tribune. Es tut mir leid, wenn ich Sie erschreckt habe, aber es ging nicht anders.«

Obwohl es sie störte, dass sich Snyder so aufführte, als wäre es sein eigenes Hotelzimmer, setzte sie sich ihm gegenüber auf den zweiten Stuhl. Dabei stützte sie das Kinn auf ihren Handrücken und sah ihn erwartungsvoll an.

»Da bin ich aber gespannt«, entgegnete sie, wobei sie einen Anflug von Spott nicht verbergen konnte. Was sollte ihr dieser Amerikaner, der bei ihr eingestiegen war, schon Interessantes mitteilen wollen? Siennas Angst war verflogen. Eher kam es ihr so vor, als brauchte er sie. Das machte sie neugierig.

Vielleicht würde sie gleich einiges besser verstehen.

Er räusperte sich, dann begann er: »Ich werde Sie nicht langweilen, sondern, wenn Sie erlauben, mittendrin beginnen, Miss Davis.«

Sie nickte unmerklich. Sollte er ihr nur alles erzählen. Sie würde danach entscheiden, ob sie ihn aus dem Hotelzimmer werfen würde.

»Im Jahr 1944 reisten drei Männer mit niederländischen Pässen in Manaus ein. Alle kamen aus Suriname, damals noch Teil der Niederlande. Trotz des Krieges gegen Hitlerdeutschland, in den auch Brasilien zwei Jahre zuvor eingetreten war, scheint es keine große Sache gewesen zu sein, die örtlichen Grenzen zu überwinden.«

»Sie meinen, weil Deutschland die Niederlande besetzt hatte«, ergänzte sie. Seine tiefe Stimme zog sie in den Bann.

»Richtig. Wie soll auch jemand diese grüne Hölle da draußen absichern?«, wobei er eine Geste in Richtung der dichten Baumkronen machte, die sich hinter dem weißen Putz des Hotels abzeichneten.

»Und was hat es mit diesen Holländern auf sich?«, fragte Sienna. Plötzlich zeigte sie Interesse an seinem Bericht.

Snyder lächelte verschmitzt. Er wusste, dass er mit wenigen Worten ihre Aufmerksamkeit erregt hatte.

»Ich vermute, dass es keine niederländischen Staatsbürger waren«, warf er ein.

»Sondern?« Sie wartete gespannt auf seine Antwort.

»Deutsche.«

»Mitten im Zweiten Weltkrieg?«, meinte sie ungläubig. »Schlecht vorstellbar. Was sollen die Deutschen hier gewollt haben?« Die Sache wurde immer dubioser.

»Ich denke, ich muss weiter ausholen«, hörte sie ihn sagen und kam sich wie ein kleines Kind vor, das im Unterricht nicht aufgepasst hatte. Er lehnte sich gemütlich im Stuhl zurück und schlug die Beine übereinander.

»Aufgrund des auf dem Weltmarkt immer knapper werdenden Gummis war es ein Glücksfall, dass der deutsche Chemiker Fritz Hofmann 1909 die Synthese von künstlichem Kautschuk entdeckte. Im Ersten Weltkrieg wurden im rohstoffarmen Deutschland davon immerhin schon 2500 Tonnen hergestellt. Das ist eine Riesenmenge für die damalige Zeit.«

Sienna hörte gefesselt zu. Sie hatte nicht erwartet, dass sich ihr Gespräch um Latex drehen würde. Hatten Snyder und sie doch mehr gemeinsam als es zunächst den Anschein hatte?

»Als es 1939 erneut zum Krieg kam, waren nicht nur die Deutschen, sondern auch die Alliierten von ihren Kautschukplantagen abgeschnitten, da die Japaner als Verbündete Hitlers ganz Südostasien überrannten. In Deutschland produzierte man unter Hochdruck Styrol-Butadien-Kautschuk, eher bekannt als BUNA. Die hierfür wichtigen Rohstoffe wie Braunkohle und Kalk gab es im Reich ja zur Genüge.«

Hatte sie soeben einen bitteren Zug um seinen Mund wahrgenommen oder entsprang dies nur ihrer Einbildung? Sie wusste nicht, worauf dieser Mann mit seinen Erzählungen hinauswollte.

»Was hat das alles mit Ihren drei eingereisten Deutschen alias Niederländern zu tun?«, hakte sie nach. Sienna erkannte keinen Zusammenhang.

»Sehr viel, Miss Davis, denn deren Auftrag war es, den Zweiten Kautschukboom hier am Amazonas zu sabotieren und somit den Kriegsgegner lahmzulegen.«

Erst am heutigen Morgen hatte Sienna Iracema vom Leid der Gummi-Soldaten reden hören, die nach dem Kriegseintritt der USA und dem darauffolgenden Abkommen zwischen Präsident Roosevelt und dem brasilianischen Diktator Vargas in den Dschungel geschickt worden waren, um auf diese brutale Weise den Sieg gegen Hitlerdeutschland zu erkämpfen.

Auf einmal sah Sienna alles vor sich: Die Zehntausenden von armen, aber hoffnungsvollen *seringueiros*, die den Lockrufen der Werber erlegen waren und ihre Heimat im Nordosten Brasiliens für ein besseres Leben am Amazonas verließen, hier aber nur den Tod gefunden hatten.

»Die Amerikaner benötigten so viel Gummi wie möglich für ihre Geschützlafetten, für Flugzeugreifen oder die Herstellung von

Gasmasken. So besann man sich auf den einst weltgrößten Latexhersteller, dessen Kautschukindustrie schon jahrzehntelang am Boden lag: Brasilien wurde auf einmal wieder hochinteressant. Das Land erhielt im Gegenzug Militärtechnologie und hohe Kredite von den USA, die die schwächelnde brasilianische Wirtschaft dringend benötigte. So wusch gewissermaßen eine Hand die andere.«

Sienna biss auf der Unterlippe herum. Sie fand seinen Vortrag informativ, konnte sich jedoch keinen Reim darauf machen, warum er ihr alles so ausführlich erzählte. Aber mit Sicherheit hatte er einen Grund dafür. Wann würde er die Zusammenhänge lüften?

Snyder fuhr fort: »Den Arbeitern, die man einfach im Urwald aussetzte, erzählte man natürlich, sie wären Helden und befänden sich an vorderster Front im Kampf gegen das verhasste Deutschland. Erst als sie innerhalb kürzester Zeit überschuldet waren und sich von Affen- oder Tapirfleisch ernähren mussten, dämmerte ihnen, welches Spiel man mit ihnen getrieben hatte. Aber dann war es bereits zu spät für eine Heimkehr. Sie waren dem Dschungel mit Leib und Seele ausgeliefert.«

Sienna starrte vor sich hin und dachte an Iracemas bedrückende Geschichten. Beinahe bildlich sah sie die ausgezehrten, hoffnungslosen Männer, die man mit falschen Versprechungen hierhergelockt hatte, vor sich. Arbeiter, die ihre Familien im Sertão nie wiedersehen würden.

»Doch zurück zu Wilhelm Arnold und den anderen«, meinte Snyder ernst.

»Arnold?«, fragte sie. Diesen Namen konnte sie nicht einordnen.

Zögerte er? Fast schien es ihr, als würde er leicht den Kopf schütteln. Rasch sprach er weiter: »Ich meine Dekker, van Dorn und de Wit – das waren jedenfalls ihre Namen in den niederländischen Pässen, mit denen sie einreisten.«

»Aber die Namen stimmen nicht, oder?«

»Nein«, gab er zur Antwort.

Sie verstand. Die Sache schien höchst interessant zu werden. Wann würde er alles offenlegen?

»Wie soll ich Ihnen bei dieser Geschichte helfen, Mr Snyder?« Zwar fand es Sienna spannend, nun einen weiteren Aspekt zu ihrer Kautschukrecherche betrachtet zu haben, aber sie hatte keine

Ahnung, weshalb der Amerikaner in ihr Zimmer eingedrungen war und ihr ein Geschäft vorschlagen wollte.

»Ich brauche Informationen zu diesen drei Männern. Was mir vorliegt, sind nur die wenigen Fakten, die ich in West-Deutschland, einigen alliierten Kriegsarchiven und dem heute unabhängigen Suriname zusammengetragen habe. Zwischen mir und den vielleicht in der DDR vorhandenen Akten liegt der Eiserne Vorhang – also ist da nichts zu machen.«

»Warum gehen Sie dann nicht ins örtliche Staatsarchiv. Ich war erst gestern...«

Doch sie konnte nicht weitersprechen, da Snyder ihr ins Wort fiel: »Ganz einfach. Weil Ihr guter Freund da Cunha auf geschickte Art verhindert hat, dass ich Akteneinsicht bekomme.«

Sie sah ihn mit großen Augen an. Da Cunha? Nun wurde ihr einiges klar.

»Wie kann er? Ich meine, das Archiv untersteht doch nicht seiner Leitung«, druckste sie herum. In ihrem Kopf überschlugen sich die Gedanken. Wie hing nur alles zusammen?

Snyder lächelte zynisch. »In Lateinamerika kennen Sie sich nicht besonders aus, was?«

Seine Bemerkung traf sie.

»Passen Sie auf, Miss Davis, ich erkläre es Ihnen: Da Cunha arbeitet für den Präfekten von Manaus, Betancourt. Ein Wink seiner Exzellenz, und schon sind alle Akten für mich verschlossen. Vergessen Sie nicht, wir befinden uns hier in Brasilien seit mehr als einem Jahrzehnt in einer Militärdiktatur. Und mit Ernesto Geisel ist die Lage noch schlimmer geworden als unter seinem Vorgänger Präsident Médici.«

»Aber ich durfte die Papiere doch auch einsehen«, entgegnete Sienna fassungslos. Warum hinderte man Dan Snyder dann daran, dasselbe zu tun?

Der Journalist verzog das Gesicht. »Allein?«, meinte er kurz und zwinkerte vielsagend mit dem rechten Auge.

Sienna öffnet den Mund, konnte aber nicht antworten. Sie schlug die Hand vor den Mund. Langsam wurde ihr klar, weshalb da Cunha die ganze Zeit im Archiv nicht von ihrer Seite gewichen war. Ihr gegenüber hatte er sich als einfacher Agent ausgegeben, nicht aber als Angestellter der Regierung.

»Nein«, antwortete sie gedehnt. Eine stetig wachsende Wut keimte in ihr auf. Sie fühlte sich hintergangen und benutzt.
»Warum hat man Ihnen denn keinen Aufpasser zur Seite gestellt? Das wäre doch viel einfacher gewesen als ein Verbot.«
»Weil ich wahrscheinlich ein für manche Leute gefährlicheres Anliegen habe als Sie«, erklärte er. Snyder ließ sie nicht aus den Augen.
Sienna schürzte die Lippen. Wie konnte er ihre Recherche als unbedeutend bezeichen?
»Sie meinen, ich bin die kleine Naive, von der keine große Gefahr zu erwarten ist«, fasste sie zusammen.
»Das haben Sie gesagt, nicht ich«, entgegnete er und schmunzelte.
Sie brauchte eine kleine Pause, um sich zu sammeln. Dann wollte sie es genau wissen.
»Und vorgestern versuchten Sie es noch einmal auf eigene Faust, richtig?«, begann sie. In Gedanken setzte sie die verschiedenen Puzzlestückchen zusammen.
Er atmete tief ein. »Ja, aber da sind Sie und da Cunha mir leider über den Weg gelaufen. Das war ein höchst unglückliches Zusammentreffen. Aber keine Angst, der Archivar hatte mich zuvor schon nicht ins Gebäude gelassen. Er scheint es sich nicht mit der Obrigkeit verscherzen zu wollen. Ein verlässlicher Vasall da Cunhas eben.«
»Deswegen hat Sie da Cunha auch so angestarrt.« Ihr wurde einiges klar.
Er nickte.
Sienna sah vor sich noch einmal die Szene, als sie sich auf dem Platz begegnet waren. Schon damals hatte sie die Abneigung, die zwischen den beiden Männern herrschte, hautnah gespürt, doch sie hatte keine Ahnung von den Hintergünden gehabt.
»Aus welchem Grund suchen Sie diese Männer, Mr Snyder? Um eventuelle Sabotageakte kann es Ihnen mehr als dreißig Jahre nach Kriegsende nicht gehen, denke ich.«
An welcher aktuellen Story arbeitete ihr Kollege?
Er sah ihr tief in die Augen und wurde auf einen Schlag sehr ernst. Sie registrierte, wie sich ein wehmütiger Zug auf sein Gesicht legte.

»Alle drei sind Kriegsverbrecher«, erklärte er mit gepresster Stimme. Sienna kam es so vor, als würde ihm auf einmal das Reden schwerfallen.

»Sie haben vor ihrem Einsatz in Südamerika schreckliche Taten in Europa begangen. Ich möchte nicht, dass sie ihrer gerechten Strafe entgehen.«

»Glauben Sie denn, die Männer leben noch? Nach mehr als dreißig Jahren?«, fragte sie überrascht.

»Das werde ich mit Ihrer Hilfe herausfinden«, erwiderte er.

»Ach, mit meiner Hilfe?« Sienna war nun völlig verwirrt.

»Wie könnte ich Ihnen dabei behilflich sein? Und warum sollte ich mich überhaupt für diese Sache interessieren? Vergessen Sie nicht, ich fliege übermorgen zurück nach England.«

Sienna freute sich jetzt schon darauf, dieser undurchsichtigen Dschungelhölle mit ihren vielfältigen Verstrickungen Lebewohl sagen zu können.

»Weil ich Ihnen im Gegenzug für Ihre produktive Mitarbeit einen unanfechtbaren Zeugen in Sachen des Lonrho-Skandals vermitteln kann. Sie werden sich in London wieder vollständig rehabilitieren können, Miss Davis. Na, ist das nichts?«

Snyder konnte nicht verbergen, wie sehr ihm ihre Sprachlosigkeit gefiel, denn Sienna sah ihn völlig konsterniert mit weit offenem Mund an.

2

»Woher wussten Sie, wann ich zurückkommen würde? Ich meine, Sie hätten sonst noch tagelang hier im Dunkeln sitzen können.«

Sienna hatte sich mittlerweile eine Flasche Guavensaft aus der Minibar geholt. Das Gespräch mit Dan Snyder würde länger dauern als zunächst erwartet, nahm sie an.

Sie saß ihm wieder gegenüber, fühlte sich aber entspannter als zuvor. Die Situation hatte sich völlig verändert, denn es schien so, als ob ihr der Amerikaner noch nützlich sein konnte.

»Ich bilde mir ein, mittlerweile mindestens ebenso gut wie da Cunha vernetzt zu sein«, erklärte er selbstsicher.

»Wie meinen Sie das?«, fragte sie nach.

Ihr Gesprächspartner lächelte. Ein etwas selbstgefälliger Zug lag um Snyders Mund.

»Nun, er hat den Portier bestochen, und ich beziehe meine Informationen vom Wachmann hinten am Tor. Diese *empregados* sind irgendwie alle käuflich, was bei ihrem geringen Lohn kein Wunder ist.«

Erneut fand Sienna keine Worte. In ihrem bisherigen Leben war es niemals zu Situationen gekommen, in denen man Leute zu ihrer Überwachung angesetzt hatte. Zumindest hoffte sie dies. Jetzt aber wusste sie schon von zwei Hotelangestellten, die jeden ihrer Schritte an ihre jeweiligen Auftraggeber weitergeleitet hatten, die auch noch gegeneinander arbeiteten. Unmöglich konnte sie so wichtig für diese beiden Männer sein. Was wollten da Cunha und Snyder von ihr?

Plötzlich lachte der Amerikaner auf. Es sah so aus, als hätte er sich an etwas erinnert, denn er wirkte schadenfroh.

»Sie hätten diesen vermeintlichen Agenten sehen sollen, als ihm niemand erklären konnte, wo Sie sich befanden. Er ist anscheinend wie wild in der Hotelhalle herumgehopst. Es muss ihn ziemlich nervös gemacht haben, dass er Sie aus den Augen verloren hat. Ich schätze, er hat deshalb gehörigen Ärger bekommen.«

Hörte sie eine gewisse Zufriedenheit aus seinen Worten heraus? Wahrscheinlich genoss es Snyder, mehr über ihren Verbleib erfahren zu haben als sein brasilianischer Gegenspieler.

Sie konnte es ihm nicht verdenken, denn auch sie mochte da Cunha nicht.

»Und wer hat Ihnen zugeflüstert, dass ich hier wohne, Mr Snyder?«

Sie traute ihm nicht – weder ihm noch diesem falschen Regierungsangestellten, der sich ihr gegenüber als Agent ausgegeben hatte.

»Das, Miss Davis, ist ganz allein mein Verdienst. Ich habe Sie vom Staatsarchiv bis zu Ihrer vermeintlich heimlichen Abreise in die Idylle des Regenwaldes einfach nicht mehr aus den Augen gelassen. Und Sie haben mir meine Überwachung verdammt leicht gemacht, junge Dame. So abgelenkt wie Sie die ganze Zeit über waren!«

Sienna erschrak. Er hatte sie verfolgt! Das bedeutete, er hatte ihr Treffen mit Alasdair mitbekommen und wusste, dass sie mit Amanacy bei der FUNAI gewesen war.

Sie musste sich beherrschen, um nicht laut zu werden: »Tun Sie das immer? Ich meine, stundenlang irgendwelchen Frauen nachlaufen?«

Ihr Ton klang nun schärfer. Sie ärgerte sich darüber, dass er ihr im Stadtgewühl von Manaus nicht aufgefallen war. Höchstwahrscheinlich hatte er nicht nur den versuchten Diebstahl, sondern auch den unangenehmen Zusammenstoß mit Matheus de Nóbrega mitbekommen. Ihr war die Sache mehr als peinlich.

Erneut schlug er gemächlich ein Bein über das andere. Sienna erschien es, als wollte er mit dieser saloppen Angewohnheit Zeit schinden.

»Wenn mir die Damen gefallen...«, war seine Antwort. »Dann schon.« Er grinste vielsagend.

»Mr Snyder, das ist nicht lustig. Ich bin hier, um einen Artikel über ein längst vergangenes Ereignis zu schreiben und nicht, um mich in irgendwelche Hahnenkämpfe zwischen enttäuschten Machos verwickeln zu lassen. Ihre Privatfehde mit da Cunha interessiert mich nicht im Geringsten.«

Er klatschte in die Hände. »Gut gesagt, Milady, bravo. Jetzt haben Sie es einem wie mir richtig gegeben!«

Sienna kam es vor, als nähme er sie nicht ernst. Allem Anschein nach amüsierte er sich prächtig auf ihre Kosten. Sie fühlte sich in seiner Gegenwart nicht wohl.

Schon wollte sie aufstehen und diesen aufdringlichen amerikanischen Journalisten aus dem Hotelzimmer werfen, als er sich nach vorne beugte und sie plötzlich mit ernstem Gesichtsausdruck ansah. Seine Stimme wurde leiser, verlor aber nichts an ihrer Intensität.

»Miss Davis, ich bin nicht hier, um mit Ihnen Katz und Maus zu spielen. Es ist ein Geschäft zu unserem gegenseitigen Nutzen, das ich Ihnen vorschlage. Passen Sie genau auf: Sie gehen für mich noch einmal ins Archiv und besorgen mir alle Informationen, die sie über diese Nazis auftreiben können, und ich helfe Ihnen aus ihrer vermasselten Story heraus, sodass Sie sich in London wieder blicken lassen können und dort eine berufliche Zukunft haben. Wenn wir beide gut arbeiten, hat jeder das bekommen, was er braucht, und wir sind quitt miteinander. Mehr will ich nicht.«

Sie studierte sein Gesicht. Dan Snyder mochte wenige Jahre älter sein als sie selbst, doch er wirkte vorzeitig gealtert. Entweder, so schätzte sie, lag dies an seiner blassen, zur Faltenbildung neigenden Haut, oder aber ihr Gegenüber hatte viel Unschönes erlebt, was sich in seinem müden, traurigen Blick zeigte.

Konnte sie diesem Mann trauen, der ihr bis vor einer Stunde noch gänzlich unbekannt gewesen war, es sich hier aber so bequem machte, als wäre es sein eigenes Hotelzimmer?

Doch er bereitete ihren Zweifeln von sich aus ein Ende, indem er sich erhob. Sienna wollte es ihm gleichtun, aber er wehrte mit ausgestreckter Hand ab:

»Nur keine Umstände, Miss Davis. Ich verlasse Ihr Reich auf dieselbe Weise wie ich es betreten habe«, meinte er ironisch. Sah sie ein Zwinkern in seinen Augen, oder spiegelte sich in ihnen nur das trübe Deckenlicht?

»Denken Sie über meine Worte nach, werte Kollegin. Ihre Mithilfe wird gewiss nicht zu Ihrem Nachteil sein.«

Mit diesen Worten drehte er sich zur Veranda, sah sie noch einmal kurz an und legte dann zu ihrer Überraschung einen abgegriffenen Papierfetzen auf den Tisch.

»Die Adresse meiner *pousada*, falls Sie sich doch noch zur Zusammenarbeit mit mir durchringen und mir Ihre Entdeckungen zukommen lassen wollen.«

Ohne einen weiteren Blick murmelte er: »Es gibt einige Menschen auf dieser Welt, die Ihnen für Ihren Einsatz sehr dankbar wären. Das kann ich Ihnen versichern.«

Dann war er hinter dem Helikonienbeet verschwunden.

Sienna hatte alles getan, um den Besuch Dan Snyders zu verdrängen: Sie war eine halbe Ewigkeit im Bad gewesen und hatte ausgiebig geduscht. Danach schlüpfte sie in ihr geblümtes Trägernachthemd und bestellte beim Room Service das Abendessen mitsamt einer Flasche chilenischen Rotweins auf ihr Zimmer. Zur Ablenkung stellte sie das Radio an. Es war ihr gleich, ob sich die rhythmische, ihr fremde Musik mit dem Wetterbericht und der viel zu lauten Werbung abwechselten. Nichts davon nahm sie wahr. Nachdem sie beinahe das gesamte Fischgericht verschlungen hatte, legte sie sich mit noch nassen Haaren auf die Tagesdecke ihres Bettes und breitete die Arme aus, um sich zu entspannen. Auf dem Rücken liegend studierte sie die dunkle Holzmaserung der Zimmerdecke, von der sich die schnell herumschwingenden Rotoren des Ventilators scharf abhoben. Vom Garten her drang das monotone Zirpen der Grillen herein.

»Jetzt schlafen«, dachte sie. »Nur schlafen und alles vergessen, dann morgen ein paar Geschenke besorgen und danach ab nach Hause!«

Es war im Grunde so einfach. Was aber hinderte sie, genau dies zu tun?

Sie hielt es im Hotelzimmer kaum mehr aus, sondern fühlte sich völlig allein. Indem sie die Augen schloss, hoffte sie, einzuschlafen.

Doch sie fand keine Ruhe. Snyders Worte gingen ihr nicht aus dem Kopf. Schemenhaft sah sie da Cunha vor sich, wie er ihr gefährlich über die Schulter schaute. Sie dachte an drei Männer mit gefälschten Pässen, welche den Zweiten Weltkrieg verrückterweise an diesen fernen Außenposten der Zivilisation gebracht hatten. Und sie erinnerte sich an den undurchdringlichen Blick de Nóbregas, als sie die Ipanema verlassen hatte. Fast meinte sie, noch immer seine bohrenden Augen in ihrem Rücken zu spüren. Unwillkürlich drehte sie sich zur Seite und bemerkte die Abdrücke, die ihre feuchten Haarsträhnen auf dem gestärkten Kopfkissen hinterlassen hatten.

Seit ihrem Pech mit der Lonrho-Sache hatte sie alles falsch angepackt. Sie war von einem Missgeschick in das nächste geschlittert und hatte dabei nicht bemerkt, dass man sie regelrecht für dumm verkaufte. Das war nicht mehr die Sienna, die sie kannte, die immer kämpfte und alles an das Gelingen einer Story setzte, wenn sie sich erst einmal festgebissen hatte.

Mit einem Ruck saß sie aufrecht und starrte zur gegenüberliegenden Wand, an der ein farbenfrohes Bild hing, das eine kleine Indiosiedlung am Ufer des Amazonas zeigte. Die wenigen Hütten fügten sich unauffällig in die üppige Vegetation des Urwaldes ein und wirkten beruhigend.

Sienna erinnerte sich an ihren aufwühlenden Besuch in Iquitos, der nur wenige Stunden zurücklag.

Konnte sie einfach zurückfliegen, ohne die Zusammenhänge verstanden zu haben? Würde sie es in London nicht zutiefst bedauern, die Chance, die ihr Snyder bot, nicht wenigstens ergriffen zu haben? Sollte sie nicht zumindest überprüfen, ob er die Wahrheit sagte?

Rasch hastete sie zum Tisch, an dem sie zuvor mit dem Amerikaner gesessen hatte, und griff ungeduldig zum Telefon, das ihr beinahe aus der Hand glitt.

Die Nummer kannte sie auswendig. Als es in der Leitung allerdings so lange klingelte, ohne dass sich jemand meldete, wurde sie nervös. Dann aber erinnerte sie sich, dass in der Redaktion um diese Zeit niemand mehr anzutreffen war. Sie hatte die Zeitumstellung nicht berücksichtigt. In England musste es bereits weit nach Mitternacht sein.

»Mist!«, hörte sie sich sagen. Sie konnte nicht bis zum nächsten Morgen warten. Nein, sie musste jetzt wissen, woran sie war.

Plötzlich lächelte sie. Vielleicht gab es doch noch eine Lösung. Sienna zog ihr Notizbuch aus der Tasche und blätterte darin, bis sie die gewünschte Nummer fand. Bei ihm würde sie nicht auf taube Ohren stoßen, war sich Sienna sicher.

Ihr Gefühl trog sie nicht, denn nach dreimaligem Klingeln wurde der Hörer abgenommen.

»Douglas?«, fragte sie, bevor sich der andere melden konnte. »Douglas, bist du das?«

Sie vernahm ein leises Klicken in der Leitung und stellte sich vor, über wie viele tausend Meilen ihre Stimme augenblicklich mit Hilfe tiefer Unterseekabel getragen wurde.

»Sienna? Was um Himmels Willen treibt dich dazu, mich anzurufen? Noch dazu um diese Zeit! Ich komme gerade von einer Premiere im…«

Er hatte also noch nicht geschlafen. Sie war zufrieden. Wahrscheinlich saß Douglas wie gewohnt mit einer Tasse Tee an seinem Schreibtisch in der Redaktion und schrieb über ein neues Theaterstück, das er sich angesehen hatte.

»Freust du dich denn gar nicht?«, fragte sie. Ihr Ton hatte etwas Kindliches angenommen. Im Umgang mit dem anderen Geschlecht hatte ihr dies schon des Öfteren weitergeholfen.

»Doch… natürlich. Ich freue mich riesig«, druckste er herum, »aber ich meine, du bist in Südamerika und nicht gleich um die

Ecke hier in London. Ich hätte, ehrlich gesagt, nicht gerade mit einem Anruf von Dir gerechnet. Und schon gar nicht um diese Uhrzeit.«

»Umso mehr ein Grund, mich zu melden«, schmeichelte sie ihm. Dabei war sie sich ganz darüber im Klaren, dass sie sich unter normalen Bedingungen niemals mit ihm in Verbindung gesetzt hätte. Aber Douglas war der einzige Mitarbeiter des Evening Star, der sich noch nachts in den Redaktionsräumen herumdrückte. Und sie brauchte ihn jetzt.

»Hör zu, Douglas, du musst mir helfen«, bat sie.

Außer einem weiteren Klicken im Telefon hörte Sienna nichts. Sie runzelte die Stirn. Er hatte doch nicht aufgelegt?

»Douglas?«, rief sie und hoffte, nicht unterbrochen worden zu sein.

»Ja?«, antwortete er leise. Er wirkte unsicher.

Sienna war angespannt. Sie brauchte die Informationen dringend, und nur Douglas konnte sie ihr beschaffen.

»Es gibt da einen amerikanischen Journalisten namens Dan Snyder von der New York Tribune. Ich muss alles über ihn wissen, was du herausbekommen kannst. Es ist wichtig.«

Wieder keine Antwort.

»Douglas, hörst du mich?«, fragte sie aufgeregt. »Ist etwas mit der Verbindung nicht in Ordnung?«

Wieder diese Stille, die sie nicht einordnen konnte.

Dann vernahm sie endlich seine Stimme: »Hast du dich verliebt, Sienna?«, erkundigte er sich vorsichtig. Er klang seltsam besorgt.

Da lachte sie schallend: »Nein, bestimmt nicht, keine Angst! Aber der Kerl wildert hier in meinem Arbeitsfeld herum, Douglas, und ich muss wissen, woran ich mit ihm bin. Du weißt, dass ich das ganz und gar nicht mag.«

War das ein Aufatmen am anderen Ende der Leitung? Sienna hätte nicht im Traum daran gedacht, dass sie Douglas etwas bedeuten würde. Sobald sie wieder zu Hause wäre, würde sie die Dinge klarstellen, nahm sich Sienna vor. Momentan aber benötigte sie seine volle Unterstützung.

Nachdem sie ihrem erleichterten Kollegen vom Feuilleton erklärt hatte, wonach er suchen sollte und wie sie erreichbar wäre, bat sie ihn noch darum, die Angelegenheit für sich zu behalten. Sienna wollte nicht, dass Bob etwas von der Sache erfuhr. Sonst würde er ihr nur wieder den Kopf waschen. Sie hoffte, sich auf den für sie schwärmenden Douglas verlassen zu können.

Unschlüssig lief Sienna im Hotelzimmer auf und ab. Es blieb ihr bis zu ihrem Abflug noch ein ganzer Tag in Manaus. Sicherlich benötigte sie nicht mehrere Stunden zum Einkaufen. Im Grunde hatte sie Zeit genug, noch einmal im Archiv vorbeizuschauen. Auch wenn sie dort nichts fand – wenigstens hatte sie sich dann später nichts vorzuwerfen.

Sie wollte es nicht zugeben, aber Snyder hatte ihren journalistischen Spürsinn geweckt. Die Sache reizte Sienna immer mehr.

3

In der Theorie hatte sie sich alles perfekt zurechtgelegt. Auf diese Weise musste es klappen, dachte Sienna, doch bereits als sie am Wächterhaus, das den Hintereingang des Hotels kontrollierte, vorbeikam, spürte sie die Blicke des *guarda* auf sich ruhen. Ob er es war, den Snyder bestochen hatte? Würde er diesem jetzt wieder von ihrer Unternehmung berichten?

Bevor sie sich aufgemacht hatte, war sie suchend über die langen, frühmorgens noch menschenleeren Flure gelaufen, um Amanacy zu finden. In der dritten Etage hatte sie Glück gehabt und dem überraschten Zimmermädchen eine Nachricht zustecken können. Dies war der erste Punkt ihres Planes gewesen.

Jetzt befand sie sich schon auf der Brücke, die das Glória-Viertel vom Stadtteil Aparecida trennte. Sienna schätzte, dass der mit Pendlern überfüllte Linienbus ihr Ziel wohl in zwei oder drei Haltestellen erreichen würde.

Sie wunderte sich über sich selbst. Vor wenigen Tagen hatten ihr die mit Schlaglöchern übersäten Straßen noch Angst eingejagt. Jetzt aber saß sie ohne Begleitung neben einer zerbrechlich wirkenden Indianerin, an deren Seite sie aufgrund der halsbrecherischen Fahrweise des Busfahrers mehrfach gedrückt wurde. Unsicher lächelnd versuchte sie, sich bei der älteren Frau für diese Zudringlichkeit zu entschuldigen.

Beinahe hätte sie ihren Ausstiegsort verpasst, da sie viel zu lange brauchte, um an den Mitfahrenden vorbeizugelangen, die dicht nebeneinander im Innern des Gefährts standen und die Tür verstopften.

Sienna atmete auf, als sie sich endlich auf der Straße befand. Ihre Augen suchten die angrenzenden Geschäfte ab, von denen zu dieser frühen Stunde nur die wenigsten geöffnet hatten. Die mit grellen Farben beschmierten Rollos der restlichen Läden waren noch herabgezogen und mit rostigen Sicherheitsschlössern an den schiefen Metallbügeln im Boden befestigt.

Irgendwo musste sie das Gesuchte doch bekommen. Nur auf diese Weise konnte sie wahrscheinlich das Hindernis umgehen, das ihr im Weg stand.

Bevor sie Senhor Henrique aufsuchte, erkundigte sie sich bei dem freundlichen und redseligen jungen Mann in der Halle, der als Empfangsperson den Eingang im Auge behielt, nach der internen Organisation des Staatsarchivs. Sie gab vor, die Ablagesysteme verschiedener Behörden zu vergleichen, um für ihren Arbeitgeber, den Evening Star, die optimale Anordnung von Akten zu erzielen. Der Angestellte fühlte sich aufgrund ihres Interesses geschmeichelt und gab ihr bereitwillig Auskunft.

So erfuhr sie, nach welchen Gesichtspunkten die Dokumente im Haus verteilt waren und welche Lagerstellen als am schwersten zugänglich galten. Sie dankte ihm mit einem strahlenden Lächeln für die Informationen und nahm den ihr bekannten Flur zum Archivar, welcher sie überraschend herzlich begrüßte.

Der viel zu kurze Minirock, den sie heute trug, hatte seinen Zweck bereits erfüllt, stellte sie zufrieden fest.

»Das wäre nicht nötig gewesen, Senhorita«, meinte Henrique, als sie ihm auch noch den Zuckerrohrschnaps entgegenstreckte, den sie in einer kleinen *mercearia* neben der Bushaltestelle für wenig Geld erstanden hatte. Doch seine Finger umklammerten die Flasche bereits fest, als könne er es nicht erwarten, sie in Kürze zu öffnen. Schon bei ihrem ersten Zusammentreffen hatte sie den Geruch billigen Fusels aus seinem Mund als äußerst störend wahrgenommen. Ohne Zweifel trank Senhor Henrique gerne und viel. Dieses Bedürfnis unterstützte sie nun mit einem gewissen Hintergedanken.

»Sie waren mir bei meinem letzten Besuch so eine große Hilfe, Senhor«, hofierte sie ihn. »Niemand kennt sich hier so aus wie Sie. Da bin ich mir sicher.«

Nachdem er sich breit lächelnd bedankt hatte, wurde er wieder ernst.

»Ich hätte nicht mit einem erneuten Besuch Ihrerseits gerechnet, Senhora. Ehrlich gesagt, dachte ich, Sie hätten alles Wichtige für Ihre Recherche bereits gefunden.«

Ihre Anwesenheit machte ihn wohl nervös.

»Mir ist noch etwas eingefallen. Eine Kleinigkeit fehlt noch für meinen Wickham-Artikel«, wobei sie ›Wickham‹ absichtlich betonte. Sienna tat so, als würde sie sich weiterhin ausschließlich für das 19. Jahrhundert interessieren.

»Tja«, meinte er und kratzte sich unsicher am Kopf. Es war ihm anzusehen, dass er unschlüssig war. »Normalerweise…«, begann er.

Sie wollte ihn nicht zu Ende reden lassen. »Sie denken an meinen Begleiter Senhor da Cunha?«, kam sie ihm zuvor.

Er wirkte erleichtert, da sie den Namen nannte, und nickte.

»Kein Problem, Senhor Henrique, er müsste bald hier sein. Ich habe ihn natürlich kontaktiert. Aber wir können schon ohne ihn anfangen.« Wieder warf sie ihm ein strahlendes Lächeln zu.

»Dann ist ja alles in Ordnung. Womit kann ich Ihnen heute dienen? Noch einmal die Akten zum Prozess gegen die Kautschuksammler?«

»Ach, ich denke, ich wühle mich einfach querbeet durch. Das mache ich eigentlich am liebsten, wissen Sie. Ich brauche nur noch eine winzige Information. Dann kann ich das Jahr 1876 vollständig abschließen.«

Besser, sie wirkte etwas naiv und oberflächlich auf den Alten. Auf diese Weise würde er wenigstens nichts Böses vermuten. Er schien zufrieden und zog sich rasch in einen der angrenzenden Räume zurück.

Als Sienna zu den überfüllten, staubigen Regalen ging, hörte sie, wie weiter hinten die Flasche Schnaps geöffnet wurde. Sie lächelte vor sich hin, weil sie ihn richtig eingeschätzt hatte.

Nun hieß es aber, keine Zeit mehr zu verlieren. Sie nahm an, dass Henrique spätestens nach ein oder zwei Gläsern Cachaça bemerken würde, dass da Cunha noch nicht aufgetaucht war.

Sienna war froh, dass sie sich mit dem Mikrofiche-Lesegerät bereits auskannte. Sie hatte beschlossen, zuerst die beiden großen Tageszeitungen, die es seit den Vierzigerjahren in Manaus gab, auf chronologische Weise durchzuarbeiten.

Den Diário, ein eher nichtssagendes Blatt, das der Leserschaft die jeweiligen Tagesereignisse in recht knapper Form übermittelte, hatte sie beinahe hinter sich. Innerlich schüttelte Sienna den Kopf über die journalistische Unzulänglichkeit der Zeitung. Es war ihr sofort aufgefallen, wie unkritisch ihre brasilianischen Kollegen berichteten, was sicherlich der seit Jahren bestehenden Militärdiktatur geschuldet war. Sienna kam es so vor, als würde die Zeitung nur regierungskonform alles nachplappern.

»Welche Unabhängigkeit und Macht wir Pressevertreter in Großbritannien doch besitzen!«, dachte sie.

Hinter den Regalen war ein Räuspern zu hören. Sienna erschrak. Senhor Henrique würde doch noch nicht zurückkehren und entdecken, wie wenig sie sich um die Geschehnisse des Kautschukraubs kümmerte.

Nachdem sie kurz aufgehorcht hatte und niemand kam, begann sie, weitere Filmplatten in das Lesegerät zu schieben. Sie arbeitete hochkonzentriert und schnell.

Die Folha de Manaus, ein etwas anspruchsvolleres Blatt, berichtete im Jahr 1945 weitaus ausführlicher vom Ende der Regierung Vargas als vom weltweiten Waffenstillstand. Die Brasilianer schien es damals eher zu bewegen, dass ihr langjähriger Diktator zum Rücktritt gezwungen wurde als dass ihnen das Ende des Zweiten Weltkriegs einen längeren Beitrag wert gewesen wäre.

Um schneller voranzukommen, überflog Sienna nur noch die Überschriften und achtete lediglich auf die wenigen Fotos. Sie war unzufrieden, da sie bisher noch nichts Verwertbares gefunden hatte. Ein Blick auf die Armbanduhr sagte ihr, dass schon mehr als eine Dreiviertelstunde verstrichen war. Sie hatte auf einen schnelleren Erfolg gehofft. Sicherlich bliebe ihr nicht mehr viel Zeit.

Obwohl sie Snyder nichts versprochen hatte, fühlte sie ein vages Gefühl der Enttäuschung in sich aufsteigen. Was, wenn sie nichts entdecken würde?

Doch Sienna ermahnte sich, die Artikel weiterhin bezüglich ihrer Auswahlkriterien zu beleuchten.

Es wurde über umfangreiche Kanalisationsarbeiten, die Verringerung der Kindersterblichkeit durch bessere Hygiene, die langsam wieder steigende Bevölkerungszahl, das Jahr der extremen Trockenheit sowie über den gelungenen Karnevalsumzug berichtet. Für Sienna waren das lauter nichtige Themen.

»Sieht ganz so aus, als könnte ich Mr Snyders Anliegen nicht ausführen«, überlegte sie, wobei ihr auch sofort klar wurde, was dies für ihre Lonrho-Story bedeutete. Missmutig verzog sie den Mund.

Aber wenigstens hatte sie es versucht und konnte sich keine Vorwürfe machen.

Dann sah sie es! Im Eifer des Lesens hatten ihre Hände den Mikrofilm schon weitergeschoben, doch ein Wort in der Schlagzeile hatte sie unbewusst aufgeschreckt. Sienna bewegte den Hebel noch einmal zurück, um zur vorigen Seite zu gelangen. Jetzt erkannte sie, was sie instinktiv so erregt hatte. Vor ihr stand in übergroßen Lettern *O fim do carniceiro*. Sienna spürte, wie ihr Herz wild klopfte. Sie kniff die Augen zusammen, um die kleine weiße Schrift des Textes auf dem dunklen Hintergrund besser lesen zu können.

Hier stand, dass ein gewisser Inspektor Betancourt, Mitglied der *Polícia Civil*, Ende September 1949 den Tod des berüchtigten Indioschlächters bestätigte.. Er selbst habe den deutschstämmigen Wilhelm Arnold, einen international gesuchten Kriegsverbrecher und früheres Mitglied der deutschen Waffen-SS, nach tagelanger Jagd im Dschungel gestellt. Im Kugelhagel sei der sich seiner Festnahme Widersetzende schließlich tödlich getroffen und noch vor Ort im Urwald verscharrt worden. Als Beweis diente der beim Toten gefundene Teil eines Passes und das Foto einer Tätowierung am linken Oberarm, die seine Mitgliedschaft zur nationalsozialistischen Schutzstaffel bestätigte.

Siennas Kehle schien auf einmal wie ausgetrocknet. Sie starrte vor sich auf die graue, verfleckte Tischplatte, um ihre Gedanken zu sammeln. Der *carniceiro* hatte plötzlich einen Namen. Ihr wurde kalt.

Wenn dieser Zeitungsbericht stimmte, bedeutete es, dass Matheus de Nóbregas Vater dieser Wilhelm Arnold, ein Naziverbrecher, war. Sie sah den stolzen Chef der FUNAI vor sich und überlegte, ob er davon wusste. Wenn ja, dann musste es eine schreckliche Belastung für ihn sein.

Noch etwas fiel ihr ein: Hatte nicht auch Snyder von einem gewissen »Arnold« gesprochen, bevor er die drei niederländischen Namen erwähnte? Was ging hier vor? Wie hingen die einzelnen Geschichten zusammen? Sie konnte sich keinen Reim darauf machen.

Allein die Tatsache, dass der *Schlächter* bereits seit mehr als 27 Jahren tot war, beruhigte sie ein wenig.

Sie wollte soeben mit ihrer weiteren Recherche fortfahren, als sie den alten Archivar nach ihr rufen hörte. Schnell schob sie den Stuhl zurück, wobei sie sich das rechte Knie am Tischbein anstieß, aber keinen Laut des Schmerzes von sich gab, um den Mann nicht anzulocken. So gut es ging, lief sie ihm entgegen und versuchte, ihr Humpeln zu unterdrücken. Als sie mit ihm zusammentraf, hatte sie ihr freundlichstes Lächeln aufgesetzt.

Der Alte sah vom Alkohol schon recht mitgenommen aus, fand Sienna. Es war sicherlich nicht bei zwei Gläsern Schnaps geblieben. An seinen rotgeränderten Augen erkannte sie, dass er zu viel getrunken hatte. Doch das konnte ihr nur recht sein.

»Kann ich Ihnen noch weiter behilflich sein, Senhorita?«, fragte er etwas gedehnt. Es fiel ihm schwer, die Silben korrekt zu formen, da ihm die Zunge nicht gehorchen wollte.

Sienna hatte damit gerechnet und war vorbereitet: »Tatsächlich, Senhor, Sie könnten mir einen großen Gefallen tun. Ich benötige nämlich noch dringend Unterlagen über die verschiedensten Stammesbräuche der Indios.«

Er zog die Stirn in Falten. Es war ihm anzusehen, dass ihn die Aussicht, sich in diesem Zustand von seinem Platz fortbewegen zu müssen, nicht gefiel.

»Wie bitte?«, krächzte er.

»Ich schreibe doch über Wickhams Kautschuksamenraub, bei dem die Indios kräftig mithalfen. Natürlich wollen meine englischen Leser auch etwas über die kulturellen Hintergründe der beteiligten Volksstämme erfahren. Wenn Sie so gut sein könnten, Senhor Henrique?« Sie sah ihn mit großen Augen an. »Es wäre wirklich wichtig.«

Er atmete tief ein. »Das kann dauern. Ich muss dazu hinunter in eine andere Abteilung, wissen Sie.«

Sienna vermied es, auf die fast leere Flasche zu blicken, die er hinter einem Aktenberg nur halb versteckt hatte.

Sie machte ein überraschtes Gesicht, was ihr sichtlich schwerfiel, da sie bereits wusste, wie weit entfernt die gewünschten Dokumente lagen.

»Das tut mir leid, Senhor, aber ohne diese Unterlagen komme ich mit meinem Artikel nicht weiter.« Sienna zog die Augenbrauen etwas hoch und fuhr dann fort: »Ohne Sie bin ich hier quasi aufgeschmissen. Und Herr da Cunha würde das...«, drohte sie vielsagend an.

Schwerfällig hievte er sich aus dem Stuhl, unterdrückte ein Rülpsen und schwankte dann den Flur entlang zur Halle.

»Ich beschäftige mich noch etwas mit diesen alten Gerichtsakten, wenn Sie erlauben«, rief sie ihm hinterher, war sich aber nicht sicher, ob er sie hörte.

Noch im Fortgehen zeterte Henrique, wo nur da Cunha bliebe. Dann taumelte er durch die Tür.

Sienna atmete auf, wusste jedoch, dass dies ihr letzter Trumpf gewesen war. Sie schaute auf die Uhr und sah mit Schrecken, dass Amanacy die Nachricht schon längst beim Portier abgegeben haben musste. Ihr blieb nicht mehr viel Zeit, wenn sie da Cunha richtig einschätzte – und Dan Snyders Informationen stimmten.

Also machte sie sich wieder an die Mikrofilme. Sie überflog nun nur noch den Lokalteil der Zeitung. Bis zum Jahr 1957 war es eine lange Abfolge von nichtssagenden Ereignissen, die in London mit keiner Silbe erwähnt worden wären. Sienna gähnte bereits, als sie den Namen Betancourt erneut las. Er wurde im Rahmen einer großen Veranstaltung erwähnt, diesmal aber schon mit dem Titel *vereador* versehen, was mit einem Stadtrat zu übersetzen war. Der Mann hatte rasch Karriere gemacht.

Genauer gesagt handelte es sich um eine prächtig angelegte Neueröffnung des Parque Amazonense, des Fußballstadions von Manaus, das dank der reichlichen Spenden durch einen Mäzen nach Jahren des Verfalls hatte wiedereröffnet werden können. Zur Feier des Tages spielten die beiden Fußballvereine Nacional und Equipe gegeneinander, was eine Unzahl Fans angezogen hatte. Der beinahe ganzseitige Artikel berichtete langatmig und umständlich vom Verlauf der sportlichen Begegnung und dem anschließenden Festakt.

Erst jetzt schaute sich Sienna die drei Fotos genauer an. Das erste musste wohl die neu gebaute Tribüne darstellen, auf dem zweiten standen die beiden Teams in Reih und Glied nebeneinander, wobei sie mit strahlenden Gesichtern direkt in die Kamera blickten. Das letzte Schwarz-Weiß-Bild rechts unten zeigte drei Männer, die gemeinsam den neu gestifteten Fußballpokal in den Händen hielten. Als sie die Bildunterschrift las, lief es Sienna eiskalt den Rücken herunter: Neben Betancourt wurde als großzügiger Gönner der wohlhabende Holzbaron de Vries in einem Atemzug mit dem Vereinspräsidenten des FC Nacional de Manaus Dekker genannt.

Da sie Schritte hörte, konnte sie nicht weiterlesen. Der Widerhall glatter Ledersohlen in der Empfangshalle erinnerte sie an da Cunha. War er schon im Archiv? Wie viel Zeit blieb ihr noch?

Sie musste es schaffen, in Kürze noch mehr Informationen zu finden. Hoffentlich sagte ihm der junge Mann an der Pforte, dass Senhor Henrique im Keller zu finden war. Dann würde da Cunha zunächst dort nach ihr schauen, redete sie sich ein.

Sienna versuchte, sich daran zu erinnern, wie die einzelnen Zeitungsartikel in den Kladden geordnet waren. Schnell glitt ihr Blick an den deckenhohen Regalwänden entlang. Glücklicherweise waren die Kleber mit den Jahreszahlen noch gut auf dem Holz erkennbar. Sie musste nur auf die Schiebeleiter steigen und die beiden Akten aus den Jahren 1949 und 1957 finden. Sienna hörte ihren Puls bis in die Ohren, während sie rasch auf den Tritt stieg. Jede Sekunde zählte.

Als da Cunha um die Ecke bog, saß sie wieder an ihrem Platz und hatte ein Verzeichnis neben sich ausgebreitet, auf dem mit großen Zahlen das Jahr 1876 prangte. Ihr entging nicht, dass sein Blick sofort auf das Deckblatt fiel. Sienna hoffte, er würde nichts von ihrer Anspannung bemerken. Sie lächelte ihm trotz großer innerer Überwindung zu.

»Ah, Senhor da Cunha! Hat Sie meine Notiz also erreicht. Ich dachte schon, es wäre etwas schiefgegangen«, säuselte sie.

Würde es ihr gelingen, den beabsichtigten harmlosen Eindruck auf ihn zu machen?

Er schien verwirrt, doch dann fing er sich rasch: »Äh, nein, in der Tat. Es gab wohl Probleme, weil das Zimmermädchen ihre Nachricht viel zu spät aushändigte. Es ist immer dasselbe mit diesem angelernten Personal aus der *selva*. Die Indios können sich einfach nichts merken.«

»Das tut mir ehrlich leid, Senhor. Ich hätte Ihre Hilfe in diesem Durcheinander hier wirklich gebraucht. Akribische Aktenarbeit ist gar nichts für mich, wissen Sie.« Mit der ausgestreckten Hand zeigte sie auf die ausgebreiteten Papiere, die vor ihr auf dem Tisch lagen.

Sienna überlegte, ob sie sich unfähig genug darstellte. Auf jeden Fall sollte er ahnungslos bleiben.

»Haben Sie denn etwas gefunden?« Die Frage schien ihn zu zerreißen. Deutlich war ihm seine Anspannung anzumerken. Amüsiert nahm Sienna zur Kenntnis, dass sein Augenlid leicht zitterte.

Doch sie ließ ihn kurz zappeln, was ihr großes Vergnügen bereitete, und antwortete erst nach einer kleinen Pause: »Schade, nein, nichts Besonderes. Aber es ist nicht weiter schlimm, da mein Artikel beinahe fertig ist.«

Mit einem Ruck stand sie auf und griff nach der Tasche.

»Dann konnte ich Ihnen gar keine Hilfe sein. Das bedaure ich zutiefst.«

Beinahe unbemerkt zog er die Mundwinkel nach unten. Sie hasste seine süßliche Art.

»Doch, Sie können, Senhor da Cunha. Sie wären mir eine weitaus größere Hilfe, wenn sie mich zum *mercado municipal* begleiten würden. Ich muss noch ein paar Geschenke für Freunde in London besorgen – und da brauche ich Ihre fachmännische Kompetenz, damit ich nichts Falsches kaufe. Schließlich möchte ich nicht, dass man mich als Fremde übers Ohr haut. Hätten Sie noch etwas Zeit für mich übrig?«

Ihm blieb keine andere Wahl als aus Höflichkeit mitzukommen, aber es war ihm anzusehen, wie ungern er das tat.

Während sie das Archiv verließen, spürte Sienna, wie unangenehm die in größter Eile zusammengefalteten Dokumente, die sie zuvor aus den Akten entfernt und in ihren Slip gesteckt hatte, beim Gehen auf ihrer Haut scheuerten.

4

Als sie realisiert hatte, mit welcher Abneigung da Cunha sie zu ihrem Shopping-Trip begleitete, freute sie sich noch mehr und weitete den Einkauf absichtlich aus. Zwar erstand sie nicht viel, aber der Agent musste mit ihr fast jedes Geschäft betreten, das es in den alten Hallen gab. In den *lojas* nahm sie sich bewusst viel Zeit beim Durchstöbern der Auslagen, fragte die Verkäuferinnen nach der Herkunft der verschiedenen Objekte oder deren Zweck und konnte sich anscheinend kaum für ein geeignetes Mitbringsel entscheiden.

»Das hat er verdient«, schmunzelte sie innerlich. »Man hintergeht und belügt mich nicht ungestraft.«

Sie fühlte sich so gut wie schon lange nicht mehr. Ihre Tricks hatten funktioniert, und sie hatte das Gewünschte beschafft. Sogar seiner steten Nachfrage, wo sie sich denn während der vergangenen zwei Tage aufgehalten habe, war sie geschickt ausgewichen. Obwohl da Cunha schon über zwei Stunden mit ihr im *mercado* unterwegs war, wusste er bisher nichts über ihren Verbleib. Das musste ihn maßlos ärgern.

Snyder würde zufrieden mit dem Ergebnis sein. Jedenfalls hatte er jetzt dank ihrer akribischen Nachforschungen einen ersten Ansatzpunkt bei seiner Suche nach den drei Deutschen.

Im Gegenzug würde er ihr den genannten Informanten in England liefern, und sie könnte schon Anfang der kommenden Woche die neue Story verfassen, die diesmal Hand und Fuß haben würde. Schon jetzt freute sie sich auf Bobs Gesicht, wenn sie ihm die Beweise für ihre These unter die Nase halten konnte. Dann musste er zugeben, wie ungerecht er sie behandelt hatte. Die Lonrho-Sache würde diesmal für einigen Wirbel im britischen Unterhaus sorgen, da war sich Sienna sicher. Sie hielt es kaum mehr aus, endlich zurück nach London zu fliegen.

Innerlich amüsierte sie sich königlich über da Cunha und gewährte ihm sogar einen kurzen Einblick in ihre dunkle Seite, denn in einem Laden, der ausschließlich Schnitzarbeiten anbot, erstand sie eine handtellergroße hölzerne Schlange. Sie sagte ihm, dass dieses Souvenir für eine Kollegin in England gedacht sei, die sie selbst nicht ausstehen könne. Schon jetzt freute sie sich auf Lindsays Reaktion, wenn die Konkurrentin ihr Geschenk öffnen würde.

»Hinterhältige Natter!«, flüsterte Sienna vor sich her, als die Verkäuferin das gute Stück in Zeitungspapier einpackte.

Sie hatten soeben die Markthalle verlassen und befanden sich auf der vielbefahrenen Rua dos Barés, die in Richtung des Hafens führte, als sie ihn sah. Für die Dauer eines Augenblicks konnte sie sich nicht rühren, denn die unerwartete Szene auf dem gegenüberliegenden Gehsteig nahm sie vollends gefangen:

Vor einem der kleinen Stoffläden, die sich in den pastellfarbenen zweistöckigen Häusern des *centro* befanden und vor lauter Überangebot an Waren schier zu platzen drohten, stand groß und breitschultrig Matheus de Nóbrega, der auf jemanden zu warten schien. Er lehnte ruhig an einer Straßenlaterne und hatte die Augen auf das schmale Haus mit dem hellrosa Putz gerichtet, vor dem sich große Ballen mit meterlangen billigen Baumwollstoffen türmten.

Da er ihr teilweise den Rücken zuwandte, konnte der FUNAI-Chef Sienna nicht sehen, was sie aufatmen ließ. Kurz huschte ihr Blick zu da Cunha, der jedoch mit der Suche nach einem Taxi beschäftigt war, was sich wegen des zunehmenden Verkehrs schwieriger als erwartet gestaltete.

Wieder schaute sie zur anderen Straßenseite und ärgerte sich über sich selbst, denn nach der höchst unangenehmen Auseinandersetzung im Haus der Indio-Behörde und dem Ausflug in den Dschungel, an den sich Sienna lieber nicht erinnern wollte, sollte ihr deren Leiter mehr als gleichgültig sein.

Dennoch beobachtete sie verstohlen de Nóbrega. Die Lässigkeit, mit der er an dem Laternenpfosten stand, hatte etwas Herausforderndes an sich. Sein ruhiges Gehabe hob sich von der hektischen Betriebsamkeit um ihn herum ab. Es war, als schiene er nicht dieser Welt anzugehören.

Ihr fiel ein, dass er das als Mestize im Grunde auch nicht tat.

Ein Gefühl von Mitleid ließ Sienna jedoch nicht aufkommen – dafür hatte er sie bereits oft genug verletzt.

Ungeduldig sah sie nach da Cunha. Sie wollte jetzt so rasch wie möglich fort von diesem Ort, doch der Agent machte nur eine hilflose Geste, da er immer noch keine Transportmöglichkeit gefunden hatte. Bestimmt hatte auch er es eilig, sich bald von ihr verabschieden zu können, nahm Sienna an.

Von ihrem Beobachtungspunkt aus registrierte Sienna, dass sich Matheus de Nóbrega der Türöffnung zugewandt hatte.

Es dauerte nicht lange, bis ein kleines, etwa dreijähriges Indio-Mädchen auf seinen kurzen Beinen durch den Ausgang des Geschäfts direkt auf ihn zurannte und zu Siennas großem Erstaunen von ihm mit beiden Armen aufgefangen wurde. Lachend und scherzend wirbelte er die Kleine um die eigene Achse, die daraufhin vor Vergnügen laut kreischte und ihm wild durch das schwarze Haar fuhr. Sein Gesicht hatte einen völlig anderen Ausdruck angenommen, als er das Kind zärtlich an sich drückte. Er wirkte beinahe glücklich.

Sienna spürte einen Stich in der Brust und erstarrte, denn nun trat auch schon eine sehr junge, gertenschlanke Indianerin mit einem ausnehmend hübschen Gesicht aus dem Gebäude und gesellte sich zu Matheus. Die junge Frau ließ ihn einen Blick in ihre schweren Einkaufstaschen werfen und umarmte ihn dann voller Freude. Daraufhin zog sie seinen Kopf mit ihren Händen zu sich und küsste ihn auf die Wange. Er lächelte mit einem leichten, wohlwollenden Kopfnicken zurück.

Sienna konnte nicht glauben, was sie sah. Mit offenem Mund verfolgte sie die Geschehnisse auf der anderen Straßenseite. Hatte man ihr nicht erzählt, de Nóbrega lebe allein und hätte keine Familie? Anscheinend waren Alasdair und Raoni nicht richtig informiert. Kein Zweifel, der ansonsten abweisende und gefühlskalte FUNAI-Chef lebte mit Frau und Kind hier in Manaus. Er schien in Anwesenheit seiner Angehörigen ein völlig anderer Mensch zu sein. Sienna wusste nicht, warum sie sich plötzlich dermaßen ärgerte. Ihre gute Laune war auf einen Schlag dahin.

Rasch wandte sie sich da Cunha zu, der endlich erfolgreich eines der laut hupenden Taxis herangewunken hatte.

Nur weg von hier, ging es Sienna durch den Kopf. Keine Sekunde länger wollte sie an diesem unglücklichen Ort bleiben.

Dass sich de Nóbrega mittlerweile umgedreht und sie ebenfalls entdeckt hatte, bekam sie nicht mehr mit, als sie dem Agenten rasch in den Fond des Wagens folgte. So hatte Sienna auch keine Ahnung davon, dass seine dunklen Augen dem Taxi noch lange nachblickten, bis es im Gewühl der vielen Autos verschwunden war.

Unter normalen Umständen hätte sie da Cunha nicht erlaubt, sie zum Hotel zu begleiten. Jetzt aber war sie mit ihren Gedanken weit weg. Obwohl sie es sich nicht eingestehen wollte, ließ sie die Szene, deren Zeuge sie soeben geworden war, nicht los.

Er hatte gelächelt, ja sogar dem Kind und der Frau gegenüber Gefühle gezeigt. Also war Matheus de Nóbrega nicht so verstockt und verschlossen wie sie angenommen hatte. Warum hatte er nicht auch sie bei ihrer Begegnung im FUNAI-Büro und später in Iquitos anständig behandeln können? Schließlich hatte sie ihm nichts getan – außer, dass sie weiß war!

Auf einen Schlag war ihre Hochstimmung verflogen. Mit hängenden Schultern saß sie in der äußersten Ecke des Rücksitzes und starrte auf ihre Füße. Es war ihr plötzlich unangenehm, dass ihr kurzer Rock hochgerutscht war und da Cunha einen direkten Ausblick auf ihre Schenkel hatte. Rasch versuchte sie, den Saum in Richtung der Knie zu ziehen, doch bei dieser Bewegung schnitten die Papiere, die sich noch immer in ihrer Unterwäsche befanden, nur tiefer in die Haut.

Sie atmete hörbar ein. Am liebsten hätte sie die Taxitüre geöffnet und wäre allein gewesen, um Ordnung in ihren Kopf zu bringen. Da Cunhas Anwesenheit war ihr jetzt mehr als lästig.

»Müde, Senhora Davis?«, fragte er in seiner aufmerksamen Art.

»Ach...«, doch es war keine richtige Antwort.

»Darf ich Sie morgen zum Flughafen begleiten, um alles für Sie zu regeln? Wann genau geht denn Ihr Flieger?«, erkundigte er sich höflich.

Wenn es Sienna nicht besser gewusst hätte, wäre ihr bei seinen Worten nicht der Funke eines Verdachts aufgekommen. Doch mittlerweile traute sie seiner galanten Fassade nicht mehr.

War ihm daran gelegen, einfach nur zuvorkommend zu sein, oder wollte da Cunha sichergehen, dass sie Manaus bald verließ? Sienna tendierte eher zu letzterem.

Auf einmal keimte ihr Kampfgeist wieder auf. Wenn sie morgen schon aufbrechen würde, könnte sie den heutigen Nachmittag noch für einen Besuch nutzen. Ihr war da plötzlich eine verrückte

Idee gekommen. Auf keinen Fall wollte sie die Stunden bis zu ihrer Heimreise allein verbringen und in Gedanken ständig den freundlich lächelnden Matheus de Nóbrega vor sich sehen, der zusammen mit seiner Familie in sein bequemes Heim eilte, um den Abend zu genießen.

»Senhor da Cunha, mir ist da noch etwas eingefallen«, begann sie vorsichtig.

Er wandte ihr neugierig den Kopf zu.

»Meine Geschichte würde ich gerne mit einem Hinweis auf die aktuelle Situation der Indios abschließen. Dann wäre die Reportage nahezu perfekt.«

»Äh, ja, und wie meinen Sie das genau?« Er rutschte etwas nervös auf der Sitzbank umher, da er ihren Wunsch nicht richtig einordnen konnte.

»Indem ich jemanden interviewe, der es ganz genau wissen muss«, antwortete sie und sah ihm dabei direkt in die Augen.

»An wen hatten Sie da gedacht?« Sie merkte, dass ihm ihr Anliegen unangenehm war. Er wartete auf ihre Erklärung.

Wahrscheinlich hatte er fest damit gerechnet, sie bald los zu sein, und nun sträubte sie sich. Das passte ihm nicht. Hatte er sie bisher als zu naiv eingeschätzt?

»Er ist auf der Hut«, sagte sie sich. »Es muss etwas geben, was ich auf keinen Fall herausfinden darf. Davor fürchtet er sich schon die ganze Zeit.«

Sienna versuchte erneut, ihren unschuldigen Gesichtsausdruck aufzusetzen, als sie erklärte: »Warum sollte ich nicht den Menschen befragen, der die Leute hier politisch repräsentiert: Den Präfekten von Manaus.«

Sie sah, dass er bleich wurde.

Es dauerte nicht lange, bis sich da Cunha wieder gefasst hatte. Würde er ihr verraten, in welcher Beziehung er zu Betancourt stand, oder schwieg er lieber?

Sienna bereitete es ein ungeahntes Vergnügen, den Agenten zappeln zu sehen.

Dass der *prefeito* das Bindeglied zwischen de Vries, Arnold und Dekker war, lag auf der Hand. Hatte er aber auch etwas mit van Dorn und de Wit zu tun? Das wollte Sienna jetzt herausfinden.

»Ich werde mich darum kümmern«, versicherte da Cunha. Sie genoss es, wie er sich vor Verlegenheit wand. »Allerdings wird das wegen Ihres baldigen Abflugs zeitlich kaum mehr machbar sein.«

Ein zufriedenes Lächeln huschte über sein Gesicht.

»Sie verstehen nicht, Senhor«, sagte sie bedeutsam. »Ich meine, dass wir jetzt, in dieser Minute, zur Präfektur fahren werden, um noch einen Termin zu bekommen. Wie gesagt, morgen geht ja schon, wie Sie soeben richtig andeuteten, mein Flug.«

Auch sie lächelte, hoffte aber, er würde den Spott in ihrem Blick nicht erkennen.

Da Cunha verzog den Mund. Sienna sah, welche Überwindung es ihn kostete, nicht die Beherrschung zu verlieren.

»Wie stellen Sie sich das vor? Der Präfekt ist der Repräsentant des gesamten Großraums von Manaus. Seine Exzellenz wartet nicht den ganzen Tag auf irgendwelche Besucher«, erklärte er schroff.

»Das bin ich ja auch nicht. Schließlich komme ich extra aus Europa, und wer liest seinen Namen nicht gern in einer englischen Zeitung? Ich glaube, Ihr Herr Präfekt ist in diesem Punkt nicht anders als unsere heimischen Politiker auf den britischen Inseln. Selbstdarstellung ist für Menschen in der Öffentlichkeit alles.«

Ihm fiel kein Gegenargument mehr ein.

»Zur *prefeitura municipal* also?«, meinte er lahm und gab sich scheinbar geschlagen.

»Ja«, war ihre kurze, bestimmte Antwort. Sienna versuchte, ihr Grinsen zu unterdrücken.

Missmutig tippte er dem Chauffeur auf die Schulter und gab ihm die Anweisung, abzubiegen und über die Avenida Brasil zu fahren.

Erst jetzt wurde Sienna bewusst, dass sie sich für den Fall eines tatsächlichen stattfindenden Interviews noch keine einzige Frage zurechtgelegt hatte.

»Sie warten am besten im Wagen«, meinte da Cunha beschwichtigend.

»Sicher nicht, Senhor da Cunha. Ich werde noch schnell ein oder zwei Fotos vom Gebäude schießen und Sie danach zum *porteiro* begleiten.«

Es schien, als hätten sie ihre Rollen getauscht. Auf einmal bestimmte Sienna, was getan wurde. Grimmig ging er neben ihr die

Stufen des gesichtslosen Betonbaus hinauf und wandte sich der hübschen jungen Frau am Empfang zu, die ihn zu kennen schien und ihn freundlich begrüßte.

»Sie sind hier bekannt, Senhor?«, fragte Sienna und tat so, als wäre sie überrascht.

»*Com certeza*, ich sagte Ihnen ja bereits, dass ich der beste Agent bin, den Sie in Manaus finden können. Auf meine Beziehungen können Sie bauen.«

Dennoch schien es ihm nicht zu gefallen, mit ihr hier in der *prefeitura* zu stehen.

Sie nickte vielsagend.

Im Grunde fand sie es belustigend, dass er vorgab, in keiner direkten Beziehung zu Betancourt zu stehen, obwohl dieser offensichtlich sein Arbeitgeber war.

Die Auskunft, die sie von der Vorzimmerdame des Präfekten erhielten, gefiel Sienna dagegen weniger: Seine Exzellenz habe den Gouverneur zu einer wichtigen Sitzung nach Brasília begleitet und würde erst am kommenden Montag zurückerwartet.

So hatte sich das Sienna nicht vorgestellt. Sie sah die aufkeimende Erleichterung, die sich in da Cunhas Gesicht breitmachte, und war enttäuscht.

Ihr blieben nur noch wenige Stunden. Auf diese Weise würde sie jedenfalls nicht zum Ziel kommen.

Aber was sollte sie tun?

5

Wütend packte Sienna ihren Koffer. Sie drückte die Kleider förmlich in die noch freien Fächer und kümmerte sich nicht darum, ob sie Falten warfen. Schon fiel der rote Sand ab, der noch an den Sandalensohlen geklebt hatte, und verbreitete sich unschön zwischen den kreuz und quer liegenden Shirts und Röcken. Es war Sienna egal. In ihrer Wohnung in Muswell Hill würde sie alles in die Waschmaschine stopfen und ihre Zeit in Brasilien so rasch wie möglich vergessen. Hier hielt sie nichts mehr. Nur noch eine Nacht trennte sie von ihrem Abflug.

Sienna wusste selbst nicht, was sie eigentlich so aufgebracht hatte. War es der erfolglose Besuch beim Präfekten, oder hatte sie da Cunhas aufdringliche Art dermaßen gereizt?

Am folgenden Tag wollte sie auf dem Weg zum Flughafen bei Dan Snyder vorbeischauen und ihm die gewünschten Informationen übergeben. Dann hatte er genügend Zeit, um seine Verbindungen spielen zu lassen, bis sie London erreichte. Dort würde sie sich sofort um ihre berufliche Rehabilitation kümmern und diesen unangenehmen Ausflug in die Schwüle der Tropen gedanklich ad acta legen.

Mit lautem Getöse fiel ihr Reisewecker vom Nachttisch auf den Holzboden. Sie fluchte leise, als sie sah, dass ein Stück des Plastikgehäuses abgesprungen war. Gerade wollte sie den Zeitmesser aufheben, um ihn ebenfalls im Gepäck zu verstauen, als das Telefon schrillte.

»Douglas«, war ihr erster Gedanke. »Das musste Douglas sein.«

Wer sonst würde sie hier anrufen?

So schnell es ging hastete sie über ihre Bücher und Schuhe, die noch ungeordnet vor dem Bett lagen, zum Hörer, den sie nach einigen Sekunden keuchend erreichte.

»Ja?«, rief sie hinein. »Ja, bitte?« Immer noch war sie etwas kurzatmig, was Sienna ärgerte.

»Sienna, bist du‘s?« Kein Zweifel, es war Douglas‘ Stimme. Ihre Erleichterung, ihn zu hören, überraschte sie. War ihr Wunsch, nach Hause zurückzukehren, wirklich so drängend?

»Klar, warum fragst du?«, erkundigte sie sich.

»Du klingst so... wie soll ich sagen... gehetzt«, erklärte er.

»Das bin ich auch, Douglas. Ich packe, und hier sieht es aus, als hätte eine Bombe eingeschlagen.«

»Ach!« Er schien sich über ihre baldige Rückreise zu freuen. Im Gegensatz zu ihr würde Douglas seine Utensilien sicherlich äußerst gewissenhaft und ordentlich in seinem Koffer verstauen. Sienna sah die penibel gefalteten Hemden vor sich und musste schmunzeln.

Dann besann sie sich auf den Grund seines Anrufs.

»Also, was hast du für mich?« Ohne Veranlassung würde er sich nicht bei ihr melden. Douglas musste etwas Wichtiges herausgefunden haben.

»Tja«, begann er umständlich, »bei mir war auch die Hölle los. Das National Theatre ist nach South Bank umgezogen. Und jetzt waren alle wild darauf, die erste Aufführung im neuen Gebäude zu sehen...«

»Douglas, bitte komm auf den Punkt! Ich habe nicht viel Zeit«, log sie. »Was gibt es Neues?« Sienna liebte klare und prägnante Informationen. Douglas' Art war ihr viel zu langatmig.

»Hinter diesem amerikanischen Journalisten, für den du dich so interessierst, liegt eine ganz beachtliche Karriere. Hat mich echt überrascht, Sienna. Vor zwei Jahren deckte dieser Snyder in Florida fast im Alleingang ein ganzes Drogenkartell auf. Der Kerl scheint sich für nichts zu schade zu sein. Wirklich mutig, wenn meine Informationen stimmen.«

Das hatte Sienna nicht erwartet. Snyder hatte während ihres Gesprächs nicht gerade den Eindruck eines Top-Reporters hinterlassen.

»Ich denke, er arbeitet in New York«, warf sie ein und zog die Stirn in Falten. Unwillkürlich schaute sie zum Rattanstuhl in der Ecke ihres Hotelzimmers, in dem der Amerikaner am Vortag auf sie gewartet hatte. Jetzt lag das Möbelstück voller Kleidungsstücke, die sie noch nicht für den Koffer zusammengelegt hatte.

»Es war ein Netzwerk, das von Brooklyn bis Miami führte. Dieser Dan Snyder spricht fließend spanisch. Wahrscheinlich konnte er dadurch unbemerkt das Syndikat der Hispanics infiltrieren und später mit einem lauten Knall hochgehen lassen.«

»Aha, und weiter?« Sie war neugierig geworden.

»Ein ausgezeichneter Journalist, wenn man kurz in seine bisherigen Artikel reinschaut, aber...«

»Was aber?«, bohrte sie nach. Gab es noch eine dunkle Seite in Dan Snyders Vita?

»Etwas muss im letzten Jahr vorgefallen sein, denn im Mai 1975 hat er plötzlich bei der Tribune gekündigt.«

»Wie bitte? Er arbeitet nicht mehr bei der Zeitung?« Sienna schrie förmlich in den Hörer. In ihrem Kopf rasten die Gedanken. Snyder hatte so getan, als wäre er immer noch auf Recherchetour für die berühmte New Yorker Zeitung.

»Nein, und es konnte mir auch keiner den Anlass dafür nennen. Er habe private Beweggründe für sein Ausscheiden angegeben.

Mehr weiß ich leider nicht. Und das Komische ist, dass er seit genau dieser Zeit auch nichts mehr veröffentlicht hat. Keine einzige Zeile, Sienna. Seine Spur verliert sich sozusagen im Nichts. Sogar seine Wohnung drüben in New Jersey hat er gekündigt.«

Sienna kaute auf ihren Fingernägeln herum. Das hatte sie nicht vermutet. Snyder war also seit über einem Jahr arbeitslos und nirgendwo gemeldet. Ihre Alarmglocken schrillten.

»Ist das wichtig, Sienna? Ich meine, du bist doch sowieso morgen dort weg. Warum interessierst du dich noch dafür?« Douglas' Stimme klang besorgt.

Doch, es war wichtig. Auch wenn Sienna noch nicht richtig wusste, weshalb.

»Hast du sonst noch etwas für mich, Douglas, oder ist das alles?«

Douglas klang irritiert. Wahrscheinlich hatte er von ihr ein großes Lob für seine Nachforschungen erwartet. Stattdessen wollte sie noch mehr Informationen von ihm.

Leicht beleidigt fuhr er fort: »Seinen Steckbrief eben, wenn du den noch hören willst: Geboren 1942 in Deutschland als Sohn von Jakob Schneider und Eliane geb. Weinstein, ab 1948 wohnhaft in den USA, genauer in New York. Ist bei einer Tante in der Lower East Side aufgewachsen, Besuch der Columbia University, dort Abschluss mit Auszeichnung, Volontariat bei den Daily News, später nacheinander Anstellungen bei diversen Blättern New Yorks, bis er 1971 ganz oben ankam und bei der Tribune landete. Zufrieden?«

Douglas hatte so schnell gesprochen, dass sich Sienna nicht sicher war, richtig gehört zu haben. Höchstwahrscheinlich hatte er alles von seinem Notizblock abgelesen. Jedenfalls vernahm sie ein Rascheln in der Leitung, das wohl von umgeblätterten Papierseiten herrührte.

»Was hast du gesagt? Wo ist Snyder geboren?«, fragte sie noch einmal, um sicherzugehen.

»In Deutschland«, rief er in den Apparat. »Hab' ich dir doch gerade erzählt.« Douglas schien die Geduld zu verlieren, was ihm Sienna nicht verdenken konnte. Sie wusste selbst, dass sie ihn nicht gerade mit Samthandschuhen anfasste, doch dafür war die Situation zu ernst.

Sienna musste ihn wieder etwas beruhigen, denn sie brauchte ihn als Verbindungsglied nach Europa.

»Ja, danke vielmals«, murmelte Sienna tonlos. »Du warst mir wirklich eine große Hilfe, Douglas.«

Plötzlich war sie völlig durcheinander und wollte das Gespräch so schnell wie möglich beenden, um ihre Gedanken zu ordnen.

»Pass auf dich auf, Sienna, und mach was aus deiner Wickham-Story.« Er klang etwas versöhnt. »Lindsay ist schon aus Malaysia zurück und prahlt mit den Ergebnissen ihrer Nachforschungen herum. Ständig biedert sie sich bei Bob an, und dieser lobt sie, wann immer er nur kann. Es ist kaum auszuhalten. Ehrlich! Zeit, dass ihm wieder jemand Feuer unter seinem Hintern macht.«

Douglas' letzte Worte hatte sie nur am Rande wahrgenommen. Sie wusste nicht einmal, ob sie sich überhaupt richtig von ihm verabschiedet hatte. Jetzt saß sie stocksteif neben dem halb gepackten Koffer auf ihrem Bett und hatte die Hände im Schoß gefaltet.

Das war doch nicht möglich! Dan Snyder hieß eigentlich Schneider und war Deutscher. Warum log er sie an? Hatte er sie nur benutzt? Wollte Snyder mit ihrer Hilfe die Spur der deutschen Kriegsverbrecher vertuschen? Was ging hier vor? Wem konnte sie überhaupt noch trauen?

Langsam schien es so, als wären die Beweggründe des Deutsch-Amerikaners nicht so edel wie zunächst vermutet. Hatte er ihr auch bezüglich da Cunha Lügen aufgetischt? Handelte der Agent gar nicht im Auftrag des Präfekten? Woher sollte sie wissen, wer hier wen aushorchte und beobachtete? Sie fühlte sich wie ein Karnickel im Bau, an dessen Ausgängen jeweils eine Schlange saß, die darauf wartete zuzupacken. Trotz der Schwüle, die im Zimmer herrschte, fror Sienna.

Sie wusste nicht, wie viele Stunden vergangen waren, bis sie aus ihrer Lethargie erwachte. In der Zwischenzeit musste sie rückwärts auf ihr Bett gefallen sein. Jedenfalls lag sie, zusammengekauert wie ein Säugling, inmitten ihrer ungetragenen Kleider, die sie zuvor wild auf der Tagesdecke verstreut hatte.

Sie fühlte sich einsam und so allein wie noch nie im Leben. Selbst, als ihre Mutter gestorben war, hatte sie in der Person ihres Vaters noch immer einen Ansprechpartner gehabt, der immer für sie da gewesen war. Nun befand sie sich am Ende der Welt in einer tropischen Urwaldlandschaft, wo wohl immer noch die Gesetze des

Dschungels herrschten. Innerhalb weniger Tage hatte sie sich in eine Geschichte verstrickt, die sie nicht einmal in Ansätzen verstand, doch sie spürte, dass sie bereits mittendrin steckte.

Das Telefon lag noch neben ihr. Sie musste mit jemandem sprechen, dem sie vertraute. Kurzentschlossen wählte sie die Nummer, die ihr Flávia schon als Kind eingetrichtert hatte, damit sie, falls sie sich verlaufen würde, immer zurückfände.

»Hello?«, ertönte die altbekannte Tonlage, die allerdings jetzt etwas brüchiger klang als früher.

»Daddy?«, rief sie freudig.

Es dauerte eine Weile, bis ihr Vater antwortete. »Sienna, mein Kind. Was ist geschehen?« Er wirkte besorgt.

»Nichts, Daddy, ich wollte einfach nur deine Stimme hören.«

»Und das um 4 Uhr morgens?«

»Oh, ich habe nicht mitbekommen, dass es schon so spät ist. Die Zeitumstellung, Dad, weißt du.« Siennas Worte klangen schrill. Ob er merkte, dass sie log?

»Ich hatte einfach nur Sehnsucht«, erklärte sie weiter.

»Hast du Probleme da unten in Südamerika? Ich habe dir ja gesagt, du sollst nicht allein dorthin fliegen. Du hättest auf mich hören sollen...«

Ein leises Stöhnen war zu hören. Sie vermutete, dass er sich im Bett aufgesetzt hatte.

»Nein, Daddy, alles bestens. Ich komme auch bald nach Hause. Meine Story ist im Kasten. Es läuft alles so wie ich es wollte.«

Warum sagte sie nicht die Wahrheit, sondern tat so betont locker?

»Sienna?«, forschte er nach.

»Ja?«, antwortete sie wie ein Schulmädchen. Ob Trevor Davis sie durchschaute?

»Du würdest mir doch sagen, wenn etwas nicht in Ordnung wäre, oder?« Ihr Vater klang nun hellwach. »Nicht wahr, mein Kind?«

»Natürlich«, meinte sie gedehnt, konnte sich aber des Gedankens nicht erwehren, dass er Bescheid wusste.

»Und bei dir ist alles soweit okay, Dad? Wie geht es Flyer? Denkt Mrs Whitcombe an deine Cholesterinwerte? Hast du die Regenrinne reparieren lassen?« Unbewusst versuchte sie abzulenken, indem sie andere Themen ansprach.

»Ach, es schüttet hier seit deiner Abreise, Kind. Mach dir um mich keine Sorgen! Und nein, sie ist noch nicht repariert. Ich warte noch immer auf den Kostenvoranschlag, aber der Klempner hat es nicht eilig.«

Siennas Gedanken wanderten zu der defekten Traufe. Sie sah die alte Backsteinfassade ihres Elternhauses vor sich, an der bei Regen das Wasser in Strömen herablief. Was hätte sie jetzt darum gegeben, bei ihrem Vater zu sitzen und sich von der Haushälterin bekochen zu lassen.

Da sie sehnsüchtig an zu Hause dachte, überhörte sie beinahe seine letzten Worte: »Allerdings hat dein Freund angerufen, wenn man ihn überhaupt so bezeichnen kann.«

»Charles?« Wie elektrisiert fuhr sie auf und spürte einen Stich der Erregung in sich.

»Natürlich Charles. Oder hast du mittlerweile einen anderen gefunden? Meinen Segen hättest du, Sienna. Wirklich. Ich weiß nicht, der Kerl klingt irgendwie steif und viel zu hölzern am Telefon. Mit ihm stimmt etwas nicht.«

Musste er ihr schon wieder mitteilen, wie unpassend er ihre Beziehung fand?

»Was macht der Mensch überhaupt beruflich? Kann er dich ernähren? Wie hast du dir das für die Zukunft vorgestellt?«

Sie war dankbar, dass sich ihr Vater noch immer keinen Fernseher angeschafft hatte, sondern lieber über seinen Büchern saß. Sonst hätte er den Mann, den er einmal durch Zufall getroffen hatte, leicht mit dem Tory-Abgeordneten Hennesy in Verbindung bringen können. Nicht auszudenken, was er ihr dann für Vorhaltungen gemacht hätte!

»Und was hat er gesagt?« Sie bebte förmlich vor Neugierde. Charles hatte sich tatsächlich überwunden und bei ihrem Vater gemeldet. Das war aus seiner Sicht recht riskant. Er vermisste sie also doch! Wie gut, dass sie für einige Tage verschwunden war. Jetzt wusste er, was er an ihr hatte!

»Dass er für einige Tage geschäftlich abwesend sein wird und du dich nicht melden sollst«, war die knappe Erklärung.

Sienna war sprachlos. Charles hatte es also überhaupt nicht eilig, sie wiederzusehen. Was bedeutete sie ihm überhaupt noch? Leise Wut stieg in Sienna auf.

Nachdem sie sich so rasch wie möglich von ihrem Vater verabschiedet hatte, wobei sie sich noch einmal für die nächtliche Störung entschuldigte, sank sie auf ihr Kissen und weinte zornige Tränen.

6

Sienna bat den Taxifahrer, kurz an einem Postamt zu halten, das einen Fernschreiber besaß. Während sie den Koffer beim Chauffeur im Wagen ließ, diktierte Sienna dem noch recht verschlafen wirkenden Beamten die wenigen Worte, die sie per Telex an Bob senden wollte. Sie wäre zu früh, hatte sich der Mann aufgeregt, als sie an die Scheibe klopfte, ihr dann aber doch murrend die Tür aufgeschlossen und sich mit einem missmutigen Gesichtsausdruck an den Schalter gesetzt.

Nun tippte er stumm und konzentriert den von Sienna aufgesetzten Text auf die Tasten des Geräts: »MUSS RÜCKFLUG VERSCHIEBEN. BIN HIER AUF EINE HEISSE STORY GESTOSSEN. MELDE MICH!«

Der Postangestellte ließ sie die wenigen Worte auf der Papierrolle überprüfen. Als sie nickte, schickte er die Nachricht auf ihren Weg um die halbe Welt nach London.

Sienna atmete tief ein. Bob würde toben, doch sie hatte letzte Nacht nach reiflicher Überlegung einen Entschluss gefasst, den sie nun umsetzen musste. Das Fernschreiben an ihren Chefredakteur war der erste Schritt hierzu. Sie hatte keine Ahnung, ob ihre Entscheidung richtig war, aber sie spürte, dass sie sich jetzt nicht zurücklehnen und aufgeben konnte. Viel zu sehr interessierte sie die ganze verworrene Geschichte, in die sie unabsichtlich geschlittert war und in die sie nun Licht zu bringen hoffte. Schließlich war es nicht das erste Mal, dass sie etwas aufdeckte, was andere vertuschen wollten.

Ihr nächstes Ziel war Snyders Pension, deren Adresse ihr der Amerikaner auf einen herausgerissenen Zettel notiert hatte, bevor er ihr Hotelzimmer verließ. Nervös hielt sie das abgegriffene Stück Papier in den Händen, an dem ihre Finger schon während der ganzen Fahrt herumgespielt hatten.

Am frühen Morgen wirkten die sonst vollen Straßen der Altstadt wie verwaist. Große Mengen an Unrat sammelte sich entlang der Häuserzeilen, abgemagerte und parasitenverseuchte Katzen streunten auf ihrer Suche nach etwas Nahrung zwischen aufgerissenen Plastiksäcken umher und die Rollläden der wenigen kleinen Geschäfte waren allesamt noch heruntergelassen. Vereinzelt hastete eine junge Frau in einem Dienstbotenkittel durch die Gassen, um zu ihrem Arbeitsplatz in einem der feinen Häuser der Wohlhabenden zu gelangen.

Der Fahrer hatte Mühe, die angegebene Straße zu finden und schimpfte über die kreuz und quer parkenden Motorroller, die ihm den Weg versperrten. Nein, es war keine einladende Gegend, in die sich Snyder zurückgezogen hatte.

»Als ehemaliger Topjournalist hätte er sich auch eine bessere Unterkunft suchen können«, ging es Sienna durch den Kopf. Oder hoffte er, auf diese Weise weniger aufzufallen? Wollte er so gut es ging unerkannt in der Versenkung bleiben?

Im Grunde sollte ihr Snyder egal sein, sagte sie sich. Er hatte sie hintergangen, weshalb sie ihm nun nicht weiterhelfen würde. Bevor sie ihr Vorhaben jedoch in die Tat umsetzte, wollte sie ihm unbedingt noch mitteilen, dass sie Bescheid wusste. Das verlangte einfach ihr Stolz! Er sollte keinesfalls meinen, sie wäre dümmlich in seine Falle getappt und hätte sich von ihm benutzen lassen.

»*Isso*, hier ist es, endlich«, rief der *taxista*, dem die Erleichterung anzumerken war.

Sienna sah, dass sie sich in einer der schmalen, dunklen Straße hinter der Kathedrale befanden. Durch die angrenzenden Baumreihen war das eindrucksvolle weißgelbe Kirchenschiff, das am Ende zweier schwungvoller Freitreppen auf einer leichten Erhebung stand, noch gut erkennbar.

Fragend sah sie den Fahrer an.

»Wo?«, meinte sie etwas irritiert, während sie sich umschaute.

Er deutete auf ein bescheidenens, mehrstöckiges Haus, das von den angrenzenden Gebäuden schier erdrückt zu werden schien. Der blaue Putz bröckelte an einigen Stellen von der einst hübschen Fassade, über die sich ein Netz wilder Elektrokabel zog. Ein kurzer Blick auf den mit Holzbalken abgestützten Balkon im ersten Stock sagte Sienna, dass dieser besser nicht betreten werden sollte. Die Konstruktion sah nicht so aus, als könne sie eine einzelne Person längere Zeit risikofrei tragen, ohne einzustürzen.

Sie schüttelte den Kopf, als sie das kleine Schild mit der verblichenen Aufschrift *Pousada* erkannte. Es störte Sienna, dass die letzten beiden Buchstaben des Wortes kaum mehr zu lesen waren. Snyder wohnte wirklich in dieser Absteige! Sie hatte sich eine andere Unterkunft für den Amerikaner vorgestellt.

Der Taxichauffeur beobachtete sie, woraufhin sie sich einen Ruck gab und ausstieg. Langsamen Schrittes ging sie zum Eingang und ergriff den Messingring des schweren Türklopfers. Sienna vergewisserte sich, dass der Fahrer auch wirklich den Motor abstellte und in geringer Entfernung am Straßenrand parkte, denn selbst in seiner Anwesenheit fühlte sie sich in dieser heruntergekommenen Umgebung nicht wohl.

Unsicher sah sie sich in der Gasse um, während sie wartete. Nichts regte sich, nicht einmal die streunenden Katzen waren mehr zu sehen.

Nach einer Weile, die ihr wie eine Ewigkeit vorkam, wurde ihr von einer dicken Mulattin geöffnet, deren schlurfende Schritte sie schon Sekunden zuvor gehört hatte. Mit ihrem bunten Morgenmantel und dem turbanartig geschwungenen Tuch auf dem Kopf war sie eine ziemlich imposante Erscheinung, fand Sienna.

Fragend blickte ihr die Wirtin ins Gesicht. Sienna konnte ihr die Überraschung nicht verdenken, denn ihr ungeduldiges Klopfen musste die Frau aus dem Schlaf gerissen haben. Es war offensichtlich, dass ihre Laune unter der morgendlichen Störung gelitten hatte.

Sienna erkundigte sich rasch, ob sie eine Nachricht für Senhor Snyder hinterlassen könnte, was die andere mit einem kurzen Nicken bejahte.

»Er ist nicht hier«, erklärte die Dicke knapp, wobei sie nach Luft schnappen musste.

Das hatte Sienna gehofft. Auf keinen Fall wollte sie diesem unehrlichen Menschen noch einmal über den Weg laufen.

Sie zog das gefaltete Stück Papier mit der Nachricht an Snyder aus den Jeansshorts, die sie der Einfachheit halber heute trug, und drückte es der Frau in die Hand, wobei sie dem guten Willen der Dame mit einem Cruzeiro-Schein etwas nachhalf.

Die andere quittierte den Erhalt des Geldes mit einem dröhnenden Lachen, das in einem Hustenanfall endete.

Sienna hatte es nun umso eiliger, von der schäbigen *pousada* fortzukommen.

Jetzt musste sie nur noch ein letztes Ziel ansteuern – dann würde sie direkt zum Flughafen fahren.

Allerdings fühlte sie sich bei der Aussicht, Matheus de Nóbregas Revier zu betreten, nicht besonders wohl, doch wahrscheinlich würde er zu dieser frühen Stunde noch nicht im Büro sein. Das hoffte sie zumindest. Wieder dachte sie an seine hübsche Frau und die kleine Tochter und sah ihn inmitten seiner Familie beim gemütlichen Frühstück sitzen.

Nur Raoni musste sie unbedingt antreffen. Jedenfalls hatte Amanacy gesagt, dass er heute rund um die Uhr im Dienst war.

Der *taxista* freute sich mittlerweile, da er an dieser verrückten Kundin, die den halben Tag, kreuz und quer durch die Stadt fahren wollte, ohne große Anstrengung gutes Geld verdienen würde. So machte es ihm nicht das Geringste aus, auch am Hafen auf sie zu warten. Während das Taxometer weiterlief, stieg er seelenruhig aus dem Wagen und öffnete ihr die Tür.

»Was denkt er wohl über mich?«, ging es Sienna durch den Kopf, als er ihr das Gepäck aus dem Kofferraum hievte. »Dass ich jetzt noch bei der FUNAI einziehe?«

Doch der Chauffeur nutzte die Pause, um sich eine Zigarette anzuzünden. Er schien rein gar nichts zu denken. Stattdessen lehnte er gelangweilt am Kotflügel seines Wagens und freute sich, durch Nichtstun Geld zu verdienen. Ab und zu blies er ein paar Rauchkringel in die Luft.

Sienna trug den Koffer die wenigen Meter bis zum Eingang der Indio-Behörde, deren Tür bereits geöffnet war. Insgeheim ärgerte sie sich, weil er ihr nicht half und das Gepäckstück schon zweimal an ihren Knöchel gestoßen war. Als sie das Haus erreichte, atmete sie vor Erleichterung auf und trat schnell ein.

Wieder empfing sie das monotone Rattern der auf Hochtouren laufenden Ventilatoren. Da die meisten Rollos heruntergelassen waren, erkannte sie im ersten Moment kaum etwas. Dann hatten sich ihre Augen an das Dunkel gewöhnt und sie sah sich nach Raoni um.

Die Schreibtische im Büro waren unbesetzt, doch von weiter hinten waren Stimmen zu hören. Sienna war sofort klar, dass es sich hierbei nicht um einen Smalltalk handelte, denn die beteiligten Männer stritten lautstark miteinander.

Neugierig geworden, ließ sie das Gepäckstück stehen und ging leise den Flur entlang auf de Nóbregas Arbeitszimmer zu. Hinter der verschlossenen Tür fielen harte Worte, deren Zusammenhang Sienna nicht verstand. Sie konnte sich aus den Wortfetzen wie Soja, SDA, Zerstörung des Lebensraumes oder indianische Kultur nichts Vernünftiges zusammenreimen. Jedenfalls schien de Nóbrega sehr wütend auf irgendwelche Vorschläge der beiden anderen Männer im Raum zu reagieren, denn seine Stimme wurde immer unbeherrschter und lauter.

Als er ein »Nein!« in den Raum donnerte, fuhr Sienna zusammen. Erst jetzt spürte sie eine Hand auf ihrer Schulter. Rasch drehte sie sich um und sah Raoni direkt ins Gesicht. Er führte den Zeigefinger zum Mund und gab ihr mit einer Geste zu verstehen, dass sie ihm folgen sollte. Bis zum Vorraum sprach er kein Wort.

»Es tut mir leid. Ich wollte nicht lauschen, aber ich habe Sie gesucht, Raoni«, versuchte sie, sich zu entschuldigen, fühlte sich jedoch ertappt.

Ihr fiel auf, dass sie flüsterte. Auf keinen Fall wollte sie jetzt de Nóbregas Aufmerksamkeit auf sich ziehen. Zu gut konnte sie sich vorstellen, wie er nach dem unangenehmen Schlagabtausch mit seinen Besuchern in ihrer Gegenwart explodieren würde.

Raoni zuckte mit den Schultern. »Der Streit war wohl nicht zu überhören.«

»Was ist los, Raoni?«, fragte Sienna eindringlich. Das Gespräch, dessen unfreiwillige Zeugin sie geworden war, hatte sie aufgewühlt.

Auch er sprach nun sehr leise: »Zwei Männer von der SDA sind bei Matheus. Leider sind sie nicht zum ersten Mal hier.«

Er seufzte. Sein Gesichtsausdruck wirkte sorgenvoll.

»Die SDA«? Was ist das?«, wollte sie wissen.

»Eine der vielen Firmen, die zum de Vries-Konsortium gehören. Genauer gesagt die Sociedade de Desenvolvimento do Ambiente, also frei übersetzt Gesellschaft zur Entwicklung der Umwelt, ein wirklich spöttischer Name, wenn man weiß, was dahintersteckt. Es geht mal wieder um unser Land. Wie immer.«

Sie sah ihn fragend an.

»Wollen Sie nicht Platz nehmen, Senhora?«, erkundigte er sich.

»Nein, danke, Raoni, ich muss dringend weg... mein Taxi... aber was meinen Sie mit ›Es geht um unser Land‹?«

Sie verstand nicht.

Seine Stimme wurde nun noch gedämpfter. »Seit Monaten schon belagern sie uns. Immer höher werden ihre Angebote für den Küstenstreifen am Rio Pidiuaú«, erklärte er.

»Und was bezwecken diese Leute damit?« Sienna wurde neugierig. Ihr Aufenthalt im FUNAI-Gebäude nahm eine ganz andere Wendung, als sie erwartet hatte.

»Den Wald roden und überall Sojaplantagen anlegen«, war seine Antwort. »Das wollen sie doch alle.«

»Soja? Hier?«, fragte sie ungläubig. Sie konnte es nicht fassen. Die riesigen Anbauflächen, die sie aus den Vereinigten Staaten kannte, passten in Siennas Vorstellung nicht in ein vom Dschungel überwuchertes Gebiet. »So etwas Verrücktes!«

»Ja, das ist es ja. Seitdem die USA vor drei Jahren den Sojaexport verboten haben, hat Brasilien die eigene Produktion verdoppelt. Das ehrgeizige Ziel unseres Präsidenten ist es, zum weltgrößten Produzenten für Tierfutter zu werden. Dafür wird die Natur gnadenlos geopfert.«

»Aber das ist doch unverantwortlich«, wandte sie ein und dachte an das üppig bewachsene Gebiet rund um Iquitos. »Gehört der Fluss nicht zum Reservat?«

»Wir sind ein Entwicklungsland. Unsere Regierung will unbedingt den Sprung zum Industrieland schaffen. Und jeder möchte etwas vom Kuchen abbekommen.«

Nachdenklich sah ihn Sienna an. Vor ihr tauchten die urwüchsigen Seitenarme des Rio Negro auf und sie stellte sich vor, wie diese durch Brandrodung völlig zerstört wurden.

Er kratzte sich am Kopf: »Ich weiß nur nicht, wie lange Matheus ihnen noch ablehnend entgegentreten kann. Das macht mir wirklich Angst. Die FUNAI hat zwar gewisse Rechte in Bezug auf die

Indioreservate, aber ein Kampf gegen die Regierung... Das schafft auch er nicht.«

»Deshalb auch der Streit mit den Männern auf dem Fluss«, fasste Sienna zusammen, der nun einiges klar wurde.

»Ja, richtig. Matheus hasst es, wenn sie sich hinter seinem Rücken im Schutzgebiet herumdrücken, obwohl er ihre Angebote immer wieder abgelehnt hat.«

In Raonis Gesicht spiegelte sich Ratlosigkeit.

Dann schien ihm aufzufallen, dass er sich nicht nach dem Grund ihres Besuchs erkundigt hatte.

»Aber womit kann ich Ihnen dienen, Senhora Davis? Sie sind sicher nicht grundlos so früh hier. Entschuldigen Sie meine Unfreundlichkeit.«

»Raoni, ich muss für zwei Tage weg, bin aber aus dem Hotel ausgezogen und bräuchte für diese Zeit einen sicheren Platz für mein Gepäck.«

Sie wies mit der Hand auf den Lederkoffer.

»Darf ich das gute Stück über das Wochenende bei Ihnen stehen lassen? Mir fällt sonst wirklich niemand anderer ein als Sie.«

Er grinste. »Ich bin also Ihre einzige Vertrauensperson am ganzen Amazonas. Das schmeichelt mir sehr.«

Erleichtert lächelte sie zurück. Nun hatte sie eine Sorge weniger.

Schon wollte sie sich mit einem Dankeschön von Raoni verabschieden und zu ihrem Taxi eilen, das bereits viel zu lange auf sie wartete, als die Tür zu de Nóbregas Büro aufflog. Er selbst stand im Türrahmen und hielt die Klinke in der Hand. Sie sah, wie er vor Wut die bebenden Finger in das Metall drückte.

Allem Anschein nach wollte er die beiden Männer, mit denen er sich massiv gestritten hatte, hinauswerfen.

»*Fora*!«, schrie er sie an. »Raus jetzt, sofort! Und kommt bloß nicht zurück! Richtet das eurem Chef aus! Unser Land muss er sich ein für alle Mal aus dem Kopf schlagen! Wir sind nicht käuflich.«

»Man kann doch über alles reden«, meinte einer der Männer noch beschwichtigend, während der andere schon an Sienna vorbeihetzte und die Worte »Verdammter Hurensohn« vor sich hinmurmelte.

Sienna erschrak.

Mit zornigem Blick verfolgte de Nóbrega, wie die Unterhändler des Großindustriellen das Büro verließen. Seine Augen erschienen ihr pechschwarz. Dann entdeckte er sie. Trotz der schwirrenden Ventilatoren wurde Sienna in seiner Gegenwart auf einmal ganz heiß. Am liebsten wäre sie unsichtbar gewesen.

Langsam näherte er sich dem Vorraum, wobei er direkt auf sie zusteuerte. Der Zorn über de Vries' Leute war ihm noch immer anzusehen. Nur schwer konnte er sich beherrschen.

»Und warum beehren Sie uns heute mit Ihrer werten Anwesenheit, Miss Davis?«, fragte er bissig.

Sienna fiel keine erklärende Antwort ein. In der jetzigen Situation erschien ihr jedes Wort zu viel. Die Stimmung war bis zum Äußersten gespannt.

Doch er hörte nicht auf. Hatte er in ihr ein willkommenes Opfer gefunden, um sich abzureagieren?

Mit verächtlicher Miene fuhr er fort: »Wollten Sie sich gern persönlich von uns Eingeborenen verabschieden? Zum Andenken einige Plastikperlen hierlassen? Vielleicht noch ein paar Fotos für das heimische Album schießen, die Sie dann in London in lockerer Runde bei Ihrem 5-Uhr-Tee herumzeigen können, wenn Sie Ihren Bekannten von den Wilden am Amazonas berichten?«, meinte er höhnisch.

Sie schaute ihn fassungslos an.

Sein schönes Gesicht hatte um den Mund herum einen bitteren Zug angenommen.

Ihre Finger suchten nach dem Medaillon, das ihr Shirt bisher fast vollständig verdeckt hatte. Es war ihr, als würde sie bei der Berührung Kraft finden, um diese furchtbare Szene über sich ergehen zu lassen.

Auch er folgte ihrer Hand und schien zu erstarren. Für einen kurzen Moment ruhten seine Augen auf ihrem Ausschnitt, dann wendete er rasch den Kopf ab. Sein Blick fiel jetzt auf ihren Koffer, dem er mit der Spitze seines Schuhs einen donnernden Schlag versetzte, sodass das Gepäckstück mit ganzer Wucht an das Holz von Raonis Schreibtisch prallte.

Sienna sah ihm verblüfft nach, während er zurück in sein Arbeitszimmer ging und die Tür mit einem lauten Krachen zuschlug.

7

Das Umbuchen ihres Fluges hatte weniger Zeit in Anspruch genommen als Sienna erwartete. Sie atmete erleichtert auf, denn es war tatsächlich problemlos möglich, ihre Rückreise nach London ohne Zusatzkosten auf ein unbestimmtes Datum zu verschieben. An Bobs Wutanfall wegen ihrer vorerst ausgesetzten Heimreise wollte sie allerdings im Augenblick lieber nicht denken. Es reichte schon, dass sie sich nicht mehr an die Vorgaben ihres Chefredakteurs hielt und jetzt auf eigene Faust ermittelte – noch dazu bezüglich einer völlig anderen Geschichte als der ihr aufgetragenen.

Es konnte sogar gut sein, dass er ihr kündigen würde. Irgendwann war auch für Bob das Maß voll. An seiner Stelle würde es ihr nicht anders ergehen, musste sich Sienna eingestehen.

Dass sie den Flug, den sie stattdessen mit der TABA gebucht hatte, selbst bezahlen musste, war ihr klar, doch diese Ausgabe war es ihr nach den Erkenntnissen der vergangenen Stunden wert.

Der in diesem Jahr fertiggestellte *aeroporto* war nicht besonders groß. Auf der Anzeigetafel sah sie, dass lediglich elf Flüge für diesen Tag vorgesehen waren. Der übernächste Start sollte der ihre sein. Sienna warf einen Blick auf die Armbanduhr und beschloss zum Gate zu gehen, obwohl ihr noch etwas Zeit blieb, denn in der nüchternen Abflughalle gab es nichts Interessantes zu sehen. Lieber wollte sie noch einmal in Ruhe einen Blick auf ihre bisher gesammelten Unterlagen werfen.

Gemächlich schlenderte sie an dem kleinen Kiosk vorbei, der allerlei bunte, aber ungesunde Süßigkeiten anbot, passierte die wenigen, nur halb besetzten Schalter und begab sich zum Durchgang, der von einem Angestellten in blauer Uniform kontrolliert wurde. Der junge Mann lächelte ihr freundlich zu und wollte schon die Bordkarte entgegennehmen, als Sienna plötzlich hörte, wie eine keuchende Männerstimme laut ihren Namen rief.

Überrascht drehte sie sich um und sah, wie Dan Snyder mit schnellen Schritten über die Marmorfliesen in ihre Richtung hetzte. Mit ihm hätte sie nach der Nachricht, die sie ihm in der *pousada* hinterlassen hatte, am wenigsten gerechnet.

Das helle Hemd hing ihm nachlässig aus der Hose und zeigte Spuren von Schweiß. Er musste es eilig gehabt haben, folgerte Sienna.

Als er bei ihr ankam, war er außer Atem, lächelte jedoch, zufrieden, sie noch erreicht zu haben. Sienna war diese Begegnung überhaupt nicht recht. Sie hatte sich seine Enttäuschung über ihre Nachricht genüsslich vorgestellt und wollte ihm jetzt keineswegs Rede und Antwort stehen.

Die kurze Zusammenarbeit mit dem Amerikaner war für sie beendet, da er ihr wichtige Informationen vorenthalten hatte. Von nun an recherchierte sie wieder allein.

»Miss Davis, zum Glück sind Sie noch hier!« Langsam beruhigte sich seine Atmung wieder.

Sie blickte ihn scharf an. »Was wollen Sie von mir? Warum laufen Sie mir nach, Herr Schneider? So heißen Sie doch, wenn man es genau nimmt.«

Ihre Augen beobachteten, wie er auf seinen deutschen Namen reagierte, den sie absichtlich stark betont hatte.

Kurz zuckte er zusammen, trat dann einen Schritt zurück und musterte sie eindringlich. Daraufhin grinste er spöttisch.

»Das haben Sie also mit Ihren wenigen Worten auf dem Notizzettel gemeint. Ich habe deren Sinn nicht richtig begriffen. Aber alle Achtung. So viel Spürsinn hätte ich Ihnen gar nicht zugetraut. Chapeau, Kollegin!«

»Sie denken jetzt hoffentlich nicht, dass mir Ihr Sarkasmus irgendetwas ausmacht, oder?«, gab sie schnippisch zur Antwort und versuchte, sich geschickt an ihm vorbeizuschieben, um dem wartenden Flughafenangestellten ihren Pass in die Hand zu drücken. Dieses Zusammentreffen mit dem Journalisten war ihr äußerst unangenehm, und sie wollte es so rasch wie möglich beenden.

»Doch«, lachte er. Woher nahm er nur dieses unerschütterliche Selbstvertrauen?

Sienna wurde wütend. »Wenn Sie mich bitte entschuldigen würden. Mein Flug geht in Kürze«, meinte sie spitz.

»Nicht sehr freundlich, mir zu schreiben, dass Sie nicht mit ›Lügnern‹ zusammenarbeiten würden«, begann er und baute sich vor ihr auf.

»Es entspricht aber durchaus der Wahrheit«, folgte ihre patzige Antwort.

Mittlerweile war es ihr gelungen, an ihm vorbeizukommen.

»Miss Davis, bitte...«, hörte sie ihn sagen. Sie blieb sie für eine Sekunde stehen, reckte das Kinn und sah ihn herausfordernd an.

»Lassen Sie es einfach. Ich habe Wichtigeres zu tun als mich von Ihnen für dumm verkaufen zu lassen.« Sienna hoffte, ihn damit losgeworden zu sein.

Sie machte auf dem Absatz kehrt und wandte sich der Absperrung zu, hinter der sich ihr Gate befand.

»Ich werde Ihnen alles erklären. Bitte geben Sie mir eine Chance«, rief er ihr nach.

»Dafür ist es jetzt zu spät. Mein Flug geht in genau...«, sie schaute auf die große Uhr am Ende der Halle, »... 48 Minuten.«

Er wirkte erleichtert: »Genug Zeit, für einen *cafezinho*. Und diesmal bin ich auch ehrlich. Sie werden es nicht bereuen. Das verspreche ich Ihnen.«

Als sie unschlüssig stehen blieb, setzte er hinzu: »Vergessen Sie die Lonrho-Sache nicht, Miss Davis!«

Tatsächlich hatte sie sich von Dan Snyder dazu überreden lassen, ihn in die einzige Bar des Flughafens zu begleiten, wo sie auf einem der unbequemen Plastikstühle Platz nahm, während er die Getränke bestellte. Die winzigen Tassen brachte er nun auf einem kleinen Tablett zu ihr an den Tisch und schob ihr die Zuckerschale zu, deren Inhalt durch die hohe Luftfeuchtigkeit schon ganz verklebt war.

»Ich mache es kurz, in Ordnung?«, meinte er ernst. »Schließlich will ich Sie nicht aufhalten.«

»Da bin ich aber neugierig«, antwortete sie ein wenig überheblich, um die Grenzen zwischen ihnen abzustecken. »Ich warne Sie, noch mehr Lügen vertrage ich nicht.«

Er nickte und schien verstanden zu haben. Plötzlich bekam sein Gesicht einen unerwartet ernsten Ausdruck. Es war, als würden ihm auf einmal die Worte fehlen. Das überraschte Sienna.

»Womit soll ich anfangen?«, fragte er etwas hilflos. Der spöttische Ausdruck war ganz aus seinen Augen verschwunden.

»Am besten damit, dass Sie Deutscher sind«, antwortete sie bissig und sah ihn provokativ an.

Snyder zuckte leicht zusammen und starrte auf die glatte Plastiktischplatte. Mit der Handkante entfernte er langsam ein paar

Krümel, die sich in der Mitte des Tisches angesammelt hatten. Sienna verfolgte, wie die Brosamen über die Kante auf den Boden fielen und wartete gespannt auf seine Reaktion.

»Ich bin kein Deutscher. Im Gegenteil, ich hasse dieses schreckliche Land.«

Dieser unvorhergesehene Gefühlsausbruch erstaunte sie. Welche Ungereimheiten würde er ihr jetzt noch auftischen?

Snyder räusperte sich, bevor er begann. Es kam Sienna vor, als suche er nach den richtigen Begriffen. Es war ihm anzusehen, wie schwer ihm das Erzählen fiel.

Dann gab er sich einen Ruck: »Gut, Miss Davis, was ich Ihnen jetzt berichte, wissen nur wenige Menschen auf der Welt. Ich hoffe, Sie gehen damit vertraulich um. Es ist meine Geschichte oder besser die Geschichte einer Familie, die es nicht mehr gibt, die einfach ausgelöscht wurde.«

Sienna schluckte. Snyder würde persönlich werden. So hatte sie sich das nicht vorgestellt. Mit erwartungsvollen Augen sah sie ihn an.

»Mein Vater entstammte einer wohlhabenden jüdischen Buchdruckerfamilie aus der Eifel. Seine Vorfahren hatten schon Jahrhunderte als erfolgreiche Händler im Kölner Raum gelebt. Mein Großvater Benjamin Schneider nahm sogar als Unteroffizier am Ersten Weltkrieg teil und erhielt die Tapferkeitsmedaille für seinen selbstlosen Fronteinsatz. Die Familie fühlte sich also völlig in Deutschland integriert und hätte alles für ihre Heimat getan.«

Sienna war ganz still geworden. Dan Snyder war der Abkömmling deutscher Juden! Das hatte sie nicht erwartet. Beinahe tat ihr ihre schnippische Art leid, denn er machte auf einmal einen verletzlichen Eindruck.

Wie um sich ihrer Aufmerksamkeit zu vergewissern, schaute er kurz auf. Sie hielt seinem Blick stand und wartete ab, bis er sich gefangen hatte.

»Im Alter von knapp dreißig Jahren verliebte sich mein Vater Jakob in die hübsche Tochter eines Aachener Anwalts, meine Mutter Eliane. Sie war Halbjüdin, doch der jüdische Teil der Familie war längst zum Katholizismus übergetreten. Die beiden heirateten. Sie müssen wissen, dass meine Eltern keinen großen Wert auf Religion legten und für die damalige Zeit ziemlich moderne, aufgeschlossene Menschen waren.«

Während er sprach, wirkte Snyder immer angespannter. Sienna war sich sicher, dass die Geschichte nicht gut enden würde.

Aber warum erzählte er ihr das alles? Wie hing seine Herkunft mit den Männern zusammen, die er so verbissen suchte?

»Alles ging gut, bis 1933 die NSDAP an die Macht kam. Sie wissen, wie sehr danach die Repressalien zunahmen, dass es Berufs- und Heiratsverbote gab, Ariernachweise vorgelegt werden mussten und alles in die furchtbare Reichskristallnacht mündete.«

Sienna nickte. Durch die Schule und die Erzählungen ihres Vaters, der aktiv gegen Hitlerdeutschland gekämpft hatte, war sie über die NS-Zeit einigermaßen informiert. Als Informationsmaterial hatten sie im Geschichtsunterricht kurze deutsche Wochenschaufilme der Dreißigerjahre über sich ergehen lassen müssen, woraufhin sich Sienna immer wieder gefragt hatte, wie man ein Volk dermaßen hatte blenden können.

Doch Dan Snyder fuhr fort: »Die ältere Schwester meines Vaters erkannte schon früh die Bedrohung und besorgte für sich und ihre Familie Ausreisevisa für die USA. Mein Vater dagegen konnte sich nicht vorstellen, seine geliebte Heimat zu verlassen und blieb. Er vertraute darauf, dass die Deutschen mit all ihrer Kultur und ihrer Vernunft dem Regime der Unterdrücker bald ein Ende bereiten würden. Doch wie sollte er sich in seinen Mitmenschen irren!«

Seine Lippen waren schmal geworden. Noch einmal sah er ihr direkt in die Augen, als müsse er sich vergewissern, ob er tatsächlich weitersprechen sollte.

Fast unmerklich nickte sie.

»Im Herbst 1941 wurde er dann verhaftet und, wie ich später herausfand, ins KZ Birkenau gebracht. Mehr als drei Jahre hielt er dort als Zwangsarbeiter für die I.G. Farben durch, in deren BUNA-Werk, und das sollte Sie interessieren, Sienna, Synthesekautschuk für das Militär produziert wurde.«

Sienna konnte vor Schreck nicht antworten. Sie erinnerte sich, was sie über die Herstellung von künstlichem Kautschuk gelesen hatte. All das verband sich nun mit der Tragödie einer jüdischen Familie und der Inhaftierung von Dans Vater in einem Vernichtungslager.

Sie ahnte, was kommen würde. Am liebsten hätte sie ihm gesagt, dass sie alles Weitere nicht hören wollte, doch stattdessen blieb sie wie versteinert neben ihm sitzen.

»Er ist kurz vor der Befreiung des Lagers durch die Russen an Entkräftung gestorben«, schloss er. »Keine zwei Monate vor der Rettung.« Dans Gesicht zeigte seine ganze Verletzlichkeit. Sienna hätte ihm gerne über den Arm gestrichen, doch sie traute sich nicht.

Beide schwiegen.

»Und Ihre Mutter?«, begann sie vorsichtig. Sie konnte sich vorstellen, dass auch Eliane Schneider nicht verschont geblieben war. Nur wenigen war damals die Flucht aus dem Deutschen Reich gelungen.

»Als Halbjüdin drohte meiner Mutter erst später die Verhaftung. Im sechsten Monat schwanger, flüchtete sie 1942 zu einer alten Freundin ins Münsterland, die sie auf ihrem abgelegenen Bauernhof versteckte.«

»Eine sehr mutige Tat«, kommentierte Sienna. Sie sah die verängstigte junge Frau vor sich, die sich mit einem Kind unter dem Herzen vor den Nazischergen in Sicherheit brachte und um Hilfe bat.

»Ja, Irma hatte keine Angst. Selbstlos gewährte sie meiner Mutter Unterschlupf und hielt das für ihre Pflicht als gute Christin. Sogar die Entbindung haben die beiden Frauen allein hinter sich gebracht!«

Sein Gesicht zeigte einen gewissen Stolz.

»Aber wie versteckt man ein schreiendes kleines Kind?«, fragte ihn Sienna, die sichtlich aufgewühlt war.

»Gar nicht. Die Freundin meiner Mutter gab mich einfach als ihr eigenes Kind aus, was gut nachvollziehbar war, da ihr Ehemann einige Monate zuvor für ein paar Tage Heimaturlaub von der Front erhalten hatte. Bei ihrer Leibesfülle war das wohl nicht besonders schwierig.«

»Und wie ging es weiter, Mr Snyder?«, fragte Sienna neugierig. Sie ahnte, dass die Geschichte noch nicht zu Ende war und fürchtete sich vor deren Ausgang.

»Dan. Sagen Sie bitte Dan zu mir, Sienna. Schließlich offenbare ich Ihnen hier mein Leben. Und glauben Sie mir, in diesen Genuss sind bisher nicht viele Menschen gekommen.«

Ein Schatten huschte über sein Gesicht. Trotz der vielen Jahre, die seither vergangen sein mussten, hatte er die Geschehnisse kaum verarbeitet.

Es fiel ihm schwer weiterzusprechen.

»Meine Mutter konnte sich nicht jahrelang auf dem abgeschiedenen Bauernhof im Münsterland verstecken. Sie musste raus, fühlte sich eingesperrt, wurde in ihrer Einsamkeit fast wahnsinnig. Die Sorge um meinen Vater und ihre eigene Familie trieb sie zu manch unüberlegten Handlungen. Leider. Einige Male klappte es ganz gut mit den nächtlichen Fahrradausflügen oder Waldspaziergängen, aber im Oktober 1943 wurde sie von einer Streife in der Nähe von Bewingen aufgegriffen, als Halbjüdin entdeckt und kurz darauf nach Buchenwald gebracht.«

Sienna erschauderte. Beide Eltern waren im Konzentrationslager gewesen. Was musste das mit Dan gemacht haben?

»Sie ist...?«, begann sie langsam.

»Ja, sie überlebte das KZ ebenfalls nicht. Und daran ist vor allem ein Mensch schuld.«

Sie sah den bitteren Ausdruck in Dans Augen, der so gar nicht zu seinem plötzlich sehr harten Tonfall passte.

Längst hatte Sienna jedoch erkannt, dass seine fast sachliche Erzählweise nur dem Selbstschutz diente.

»Und Sie kennen diese Person?« Ihr wurde kalt.

Snyder nickte und schloss kurz die Augen. Sienna hing förmlich an seinen Lippen.

»Waren Sie schon einmal in einem dieser Konzentrationslager, Sienna?«, fragte er, nachdem er sich eine Zigarette angezündet hatte. Sienna hasste es, wenn man in ihrer Gegenwart rauchte, aber sie ließ ihn gewähren.

»Nein«, gab sie zu.

Er atmete tief ein.

»Ich habe mir voriges Jahr ein Tagesvisum für die DDR besorgt und bin unerlaubterweise von Leipzig nach Weimar gefahren. Sagt Ihnen der Name dieses Ortes etwas?«

Doch er wartete ihre Antwort nicht ab.

»Die Stadt der Dichter und Denker, wo Goethe und Schiller wirkten. Das Zentrum der deutschen Klassik. Aber wenige Kilometer vom Stadtzentrum entfernt, oben auf einem Hügel, nur schlecht durch einen Wald verdeckt, liegen die Baracken, in die man die Häftlinge steckte. Die Ostdeutschen haben das Lager auf dem Ettersberg in eine Gedenkstätte umgewandelt, um sich selbst von der Verantwortung rein zu waschen. Aber diese Kommunisten sind die gleichen Heuchler wie alle anderen, wissen Sie.«

»Auf was sind Sie in Weimar gestoßen, Dan?« Sie wollte nun alles wissen, und das KZ Buchenwald schien der Schlüssel für alles zu sein.

Es sah aus, als müsste er sich erst einen Ruck geben, um gedanklich in die Gegenwart zurückzukehren.

»Ich sollte anders beginnen: Nach Ende des Krieges blieb ich noch zwei Jahre bei der Bäuerin im Münsterland, die jedoch infolge einer Infektionskrankheit 1947 verstarb. Auch ihr Mann kam nicht mehr aus dem Krieg zurück. Ich wurde, so hat man es mir erzählt, nacheinander in mehrere deutsche Kinderheime gesteckt, bis der Brief, den Irma noch vor ihrem Tod an die amerikanische Militärverwaltung geschrieben hatte, endlich etwas bewirkte. Nach akribischer Prüfung durch alle Instanzen durfte ich schließlich zu meiner Tante väterlicherseits nach New York ziehen. Das Rote Kreuz kümmerte sich um die Familienzusammenführung und organisierte meinen Transport in die USA. Dort zog mich Tante Magda, die mir bis zu diesem Zeitpunkt völlig fremd war, zusammen mit ihren zwei eigenen Kindern in einer kleinen Wohnung in Manhattan auf. Ihr Mann war ein Jahr zuvor infolge eines Unfalls gestorben.«

Sienna verstand.

»Zugegeben, ich hatte keine schlechte Kindheit. Magda versuchte, mir trotz ihrer beengten Lebensumstände die Mutter zu ersetzen, aber es war trotzdem kein Zuckerschlecken. Sicherlich war es auch nicht besonders einfach mit mir. Obwohl sie wenig Geld hatte, schickte mich Magda auf eine gute Schule, damit ich später studieren konnte. Dafür rackerte sie sich beinahe kaputt, doch sie meinte, es meinen Eltern schuldig zu sein. Nie werde ich ihr stolzgeschwelltes Gesicht vergessen, als ich meinen Universitätsabschluss feierte.«

Sein Blick rückte in die Ferne.

»Aber letztes Jahr ist etwas geschehen, das alles verändert hat, richtig?«, sagte Sienna jetzt.

Er schaute sie überrascht an. Dann nickte er.

»Sienna, Sie sind wirklich gut informiert. Ich hätte nicht gedacht, dass Sie über Nacht an alle Informationen, die mich betreffen, kommen würden. Respekt. Das Investigative scheint Ihnen, ebenso wie mir, im Blut zu liegen.«

Sie ging nicht auf seinen Kommentar ein. Im Grunde sollte ihm klar sein, dass man als Journalistin wissen wollte, mit wem man es zu tun hatte – vor allem, wenn man sich auf solch einen Handel einließ.

Nach einem weiteren Zug an der Zigarette fuhr Dan fort: »Tante Magda ist gestorben. Es war absehbar, dass sie den Kampf gegen den Krebs verlieren würde. Vor ihrem Tod wollte sie aber noch ihr Gewissen erleichtern und erzählte mir, was sie von anderen Holocaustüberlebenden über den Verbleib meiner Mutter erfahren hatte. Und sie übergab mir eine Zeichnung.«

»Eine Zeichnung?«, fragte Sienna. Ihre Neugierde wuchs immer mehr.

Er räusperte sich. Zweifellos kostete es ihn große Selbstüberwindung, ihr von den Geschehnissen im Konzentrationslager zu berichten.

»Buchenwald unterstand den SS-Totenkopfverbänden. Das waren besonders ausgewählte Nazis, die als verlässliche Säule des KZ-Systems galten. Sie stellten sowohl die militärische Reserve des Regimes als auch die innenpolitische Eingreiftruppe für den Krisenfall dar. Vielleicht können Sie sich vorstellen, was für eiskalte, gewissenlose Männer das waren.«

Sienna fuhr ein Schauder über den Rücken. Sie spürte, dass er jetzt auf den Grund seiner Anwesenheit zu sprechen käme.

»Ihr Hass auf alle, die nicht in das Raster der Volksgemeinschaft passten, und ihre Unbarmherzigkeit gegenüber Andersdenkenden waren bekannt. Ihrer Ideologie folgend, sollten all diese Menschen am besten verschwinden. Im Jahr 1943 waren über 2500 gewaltbereite SS-Männer in den Kasernen auf dem Weimarer Ettersberg stationiert, doch einer davon war besonders grauenhaft und tat sich mit seiner Menschenverachtung mehr als alle anderen hervor. Er hieß Wilhelm Arnold.«

Sienna starrte ihn fassungslos an.

Arnold! Der Tote im Regenwald! Der *carniceiro*! Matheus de Nóbregas Vater! Sienna traf es bis ins Mark. Sie war aufs Äußerste angespannt. Ihre Finger umfassten die kalte Tischplatte, als ob sie sich daran festhalten wollte. Wild kreisten die Gedanken in ihrem Kopf.

Warum aber suchte Dan nach den drei Männern mit niederländischen Pässen, wenn er doch eigentlich diesen Arnold im Visier hatte?

Doch da ahnte sie bereits, was er ihr sagen würde.

»Arnold war ein typischer Vertreter seiner Generation: 1910 in einem Arbeitervorort von Hamburg geboren, hochintelligent, ehrgeizig, aber infolge der Kriegsinvalidität seines Vaters und der daher fehlenden finanziellen Mittel ohne Zugang zur höheren Bildung, nach der er sich so sehnte. Eine Schuhmacherlehre, zu der der Vater ihn gezwungen hatte, brach er ab, lungerte einige Jahre ohne feste Arbeit herum, war sogar für einige Zeit obdachlos und trat dann mit 21 Jahren der NSDAP bei. Hier machte er als wacher Geist rasch Karriere und meldete sich bei Ausbruch des Zweiten Weltkriegs freiwillig zur Waffen-SS. Während des Krieges selbst war er in Majdanek und schließlich in Buchenwald stationiert. Nichts bereitete ihm größeres Vergnügen, als die Gefangenen, insbesondere die Frauen, auf unmenschlichste Art zu quälen. Er gab grünes Licht für die abscheulichsten medizinischen Versuche und die schrecklichsten Foltermethoden.«

Er trank einen Schluck Kaffee. Dann wischte sich Dan über den Mund.

Auch Siennas Mund fühlte sich trocken an.

»Wollen Sie noch mehr hören?« Er sah ihr direkt ins Gesicht.

»Ja, alles«, antwortete sie leise. Ihr Blick hing an seinen Lippen, als er weitersprach.

»Man hat die weiblichen Gefangenen sterilisiert, sie einem Vielfachen der normalen Röntgenstrahlung ausgesetzt oder ihnen im Dienste der Wissenschaft tödliche Erreger gespritzt, an denen sie qualvoll starben. Meiner Mutter ließ er zu Forschungszwecken absichtlich die falsche Blutgruppe übertragen, um die Abwehrreaktion ihres Körpers zu dokumentieren. Ein schreckliches, sehr langsames Ende.«

Er schluckte und führte rasch die Zigarette zum Mund.

Sienna wagte nicht, sich den leidvollen Todeskampf der gemarterten jungen Frau vorzustellen.

»Und Sie wissen nicht, was mit diesem Arnold geschehen ist?«, fragte sie vorsichtig.

»Wilhelm Arnold ist getarnt als der Niederländer Jan van Dorn im letzten Kriegsjahr in Brasilien eingereist.«

»Und seit 1949 tot«, gab sie zur Antwort. Wie sie vermutet hatte, machte er einen überraschten Eindruck. Dan Snyder sah sie mit großen Augen entgeistert an.

»Woher wollen Sie das wissen?«, fragte er zweifelnd. Er wirkte enttäuscht. Wahrscheinlich hatte er gehofft, den Mörder seiner Mutter lebend zu finden.

»Weil ich im Archiv darauf gestoßen bin«, erklärte sie.

Kurz erzählte Sienna ihm, was sie über das Ende des *Schlächters* wusste.

»Sie hatten vor abzureisen, ohne mir davon zu berichten?«, meinte er vorwurfsvoll und schüttelte den Kopf.

Sienna blickte auf den mit winzigen Zuckerkristallen übersäten Unterteller, auf den Dan die leere Kaffeetasse gestellt hatte.

Auf einmal fühlte sie sich unwohl und antwortete schuldbewusst: »Ich... ich hatte mich sehr über Sie geärgert, Dan, weil Sie mir nicht die Wahrheit gesagt haben. So etwas hasse ich.«

»Tut mir leid. In unserem Job kann man nie vorsichtig genug sein. Das wissen Sie, Sienna. Aber Sie haben recht. Ich hätte Sie vorher einweihen sollen. Nur fällt es mir nach wie vor schwer, jemandem gerade in so einer persönlichen Sache zu vertrauen.«

Sienna wusste, dass dieser Charakterzug auch auf sie zutraf.

Er überlegte. »Gibt es in einer der Zeitungen im Archiv ein Foto von Arnolds Gesicht?«, wollte er wissen.

Sie kramte umständlich in ihrem Umhängebeutel und zog das mehrfach gefaltete Papier heraus, das sie der Akte entnommen und dann den halben Tag in ihrer Wäsche herumgetragen hatte.

»Bitte«, meinte sie stolz. Sienna war froh, dass sich ihr Gespräch wieder mehr auf die Fakten konzentrierte.

Er pfiff durch die Zähne. »Meine ehrliche Anerkennung.«

Dann überflog er den Artikel. Sienna dachte daran, dass ihr Flieger bald starten würde. Ein Blick auf die riesigen Zeiger der Wanduhr in der Abflughalle sagte ihr, dass ihr nur noch wenige Minuten bis zum Aufbruch blieben.

»Also kein Bild seines Gesichts, nur dieser halbe Pass ohne Foto und die Tätowierung«, brummte er vor sich hin.

Das Wort Tätowierung ließ sie aufhorchen.

»Weshalb ist dieses Tattoo so wichtig?«, wollte sie wissen.

»Die Mitglieder der Totenkopfverbände trugen ein oder zwei Buchstaben an der Innenseite des Oberarms, um zu verhindern, im Falle einer Transfusion eine falsche Blutgruppe zu erhalten. Die Zeichen waren nicht groß, nicht einmal 0,3 Inches.« Er lachte fast höhnisch auf. Wahrscheinlich erinnerte er sich an den furchtbaren Tod seiner Mutter.

»Aha«, murmelte Sienna.

Er grübelte weiter. Sienna stand auf und griff nach ihrer Tasche. In spätestens fünf Minuten musste sie am Gate sein, um ihren Flug noch zu erwischen. Es tat ihr allerdings leid, sich jetzt von ihm zu verabschieden. Irgendwie waren sie sich in der vergangenen halben Stunde sehr nahegekommen.

Da fiel ihr noch etwas ein: »Sie sprachen von einer Zeichnung. Um was handelt es sich dabei genau?«

Er wirkte leicht aufgeschreckt. »Sie wollen schon aufbrechen, Sienna?« Erst in diesem Augenblick stellte er fest, dass sie im Begriff war zu gehen.

»Ich muss, mein Flieger wartet nicht«, erklärte sie entschuldigend.

Sein Gesicht zeigte Enttäuschung. Auch Sienna hätte sich gerne noch länger mit ihm ausgetauscht. Dans plötzliche Offenheit hatte sie besänftigt. Sie konnte sich vorstellen, dass er nicht vielen Menschen vertraute.

»Ja, die Zeichnung, richtig. Meine Mutter hat schon in ihrer Jugend gern gemalt. Sie war sehr gut darin und porträtierte am liebsten Personen. Das gab ihr irgendwie ein Gefühl der Ruhe. Auch in Buchenwald zeichnete sie, wann immer sie ein kleines Stück Papier oder Pappe in die Finger bekam. Unter anderem hat sie eine Zeichnung von Arnolds Gesicht angefertigt, die eine Überlebende des Lagers meiner Tante in den Fünfzigerjahren übergab.«

Deshalb also die Frage nach dem Foto. Er wollte die Zeichnung mit dem Gesicht des Toten im Dschungel vergleichen, um sicherzugehen.

»Und die besitzen Sie?«, fragte Sienna.

»Nicht hier, aber in meinem Hotel. Es ist das einzige Bild, das es von Arnold noch gibt. In keinem der sonstigen Archive findet sich ein Foto von ihm«, erwiderte er. »Und glauben Sie mir, ich habe überall gesucht.«

Ihr Flug wurde bereits ausgerufen. Wenn sie jetzt nicht ginge, würde sie zu spät kommen, weshalb sie hastig die Papiere in ihrem Beutel verstaute.

»Ich muss, Dan.« Schon wollte sie loslaufen, als sie es sich noch einmal anders überlegte und zurückging, um ihm die Hand zu reichen.

»Sie sind noch da, wenn ich zurückkomme, oder?«, erkundigte sie sich und hoffte auf ein »Ja«.

»Sie fliegen nicht zurück nach London?« Seine Überraschung war ihm deutlich anzusehen. Mit perplexem Gesichtsausdruck starrte er sie an.

»Nein, ich nehme gleich das nächste Flugzeug nach Belém, um Benedict de Vries zu treffen. Hoffen Sie, dass ich erfolgreich sein werde!«

Dan Snyder blieb sprachlos sitzen.

Sie schmunzelte zufrieden, als sie an den Schaltern und Absperrungen vorbei in Richtung ihres Gates rannte, und sah sich nicht mehr um.

BELÉM

1

Erst als der Pilot die Passagiere darüber informierte, dass die Boeing soeben Santarém überfliegen würde, warf Sienna einen Blick aus dem Fenster. Zuvor hatte sie gedankenversunken neben einem verliebten jungen Paar gesessen, das nicht aufhören konnte, miteinander zu turteln, und die Ereignisse der vergangenen Stunden langsam Revue passieren lassen.

Betancourt, der Mann, der sowohl Dekker als auch de Vries kannte und zudem Arnolds Tod offiziell bestätigt hatte, war bis Anfang kommender Woche nicht erreichbar und konnte daher auch nicht befragt werden. Das war eine unangenehme Tatsache, an der jedoch augenblicklich nichts zu ändern war.

Daher versuchte Sienna, Klarheit in das Puzzlespiel der vielen Informationen zu bringen, die sie im Verlauf der vergangenen Tage zusammengetragen hatte.

Bisher war ihr klar, dass einer der vermeintlichen Niederländer nicht mehr lebte, nämlich Jan van Dorn alias Arnold. Dekker dagegen stand mindestens bis 1957 dem FC Nacional de Manaus als Vereinspräsident vor, wie sie im Archiv herausgefunden hatte. Was war danach mit ihm geschehen? Lebte er etwa noch?

Snyder hatte ihr erzählt, dass alle drei Männer Mitglieder der SS gewesen waren. Für ihren Einsatz im Regenwald hatten sie wahrscheinlich ein besonderes Ausbildungsprogramm durchlaufen. Ihr wichtigstes Anliegen war es wohl gewesen, nicht aufzufallen und dann in geheimer Mission den größtmöglichen Schaden an der brasilianischen Kautschukproduktion anzurichten. Wie hießen nur die beiden anderen Deutschen mit richtigem Namen? Waren sie ebenso bestialisch vorgegangen wie Arnold? In der Eile hatte sie es versäumt, Dan danach zu fragen.

Und was wusste der Niederländer de Vries, ein seit Ende der Dreißigerjahre am Amazonas lebender Industrieller, der sich nun des

Indiolandes am Rio Pidiuaú bemächtigen wollte, um es in eine Sojasteppe zu verwandeln?

Welche Verbindung bestand zwischen diesen vier Männern?

Sienna war entschlossen, das Beziehungsgeflecht zu ergründen.

Das Wort Santarém elektrisierte sie. Hier, in diesem Hafen, dachte Sienna, wartete also damals das Dampfschiff *Amazonas*, während die Indios die begehrten Samen in den Bananenblättern verbargen. Sicherlich hatte keiner der *indígenas* auch nur geahnt, was sie mit ihrer Tat auslösen würden: Den Ruin eines ganzen Bundesstaates und den Beginn einer völlig neuen Wirtschaftspolitik.

Nur unterbrochen von kleinen kugeligen Wolken bot sich ihr eine ausgesprochen gute Sicht auf die drittgrößte Stadt am großen Strom, der Sienna hier besonders breit erschien. Die Wassermassen überschwemmten weite Flächen und ließen Hunderte von flachen, dicht bewaldeten Inseln übrig, sodass sie Mühe hatte, den weiteren Verlauf des Flusses zu erkennen. Nach Tausenden von Kilometern Länge seit seiner Quelle im Hochland der Anden glich der Amazonas hier eher einer endlosen Sumpflandschaft als einer vielbefahrenen Wasserstraße.

Was hatte ihr Raoni während der Heimfahrt von Iquitos erzählt? Erst vor wenigen Jahren habe man den wahren Ursprung dieses enormen Wasserlaufs entdeckt. Es war ein unscheinbarer, kleiner See auf 5000 Metern Höhe unterhalb des peruanischen Andenkamms. Nur wenn die Mittagssonne für ein paar Stunden das Eis der Laguna McIntyre schmelzen ließ, sprudelte diese Quelle. Eine faszinierende Vorstellung, fand Sienna und betrachtete den sich silbern spiegelnden Fluss tief unter ihr.

Obwohl im weiteren Verlauf des Fluges die Wolkendecke an Dicke zunahm und Sienna dadurch kaum mehr etwas von den Amazonasschlingen erkennen konnte, hielt sie dennoch den Blick starr aus der Luke gerichtet. Das Pärchen neben ihr hatte damit begonnen, innige Zärtlichkeiten auszutauschen, was Sienna unerwarteterweise störte. Gewöhnlich war sie nicht prüde. Im Gegenteil! Wenn sie sich daran erinnerte, dass Charles und sie das Bed & Breakfast in Boscastle kaum verlassen hatten, in dem sie sich damals an ihrem ersten gemeinsamen Wochenende eingemietet hatten, kamen ihr vor Wehmut die Tränen. Was waren dies für romantische Stunden gewesen. Ob sie je wieder auf solch eine intime Weise vereint sein würden?

Immer noch nicht hatte er sich für sie entschieden, sondern bevorzugte den Zustand der Heimlichkeiten. Das war für ihn am bequemsten. Offiziell spielte Charles den erfolgreichen jungen Abgeordneten und sonnte sich genüsslich in der gesellschaftlichen Position, die ihm die Familie seiner kranken Frau verschaffte. Und wenn er Lust auf ein kleines Abenteuer hatte, musste er nur rufen – Sienna war zur Stelle. Sie ärgerte sich so sehr über diese Erkenntnis, dass es ihr weh tat.

Rasch wagte sie einen Blick zur Seite und sah, wie zärtlich der junge Mann seiner Begleiterin über das dunkle Haar strich. Ihr wurde schmerzhaft bewusst, dass sie beide niemals so ungeniert wie dieses verliebte Paar zu ihrer Linken zusammen verreisen würden, woraufhin sie sich schnell abwandte. Hastig wischte sie sich eine Träne aus dem Augenwinkel.

Wieder beschäftigte sie sich mit dem labyrinthartigen Flusssystem, das sie bereits seit Stunden überflogen. Im Hotelprospekt hatte sie gelesen, dass allein die beiden Nebenflüsse Rio Negro und Rio Madeira so viel Wasser wie der Kongo, das afrikanische Gegenstück zum Amazonas, führten. Für Sienna war das kaum vorstellbar.

Zur Mittagszeit erreichte sie Belém, dessen riesige Ausmaße Sienna erst erkannte, als das Flugzeug das dichte weiße Wolkenmeer durchbrach. Unter ihr erstreckten sich auf einer abgerundeten Halbinsel schachbrettartig angeordnet endlose Häuserzeilen, die durch ein Gewirr vieler kleiner Straßen miteinander verbunden waren. Nirgendwo konnte sie eine Erhebung erkennen, und es erschien ihr, als ob die Stadt auf dem Schwemmland der braunen Flüsse, die sie umgaben, entstanden war.

Zu ihrer Überraschung hatte am Flughafen bereits der erste Taxifahrer gewusst, zu welcher Adresse er sie bringen sollte, als ihm Sienna den Namen Benedict de Vries und das SDA-Konsortium nannte. Nach einer halbstündigen Fahrt durch den hektischen Großstadtverkehr, bei dem ihr infolge der sich überall ähnelnden Backsteinbauten jegliche Orientierung abhandengekommen war, gelangten sie endlich ins Zentrum. Das vermutete Sienna jedenfalls, da die Fahrstreifen enger wurden und die Anzahl der hübschen pastellfarbenen Kolonialbauten zunahm.

Sie staunte über das üppige Grün der ausladenden Bäume entlang der vielen Alleen.

Auf einmal hielt der Chauffeur vor einem prächtigen, mehrgeschossigen Gebäude, das sie beinahe an einen Palast erinnerte.

»Wir sind am Ziel, Senhora«, sagte er und deutete auf den imposanten Bau. Dann stieg er aus, um ihr aus dem Fond zu helfen.

Nachdem sie ihn bezahlt hatte, betrachtete sie eingehend den in elegantem Weiß gehaltenen Komplex an der Ecke einer palmengesäumten Avenida. Die eindrucksvolle Architektur folgte einer strengen Symmetrie, sodass man die beiden Seiten des *palácio* entlang seiner Mittelachse problemlos hätte aufeinanderklappen können. Nur das turmartige Eingangsportal, über dem in großen goldenen Lettern der Name *Grupo de Vries* zu lesen war, erhob sich mit etlichen Säulenreihen bis zu einem übergroßen zeltartigen Dach.

Sienna blieb staunend vor dem Firmenhauptsitz stehen. Die einzigartige Wirkung, die das *edifício* auf seine Besucher haben sollte, war sicherlich beabsichtigt. Das stattliche Bauwerk verdeutlichte das Prestige und die Geltung, die der Firmeninhaber in dieser Stadt besaß.

Sie hatte nicht gedacht, dass der Niederländer wirklich so mächtig und reich war, doch innerhalb der vergangenen Jahrzehnte hatte er viel Zeit gehabt, seinen Wohlstand zu vermehren.

Dass sie überhaupt so weit gelangt war, verdankte Sienna wahrscheinlich ihrer penetranten Art, vielmehr jedoch der Tatsache, dass sie aus Europa kam. Schon während der vergangenen Tage hatte sie bemerkt, wie ihr ihre britische Herkunft in Brasilien vieles erleichterte und manche Tür geöffnet hatte. Die Brasilianer waren stolz auf ihr Land und wollten es vor den Fremden aus der Alten Welt in bestem Licht zeigen. Auch waren die früher engen Kontakte zur einstigen Kolonialmacht Portugal noch spürbar.

Als Journalistin aus London hatte man sie daher vom Empfang aus immer weiter nach oben geschickt, bis sie tatsächlich bei der Vorzimmerdame von Benedict de Vries gelandet war. Doch hier kam Sienna nicht voran, was an der abweisenden Person lag, welche de Vries' rechte Hand sein musste und dessen Büro mit Argusaugen zu bewachen schien.

Die in einen hautengen Rock gequetschte und auf hochhackigen Pumps erscheinende Schönheit hatte ihr klar und unmissverständlich zu verstehen gegeben, dass der Senhor *diretor-geral* bereits außer Haus sei und grundsätzlich nie für Interviews jeglicher Art zur Verfügung stünde. Sie müsse sich also keine Hoffnungen machen und die *Grupo de Vries* nicht erneut aufsuchen.

Danach hatte die perfekt geschminkte Mittdreißigerin der Besucherin aus Europa kein weiteres Interesse geschenkt und sich demonstrativ mit ein paar losen Papieren auf dem Schreibtisch beschäftigt.

Sienna war enttäuscht und blieb noch einige Augenblicke auf einem der modernen Stühle im Flur sitzen. Sie musste jetzt einen klaren Gedanken fassen. Ihr Flug nach Belém war umsonst gewesen. Sie würde kein Licht ins Dunkel der Geschehnisse bringen und deshalb ebenso wenig Dan helfen können. Das tat ihr besonders leid. Auf einmal ärgerte sie sich über ihre Impulsivität, die sie, ohne lange zu überlegen, hierhergebracht hatte. Auf was hatte sie sich bloß eingelassen?

Sie verspürte Durst, weshalb sie zu einem der Wasserspender hinter der Sitzgruppe ging und sich langsam einen Plastikbecher füllte. Das kühle Wasser tat ihr gut. Sienna versuchte nachzudenken. Viele Möglichkeiten blieben ihr nicht.

Schon wollte sie aufbrechen, um sich irgendwo in der Nähe ein billiges Hotel zu suchen und dann am folgenden Tag den ersten Flug zurück nach Manaus zu nehmen, als sie das Echo klackender Absätze aufhorchen ließ. Ohne auf sie zu achten, stöckelte ein sehr junges, schlankes Mädchen mit prächtigen kastanienbraunen Haaren, die fast bis zur Taille reichten, an ihr vorbei. Auffallend an der jungen Dame war, dass sie ein für Siennas Geschmack viel zu knappes Minikleid trug, das ihr kaum bis über den Po reichte.

Sienna wurde neugierig, denn die grazile Brunette eilte, ohne anzuklopfen oder zu grüßen, direkt an de Vries' Büroleiterin vorbei und steuerte auf eine große gepolsterte Tür im hinteren Teil des Vorzimmers zu.

»Senhora Caterine, *por favor*«, rief ihr die verdutzte Sekretärin unsicher zu, wagte es aber nicht, sich der Besucherin in den Weg zu stellen.

Sienna freute sich, dass die unfreundliche Angestellte plötzlich ganz unterwürfig klang. Die junge Frau aber ließ sich nicht davon abhalten, die Tür zu de Vries' Büro zu öffnen. Als sie sah, dass es leer war, blieb sie stehen und drehte sich enttäuscht um. Ihr Blick war vorwurfsvoll.

Mit ihrer kleinen Stupsnase und den großen braunen Augen wirkte sie recht hübsch. Es fehlte ihr jedoch die für ihr Alter typische Ungezwungenheit. Sienna schätzte, dass sie nicht älter als 20 Jahre sein konnte.

»Wo ist mein Vater?«, fragte die Unbekannte mit geschürzten Lippen, die ihrem Gesicht den Ausdruck eines verwöhnten Kindes verliehen. Amüsiert verfolgte Sienna die Szene durch die offen stehende Flurtür. Dem Mädchen war anzusehen, dass es eingeschnappt war, weil etwas nicht so lief, wie es sich das vorgestellt hatte.

»Ihr Herr Vater, Senhora Caterine, ist schon zum Neubau gefahren, da es Probleme mit den Arbeitern gab. Dann, so sagte er mir, wollte er sich für das Wochenende auf die Insel zurückziehen, da heute Abend ja noch das Fest ansteht«, beeilte sich de Vries' Assistentin. Ihr überfreundlicher Ton und das betont süßliche Lächeln halfen jedoch auch nichts.

»Er ist ohne mich aufgebrochen?«, regte sich die junge Frau lautstark auf. »Das kann doch nicht wahr sein! Unmöglich!«

Sienna bewunderte insgeheim, wie ruhig und höflich die Angestellte blieb. Höchstwahrscheinlich musste sie das Mädchen nicht zum ersten Mal besänftigen.

»Er wird Ihren Besuch bestimmt nicht absichtlich vergessen haben. Ein Anruf von der Baustelle und er musste...«, säuselte sie.

»Das ist mir egal. Wir waren verabredet. Er hat es mir versprochen!«, fuhr die Indrustriellentochter die andere an. Dann beschwerte sie sich weiter: »Ich wollte ihm mein neues Kleid für die Feier heute Abend zeigen. Und jetzt habe ich auch noch den Fahrer weggeschickt! So ein Mist! Heute geht aber auch alles schief!«

Sienna erwartete beinahe, dass das Mädchen vor Wut aufstampfen würde, doch soweit kam es nicht.

Noch bevor ihr Gegenüber antworten konnte, lief Caterine de Vries verärgert aus dem Raum und ging, so schnell es die Absätze ihrer eleganten Kroko-Sandaletten erlaubten, zum Lift. Sienna meinte noch, ein »Nie hat er Zeit für mich. Immer ist ihm alles andere wichtiger!« zu hören, als die junge Frau schnaubend an ihr vorbeieilte.

Caterine hatte Sienna, die ihr nun nachdenklich hinterherschaute, gar nicht wahrgenommen, da sie der Wasserspender fast vollständig verdeckt hatte.

»Das ist meine Chance«, ging es Sienna durch den Kopf. Sie musste über dieses verwöhnte Töchterchen an Benedict de Vries herankommen. Aber wie sollte sie es nur anstellen?

So rasch es ging, rannte sie die Stufen des Treppenhauses hinab und stolperte beinahe über den Putzeimer einer Reinemachefrau, die sich hörbar aufregte und ihr ein ärgerliches *nossa* zurief. Keuchend kam sie unten an und holte kurz Luft. Nachdem sie die Stahltür zum Erdgeschoss geöffnet hatte, stand sie im hinteren Bereich der Halle und sah gerade noch, wie Caterine de Vries das Eingangsportal durchschritt. Es kostete Sienna Überwindung, betont langsam am Portier vorbeizugehen, um nicht aufzufallen.

Draußen angekommen, lief sie so unauffällig wie möglich dem Mädchen nach, das sich nun in Richtung eines Taxistandes wandte. Es war der jungen Frau anzusehen, wie sehr sie sich ärgerte, dass ihr Privatwagen nicht auf sie wartete und sie nun auf ein öffentliches Taxi zurückgreifen musste.

Am Himmel wölbten sich bereits drohende Wolkenberge, die ein baldiges Gewitter ankündigten. Die Schwüle in der Stadt war beinahe unerträglich und ließ Sienna schwitzen.

Doch es kümmerten sie jetzt andere Sorgen als das tropische Klima. Ihr blieben nur noch wenige Augenblicke. Dann wäre Caterine de Vries auf und davon. Was sollte sie bloß unternehmen?

Die Träger ihrer Umhängetasche schnitten beim Gehen in die Schulter, und das harte Gehäuse der Kamera drückte in ihre Seite. Zuvor hatte sie die Last nicht so deutlich wahrgenommen, doch die Aufregung verstärkte nun jede Empfindung.

Plötzlich wusste sie, was zu tun war. Rasch zog Sienna den Fotoapparat hervor und begann erneut zu laufen. Noch vor der nächsten Ecke hatte sie ihr Ziel erreicht.

»Senhora, *desculpe*, warten Sie bitte einen Augenblick!«, rief sie der de Vries-Tochter zu und fand ihren Tonfall etwas zu schrill.

Mit zusammengekniffenen Augen drehte sich diese erregt um. Sienna sah, dass Caterines Ärger noch nicht verebbt war.

»Was ist?«, fragte diese schroff wie eine Frau, die es gewohnt war, Anweisungen zu erteilen.

Sienna deutete vielsagend auf die Kamera.

»Darf ich?«, fragte sie und begann schon unaufgefordert zu knipsen. Sie lief um das völlig überraschte Mädchen herum und drückte im Sekundentakt auf den Auslöser des Apparats. Im Sucher verfolgte Sienna von allen Seiten das attraktive Äußere ihres Gegenübers.

»Was tun Sie da?«, rief ihr Caterine entgegen, begann sich jedoch schon so zu positionieren, dass sie vor Siennas Fotoapparat eine gute Figur machte. Diese hatte die Eitelkeit der jungen Frau richtig eingeschätzt. Caterine liebte es, fotografiert zu werden.

»Entschuldigen Sie, Senhora, ich war so fasziniert von Ihrem außergewöhnlichen Gesicht, dass ich vergaß, mich vorzustellen«, schmeichelte Sienna ihrem Gegenüber. »Wie unhöflich von mir!«

Sie ging auf Caterine zu und streckte ihr die Hand entgegen: »Sienna Davis aus London.«

»Sie sind... Fotografin?«, stotterte Caterine de Vries, sichtlich verwirrt.

Sienna hatte keinerlei Skrupel, nicht bei der Wahrheit zu bleiben. Diese Unterhaltung musste sie jetzt für sich entscheiden. Sonst hätte bisher alles keinen Sinn gehabt.

»Modescout sozusagen. Ich arbeite mit den ganz Großen der Branche zusammen«, schwindelte sie und war überrascht, wie geschliffen ihre Worte plötzlich klangen.

Caterine bekam den Mund kaum zu.

Wie Sienna geahnt hatte, setzte sie am richtigen Hebel an. In diesem Alter waren junge Frauen immer empfänglich für Leute, die ihnen Komplimente wegen ihres Aussehens machten.

»Welcher Teenager träumt nicht von einer Karriere als Model«, dachte sie sich. Selbst ein reiches, verwöhntes Mädchen wie Benedict de Vries' Tochter wurde gern umgarnt. Umso mehr, nachdem sie soeben von ihrem Vater enttäuscht worden war.

»In London?«, erkundigte sich die andere. Sie schien interessiert zu sein.

»Und in Paris, New York… die wichtigen Orte für Models eben«, log ihr Sienna vor.

»Aber warten Sie, bleiben Sie so stehen. Ja, gut, genau so.« Ihre Kamera klickte wieder. Obwohl Sienna während des Flugs vergessen hatte, einen Film einzulegen, scherte sie sich jetzt nicht darum, sondern fotografierte eifrig weiter. Das Mädchen würde sowieso nie ein einziges Bild zu sehen bekommen, sagte sie sich.

»Perfekt! Sie haben ein Gesicht wie ein Engel«, schwärmte sie. »Genau die richtigen Proportionen. So etwas habe ich bisher selten gesehen.«

Ob das zu viel des Guten war? Nein, Caterine schienen die Komplimente zu gefallen. Sie hatte auch keine Ahnung davon, wie schlecht die momentane Lichtqualität infolge des grauen Himmels war und dass kein halbwegs vernünftiger Fotograf unter diesen Bedingungen Fotos machen würde.

Stattdessen meinte die junge Frau: »Ich habe schon immer von so etwas geträumt: Entdeckt zu werden, in die Welt zu gehen, weg von dieser Enge hier«, wobei sie eine ausladende Handbewegung in Richtung der umgebenden Häuser machte. Ihr Gesicht hatte einen verächtlichen Zug angenommen.

Sienna lächelte vielsagend. Sie hatte schon halb gewonnen.

»Wenn ich noch mehr Aufnahmen machen soll, dann müsste ich allerdings Ihren Namen wissen. Bei Ihrem Aussehen könnte ich mir wirklich eine eindrucksvolle Karriere vorstellen.«

»Natürlich, ich bin Caterine de Vries, 18 Jahre alt, seit fünfeinhalb Tagen fertig mit der Schule und…«

»Moment, das muss ich mir notieren.« Sienna holte umständlich ihr Notizbuch aus der Tasche. »Schließlich soll ja nichts schiefgehen, wenn mir jemand wie Sie einfach über den Weg läuft.«

Sienna lächelte ihrem Gegenüber freundlich zu. »Vertrauen aufbauen. Das ist ganz wichtig«, ging es Sienna durch den Kopf. »Sie muss an eine Zufallsbegegnung glauben.«

»Sind Sie für längere Zeit hier?«, erkundigte sich nun Caterine, während Sienna schrieb.

»Leider nur über das Wochenende. Ich reise für meine Auftraggeber auf der Suche nach besonderen Gesichtern durch Südamerika. Hier gibt es genau den Typ Frau, der zurzeit in Europa angesagt ist.« Es wunderte Sienna selbst, wie dreist sie lügen konnte.

»Wirklich?« Caterine glaubte ihr jedes Wort.

»Also, wenn Sie morgen vielleicht Zeit für ein paar richtig gute Fotos hätten? Ich meine für eine Sedcard, die ich dann meiner Agentur zeigen könnte.«

Sienna wagte nun alles.

»Morgen schon? Ich muss gleich zurück auf die Insel. «Sie schien zu überlegen und wirkte hin- und hergerissen. Allem Anschein nach befand sie sich in einem inneren Dilemma. Nervös zupfte sie am hautengen Kleid herum.

Dann hatte sie wohl einen Ausweg gefunden und meinte: »Aber warten Sie, Senhora Davis, warum kommen Sie nicht heute Abend zu uns? In unserem Landhaus findet eine große Party statt. Ich würde Sie furchtbar gern dazu einladen. Bitte seien Sie unser Gast!«

»Das geht doch nicht«, zierte sich Sienna absichtlich. »Sie kennen mich doch gar nicht. Es wäre Ihren Eltern sicherlich nicht recht, wenn Sie eine Fremde anschleppten.«

»Ich weiß genug von Ihnen, um das selbst entscheiden zu können. Und glauben Sie mir, was mein Vater sagt, ist mir augenblicklich ziemlich egal. Sie könnten mit Ihrer Kamera meine Zukunft verändern. Bitte, kommen Sie. Wir feiern auf der Ilha de Marajó. Seien Sie einfach morgen um 20 Uhr am alten Hafen. Ich werde Ihnen ein Schnellboot schicken, das Sie zur Insel bringt. Es ist wirklich kein Problem.«

Mit einem breiten Lächeln setzte sie hinzu: »Ich würde mich ungeheuer freuen.«

Als sie Siennas gespielt unschlüssiges Gesicht sah, bat sie erneut: »Bitte, tun Sie es für mich! Sie sind meine Rettung!«

Sienna hatte den Fisch am Haken.

2

Mit urwüchsiger Gewalt begann das Gewitter. Es war, als würden sich die mit feuchter Tropenluft aufgeballten Wolkenberge alle im selben Augenblick ihrer gesamten Last entladen. Innerhalb von Sekunden prasselten dicke Regentropfen auf Sienna herab, die sich hilfesuchend nach einer Unterstellmöglichkeit umsah. Irgendwo in ihrer Nähe musste doch ein Dachvorsprung oder ein Hauseingang erreichbar sein! Sie sah, dass Caterine schon mit einem der Taxis davongefahren war. Die junge Frau saß also im Gegensatz zu ihr selbst im Trockenen.

Warum war sie auch noch so lange an der Ecke herumgestanden und hatte über die Begegnung mit der de Vries-Tochter nachgedacht? Sienna ärgerte sich über ihre jetzige Situation.

Am besten war es, sich ebenso rasch wie Caterine eine Mitfahrgelegenheit zu besorgen. Sienna wollte soeben zu einem der Wagen am Taxistand laufen, als sie zu ihrem Ärger mitbekam, wie ihr die letzten Autos von aufgeregt herbeieilenden Passanten weggeschnappt wurden.

In kürzester Zeit war sie klitschnass geworden. Shirt und Hose klebten an ihrer Haut und hingen mit Wasser vollgesogen schwer an ihrem Körper herab. Sie wollte sich nicht vorstellen, was für ein jämmerliches Bild sie für ihre Umgebung abgab.

Irgendwo musste Sienna dringend einen schützenden Platz finden, doch es gab weder ein Geschäft, in das sie sich hätte flüchten können, noch ein einziges Vordach, das ihr Unterschlupf bot.

Und der Regen wurde immer stärker. Jetzt zuckte bereits ein greller Blitz über den dunklen Himmel, dem ein bedrohliches Donnergrollen folgte. Sie konnte auf keinen Fall noch länger auf der offenen Straße stehen bleiben. Das war lebensgefährlich. Nur wohin? Sienna musste sich schnell entscheiden.

Da entdeckte sie ein verbeultes, mit bunten Werbeplakaten vollgekleistertes Wartehäuschen auf der gegenüberliegenden Straßenseite. Es befand sich hinter der großen Mangobaumallee, weshalb sie es zunächst nicht wahrgenommen hatte. Dorthin musste sie! Unbedingt. Es war die einzige Möglichkeit weit und breit, ein Dach über den Kopf zu bekommen.

Bevor sie die mehrspurige Straße überquerte, tastete sie nach ihrer Umhängetasche, deren Stoff ebenfalls schon ganz feucht geworden war. Hoffentlich war der Kamera nichts passiert, dachte sie, als sie den ersten Schritt auf die Fahrbahn setzte und sogleich mit der Sandale im stehenden Wasser versank. Im Unrat des Straßengrabens hatten sich die Regenmassen angesammelt, da der Müll den Abfluss in die Kanalisation verstopfte. Schnell zog sie den Fuß zurück, doch ihr Schuh war nicht mehr zu retten. Naserümpfend schaute sie auf die nun schmutzige Haut unterhalb ihres Knöchels.

Zu ihrer Linken hupte lautstark ein Auto, sodass sie aufgeschreckt zurücktrat, um den Wagen vorbeizulassen. Der Fahrer scherte sich nicht um mögliche Fußgänger, sondern wollte nur rasch nach Hause kommen. Ebenso erging es den anderen *motoristas,* die mit überhöhter Geschwindigkeit rücksichtslos durch die Straßen schossen. Die vielen Scheinwerfer, die sich auf der regennassen Avenida spiegelten, irritierten Sienna. Nun krachte ein zweiter Donner aus der Wolkendecke, aber diesmal schien sich der Blitz noch näher zu entladen.

Obwohl es erst Mittag war, kam es ihr vor, als wäre bereits die Nacht hereingebrochen. Der Himmel war schwarz und wirkte zutiefst bedrohlich.

»Jetzt muss ich es wagen«, dachte Sienna, »sonst komme ich nie hinüber.«

Ohne darauf zu achten, dass sie in den glitschigen Schuhen hin- und herrutschte, versuchte sie, einen Weg zwischen den dahinrasenden Fahrzeugen zu finden. Das hektische Hupen und Aufblenden der Wagen nahm sie gar nicht mehr wahr, als sie geschickt die Lücken zwischen den einzelnen Autos ausnutzte.

Endlich hatte sie den anderen Gehsteig erreicht und atmete erleichtert auf. Doch kaum setzte sie einen ersten Schritt auf die Bodenplatten und wähnte sich in Sicherheit, als ein großer Lastwagen an ihr vorbeifuhr und das trübe Wasser des Straßengrabens bis zu ihrer Hüfte hochspritzte.

Sienna war nun nicht nur durchnässt, sondern auch bis zur Taille mit Dreck verunstaltet. Sie konnte es nicht fassen, als sie langsam an sich heruntersah und das Malheur betrachtete: Eine Unzahl khakibrauner Flecken verschandelte ihre Kleidung.

Sie befand sich in einem katastrophalen Zustand. Wahrscheinlich würde sich sogar der Busfahrer weigern, sie in dieser verdreckten Aufmachung mitzunehmen – von einem der sowieso schon ausgebuchten *taxistas* ganz zu schweigen.

»Senhora Davis!«, hörte sie plötzlich ein Rufen aus der Ferne und konnte es nicht glauben. Sie meinte schon, sich beim Prasseln des

Regens alles nur einzubilden, doch die Männerstimme rief weiter ihren Namen, sodass sie sich neugierig umdrehte.

Was mochte sie nur für einen trostlosen Anblick abgeben? Die Haare hingen ihr in klebrigen Strähnen herab, ihre Kleider waren völlig beschmutzt, und die Sohlen ihrer Sandalen ganz aufgeweicht.

Außer Caterine de Vries kannte sie in Belém keine Menschenseele. Wer sollte auf dieser regennassen Avenida mitten in Belém nach ihr rufen? Sie wandte sich dem schäbigen Bushäuschen zu, an dessen Seitenwänden die Plakatfetzen unschön herabhingen.

Ein alter VW Käfer näherte sich langsam und hielt direkt neben ihr. Sienna verfolgte überrascht, wie sich die Beifahrertür mit einem einzigen Ruck öffnete und der Fahrer sie mit einer hastigen Handbewegung aufforderte einzusteigen. Trotz der schweren Regentropfen, die weiter auf sie herunterklatschten, blieb sie unschlüssig stehen. Wer war der Mann? Was wollte er von ihr?

Aufgrund des Dämmerlichts konnte sie ihn im ersten Augenblick nicht richtig erkennen, aber dann wusste sie, wer nach ihr gerufen hatte.

»Senhor Batista?«, sagte sie ungläubig und fühlte sich auf einmal erleichtert. »Wie...?«, doch sie kam nicht weiter, da sie der ältere Mann zur Eile antrieb. Hinter ihm hatte sich bereits ein kleiner Stau gebildet, und die wartenden Autofahrer hupten wie wild. Alle wollten bei diesem Unwetter so rasch wie möglich weiter.

»Schnell, steigen Sie ein. Ich kann hier nicht länger parken. Sonst lynchen die mich da hinten noch.«

»Aber ich bin völlig...«, entgegnete sie dem Museumsdirektor, ihrem ehemaligen Sitznachbarn auf dem Flug von São Paulo nach Manaus, und zeigte auf ihre regennasse Kleidung. Sienna konnte es immer noch nicht fassen, dass Batista sie in diesem Großstadtdschungel erkannt hatte.

»Rein mit Ihnen«, war seine kurze Antwort.

»Ich dachte, ich sehe nicht richtig«, erklärte Batista, nachdem er einige hundert Meter gefahren war und das Hupen hinter ihm endlich verebbte.

»Da rennt einfach so eine Verrückte über die Straße, ohne sich um den Verkehr zu kümmern. Natürlich mussten Sie mir auffallen! Ein Wunder, dass Sie es heil hinübergeschafft haben.«

Erneut geriet seine Fahrt ins Stocken, da sich ein Krankenwagen mit aufheulenden Sirenen einen Weg durch die vollgestopfte Avenida suchte. Er ließ das Lenkrad für einen Augenblick los und griff zum Rücksitz, wo seine Finger etwas zu suchen schienen. Endlich hatte er das Gewünschte gefunden und zog ein großes Leintuch hervor, das ein paar Holzkisten bedeckt hatte.

»Nehmen Sie das. Etwas Besseres kann ich Ihnen momentan nicht anbieten. Normalerweise dient mir das Laken zum Abdecken der Ausstellungsstücke, aber jetzt sollten Sie sich lieber darin einwickeln. Sonst werden Sie noch krank.«

Sienna tat wie ihr geheißen. Viel zu unangenehm klebten die nassen Kleider auf ihrer Haut.

»Ich mache Ihr ganzes Auto schmutzig, Senhor Batista«, entschuldigte sie sich erneut.

»Ach, was«, erwiderte er. »Sehen Sie in dieser Karre irgendetwas von Wert?« Grinsend fuhr er weiter und ließ dabei die Fahrbahn nicht aus den Augen.

Nachdem sie sich umgeschaut hatte, musste sie ihm recht geben. Sie schätzte, der VW Käfer musste über 15 Jahre alt sein.

»Wohin fahren wir?« Sienna war erst jetzt bewusst geworden, dass sie sich blindlings auf ihn verließ und keine Ahnung hatte, wo sie sich derzeit befand.

Er machte ein leicht beleidigtes Gesicht.

»Jetzt verletzen Sie aber meine Eitelkeit, Senhora Davis. Ich habe mir doch tatsächlich eingebildet, Sie wären auf dem Weg zu mir und dem Museu do Índio, weil Ihnen meine Erzählungen während des Fluges so gut gefallen haben.«

Batista zwinkerte ihr freundschaftlich zu, sodass Sienna lachen musste. Sein Humor gefiel ihr.

»Natürlich«, entgegnete sie und lehnte sich im Sitz zurück, wobei sie die Beine ausstreckte. Erst jetzt wurde sie sich der Anspannung der letzten Stunden bewusst, die in diesem Gefährt langsam von ihr abzufallen schien.

»Wusste ich's doch: Ihr enormes Interesse an Ethnologie hat Sie nach Belém gebracht. Sonst nichts«, grinste er.

»Ich habe Interesse an allem, wenn es sich nur im Trocknen befindet«, gab sie amüsiert zur Antwort.

»Na also, es ist nicht weit. Nur noch ein paar Kreuzungen. Dann wird sich meine Frau um sie kümmern. Bei ihr sind Sie in den besten Händen. Verlassen Sie sich darauf.«

Sienna sah ihn mit großen Augen an. Auf einmal fühlte sie sich wohl und behütet. Sie ließ ihn gewähren und betrachtete leicht abwesend, wie die Wischblätter die Regentropfen stakkatoartig auf der Windschutzscheibe verteilten.

Nach wenigen Minuten dirigierte der Direktor den Wagen mit einer plötzlichen Drehung des Lenkrads in Richtung einer kleinen Hofeinfahrt. Die vor Feuchtigkeit beschlagene Scheibe des Seitenfensters ließ nicht mehr als die Zacken eines hohen schmiedeeisernen Zaunes sowie ein Gewirr tief hängender Pflanzen erkennen. Der Starkregen hatte bereits eine Vielzahl bunter Blüten auf den schmalen Kiesweg geweht, die jetzt von den Reifen des Käfers gnadenlos zerdrückt wurden. Batistas Haus lag wie eine kleine grüne Oase inmitten der hektischen Großstadt.

Kaum hatte das Fahrzeug unter einem Vordach angehalten, als auch schon die Haustür geöffnet wurde und im hellen Licht des Eingangs eine Frau erschien, die einen Regenschirm bereithielt.

Inês, Batistas Ehefrau, war eine beeindruckende Erscheinung. Sie überragte ihren Gatten um beinahe eine Kopflänge, war aber im Gegensatz zu diesem gertenschlank und wirkte sehr gepflegt. Sienna schätzte sie auf Ende fünfzig, doch sie hatte sich gut gehalten. Dem übergewichtigen, beinahe kahlköpfigen Batista hätte sie diese Eroberung nicht zugetraut.

Senhora Batista nahm Sienna, nachdem sie einen spitzen Schrei über deren äußeres Erscheinungsbild abgegeben und ihrem Mann diesbezüglich Vorwürfe gemacht hatte, sofort freundlich in Empfang und geleitete sie die Treppe hinauf.

»Das müsste Ihnen passen, denke ich«, meinte Inês, als sie das Badezimmer im ersten Stock betrat.

Nach einer heißen Dusche regten sich Siennas Lebensgeister langsam wieder. Sie fühlte sich wie neugeboren und schlüpfte in das frische, nach Rosen duftende Kleid, das ihr Senhora Batistas hingelegt hatte. Als diese auch die verschmutzte Wäsche an sich nahm, erhob Sienna zu ihrer eigenen Überraschung keine Einwände. Sie fühlte sich in Inês' Gegenwart mütterlich behütet. Schmerzlich wurde ihr bewusst, wie sehr ihr diese Geborgenheit seit Jahren fehlte.

»Ich werde das alles in die Waschmaschine werfen«, erklärte Inês. Dann blieb die ältere Frau plötzlich stehen und betrachtete Sienna nachdenklich von der Tür aus. Für einen Moment sah sie ruhig an Sienna herab, lächelte dann und meinte: »Hübsch sehen Sie aus, Senhora Davis, wirklich sehr hübsch.«

Sienna war sich nicht sicher, ob sie Tränen in den Augen der anderen gesehen hatte. Doch Inês wandte sich rasch um, rief ihr aber im Gehen zu, dass Batista sie im Museum erwartete.

Sienna blieb verdutzt zurück und schaute in den Spiegel. Das bunte Sommerkleid mit den verspielten Blumenmotiven, das ihr die Hausherrin geliehen hatte, ließ sie völlig anders als gewohnt aussehen. Es gab ihr eine viel weichere Note. Die junge Frau, die ihr im Spiegelbild ganz fremd entgegensah, kannte sie so gar nicht.

Das Museu do Índio lag im Nachbargebäude und war mit Batistas Wohnhaus durch einen kleinen Fußweg verbunden, der durch den üppigen, wild wuchernden Garten führte. Das Gewitter hatte in der Zwischenzeit aufgehört, doch die Blätter der Pflanzen hingen immer noch regenschwer herab. Grasgrüne Bananenstauden, an deren Enden sich die noch unreifen Früchte starr zum Himmel reckten, wechselten mit schweren ovalen *mangas* ab. Einige der prallen Früchte waren bereits von den Schnäbeln der Vögel verunstaltet, sodass das goldgelbe Fruchtfleisch durch die Schale quoll. Andere lagen aufgeplatzt auf der roten Erde, wo sich eine kleine Armada von Ameisen und Maden über sie hermachte, um sie in winzigen Stücken abzutransportieren.

Die Sonne beherrschte den jetzt wolkenfreien Himmel und ließ das Wasser auf den Gartenfliesen verdampfen. Sienna kam sich vor wie in einem Gewächshaus und konnte kaum atmen.

Sie betrat das Museum durch einen Nebeneingang und schaute sich suchend um. Batista war nirgends zu sehen. Hätte ihr Inês besser etwas genauer beschrieben, wie sie zum Direktor fand. So war sie ganz auf sich allein gestellt.

Doch schon hatten die verschiedenartigsten Ausstellungsstücke ihr Interesse geweckt. In großen Vitrinen waren eine Vielzahl an indianischen Keramikgefäßen des täglichen Gebrauchs zu sehen.

Die Ureinwohner hatten diese Kunstwerke höchst ansprechend mit geometrischen Mustern in Naturfarben verziert. Sienna las auf den Schildern fremde Bezeichnungen wie Carabinari, Jauaperi oder Airão, wohl die Namen der vielen Indio-Stämme. Nachdem sie auch die fachmännisch hergestellten Körbe und Flechtwaren betrachtet hatte, die im ersten Raum gezeigt wurden, hörte sie weiter hinten ein seltsames Geräusch. Es erschien ihr so, als würde jemand einen schweren Gegenstand über den Boden ziehen.

Sienna beschloss, dem langen Flur zu folgen. Vielleicht würde sie Batista im angrenzenden Raum treffen. An den Wänden hingen jetzt kunstvolle Bogen, an deren Seiten Köcher mit spitzen Pfeilen angebracht waren. Noch faszinierender aber waren die kleinen geschnitzten Hocker in Vogelform, die leicht erhöht neben dem großen Fenster standen. Sie berührte das glatte Holz mit dem Zeigefinger und versuchte sich vorzustellen, wer auf diesen ungewöhnlichen Sitzgelegenheiten schon Platz genommen hatte.

Sienna kam nun zu einer Reihe von merkwürdigen Musikinstrumenten, die verschiedenartigsten Rasseln glichen, dann folgten Werkzeuge und am Ende des Verbindungsganges ein restauriertes Langboot, das aus einem einzigen Baumstamm hergestellt worden war.

»Ein indianischer Einbaum«, flüsterte sie fasziniert.

Als sie um die Ecke bog, erwarteten sie große, ungerahmte Schwarz-Weiß-Fotos, die wohl Anfang des Jahrhunderts aufgenommen worden waren und die alte Indiokultur für die Nachwelt festhalten sollten. Sienna war sich sicher, dass von der auf den Bildern dargestellten Lebensweise der Ureinwohner heute nicht mehr viel übrig sein konnte.

Wieder das Schieben von Metall über den Boden. Wo war Batista nur?

Sienna betrat nun den bisher größten Raum des Museums, bei dessen Anblick sie nur noch staunen konnte. In dem mehrere Meter hohen Saal hing an jedem freien Platz ein bunter Kopfschmuck aus wundervollen Vogelfedern. Manche ähnelten Kränzen, die um die Stirn getragen wurden, andere zeigten eine längliche Form, doch die imposantesten mussten ihren Trägern über den gesamten Rücken und über die Brust gereicht haben. Es war ein wahres

Farbenspektakel, das Sienna ganz gefangen nahm. Daher sah sie den Museumsdirektor auch erst, als dieser sie ansprach:

»Meinen Sie, hier käme dieser Munduruku-Kopfschmuck gut zur Geltung, Miss Davis?«, fragte er.

Batista stand auf der obersten Stufe einer Metallleiter und hielt ein herrliches Federwerk in den Farben hellblau-rot in den Händen, das er über einem Mauerbogen anbringen wollte.

»Perfekt, Senhor Batista!«, pflichtete sie ihm bei, musste aber das Lachen unterdrücken, da sich der dicke Mann sehr unvorteilhaft verrenkte, um das Sammlerstück zu halten.

»Gut, dann geben Sie mir bitte den Hammer da unten. So kann ich diese Kriegshaube endlich aufhängen. Ich habe lange darauf gewartet, und nun ist sie endlich eingetroffen. Ein einzigartiges Sammlerstück, wissen Sie.«

Sie reichte ihm das Werkzeug und störte ihn nicht bei seiner Arbeit. Erst als der beleibte Mann langsam von der Leiter stieg, sprach sie ihn an: »Das Museum ist fantastisch. Sie haben hier wundervolle Unikate zusammengetragen.«

Er lächelte wie jemand, dem man kein größeres Kompliment machen konnte.

»Mein Lebenswerk.«

Stolz sah er sich im Saal um, als hätte er ihn zum ersten Mal betreten.

Dann meinte er: »Wollen Sie eine Führung? Ich bin mir sicher, Sie haben die Dämonenmaske aus geschnitztem Kürbis und das dazugehörende Jaguargebiss noch nicht gesehen. Das allein ist schon ein Erlebnis.«

Nachdem er sie durch mehrere Räume geleitet und ihr eine Vielzahl von Ausstellungsstücken erklärt hatte, betraten sie einen langgestreckten Korridor, der dem Besucher ein Dutzend restaurierter und ausgestopfter Fische zeigte. An den Wänden hingen einige seltsam anmutende Landkarten, die Sienna nicht zuordnen konnte.

Fragend sah sie Batista an. Dieser grinste und steuerte auf einen mehrere Meter langen Fisch zu, dessen auffälligstes Kennzeichen eine sägeähnliche Verjüngung im vorderen Bereich des Kopfes war.

»Ein Sägerochen«, verkündete er stolz und tätschelte den platten Rücken des präparierten Tieres.

»Ja, davon habe ich schon einmal gehört«, antwortete Sienna, die froh war, endlich einmal mitreden zu können.

»Aber wussten Sie auch, wo diese Salzwasserbewohner gefangen wurden?«

Sienna ahnte, dass Batista gleich mit der Antwort herausrücken würde. Er genoss es sichtlich, vor ihr zu dozieren.

»Wie Haie und Garnelen werden die Rochen auf den Amazonasmärkten unweit der peruanischen Grenze verkauft. Wohlgemerkt: Es sind alles Meerestiere. Und ihre Anzahl nimmt nach Osten zum Atlantik hin ab. Wie können Sie sich das erklären, Senhora Davis?«

Er sah, dass sie die Stirn kräuselte. Woher sollten diese Salzfische nur stammen?

»Ja, meine Liebe, dies leuchtete den Forschern lange Zeit nicht richtig ein. Ich meine, wie gelangen diese Meerwassergeschöpfe viele tausend Kilometer vom Ozean entfernt in die Netze der Binnenfischer, während man sie an der Mündung des Amazonas kaum findet?«

Er drehte sich um und ging einige Schritte in Richtung der Karten. Bei genauerem Hinsehen erkannte Sienna im Zentrum eine riesige Landmasse, auf der mit kursiven Lettern *GONDWANA* geschrieben stand.

»Der Urkontinent, aus dem Afrika und Südamerika entstanden sind«, erklärte er.

Er ließ die bizarren Zeichnungen auf Sienna wirken.

Dann fuhr er fort: »Damals mündete der Ur-Amazonas in den Pazifik. Seine Quellen lagen auf dem Hochplateau des afrikanischen Guyana. Vor etwa 130 Millionen Jahren zerbrach der Riese, der Atlantik weitete sich aus und die südamerikanische Platte driftete langsam nach Westen ab.«

Sienna hing an seinen Lippen. Sie fand seine Darlegung höchst interessant.

»Und jetzt mündet der Amazonas stattdessen in den Atlantik«, folgerte sie.

Er freute sich über ihren Kommentar. »Richtig, denn die aufstrebenden Anden haben ihm im Westen den Weg versperrt. Ich merke, Sie denken mit.«

Sienna spürte, dass sie sich sein Wohlwollen erworben hatte.

Beide spazierten hinaus auf eine große Freitreppe, die zur Straße hinführte. Sienna nahm an, dass dies der eigentliche Eingang des Museums war.

»Wie ich sehe, hat sich das Unwetter wieder verzogen«, meinte Batista mit einem Blick auf den strahlenden Sonnenschein.

Sienna seufzte. »Eine Stunde zu spät für mich. Dann hätte ich Ihnen und Ihrer Frau nicht solche Umstände bereitet«, klagte sie.

Mit einem Blick, den sie nicht zuordnen konnte, sagte er leise: »Sie machen uns keine Umstände, Sienna. Wir sind froh, dass Sie hier sind. Mehr als Sie ahnen können.«

Ob er sie absichtlich beim Vornamen genannt hatte? Sienna spürte die beklemmende Stille, wusste ihr aber nichts entgegenzusetzen.

Nach einer kurzen Pause hatte sich Batista wieder gefangen und fuhr fort: »Was wissen Sie eigentlich über Belém? Es hat mich überrascht, Sie plötzlich hier und nicht in Manaus zu sehen.«

»Wenn ich ehrlich bin, weiß ich fast nichts über die Stadt. Nur, dass Belém die größte Metropole am Amazonas ist und sich beinahe schon an seiner Mündung in den Atlantik befindet.«

»Falsch«, warf er ein.

Sienna sah ihn neugierig an.

»Belém, dessen Name übrigens auf das christliche Bethlehem zurückgeht, liegt mitnichten am Amazonas, sondern an der Baía de Marajó, wie die Mündung des Rio Tocatins in den Ozean bezeichnet wird. Dieser Fluss kommt weit aus dem Süden Brasiliens und hat nichts mit dem Amazonas zu tun.«

»Das habe ich nicht gewusst«, entgegnete sie.

»Sehen Sie. Unser gutes Belém hatte schon seit jeher eine engere Bindung zum portugiesischen Mutterland als zum Rest Brasiliens. So wollte der Staat Pará die Unabhängigkeit der Kolonie von Portugal lange nicht anerkennen, was im vergangenen Jahrhundert zu einem blutigen Bürgerkrieg führte, bei dem ein Drittel der Bevölkerung starb, woraufhin die Regierung drakonische Strafen verhängte. Erst der Kautschukboom brachte der Stadt wieder einigen Wohlstand. Die Entwicklung fand jedoch ein jähes Ende, als die Briten ihren Gummi auf dem Weltmarkt viel billiger anbieten konnten. Ähnlich wie Manaus verfiel nun auch Belém in einen Dämmerschlaf. Erst seit zwei Jahrzehnten geht es mit dem Export von Eisen und mittlerweile auch von Gold wieder aufwärts.«

»Gold? Ich dachte, das gäbe es nur in den Anden«, warf sie interessiert ein.

»Am Amazonas kann man alles finden, wenn man nur lange danach sucht. Der Dschungel ist eine wahre Schatztruhe, die von allerhand skrupellosen Glücksrittern schamlos ausgebeutet wird.«

Sein Gesicht wirkte bekümmert.

»Ach, hier seid ihr«, rief ihnen Inês entgegen, als sie vom Garten her auf die Terrasse trat. »Das Essen ist fertig.«

Sienna fühlte sich seltsam beschämt, vom Ehepaar Batista so freundlich aufgenommen zu werden. Fetzen der Erinnerung an längst vergangene, glückliche Zeiten ihrer Kindheit tauchten vor ihren Augen auf. Damals, als ihre Mutter noch gelebt hatte – vor dem Unfall, der alles schlagartig beendete.

»Tacacá«, meinte die Hausherrin, als sie erklärte, was sich in der gußeisernen Pfanne befand. »Das ist eine Brühe aus Bittermaniok, Parakresse und Sesam, versehen mit den besten Garnelen, die ich heute Morgen auf dem Fischmarkt bekommen konnte. Ich hoffe, es schmeckt Ihnen.«

»Mit Sicherheit«, antwortete Sienna, die der herrliche Duft des Eintopfs daran erinnert hatte, dass sie seit dem trockenen Sandwich im Flugzeug nichts mehr gegessen hatte.

»Sie ist eine wunderbare Köchin, meine Inês!«, schmatzte Batista. »Da weiß man doch gleich wieder, warum man eigentlich geheiratet hat«, wobei er seine Frau lächelnd ansah.

Diese tätschelte belustigt seinen Arm und meinte: »Dass es dir nur ums Essen geht, hätte ich sofort merken müssen, als du mir den Hof gemacht hast, Ernesto!«

Die beiden trugen dieses Wortgefecht wohl nicht zum ersten Mal aus. Es schien sich um ein kleines Ritual zwischen ihnen zu handeln, das beide glücklich machte.

»Wissen Sie, Sienna, ich entstamme einer alten Familie aus Pará und hätte wirklich andere Möglichkeiten gehabt, als diesen kleinen, runden Menschen hier zu ehelichen, aber...«, erklärte sie.

Doch Batista fiel ihr ins Wort: »Moment! Wer bringt dich denn seit jeher zum Lachen, *querida*? Hätten das deine anderen Verehrer auch gekonnt? Selbst wenn sie mehr Haare auf dem Kopf gehabt haben als ich!«

Inês lächelte besänftigend und wandte sich dann Sienna zu: »Es stimmt. An Ernesto hat mich vor allem sein Humor fasziniert – aber auch sein unglaublicher Idealismus. All das hier gäbe es nicht ohne die Mühen, die er auf sich genommen hat. Wer wollte vor fünfundzwanzig Jahren schon ein Indiomuseum bezuschussen?« Stolz und zufrieden sah sich Batistas Ehefrau um.

Batista betrachtete sie voller Liebe.

»Sein ganzes Erbe hat er in diese Idee gesteckt, auf vieles verzichtet, aber jetzt besitzt Belém eine einzigartige Sammlung indianischer Kunst. Und das hat die Stadt ganz allein ihm zu verdanken«, berichtete Inês weiter.

Sienna beobachtete fasziniert, wie harmonisch das Ehepaar Batista miteinander umging. Die beiden waren sich selbst genug. Sie fühlte sich seltsam störend, weshalb sie sich ganz auf das Essen konzentrierte.

Die Gastgeberin schien dies zu bemerken und kam auf ein anderes Thema zu sprechen: »Aber Sienna, sagen Sie uns doch, nach was Sie hier suchen! Mein Mann meinte, sie hätten wegen des Raubs der Kautschuksamen in Manaus zu tun und schrieben darüber für eine englische Zeitung.«

Sienna überlegte kurz, ob sie sich den Batistas anvertrauen konnte, doch sie fühlte sich hier seltsam zu Hause und hatte ein gutes Gefühl. So erzählte sie von den Niederländern van Dorn, Dekker und de Wit, nach deren Verbleib sie recherchierte, ließ aber die schreckliche Geschichte mit dem *carniceiro* aus. Auch über Dans Verdacht, es könne sich bei den Gesuchten um Mitglieder der deutschen SS handeln, verlor sie kein Wort.

»Dekker?«, fiel ihr der Direktor ins Wort. »Aber doch nicht der Dekker?«, fragte er aufgeregt.

Auch seine Frau schien den Namen zu kennen.

»Er muss es aber sein, Ernesto«, meinte Inês und nickte. »So viele Niederländer mit diesem einprägsamen Namen gab es in jenen Jahren nicht.«

Sienna wurde ganz nervös. Was wussten die beiden von Thijs Dekker?

»Sie kennen Dekker? Lebt er noch?«, schossen die Worte aus Sienna heraus. »Wo kann ich ihn finden?«

»Bedaure«, erklärte Batista. »Das ist leider nicht mehr möglich. Zum letzten Mal sah ich ihn bei dem unvergesslichen Endspiel SC Paysandu Belém gegen den FC Nacional Manaus. Wann war das genau? Kannst du mir weiterhelfen, Inês?« Sie dachte nach und sagte dann: »Ernesto, das muss 1959 oder 1960 gewesen sein. Auf jeden Fall war es, bevor Präsident Kubitschek Brasília als neue Hauptstadt einweihte.«

»Richtig. Dekker war ein bekannter Vereinspräsident. Der Fußball war sein ganzes Leben, und er hat wirklich viel für den Nacional getan. Ohne ihn hätte sich der Fußball in Manaus niemals so positiv entwickelt – sehr zum Leidwesen von Paysandu hier«, erinnerte sich Batista. Es war offensichtlich, dass Batistas Herz für den örtlichen Verein schlug.

»Aber er hatte nicht mehr viel von seinem Erfolg«, warf Inês ein und verzog vielsagend den Mund.

»Wie meinen Sie das?« Sienna musste unbedingt alles erfahren.

»Wenige Monate nach der Meisterschaft ist er gestorben. Eher dahingesiecht, wenn man es so sagen kann. Leberkrebs – der Alkohol, den er ständig in sich hineinschüttete, hat ihm den Rest gegeben. Man sprach nur hinter vorgehaltener Hand über seine Sucht, aber sie war vielen bekannt.«

»Er ist also tot«, fasste Sienna zusammen. Beinahe empfand sie ein Gefühl der Enttäuschung in sich aufsteigen. Somit waren bereits zwei der drei Männer gestorben. Erneut verlief eine vielversprechende Spur im Sande. Es blieb nur noch de Wit übrig, den Sienna aber nirgends unterbringen konnte. Auch im Archiv hatte sie über diesen dritten Mann keine Informationen gefunden. Sie hatte keinen einzigen Anhaltspunkt, um weiterzuforschen.

»Es tut mir leid, dass Ihr Flug nach Belém in dieser Sache zu keinem Ergebnis geführt hat, Sienna«, meinte Batista. »Wie können wir Sie dennoch davon überzeugen, dass diese Stadt einen Besuch wert ist?«

Sienna hatte nicht zugehört. Tausend Gedanken schwirrten wild durch ihren Kopf. Die einzige Möglichkeit, vielleicht doch etwas über den Verbleib de Wits zu erfahren, war Benedict de Vries. Er kannte zumindest Dekker. Das bezeugte allein das Foto, auf dem er mit dem Vereinspräsidenten und Betancourt zwei Jahre vor Dekkers Tod zu sehen war.

Sienna musste unbedingt mit dem Großindustriellen sprechen. Es war ihre letzte Chance.

»Was wir über Benedict de Vries wissen?«, wiederholte Inês Siennas Frage. Sie schien leicht irritiert zu sein.

Batista antwortete schneller als seine Frau: »Er ist einer der reichsten Männer am gesamten Amazonas. Angefangen hat er Ende der Dreißigerjahre als Holzbaron. Ich glaube, er kam damals aus Suriname. Dann sind immer mehr Geschäftszweige dazugekommen. De Vries handelt mit Zinn, Mangan und Bauxit, verschifft Soja als Viehfutter in die halbe Welt, investiert in Wasserkraftwerke und ist sogar am Bau der Transamazônica beteiligt, diesem Irrsinnsprojekt, das schuld an mehreren Völkermorden ist.«

Batista hatte sich heiß geredet. Es war ihm anzumerken, wie unsympatisch ihm der Unternehmer war.

Er fuhr fort: »Drüben hinter dem alten Hafen lässt er gerade einen neuen gigantischen Firmensitz hochziehen. Ein riesiger Palast aus Glas und Stahl. Die bisherige Niederlassung im Palácio Ubiratã reicht ihm wohl nicht mehr. Er expandiert ins Uferlose und ist nie zufrieden.«

Batista fuhr sich mit der Serviette über die Stirn. Sie sah, dass er stark schwitzte.

Der Großindustrielle und der Museumsdirektor waren keine Freunde und würden es auch nie werden.

»Ich bin von seiner Tochter heute Abend zu einem Fest eingeladen«, ließ Sienna leise verlauten. Die Situation war ihr irgendwie unangenehm.

Zwei überraschte Gesichter blickten sie an.

»Wie bitte? Sie kennen Caterine de Vries?«, fragte Inês noch vor ihrem Mann. »Wie haben Sie denn das geschafft?«

Daraufhin berichtete Sienna, wie sie die Bekanntschaft der jungen Frau gemacht hatte. Allerdings war ihr diese Vorgehensweise peinlich.

Batista grinste. »Geschickt eingefädelt, Sienna! Findest du nicht, meine Liebe? Diesem Kerl muss man genau auf diese Tour kommen. Er hat es nicht anders verdient.«

Inês sah auf den Boden. Sie wirkte unschlüssig. Wahrscheinlich missbilligte sie, wie Sienna Caterine getäuscht hatte.

»Und Sie wollen wirklich auf die Ilha de Marajó?«, fragte sie nun.

Sienna zuckte mit den Schultern. »Ich weiß nicht. Allerdings ist Senhor de Vries der einzige Mensch, der mir wahrscheinlich in dieser Angelegenheit weiterhelfen kann. Andererseits habe ich gar nichts anzuziehen für ein derartiges Fest, und die Geschäfte sind sicher schon geschlossen.«

»Darüber müssen Sie sich keine Sorgen machen, Sienna«, lächelte Inês verschwörerisch. »Das überlassen Sie am besten mir.«

Von der anderen Seite des Tisches zwinkerte Senhora Batista ihr amüsiert zu.

3

Sie saß noch immer in Batistas VW Käfer und strich gedankenverloren über den Saum ihres Kleides. In dem engen, mit schwarzen Pailletten bestickten Cocktailkleid und den dazugehörenden Lacksandaletten kam sich Sienna seltsam verkleidet vor. Inês hatte sich wie verrückt gefreut, als Sienna die elegante Robe passte. Sie hatte ihr erzählt, dass sie das gute Stück bisher nur ein einziges Mal getragen habe, nämlich als der Gouverneur von Pará das Museum besuchte. Sienna vermutete, dass dies Ende der Sechzigerjahre gewesen sein musste, denn das gerade geschnittene, ärmellose Kleid entsprach in seinem Purismus eher dem Modestil des vergangenen Jahrzehnts. Entsprechend unwohl und steif fühlte sie sich nun darin.

Doch nicht nur ihre Verkleidung machte ihr zu schaffen. Jetzt, nachdem sie es mit allerhand Tricks bewerkstelligt hatte, in Kontakt zur Familie de Vries zu treten, bereitete ihr diese Vorstellung auch gleichzeitig Angst. Schließlich hatte sie Caterine ohne jegliche Bedenken schamlos belogen. Was, wenn man ihr auf die Schliche kam? Schließlich war Benedict de Vries kein unbedeutender Mann. Würde er seinen langen Arm sogar bis England ausstrecken, um ihr selbst dort noch zu schaden? Zuzutrauen wäre es dem rücksichtslosen Industriemagnaten, fand sie.

»Sind Sie nervös, Sienna?«, fragte Batista, der es sich auf dem Fahrersitz des Kleinwagens bequem gemacht hatte. Er hatte den Sitz um einige Zentimeter nach hinten verschoben, damit sein Bauch nicht an das Lenkrad stieß.

»Nein, warum?«, antwortete sie etwas zu rasch, wusste jedoch sofort, dass sie nicht die Wahrheit sagte.

»Weil Sie die ganze Zeit an ihren Haaren herumspielen«, erklärte er. »Frauen tun das nur, wenn sie nicht mit sich im Reinen sind«, fuhr er fort und grinste.

Ertappt ließ Sienna die Hand auf den Schoß sinken. Tatsächlich störten sie die vielen Nadeln, die Inês in die Hochfrisur, die sie als »Banane« bezeichnete, gesteckt hatte. Ihre hellblonden Strähnen würden auf diese Weise besonders zur Geltung kommen, hatte Batistas Frau gesagt. Sie habe eine ideale Kopfform für diese spezielle, etwas klassische Haartracht. Dabei war ihr die Person, die Sienna im Spiegel von Inês' Ankleidezimmer entgegengeblickt hatte, völlig fremd und viel zu elegant vorgekommen. Sie konnte sich von Anfang an nicht mit ihrem äußeren Erscheinungsbild anfreunden und betrachtete auch jetzt kritisch ihre lackierten Fingernägel.

»Wollen Sie das wirklich auf sich nehmen, Sienna? Noch können Sie zurück«, gab Batista zu bedenken. »Niemand wird nach Ihnen fragen, wenn Sie nicht auf diesem Fest erscheinen. Das junge Mädchen weiß morgen schon nicht mehr, dass es Sie überhaupt getroffen hat. Diese verwöhnten Dinger haben täglich andere Flausen im Kopf.«

Sienna dachte kurz nach. Nein, sie würde sich immer Vorwürfe machen, wenn sie nicht auch den letzten Versuch unternommen hätte, Licht ins Dunkel dieser komplizierten und undurchsichtigen Geschichte zu bringen. Wahrscheinlich würde Dan Snyder seine Beziehungen nach London auch dann spielen lassen, wenn sie sich nicht auf dieses nächtliche Abenteuer einließ, aber es war ihre eigene journalistische Neugier, die sie dazu trieb. Auf keinen Fall konnte sie jetzt aufhören.

»Senhor Batista. Ich muss das tun«, gab sie zur Antwort. »Etwas anderes könnte ich mir nie verzeihen.«

Er nickte kaum merklich, wobei sein Doppelkinn einen weiteren Wulst bildete.

»Gut, dann wünsche ich Ihnen viel Glück. Etwas anderes hatte ich auch nicht von Ihnen erwartet. Und vielen Dank noch einmal dafür, dass Sie Inês einen wunderbaren, unvergesslichen Tag bereitet haben.«

Er dachte kurz nach und meinte leise weiter: »Wahrscheinlich den schönsten seit Jahren.« Es war, als würde sich auf sein sonst so fröhliches Gesicht ein dunkler Schatten legen.

Sienna zog erstaunt die Stirn in Falten und sah ihn fragend an.

»Inwiefern, Senhor Batista? Sie hatte die ganze Zeit nur Arbeit mit mir«, stellte sie nüchtern fest.

Er seufzte hörbar und senkte die Augenlider. Nach einer kurzen Pause antwortete er: »Sienna, verstehen Sie nicht? Sie haben ihr wenigstens für einen Tag das Gefühl gegeben, Mutter zu sein – eine Rolle, die sie unglücklicherweise nie kennenlernen durfte.«

Er schwieg, als müsse er sich sammeln. Sienna konnte sein Gesicht im Halbdunkel nicht richtig erkennen und wartete gespannt auf eine weitere Erklärung. Sie spürte, dass er ihr jetzt sein Herz öffnen würde.

Endlich sagte er: »Inês konnte leider keine Kinder bekommen.«

Dann brach er ab.

Batista hatte ihr erklärt, dass sie sich entlang des imposanten Gebäudes, in dem sich der Mercado Ver-o-Peso befand, halten sollte, um den Bootsanlegeplatz zu erreichen. Das Gehen in den hochhackigen Schuhen fiel ihr aufgrund des unebenen Kopfsteinpflasters schwer, weshalb sie den Weg unter den Arkaden des Fischmarktes wählte, der jetzt zur späten Abendstunde wie ausgestorben vor ihr lag. Zum Glück waren die Bodenplatten hier etwas gleichförmiger ausgelegt, sodass sie mit den schmalen Absätzen wenigstens nicht steckenblieb.

Sie drehte sich um und erkannte die runden Scheinwerfer des Käfers am Straßenrand. Der Direktor wartete, bis sie sicher am Kai angekommen war. Sie fühlte sich seltsam behütet und dachte über Batistas letzte Worte nach, die sie traurig machten.

Hätte sich ihre eigene Mutter mit ebenso viel Aufwand wie Inês Batista um sie gekümmert, wenn sie noch lebte? Welche Beziehung würden sie beide heute miteinander führen? Wäre es eine vertraute oder eher eine ablehnende? Wie anders hätte sich alles entwickelt, wenn das Unglück damals nicht geschehen wäre?

Trotz ihrer inneren Abwehr, die sie jahrelang als Selbstschutz aufgebaut hatte, begann sich Sienna an den Tag zu erinnern, der allem schlagartig ein Ende gesetzt hatte: Wie immer verbrachten sie den gesamten August bei der Familie ihrer Mutter in Fossola, einem winzigen Bergdorf in der Toskana, unweit der berühmten Steinbrüche von Carrara, die schon die Römer in der Antike mit feinstem Marmor versorgt hatten.

Das kleine unbekümmerte Mädchen, das Sienna damals gewesen war, liebte es, die Ferien bei der italienischen Großmutter zu verbringen. Hier wurde es von allen Seiten maßlos verwöhnt und umsorgt. Da sie nur einmal im Jahr zu Besuch kam, war die kleine *inglese* für diese Zeit der Mittelpunkt der gesamten Verwandtschaft. Sogar ihr in England ständig beschäftigter Vater blühte in dieser Umgebung regelrecht auf, nahm ihr die Angst vor den frechen Eseln der *nonna* und führte sie bei gutem Wetter an den herrlichen Strand von Avenza. Anstatt der biederen Anzüge, in die er sich an der Universität zwängte, trug er hier beige Shorts und hatte die langen Ärmel der Herrenhemden lässig hochgekrempelt. Seine helle britische Haut war in Fossola immer etwas gebräunt, und er sah während dieser Wochen in Italien viel jünger aus.

An diesem Tag, der alles veränderte, waren Vater und Tochter auf Siennas unablässiges Drängen hin schon mit dem Postbus ans Meer vorgefahren und hatten nicht auf Francesca gewartet, obwohl diese darum gebeten hatte. Sie wollte den Frauen des Hauses noch bei der Herstellung der Ricciarelli, einem feinen Mandelgebäck, helfen, welches typisch für die Region war und das die Großmutter als kleine Köstlichkeit für den Sonntag vorgesehen hatte.

Bei der Erinnerung an diese zunächst unbeschwerte Ausfahrt wurde Siennas Kehle trocken. Da sie jedoch den Anlegesteg an der Baía de Guajará noch nicht ereicht hatte und die Dunkelheit sie bereits vollständig umgab, war es ihr nicht möglich, die quälenden Gedanken zu verscheuchen.

Sie sah sich mit dem Vater wild im Wasser herumtollen. Immer wieder zog er sie an den Händen zu sich, tauchte kurz unter und stellte sie auf seine breiten Schultern. Auf diese Art balancierte sie mit seiner Hilfe am seichten Ufer des Tyrrhenischen Meeres und fühlte sich groß und sicher. Bei solch einem Vater konnte ihr nichts geschehen, dachte sie damals. Welch ein Trugschluss das gewesen war!

Erst als Giovanni, der einen kleinen Krämerladen in Sorgnano führte, mit seinem knatternden dreirädrigen Vespacar am Strand angefahren kam und ihnen mit übertriebenen Gesten entgegenrannte, ahnte sie, dass etwas vorgefallen sein musste. Welche Tragweite seine Nachricht für ihr ganzes weiteres Leben haben würde, konnte sie sich jedoch auf keine Weise vorstellen.

Sienna atmete tief ein und beschleunigte ihre Schritte. Sie wollte die Gefühle nicht weiter an sich heranlassen. Viele Jahre hatte sie sie sorgsam verschlossen und hinter einer undurchdringlichen Mauer vergraben. Das sollte auch weiterhin so bleiben.

Tatsächlich war es nicht schwierig, das Schnellboot der Familie de Vries zu finden, da der Firmenname sowohl auf dem Gefährt selbst als auch auf der Uniform der Matrosen zu lesen war. Ein weißgekleideter Mulatte reichte ihr höflich die Hand und half ihr über die Rampe, sodass sie auf einer weich gepolsterten Bank hinter einer Glasscheibe zu sitzen kam, die sie vor dem Fahrtwind schützen sollte.

Sienna hatte erwartet, dass die Crew noch auf weitere Gäste warten würde, doch zu ihrer Überraschung fuhr das Boot sofort nach ihrem Eintreffen ab.

»Caterine hat die *lancha* nur für mich geschickt«, ging es ihr durch den Kopf. Die junge Frau musste ein großes Interesse daran haben, eine Karriere als Model einzuschlagen. Eigentlich tat es Sienna leid, das unschuldige Mädchen täuschen zu müssen, doch daran führte nun kein Weg mehr vorbei.

Aufgrund der Dunkelheit erkannte Sienna kaum etwas von ihrer Umgebung. Sie sah nur, dass das Boot die vielen gelben Lichter Beléms, die sich perlschnurartig am Ufer aufreihten, langsam hinter sich ließ. In der Mitte des Flusses umfing sie tiefste Düsternis, die nur von den Schiffsscheinwerfern erhellt wurde, welche die Fahrrinne beleuchten sollten.

Trotz der tropischen Wärme, die auch nachts nicht nachließ, fror sie plötzlich und kam sich mutterseelenallein vor. Unmerklich schüttelte sie den Kopf, da sie nicht fassen konnte, wo sie sich augenblicklich befand. Wenn ihr hier etwas zustieße, würde davon zu

Hause in England niemand etwas mitbekommen. Wie hatte sie sich nur in diese unglaubliche Situation hineinmanövrieren können? Ging sie nicht etwas zu unvernünftig vor?

Die Seeleute sprachen die ganze Zeit kein Wort mit ihr. Sienna wusste nicht, ob dies aus Respekt ihr gegenüber oder einfach aus Desinteresse geschah.

Wohin würden sie sie bringen? Was erwartete sie heute Abend auf der Insel? Welche Art Fest war das, zu dem Caterine sie eingeladen hatte?

Sienna wurde nervös. Wieder spürte sie, wie die Spitzen der Haarnadeln in ihre Kopfhaut stachen, aber sie dachte an Senhor Batista und hielt mit Mühe ihre unruhigen Finger zurück.

Auf einmal drehte sich der Steuermann zu ihr um und rief ihr ein *Chegou*! zu, wohl um ihre Ankunft auf der Ilha de Marajó anzukündigen. Immer noch sah Sienna rein gar nichts. Nicht einmal die Umrisse irgendwelcher Bäume waren erkennbar. Von einem Haus konnte schon gar keine Rede sein. Sienna ärgerte sich, Caterines Einladung angenommen zu haben. Wohin sollte all dies nur führen?

Doch das Bild vor ihren Augen änderte sich schlagartig, als sie um die nächste Landzunge bogen und der Motor langsam gedrosselt wurde. Inmitten der Schwärze der Nacht beleuchteten Hunderte von Lichtern einen langgestreckten, zweistöckigen Kolonialbau, der eine riesige Freifläche umschloss, auf der sich bereits eine größere Menge von Menschen tummelte. Das symmetrische weiße Gebäude mit den schlanken Säulen und den langen Fensterfronten nahm Sienna völlig gefangen. Es strahlte Macht und Einfluss aus.

»Die Party scheint in vollem Gange zu sein«, fuhr es Sienna durch den Kopf. Sie hatte sich schon lange nicht mehr derart unbehaglich gefühlt.

Der Matrose warf dem wartenden Mann am Ufer einen Strick zu, den dieser fest am Poller vertaute. Sogleich reichte ihr der Angestellte die Hand, um ihr beim Aussteigen behilflich zu sein. Sienna konnte nicht mehr zurück. Mit angespanntem Gesichtsausdruck ließ sie sich an Land helfen.

Ihre Tasche, so sagte er zu ihrer Beruhigung, würde er von einem *empregado* zur Sicherheit ins Haus bringen lassen. Dann stand

Sienna allein am Pier. Eine leichte Brise wehte vom Fluss her durch ihr Haar und ihr schauderte.

Sie nahm allen Mut zusammen und näherte sich langsam den ausgelassenen Gästen, die um eine mehrfach geschwungene Poollandschaft herumstanden und sich angeregt unterhielten, während im Hintergrund eine Musikkapelle moderne brasilianische Rhythmen spielte. Die Damen waren auffallend herausgeputzt, trugen teure Kleider und viel Schmuck, der an ihren schlanken Körpern beinahe protzig wirkte. Es fiel Sienna auf, dass sie meist viel jünger als ihre anwesenden Männer waren, womit sich das Vorurteil zu bestätigen schien, dass Geld anziehend wirkte.

Die Gesellschaft schien bester Stimmung zu sein. Man prostete sich zu, lachte übertrieben laut und schenkte seinem Gegenüber ein süßliches Lächeln, hinter dem der andere taxiert und nach Bedeutung sowie Reichtum bewertet wurde.

Ein Kellner in blauweißer Livrée bot Sienna höflich ein Glas Champagner an, das sie gerne annahm, um wenigstens etwas in der Hand zu halten. Rasch trank sie einen Schluck des perlenden Getränks und blieb dann unschlüssig neben einem Paranussbaum stehen. Sie kam sich hier völlig fehl am Platz vor und nahm an, jeder würde sie wegen ihres unpassenden Kleides neugierig mustern. Am liebsten wäre sie unsichtbar gewesen und schloss für einen Moment unwillkürlich die Augen.

»Senhora Davis, *olá*!« Eine Frauenstimme rief aufgeregt nach ihr.

Noch bevor Sienna sich umdrehen konnte, stand Caterine de Vries vor ihr. Sie war stark geschminkt, trug die braunen Haare in schweren wallenden Locken über die Schulter und war in einen pinkfarbenen Traum aus feinster Seide gekleidet, der ihre hübschen Körperformen perfekt unterstrich. An ihren Ohren hingen große Brillantohrringe in einer wunderbaren Tropfenform, die sehr teuer sein mussten. Die junge Frau machte einen höchst luxuriösen Eindruck auf sie.

Sienna lächelte unsicher und ärgerte sich darüber, nicht bei den Batistas geblieben zu sein.

»Wie schön, dass Sie gekommen sind! Ich hatte schon kaum mehr Hoffnung, Sie wiederzusehen. Niemand hätte mir heute ein besseres Geschenk machen können als Sie mit Ihrer Anwesenheit.

Senhora Davis, Sie ahnen gar nicht, was Sie für meine Zukunft bedeuten.«

Caterine strahlte glücklich über das ganze Gesicht. Die winzigen Strassperlen, mit der ihre Corsage bestickt war, funkelten im Schein der vielen hundert Lichter.

War das junge Mädchen tatsächlich derart auf eine Modelkarriere fixiert, obwohl es als Tochter des Industriemagnaten alles bekommen konnte, was es nur wollte?

Siennas Augen wanderten über die Köpfe der Gäste hinweg zum beeindruckenden Swimmingpool. Die kunstvoll geschwungenen Becken, die durch eine Vielzahl von Kanälen und plätschernden Wasserfällen verbunden waren, wurden von kleinen Brücken und Stegen überspannt. Zusätzlich strahlten verschiedenfarbige Unterwasserscheinwerfer die Bassins in warmem Licht an, was dem Ganzen einen fast unwirklichen Eindruck verlieh. Der Reichtum, der hier zur Schau gestellt wurde, verschlug Sienna schier die Sprache.

Caterine, die nur auf sich selbst fixiert war, schien davon nichts zu merken.

»Ich muss Sie sofort meinem Vater vorstellen. Bitte folgen Sie mir. Er steht weiter hinten am Springbrunnen«, unterbrach Caterine ihre Gedanken.

Jetzt sollte sie also Benedict de Vries treffen. Endlich war es soweit.

Auf einmal fühlte sich Sienna hellwach.

»*Pai, com licença*, darf ich dich kurz stören?«, sprach Caterine einen schlanken, hochgewachsenen Mann im Smoking an, der sich Zigarre rauchend inmitten einer kleineren Gruppe älterer Männer am Fuße der Freitreppe befand und Sienna bisher nur den Rücken zugekehrt hatte. Sie spürte, wie ihr Herz plötzlich schneller schlug.

Langsam drehte sich der Angesprochene um, nahm die Zigarre aus dem Mund und lächelte kurz Caterine an. Dann blieben seine stahlblauen Augen an Sienna haften und ließen nicht mehr von ihr ab. Schon in der ersten Sekunde spürte Sienna, welche Autorität von Benedict de Vries ausging. Es fiel ihr schwer, seinem Blick standzuhalten, der sie zu durchbohren schien, doch sie nickte höflich in seine Richtung. Gespannt wartete sie, was geschehen würde.

Ohne die Augen von ihr abzuwenden, kam Caterines Vater langsam auf sie zu. Er betrachtete sie von oben bis unten, wobei sich Sienna wie nackt vorkam, aber alle Kraft aufbot, um so selbstbewusst wie möglich aufzutreten.

»*Pai*, das ist Senhora Davis aus London. Sie ist Modefotografin und arbeitet für die wichtigsten Agenturen weltweit. Wir... äh... haben uns kürzlich per Zufall kennengelernt und waren uns sofort... sympathisch«, erklärte Caterine beinahe übertrieben locker.

Noch immer sagte de Vries nichts, sondern musterte sie weiterhin eingehend. Dann begann sein Mund zu lächeln, wobei die Augen jedoch kalt blieben und keine Sekunde von Sienna abrückten.

Obwohl er über sechzig Jahre alt sein musste und seine Haare deutlich ergraut waren, stellte er eine attraktive Erscheinung dar. Auffallend war sein markantes, nordisches Gesicht, das einen entschlossenen Ausdruck und große Wachsamkeit zeigte. Sienna konnte sich vorstellen, dass er in Geschäftsangelegenheiten kein einfacher Verhandlungspartner war. Auch bei den Frauen durfte er aufgrund seines ansprechenden Äußeren früher wie heute leichtes Spiel gehabt haben.

»Interessant, sehr interessant. Ich bin glücklich, Ihre Bekanntschaft machen zu dürfen, Senhora Davis. Noch mehr erfreut es mich, dass Sie ein purer Zufall hierher auf unser entlegenes Eiland geführt hat«, meinte er süffisant.

Sienna erschrak. Der Mann ließ sich nicht täuschen. Er hatte die seltsame Geschichte, die ihm seine Tochter auftischte, sofort durchschaut und betrachtete sie als unwahr.

Sie musste jetzt das Beste aus der Situation machen. Am klügsten wäre es, dachte sie, dennoch die Rolle der Fotografin weiterzuspielen. Vielleicht vermutete de Vries auch nur, dass sie an ein paar Fotos von ihm, dem reichen Großindustriellen, interessiert sei und hoffte, über die Tochter ans Ziel zu kommen.

»Ja, die Welt der Mode fasziniert jedes junge Mädchen. Mir ist es früher nicht anders ergangen, Senhor de Vries«, entgegnete sie glatt.

»Und was führt Sie in unsere unwirtliche Gegend, wenn ich fragen darf? Belém ist ja nicht gerade mit den Laufstegen Europas zu vergleichen«, erkundigte sich ihr Gegenüber. Trotz seines fließenden Portugiesisch war ein leichter Akzent hörbar, den Sienna seiner niederländischen Herkunft zuschrieb. »Wie kommt eine schöne Frau wie Sie heute Abend auf das Schwemmland des Amazonas?«

»Nun, als unwirtlich kann man dieses herrliche Stück Erde, auf dem Sie leben, nicht gerade bezeichnen«, antwortete Sienna, wobei sie eine ausladende Handbewegung in Richtung des Landsitzes machte und ihn anlächelte. »Einfach fantastisch, Ihr Zuhause. Ich gratuliere Ihnen zu diesem unglaublichen Besitz.«

Sienna hatte sich wieder etwas gefangen. So einfach würde sie nicht klein beigeben.

»Ja, Irajá, so heißt unser Wochenendhaus, ist als Rückzugsort von der Hektik der Großstadt recht gut gelungen.«

Er schaute sich um, als würde er das Haus und die davorliegende Wasserlandschaft zum ersten Mal sehen. Ein zufriedener Ausdruck war auf seinem Gesicht zu erkennen.

Dann fragte de Vries unvermittelt: »Wissen Sie, was das Wort in der Tupí-Sprache bedeutet?«

Sie sah ihn aufmerksam an und schüttelte den Kopf. Bestimmt verfolgte er einen bestimmten Zweck mit der Erklärung, die er ihr nun geben würde.

»Bienennest. Eine treffende Bezeichnung, finden Sie nicht?« Seine wachen Augen beobachteten, wie Sienna reagieren würde.

Diese hatte keine Ahnung, wohin die Unterhaltung führen sollte. Daher überging sie die Anspielung und meinte: »Caterine sagte, Sie kämen wie ich aus Europa.«

Sienna wartete ebenfalls lauernd seine Reaktion ab.

Zuckte sein Lid kurz? Sie wusste es nicht. Ihre Anspannung nahm zu.

Doch er antwortete gelassen: »Richtig, treffender gesagt aus einem kleinen Nest in der Provinz Brabant. Kennen Sie die Niederlande?«

Warum erschien es Sienna so, als wäre sie hier Teil eines Katz-und-Maus-Spiels? Im Grunde sagte Benedict de Vries absolut nichts Unpassendes. Doch es war seine aalglatte Art, die ihn unheimlich machte. Wahrscheinlich, so versicherte sie sich, musste ein erfolgreicher Geschäftsmann aber genau so sein.

»Nein, leider nicht. Doch wenn ich das nächste Mal in der Gegend bin...«, antwortete Sienna.

Caterine, die die ganze Zeit stumm danebengestanden hatte, mischte sich wieder ins Gespräch ein. Der Verlauf der Unterhaltung schien ihr nicht zu gefallen. Sie hüstelte leicht, um sich Aufmerksamkeit zu verschaffen.

»*Pai*, Senhora Davis bleibt heute Nacht bei uns. Ich habe bereits alles veranlasst. Morgen werde ich ihr die Insel zeigen, damit sie einen unvergesslichen Eindruck von Brasilien bekommt, bevor sie wieder nach England zurückreist.«

Sein Gesicht zeigte keine Regung, als er sich mit den Worten, Sienna dann spätestens zum Frühstück zu sehen, verabschiedete und lässig zu einer größeren Gruppe lachender Gäste schritt. Dennoch hatte Sienna ein ungutes Gefühl, während sie dem großgewachsenen Mann hinterherblickte.

»Mein Vater ist etwas schwierig, Senhora Davis. Nehmen Sie ihm das bitte nicht übel. Das Leben hat ihn hart gemacht. Schließlich kam er nach Südamerika, als er noch sehr jung war. Damals besaß er nichts und musste sich alles selbst aufbauen«, erklärte Caterine.

Sienna nickte. Dann fuhr sie fort: »Ihr Angebot, hier zu übernachten, kann ich auf keinen Fall annehmen, Caterine. Das ist völlig unmöglich und kommt viel zu überraschend.«

»Keine Widerrede. Wie wollen Sie sonst die versprochenen Fotos von mir machen? Bestimmt nicht jetzt in der Dunkelheit. Morgen werde ich Ihnen ein kleines Paradies zeigen – etwas, was Sie noch nie gesehen haben. Aber kommen Sie. Dort hinten stehen ein paar meiner Freunde – alles Söhne und Töchter einflussreicher und wichtiger Leute. Ich möchte Sie unbedingt den anderen vorstellen. Nicht jeder kennt eine Modefotografin aus London. Ach, ich bin so stolz darauf, dass Sie hier auf Marajó sind!« Sie wirkte völlig ausgelassen und strahlte vor Glück.

»Unter einer Bedingung«, entgegnete Sienna, die fieberhaft nachgedacht hatte, welchen Vorteil sie aus dieser unerwarteten Einladung ziehen konnte.

Die andere sah sie leicht irritiert an. Man merkte ihr an, dass sie zu ihren Freunden stoßen wollte.

»Sie müssen mich Sienna nennen«, meinte diese schmunzelnd.

Caterine lächelte dankbar. Sienna hatte die junge Frau nun völlig für sich eingenommen.

Sie konnte sich die vielen Namen der jungen Leute, mit denen Caterine de Vries sie bekannt machte, nicht merken. Augenscheinlich handelte es sich um die verwöhnten Abkömmlinge brasilianischer Geschäftsleute, Politiker oder hoher Militärs.

»Man bleibt also unter sich«, ging es Sienna durch den Kopf. »Fernab der Großstadt trifft man sich in diesem scheinbaren Paradies und lässt die riesigen Probleme des Landes einfach außen vor.«

Als Caterine sie als ihren Ehrengast vorstellte, wurde sie von allen Seiten äußerst freundlich und mit echtem Interesse in Empfang genommen. Eine Besucherin aus Europa war selbst in dieser Umgebung etwas Ungewöhnliches.

Eine junge Frau mit pechschwarzem langen Haar und einem auffallenden schweren Goldreif um den Hals drängte sich neben Sienna und meinte: »Unglaublich, wie wir hier immer noch hinter dem Mond leben! Sie müssen uns ja förmlich für Hinterwäldler halten.«

Sienna verstand nicht.

Doch die andere sprach schon weiter: »Wir plustern uns farbenfroh wie Kanarienvögel auf und meinen, uns ganz nach der neuesten Mode zu kleiden. Und dann kommt Senhora Davis aus England daher und zeigt uns mit ihrem schicken Kleid, was gerade in Europa in ist. Daneben komme ich mir mit meiner Montur vor wie eine wandelnde Gardine.«

Sienna hatte Mühe, sich zurückhalten, um nicht gleich loszulachen. Auf einmal fühlte sie sich ausgesprochen wohl in Inês' aparter Paillettenrobe, die die anderen wohl mit ihrer spartanischen Schlichtheit beeindruckte.

»Wenn ihr wüsstet!«, ging es ihr durch den Kopf, und sie lachte schelmisch.

»Ein sicheres Auftreten ist alles«, dachte sie weiter, doch sie konnte der aufgetakelten Schönheit nicht mehr antworten, da sich bereits ein gutaussehender junger Mann um Sienna kümmerte. Er schlug ihr vor, sie zum Buffet zu begleiten, was sie dankend annahm, da sie mittlerweile einen nagenden Hunger verspürte.

»Wir haben natürlich auch europäische Gerichte, aber die Maniçoba müssen Sie unbedingt kosten. Es sind zerriebene Blätter der Maniokpflanze, die mit Fleisch und Wurst gereicht werden. Außerdem wäre hier noch Pato no Tucupi, ein sehr gesunder Enteneintopf. Als Dessert müssen Sie später das Fruchtfleisch der Bacuri wählen. Dann haben Sie ein typisches Gericht aus der Region gegessen«, erklärte Rodrigo. »Ich verspreche Ihnen, das werden Sie nie vergessen«.

Sienna gefiel es langsam auf der Insel. Sie fühlte sich nicht mehr als Außenseiterin, sondern als etwas Besonderes.

So ließ sie sich von ihrem männlichen Begleiter durch das beeindruckende Gelände führen und erfuhr auf diese Weise, dass die Fazenda Irajá den gesamten südlichen Teil der Ilha de Marajó bedeckte, die ihrerseits als die größte Flussinsel der Welt bekannt war. Als er ihr erklärte, dass die Fläche der Insel größer als das gesamte Staatsgebiet Belgiens sei, verschlug es ihr beinahe die Sprache. Diese Dimensionen entlang des Amazonas waren einfach unvorstellbar.

»Und das bezeichnet de Vries als Landhaus!«, dachte sie und schüttelte dabei den Kopf.

Dann kam ihr ein anderer Gedanke: »Wo ist eigentlich die Dame des Hauses?«, fragte Sienna den auskunftsfreudigen Rodrigo, der wohl Gefallen an ihr gefunden hatte. Normalerweise hätte sich der Industrielle doch sicherlich mit seiner Gattin gezeigt, überlegte Sienna. Auch hatte Caterine bisher kein Wort über ihre Mutter verloren. Sienna fand dies seltsam.

Rodrigo machte ein betretenes Gesicht. Die Situation schien ihm unangenehm zu sein.

»Caterine hat Ihnen nichts gesagt?«, begann er vorsichtig und schaute sich dabei unauffällig um.

»Nein, bisher nicht«, antwortete sie. »Wir kennen uns noch nicht sehr lange, wissen Sie.«

Er verzog die Lippen – so als wüsste er nicht, ob er weitersprechen sollte.

»Also?«, hakte Sienna forsch nach.

»Wollen wir nicht lieber...?« Rodrigo versuchte, auf ein anderes Thema zu sprechen zu kommen. Schon bewegte er sich in Richtung des Kellners, der die vielen Champagnergläser gekonnt auf einem Tablett servierte.

»Was ist mit Caterines Mutter?« Sienna ließ ihm keine Chance.

Dann flüsterte er endlich: »Offiziell ist die Dona an einer schweren Krankheit gestorben, als Caterine noch klein war.«

Anstatt weiterzusprechen, presste Rodrigo die Lippen zusammen. Wahrscheinlich war ihm klar geworden, dass er bereits zu viel gesagt hatte, konnte jetzt aber nicht mehr zurück.

»Und inoffiziell?« Sienna bohrte weiter. Sie hielt beinahe die Luft an. Welches Geheimnis gab es in der Vergangenheit der Familie de Vries? Würde Rodrigo sie in Kürze einweihen?

Es war ihm anzusehen, wie er sich wand. Sicherlich ärgerte er sich, weil er sich verplappert hatte.

Der junge Mann trat einen Schritt näher, um nicht von den anderen Gästen gehört zu werden.

Dann sagte er noch leiser als zuvor: »Man munkelt, dass Fátima de Vries damals Suizid beging.«

Mit großen Augen sah er sie an und bat: »Aber Sie haben das nicht von mir, Senhora Davis! Mit Caterines Vater ist wirklich nicht zu spaßen, und ich möchte ihn gewiss nicht zum Feind haben. Das verstehen Sie doch, nicht wahr?«

4

Sienna war schockiert. Gern hätte sie Rodrigo trotz seiner Gegenwehr noch zu den Hintergründen des Selbstmordes ausgefragt, aber in diesem Augenblick spielte die Kapelle einen Tusch, sodass die Menge verstummte. Es hieß, Benedict de Vries würde sogleich eine Rede halten, woraufhin sich die Gäste unterhalb der Treppe versammelten. Mit zurückhaltendem Gemurmel warteten sie auf die Worte des Gastgebers, der auf der obersten Stufe stand und zufrieden auf die Zuhörerschar blickte. Er wirkte wie die Ruhe in Person.

»Ich bin kein Mann großer Worte«, begann er, woraufhin sofort ein Raunen durch die Reihen ging, das wohl das Gegenteil verdeutlichen sollte.

»Dennoch möchte ich etwas zum Anlass der heutigen Feier anmerken«, fuhr er fort.

Sienna hielt sich mit Rodrigo unweit einer der großen Feuerschalen auf, die zu Dutzenden rund um das Schwimmbecken verteilt waren und die Umgebung in ein sanftes, warmes Licht tauchten.

In der weißen Jacke seines tadellos sitzenden Smokings sah de Vries trotz seines Alters äußerst attraktiv aus. Sein selbstbewusstes Auftreten verdeutlichte seine Macht.

»Wir alle wissen«, sagte er nun weiter, »dass wir heute den 18. Geburtstag meiner einzigen Tochter Caterine feiern.«

Ein lautes Klatschen ging durch die Reihen der Zuhörer. Sienna schluckte und wurde sich dessen bewusst, dass sie kein Geschenk für die junge Frau hatte. Warum hatte ihr Caterine nichts von einer Geburtstagsfeier gesagt?

»Caterine, komm her, Kind!«, forderte er sie auf und streckte ihr den Arm entgegen.

Das hübsche Mädchen stieg voller Freude die Treppenstufen hinauf und stellte sich neben seinen Vater. Man sah Caterine an, wie stolz sie war, heute im Mittelpunkt zu stehen. Wahrscheinlich gebührte dieser Platz sonst de Vries selbst. In gespannter Erwartungshaltung strahlte sie ihren Vater an, der nun weitersprach:

»Aber zugleich trinken wir heute Abend auch auf ihren hervorragenden Schulabschluss!«, wobei er das Glas hob und die anderen aufforderte, es ihm gleich zu tun. Er wirkte tatsächlich zufrieden und stolz.

Caterines Augen glänzten. Sienna konnte sich vorstellen, wie gut die junge Frau sich fühlte.

»Sie erwartet sein Geschenk«, dachte Sienna. Doch womit konnte man einem verwöhnten jungen Mädchen, das bereits alles besaß, eine Freude bereiten?

Nun warf Benedict de Vries einen ernsthaften Blick auf seine Tochter und meinte: »Ihr jungen Leute von heute habt in diesem Alter allerlei Flausen im Kopf. So träumt ihr tatsächlich davon, planlos durch Europa zu ziehen oder vom Film entdeckt zu werden. Ihr denkt, euch erst selbst finden zu müssen, bevor ihr etwas Sinnvolles beginnt. In meiner Jugend in den Niederlanden sah dies etwas anders aus: Wir mussten noch täglich ums Überleben kämpfen.«

Ein Schatten huschte über sein Gesicht.

Auch Caterine biss sich auf der Unterlippe herum. Ihre Aufregung ließ sich nicht mehr verbergen.

Dann fing sich de Vries wieder. »Umso glücklicher bin ich, dass Caterine einen anderen Weg einschlagen wird – nämlich den der Vernunft«, erklärte er mit ernstem Blick auf seine Tochter.

In Sekundenschnelle veränderte sich Caterines Gesichtsausdruck. Sie wirkte blass und schaute fahrig auf den Boden. Als sie wieder aufsah, kam sie Sienna vor wie ein verschrecktes Tier. Ein Schleier des Unbehagens hatte sich über ihre Züge gelegt.

Ihr Vater jedoch fuhr ungerührt fort: »Schon im kommenden Monat wird meine Tochter zu meiner großen Freude in unsere Niederlassungen nach São Paulo wechseln, um dort das Geschäft von der Pike auf zu lernen.«

Nach einer kurzen Pause, in der sich seine stahlblauen Augen in die Caterines zu bohren schienen, meinte de Vries weiter: »Schließlich wird sie in ein paar Jahren die *Grupo de Vries* an meiner statt leiten müssen. Ich bin ja nicht mehr der Jüngste!«

Ein verneinendes Raunen ging durch die Menge, was wohl seine immer noch große Tatkraft bestärken sollte.

»Er kokettiert mit seinem Alter. Weiß er doch ganz genau, dass er viel jünger als Mitte sechzig aussieht«, ging es Sienna durch den Kopf, und sie dachte sofort an Caterine, die mit äußerster Anstrengung ihre tiefe Enttäuschung verbergen musste.

Natürlich wusste de Vries von den Träumen seiner Tochter, hatte diesen aber mit seiner öffentlichen Ansprache jeglichen Wind aus den Segeln genommen. Das Mädchen würde sich dem Entschluss seines Vaters wohl oder übel fügen müssen.

Neben de Vries und Caterine hatte sich eine kleine Menschentraube gebildet, die den beiden gratulieren wollte. Brav stand die junge Frau an der Seite ihres Vaters und schüttelte die Hände. Obwohl sie jedem ein Lächeln schenkte, wirkten ihre Augen abwesend und starr. Sie glich einer Marionette, die den fernen Anweisungen eines Puppenspielers folgte.

Nach dem Gespräch mit Caterine in Belém konnte sich Sienna vorstellen, wie sehr es sie treffen musste, ihre Zukunftspläne zu begraben. Aus ihrem Wunsch, ein internationales Fotomodell zu werden, sollte nichts werden. Das war zugegebenermaßen traurig für das Mädchen. Allerdings würde auf diese Weise auch Siennas Lügengeschichte nicht auffliegen.

Einer Eingebung folgend, ging Sienna langsam auf die Gruppe der Gäste zu und stellte sich an. Endlich befand sie sich vor Caterine, die mittlerweile den Tränen nahe war.

»Lange hält sie das Theater nicht mehr aus«, überlegte Sienna voller Mitleid, woraufhin sie einen Entschluss fasste, der Caterine vorerst retten sollte.

»Senhora de Vries«, begann sie, »entschuldigen Sie vielmals, dass ich Sie störe, aber ich fühle mich nicht wohl. Der anstrengende Flug, das ungewohnte tropische Klima – ich bin anscheinend völlig übernächtigt. Wären Sie womöglich so freundlich, mir mein Zimmer zeigen zu lassen?«

Caterine horchte auf und ergriff die sich ihr bietende Chance: »Sehr gern, natürlich, ich bedaure, dass es Ihnen nicht gut geht. Am besten, ich bringe Sie selbst ins Haus.«

Der Gattin des Senators von Pará, die ihr soeben gratulieren wollte, sagte sie ein paar entschuldigende Worte. Dann entfernte sich die junge Frau schnellen Schrittes von der Terrasse und schlüpfte noch vor Sienna durch eine der großen Glastüren ins Innere des Landsitzes. Sienna hatte Mühe, ihr zu folgen.

Hinter einer der weiß getünchten Säulen der riesigen Halle, die das unumstrittene Zentrum des Hauses bildete, blieb Caterine stehen und lehnte sich mit dem Rücken an den glatten Schaft. Sie atmete hörbar, wobei sich ihr Brustkorb vor Aufregung hob und senkte.

»Wie kann er mir das nur antun?«, schluchzte sie und rieb sich die Augen. Etliche Tränen waren schon über ihre Wangen geflossen, sodass diese feucht glänzten und die dunkle Schminke unschön verlaufen war.

Sienna legte beruhigend eine Hand auf Caterines Schulter. Allerdings war sie sich darüber im Klaren, dass die freundschaftliche Geste der jungen Frau in dieser verfahrenen Situation auch nicht helfen würde.

Caterine weinte ungerührt weiter.

Sienna hoffte, dass niemand die Halle betreten und Zeuge dieses Zusammenbruchs werden würde. De Vries sollte nichts von der Enttäuschung seiner Tochter erfahren. Er würde ihr das nicht verzeihen.

»Es tut mir leid«, sagte Sienna, obwohl sie wusste, dass auch sie sich dem Mädchen gegenüber nicht richtig verhalten hatte, indem sie in ihm falsche Hoffnungen weckte.

»Er hat mich nicht einmal gefragt, Sienna. Kein Wort. Ich bin 18, und er bestimmt einfach immer noch über mich. Das macht er mit allen Menschen. Er ist ein wahrer Tyrann«, sprudelten die Worte aus Caterine heraus. »Wer nicht nach seiner Pfeife tanzt, spürt seine Macht bitterlich. Glauben Sie mir!«

Diesen Eindruck hatte de Vries auch Sienna vermittelt. Sie war gottfroh, nicht seine Tochter zu sein. Mit Wehmut dachte sie an ihren alten, gutmütigen Vater in Oxford, der sich in wenigen Stunden für den morgendlichen Spaziergang mit Flyer bereit machen würde. Niemals, auch wenn es ihm noch so schwergefallen war, hatte er ihr vorgeschrieben, was sie mit ihrem Leben anfangen sollte.

»Ich gehe nicht nach São Paulo!« Caterine presste vor Wut die Lippen zusammen. »Bestimmt nicht! Da kann er sich auf den Kopf stellen! Oh, wie ich diese schreckliche Firma hasse!«

Sienna befürchtete, dass sie bald Zuhörer bekommen würden. Es wäre sicherlich nicht gut, wenn man Benedict de Vries die Worte seiner Tochter zutragen würde.

»Kommen Sie, wir sollten hier weg. Sonst hört Sie noch jemand. Ich glaube nicht, dass das Ihrem Vater gefallen würde«, schlug Sienna vor und sah sich erneut um.

Caterine nickte, nahm dankbar das Taschentuch, das Sienna ihr reichte, und wischte sich über die feuchte Nase.

»Sie haben Recht«, schniefte sie. »Irgendwie komisch, dass Sie, die Sie bis heute Nachmittag eine Fremde für mich waren, mir jetzt zur Seite stehen.«

Das junge Mädchen versuchte zu lächeln, brachte jedoch nur eine Grimasse zustande.

»Folgen Sie mir, Sienna. Wir gehen an einen sicheren Ort«, forderte Caterine sie nun auf.

Während beide die große, glatt gebohnerte Mahagoni-Treppe hinaufstiegen, sprach Caterine kein Wort, Sienna bemerkte jedoch, dass die junge Frau fieberhaft nachdachte.

Oben angekommen, warf Sienna einen Blick zurück in die mit grauem Marmor ausgelegte, zweigeschossige Eingangshalle, in deren Mitte sich ein beeindruckendes Bouquet aus bunten Tropenblumen befand, das wahrscheinlich täglich neu hergerichtet wurde und jeden Besucher des Hauses gefangennehmen musste.

»Wie in einem Schloss«, rutschte es ihr anerkennend heraus.

»Eher wie in einem Kerker«, meinte Caterine und blieb stehen. »Die Leute sehen immer nur die Fassade: Unseren Reichtum, die Macht, aber niemanden interessiert es, wie es mir dabei geht.«

Leise fügte sie hinzu: »Ich verstehe meine Mutter immer mehr.«

Sienna spürte plötzlich einen Stich. Auf einmal wurde ihr bewusst, dass nicht nur sie selbst, sondern auch Caterine früh einen geliebten Menschen verloren hatte.

Dennoch hakte sie nach: »Kam Ihre Mutter auch wie Ihr Vater aus den Niederlanden, Caterine?«

»Nein, wo denken Sie hin! Sie war eine der schönsten Frauen Beléms, mehr als zwanzig Jahre jünger als mein Vater und entstammte einer der wichtigsten Familien des Staates Pará. Mein Vater wusste schon immer, wie man seinen Reichtum vermehrt und damit andere beeindruckt. Die Eltern meiner Mutter waren jedenfalls sehr angetan von ihm. Wahrscheinlich wird er mir nach der Ausbildungszeit in São Paulo auch noch den Ehemann aussuchen – irgend so einen Schnösel, dessen Eltern mindestens genauso vermögend sind wie er. Damit alles gut zusammenpasst.«

Ihre bedrückte Miene zeigte, wie sehr sie litt.

»Caterine, wir leben im Jahr 1976, nicht mehr im letzten Jahrhundert.« Sienna regte sich langsam über die überkommenen patriarchalischen Sitten im Hause de Vries auf. »Sie sind volljährig und damit frei.«

»Natürlich kann ich gehen. Aber was bleibt mir dann, Sienna? Wovon soll ich leben?«, fragte Caterine. »Ich bin leider zu verwöhnt«, gab sie zu. »Darüber mache ich mir keine Illusionen.«

Auf einmal erhellte sich jedoch ihr Gesichtsausdruck. Sie lächelte Sienna sogar an: »Meine einzige Rettung sind Sie. Wenn Ihre Fotos wirklich so gut werden, wie Sie sagten, dann hätte ich eine Chance auf ein anderes Leben. Meinen Sie tatsächlich, dass mein Typ in Europa gefragt ist? Bin ich exotisch genug?«

Siennas Mund wurde trocken. Sie zwang sich zu einem unechten Lächeln. Es tat ihr leid, in dem Mädchen falsche Hoffnungen geweckt zu haben. Für einen Augenblick überlegte sie, ob sie die Wahrheit sagen sollte, doch dann sprach Caterine schon weiter.

»Aber was rede ich? Sie sind schließlich vom Fach! Wer, wenn nicht Sie, kennt sich in diesem Metier aus?« Caterine war dabei, sich aus lauter Verzweiflung eine glänzende Zukunft herbeizureden. Wie sollte sich Sienna aus dieser Falle nur befreien, ohne ihr wehtun zu müssen?

Sie waren auf der Empore weitergegangen und hatten einen dunklen Korridor betreten.

»Kommen Sie, Sienna! Ich habe etwas ganz Spezielles für Sie. Als meine persönliche Retterin schlafen Sie in der Präsidentensuite. Normalerweise ist dieses Gästezimmer nur hochrangigen Persönlichkeiten aus der Politik oder dem Militär vorbehalten, aber heute werden Sie es beziehen. Umso mehr gefällt mir die Vorstellung, dass mein Vater davon keine Ahnung hat. Das ist heute meine kleine Rache an ihm.« Sie freute sich offensichtlich diebisch.

»Schauen Sie«, sagte Caterine, nachdem sie Sienna über einen langen Flur geführt hatte, an dessen Ende sich eine doppelflügelige Tür befand, die sie nun öffnete.

Sienna konnte vor lauter Staunen nicht antworten: In der Mitte des riesigen Raumes, den sie betrat, stand ein breites Bett mit einem großzügigen Baldachin. Das weitere Inventar wirkte, als habe man die Antiquitäten aus einem portugiesischen Schloss entwendet. Neben der Terrassentür stand ein fein verzierter Massivholzschrank, daneben eine geschwungene Kommode mit kunstvollen Intarsienarbeiten, über der ein großer Blattgoldspiegel hing, und im Erker lud eine eingebaute Badewanne zur Erholung ein. Der luxuriöse Salon war ein einziger Traum.

»Aber hier kann ich doch nicht schlafen, Caterine. Ich möchte nicht, dass Sie noch mehr Ärger mit Ihrem Vater bekommen«, wandte sie ein. Sienna wollte de Vries keinen Grund dafür geben, ihr noch unfreundlicher entgegenzutreten. Auch so schon hatte ihr das Gespräch mit ihm gereicht.

»Keine Widerrede, Sie bleiben hier!«, klang es ungewohnt bestimmend aus Caterines Mund. »Aline wird Ihnen in wenigen Minuten Ihr Gepäck bringen. Sienna, Sie werden es hier fernab vom üblichen Treiben wunderbar ruhig haben. Normalerweise sitzt mein Vater bis tief in die Nacht in seinem Arbeitszimmer, aber wegen des Festes wird sich heute in diesem Flügel des Hauses niemand aufhalten. Genießen Sie es! Morgen besprechen wir dann alles Weitere... Ich habe auch schon eine Idee, die mich vielleicht retten könnte.«

Ein spitzbübisches Lächeln erhellte auf einmal Caterines Züge und alarmierte Sienna. Es konnte nichts Gutes bedeuten, wenn die de Vries-Tochter sie in ihre kleine Revolte gegen den

Vater miteinbeziehen wollte. Doch die junge Frau war so rasch verschwunden, dass Sienna nichts hatte erwidern können.

Nachdem ihre Tasche eingetroffen war, gewann sie der Situation einen gewissen Reiz ab. Der Überfluss und die Prachtentfaltung der Suite beeinflussten ihre Stimmung, sodass sie sich zur Entspannung ein erfrischendes Bad einlaufen ließ.

Es war ein langer Tag gewesen, und sie freute sich auf ein paar Stunden Schlaf.

Mitten in der Nacht wachte sie auf. Irgendetwas hatte ihre Nachtruhe gestört, doch sie konnte sich nicht erklären, was es gewesen war. Sienna setzte sich in den weichen Kissen auf und sah in Richtung der Balkontür, die aufgrund der Hitze leicht geöffnet stand.

Bevor sie eingeschlafen war, hatte sie auf der Terrasse nur pechschwarze Nacht erkennen können, jetzt aber fielen einzelne Lichtstrahlen auf die Bodenfliesen. Der Lärm der Partygäste und der Musikkapelle hatte mittlerweile aufgehört. Sienna suchte mit den Fingern nach ihrer Armbanduhr, die sie einige Stunden zuvor auf den Nachttisch gelegt hatte. Mit zusammengekniffenen Augen betrachtete sie die grün reflektierenden Leuchtzeiger: Es war kurz nach drei Uhr morgens. Sie gähnte vor Übermüdung.

Das Licht musste aus dem Nebenzimmer kommen, überlegte sie und schaute noch einmal in Richtung des offenen Fensters. Dabei hatte ihr Caterine versichert, dass in der heutigen Nacht niemand in diesem Trakt des Hauses untergebracht sei. Wer war um diese Zeit noch wach und hielt sich in Siennas Nähe auf?

Sie drehte sich auf die Seite, zog das dünne Laken über die Schulter und versuchte, wieder einzuschlafen, fand aber keine Ruhe. Ihre Neugier war einfach zu groß. Außerdem fühlte sie sich wegen der geöffneten Flügeltür nicht wohl, denn wer auch immer dort drüben war, sie wollte ihm nicht begegnen. Am besten, sie würde den Zugang jetzt schließen, um dann entspannt weiterschlafen zu können.

So leise wie möglich stand sie auf und trat vorsichtig auf dem glatten Dielenboden auf, um kein unnötiges Geräusch zu verursachen. Bei jedem Schritt erwartete sie das Knarren des alten Holzes, doch sie hatte Glück, und die Bretter verursachten keinen Lärm.

Obwohl der Dschungel, der den Landsitz umgab, in absoluter Dunkelheit lag, schienen die in ihm lebenden Tiere keinen

Augenblick zu ruhen. Sienna hörte neben dem Zirpen der Zikaden das Pfeifen der Ameisenvögel und das laute Krächzen der Papageien, das von einem undefinierbaren Schrei in der Ferne unterbrochen wurden. Vielleicht hatte ein Jaguar auf seiner nächtlichen Jagdtour Erfolg gehabt und ein Pekari gerissen, dachte Sienna. Um keinen Preis wollte sie jetzt draußen in der Wildnis sein.

Nun war sie an den Türflügeln angelangt. Sie sah, dass das Licht, das den Boden streifenförmig erhellte, direkt aus dem Raum neben ihr kam. Die Veranda verband diesen mit dem Gästezimmer, in dem sie selbst untergebracht war. Sienna wunderte sich und wurde neugierig.

Vorsichtig setzte sie einen Schritt auf den Balkon und spähte argwöhnisch um die Ecke. Noch war nichts erkennbar. Wachsam näherte sie sich dem Ende der Veranda und hörte, wie der Nachtwind durch das dichte Blattwerk einer Amazonas-Zeder wehte, woraufhin sich ein Schwarm Vögel von den Ästen erhob und eiligst davonflog. Sie überlegte, ob es nicht klüger war, einfach die Tür zu schließen und zurück ins Bett zu klettern. Doch sie war hierhergekommen, um an Informationen zu gelangen. Dan Snyder erwartete das von ihr, und auch sie wollte endlich Licht in die Sache mit den falschen Niederländern bringen.

Dann gewährte ihr die bodenlange Fensterscheibe einen ersten Einblick. Vom Nachbarzimmer nahm sie zunächst lediglich ein großes Ölgemälde über einer alten Holztruhe wahr. Daher machte sie noch einen weiteren Schritt in Richtung des Fensters, das zu ihrer Überraschung nur gekippt war.

Wie vom Donner gerührt, wich sie zurück, presste den Körper an die Hauswand und hielt den Atem an. Sie betete, dass er sie nicht gesehen hatte. Ihr schräg den Rücken zugewandt, saß Benedict de Vries an einem wuchtigen Schreibtisch und schien höchst konzentriert zu lesen.

Sienna schluckte. War er doch seiner alten Gewohnheit gefolgt und hatte sich sogar nach einem rauschenden Fest wie diesem zum Studium zurückgezogen. Was für ein seltsamer, undurchsichtiger Mann. Während alle Welt schlief, befand er sich mitten in der Nacht in seinem Büro und arbeitete. Kein Wunder, dass Caterine ihm nicht nacheifern wollte.

Sie wagte sich noch einmal aus ihrem Versteck hervor. Die Dunkelheit, so hoffte Sienna, würde sie schützen. De Vries hatte die weiße Smokingjacke ausgezogen und nachlässig über die Stuhllehne geworfen. Sein Hemd war bis zum Ellenbogen hochgekrempelt und der Kragen geöffnet. Wo er die Fliege gelassen hatte, sah Sienna nicht.

Er trug eine schmale Lesebrille und hatte vor sich eine graue Kladde aufgeschlagen, deren Inhalt er aufmerksam studierte. Dabei schien es ihn nicht zu stören, dass ihm eine der fast weißen Haarsträhnen in die Stirn gefallen war.

Obwohl sie sich noch näher an die Scheibe drückte, konnte Sienna nicht erkennen, um welche Art von Lektüre es sich dabei handelte. Zu gern hätte sie gewusst, ob die Unterlagen etwas mit dem geplanten Sojaanbau auf dem Land der Indios zu tun hatten. Immer noch regte sie sich bei dieser Vorstellung maßlos auf.

Verborgen hinter einem der großen Fensterläden, blieb Sienna einige Minuten unschlüssig stehen. Es geschah absolut nichts Besonderes. De Vries blätterte in den Papieren und markierte einige wichtige Stellen mit einem Stift. Dabei blickte er kein einziges Mal auf, sondern schien völlig in die Materie versunken.

Höchstwahrscheinlich hatte sie ihm Unrecht getan, überlegte Sienna. Allem Anschein nach war er lediglich ein sehr durchsetzungsstarker Mann, der ohne diese Charaktereigenschaft auf der gesellschaftlichen Leiter niemals nach oben gekommen wäre. Und er arbeitete vermutlich gerne nachts. Das war zwar selten, aber musste nicht unbedingt verdächtig sein.

Schon wollte sie sich zurückziehen, da sie sich auf ihrem Beobachtungsposten völlig lächerlich vorkam und sich in ihrem kurzen Shirt fast nackt fühlte, als sich der Industrielle mit einem Ruck erhob und dann langsam zu einer großen Landkarte ging, die an der gegenüberliegenden Wand hing.

Der riesige Plan war Sienna zuvor gar nicht aufgefallen, da sie sich vollkommen auf de Vries konzentriert hatte.

Nachdem er kurz gesucht hatte, fuhr er mit dem Zeigefinger zu einer bestimmten Stelle auf der Karte und verharrte für eine Weile in dieser Position. Dann lachte er höhnisch. Das Gesicht, das Sienna jetzt sah, war ein völlig anderes als die unergründliche Maske, die de Vries während des Festes zur Schau gestellt hatte. Seine selbstgerechte Miene machte ihr Angst, sodass sie zurückwich und den Metallverschluss des Fensterladens in ihrem Rücken spürte. Ihr Herz schlug wie wild, und sie fühlte, wie ihr der Schweiß am ganzen Körper ausbrach, doch sie konnte die Augen nicht abwenden. Die Niederträchtigkeit in seinem kalten Blick ließ sie erschaudern.

Noch einmal sah er mit zufriedenem Gesichtsausdruck zur *mapa*, auf der Sienna nun das gesamte Gebiet des Amazonas und all seiner Nebenflüsse erkannte, und lächelte süßlich.

Wie zur eigenen Bestätigung nickte er mehrfach und ballte anschließend die Faust.

»Bald bin ich an meinem Ziel. Keiner wird mich aufhalten.« Es war wie eine Kampfansage.

Sienna erstarrte. Wem drohte er?

Sie musste es herausfinden.

5

»Na, habe ich Ihnen zu viel versprochen?«, lachte Caterine. Sie erschien Sienna am Morgen wie ausgewechselt. Nichts erinnerte mehr an das traurige junge Mädchen des gestrigen Abends.

»Nein, wirklich nicht. Ich bin begeistert«, staunte Sienna. »Die Tiere sind wunderschön.«

Die beiden Frauen standen neben der Pferdekoppel und beobachteten schon eine geraume Zeit das friedliche Grasen der herrlichen Vierbeiner.

»Sie sind der ganze Stolz meines Vaters. Er hat für die Zucht eine Menge Geld ausgegeben, aber sie ist es wert, finde ich. Endlich einmal eine gute Kapitalanlage«, scherzte Caterine.

Sienna nickte und konnte den Blick nicht von den anmutigen Vollblütern abwenden.

»Arabofriese nennt sich die Rasse. Sie stammt wohl aus der niederländischen Heimat meines Vaters. Um die Leistungsfähigkeit der Tiere zu steigern, hat er die Friesenstuten vor Jahren mit einem ägyptischen Hengst gepaart und damit großen Erfolg gehabt«, berichtete die andere.

Sienna war beeindruckt von der Schönheit der Rappen.

»Schon seit ich denken kann, erklärt er mir, wie wichtig eine gute Auslese der Elterntiere für das Erbgut der nächsten Generation ist.«

Dabei lachte Caterine schrill auf und meinte zynisch: »Nur bei mir hat er da kein Glück gehabt. Ich bin keineswegs so geworden, wie er es sich gewünscht hat!«

Sienna erwiderte nichts. Wahrscheinlich hatte Caterine mit ihrer bitteren Äußerung sogar recht.

Dann dachte sie an ihren eigenen Vater und stellte sich die Frage, ob dieser zufrieden mit seinem Nachwuchs war, doch sie führte den Gedanken nicht weiter, sondern folgte Caterine.

Sie gingen nun um das weiträumige Gehege herum zum Stall. Die Pferde bewegten sich ausgelassen, aber mit majestätischer Anmut auf der riesigen Koppel.

Sienna erinnerte sich an die sanfte, hügelige Landschaft ihrer Heimat Oxfordshire, das bekannt für seine edlen Gestüte war. Dort hatte sie ihre Kindheit und Jugend verbracht – Jahre der Freude, aber auch Zeiten schrecklicher Einsamkeit und Trauer.

»Ich hoffe, Sie nehmen es mir nicht übel, dass ich Sie so früh geweckt habe, aber ich dachte mir, die Fotos würden um diese Uhrzeit besser werden. Die grelle Mittagssonne ist sicher nicht ideal«, begann Caterine erneut.

»Nein, das ist völlig in Ordnung«, beteuerte Sienna, obwohl sie nach ihrer nächtlichen Beobachtung kaum mehr richtig Schlaf gefunden hatte. De Vries' Worte beim Betrachten der Landkarte hatten ihre Gedanken noch bis in die frühen Morgenstunden beschäftigt. Vor allem aber konnte sie sein kaltes, furchteinflößendes Gesicht nicht aus ihrem Gedächtnis streichen. Erst spät war sie in oberflächliche Träume gesunken, die ständig um den Amazonasdschungel gekreist hatten.

Bevor sie das Stallgebäude erreichten, zeigte Caterine auf zwei bereits gesattelte Pferde, die von einem jungen Mann am Zügel gehalten wurden. Man sah den Tieren an, dass ihnen das Warten nicht gefiel, denn sie scharrten gelangweilt mit den Hufen im roten Sand, wobei sie laut hörbar schnaubten.

»Die Stute hier ist für Sie«, sagte Caterine mit Blick auf Sienna.

»Was?«, entfuhr es dieser, »Ich dachte, Sie zeigen mir die Insel, und ich fotografiere Sie dabei. Von einem Ausritt war nicht die Rede.«

Caterine lachte. »Auf Marajó kann man nicht einfach spazierengehen, Sienna. Das ist unmöglich. Aber Sie können doch sicherlich reiten, oder? Schließlich sind sie Britin.«

Sienna schüttelte den Kopf über Caterines Naivität. Als ob jeder Bewohner des Vereinigten Königreichs sich auf dem Rücken eines Pferdes halten könnte.

»Früher bin ich ein paarmal geritten. Eine meiner Schulfreundinnen besaß ein Pferd, und da durfte ich...« Sie beendete den Satz nicht, weil sie sich plötzlich wieder wie damals mit dreizehn Jahren fühlte, als Fiona Hurt von ihrem reichen Vater ein Pferd geschenkt bekam und sie die Klassenkameradin darum beneidete.

»Dann hatte ich also recht mit meiner Vermutung«, fasste Caterine zusammen. »Kommen Sie, nehmen Sie die brave Moema. Sie heißt in der Tupí-Sprache nicht umsonst ‚die Zarte'. Sie wird bestimmt nicht bocken.«

Tatsächlich ließ die Stute Sienna ohne Murren aufsitzen, während Caterines Hengst schon ungestüm zu wiehern begann, als sie die Zügel in Empfang nahm. Zu Siennas Erstaunen hatte das junge Mädchen sein Pferd jedoch recht schnell im Griff, sodass sich der wilde Coração in Kürze wieder beruhigte und der Reiterin gehorchte.

»Wir nehmen zuerst den Weg durch die Allee«, erklärte Caterine, woraufhin sich der schöne Rappe in Bewegung setzte.

Sie hatten die gepflegten Rasenflächen rund um den imposanten Landsitz verlassen und ritten nun im Schritttempo gemächlich nebeneinander her. Zu beiden Seiten des schmalen Erdwegs nahm das dichte Gehölz immer weiter zu, sodass sie bald von einem undurchdringlichen Mangrovenwald umgeben waren. Das mehrere Meter aus dem Boden ragende graue Wurzelwerk der Bäume, die einen Großteil ihres Lebens im Salzwasser standen, faszinierte Sienna. Sie stellte sich vor, wie die Landschaft während der Regenzeit überflutet sein musste. Kleine Rinnsale mit Brackwasser, die das Gewirr der ineinander verschlungenen Wurzeln durchzogen, waren die letzten Zeugnisse der ungeheuren Regenmassen, die der Himmel in der feuchten Periode des Jahres über dem Amazonas entlud.

»Gefällt es Ihnen?«, fragte Caterine. Sie saß kerzengerade auf ihrem Hengst und hielt die Zügel nur locker in einer Hand.

Sienna öffnete bereits den Mund, doch Caterine ließ sie nicht antworten, sondern sprach sofort weiter: »Gleich sind wir an der *praia*. Da können sich die Pferde richtig austoben«, lachte sie ausgelassen und voller Vorfreude. Sienna fühlte sich bei der Aussicht auf einen Galoppritt über den Strand äußerst unwohl, kam aber nicht dazu, etwas zu erwidern, da Caterine dem aufgeregt wartenden Coração schon in die Flanken trat, um ihn anzutreiben. Der Hengst reagierte sofort und schoss ungestüm davon.

Sienna versuchte, ihre Stute zurückzuhalten, doch sie konnte tun, was sie wollte, Moema ließ sich vom Hengst mitziehen und wechselte ebenfalls in eine schnellere Gangart. Ihr blieb nichts anderes übrig, als sich den Bewegungen des Tieres anzupassen, um nicht von seinem Rücken zu fallen. Nach kurzer Zeit war sie überrascht, wie gut sie mit dem Pferd harmonierte. Das Reiten in dieser herrlichen Umgebung machte ihr sogar auf einmal Spaß.

Zu ihrer Überraschung saß sie immer noch im Sattel, als sich der üppige Wald vor ihnen auftat und den Blick auf eine einsame, halbmondförmige Bucht freigab. Nur wenige, windschiefe Palmen und abgestorbene Baumgerippe markierten die menschenleere Küstenlinie. Ansonsten wirkte dieser Inselabschnitt aufgrund der vielen Dünen wie eine kleine Wüste. Sienna schätzte, dass der Strand mehrere Kilometer lang sein musste. Sie sah weder einen Steg noch eine Hütte oder ein sonstiges Anzeichen, das auf eine Besiedlung schließen ließ.

Mit einem kurzen Ruck am Zügel lenkte sie Moema zu Caterine, die auf einer kleinen Kuppe auf sie wartete. Coração scharrte bereits ungeduldig im feinen Sand, der hier eine goldgelbe Farbe angenommen hatte. Eine weißliche Schaumspur hatte sich rund um seine Trense gebildet.

»Einfach unglaublich, Caterine. Das ist ein wahres Wunder«, kommentierte Sienna kopfschüttelnd vor Begeisterung über das Gesehene. Mit offenem Mund starrte sie in Richtung der beinahe unendlichen Wasserfläche, die sich vor ihr ausbreitete.

Die andere lächelte ihr zufrieden zu. »Die Praia Deserta, einer meiner Lieblingsplätze auf der Insel. Man trifft hier keine Menschenseele, daher der Name.«

Sienna sah sich erneut um. Tatsächlich vermittelte dieser Uferabschnitt den Eindruck einer völligen Ödnis, auf die schon unerbittlich die kräftige Morgensonne brannte. In ihrem ganzen Leben hatte sie noch nie etwas derart Bezauberndes gesehen. Immer noch ganz begeistert von der einzigartigen Szenerie fielen ihr die leicht geschwungenen Erhebungen am Strand auf, die beinahe wie ein helles, zerknittertes Leintuch wirkten.

»Die Dünen und dahinter das Meer wären ein idealer Hintergrund für ein paar Fotos«, schlug Sienna vor. Es fiel ihr schwer, die alberne Komödie weiterzuspielen, da ihr Caterine mittlerweile wirklich sympathisch geworden war.

»Ja, das dachte ich auch. Aus diesem Grund habe ich Sie hierhergebracht, zu den *lençóis*. Allerdings ist das hier nicht der Atlantik, sondern immer noch der Mündungstrichter des Rio Tocatins.«

Sienna schaute Caterine mit großen Augen an. »Aber man sieht doch ringsherum nichts außer Wasser.«

»Natürlich. Der Fluss ist an dieser Stelle auch mehr als 20 Kilometer breit. Er wirkt nur wie die offene See, mehr nicht.«

Sienna schüttelte den Kopf und kam sich vor der gewaltigen Naturkulisse der Amazonasmündung wie ein winziges, unbedeutendes Etwas vor.

Caterine stieg geschickt vom Pferd und band den Hengst an den Stamm einer vom Wind verkrümmten Palme. Dann half sie Sienna beim Absteigen und nahm Moema in Empfang.

»Wussten Sie, dass die Gezeiten des Atlantiks noch bis 1000 Kilometer flussaufwärts spürbar sind? Gleichzeitig lässt es aber die starke Strömung des Amazonas nicht zu, dass das Meerwasser in sein riesiges Bett eindringt. So entsteht ein äußerst nährstoffreiches Gebiet voller Süßwasser im Ozean, das *mar doce*, dessen Ströme bis hoch nach Venezuela reichen.«

»Sie müssen Ihre Heimat sehr lieben«, meinte Sienna beeindruckt. Moema hatten sie neben Coração stehen lassen und wateten nun barfuß im Wasser, um zu den weiter entfernt liegenden Dünen zu gelangen. Sienna stellte fest, dass sie die Zehen stärker als notwendig in den weichen Schlamm unter ihren Fußsohlen presste. Es war, als wollte sie die Natur mit jeder Faser ihres Körpers spüren.

»Ja, sehr, auch wenn es wahrlich nicht einfach ist, hier zu leben. Wussten Sie, dass es zweimal im Monat zur *pororoca*, der gefürchteten Springflut kommt? Bei Mondwechsel zwingen die Naturgesetze den Fluss nämlich, seine Fließrichtung zu ändern. Dann prallt eine mehrere Meter hohe Flutwelle bis in die Nebenflüsse hinein und schließt die Menschen auf ihren engen Pfahlbauten ein. Der Strom diktiert den Bewohnern seit Jahrhunderten, wie sie zu leben haben.«

Sie machte ein trauriges Gesicht. »Beinahe wie mein Vater mir.«

Caterine tat Sienna leid. Rasch senkte sie den Blick und ging mit forschem Schritt voran.

»Sie haben sicherlich nicht so schrecklich rückständige Eltern, nicht wahr? In England herrschen bestimmt viel größere Freiheiten«, warf die andere sehnsüchtig ein.

Nun wurde Sienna ernst. »Ich habe leider nur noch meinen Vater. Meine Mutter... ist schon lange gestorben. Ein Unfall in meiner Kindheit.« Sie schluckte, denn ihr Mund fühlte sich auf einmal trocken an.

Wieder sah sie die roten Blutflecken auf dem grauen Asphalt. Die *carabinieri* hatten die Kurve schon so weit abgesperrt, dass kein weiteres Fahrzeug mehr die enge Straße befahren konnte, als Sienna und ihr Vater in Giovannis klapprigem Gefährt ankamen. Der Lastwagen, der alles verursacht hatte, stand seltsam quer in der Wegbiegung, sein Fahrer lehnte mit leerem Gesichtsausdruck daneben und schien die Fragen der Polizisten nicht zu hören. Hastig zog er an der Zigarette, die er in den zitternden Fingern hielt. Noch heute konnte sich Sienna an seine schwere Ladung aus Marmorquadern und die rote Aufschrift *Marmo Fino* erinnern. Jeder einzelne Buchstabe hatte sich für immer in ihr Gehirn gebrannt.

»Ich dachte, am besten zeige ich auf den Fotos, was ich so zu bieten habe«, hörte sie Caterine sagen und war froh, dass die junge Frau sie aus ihren trüben Gedanken riss.

Leicht irritiert drehte sich Sienna um und bemerkte, dass ihre Begleiterin nur in einem knappen Bikini vor ihr stand und bereits zu posieren begann. Zugegeben, sie hatte einen schlanken und sehr hübschen Körper, doch für eine Karriere als Mannequin würde es nicht reichen.

»Nein, Caterine, das ist nicht nötig, wirklich nicht«, erklärte Sienna rasch. Mittlerweile machte sie sich große Vorwürfe, derart mit den Gefühlen des Mädchens gespielt zu haben. Aus dieser

Zwickmühle würde sie wohl nicht mehr herausfinden, ohne selbst Federn zu lassen.

Sie stotterte ein wenig, als sie Caterine bat, sich wieder anzuziehen: »Ich brauche nur ein paar ganz natürliche Aufnahmen, keine aufreizenden Bilder. Da haben Sie irgendetwas falsch verstanden, Caterine.«

Diese wirkte beleidigt, griff dann aber wieder zu ihren Kleidern und zog sich missmutig an.

Während Sienna mit der Kamera in der Hand um die junge Frau ging und knipste, fühlte sie sich wie eine Betrügerin. Das Shooting machte ihr nicht den geringsten Spaß, und sie ertappte sich dabei, heimlich auf die Armbanduhr zu schielen.

Sie musste diese Farce so rasch wie möglich beenden, genauso wie ihren Aufenthalt im de Vriesschen Haus, nahm sie sich vor. Ihre Lügengeschichten hatten rein gar nichts gebracht. Weder hatte sie mit dem Hausherrn allein sprechen können noch etwas über die gesuchten Männer erfahren. Wahrscheinlich war es nur ein Zufall gewesen, dass der Industrielle damals mit seinen vermeintlichen Landsleuten Geschäfte machte, nicht mehr. Sienna würde mit leeren Händen zu Dan zurückkehren und ihn enttäuschen. Sie fühlte sich miserabel.

Caterine plapperte aufgeregt, während sie weiterritten. Sie schien sich wieder etwas gefasst zu haben. So erfuhr Sienna, dass sich Ost- und Westseite der Ilha durch ihre Vegetation deutlich unterschieden. Den östlichen Teil, den sie augenblicklich durchquerten, bezeichnete man wegen seines savannenähnlichen Aussehens als Gebiet der Felder. Die dem Amazonas zugewandte Seite wies dagegen Sümpfe und Wälder auf. Hier waren nicht selten Alligatoren und Wasserschlangen anzutreffen, erzählte ihre Begleiterin.

»Glücklicherweise haben Sie mich auf die richtige Seite geführt«, kommentierte Sienna den Redeschwall des Mädchens und war froh, auf dem Pferderücken zu sitzen.

Caterine strahlte immer noch über das ganze Gesicht. Wahrscheinlich sah sie sich bereits auf der Titelseite irgendeines europäischen Hochglanzmagazins und träumte von einer glänzenden Zukunft ohne ihren allmächtigen Vater.

Sienna wollte nicht Zeuge von Caterines Enttäuschung sein, wenn diese die Wahrheit erfahren würde.

Doch sie wurde jäh aus ihren Gedanken gerissen, als ihnen eine Truppe seltsamer Reiter entgegenkam. Mit Sicherheit waren es keine Pferde, auf denen die Männer saßen, denn sie bewegten sich äußerst schwerfällig. Aber auch als Sienna die Augen zusammenkniff, konnte sie sich keinen Reim darauf machen, um welche Tiere es sich handelte.

»Was ist das da vorne?«, fragte sie neugierig und wandte sich an Caterine, die sofort schallend loslachte.

»Kennen Sie keine Büffel?«, war ihre leicht belustigte Gegenfrage.

»Büffel? Hier?«, entfuhr es Sienna. Verdutzt schaute sie die junge Frau an.

»Ja, *búfalos*«, bestätigte Caterine. »Mehrere Millionen Wasserbüffel leben auf der Ilha de Marajó. Sie sind die Überlebenden eines Schiffsunglücks. Vor mehr als fünfzig Jahren ist hier ein Frachter aus Asien gesunken, und einige der Tiere konnten sich glücklicherweise an Land retten. Daraufhin haben sie sich auf der Insel immens vermehrt. Die besondere Vegetation ist der ideale Lebensraum für sie.«

»Und wofür brauchen Sie hier Büffel?« Sienna konnte es einfach nicht glauben.

»Na, zur Milchproduktion. Außerdem bewegt sich ein Büffel im schlammigen Gelände viel trittsicherer als ein Pferd. Sogar unsere Polizei greift auf sie zurück. Es gibt hier einige berittene Staffeln.«

»Interessant«, entgegnete Sienna. Ständig erfuhr sie überraschende Neuigkeiten über das exotische Land, das sie mehr und mehr faszinierte.

Mittlerweile konnte sie fünf braungebrannte Männer erkennen, die sich ihnen auf den Rücken der breiten Tiere näherten. Es waren schöne, fast schwarze Rinder mit langen geschwungenen Hörnern, die brav und gemächlich dahertrotteten.

Respektvoll grüßten die Reiter in ihre Richtung, woraufhin Caterine kurz zurücknickte, ihnen aber keine weitere Beachtung schenkte.

»Das sind ein paar unserer Arbeiter«, erklärte sie.

»Wir sind hier immer noch auf...?«, fragte Sienna erstaunt.

»Ja, richtig, wir haben Irajá die ganze Zeit nicht verlassen«, antwortete Caterine.

Sienna schüttelte den Kopf. Sie konnte es nicht fassen. Die Ausmaße der brasilianischen Fazendas lagen außerhalb ihrer Vorstellungskraft.

»Es ist zu schade, dass Sie nicht noch länger hierbleiben können, Sienna. Ich würde Ihnen gern noch so viel zeigen. Im nächsten Monat beginnt der Círio de Nazaré. Es ist das größte Fest Beléms und wird schon zweihundert Jahre gefeiert. An die zwei Millionen Besucher kommen in die Stadt, um das Seil der Heiligen Mutter zu berühren.«

»Wie bitte?«, fragte Sienna, »ein Seil?«

»Ja, es ist das Höchste, wenn man es an den schwer umkämpften Strick geschafft hat, denn demjenigen werden alle Sünden vergeben. Ist doch ein guter Anreiz, finden Sie nicht?«

Sienna schluckte. Sie dachte an die Lügen, die sie Caterine die ganze Zeit über aufgetischt hatte.

So bekam sie deren weitere Worte, die von der Verschiffung der Marienstatue am Ende des Volksfestes berichteten, kaum mehr mit.

Ihr Rückweg führte sie an malerischen kleinen Seen vorbei, in deren seichtem Wasser rosafarbene Flamingogruppen nach Nahrung suchten. Nachdem sie einen Strandabschnitt mit einer Vielzahl winziger Inseln passiert hatten, die wie grün bewachsene Türme in den Himmel ragten, näherten sie sich dem eindrucksvollen Herrenhaus von der Frontseite her.

Sienna sah, dass von der Dienerschaft bereits alle Überbleibsel des vergangenen Festes beseitigt worden waren und nichts mehr an die vielen Menschen erinnerte, die noch bis in die Morgenstunden gefeiert hatten. Die herrliche Poollandschaft erstrahlte im weißen Morgenlicht, und einige bequeme Holzliegen luden zum ersten Sonnenbad des Tages ein.

»Traumhaft«, ging es Sienna durch den Kopf. Sie wusste nicht, wann sie ein geschmackvolleres Haus als dieses gesehen hatte.

Dann entdeckte sie Benedict de Vries, der an einem langen Tisch auf der noch menschenleeren Terrasse saß und sein Frühstück einnahm. Sofort zuckte Sienna zusammen. Sie spürte, wie die Nervosität vollständig von ihr Besitz ergriff und sie aufgeregt im Sattel herumrutschte. Sienna war sich sicher, dass seinen wachen Augen nichts entging.

Daher war sie froh, als ihnen ein junger Bursche entgegenrannte, der rasch die Pferde in Empfang nahm und diesen einige Zuckerstücke zuschob.

Mit müden Beinen stieg Sienna ab und übergab die Zügel. Sie wunderte sich darüber, wie Caterine den langen Ritt ohne Druckstellen an den Schenkeln hatte überstehen können. Schließlich trugen sie beide nur leichte Shorts und dazu Sandalen. Wahrscheinlich würde sich am kommenden Morgen ein übler Muskelkater bemerkbar machen. Schon jetzt spürte sie die Innenseite ihrer Schenkel kaum mehr.

»Kommen Sie, Sienna, wie ich sehe, ist mein Vater bereits beim *café da manhã*. Ein reichliches Essen am Morgen ist eine seiner europäischen Angewohnheiten, die er trotz der vielen Jahre in Brasilien nicht abgelegt hat. Und natürlich gehört die Folha de Belém, seine geliebte Tageszeitung, auch dazu. Er lässt sich täglich ein Exemplar mit der *lancha* bringen. Schließlich hat er das Blatt erst voriges Jahr gekauft.«

Caterine verzog leicht den Mund und fuhr fort: »Eine seiner vielen Spielereien.«

Sienna überlegte: Sicherlich diente die Zeitung dazu, die Meinung der Leser nach Gutdünken des Besitzers zu beeinflussen. Doch plötzlich ging ihr etwas ganz anderes im Kopf herum, weshalb sie Caterine zurückhielt: »Kennen Sie den niederländischen Teil Ihrer Familie, Caterine?«

»Ich? Nein, wo denken Sie hin. Über seine Jugend spricht mein Vater nie. Ich glaube, es gibt da auch keine Verwandtschaft mehr. Durch den Krieg wahrscheinlich. Auf jeden Fall habe ich noch von niemandem gehört. Es ist beinahe so, als ob er den ersten Teil seines Lebens bei seiner Ankunft in Südamerika gedanklich abgelegt hätte.«

Sienna wirkte nachdenklich.

Auf einmal begann das Mädchen zu lachen: »Vielleicht hat er sich auch mit allen zerstritten.«

Caterine fand diese Vorstellung recht amüsant, denn sie grinste immer noch, als sie über die riesige grüne Rasenfläche gingen.

Sienna folgte Caterine die Stufen zur Terrasse hinauf und nickte dem Gastgeber zur Begrüßung zu. Allerdings wagte sie nicht, von sich aus das Wort an ihn zu richten.

De Vries saß in einem der weißen Stühle aus Korbgeflecht und trug dem *empregado* auf, ihm ein Stück der aufgeschnittenen Honigmelone vom Serviertisch zu bringen.

Er sprach kein weiteres Wort, bis seine Tochter bei ihm angelangt war. Diese drückte ihm flüchtig die Andeutung eines Kusses auf die Wange und meinte dann: »*Bom dia, pai*. Ich hoffe, du hattest eine erholsame Nacht.«

Sienna erkannte, welche Überwindung es Caterine kostete, nach dem gestrigen Abend das gut gelaunte, freundliche Mädchen zu spielen. Sie bemerkte auch, wie sie es vermied, ihrem Vater direkt ins Gesicht zu schauen.

Ob sich de Vries von ihr täuschen ließ?

»Danke, ja, sehr erholsam«, antwortete er und klang gut gelaunt. Dann fiel sein Blick auf Sienna und blieb an ihr haften.

»Ihr wart reiten? So früh schon?«, erkundigte er sich.

Nach einer kurzen Pause erklärte Caterine, dass sie ihrem Gast aus Europa die Insel habe zeigen wollen. Das wäre doch sicherlich in seinem Sinne.

Er nickte und schnitt langsam ein Stück des hellgelben Fruchtfleisches der Melone ab. Sienna sah seinen schlanken Fingern zu, die das scharfe Messer geschickt an der Schale entlang führten.

Caterine stand unschlüssig neben dem Tisch, und auch Sienna wusste nicht, wie sie sich aus der ihr unangenehmen Situation befreien sollte.

De Vries nahm ihnen die Entscheidung ab.

»Willst du dich nicht um unsere weiteren Gäste kümmern, *filha*? Ich denke, auch sie verdienen es, von der Gastgeberin umsorgt zu werden. Du solltest deine Gunst gleichmäßiger verteilen.«

Sienna schluckte. Für sie hörten sich seine Worte wie ein leiser Vorwurf an, da Caterine den Großteil ihrer Zeit ihr gewidmet hatte.

»Natürlich«, druckste Caterine herum. Auch sie schien zu bemerken, wie schlecht sie ihren Pflichten nachgekommen war. »Ich … ich werde sie sofort wecken gehen, Vater. Begleiten Sie mich, Sienna?«

Sie war der jungen Frau dankbar, sie von de Vries' Gegenwart befreien zu wollen, denn der Mann machte ihr Angst. Es war lediglich ein Bauchgefühl, mehr nicht, aber sie spürte, dass er, ohne mit der Wimper zu zucken, Menschen benutzte. Nur zu gerne würde sie in Kürze diese Terrasse verlassen.

Doch da hörte sie ihn sagen: »Ich sprach von dir, Kind, nicht von unserem weitgereisten Gast aus England. Mit Senhora Davis würde ich mich gerne etwas intensiver unterhalten.«

Er setzte ein Lächeln auf, das Sienna als unecht deutete, und meinte: »Schließlich haben wir, bedingt durch unsere gemeinsame europäische Herkunft, genug, was uns verbindet.«

Mit einer Handbewegung wies er auf den Stuhl zu seiner Linken. Es war eher ein Befehl als eine Einladung, sich neben ihn zu setzen.

»Greifen Sie zu«, forderte er Sienna auf. »Ich hoffe, es ist etwas dabei, was Ihnen schmecken wird.«

»Mit Sicherheit«, gab sie zur Antwort und ging zum Buffettisch. Sie war froh, sich etwas betätigen zu können. Nichts war so schlimm, wie neben dem undurchsichtigen Industriellen am Tisch zu sitzen, ohne zu wissen, wie sie die eigene Nervosität verbergen sollte.

»Aber Caterine möchte bestimmt auch gerne...«, warf sie ein, doch de Vries unterbrach sie:

»Meine Tochter trinkt morgens einen schwarzen Kaffee – und das war's. Sie begründet es mit ihrer Linie, auf die sie achten muss. Verrückt, wenn Sie sich ihren schlanken Körper anschauen. Marotten ihrer verstorbenen Mutter.«

Sienna spürte einen Kloß im Hals. Er behielt sie ihm Auge, woraufhin sie den Blick schnell senkte.

Kaum hatte sie ein paar Früchte und ein krosses Brötchen auf dem Teller liegen, begann er jedoch ohne Umschweife:

»Finden Sie es nicht reichlich unüberlegt, einem naiven jungen Mädchen wie Caterine diese verrückten Flausen in den Kopf zu setzen?«

Dabei führte er die Kaffeetasse langsam an die Lippen und nippte an deren Rand.

»Ich...«, begann Sienna, der auf einmal die Worte zu fehlen schienen. Was wusste er? Und vor allem woher?

»Oder wie soll ich es sonst bezeichnen, Miss Davis? Schließlich wecken Sie in meiner Tochter irgendwelche idiotischen Wünsche, die sich nie realisieren lassen. Caterine ist hübsch, aber sie hat niemals das Zeug für einen Laufsteg. Darüber sind wir uns wohl einig, oder?«, fuhr er fort.

»Ich habe ihr nur gesagt, dass sie außergewöhnlich attraktiv ist und daher die Chance bestünde...«

»Halten Sie mich wirklich für so dumm?« Er hatte sich zu ihr vorgebeugt, sodass sie beinahe seinen Atem spürte. »Caterine ist Ihnen völlig gleichgültig. Sie war nur ein Mittel, um an mich heranzukommen.« Seine Augen blitzten. »Richtig?«, fragte er und lachte süffisant, wobei er sich wieder zurücklehnte.

Sienna atmete tief ein. Es hatte keinen Sinn mehr zu lügen. Sie musste jetzt mitspielen oder sie würde alles verderben.

Daher zwang sie sich zu einem Lächeln. »Gut erkannt, Senhor de Vries. Sie kann man wirklich nicht täuschen.«

Sein Messer teilte genüsslich eine Guave mit einem geraden Schnitt in zwei Hälften. Er lächelte zufrieden.

»Wer sind Sie also, Miss Davis? Mit Sicherheit keine Modefotografin aus England.« Seine Augen durchbohrten sie förmlich.

Sienna wunderte sich, dass er noch keine Erkundigungen über sie eingezogen hatte, was sie auf den heutigen Sonntag schob, an dem wohl niemand arbeitete und ihm Auskunft geben konnte. Oder hatte er seine Beziehungen bereits spielen lassen und wollte jetzt kontrollieren, ob sie ihm die Wahrheit erzählte?

»Letzteres jedoch stimmt, Senhor de Vries. Ich arbeite als Wirtschaftsjournalistin für eine große englische Tageszeitung.«

»Aber Sie sind keine Fotografin, die irgendwelche jungen Mädchen auf der Straße entdeckt und ihnen eine grandiose Zukunft verspricht. Zumal in diesem Fall die Betreffende eine der reichsten Erbinnen des Landes ist.«

»Nein, das war in der Tat nur ein Vorwand«, gab sie zu. Sie fühlte sich geschlagen.

»Wofür?« Er schien auf ihre Antwort zu lauern. Die Guavenscheibe lag noch unberührt auf dem weißen Teller.

»Ich wollte ein Interview mit Ihnen. Das ist alles.«

»Ich gebe keine Interviews. Niemals«, entgegnete er streng, wobei er einen harten Gesichtsausdruck aufsetzte.

»Eben. Das sagte mir Ihre Vorzimmerdame auch. Ich stellte mir aber vor, die Erste zu sein, die einen der größten und mächtigsten Wirtschaftsbosse Südamerikas porträtieren würde. Man muss in diesem Metier immer auf etwas Besonderes stoßen, um von den Chefredakteuren wahrgenommen zu werden. Ich stehe schließlich noch am Beginn meiner Karriere.«

Hoffentlich würde ihn das überzeugen.

»Ein anderer Weg als über Ihre Tochter blieb mir leider nicht.«

Sienna beobachtete, ob ihre Worte irgendeine Reaktion in seinem Gesicht hervorriefen, doch seine Züge blieben unergründlich. Nahm er ihr diese Geschichte ab?

De Vries schwieg.

Sie beeilte sich nun, ihre Beweggründe zu erklären: »Bevor ich Caterine traf, war ich in Ihrem Büro in Belém und bat um einen Termin, doch Ihre Sekretärin wimmelte mich ab. Als ich dann aus purem Zufall Caterine traf, schien dies eine unerwartete Möglichkeit zu sein, um mit Ihnen Kontakt aufzunehmen.«

Ob sie ihn überzeugt hatte? Sie wusste es nicht.

De Vries sah sie aus schmalen Augen heraus an. »Wirtschaftsjournalistin? Bei welchem Blatt?«

»Beim Evening Star in London«, antwortete sie rasch. Beinahe waren ihr diese Worte zu schnell über die Lippen gekommen.

Er sagte immer noch nichts, und auch sie wartete nun ab.

»Dass ich keine Interviews gebe, hat seine Gründe«, erklärte er knapp.

»Ja? Welche?«, hakte sie nach, war aber zugleich erstaunt über ihre eigene Kühnheit.

Es schien ihn zu stören, dass sie nicht nachgab. Höchstwahrscheinlich war er es gewohnt, das letzte Wort zu haben.

»Brasilien ist kein sicheres Land für Leute mit einem gewissen Wohlstand. Ich möchte nicht, dass meine Tochter eines Tages wegen ihres reichen Vaters entführt wird. Verstehen Sie?«

Sie nickte. Das klang logisch. »Natürlich. Allerdings würde ich ja nur in England über Sie berichten, Senhor de Vries. Unsere Leser lieben Geschichten wie die Ihre: Jeder träumt davon, als Selfmademan zum Millionär zu werden.«

Er zuckte leicht zusammen.

»Vielleicht könnten Sie mir etwas über Ihre Herkunft und Ihren Werdegang erzählen?« Sienna war nun ganz in ihrem Element. Auf einmal empfand sie keine Scheu mehr, ihr Gegenüber auszufragen. Sie spürte, dass sie in diesem Gespräch die Führung übernommen hatte.

»Da gibt es nicht viel zu sagen, Miss. Ich habe meine Heimat Anfang der Dreißigerjahre verlassen und in Suriname Edelhölzer verkauft. Dabei bin ich zu einigem Wohlstand gekommen. Im Grunde eine höchst langweilige Geschichte.«

Sienna teilte diese Ansicht nicht.

»Und Ihre Familie in den Niederlanden, Senhor de Vries?«, fragte sie. Sienna wollte nicht lockerlassen.

Er schüttelte den Kopf. »Da ist niemand mehr.«

»Das tut mir leid«, sagte sie mit geheuchelter Anteilnahme. »Und wie ging es für Sie weiter?« Sie konnte sich nicht vorstellen, dass sich sein Erfolg ganz unauffällig und ohne Hürden eingestellt hatte.

»Nichts Spektakuläres. Ich war ein guter Händler – mehr nicht. Das waren wir übrigens alle in unserer Familie. Und ich habe mein Geld zusammengehalten, um neu zu investieren – das können viele Brasilianer nicht. Im Gegensatz zu uns Europäern geben sie lieber sofort alles aus.«

Sie dachte nach. Sollte sie die folgende Frage stellen?

»Das war damals die Zeit des zweiten Kautschukbooms. Richtig?« Sie sah ihm direkt in die Augen.

Als er nicht antwortete, meinte sie: »Haben Sie auch im Gummigeschäft mitgemischt?«

»Unter anderem, sicherlich.« Er schien kurz nachzudenken. »Das machte zu dieser Zeit jeder. Aber es war auch schnell wieder vorbei mit dem Latex. Als der Krieg zu Ende war, wollte niemand mehr den teuren brasilianischen Gummi haben. Die Engländer waren mit ihren Plantagen in Südostasien wieder klar im Vorteil.«

Sienna sträubte sich, ihn nach den drei anderen Männern zu fragen, aber sie durfte nun nicht aufgeben: »Es muss hart gewesen sein, als einziger Niederländer hier am Amazonas«, begann Sienna. Dabei studierte sie intensiv sein Gesicht, konnte aber keine besondere Regung beobachten.

»Nun ja, die Frauen haben einem das Heimweh bald versüßt.«

Das hatte sie nicht hören wollen.

Er klang lockerer. Stufte er sie mittlerweile als ungefährlich ein?

Sienna zwang sich ein Lächeln ab.

Es gab keine weitere Reaktion von seiner Seite. Hatte sie sich da in eine Sache verrannt? Wusste er wirklich nichts? War seine Bekanntschaft mit Dekker nur oberflächlich und durch den Fußball bedingt gewesen? Sie traute sich nicht, den Namen des Toten auszusprechen.

Sienna spürte, dass sie weiterfragen musste, weshalb sie auf ein unverfängliches Thema zu reden kam: »In welchen Sparten sind Sie augenblicklich vertreten?«

Er nannte ihr einige Bereiche, von denen Sienna schon wusste, und erwähnte auch den Sojaanbau.

»Kann es sein, Senhor de Vries, dass Sie mit der Rodung riesiger Waldflächen das Ökosystem des Amazonas immens gefährden?« Mit dieser Frage wollte sie ihn provozieren.

»Hören Sie damit auf!«, antwortete er plötzlich etwas gereizt. »Was wollen Sie? Ein saftiges Rindersteak auf dem Teller oder mit den Affen im Dschungel herumtanzen?«

Als sie nicht antwortete, meinte er: »Na, sehen Sie. Der eigene Magen kommt natürlich zuerst. Wir brauchen nun einmal immer größere Mengen an Viehfutter auf der Welt, und da bieten sich die riesigen menschenleeren Flächen entlang des Amazonas an.«

Sienna erinnerte sich an Iquitos und hätte ihm am liebsten gesagt, dass diese Wälder mitnichten unbesiedelt waren, aber sie wollte nicht mit ihm streiten.

»Und was sind Ihre Pläne für die Zukunft?«

Er beugte sich wieder zu ihr vor und meinte dann leise: »Vor der brasilianischen Küste schlummern ungeheure Ölreserven. Wussten Sie das, Miss Davis? Man muss sich nur die Mühe machen, nach ihnen zu bohren. Angesichts des hohen Ölpreises, den die OPEC weltweit festgesetzt hat, wäre ein solches Unternehmen sicherlich lohnenswert. Die westlichen Industriestaaten können es gar nicht abwarten, endlich von den Saudis unabhängig zu werden.«

»Und warum tun Sie das nicht?«, fragte sie.

»Wer sagt, dass ich es nicht bald tun werde?«, grinste er süßlich.

Damit war das Gespräch beendet, denn de Vries verstummte.

Es gab keine Möglichkeit mehr, über die drei Niederländer zu sprechen, ohne dass sich Sienna verraten hätte.

Sie entschuldigte sich mit dem Vorwand, nach dem langen Ausritt noch unbedingt duschen zu müssen, und verschwand in ihrem Zimmer.

Sienna ärgerte sich, keine Fragen bezüglich des Indio-Landes gestellt zu haben, doch dann hätte de Vries auch erfahren, dass sie zuvor in Manaus gewesen war. Aus einem nicht zu erklärenden Grund heraus wollte Sienna dies auf jeden Fall vermeiden.

Eigentlich, so fand sie, hatte er rein gar nichts Neues verlauten lassen. Sie war wieder einmal keinen Schritt weitergekommen.

6

Die erfrischende Dusche hatte ihr gutgetan. Sienna angelte ihr letztes sauberes Shirt aus der Umhängetasche und zog es rasch über die noch feuchten Haare. Sie besah sich im Spiegel und stellte fest, dass sie sich innerhalb der vergangenen Tage auf irgendeine Art verändert hatte. Natürlich war ihre Haut jetzt gebräunt, und auch ihr Haar hatte einen leichten Goldton angenommen, doch da gab es noch etwas anderes, das Sienna nicht richtig deuten konnte.

Auf jeden Fall zeigte ihr Spiegelbild eine Person, die sie so nicht kannte.

Die Ursache wollte sie allerdings nicht weiter ergründen. Sie scheute sich vor der Antwort.

Hastig zog sie den Reißverschluss ihrer Tasche zu, blickte sich noch einmal in der Suite um und verließ den prunkvollen Raum.

Kaum hatte sie den Flur betreten, erstarrte sie: Die Tür zu de Vries‘ Arbeitszimmer stand offen. Im Eingangsbereich hantierte ein singendes Dienstmädchen an einem Putzwagen herum und suchte nach den nötigen Utensilien, um das Büro des Hausherrn in Ordnung zu bringen.

Das junge Mädchen grüßte sie freundlich und fuhr dann gut gelaunt mit seiner Arbeit fort. Sienna sah, wie die gestärkte weißrosa Uniform hinter dem nächsten Wandvorsprung verschwand.

Was sollte sie tun? Unschlüssig blieb Sienna stehen. Ein paar Schritte nur, und Sienna wäre in de Vries‘ Allerheiligstem. Vielleicht könnte sie sogar einen Blick auf die große Landkarte werfen, die sich rechts neben der Tür befand, um auf diese Weise Genaueres über sein Großprojekt zu erfahren. Doch das vergnügt trällernde Mädchen verhinderte ihr Vorhaben. Dabei bot sich ihr hier eine einmalige Gelegenheit.

Zögernd verharrte sie im Flur und überlegte hin und her, wie sie dennoch in den Raum käme. Dann wurde sie von Caterine entdeckt, die soeben einige Personen die Treppe hinunterführte und sich im Smalltalk übte. Die beiden älteren Paare mussten erst aufgestanden sein und unterhielten sich angeregt mit der jungen Gastgeberin.

Sienna blieb keine Wahl. Wohl oder übel musste sie sich den anderen anschließen.

Geistesabwesend stand sie neben der Gästegruppe, die über Nacht auf der Insel geblieben war und sich vor der Rückkehr auf das Festland noch von den Kochkünsten der de Vriesschen Küche verwöhnen ließ. Auf die höflichen Fragen der anderen gab sie nur knappe Antworten und fühlte sich wie eine Traumwandlerin inmitten der lebhaft schwatzenden Gesellschaft. Neben ihr erschall lautes Gelächter, doch sie hatte nicht mitbekommen, aus welchem Anlass sich die Leute amüsierten. Sienna hoffte, dass ihre geistige Abwesenheit nicht bemerkt wurde. Sie musste sich unbedingt so benehmen wie all die anderen Leute, was ihr jedoch schwerfiel, denn in ihrem Kopf rasten die Gedanken.

Langsam ging sie zum Buffet, auf dem große Schalen mit Reis, schwarzen Bohnen und verschiedenen kalten Würzsoßen aus kleingehackten Tomaten, Paprika und Korianderblättern angerichtet waren. Eine ungewöhnliche Kombination für ein Frühstück, aber wohl typisch für diesen nördlichen Landesteil, dachte sie.

Sie musste handeln, aber wie? Es gab keinen Grund mehr, ihr Zimmer aufzusuchen, da der Boy die Tasche schon auf das Schnellboot gebracht hatte. Und noch weniger konnte sie sich mit irgendeinem Vorwand Zugang zum Refugium des Hausherrn verschaffen. Bald würde das Hausmädchen seine Arbeit in der oberen Etage beendet haben. Dann wäre die Tür für immer verschlossen, und sie würde nie erfahren, welches Ziel Benedict de Vries verfolgte.

Fieberhaft arbeitete ihr Verstand an einer Lösung.

Die Rettung kam ihr in Form eines Kellners entgegen, der ein übergroßes silbernes Tablett mit einer Vielzahl von Gläsern trug, die er galant den noch immer in Kleingruppen zusammenstehenden Gästen anbot.

Sienna drängte sich in seine Richtung und fragte mit leicht erhobener Stimme, um was es sich bei der knallroten Flüssigkeit handelte.

»Guaraná«, erklärte der junge Indio zuvorkommend und wollte ihr auch schon ein Glas reichen.

Ein älterer Mann aus der Gruppe um de Vries kam ihr zu Hilfe und meinte: »Ähnlich wie Kaffee hat Guaraná einen hohen Koffeingehalt. Es stammt von einer einheimischen Pflanze aus dem Amazonasbecken, deren Samen zu Pulver zerrieben werden. Früher half es den Indios über Hungerzeiten hinweg, denn man hat nachgewiesen, dass es die Magennerven beruhigt.«

Dann lachte er los und rief in Richtung des Gastgebers: »Na, da müssen wir uns hier ja keine Sorgen machen, was, Benedict? An Hunger werden wir nie leiden!«

Sienna bekam nicht mit, wie de Vries reagierte. Sie nutzte die allgemeine Unaufmerksamkeit und drehte sich schnell um, wobei sie absichtlich mit dem Tablett des Kellners zusammenstieß, sodass dieser die Gläser nicht im Gleichgewicht halten konnte. Mit einem Klirren fielen alle um und schlugen hart auf das Metall des Tabletts. Die blutrote Flüssigkeit schwappte auf Siennas weiße Bluse und verwüstete das Kleidungsstück vollständig.

Der Kellner wurde aschfahl. Unter lautem Lamentieren entschuldigte sich der *empregado*, denn die Sache war ihm mehr als peinlich. Sicherlich würde er wegen dieses Malheurs gehörigen Ärger bekommen, was Sienna insgeheim leidtat, doch sie durfte jetzt nicht an die Folgen denken. Ihr Vorhaben war wichtiger.

Rasch griff sie zu einer der Stoffservietten, drückte sie an ihre rotverschmierte Brust und rannte mit der Beteuerung, dass alles nicht so schlimm wäre, die Treppe hinauf in Richtung ihres Zimmers. Um die überall am Boden herumliegenden Scherben kümmerte sie sich nicht.

Sienna keuchte, als sie das Ende des langen Flurs erreichte, da sie zwei Stufen auf einmal genommen hatte. Zu ihrer Erleichterung sah sie, dass die Tür zu de Vries‘ Zimmer noch immer offen stand. Allerdings war das Dienstmädchen schon dabei, die letzten Meter des Eingangsbereichs zu fegen. Es summte eine hübsche Melodie und war ganz vertieft in seine Arbeit.

In Kürze würde die Angestellte ihre Tätigkeit beenden, ging es Sienna durch den Kopf. Sie musste sofort handeln.

Ihre völlig ruinierte Kleidung garantierte ihr bereits die ganze Aufmerksamkeit der jungen Frau, die vor lauter Schreck den Staubwedel fallen ließ und ihr entgegeneilte, um ihr behilflich zu sein.

»*Nossa*«, rief sie entsetzt und führte die Hand zum Mund. »Kann ich Ihnen irgendwie helfen, Senhora? Das sieht ja schrecklich aus! Was ist nur geschehen?«

Sienna schämte sich, vor der *empregada* dermaßen zu übertreiben, dennoch verlangte sie auf theatralische Art nach ihrer bereits vom Hausdiener abgeholten Tasche und schickte das Mädchen in barschem Befehlston zum Ankerplatz des Schnellboots. Wie Sienna gehofft hatte, vergaß das Dienstmädchen in der Aufregung, die Tür hinter sich zu schließen und rannte mit eilenden Schritten davon.

Siennas Gedanken überschlugen sich. Wie viel Zeit blieb ihr? Reichten die wenigen Minuten überhaupt aus, um das Gesuchte zu finden?

Sie beschloss, nicht mehr in ihre Suite zu gehen, sondern sofort das Arbeitszimmer zu betreten. Immer noch hielt sie die Stoffserviette fest an sich gedrückt, damit diese den roten Saft auf der Bluse aufsaugen konnte und keine Spuren am Boden hinterließ.

Vorsichtig setzte sie einen Fuß vor den anderen. Dennoch knarrrte der alte Dielenboden bei jedem Schritt. Sie blieb stehen und lauschte, ob ihr jemand gefolgt wäre, vernahm aber von der Halle her nur ein belustigtes Lachen der Gäste.

Sie ging weiter in den Raum hinein, den sie in der Nacht nur von der Balkonseite aus gesehen hatte.

Als sie den Wandvorsprung erreichte, schaute sie sofort nach rechts. Tatsächlich befand sich hier die riesige Landkarte, zu der de Vries nach der Lektüre der Akte gegangen war. Wie Sienna vermutete, handelte es sich um eine graphische Darstellung des Amazonas in seinem mittleren Verlauf. In dicken Lettern las sie am Nordufer des Flusses MANAUS. Sie fand den Zusammenfluss des Rio Negro und des Rio Solimões etwas weiter östlich. Nun konnte sie sich orientieren.

Auf welchen Punkt des Planes hatte de Vries' Finger nur gezeigt? Sie schloss die Augen und versuchte, sich die Bilder der gestrigen Nacht ins Gedächtnis zu rufen. Auf jeden Fall hatte er auf ein Gebiet westlich des Encontro das Águas gedeutet. Da war sie sich sicher. Und der gesuchte Teil der Karte war grüner als der Rest dargestellt. Siennas Augen streiften suchend über das Netz von Wasserläufen und klein gedruckten Namen irgendwelcher winziger, weit verstreuter Dörfer, die ihr nichts sagten. Wie sollte sie sich in diesem Labyrinth nur zurechtfinden?

Dann blieb ihr Blick an einem Punkt hängen. Hier, das musste es sein! Was ihr in der vorigen Nacht auf dem Papier als dunkelgrün erschienen war, entsprach mehreren Naturschutzreservaten, die sich über beide Uferseiten des Rio Negros hinzogen.

Sie stellte sich auf die Zehenspitzen, um die Schrift besser lesen zu können. Parque Nacional do Jaú war die Bezeichnung für das südliche, größere Areal. Als sie sich weiter reckte, um auch den Namen des kleineren Schutzgebiets zu erkennen, verschlug es ihr vor Schreck beinahe den Atem.

Tonlos formten ihre Lippen die bekannten Silben. Nein, es durfte nicht sein! Was hatte das beschauliche Dorf Iquitos mit de Vries' Plänen zu tun? Warum lachte er so diabolisch, als er die Karte betrachtet hatte? Ging es hier um seine riesigen Sojafelder, für die er den Urwald roden lassen wollte?

Ein Geräusch ließ Sienna wieder in die Wirklichkeit zurückkehren. Sie durfte keine Zeit mehr verlieren, sondern musste jede Sekunde nutzen. Später würde sie dann versuchen, die Puzzlestücke zu einem logischen Ganzen zusammenzufügen. Sie atmete auf, als sie feststellte, dass der Laut vom Garten her gekommen war.

Noch einmal spähte sie zur Tür, aber das Mädchen war noch nicht erschienen. Sollte Sienna es wagen? Was würden ihre Gastgeber von ihr halten, wenn man sie bei ihrem Tun entdeckte? Würde de Vries wegen ihrer Schnüffelei vielleicht sogar die Polizei rufen? Ihr wurde heiß und kalt zugleich. Dennoch hastete sie zum Schreibtisch, an dem der Industrielle in der Nacht zuvor gesessen hatte, und stellte sich hinter das wuchtige Möbelstück.

Welche Papiere hatten ihn um diese Uhrzeit so gefangen genommen? Hatte die dicke Kladde etwas mit dem Ort auf der Landkarte zu tun?

Sienna wurde immer nervöser. Sie bemerkte, dass ihre Hände zitterten, als sie sich an der obersten Schublade zu schaffen machte. Wohin hatte er nur die Akte gelegt? Von ihrem gestrigen Beobachtungspunkt auf der Veranda aus hatte sie dem Aufbewahrungsort keine weitere Bedeutung geschenkt. Jetzt ärgerte sie sich über ihre Unaufmerksamkeit. Es wäre wichtig zu wissen, wo sich das Gesuchte befand. Sie durfte keine Zeit verlieren. Bald schon würde das Mädchen wieder hier sein.

Mit einem Ruck öffnete sie die oberste Lade, aber außer ein paar Schreibutensilien und leeren Papierbogen gab es darin nichts zu sehen. Da der Lauf klemmte, benötigte Sienna beide Hände, um das Fach wieder zu schließen. Leise fluchte sie vor sich hin.

Noch immer war das Dienstmädchen nicht zu hören. Spätestens, wenn es die Treppe erreichte, würde Sienna das Büro verlassen, um nicht ertappt zu werden.

Nun riss sie an der zweiten Schublade, die zu ihrer Erleichterung ebenso wenig verschlossen war wie die obere. Der Hausherr schien sich auf seinem Landgut fern der Stadt sehr sicher zu fühlen, dachte Sienna.

Da, das helle Grau der Kartonhülle. Sienna zog die Kladde rasch aus dem Fach und legte sie auf den Schreibtisch.

Noch einmal blickte sie Richtung Tür, sah den Flur aber menschenleer vor sich liegen.

Aufgeregt blätterte sie in den eng beschriebenen Dokumenten. Immer wieder fielen Sienna graphische Darstellungen, die ihr wie geologische Querschnitte vorkamen, ins Auge. An mehreren Stellen waren senkrechte gestrichelte Linien in die Ansichten eingezeichnet, von denen jede eine andere Nummer trug. Wahrscheinlich wurden diese Zahlen im Text erklärt, doch zum Lesen blieb Sienna keine Zeit. Sie musste anhand der Bilder herausfinden, um was es sich handelte.

Nun folgten einige Seiten langer Zahlenreihen, die ihr wie Analysen von Gesteinsproben vorkamen, mit denen sie aber nichts anfangen konnte, bis sie auf die Karte stieß, die alles erklärte. Im Grunde zeigte die Skizze lediglich eine fast dreieckige Halbinsel, die von zwei Seitenarmen des Rio Negro umspült wurde. Am nördlich gelegenen Rio Apuaú lag die Missionsstation Maravilha, in der Alasdair seit vielen Jahren wirkte. Fuhr man weiter flussaufwärts, gelangte man zum Indiodorf Iquitos, der Heimat von Matheus de Nóbrega. Der Rio Pidiuaú, um den es in dieser Akte aber ging, war der Fluss, der sich weiter südlich befand. Die Bodenproben mussten an einigen seiner Uferstellen entnommen worden sein.

Es traf sie wie ein Schlag. Fassungslos starrte sie auf die Karte und blätterte noch einmal zurück, um die Nummern zu vergleichen. Dann riss sie erneut die obere Schublade auf, tastete nach einem der Kugelschreiber und nahm sich einen Schreibblock. So rasch es ging, versuchte sie, die Skizze zu kopieren und keine der Bezeichnungen zu vergessen. Wenn sie jetzt nachlässig arbeitete, wäre es der Ruin für eine Vielzahl von Menschen, überlegte Sienna, und ihr wurde heiß vor Anspannung. Fieberhaft glitt der Stift über den Zettel, bis sie Schritte auf der Holztreppe hörte und die Kladde mitsamt des Schreibutensils schnell in der Schublade verstaute, um das Hausmädchen draußen auf dem Flur zu erwarten.

Siennas Herz bebte wie wild. Sie hatte es gerade noch rechtzeitig geschafft.

SANTARÉM

Bereits seit Minuten starrte sie auf die Wählscheibe des Telefonapparats an ihrer Seite. Stocksteif saß Sienna auf dem überdimensionierten Bett des Hotelzimmers, das sie sich in Santarém bedauerlicherweise hatte nehmen müssen. Ihr Blick wechselte nervös zwischen den leuchtenden Zeigern ihrer Armbanduhr und dem grauen Fernsprecher hin und her.

Nein, es war noch zu früh für einen Anruf. Bis fünf Uhr Ortszeit musste sie, die vier Stunden Zeitverschiebung nach London eingerechnet, wenigstens noch warten. Würde sie es früher versuchen, hätte sie mit Sicherheit kein Glück. Beim Evening Star begann kein Mensch vor 9 Uhr morgens mit der Arbeit – außer Douglas vielleicht, aber an ihn wollte sie sich im Moment keinesfalls wenden. Dafür kannte er sich zu wenig mit dieser heiklen Materie aus.

Sienna musste unbedingt Rachel, ihre Kollegin in der Wirtschaftsabteilung, erreichen. Sie würde ihr weiterhelfen können.

Acht vor fünf. Der Minutenzeiger kroch förmlich über das Zifferblatt. Es war kaum auszuhalten.

Sienna sah sich im Zimmer um, das ihr seit der gestrigen Nacht behelfsmäßig als Bleibe diente. Es war ein unpersönlicher, funktionell eingerichteter Raum ohne unnützen Schmuck. Sie vermutete, dass das Airporthotel in Santarém größtenteils von Geschäftsleuten genutzt wurde, die die Stadt am Amazonas nicht länger als ein oder zwei Tage besuchten, um mit den hiesigen Firmen Verhandlungen zu führen und Verträge abzuschließen. Solche Gäste hielten sich gewöhnlich die ganze Zeit außerhalb ihrer Herbergen auf und benutzten diese nur zum Schlafen. Genau diesen Bedürfnissen entsprach die Ausstattung.

Trotz seines schlichten Interieurs war der Übernachtungspreis für das Zimmer recht hoch, was Sienna zu ihrem Leidwesen hatte feststellen müssen.

Nachdem sie das de Vriessche Anwesen auf der Ilha de Marajó am Vortag verlassen hatte, war sie unverzüglich zum Flughafen gefahren. Ihr vordringliches Ziel war es gewesen, so rasch wie möglich zurück nach Manaus zu gelangen, um Dan ihre ungeheure

Entdeckung mitzuteilen. Er war der einzige Mensch, an den sie sich diesbezüglich wenden konnte.

Sie hatte nicht einmal bei Inês und Ernesto Batista hereingeschaut, sondern ihr schlechtes Gewissen damit beruhigt, das Abendkleid und die ausgeliehenen Schuhe später auf dem Postweg zurückzusenden. Sicherlich würde sie dann auch ein paar freundliche Dankeszeilen für die beiden beilegen. Jetzt fehlte einfach die Zeit dazu, denn sie musste schnell handeln. So viel stand auf dem Spiel.

Tatsächlich hatte sie von Belém aus noch einen Flug bekommen – allerdings nur bis Santarém. Daher saß sie nun wie eine in einem viel zu engen Käfig gefangene Wildkatze in diesem unpersönlichen Hotelzimmer und wartete ungeduldig auf den Anschlussflug nach Manaus.

Zuerst musste sie jedoch mit Rachel sprechen.

Noch drei Minuten, fast zwei nur noch. Sienna hoffte, ihre Kollegin würde wenigstens heute pünktlich in der Redaktion sein. Montags war das bei Rachel so eine Sache, da sie über das Wochenende gern zu ihrer Familie nach North Cumbria fuhr und daher eine lange Zugfahrt hinter sich bringen musste.

Der Abschied von Caterine de Vries war sehr emotional gewesen. Immer wieder hatte ihr die junge Frau überschwänglich zu verstehen gegeben, wie sehr ihr an einer Karriere auf dem Laufsteg lag und dass Sienna hierzu alles Nötige in die Wege leiten sollte.

Entsprechend kühl war ihr dagegen Caterines Vater entgegengetreten. Sienna hatte ihre ganze Kraft aufbringen müssen, um sich nichts anmerken zu lassen. Schließlich kannte sie nun sein ungeheures Geheimnis. Sie hatte sehnlichst gehofft, dass ihr Schauspieltalent ausreichte und de Vries keinen Verdacht schöpfen würde. Sein Gesichtsausdruck war, unergründlich, als er ihr galant die Hand reichte und sie zusammen mit den anderen Gästen das Schnellboot nach Belém bestieg. Ob er sich jetzt nach ihr erkundigen würde? Oder hatten ihn ihre Angaben einigermaßen zufriedengestellt?

Erst während der einstündigen Fahrt zur anderen Uferseite war Sienna etwas zur Ruhe gekommen. Sie hatte sich absichtlich weit nach hinten ans Heck gesetzt, wo der Wind am stärksten blies, um mit ihren Gedanken allein zu sein und keine Unterhaltung führen zu müssen. Die restliche Gästeschar war hinter der schützenden

Glasscheibe unter sich geblieben. Als die *lancha* am Hafen anlegte, hatte sich die Gruppe freundlich, aber ohne weiteres Aufheben von ihr verabschiedet und war zu den am Kai wartenden Fahrzeugen geeilt, neben denen bereits die livrierten Fahrer standen.

Noch bevor Sienna ihr Flugzeug nach Santarém bestieg, hatte sie sich an einem der Marktstände unweit des Hafens ein billiges T-Shirt gekauft und dieses schnell übergestreift. Immer noch tat es ihr leid, dass sie ihre Lieblingsbluse mit Absicht hatte ruinieren müssen.

Sechs Uhr! Sie griff zum Telefonhörer und wählte hastig die Nummer ihres Londoner Büros. Vor lauter Hektik rutschte sie bei einer der Ziffern ab, sodass sie erneut beginnen musste. Leise fluchte sie auf italienisch.

Ihre Nerven lagen blank. Die vergangenen beiden Nächte hatten an ihren Kräften gezehrt. Auch in Santarém hatte sie kaum Schlaf finden können, da sie die ganze Zeit überlegte, wie alle Informationen zusammenpassen könnten. Immer stärker wurde ihr bewusst, dass sie zum Lösen des Rätsels Dans Hilfe benötigte.

Dass sie gerade jetzt in die Sprache ihrer Mutter zurückfiel, die sie schon Jahre nicht mehr gesprochen hatte, beunruhigte sie noch mehr. Die Erinnerungen an das Drama, das sich damals auf der kurvigen Bergstraße nach Fossola ereignete, hatte sie bisher gut in ihrem Innern begraben. Fast schien es ihr so, als hätten sie all das Chaos und die Hektik in ihrem Leben wie ein starker Wall vor den Gedanken an den schlimmsten Verlust ihrer Kindheit abgeschirmt.

Plötzlich sah sie Poranga, de Nóbregas entstellte Mutter, vor sich, der das Schicksal derart übel mitgespielt hatte. Ob auch Matheus sich durch sein strenges, gefühlloses Auftreten einen inneren Schutz vor der Vergangenheit aufgebaut hatte?

Ein surrender Klingelton meldete, dass der Apparat am Ende der Leitung frei war. Sienna spürte ihren Puls heftig pochen. Sie schloss die Augen und hoffte, dass Rachel den Hörer abnehmen würde. Auf lange Erklärungen den anderen Kollegen gegenüber hatte sie nicht die geringste Lust. Viel zu sehr saß ihr noch Bobs Abreibung in den Knochen.

»*Hello*?«, meldete sich die ihr bekannte Stimme. Sienna atmete erleichtert auf.

»Rachel? Gottlob bist du da! Hier ist Sienna. Hör zu, ich brauche dich ganz dringend. Ich bin hier in eine ungeheure Sache hineingeraten und...« Ihre Stimme überschlug sich beinahe vor Ungeduld.

»Ähm...«, hörte sie die andere herumdrucksen. Das bedeutete nichts Gutes.

»Rachel? Bist du noch dran? Verstehst du mich? Ist die Verbindung schlecht?«, fragte sie besorgt nach.

»Nein, bestens«, antwortete ihre Kollegin ungewohnt einsilbig. Normalerweise erdrückte einen Rachels Redeschwall förmlich, vor allem nach einem langen Wochenende auf dem Bauernhof ihrer Eltern. Dann berichtete sie ausgiebig von neu geworfenen Lämmern oder ausgedehnten Wanderungen durch den Lake District National Park. Jetzt aber wirkte sie seltsam stumm.

»Was ist los mit dir?« Sienna war irritiert. »Warum bist du so maulfaul? Das ist doch sonst nicht deine Art.«

Es kam keine Antwort.

Sienna überging die Stille am Ende der Leitung und meinte: »Pass auf, Rachel, du musst etwas für mich erledigen. Es ist ungeheuer wichtig, dass du...«

»Vielleicht können Sie später noch einmal anrufen. Momentan ist es schlecht...«, flüsterte die andere nun nur noch in den Hörer, wobei sie das Wort ‚schlecht' seltsam betonte. Endlich begriff Sienna, doch es war bereits zu spät.

Sie vernahm nun Bobs dröhnende Stimme im Hintergrund: »Rachel, ist das etwa Sienna?«, fragte er lautstark. »Oder warum sprichst du so leise?«

Sienna bekam mit, dass Rachel keine Antwort gab. Sie konnte sich vorstellen, wie ihre Kollegin versuchte, sich aus der Zwickmühle zu befreien, was ihr aber in Anwesenheit ihres Vorgesetzten nicht gelang.

Sie hätte sich ohrfeigen können, aber wer ahnte schon, dass sich Bob ausgerechnet jetzt im Büro des Wirtschaftsressorts aufhalten würde! Die Redaktionssitzung fand normalerweise drei Stunden später statt.

Ob sie einfach auflegen sollte?

Doch schon war ein Klicken im Apparat zu hören. Wahrscheinlich hatte Bob jetzt den Hörer an sich genommen. Er prustete bereits in das Telefon. Sienna sah schon vor sich, wie sich vor Ärger kleine Schweißtropfen auf seiner kahlen Stirn gebildet hatten. Warum hatte sie solch ein Pech?

»Sienna, bist du das in der Leitung? Wo zum Teufel steckst du?« Bobs Ton ließ keine Zweifel aufkommen, dass er wütend war. »Bist du denn von allen guten Geistern verlassen?«

Sienna säuselte: »Bob, hast du mein Telex nicht erhalten?«

»Diese zwei Sätze, die du mir in Kurzform geschickt hast? Was soll das für ein Mist sein?«, rief er ihr entgegen. »Ich lasse mir nicht von dir auf der Nase herumtanzen, verstehst du? Jede andere hätte ich wegen dieser Frechheit schon längst gefeuert, Sienna!«

Sie schluckte. Ob sie ihm sagen sollte, dass eine Telexnachricht nicht mit einem ausführlichen Brief vergleichbar wäre? Doch das würde ihn noch mehr in Rage versetzen. Sie biss sich auf die Lippen und meinte stattdessen:

»Bob, du wirst es augenblicklich vielleicht nicht verstehen, aber ich bin da an einer wirklich wichtigen Sache dran...«

Er unterbrach sie: »Sienna, das ist mir, gelinde gesagt, so was von egal. Fakt ist, dass es Montagmorgen 9 Uhr ist. Erinnerst du dich? Du wolltest am Wochenende in London sein – mit deinem fertigen Artikel wohlgemerkt. Stattdessen treibst du dich auf meine Kosten in den Tropen herum! Hast du denn den letzten Rest von Verstand verloren? Liegt dir rein gar nichts an deiner Zukunft?«

»Bob, ich habe hier etwas viel Brisanteres als diese hundert Jahre alte Geschichte rund um Wickham«, erklärte sie. »Ein absoluter Skandal.«

»Du bist aber genau wegen dieser für dich so langweiligen Story von mir an den Amazonas geschickt worden, Mädchen!«

Wieder diese abfällige Bemerkung. Sie war nicht sein ‚Mädchen'!

Er hatte keine Ahnung, welche Dimensionen die Sache annehmen konnte, an deren Aufklärung sie arbeitete.

»Bob, ich brauche alle Informationen über einen brasilianischen Geschäftsmann namens Benedict de Vries. Ich weiß nur, dass er in den Dreißigerjahren aus den Niederlanden nach Suriname gekommen ist und eigentlich aus der Provinz Brabant stammt«, erklärte sie.

»Sienna!« brüllte Robert Thornton nun förmlich in den Apparat. »Wir wissen beide, wie deine letzte Wirtschaftsgeschichte ausgegangen ist. Ich will keine Verschwörungstheorien mehr, sondern einfach gute, fundierte Journalistenarbeit. Die Reise nach Brasilien war deine Chance, alles wieder gut zu machen. Und du bist dabei, sie gründlich zu versauen!«

»Ja, ich weiß, Bob, dafür bin ich dir auch dankbar, aber wenn ich dir erkläre, um was es hier geht, änderst du bestimmt deine Meinung«, begann sie, doch er ließ sie nicht weiterreden.

»Entweder«, sagte er, indem er jedes Wort betonte, »nimmst du noch heute den nächsten Flug zurück oder du kannst deinen Schreibtisch hier räumen. Glaub mir, ich habe genug Leute in meiner Redaktion, die begierig auf deinen Job sind.«

»Du meinst, du würdest mich tatsächlich entlassen, Bob?«, fragte sie perplex. »Das kann doch nicht dein Ernst sein. Ich habe hier die beste Story, die du dir vorstellen kannst. Lass mich nur noch zwei, drei Tage weiterforschen... dann hast du eine Riesengeschichte im Evening Star stehen. Die beste seit Jahren.«

»Keinen einzigen Tag! Das ist mein letztes Wort!«, und er knallte den Hörer auf die Gabel, sodass Sienna nur noch das Besetztzeichen entgegenschlug.

Ihr wurde flau im Magen.

MANAUS

1

Zur Mittagszeit waren die Straßen des *centro*, ganz im Gegensatz zu Siennas früherem Besuch, vollgestopft mit Menschen. Daher ließ sie das Taxi in der Nähe des kitschig wirkenden und für ihren Geschmack übertrieben verschnörkelten Uhrturms anhalten, der vom Stil her eher nach Indien als nach Brasilien passte, und ging zu Fuß weiter. Nach den Erlebnissen der vergangenen Tage tat es ihr gut, etwas Bewegung zu haben und nachdenken zu können. Zu ihrer Verwunderung schreckte sie das schäbige Viertel mit seinen vielen Bettlern und laut auf der Straße spielenden, ärmlich wirkenden Kindern nicht mehr.

Ihr Entschluss stand fest. Sie konnte nicht einfach an diesem Punkt aufhören, sondern musste weiterforschen. Während des Fluges hatte Sienna ausreichend Zeit zum Überlegen gehabt. Zwar hallten Bobs Drohungen noch immer in ihren Gedanken nach, aber sie hatte sich in den Kopf gesetzt, diese Sache hier zu Ende zu führen – selbst wenn es sie ihre Stelle kosten würde.

Beinahe trotzig lief sie durch die belebten Gassen, in denen fahrende Händler auf ihren großen, schmutzigen Decken allerlei Tand ausgebreitet hatten. An einer Hausecke lehnte ein auf Krücken gestützter Invalide, der den Vorübergehenden bittend die geöffnete Hand entgegenhielt. Er wirkte zerlumpt und benötigte dringend ein Bad. Es war wirklich kein angenehmes Quartier, das sich Dan als Unterschlupf ausgesucht hatte, aber wahrscheinlich hatte er es mit Kalkül gewählt, denn hier fiel er wohl am wenigsten auf. Und das war sicherlich sein Ziel gewesen, als er sich in der billigen Pension einmietete.

Kurze Zeit später stand sie vor der blau getünchten Fassade der *pousada* und betätigte, wie bereits zwei Tage zuvor, den schweren Türklopfer.

Was hatte sie in der Zwischenzeit alles erlebt! Sienna konnte es kaum erwarten, Dan von ihrer Entdeckung zu berichten, die auch ihn überraschen würde. In den vergangenen Stunden war ihr bewusst geworden, dass er tatsächlich der Einzige war, der ihr in ihrer momentanen Situation weiterhelfen konnte.

Erleichtert hörte sie die schlurfenden Schritte der dicken Besitzerin, die sich langsam der Eingangstür näherte. Siennas Puls schlug schneller. Sie hatte nicht geahnt, wie sehr sie der Begegnung mit dem Amerikaner entgegenfieberte.

Mit skeptischem Blick öffnete die Vermieterin die Pforte und spähte durch den schmalen Spalt vorsichtig auf die Gasse. Dann erkannte sie Sienna und lachte ihr freundlich entgegen, woraufhin sie die Haustür ganz aufmachte.

»Der feine Herr ist ausgegangen, Senhora«, erklärte sie in singendem Tonfall und stellte sich in ihrer eindrucksvollen Breite in die Türöffnung. Während sie sprach, wippten zwei riesige Plastikohrringe, die unter der grasgrünen Haube hervorlugten, im Wechsel auf und ab.

»Wohin?«, fragte Sienna sichtlich enttäuscht. Sie hatte gehofft, Dan zu Hause anzutreffen. Ihr ganzer Plan basierte darauf, sich noch heute mit ihm auszutauschen. Eine Alternative blieb ihr nicht.

Die andere beruhigte sie und grinste: »Keine Sorge. Er wird wohl nicht weit sein. Meistens geht er um diese Zeit in eine der Garküchen hier im *centro*, um dort sein *almoço* einzunehmen. Mein Frühstück scheint ihm nicht zu reichen«, gackerte sie los. »Obwohl ich mir einbilde, ihn nicht zu kurz kommen zu lassen«, lachte sie weiter und zeigte amüsiert auf ihren unübersehbaren Bauch.

Unschlüssig trat Sienna von einem Bein aufs andere. Sollte sie ihn im Gassengewirr suchen oder lieber auf ihn warten?

»Ein seltsamer Bursche, dieser Gringo. Kommt mir vor, als wäre er ständig auf der Suche nach etwas, hat kein bisschen Ruhe im Leib«, kommentierte die Alte und machte ein nachdenkliches Gesicht.

Dann sah sie Sienna abwartend an, doch von ihr kam keine Erklärung. Sienna war viel zu sehr damit beschäftigt, ihre Gedanken zu ordnen.

»Und was gerade Sie mit ihm zu tun haben, geht mir ganz und gar nicht in den Kopf, *filha*. Aber das muss es auch nicht. Die alte Lourdes muss ja nicht alles wissen. Nicht wahr?«, fuhr sie in ihrer langsamen, gedehnten Redeweise fort.

Sienna sah der fülligen Frau direkt ins Gesicht.

Wieder begann diese lautstark zu lachen, wobei sich ihre schweren Brüste wie in Zeitlupe hoben und wieder senkten.

Sienna antwortete nicht. Hektisch überlegte sie, was sie tun sollte, und fühlte sich plötzlich sehr einsam.

Die andere schien ihre Verzweiflung zu erahnen.

»Ach, was stehen Sie hier auf der Straße herum! Das ist doch nichts für eine *moça* wie Sie. Kommen Sie rein! Sie können auch drinnen auf ihn warten. Bei mir ist es weitaus angenehmer als auf der dreckigen *rua*.« Sie warf einen missbilligenden Blick auf die vorbeieilenden Passanten. »Hier können Sie keinem trauen, glauben Sie mir, alles nur Bettler und Diebe.«

Sienna folgte der Pensionsbesitzerin vorbei an einer steilen Treppe und durch einen dunklen fensterlosen Flur, der zum Hinterhof des Hauses führte. Es überraschte sie, trotz der offensichtlichen Baufälligkeit des gesamten Gebäudes diesen lichtdurchfluteten, hübschen *pátio* vorzufinden. Im rückwärtigen Teil des Hofs hingen einige weiße Bettlaken zum Trocknen an langen Leinen, doch davor hatte Lourdes drei kleine rote Metalltische mit einigen ramponierten Klappstühlen aufgestellt, deren farbenfrohe Aufschrift auf verschiedene Softdrinkmarken hinwies und wohl aus dem ausgemusterten Inventar einer Bar oder eines Restaurants stammte.

An den weiß gekalkten Wänden zog sich ein Meer von üppigen Kletterpflanzen entlang, die ihre Blüten der Sonne entgegenstreckten und den Innenhof trotz seiner Einfachheit in einen kleinen Paradiesgarten verwandelten.

»Setzen Sie sich. Ich hole Ihnen eine eisgekühlte Cola. Sie sehen durstig aus, als hätten Sie schon ewig nichts mehr getrunken. Das wird Sie wieder etwas lebendiger machen«, sagte die Vermieterin wohlwollend und schlurfte in ihren alten Hausschuhen gemächlich davon.

Sienna widersprach nicht, sondern ging zu einer der ausladenden Bananenstauden, deren Wurzeln in bunten ausrangierten Farbeimern steckten, die Lourdes praktischerweise als Pflanzkübel dienten. Die dicken Blätter boten wenigstens etwas Schatten, denn zur Mittagszeit war es in Manaus bereits wieder drückend schwül geworden.

Sienna streifte die Sandalen ab und strich mit den nackten Zehen gedankenverloren über den staubigen Betonboden, wobei sie geometrische Muster malte. Der dunkelrote Lack ihrer Nägel, den Inês noch zwei Tage zuvor mit äußerster Vorsicht aufgetragen hatte, war mittlerweile an manchen Stellen abgesplittert. Als sie einen Blick auf ihre vom Regen völlig ruinierten Schuhe warf, kam sie sich genauso schäbig wie dieser *pátio* vor.

Wenn Charles sie in diesem Moment sehen könnte! Sicherlich würde sich der stets so Korrekte ihrer gewaltig schämen. Sie wusste, wie wichtig ihm Äußerlichkeiten waren. Während ihrer gemeinsamen Wochenendausflüge hatte sie sich immer besondere Mühe gegeben, einen bürgerlich-konservativen Eindruck zu erwecken, und hätte sich vor ihm niemals derart gehen lassen.

Charles. Wann hatte sie zum letzten Mal an ihn gedacht? Wie weit entfernt er ihr plötzlich vorkam. Zu ihrer Überraschung bemerkte sie, dass sie ihn während der vergangenen Tage kein Stück vermisst hatte, was ein etwas schales Gefühl in ihr hinterließ.

Wahrscheinlich hatte er ein Bilderbuchwochenende mit seiner Familie verbracht und den perfekten Ehemann und Vater gespielt, um jetzt wieder ungestört an seiner politischen Karriere in London zu feilen. Sienna erinnerte sich, wie sehr er von den wichtigen Verbindungen seines Schwiegervaters zur Wirtschaft und in die obersten Parteikreise geschwärmt hatte. Nein, Charles würde Grace niemals verlassen, auch wenn sie noch so gebrechlich wäre. Eine Scheidung konnte er sich in seiner Position einfach nicht leisten. Dafür war er viel zu ehrgeizig. Schlagartig wurde ihr klar, dass er sie die ganzen Monate nur benutzt hatte.

Zu ihrer Verblüffung stellte sie fest, dass diese Tatsache keinen Schmerz verursachte. Nach den Ereignissen der letzten Tage konnte sie ihre Situation beinahe wie ein unbeteiligter Beobachter analysieren.

Diese Reise ans Ende der Welt hatte alles verändert und ihr Leben völlig umgekrempelt.

Ein winziger Vogel war neben dem Bottich gelandet und pickte hektisch an einigen Samen herum, wobei er sich immer wieder nach möglichen Feinden umschaute. Sienna faszinierte seine knallgelbe Brust, die in starkem Kontrast zu den leuchtend blauen Federn stand. Sie schenkte ihm ihre ganze Aufmerksamkeit und fühlte sich ebenso wie er von Gegnern umringt. Im Gegensatz zu ihm kannte sie ihre Kontrahenten jedoch nicht, was sie nervös werden ließ.

Ihre Gedanken wanderten zu Dan. Welch ein Leben lag hinter ihm? Im Gegensatz zu ihr hatte er nur wechselnde Bezugspersonen gehabt und war als Kind hin- und hergereicht worden, bis er endlich bei seiner Tante in New York landete. Wie musste man sich fühlen, wenn man beide Eltern im Konzentrationslager verloren hatte, seine eigentliche Heimat hasste und nur noch ein einziges Ziel kannte: Den Mörder seiner Mutter zu finden?

»Entweder, man geht daran zugrunde oder man kapselt sich völlig ab«, ging es ihr durch den Kopf.

Sienna erinnerte sich an einen dieser wackligen und ratternden Filme, die die Lehrer früher beim Zentralen Bildarchiv in Oxford ausgeliehen hatten. Einmal wurden ihnen im Geschichtsunterricht Aufnahmen aus Auschwitz vorgeführt, die die Befreiung des Lagers durch die Rote Armee zeigten. Skelettähnliche Gestalten, mehr tot als lebendig, blickten den russischen Soldaten aus leeren Augenhöhlen entgegen. Damals musste sich Sienna abwenden, da sie die Bilder nicht ertrug. Niemals hatte sie angenommen, in ihrem späteren Leben noch einmal mit dieser barbarischen Tötungsmaschinerie konfrontiert zu werden.

Zur Ablenkung spielte sie mit den Zehen im staubigen Sand. So bemerkte sie Dan erst, als dieser unter dem kleinen Wanddurchbruch auftauchte, der zum Innenhof führte. Er musste fast lautlos den Flur entlanggeschlichen sein.

Überrascht sprang sie auf, schob den klapprigen Stuhl zur Seite und eilte in seine Richtung. Wie entspannt er im Gegensatz zu ihr selbst wirkte. Wie immer trug er sein Hemd lässig über den Jeans und hatte die beiden oberen Knöpfe offen gelassen, sodass sein helles Brusthaar zu sehen war. Außerdem war er nicht rasiert. Auf seinen Wangen zeigten sich viele kurze Bartstoppeln.

»Dan, endlich sind Sie da«, rief sie ihm erleichtert zu und lief ihm einige Schritte entgegen.

Verwundert schaute er sie an. »Moment mal! Was ist mit Ihnen los, dass Sie sich plötzlich so über meine Anwesenheit freuen? Bei unserer letzten Begegnung schien mir eher das Gegenteil der Fall zu sein. Da wollten Sie mich möglichst schnell loswerden.«

Er grinste breit und wartete amüsiert auf ihre Erklärung.

Sienna seufzte tief und meinte dann: »Mein Verhalten am Flughafen tut mir ehrlich leid. Es muss Sie sehr verletzt haben. Ich wollte das eigentlich nicht, wissen Sie, aber manchmal bin ich etwas ...«

»Schon gut, ich bin schließlich einiges gewohnt. Sagen Sie mir jetzt lieber, was Sie so bewegt«, forderte er sie auf. »Sie sind ja ganz aufgewühlt.«

»Ich habe Ihnen so viel zu erzählen. Seit meiner Abreise ist etwas Unfassbares vorgefallen. Sie werden es nicht glauben, Dan, aber Sie müssen mir unbedingt helfen. Ohne Sie komme ich nicht weiter.«

Der Amerikaner zog die Stirn in Falten, folgte ihr jedoch zum Klapptisch und setzte sich neben sie in den Schatten. Seine Ruhe überraschte sie.

»Da bin ich aber gespannt.« Sienna kam es so vor, als würde er sein Interesse nur spielen.

»Aber zuerst brauche ich ein Bier. Meine Kehle ist förmlich ausgedörrt«, meinte Snyder weiter. »Lourdes, *uma cerveja, por favor*!«, rief er in Richtung des Korridors.

Nach einem Blick auf Sienna verlangte er ein zweites Bier.

Die Alte brüllte ihm irgendetwas Unverständliches aus dem Haus zu, worauf er nicht weiter einging, ihr lautes Geschrei aber mit einem Schmunzeln quittierte. »Dan, ich muss Ihnen...«, begann Sienna, die es kaum mehr aushielt, ihm ihre Neuigkeiten mitzuteilen.

»Warten Sie, Sienna, ich war auch nicht untätig. In der Zwischenzeit habe ich mich hier in Manaus schlau gemacht. Dank Ihrer Nachforschungen wusste ich zum Glück, nach wem ich suchen musste«, erklärte er.

»Aber...«, versuchte sie es erneut.

»Hören Sie mir zu. Es ist einiges klarer geworden: Ich habe den Fußballclub besucht, dem Dekker etliche Jahre vorstand.«

»Den FC Nacional?«, hakte sie nach. Es schien interessant zu werden.

»Richtig. Und dort waren die Leute viel auskunftsfreudiger als im Archiv«.

Neugierig schaute sie ihn an.

»Es ist wirklich wahr, dass der Kerl tot ist. Leider. Ende der Fünfzigerjahre starb er jämmerlich an Krebs. Bis zuletzt soll er noch auf der Tribüne gestanden und seinem Verein zugejubelt haben. Fußball war wohl alles für ihn.«

»Diese Informationen habe ich auch«, klärte ihn Sienna auf.

Er sah sie überrascht an. Dann nickte er anerkennend.

»Ich sehe, wir sind ein gutes Team und ergänzen uns bestens.«

Sie wusste nicht, ob seine Worte ernst gemeint waren.

Daher ging Sienna nicht näher darauf ein, sondern fasste das bisher Gesagte zusammen: »Damit wären also zwei Ihrer drei Niederländer tot: Jan van Dorn alias Wilhelm Arnold oder genannt der *Schlächter* und auch Dekker, dessen deutschen Namen wir leider immer noch nicht wissen.«

Sie sah, dass er leicht zusammenzuckte, als sie den *carniceiro* erwähnte.

»Und den ich trotz aller Versuche bisher auch nicht herausbekommen habe. Da ich bei de Wit nicht weiterkam, habe ich mich gefragt, was dieser Betancourt mit der Sache zu tun haben könnte und das Wochenende diesbezüglich genutzt.«

»Der Präfekt von Manaus?« Ihre Stimme klang schrill, da sie sich an den erfolglosen und recht peinlichen Besuch in der *prefeitura* erinnerte.

Endlich kam Lourdes mit dem gewünschten Bier, das sie auf den wackligen Tisch stellte. »Gut so, *patrão*?«, fragte sie gespielt unterwürfig. »Zum Glück habe ich sonst nichts zu tun.«

Er lachte schallend los und trank sofort ein paar Schlucke, ohne das Glas zu benutzen. Voller Heiterkeit watschelte die Vermieterin davon. Sie schien das Wortgeplänkel mit ihrem Gast zu mögen.

Als er die Flasche absetzte, blieb ein Rest Schaum an seiner Oberlippe hängen. Sienna ließ das Getränk unberührt stehen. Sie war viel zu aufgeregt, um im Augenblick ans Trinken zu denken.

»Das tat jetzt gut«, seufzte er genüsslich. »Aber um auf Ihre Frage zurückzukommen: Ja, Betancourt. Es war schließlich er, der von Arnolds Tod im Dschungel berichtete, und wie ich erfahren habe, hat er Dekker auch zeitlebens finanziell unterstützt. Der Kerl konnte wohl keinen Cruzeiro bei sich behalten. Ist alles für Frauen und

Glücksspiele sowie Alkohol draufgegangen, den er in Unmengen in sich hineinschüttete. Er war quasi eine lebendige Schnapsflasche.«

Sienna dachte nach. »Und das hat man Ihnen alles ganz freizügig auf dem Fußballplatz erzählt?« Sie konnte es kaum glauben.

»Geld lockert fast alle Zungen. Da sage ich Ihnen gewiss nichts Neues.« Er zwinkerte ihr belustigt zu. »Und die örtlichen Fußballfans sind meistens knapp bei Kasse.«

»Was ist also mit Betancourt?«, hakte sie nach. Sie wollte im Gespräch weiterkommen, um ihm bald vom Ergebnis ihrer Nachforschungen berichten zu können.

Snyder beugte sich zu ihr vor und sprach plötzlich leiser: »Das meine ich ja: Vom Präfekten selbst gibt es keinerlei Daten vor August 1945.«

»Das heißt?«, fragte Sienna. Sie fühlte sich auf einmal hellwach.

»Betancourt ist nicht in Brasilien geboren oder aufgewachsen. Da ich ihn auf Mitte sechzig schätze, muss er mit 35 Jahren zum ersten Mal ins Land gekommen sein.«

»Und woher kam er?« Sienna wurde immer nervöser.

»Es heißt, er stamme aus Französisch-Guayana – wofür auch sein französischer Nachname spricht.«

»Aber das weiß niemand ganz genau, stimmt's?« Sienna spürte eine starke innere Anspannung.

Dan nickte. »Die brasilianische Staatsangehörigkeit hat er nach seiner Heirat mit einer Einheimischen angenommen und ist dann in die *Polícia Civil* eingetreten.«

»Als deren Inspektor er später den Tod Arnolds bestätigte«, schloss sie.

Snyder sah ihr tief in die Augen, als wolle er sich vergewissern, dass sie verstanden hatte.

Schließlich sprach sie aus, was er dachte: »Und Sie meinen, Betancourt könnte der dritte Deutsche sein?«

»Ja, es wäre durchaus möglich.«

»Das ist natürlich eine ganz andere Situation, Dan«, meinte Sienna.

»Ich habe Ihnen ja gesagt, dass ich in der Zwischenzeit nicht untätig war«, erklärte er.

»Da aber sowohl Arnold als auch Dekker tot sind, müsste Betancourt dann de Wit sein«, schloss sie.

»Oder Arnold ist überhaupt nicht tot!«
Sienna starrte Dan mit großen Augen an. Seine Andeutungen trafen sie wie ein Schlag.

»Sie haben doch diese Zeichnung, Dan. Haben Sie die Gesichter verglichen?«, fragte sie, nachdem sie sich wieder etwas gefasst hatte.

»Natürlich. Wo denken Sie hin! Aber ich konnte, ehrlich gesagt, keine Ähnlichkeit feststellen. Allerdings ist die Skizze meiner Mutter über dreißig Jahre alt. Ein Mann kann sich in so einer langen Zeit sehr verändern.«

Sienna dachte nach. Wie kamen sie in dieser Sache nur weiter?

»Aber warten Sie, Sienna, ich kann Ihnen das Papier zeigen. Ich habe es oben in meinem Zimmer«, schlug er vor. »Vielleicht erkennen Sie mehr als ich.«

Schon wollte er aufstehen, doch sie gab ihm mit einem Handzeichen zu verstehen, dass er noch bleiben sollte.

Jetzt war sie an der Reihe.

»Zuerst muss ich Ihnen davon berichten, was ich in Belém herausgefunden habe«, sagte sie stolz.

Snyder lehnte sich im Stuhl zurück und schlug ein Bein über das andere. »Erzählen Sie«, forderte er sie auf. »Sie hatten doch nicht tatsächlich ein Tête-à-Tête mit Benedict de Vries?« Belustigt sah er sie an, da er ihr das nicht abnahm.

Selbstbewusst lächelte sie zurück. »Nicht nur eins, sondern mehrere.«

Damit hatte sie sein Interesse geweckt. Sofort legte er seine legere Haltung ab und wandte sich ihr erwartungsvoll zu. Seine Züge zeigten unverhohlene Neugierde. Es fiel ihr auf, dass er in den vergangenen Tagen etwas Farbe angenommen hatte. Wahrscheinlich war er oft außerhalb des Hauses unterwegs gewesen.

Rasch schilderte Sienna wie sie die Einladung nach Irajá erhalten und was sie auf der Ilha de Marajó erlebt hatte. Er pfiff leise durch die Zähne, als sie von ihrem Katz-und Maus-Spiel mit dem Industriemagnaten berichtete.

Sein anerkennender Gesichtsausdruck, als sie von ihren nächtlichen Beobachtungen und der späteren Durchsuchung des de Vriesschen Arbeitszimmers erzählte, entging Sienna nicht. Während sie auf das geologische Gutachten zu sprechen kam und ihm den abgezeichneten Lageplan zeigte, wirkte er absolut konzentriert. Snyder sprach kein Wort, bis sie geendet hatte.

»Unglaublich«, kommentierte er schließlich ihren Vortrag. »Sie sind auf einen Riesenskandal gestoßen. Was wollen Sie nun unternehmen, Sienna?«

Sie schluckte. »Deshalb bin ich hier, Dan. Ich brauche Sie, denn ich weiß nicht, an wen ich mich mit diesen ungeheuerlichen Nachrichten wenden soll«, entgegnete sie. »Wer ist hier Freund, wer Feind?«

»Wir müssen gut überlegen, wie wir weiterhin vorgehen«, meinte er. »Und Sie sagen, de Vries hat nichts bemerkt? Sicher? Es wäre eine Katastrophe, wenn doch.«

»Ich denke nicht. Niemand hat mich im Zimmer gesehen, und ich habe die Schubladen wieder ordentlich geschlossen. Außerdem hat er sich beim Abschied rein gar nichts anmerken lassen.«

»Gut.« Er starrte auf einen Punkt in der Ecke des Hofs und schien sich eine Strategie zu überlegen.

»Dan?«, fragte Sienna angespannt.

Als er nicht antwortete, wiederholte sie ihre Frage.

»Ja?« Er wirkte fast aufgeschreckt.

»Sie wollten mir die Zeichnung Ihrer Mutter zeigen. Vielleicht kommen wir auf diesem Weg zu einer Lösung.«

»Natürlich. Entschuldigen Sie, Sienna. Ich werde sie sofort holen«, meinte er fahrig.

Es kam Sienna vor, als würde er ihr gar nicht mehr zuhören.

»Ist alles in Ordnung?«, hakte sie nach.

»Können Sie sich vorstellen, wie es für meine Mutter gewesen sein muss, ihren Peiniger auf Papier festzuhalten? Mit einem Stück Kohle die Linien zu ziehen, die Arnolds furchteinflößendes Gesicht ausmachten?«

Er wirkte seltsam entrückt.

»Es dauert lange, bis man stirbt, wenn das Blut gerinnt. Ich habe mich genau informiert. Nachdem sich die Blutgefäße verschlossen haben, kommt es zu Infarkten an den verschiedensten Organen und zu allergischen Reaktionen. Ein qualvoller Tod, gewissermaßen ein geplanter Mord.«

Sienna sah ihn mit starren Augen an und fand keine Worte.

Es war still im *pátio* geworden.

Das laute Klappern von Töpfen, das aus der Küche kommen musste, holte beide in die Gegenwart zurück.

»Bestellen Sie doch unterdessen bei Lourdes noch etwas zu trinken für mich. Ich denke, wir werden noch einige Zeit hier sitzen und uns damit beschäftigen, welche Schritte wir jetzt am besten ergreifen sollten. Unser Handeln muss wohlüberlegt sein, denn wir haben einen mächtigen Gegner.«

Seine Stimme hatte ihren bestimmten Tonfall wiedergefunden. Sienna bewunderte, wie sehr er sich unter Kontrolle hatte. Ihr würde eine solche Selbstbeherrschung nicht gelingen.

Rasch schob er den Stuhl zurück und verschwand in Richtung des dunklen Treppenhauses.

Lourdes befand sich schon auf dem Weg zu Sienna in den Hinterhof, um die Bestellung aufzunehmen, als sie abrupt umkehrte. Der Türklopfer an der Haustür war mit unglaublichem Lärm mehrfach geschlagen worden. Anscheinend hatte die Person, die um Einlass bat, große Eile.

Mit ihrem schlurfenden Schritt hatte die Frau Mühe, rechtzeitig an den Eingang zu gelangen. Erneut ertönte der dumpfe Metallton.

»*Nossa*«, schnaufte die Alte. »Ich komme ja schon. Bin schließlich nicht mehr die Jüngste.«

Sienna schüttelte den Kopf über die Unverfrorenheit, die ein potenzieller Gast hier an den Tag legte, doch in der nächsten Sekunde wusste sie, dass sich hier kein Hotelgast Zutritt verschaffen wollte.

Laute Stimmen forderten Einlass. Vor Angst wurde Sienna stocksteif.

Nachdem Lourdes hektisch den Schlüssel im Schloss gedreht hatte, stürmten Polizisten in den Flur. Sienna sah sie zwar nicht, da der rückwärtige Teil der Holztreppe die Sicht verdeckte, aber sie hörte ihre Stiefel laut auf dem Dielenboden hallen. Entsetzt hielt sie den Atem an.

»Wo ist der *americano*?«, fragte einer der Männer scharf.

»Wen suchen Sie, Senhores?«, versuchte es Lourdes freundlich, doch er fuhr ihr mit harten Worten über den Mund, sodass von ihr nur noch ein Flüstern zu hören war. Offensichtlich hatten die Männer die alte Frau gehörig eingeschüchtert, sodass sie ihnen bereitwillig Auskunft gab.

Sienna griff unwillkürlich nach ihrer Tasche und den unter dem Tisch liegenden Schuhen und begab sich so leise wie möglich in die hintere Ecke des Innenhofs. Sie machte sich keine Illusionen darüber, mit welcher Entschiedenheit die Polizeikräfte in einer Militärdiktatur, wie Brasilien eine war, durchgreifen würden, wenn man sie an diesem Ort entdeckte.

Lourdes musste ihnen verraten haben, wo sich Dans Zimmer befand. Jedenfalls polterten die Polizisten mit schnellen Schritten die Stufen hinauf.

Sienna bekam fürchterliche Angst um Dan. Was würden die Beamten mit ihm machen? Was warf man ihm vor? Waren seine Nachforschungen doch nicht unbemerkt geblieben? Wen hatte er mit seinen Fragen aufgeschreckt? Gar den Präfekten selbst?

Ihr wurde schlecht. Sienna bemerkte, dass sie am ganzen Körper zitterte und ihre Tasche mit verkrampften Händen hielt. Sie war hier nicht sicher. Sobald die Männer Dan gefunden hatten, würden sie sie im Hof entdecken.

Da spürte sie, wie sich eine Hand von hinten auf ihre rechte Schulter legte. Sie wollte schon losschreien, als sie Lourdes erkannte. Die Alte hielt warnend den Zeigefinger vor den Mund und gab Sienna ein Zeichen. Sienna folgte ihr wie hypnotisiert.

Die großen Laken hingen immer noch zum Trocknen auf der Leine. Lourdes zog den Zipfel eines Betttuchs zur Seite und ließ Sienna eiligst dahinter verschwinden. Nachdem sie auch die dritte Reihe der sonnengebleichten Weißwäsche hinter sich gebracht hatten, standen sie vor einer kleinen, unscheinbaren Tür, die die Frau jetzt langsam öffnete, um das Quietschen der Scharniere so leise wie möglich zu halten. Nach wie vor sprach Lourdes kein Wort.

Mit einer Bewegung der Augen gab sie Sienna zu verstehen, dass sie in dem dunklen Loch verschwinden sollte. Die junge Frau blickte noch einmal hilfesuchend zum *pátio* zurück, doch ihr blieb nichts anderes übrig, als in die Düsternis einzutreten.

Ihr weiteres Schicksal lag in der Hand ihrer Retterin.

2

Sienna hatte jegliches Zeitgefühl verloren. Sie wusste nicht, wie lange sie schon in der Finsternis ausharrte. Allerdings spürte sie bereits die Kälte des Bodens an ihren Füßen hochkriechen.

Dan hatte sich unter lautstarken Beschwerden von den Polizisten abführen lassen, wobei diese nicht zimperlich mit ihm umgegangen waren. Sienna hatte einige Schmerzensschreie gehört und stellte sich vor, wie die Männer ihn malträtiert haben mussten.

Danach kehrte Stille ein. Diese plötzliche Ruhe war für Sienna beinahe noch schrecklicher als das Stimmengewirr zuvor. Körperlich fast völlig erstarrt, lauschte sie, ob einer der Männer zurückgeblieben war und nach ihr suchte. Vielleicht wollten die Beamten noch mögliche Mitwisser abpassen.

»Die Gläser«, schoss es ihr durch den Kopf, »was ist, wenn er den Hof durchkämmt und sieht, dass Dan mit jemandem zusammengesessen hatte?« Sie zitterte.

In der Abstellkammer roch es unangenehm nach Müll und feuchter Erde.

»Wahrscheinlich sind hier nachts Ratten zugange«, kam es ihr in den Sinn. Unwillkürlich schloss Sienna die Augen. Dass sich die Tiere angesichts der ständig im Raum herrschenden Dunkelheit auch jetzt dicht neben ihr aufhalten konnten, wollte sie sich gar nicht vorstellen.

Warum kam Lourdes nicht? Hatte man die Alte ebenfalls mitgenommen? Wer würde dann die Tür öffnen, welche die Schwarze zugesperrt hatte? Wie lange würde sie hier noch ausharren müssen?

Sienna konnte es nicht länger in ihrer Position aushalten. Vorsichtig tastete sie mit der rechten Hand an der unebenen Wand entlang, wobei sie an etwas Längliches stieß. Der Griff fühlte sich hölzern an. Sie glitt mit der Hand daran herab und stellte fest, dass sich neben ihr ein Besen befand. Ob sie diesen zu ihrer Verteidigung benutzen könnte? Allein der Gedanke war lächerlich, musste sie zugeben.

Der süßliche Geruch des Mülls wurde immer intensiver. Sienna begann bereits, den Atem anzuhalten, doch da drehte sich endlich der Schlüssel im Schloss.

Aufgrund des hellen Tageslichts, das auf einmal in ihr Gefängnis fiel, konnte Sienna anfangs nicht viel erkennen. Sie spürte nur, dass sie mit dem nackten Fuß an einen Korb gestoßen war, woraufhin einige Maniokknollen am Boden entlang in Richtung Türöffnung rollten.

Vor ihr stand die dicke Lourdes, deren Gesichtsausdruck sie als ernst und wachsam deutete.

»Die Luft ist rein«, sagte Lourdes leise. »Sie können jetzt aus Ihrem Bunker kommen.«

Trotz der Versicherung der Alten sah sich Sienna vorsichtig im Hinterhof um, konnte aber außer den weißen Laken auf den Leinen nichts sehen.

»Was haben die Männer mit Mr Snyder gemacht?«, platzte es aus ihr heraus. Langsam fiel die innere Anspannung von ihr ab und ihre Wissbegier kam zurück.

Lourdes hob verlegen die Schultern. »Zum Verhör mitgenommen haben sie ihn. Er soll für die US-Amerikaner spioniert haben«.

»Was?«, entfuhr es Sienna. »Das ist doch totaler Blödsinn. Wie kann die Polizei nur so etwas behaupten?«

Sie hatten den vorderen Teil des Hofs erreicht. Siennas Blick fiel auf den Klapptisch, an dem sie vor wenigen Minuten noch einvernehmlich mit Dan gesessen hatte. Die Gläser und Flaschen hatte Lourdes wohl noch rechtzeitig abgeräumt, um keine Spuren zu hinterlassen.

»Unsere *polícia* findet immer etwas, wenn sie will. Das sollten Sie wissen, Senhora. Am besten, man hat nichts mit ihr zu tun. Glauben Sie mir.«

Sienna dachte kurz nach. Dann fragte sie: »Hatte er die Möglichkeit, Ihnen etwas für mich zuzustecken?«

Lourdes verneinte, indem sie mehrfach den Kopf schüttelte.

»Kann ich bitte kurz sein Zimmer sehen? Ginge das?«

Die alte Frau nickte und stieg vor ihr die steilen Treppen zu den oberen Stockwerken hinauf.

Die ersten Meter war Sienna durch die angrenzenden Gassen gerannt. Dann hatte sie bemerkt, dass ihr die Leute neugierig nachblickten, weshalb sie ihre Schritte bremste und etwas langsamer lief, was ihr wegen ihrer Aufregung schwerfiel. An jeder Wegbiegung kam es ihr vor, als würde man nun auch sie verhaften. Sie versuchte, sich wieder zu beruhigen: Die Polizisten hatten sie in der *pousada* nicht entdeckt. Also wusste auch niemand, dass sie in Kontakt zu Snyder stand. Warum sollte man nach ihr suchen? Schließlich hatte sie nichts mit seinen Nachforschungen bezüglich Betancourt zu tun.

Kaum war Sienna etwas gefasster geworden, als sie plötzlich mit schreckgeweiteten Augen stehen blieb: An der Ecke zu ihrer Linken lehnten zwei *policiais* gelangweilt an der Hauswand und überwachten das Treiben auf den überfüllten Straßen.

Sienna schluckte. Die dunkelblaue Uniform sowie der allgegenwärtige Pistolengürtel strahlten große Autorität auf die Passanten aus, die sich in gebührendem Abstand zu den Beamten bewegten. Sie durfte sich jetzt nichts anmerken lassen und musste unauffällig weitergehen. Ihre Schritte kamen ihr vor wie in Zeitlupe, als sie sich in die Nähe eines kleinen Verkaufsstandes begab, der bunte Plastikwecker und billige Stofftiere für Kinder anbot.

Es schien ihr, als würden die beiden Beamten nur sie beobachten. Interessiert betrachtete sie die Auslage und nahm sogar einen Plüschhasen in die Hand. Langsam drückte sie sich an der Bude entlang weiter.

Endlich erreichte sie die nächste Einmündung und verschwand aus dem Gesichtsfeld der Polizisten. Als sie sich umschaute, schlug ihr Herz bis zum Hals.

So konnte es nicht weitergehen. Sie wusste nicht, an wen sie sich wenden sollte.

In Dans Zimmer hatte sie rein gar nichts gefunden. Dabei hatte Sienna gehofft, dort die Zeichnung seiner Mutter zu entdecken, die den Kriegsverbrecher Wilhelm Arnold Mitte der Vierzigerjahre zeigen sollte.

Ziellos irrte sie wie ein aufgeschrecktes Tier durch das Gassengewirr von Manaus, fühlte sich verfolgt und hatte Angst.

Sicher, sie konnte noch am selben Abend ihren Heimflug nach Großbritannien antreten und somit Bobs Order entsprechen. Dann war sie auch nicht ihre Arbeitsstelle los. Anfangs würde ihr Robert Thornton ziemlich ins Gewissen reden, aber später, so nahm sie an, wäre die Sache ausgestanden. Im Grunde wusste ihr Vorgesetzter, dass sie eine gute Journalistin war.

Aber was war mit Dan? Außerdem konnte sie nicht einfach so tun, als hätte sie nie etwas von Benedict de Vries' Plänen bezüglich des Indiolands gehört. So leicht sollte dieser skrupellose Mensch sein Ziel nicht erreichen. Die Paratari rund um Iquitos mussten die Wahrheit erfahren.

Raoni! Richtig. Warum ging sie nicht zu ihm? Er hatte sich während ihrer Fahrt den Rio Negro hinauf als loyal und verlässlich gezeigt. Raoni würde alles Weitere in Angriff nehmen – und Sienna wäre die Verantwortung los.

Es war nicht weit bis zum FUNAI-Büro am Hafen. Mittlerweile gelang es ihr, sich besser in der Stadt zu orientieren.

Zur Nachmittagszeit hatte sich erneut eine riesige Dunstglocke über Manaus gebildet, und die Schwüle war beinahe unerträglich.

Als sie in das Gebäude der Indio-Behörde trat, empfing sie das bekannte Surren der Ventilatoren. Allerdings vermisste Sienna die Angestellten, die bei ihrem ersten Besuch an den Schreibtischen im Vorraum gearbeitet und einen höchst aufgeräumten Eindruck auf sie gemacht hatten.

»*Oi*, ist jemand da?«, versuchte sie es und wunderte sich, dass sie keine Antwort erhielt. Schließlich war das Haus nicht verschlossen gewesen. Irgendein Mitarbeiter musste doch hier sein.

Zögernd ging sie etwas weiter in das *escritório* hinein und folgte dem schmalen Flur, durch den vor zwei Tagen die beiden Abgesandten der SDA fluchend hinausgestürmt waren. Sienna konnte es kaum fassen, dass seit diesem Zwischenfall erst eine so kurze Zeit vergangen war. Für sie selbst hatte sich mittlerweile alles verändert.

Da sah sie die Pritsche. Es war eher ein Feldbett, das in Matheus de Nóbregas Büro stand. Das zerwühlte Laken lag unordentlich auf der leeren Bettstatt. Schlief er etwa hier? Hatte er kein Privatleben?

Wie töricht von ihr. Sofort fiel ihr nun die junge hübsche Frau mit dem kleinen Mädchen ein, das ihm vor dem Stoffgeschäft um den Hals gefallen war. Erneut spürte Sienna einen leichten Stich bei der Erinnerung an diese innige Szene.

Schon wollte sie umkehren, da sie sich wie ein Eindringling vorkam, als sie plötzlich seine tiefe Stimme hinter sich hörte und erschrak.

»Ihr Koffer steht unter Raonis Tisch«, sagte er knapp und abweisend.

Sienna drehte sich um und sah direkt in seine dunklen Augen, die in dem schönen Gesicht wie tot wirkten. Sie war ihm noch nie so nah gewesen wie jetzt. Ein Gefühl der Unsicherheit breitete sich in ihr aus, doch diesmal hielt sie seinem Blick stand, auch wenn es ihre ganze Kraft kostete.

»Wo sind Raoni und die anderen?«, fragte sie. Mit Schrecken wurde ihr bewusst, dass sie ohne den jungen Mann weiterhin auf sich allein gestellt wäre.

»Weg«, antwortete er kurz. Dann kehrte er ihr den Rücken zu, wobei sich seine Schultern unter dem Khakihemd strafften.

Sienna konnte es nicht fassen. In ihr stieg eine unbändige Wut über sein unfreundliches, ablehnendes Verhalten auf. Was hatte sie diesem Menschen nur getan? Seit ihrer Ankunft behandelte er sie wie einen Feind. Die Geschehnisse der vergangenen Stunden hatten sie ihre gesamte Selbstbeherrschung gekostet. Nun konnte sie ihren Zorn nicht länger zurückhalten. Die Angst um Dan und um sich selbst ließen alle Dämme brechen.

»Ich weiß nicht, Senhor de Nóbrega, wie gut oder schlecht Ihre Kinderstube war. Was ich mir jedoch nicht vorstellen kann ist, dass so viel Unhöflichkeit bei Ihrem Volk als Tugend gilt«, sagte sie mit fester Stimme.

Er war stehen geblieben, wandte ihr aber immer noch den Rücken zu, sodass sie sein Gesicht nicht sehen konnte. Die Gefasstheit dieses Mannes war wirklich erstaunlich.

Sein Schweigen trieb sie an weiterzusprechen. Ihr war jetzt alles gleichgültig. Mehr als sie hinauswerfen konnte de Nóbrega nicht. Sie würde ihn im Leben nie mehr sehen, aber wenigstens hatte ihm einmal jemand die Meinung gesagt.

Sein ganzer Körper war unbeweglich. Sienna fragte sich, ob er sie überhaupt gehört hatte.

»Und auch in meiner Kultur, die Sie in Ihrem Leben ja zudem ansatzweise kennenlernen durften, benimmt man sich Fremden gegenüber nicht derart.«

Sienna wusste, dass ihre Worte scharf waren, aber sie wollte ihn aus der Reserve locken. Fast wünschte sie sich, dass er explodieren würde, doch nichts geschah.

Sienna atmete tief ein und fügte abschließend hinzu: »Auf jeden Fall haben Sie es auf diese Weise gut hingekriegt, nirgends dazuzugehören: Weder zu den Indios noch zu den Weißen, die Sie ja so verabscheuen. Hoffentlich macht Sie das glücklich und zufrieden.«

Es war ihr klar, dass sie ihn verletzt hatte.

Ihre Entdeckung musste sie jedoch noch preisgeben. Sollte er mit dieser Information anstellen, was er wollte. Vielleicht würde Raonis Volk doch noch geholfen werden.

»Bevor ich gehe, möchte ich Ihnen jedoch noch eine Kleinigkeit mitteilen, Senhor de Nóbrega: Passen Sie gut auf das Indioland rund um Iquitos auf, denn die *Grupo de Vries* bohrt dort bereits nach Gold.«

3

Im Bruchteil einer Sekunde hatte er sich umgedreht und sah sie entsetzt an. Sein Gesicht wirkte plötzlich aschfahl.

»Was sagen Sie da?«, fragte er mit brüchiger Stimme.

Die undurchdringliche Mauer der Abwehr, die ihn zuvor umgeben hatte, schien Risse bekommen zu haben. Er wirkte verunsichert und schaute sie zweifelnd an.

Sienna kostete es aus, seinem harten Panzer einen Schlag versetzt zu haben. Selbstbewusst reckte sie den Kopf und erklärte gut hörbar: »Dass Benedict de Vries am Rio Pidiuaú Gold gefunden hat – und wie ich gelesen habe, nicht wenig.«

Erwartungsvoll studierte sie seine Miene und frohlockte innerlich.

»Wo haben Sie das gelesen?« Er betonte das letzte Wort, als würde er ihr nicht glauben. De Nóbrega stand nur eine Armlänge von ihr entfernt. Seine Nähe war ihr unangenehm, denn sie fühlte den intensiven Blick seiner tiefschwarzen Augen elektrisierend auf sich ruhen.

Trotzig schürzte sie die Lippen und meinte lapidar: »Ganz einfach, in seinen Unterlagen.«

Seine Augen verengten sich. Er sah sie nun kritisch an, als wolle er abwägen, ob sie ihm einen Bären aufband. Vielleicht nahm er auch an, dass sie sich nur wichtigmachen wollte.

»De Vries hat Sie also nach Belém in seine Firmenzentrale eingeladen und Sie ganz freizügig in seinen Akten wühlen lassen«, schloss de Nóbrega. Es war offensichtlich, er glaubte ihr nicht. Sein Ton klang spöttisch.

Sie hielt seinem Blick stand und konterte: »Nein, auf seinen Landsitz Irajá, und wenn Sie es genau wissen wollen, ahnt er von meiner Mitwisserschaft bisher nicht das Geringste.«

Sienna genoss es sichtlich, ihn mit immer weiteren unerwarteten Fakten zu konfrontieren.

Seine Augen zuckten. »Sie waren auf der Ilha de Marajó? Bei de Vries?«, fragte er ungläubig. Sie hatte es wirklich geschafft, ihn zu überraschen.

»*Isso*«, antwortete sie. Auf einmal hatte sie seine ganze Aufmerksamkeit für sich. Sein wacher Blick schien sie förmlich zu durchbohren.

Er hatte sie mittlerweile gebeten, sich an einen der freien Schreibtische zu setzen. Sienna wusste nicht, ob sie es sich einbildete, aber es schien ihr, als wäre sein Ton freundlicher und versöhnlicher geworden.

»Dass ich Sie richtig verstehe: Sie waren unter Vorspiegelung falscher Tatsachen Gast auf Irajá und sind in Benedict de Vries' Arbeitszimmer eingebrochen, wo Sie ein geologisches Gutachten fanden und zudem eine Karte teilweise kopierten«, fasste er zusammen. Sienna hatte den Eindruck, dass er alle Informationen noch einmal wiederholen musste, um sie tatsächlich zu begreifen. So unfassbar waren ihre Neuigkeiten in seinen Ohren.

Sie nickte.

»Aber warum haben Sie das überhaupt getan? Die SDA hat doch nichts mit Ihrer Recherche über Wickham und den Kautschuk zu tun«, fragte er und zog die Stirn in Falten.

Sienna überlegte. Was sollte sie dem FUNAI-Chef erzählen? Mit Sicherheit war es Dan nicht recht, wenn ein Wildfremder wie de Nóbrega von seinen persönlichen Beweggründen für diese Suche erfahren würde. Auch scheute sich Sienna davor, mit ihm über die

Zeit des zweiten Gummi-Booms zu sprechen. Schließlich fiel die Vergewaltigung von de Nóbregas Mutter in diese schrecklichen Jahre der Ausbeutung. Sie hatte keine Ahnung, wie viel er tatsächlich darüber wusste und ob er überhaupt realisierte, dass sein Vater der *carniceiro* gewesen sein könnte. Vielleicht hatte er diese bedrückende Tatsache auch einfach verdrängt. Sie wollte nicht das gerade erst vorsichtig aufgebaute Vertrauen zwischen ihnen zerstören.

Daher berichtete sie ihm nur von ihrem amerikanischen Kollegen, mit dem sie in einem Fall von Wirtschaftsspionage zusammenarbeitete. Sie habe den Part in Belém übernommen und dort Informationen besorgt, während Dan sich in ihrer Abwesenheit vor Ort kundig machte. Wahrscheinlich hatte er dabei in ein Wespennest rund um den Präfekten Betancourt gestochen und war deshalb von dessen Schergen verhaftet worden.

Der gutaussehende Mann pfiff durch die Zähne, lehnte sich im Stuhl zurück und verschränkte die Arme hinter dem Kopf. Unter der dunklen Haut zeichneten sich seine Muskeln ab. Er war ein attraktiver Mann, leider fehlte ihm die innere Wärme.

»Haben Sie Beweise, Senhora Davis?« Es war das erste Mal, dass er sie mit ihrem Namen ansprach. Sienna errötete leicht.

»Ja«, lächelte sie zufrieden und suchte rasch nach ihrer Umhängetasche. Begraben unter all der unordentlich im Beutel verstauten Schmutzwäsche fand sie die Skizze, die sie vor weniger als zwei Stunden Dan gezeigt hatte.

»Hier«, triumphierte sie und legte das leicht zerknüllte Blatt Papier mit ihren Notizen auf den Tisch.

De Nóbrega zog es langsam mit beiden Händen glatt und studierte konzentriert die Zeichnung.

»Es ist nur eine Skizze«, meinte Sienna entschuldigend. »Ich, äh, ich hatte nicht viel Zeit zum Abzeichnen.« Irgendwie waren ihr die achtlos und in größter Eile hingekritzelten Striche und Zahlenreihen vor ihm peinlich.

Er lachte auf, was sie überraschte. »Das glaube ich gern«, sagte er belustigt. Es war das erste Mal, dass Sienna einen sympathischen Zug um seinen Mund entdeckte. Verlegen schaute sie auf das Papier.

Wie zur Erklärung begann sie: »Hier ist Iquitos, und dort…«

Doch er unterbrach sie: »Meinen Sie, ich kenne mich nicht aus? Sie haben vergessen, dass ich in diesem Teil der Welt aufgewachsen bin. Was mir nur nicht in den Kopf geht, ist, dass niemand etwas von diesen Bohrungen gemerkt haben soll.«

»Gibt es denn Siedlungen am Rio Pidiuaú?«, erkundigte sie sich. »Hier sind jedenfalls keine eingezeichnet.«

»Das nicht«, gab er zu, »Der Fluss ist lediglich ein kurzer Seitenarm des Rio Negro, beinahe eine Sackgasse, zudem ziemlich piranhaverseucht. Es gibt nichts, was Jäger und Fischer anziehen würde. Nicht einmal Ihre Hevea brasiliensis finden Sie dort.«

Seine Miene zeigte, dass er für ihre Recherche zum Raub der Kautschuksamen nur Spott übrig hatte.

Sienna wollte ihm nicht zeigen, wie sie seine Worte trafen.

Sie straffte die Schultern und meinte: »Na also, demnach eine recht verlassene Gegend. Außerdem wussten Sie ja bereits, dass die SDA sich in Ihrem Gebiet herumtreibt. Schließlich haben Sie sich doch erst letzte Woche mit diesen Männern gestritten.«

Diese Spitze hatte sie sich nicht verkneifen können.

Es trat eine kurze Pause ein. Wohl erinnerten sich beide an die unangenehme Fahrt den Rio Negro hinauf, wollten aber nicht mehr darüber sprechen.

Unvermittelt sagte er: »Damals dachte ich noch, sie wollten uns das Land für den Sojaanbau abkaufen. Dabei war das alles eine große Täuschung.«

»Dank mir wissen Sie jetzt mehr, Senhor de Nóbrega«, gab sie zufrieden zur Antwort.

Er sah sie nachdenklich an.

»Erinnern Sie sich noch an das geologische Gutachten?«, fragte de Nóbrega, nachdem er eine Karaffe mit Wasser und zwei saubere Gläser geholt hatte, die er nun füllte.

»Ich konnte es in der Eile nur überfliegen«, meinte Sienna entschuldigend und erinnerte sich mit ungutem Gefühl an die aufregenden Minuten im Arbeitszimmer des Industriemagnaten.

»Natürlich. Aber sind Ihnen vielleicht doch noch irgendwelche Zahlen im Gedächtnis geblieben?«, bohrte er nach.

Sienna überlegte genau. Sie hatte etliche Querschnitte und lange Tabellen in der Akte gesehen. An einigen Stellen war auch etwas über das Probenmaterial ausgesagt worden, doch sie kannte sich mit diesen Dingen nicht besonders gut aus, sodass nichts in ihrem Gedächtnis haften geblieben war.

Nur eine Sache fiel ihr wieder ein: »Ein paarmal habe ich so etwas wie 2,5 - 3g/t Au gelesen. Keine Ahnung, was das bedeutet, aber vielleicht hilft es Ihnen weiter.«

Sein Wangenmuskel zuckte nervös. »Ja, das sagt mir etwas. Es ist der Goldgehalt in einer Tonne Abraummaterial.«

»Und? Ist das viel?«, fragte sie neugierig.

Er pfiff beeindruckt durch die Zähne.

»Auf jeden Fall würde es sich lohnen, eine ganze Horde *garimpeiros* an den Fluss zu schicken. De Vries könnte mit einem stattlichen Gewinn rechnen, wenn es sich um ausgedehnte Lagerstätten handelt.«

»Davon gehe ich aus. Sie hätten sein Gesicht sehen sollen, als er sich in seinem Arbeitszimmer unbeobachtet fühlte. Es strotzte nur so vor Zufriedenheit. Ich glaube, ihm schwebt ein Riesengeschäft vor. Auf jeden Fall deutete er im Gespräch mit mir so etwas an.«

Matheus nickte gedankenversunken. »Vor allem ist es eine gigantische Umweltsünde«, kommentierte er.

»Wie meinen Sie das?«

»Wissen Sie, wie der Rio Juma aussah, nachdem man dort 1958 das erste Gold fand?«

Sienna schüttelte den Kopf. Vom Goldschürfen hatte sie keine Ahnung und von diesem Fluss hatte sie ebenfalls noch nie im Leben gehört .

»Tausende von Glücksrittern sind damals in die Wildnis südlich von Manaus gezogen, um reich zu werden. Die *garimpeiros* haben den Regenwald gerodet, ihre Becken angelegt und einfach drauflosgepumpt. Zehntausende von Tonnen Schlamm wurden dabei umgewälzt und in den zuvor klaren Fluss geschwemmt. Ganz zu schweigen vom Quecksilber, das den Rio Juma verseuchte«, erklärte er ihr. »Der Traum der Armen vom schnellen Glück ging auf Kosten der Natur, verstehen Sie?«

»Und jetzt soll dasselbe in der Nähe von Iquitos passieren«, fasste sie zusammen.

»Mit einem kleinen Unterschied: Benedict de Vries will diesmal der alleinige Nutznießer sein und das Gebiet im großen Stil ausbeuten.«

De Nóbrega konnte die Wut auf seinem Gesicht kaum verbergen.

Sie waren an einem Punkt ihres Gesprächs angelangt, an dem es nichts mehr zu sagen gab. Sienna spürte die unangenehme Stille, die plötzlich herrschte. Kurz zuvor war sie sich fast wie seine Verbündete vorgekommen, aber jetzt fühlte sie sich als störender Fremdkörper.

Matheus de Nóbrega hatte sich in sein Schneckenhaus zurückgezogen und schien gedanklich weit entrückt zu sein.

Was hatte er vor?

Nachdem ihr klargeworden war, dass es für sie hier nichts mehr zu tun gab, stand sie mit einem Ruck auf und meinte: »Gut, Senhor de Nóbrega, dann wissen Sie jetzt alles und können das Nötige veranlassen.«

Er regagierte nicht. Immer noch saß er zurückgelehnt auf seinem Stuhl und starrte in eine Ecke.

Sienna strich ihr billiges, viel zu farbenfrohes T-Shirt glatt und griff zur Tasche.

Warum fiel es ihr so schwer, das Gepäck zu nehmen und einfach zu gehen?

Wie zur Versöhnung reichte sie ihm die Hand entgegen. »*Adeus*«, sagte sie gedehnt, ohne Anstalten zu machen, den Raum zu verlassen.

Es war, als fände er erst jetzt in die Realität zurück. Rasch schob er den Stuhl zur Seite und trat einen Schritt auf sie zu, sodass sie seinen Atem spürte. Ihre Hand hing immer noch in der Luft, ohne dass er sie ergriffen hätte.

»Wohin wollen Sie?«, fragte er knapp. Sie kam sich vor wie bei einem Verhör.

»Zum... äh... zum *aeroporto*«, gab Sienna zur Antwort.

»Mein Chef hat mich nach Hause beordert. Er ist sowieso schon außer sich, weil ich ohne sein Wissen in Belém war. Ich fliege heute Nacht«. Dabei wusste sie nicht einmal, ob sie überhaupt noch einen Flug nach São Paulo bekommen würde.

Seine Nähe war ihr unangenehm, weshalb sie zu Raonis Schreibtisch ging und sich umständlich an ihrem Koffer zu schaffen machte.

Nur einige Schritte nach draußen, dann würde sie ein Taxi rufen und direkt zum Flughafen fahren. Diese ganze leidige Sache hier am Amazonas wäre schon bald Vergangenheit für sie. Vielleicht würde sie ihren Freunden zu Hause in lustiger Runde von ihren Abenteuern in Brasilien erzählen, aber im Grunde hatte sie mit de Vries, Arnold, Betancourt und wie sie alle hießen gedanklich bereits abgeschlossen. Bob hatte recht: Es ging sie nichts an. Ihre Recherche war beendet. Aber warum empfand sie keine Freude darüber, dieser tropischen Hölle endlich entfliehen zu können?

»Sie werden nirgendwo hinfahren, Senhora Davis«, hörte sie de Nóbrega sagen.

Überraschte blickte sie ihn an. Sein Gesichtsausdruck wirkte entschlossen.

»Und warum sollte ich nicht? Wie kommen Sie dazu, über mich zu bestimmen?«, meinte sie spitz und zog ihren Koffer mit einem Ruck unter dem Tisch hervor.

»Nur schnell hinaus aus diesem stickigen Gebäude«, dachte Sienna. In seiner Gegenwart hielt sie es keine Sekunde länger aus.

Er trat ihr in den Weg und fasste nach ihrer Hand, um sie zurückzuhalten, sodass sie das Gepäckstück wieder abstellen musste.

Sein Griff fühlte sich hart an.

Entrüstet begehrte sie auf: »Was denken Sie sich eigentlich? Lassen Sie mich sofort los! Ich bin ein freier Mensch.«

»Bald nicht mehr. Wenn Sie nicht auf mich hören, werden Sie an der nächsten Ecke verhaftet. Spätestens jedoch am Flughafen«, meinte er ernst.

Sie sah ihn sprachlos an. Die Angst kroch in ihr hoch. Ihr wurde heiß und kalt zugleich.

Er erkannte ihre aufsteigende Furcht und erklärte in ruhigerem Tonfall: »Wenn es stimmt, dass dieser Senhor Snyder von Betancourts Leuten verhaftet wurde, dann suchen die Polizisten auch nach Ihnen. Die Leute sehen hier viel und geben ihre Informationen gegen ausreichende Bezahlung sofort an die entsprechenden Stellen weiter.«

Sienna konnte nicht antworten. Ihr Mund war trocken geworden.

»Haben Sie das begriffen, Senhora Davis?«, fragte er. Seine Worte hallten wie von ferne in ihren Ohren und drangen nur langsam zu ihr durch. Es war, als würde sie eine dicke Schicht Watte umgeben.

Dann fasste sie sich wieder.
»Und was soll ich Ihrer Meinung nach tun?«, fragte sie leise, da sie erkannte, dass sie in der Falle saß.
»Warten Sie eine Minute«, forderte er sie auf und verschwand im hinteren Teil des Büros.
Sienna starrte auf den verfleckten Betonfußboden, der schon bessere Zeiten gesehen hatte. Auf was hatte sie sich da eingelassen? Würde der Präfekt wirklich soweit gehen und auch sie verhaften lassen? Wer konnte ihr aus dieser Situation nur heraushelfen? Sie fühlte sich unendlich einsam.
Auf einmal dachte Sienna an ihren Vater und bekam schreckliches Heimweh nach dem biederen Backsteinhaus in Oxford, dem alten Flyer und Mrs Whitecombe mit ihrem ungenießbaren Irish Stew. Sie wusste, dass sie diesmal zu weit gegangen war. Die Normalität des Alltags hatte sie weit hinter sich gelassen.

Matheus de Nóbrega kam mit raschen Schritten zurück. Er hielt einen schweren Leinensack in der Hand, den er sich jetzt über die Schulter warf, und reichte ihr ein khakifarbenes Hemd der FUNAI sowie eine große Sonnenbrille.
»Das ziehen Sie jetzt an, und Ihre blonden Haare stecken Sie unter die Baseballmütze hier. In Manaus gibt es naturgemäß nicht viele *loiras*. Mit Ihrer Mähne fallen Sie zu sehr auf.«
»Wie bitte?« Sie schien ihn nicht zu verstehen.
»Machen Sie schnell. Wir müssen dringend von hier weg. Folgen Sie mir und bewegen Sie sich so unauffällig wie möglich. *Claro*?«
Eindringlich sah er sie an.
Um seine Befehle zu verdeutlichen, sagte er mit ernster Miene: »Es geht um Ihr Leben.«
Der Schreck fuhr ihr in die Glieder.
Nachdem er ein paar Worte auf einen Zettel gekritzelt und diesen auf Raonis Tisch gelegt hatte, gab er ihr ein Zeichen und ging in Richtung des Hinterausgangs.
Sie hatte keine Wahl, Sienna musste seinen Anweisungen folgen. Mit zitternden Knien folgte sie Matheus de Nóbrega ins Ungewisse.

RIO NEGRO

1

Schon bald hatte sich Sienna an den monotonen Lärm des Motors gewöhnt. Sie saß auf einer schmalen Leiste im vorderen Drittel des Langbootes, während Matheus das Ruder bediente. Nachdem sie den Hafen und danach den weiter westlich gelegenen Stadtteil Glória hinter sich gelassen hatten, war die Uferbebauung spärlicher geworden und das Grün hatte zugenommen. Sie sah jetzt nur noch vereinzelt kleinere Gebäude, die weit auseinander lagen.

Mit lautem Dröhnen suchte sich das schlanke Gefährt seinen Weg durch die trägen braunen Fluten des Rio Negro. Matheus hielt das Boot absichtlich zwischen dem dicht bewachsenen Land und der Schifffahrtsrinne, in deren Bereich die großen Amazonasdampfer fuhren. Sie sollten von so wenig Menschen wie möglich gesehen werden.

Einige Minuten später passierten sie das Tropical de Manaus, in dem Sienna vor genau neun Tagen nichtsahnend abgestiegen war. Sie konnte nicht fassen, wie sich die Welt seither für sie verändert hatte. An der Praia da Ponta Negra sah sie die Touristen entspannt in der nachmittäglichen Sonne liegen, um sich auf einen beschwingten Abend auf der Tanzfläche des Hotels oder an der Poolbar einzustimmen.

Unwillkürlich drehte sie sich um, wobei sie die Mütze mit einer Hand festhalten musste, damit der Fahrtwind ihre Verkleidung nicht davonwehte. Matheus saß unbeweglich neben dem Außenbordmotor und hielt die Steuerpinne fest in der rechten Hand. Das über der Brust geöffnete Hemd sowie seine schwarzen Haare flatterten im Wind. Bisher hatte er kein Wort gesprochen. Starr blickte er an ihr vorbei in Richtung des Horizonts.

Sienna überlegte. Wohin würde Matheus sie bringen? Wo war sie in diesem Land überhaupt noch sicher? Würde er sie schützen können?

Obwohl sie wusste, dass der Luftstrom ihre Worte größtenteils verschluckte, versuchte sie es: »Wohin fahren wir?«, rief sie ihm entgegen.

Er zeigte lediglich mit dem Zeigefinger in Richtung der Bugspitze, erklärte aber nichts weiter.

Sie atmete tief ein. »Und wie lange wird es dauern?«, schrie sie nun noch lauter.

»*Depende*«, war seine knappe Antwort, die so viel aussagte wie: »Das hängt von vielen Dingen ab.«

Sie war keinen Deut schlauer geworden. Es missfiel ihr, in seine Abhängigkeit geraten zu sein.

Sienna starrte auf ihre Tasche zwischen den Füßen. Sie brauchte dringend frische Kleidung und ein Bad, hatte Hunger und Durst und fühlte sich entsetzlich allein. Schnell rieb sie sich die Tränen unter der Sonnenbrille fort, damit de Nóbrega sie nicht zu sehen bekam.

Als sich die Sonne langsam senkte, begann der 2-Takt-Motor zu tuckern. Matheus hatte die Fahrtgeschwindigkeit verringert und steuerte jetzt auf das Ufer zu. Ihre Augen suchten den mit dichtem Schilf bewachsenen Flussrand ab, der sich hier etwas bogenförmig öffnete.

Da erkannte sie das Haus. Durch seine kompakte Bauweise und das gepflegte Äußere hatte es sich bereits bei ihrem letzten Besuch von all den anderen windschiefen Hütten entlang des Rio Negro unterschieden. Es war de Nóbregas *sítio*, von dem aus er auf der Fahrt nach Maravilha an Bord der Ipanema gekommen war.

»Nur der Wimpel fehlt diesmal«, ging es Sienna durch den Kopf, als sie die nackte Eisenstange neben dem Pfahlhaus sah. »Er zieht ihn wohl nur auf, wenn er anwesend ist«, überlegte sie weiter. »Wie die Queen im Buckingham Palace«, stellte sie belustigt fest, wurde aber sogleich wieder ernst. Viel zu verzweifelt war ihre augenblickliche Lage.

Langsam fuhren sie auf das mitten im Wasser stehende Holzgebäude zu. Jetzt würde sie nicht mehr schreien müssen, doch sie wagte es nicht, sich umzudrehen, da ihr die Situation peinlich war. Er brachte sie in sein Refugium, um sie vor ihren Verfolgern zu verstecken. Wie aber sollte sie von hier aus wieder nach England kommen?

»*Chegamos.*« Er steuerte das Boot zur Treppe und vertaute es.

»Kommen Sie.« Auf dem schwankenden Langboot streckte er ihr die Hand entgegen, die sie nach kurzem Zögern ergriff. »Gehen Sie auf die Terrasse hinauf. Ich bringe das Gepäck.«

Sienna spürte seinen starken, warmen Griff, der ihr Halt gab, war jedoch froh, als sie die erste Stufe erreichte und sicher auf dem Holztritt stand. Endlich konnte sie auch die Baseballmütze sowie die viel zu große Sonnenbrille absetzen. Hier würde sie keine Menschenseele sehen. Allerdings wusste sie nicht, ob sie dieser Gedanke tatsächlich beruhigte.

»Es ist recht simpel hier«, meinte er beinahe entschuldigend. »Eben nur für einen Mann gemacht.«

Sie zuckte zusammen. Und wo lebte seine Frau mit dem Kind? In Manaus? Zog er sich nur manchmal hierher zurück, um Abstand von der Stadt zu gewinnen? Was für ein seltsames Leben führte Matheus de Nóbrega nur?

Wie würde er seiner Frau erklären, dass er hier eine andere Frau verbarg?

»Das macht nichts. Im Gefängnis ist es sicher nicht viel angenehmer«, kommentierte sie sarkastisch.

Er sah ihr in die Augen, gab jedoch keine Antwort, sondern öffnete die Tür zum Innenraum des Hauses.

»Wenn das Haus ein paar Tage leer steht, riecht es etwas modrig. Ich werde gleich lüften«

Matheus trat ein und entriegelte die Fensterläden. Erst dann kam genug Helligkeit in den Innenraum, sodass Sienna einen Eindruck von der Behausung gewinnen konnte: Neben einem Holztisch mit zwei Stühlen sah sie ein mit Konservenbüchsen und ein paar Küchengeräten vollbeladenes Regal, einen leicht vergilbten Kalender, der schief hing, sowie einen kleinen Schrank, in dem er wohl das Geschirr aufbewahrte. Weiter rechts, neben Schreibtisch und Funkgerät, befand sich eine ganze Wand voller Bücher, vor denen eine Hängematte am Deckenbalken hing. Langsam ging sie zu den Schriftwerken und strich über die Buchrücken. Eine kleine Bibliothek hätte sie in dieser Abgeschiedenheit am wenigsten erwartet.

Auf einmal fiel ihr ein, dass sie keinen Ton mehr von ihm gehört hatte, woraufhin sie sich rasch umdrehte. Ihre Augen trafen sich.

»Meinten Sie, Sie hätten einen ungebildeten, leseunkundigen Indio vor sich, Senhora Davis?«, fragte er zynisch.

Sienna blickte zur Seite. »Nein, gewiss nicht. Ich weiß nur nicht, wie Sie die Bücher vor dieser Feuchtigkeit schützen.«

»Bücher sind dazu da, gelesen und nicht geschützt zu werden«, entgegnete er knapp und verließ das Innere des Hauses.

Sie blieb stumm zurück.

Nach einer Pause, die ihr wie eine Ewigkeit erschien, rief er ihr von der Veranda aus zu: »Mögen Sie Fisch?«

»Ja, natürlich, aber bitte machen Sie sich…«, begann Sienna, doch er unterbrach sie: »Ich mache mir keine Umstände, ich habe einfach Hunger. Und ich glaube, Sie nicht weniger.«

Es dauerte nur wenige Minuten, bis mehrere Fische am blutigen Köder, einem Stück Rinderherz, angebissen hatten. Mit einigem Abstand verfolgte sie, wie Matheus die Schuppentiere ausnahm und anschließend auf den Grillrost legte, wo er sie nun über dem offenen Feuer wendete.

»Die Dosen mit *feijão* stehen auf dem Regal«, forderte er sie auf eine Weise auf, als würde sie schon seit Längerem hier wohnen.

»Sicher« Sienna beeilte sich, sah sich um und suchte das Bord nach den dunklen Bohnen ab.

Kaum war sie mit den Konserven zurück, erklärte Matheus: »Das ist ein Tambaqui und der hier ein Jaraqui. Sie müssen unbedingt beide kosten. Ich bin mir sicher, die *peixes* werden Ihnen schmecken.«

Sienna hatte ihre Probleme bei dieser Vorstellung, sagte aber nichts Gegenteiliges, da sie seine überraschend gute Laune nicht verderben wollte.

Er legte die Fische auf die andere Seite, sodass sie auf deren Haut die dunklen Abdrücke des Rostes sah.

»Gebraten auf ganz simple *indígena*-Art«, kommentierte er.

Sie ging nicht darauf ein. Vielmehr beschäftigte sie etwas anderes: »Und wie soll es nun weitergehen?«, fragte sie ihn ganz direkt. »Verstecken Sie mich jetzt hier für die nächsten Monate vor der gesamten Menschheit?«

Er ließ mit der Zange von den Fischen ab und sagte dann ernst: »Ich werde einen Weg finden, Sie außer Landes zu bringen – aber nicht wie eine Touristin über den Flughafen von Manaus. Wir müssen über Alternativen nachdenken.«

»Wann?«, fragte sie besorgt, da sie sich bereits tagelang in de Nóbregas einsilbiger Gesellschaft sah.

»Zuerst werde ich mir ein Bild von den vermeintlichen Goldfunden machen«, entgegnete er. »Dann sehen wir weiter. Es ist nicht... einfach.«

»Sie glauben mir nicht?«, begann Sienna, die plötzlich aufbegehrte.

»Senhora, ich habe gelernt, erst das zu glauben, was ich gesehen habe. Diese Fähigkeit ist für das Überleben hier draußen sehr nützlich.«

Er goss etwas Öl über die Fische, sodass es laut zischte und Sienna zurücktreten musste, um von keinem der heißen Spritzer getroffen zu werden.

»Die Teller sind in der Kiste links neben der Tür«, hörte sie ihn sagen. De Nóbrega sah sie weiterhin nicht an, sondern hantierte mit seiner Zange auf dem Grill herum.

Sie war froh, ins Haus gehen zu können.

Da sie sich im Innenraum erstmals seit ihrer Ankunft unbeobachtet fühlte, beschloss sie, diesen etwas genauer unter die Lupe zu nehmen. Wie konnte man es in solch einer Einsamkeit nur aushalten? Wer war der Mann, der sich stets unnahbar zeigte, in diesem Augenblick aber ihr Abendessen briet und ihr Schutz gewährte, obwohl er nicht dazu verpflichtet war?

Wieder zog sie das Bücherregal magisch an, sodass sie die Hängematte zur Seite schob und sich nun neben dem kleinen Tisch befand, der Matheus als Schreibablage diente. Erst jetzt sah sie, dass hinter dem Funkgerät eine größere Konstruktion stand, die ihre Neugier weckte. Sienna näherte sich dem seltsamen Gebilde aus winzigen Stäben, Holzplatten, Schnüren und Bastfasern, die sie beinahe an ein Architektenmodell erinnerte, das sie einmal im Büro eines der angesagtesten Londoner Städteplaner gesehen hatte. Es musste viele Arbeitsstunden gekostet haben, dies alles zusammenzubauen.

Schlanke, auf Stelzen gebaute Rundtürme wechselten mit niedrigen zeltartigen Gebäuden in Miniaturansicht ab. Im hinteren

Bereich erkannte Sienna einige winzige Baumhäuser, die nur über steile Leitern zu erreichen waren. Alle Bauten im Spielzeugformat waren mittels langer Stege aus Holzplanken verbunden, unter denen mit Farbe beinahe liebevoll das Blau des Flusswassers dargestellt wurde. Sie war fasziniert.

Beschäftigte sich de Nóbrega, wenn er allein war, mit diesen Miniaturbauten? Wozu diente das Modell? Noch nie zuvor hatte Sienna eine derart verwegene architektonische Konstruktion gesehen. Es war beeindruckend.

Da sie fürchtete, beim Herumstöbern erwischt zu werden, ging sie zurück zur Tür. Beinahe hätte sie die Teller vergessen, fand diese dann doch und deckte den kleinen Tisch auf der Veranda. Gerade rechtzeitig, da Matheus schon die Fische vom Rost nahm.

Schweigend begannen sie mit dem Abendessen. Nach anfänglichem Zögern, sie musste erst lernen, wie man die vielen Gräten vom Fisch entfernte, schmeckte ihr die einfache Kost.

Die letzten Strahlen der Sonne schienen über die ausgedehnte Wasserfläche und verliehen dieser ein silbernes Antlitz. Der Fluss wirkte wie ein hell blinkender Seidenstoff, der von unsichtbarer Hand hin und her bewegt wurde. Weiter westlich versank die Sonne als glutroter Feuerball hinter den Kronen der Bäume.

Sienna hatte sich der Natur noch nie so nahe gefühlt wie in diesem Augenblick.

»Wo waren eigentlich heute Nachmittag alle Ihre Männer?«, fragte sie, um die Stille zu überbrücken.

Er kaute weiter und ließ sich Zeit mit der Antwort.

»Auf einer Hochzeit«, sagte er einsilbig.

»Einer Hochzeit?« Das hatte sie am wenigsten erwartet. Sie vergaß weiterzuessen und bemerkte zu spät, dass sie ihn mit offenem Mund anstarrte. Jegliches gute Benehmen schien ihr hier abhanden zu kommen.

Ihn kümmerte das wenig, denn er erklärte: »Ein befreundeter Händler hat eine *moça* aus Manacapuru geheiratet. Er unterstützt die FUNAI mit Spenden. Deshalb sind meine Leute zum Fest.«

»Und Sie wollten nicht mit«, stellte Sienna fest.

Ruckartig senkte er das Besteck und blickte auf, sodass ihr das seltsame Flackern in seinen schwarzen Augen nicht entging.

»Nein«, antwortete er bestimmt. Seine Stimme war etwas lauter geworden.

»Sie mögen wohl keine Hochzeiten?«, bohrte Sienna weiter. Sienna wusste, dass sie nun zu weit ging, konnte es jedoch nicht lassen, ihn herauszufordern.

»Was ist Ihr Problem, Senhora Davis?«, fragte Matheus, während er die Gabel wieder zum Mund führte. »Ist das eine Journalistenkrankheit oder sind Sie auch privat so neugierig? Habe ich Sie bisher gefragt, weshalb Sie noch nicht unter der Haube sind, obwohl Sie sich das mehr als alles andere wünschen?«

Sienna sah ihn verblüfft an. Ihr war der Appetit vergangen. Konnte er Gedanken lesen? Woher wusste er von Charles? War sie so leicht zu durchschauen?

Sie versuchte zu schlucken, spürte allerdings einen riesigen Kloß im Hals.

»Ich... Entschuldigung«, meinte sie kleinlaut. Dann straffte sie die Schultern und sagte mit größter Überwindung: »Wir sollten vielleicht nicht so persönlich werden. Am besten, Sie berichten mir von Ihrem Holzmodell im Haus. Ist das eines Ihrer Hobbys oder bedeuten die Bauten mehr?«

Nun saß er stocksteif da und schaute ihr direkt in die Augen. »Sie haben sich also etwas umgesehen, Miss Davis?« Matheus legte das Messer zur Seite. »Ist das auch ein Teil ihrer feinen europäischen Erziehung?«

Sie verzog den Mund. Obwohl sie immer noch hungrig war, schmeckte ihr das Essen nicht mehr.

»Man sollte einfach keine Frauen ins Haus lassen«, knurrte er.

Sienna lag die Frage nach der jungen Indianerin, mit der sie ihn in Manaus gesehen hatte, auf der Zunge, doch sie hielt sich zurück. Der Mann war bereits wütend genug. Wahrscheinlich hatte er dieses Refugium gewählt, um einmal Ruhe vor Frau und Kind zu haben.

»Wenn Sie es genau wissen wollen, handelt es sich um ein Projekt, das sich höchstwahrscheinlich nie realisieren lässt. Eine Utopie, mehr nicht.«

»Erzählen Sie mir davon«, forderte sie ihn auf.

De Nóbrega füllte eine zerbeulte Blechkanne mit Wasser und viel Kaffeepulver und stellte diese auf das offene Feuer. Als der *cafezinho* fertig war, füllte er das dunkle Getränk in zwei kleine Tassen und begann: »Die Ecolodge ist ein Hirngespinst von mir.«

»Eine Lodge?«, fragte sie überrascht. »Sie meinen, ein Ökohotel im Dschungel? Das ist ja großartig. Gibt es schon so etwas am Amazonas?«

Er schüttelte den Kopf. »Nein, es wäre das erste seiner Art, aber...«

»Was hindert Sie daran, Ihre Idee zu verwirklichen, Matheus?«, hakte sie nach, wobei ihr bewusst wurde, dass sie ihn soeben bei seinem Vornamen genannt hatte, was ihr peinlich war.

Wahrscheinlich hatte er es nicht bemerkt, denn er ging darüber hinweg: »Kein Geld, keine Unterstützung von staatlicher Seite, mangelnde Kontakte – es gibt viele Gründe, warum ein *caboclo* hier nichts aufbauen kann.«

Die abwertende Bezeichnung versetzte ihr einen Stich. Wieder betrachtete sie seine Haut, die viel dunkler als ihre war.

»Und Sie wollen die Gäste in diesen Holztürmen auf Stelzen wohnen lassen?«, erkundigte sie sich. Die Idee gefiel ihr immer mehr.

»Ja. Außerdem schweben mir noch ein paar einzelne Baumhäuser vor, die durch Brücken verbunden sind und somit einen Zugang zum Hauptgebäude besitzen. Alles fügt sich harmonisch in die Natur ein. Die Besucher erfahren am eigenen Leib, was es heißt, in der *selva* zu leben. Vielleicht lernen sie den Amazonasregenwald dadurch schätzen und holzen ihn nicht mehr einfach ab.«

Abrupt schwieg er, als hätte er schon zu viel von sich preisgegeben.

»Genial«, kommentierte sie begeistert. »Ich glaube, die Nachfrage allein in Europa wäre riesig. Das Motto *Zurück zur Natur* ist zurzeit absolut en vogue.«

Er sagte nichts.

Sienna jedoch spann die Geschichte weiter: «Sie würden die Leute in den Urwald führen, Bootstouren anbieten und den Gästen vielleicht noch ein unvergessliches Live-Abenteuer mit einem Alligator ermöglichen...» Sie grinste ihn breit an.

Nun rang sie ihm ein müdes Lächeln ab.

»Vielleicht könnte ich versuchen, in England Geldgeber zu finden. Was meinen Sie?«, fuhr sie fort.

Matheus wehrte resigniert ab. »Lassen wir das. Es hat keinen Sinn.«

Mit einem Ruck stand er auf. »Wir sollten jetzt schlafen gehen. Sie können die *rede* drinnen im Haus haben.«

Dann sah sie, wie er eine zweite Hängematte am Deckenbalken der Veranda befestigte.

Von ihrer kurzen Vertrautheit war nichts mehr übrig. Erneut hatte er sich ganz in sich selbst zurückgezogen.

2

Ein seltsames, plätscherndes Geräusch weckte Sienna.

In ihrer Hängematte hatte sie wegen der gekrümmten Haltung nur schwerlich Schlaf gefunden und daher durch das geöffnete Seitenfenster lange den Nachthimmel betrachtet. Ob es stimmte, dass das Firmament der südlichen Hemisphäre sternenreicher war als das der nördlichen? Sie wusste es nicht, doch nie zuvor hatte sie die Himmelskörper so nah und klar vor sich gesehen. Silbern glänzten sie auf dem tiefschwarzen Hintergrund und bildeten die wunderbarsten Figuren.

In diesen langen Stunden der Nacht fühlte Sienna sich völlig eins mit der Natur. Es war ein seltsamens Gefühl, sich inmitten des größten Dschungels der Erde zu befinden. Sie kam sich winzig klein und unbedeutend vor.

Außerdem hatte sie Angst. Sie hatte keine Ahnung, wie es für sie weitergehen würde. Alles hing von diesem undurchsichtigen Mann ab, der so anders war als alle, die sie bisher gekannt hatte. Für einige wenige Augenblicke hatte er sich ihr gegenüber etwas geöffnet und dann sogleich wieder seinen undurchdringlichen Panzer angelegt.

Von Matheus selbst hatte sie in der nächtlichen Stille keinen einzigen Ton gehört, obwohl sie wusste, dass er nicht einmal zwei Meter von ihr entfernt lag und sie lediglich die dünne Holzwand trennte. Ob er bereits schlief?

Trotz der stetigen Geräusche des Dschungels war Sienna irgendwann eingeschlafen und in einen traumlosen Schlaf gefallen.

Doch jetzt hörte sie es wieder! Es klang, als würde jemand einen Eimer Wasser auf den Planken ausschütten. Sienna zog sich aus der *rede* und blinzelte schlaftrunken. Die ersten Sonnenstrahlen fielen bereits in die Hütte. Sie rieb sich die Augen und strich das Shirt, in dem sie geschlafen hatte, über die Schenkel, um hinaus auf die Veranda zu gehen.

Als sie die Hausecke erreichte, sah sie ihn: Matheus befand sich unter einer seltsam anmutenden Konstruktion, die aus einem Pfosten, einer Seilwinde und einem an einem Strick befestigten Eimer bestand. Das Seil zog er soeben mit beiden Händen hoch. Am obersten Punkt angekommen, drehte sich der Wasserbehälter, sodass er seinen gesamten Inhalt über de Nóbrega entlud. Das Ganze kam einer simplen, aber effektiven Dusche gleich.

Klitschnass klebten die Boxershorts an seinen muskulösen Beinen. Ansonsten war er nackt, und Sienna kam nicht umhin, eingehend seine perfekten Körperlinien zu betrachten.

Prustend schüttelte er den Kopf, sodass ihm die schwarzen Haare in glänzenden Strähnen ins Gesicht fielen. Immer noch hatte er wegen des Wassers die Lider zusammengekniffen.

Sienna wollte sich zurückziehen, doch da entdeckte er sie. Für einige Sekunden sagten beide nichts, sondern sahen sich nur in die Augen. Dann rettete er die Situation und meinte lachend: »Sie sollten auch eine Erfrischung genießen. Am frühen Morgen tut das mehr als gut.«

Sie nickte und war froh, als er an ihr vorbeigegangen war. Gedankenverloren blickte sie der Spur seiner nassen Füße auf den Holzplanken nach.

Während sie ihr verschwitztes Hemd auszog, gesellte sich ein rotblauer Papagei zu ihr. Neugierig beobachtete er sie von der Brüstung der Terrasse aus, um die er seine kräftigen Krallen geschlagen hatte. Er hob seine Flügel leicht an, sodass sich diese beinahe über dem Rücken berührten, und fächerte aufgeregt mit den Schwanzfedern, was Sienna als freundlichen Begrüßungsakt deutete.

»Na, willst du mir zusehen?«, lachte sie den Vogel an und ließ das Seil mit dem Eimer hinunter ins Wasser gleiten.

Der Arara begann, den Kopf hin- und herzuwerfen und dabei fast knurrende Laute auszustoßen. Besonders lustig sah der Vogel aus, als er plötzlich auf einem Bein stand, danach seine Federn einzeln durch den Schnabel zog und sie mit Hilfe der Zunge säuberte. Das schöne, farbenfrohe Tier vollführte zu ihrer Unterhaltung wahrliche Kapriolen. Sie winkte ihm zu.

Sienna griff nun wieder zum Strick, da der Eimer schon vollständig im Fluss eingetaucht war, und begann zu ziehen. Bald würde sie sich wieder sauber fühlen. Auch ihre Wäsche musste gewaschen werden. In der Reisetasche gab es kein einziges anständiges Kleidungsstück mehr. Leider hatte sie die gesamte Frischwäsche im Koffer gelassen, der sich noch immer unter Raonis Schreibtisch im FUNAI-Büro befand.

Auf einmal hörte sie unangenehm piepsende Geräusche und dazu Matheus' Stimme aus dem Inneren des Hauses. Mit gleichförmiger Betonung wiederholte er immer wieder dieselben Worte, bei denen es sich um einen Code zu handeln schien. Sienna ließ den Eimer zurück ins braune Flusswasser gleiten, um Genaueres zu verstehen. Immer wieder hörte sie Ausdrücke wie »Mike«, »Delta« oder »November«, die für sie keinen Sinn ergaben. Dann folgte ein Rauschen, und Matheus versuchte es erneut: Er sprach langsam ein paar Worte und wartete auf eine Antwort, die wohl nicht kam. Auf einmal war Sienna alles klar: Er saß am Funkgerät. War er dabei, Kontakt zu seinem Büro in Manaus aufzunehmen? Plante er bereits, wie er sie aus Brasilien herausbekäme? Sie fragte sich, wie er dies überhaupt anstellen wollte.

Nun hörte sie ihn die Buchstabencodes »QSL« und »QRI« sagen. Danach war erneut ein Zischen und schrilles Pfeifen erkennbar.

Sienna zuckte mit den Schultern. Sie würde jetzt erst einmal eine erfrischende Dusche genießen und ihn weiterfunken lassen. Als sie sich jedoch über das Holzgeländer lehnte, um Ausschau nach dem im Wasser treibenden Eimer zu halten, schrie sie unvermittelt auf. Panik ergriff sie.

Direkt unter der Plankenkonstruktion hatte sich etwas im Wasser bewegt, dessen längliche Schnauze sie stark an den Alligator erinnerte, der sie in Iquitos bis ins Mark erschreckt hatte. Mit einem noch heftigeren Schrei wich sie jetzt von der Brüstung zurück und taumelte geradewegs in Matheus' kräftige Arme. Unfähig zu sprechen deutete sie hektisch in Richtung des Wassers zu ihren Füßen. Nicht einmal die Wärme, die von seinem Körper ausging, nahm sie im ersten Augenblick wahr. Erst als er sie losließ und zur Seite schob, um sich selbst einen Überblick zu verschaffen, wurde ihr klar, wie nahe sie sich soeben gewesen waren. Schamhaft verschränkte sie die Arme vor ihrem BH und hoffte, dass er Gentleman genug wäre, sie in ihrer Unterwäsche nicht anzustarren.

Doch ihn kümmerte nur das Objekt im Fluss, das ihr einen gehörigen Schrecken eingejagt hatte.

Kaum kniete er auf dem Verandaboden, brach er jedoch in schallendes Gelächter aus. Sienna konnte es nicht fassen, wie ihn ihre Angst zu amüsieren schien. Aufgebracht beobachtete sie die Szene und wollte ihn soeben zurechtweisen, als er sie vorsichtig, ohne sich umzudrehen, zu sich winkte. Fragend starrte ihn Sienna an, doch nach kurzer Überlegung näherte sie sich ihm.

»Sehen Sie, was Sie so erschreckt hat?«, lachte er vergnügt und zeigte auf die braune Oberfläche des Rio Negros.

Skeptisch betrachtete sie das wohl zwei Meter lange Tier, das sich elegant durch das Wasser bewegte. Aus der Nähe hatte es keinerlei Ähnlichkeit mit einem gefährlichen *jacaré*. Doch erst als sie die beiden Seitenflossen sah, erkannte Sienna, um was es sich hier handeln musste.

»Das ist nur Pelé, mein Haus-*boto*, wenn Sie so wollen«, erklärte er.

Sienna verfolgte begeistert, mit welcher Schnelligkeit sich das Geschöpf, das ihr zuvor eine derartige Angst eingejagt hatte, zwischen den Stützpfosten durchschlängelte und danach mit einem schnalzenden Klicklaut auftauchte.

»Ein Delfin«, entfuhr es ihr. Die Spannung fiel von ihr ab.

»Kein gewöhnlicher Delfin – ein *boto*. Die Indios erzählen sich, dass ein ertrunkener Mensch zu einem Flussdelfin wird. Gelegentlich, so die Sage, soll sich dieser zurückverwandeln und in Menschengestalt an Land gehen, wo er junge, unschuldige Mädchen verführt.«

Matheus wartete ihre Reaktion ab.

»Das haben Sie jetzt erfunden, oder?«, meinte Sienna.

»Nein, bewahre«, grinste er. »Es ist ein uralter Glaube. Noch heute lassen hier manche ledigen Mütter in die Geburtsurkunden ihrer Kinder *Boto Cor de Rosa* als Vater schreiben.«

Sie lachte los. »Und warum heißt er Pelé?«, fragte sie neugierig.

»Weil er ebenso gut wie unser Fußballheld Pelé mit dem Ball umgehen kann«, gab Matheus zur Antwort.

»Wo sind die anderen? Delfine leben doch normalerweise in Gruppen.«

»Nein, Sie verwechseln das mit den Tümmlern in der Karibik. Unsere *golfinhos* sind Einzelgänger, die seichte, dunkle Seitenarme des Amazonas bevorzugen. Ihr Sehsinn ist deshalb fast verkümmert. Dafür ist ihr Echolot überragend. Das brauchen sie auch in der Dunkelheit dieses Flusssystems.«

»Ein wunderschönes Tier.« Sienna tat es leid, dass ihr der Delfin solch einen Schrecken eingejagt hatte.

Erst jetzt wurde ihr bewusst, dass sie die ganze Zeit nur mit ihrer Unterwäsche bekleidet vor Matheus gestanden hatte. Doch noch bevor sie zum schützenden Shirt greifen konnte, drehte er sich um und ließ sie rasch allein.

Mit Blick auf den Arara, den ihr hysterisches Schreien nicht im mindestens gestört zu haben schien, und den *boto* zu ihren Füßen duschte sie nun ausgiebig und genoss es, wie das frische Wasser über ihren Körper lief.

Das freie Leben in der Natur des Rio Negro gefiel ihr immer besser.

Sienna war fürs Erste zufrieden. Jetzt könnte sie ein ausgiebiges Frühstück vertragen, denn sie verspürte einen Bärenhunger.

Als sie zurück ins Haus kam, fand sie es leer vor. Schnell kämmte sie sich die Haare und zog sich an. Dann eilte sie wieder hinaus auf die Veranda, begab sich aber zur anderen Seite des Pfahlbaus, wo das Motorboot vertaut war. Tatsächlich entdeckte sie Matheus hier. Zu ihrer Überraschung trug er seine FUNAI-Uniform und war damit beschäftigt, im Bug eine größere Kiste unterzubringen. Es sah so aus, als würde er bald mit dem Boot aufbrechen wollen.

»Was tun Sie hier?«, fragte sie etwas irritiert, da sie sich auf ein gemeinsames Frühstück mit ihm gefreut hatte.

Ohne den Kopf zu heben, antwortete er: »Packen.« Wieder wirkte er kurz angebunden.

»Und wo fahren wir hin?« Sienna verstand nicht.

Endlich sah er sie an: »Wir fahren nirgendwo hin. Ich werde mir das Ufer des Rio Pidiuaú ansehen, und Sie bleiben hier. Zwieback und Tee finden sie drinnen im Haus. Sie werden bis zu meiner Rückkehr also nicht verhungern.«

Sienna war sprachlos. Er wollte Sie allein in dieser Einöde lassen, während er nach den Goldgrabungen der SDA forschte. Was fiel ihm ein! Erinnerte er sich nicht mehr daran, dass er alle Informationen nur ihr zu verdanken hatte?

Schon machte er sich am Außenbordmotor zu schaffen, den er ins Wasser ließ und dessen Funktion er noch kurz prüfte.

Was sollte sie tun?

Zornig kletterte Sienna zu ihm ins Boot. Obwohl sie den schwankenden Untergrund hasste, stellte sie sich aufrecht vor ihn hin und stemmte die Arme in die Hüften. So leicht würde er sie nicht loswerden!

»Auf gar keinen Fall bleibe ich allein in Ihrem verlassenen Pfahlhaus mitten im Fluss, Senhor de Nóbrega«, schnaufte sie.

Mit leicht verengten Augen schaute er sie an, erwiderte aber nichts.

»Hören Sie?« Ihre Stimme überschlug sich. »Ich möchte, dass Sie mich mitnehmen!«

»Das geht nicht«, gab er zur Antwort. »Absolut unmöglich.«

»Warum nicht?« Seine reservierte, kühle Art machte sie wütend. »Ohne mich wüssten Sie überhaupt nichts von de Vries' Plänen. Haben Sie schon einmal daran gedacht? Sie schulden mir etwas.«

»Miss Davis, Sie sind sicher hier. Ich habe heute Morgen versucht, Raoni per Funk zu erreichen, aber wahrscheinlich haben meine Männer gestern auf der Hochzeit zu lange gefeiert. Auf jeden Fall ist noch niemand im *escritório*. In Kürze setze ich mich noch einmal an das mobile Funkgerät. Dann ist Raoni in zwei Stunden bei Ihnen.«

Er wirkte versöhnlich, aber Sienna wollte ihn nicht gehen lassen.

»Nein«, sagte sie, setzte sich auf eins der vorderen Sitzbretter und meinte: »Ich komme mit.«

Während der ersten Stunde auf dem Fluss hatten sie kein Wort gewechselt. Wie schon am Vortag saß Sienna vorne im Bug, während Matheus hinten das Ruder bediente. So früh am Morgen lag der Rio Negro noch fast ausgestorben vor ihnen. Außer ein paar kleineren, weit entfernt fahrenden Indiobooten war niemand auf dem Wasser zu sehen.

Bisher hatte Sienna starr geradeaus geschaut, um nicht Matheus' Blick begegnen zu müssen. Sie wusste, dass er wütend auf sie war. Am besten, sie schwieg weiterhin.

Nach einiger Zeit hielt sie es allerdings nicht mehr aus, denn Sienna war schlecht. Ihr fehlte ein nahrhaftes Frühstück.

Langsam drehte sie sich um und rief ihm »Mir geht es nicht so gut« entgegen.

»Hätten Sie auf mich gehört und wären Sie zu Hause geblieben. Dann könnten Sie jetzt etwas Vernünftiges essen«, antwortete er gereizt.

Es hatte keinen Zweck. Er würde sie richtig leiden lassen. Sienna hatte sowohl eine Wut auf Matheus als auch auf sich selbst. Was bezweckte sie damit, ihn zum Rio Pidiuaú zu begleiten? Warum musste sie immer mit dem Kopf durch die Wand? Wäre es nicht wirklich vernünftiger gewesen, auf Raoni zu warten?

Plötzlich sah sie vor sich mitten im Fluss ein Labyrinth kleinster Wasserläufe, die von einer Unzahl winziger Sandbänke unterbrochen wurden. Das Langboot schien geradewegs auf dieses seltsame Gebilde zuzusteuern.

Erschrocken drehte sie sich zu Matheus um, der belustigt grinste.

»Sie fahren auf Grund«, rief sie ihm warnend zu.

Er schüttelte nur den Kopf, verlangsamte aber die Geschwindigkeit. Vorsichtig manövrierte er das Motorboot durch das Gewirr der schwarzen Fluten, zwischen denen flache, zuweilen recht ausgedehnte Sandbänke auftauchten.

Auf einmal hielt er an, sprang über die Seitenwand des Bootes und zog das Gefährt auf den weißen Untergrund. Danach reichte er ihr die Hand zum Aussteigen.

Sie spielte mit ihren nackten Zehen im warmen, feinkörnigen Sand und biss mit großem Appetit in das trockene Toastbrot, das Matheus ihr gereicht hatte. Es tat gut, etwas essen zu können.

»Danke«, sagte sie kleinlaut, während er sich neben sie setzte.

Stumm saßen sie beieinander, bis sie es nicht mehr aushielt: »Wie will de Vries überhaupt an das Land der Paratari kommen?«

Genüsslich kaute sie weiter. »Ich meine, es ist doch ein staatlich geschütztes Reservat.«

Matheus hatte im Treibgut einen Ast gefunden, mit dem er jetzt Figuren in den Sand zeichnete.

»Der Rat der Männer wird entscheiden«, erklärte er.

»Das heißt, er muss das Stück Land, um das es sich handelt, den Indios erst abkaufen«, fasste Sienna zusammen.

»Ja, nur wird er niemals den wahren Wert bieten.«

»Sicher nicht«, schloss sie.

»Aber das ist nicht alles«, warf Matheus ein.

Sie sah ihn fragend an.

»Auch die Verwaltung muss mitspielen. De Vries benötigt einen guten Draht zu unseren höheren Politikern, damit die Sache glatt durchgeht.«

»Den hat er.« Sienna war das Foto eingefallen, das Benedict de Vries gemeinsam mit Dekker und Betancourt, dem Präfekten von Manaus, zeigte. »Ich wette, die Beamten werfen ihm keine Steine vor die Füße. De Vries und Betancourt kennen sich schon seit Jahrzehnten.«

Er sah sie überrascht an.

»Das habe ich bei meinen Recherchen herausgefunden«, erklärte sie ein wenig stolz.

Wieder trat eine unangenehme Pause ein.

Sienna ließ die Augen herumschweifen und stellte fest, dass sie glücklich war. Sie saß mitten in diesem riesigen Fluss auf einer Sandbank, die die meiste Zeit des Jahres von den braunen Fluten überspült wurde, und genoss die traumhafte Szenerie des Dschungels.

»Wissen Sie, dass das Amazonasbecken schon 600 Millionen Jahre alt ist?«, begann er.

Sienna schaute ihn erwartungsvoll an, denn sie musste sich eingestehen, dass seine Erzählungen sie faszinierten.

»Die Quellen oben im Nebelgebirge sind etwas ganz Besonderes: Auf den Tafelbergen im nördlichen Grenzgebiet quillt das Wasser aus unzähligen grünen Mägen fleischfressender Pflanzen hervor. Diese besitzen meterhohe vasenförmige Fangtrichter, in denen sie ihre Beute, die Insekten, langsam zersetzen.«

Sienna versuchte, sich diese fremden Gebilde plastisch vorzustellen, was ihr jedoch nicht richtig gelang.

Er fuhr fort: »Über den Casquiare, die legendäre Verbindung zum Orinoco, und bei Hochwasser über den Rio Paraná ist der

Amazonas mit allen großen Flusssystemen Südamerikas verbunden. Man könnte sich monatelang auf dem Wasser fortbewegen und dabei bis Venezuela oder Argentinien gelangen.«

»Es ist fantastisch, wenn man hier arbeiten darf. Ihr Job bei der FUNAI muss Ihnen große Zufriedenheit bereiten«, begann sie.

Da er nicht antwortete, sondern lediglich ihr Gesicht studierte, fuhr sie fort: »Wie gut, dass der Missionar Ihnen damals diese Chance gegeben hat.«

Sofort biss sie sich auf die Lippen. Es war ihr klar geworden, dass sie sich verplappert hatte. Stocksteif saß sie neben Matheus und starrte auf den Sand zwischen ihren Füßen.

Wie würde er auf ihren Tabubruch reagieren?

»Alasdair hat Ihnen die Geschichte erzählt?«, fragte er überraschend ruhig.

Sie nickte, schaute aber nicht auf.

»Dann können Sie sich wohl auch vorstellen, dass es nicht unbedingt als Chance zu werten ist, wenn man als einziger Mischling an einer Universität der Weißen eingeschrieben ist.«

»Aber...«, entfuhr es ihr.

»Nein, nicht aber, ich weiß nicht, ob Sie eine Ahnung davon haben, wie verletzend die Menschen sein können, wenn etwas Fremdes in ihr wohlgeordnetes Leben tritt. Als Alasdairs Vorgänger mich auf die höhere Schule schickte, habe ich nirgendwo dazugehört. Mein Stamm wollte mich nicht haben, weil mein Vater ein Europäer war, meine Mutter befand sich größtenteils in geistiger Umnachtung, und die Männer, die ihr ein paar weitere Kinder machten, verachteten mich als *caboclo*. In Santarém an der Uni war ich der Indio, ein Unterpriviligierter, dem man nichts zutraute und der nichts konnte. Und so ist es bis heute geblieben.«

Seine harten, ehrlichen Worte hatten sie getroffen. Sie sagte nichts.

Mit einem Ruck stand er auf. »Sie entschuldigen mich«, meinte er leise und ging über den Sand davon.

Es kostete Sienna alle Kraft, aufzustehen und ihm zu folgen. De Nóbrega stand am Ufer und warf ein paar kleine Äste, die die Fluten angespült hatten, zurück in den Fluss.

Bei ihren ersten Worten versagte ihr beinahe die Stimme: »Auch andere Leute hatten es nicht immer leicht. Sie sind nicht der Einzige.«

Er blickte auf, und sie sah das Leid in seinen Augen.

»Meine Mutter starb bei einem Autounfall, als ich noch ganz jung war.«

Die Schatten der Erinnerung stiegen wieder in ihr hoch und ließen ihren Mund trocken werden. Sienna überlegte sich, ob sie weitersprechen sollte, spürte aber, dass nun der richtige Augenblick dafür gekommen war.

Daher sprach sie weiter: »Ich habe sie sehr geliebt. Danach waren wir nie mehr eine richtige Familie – auch wenn sich mein Vater noch so bemühte, sie mir zu ersetzen.«

Matheus hörte ihr zu.

»Er vergrub sich in seine Arbeit. Das gab ihm den nötigen Halt. Ich aber blieb einsam zurück. Sie fehlt mir mehr denn je.«

»Dafür haben Sie bald eine eigene Familie. Ich bin sicher, der Kerl, der in England auf Sie wartet, wird Ihnen und Ihren Kindern ein gemütliches Nest schaffen«, kommentierte er sarkastisch. Sein Gesichtsausdruck war überraschend hart geworden.

Sienna war sprachlos. Sie hatte etwas anderes erwartet und war enttäuscht. Er hatte keine Ahnung von ihrer wirklichen Situation, aber die würde sie ihm jetzt auch nicht auf die Nase binden. Ihre Affaire mit Charles ging ihn genauso wenig an, wie sie seine Geliebte und das gemeinsame Kind. Sienna nahm sich vor, ihn nichts Persönliches mehr zu fragen. Dann folgte sie ihm langsam zum Boot.

3

Es war mindestens eine Stunde her, seitdem sie den großen Strom verlassen hatten und in den Rio Pidiuaú eingebogen waren. Die ganze Zeit hatte Sienna stur geradeaus geschaut. Den Blick seiner Augen auf ihrem Rücken konnte sie nur erahnen. Es war ihr unangenehm, vor ihm derart auf dem Präsentierteller zu sitzen. Am liebsten wäre sie unsichtbar gewesen.

Wie lange würde es dauern, bis sie den Ort, für den sich Benedict de Vries so sehr interessierte, fanden? War es überhaupt so einfach, anhand ihrer Skizze die Grabungsaktivitäten seiner Männer zu entdecken? Schließlich waren die Ufer in üppiges, undurchdringliches Grün gehüllt, das keinen Durchlass gewährte.

Und selbst wenn sie auf den Platz stießen, lag vor ihr noch eine lange, wortkarge Rückfahrt mit Matheus sowie eine ungewisse Ausreise aus Brasilien.

Ihre augenblickliche Situation sah wahrlich nicht gut aus. Insgeheim wünschte sich Sienna zurück in ihr überfülltes und viel zu dunkles Büro in der Londoner Fleet Street. Die Ärgernisse, mit denen sie sich dort auseinandersetzte, waren nichts im Vergleich zu den Schwierigkeiten, in denen sie hier steckte.

Sienna hielt das Schweigen nicht mehr aus. Für wen hatte sie sich in Gefahr gebracht? Begriff Matheus nicht, dass sie seinen Stamm davor bewahren wollte, enteignet und betrogen zu werden? An die Folgen für die Umwelt gar nicht zu denken! Im Grunde musste er ihr dafür dankbar sein, dass eine ökologische Katastrophe vielleicht noch verhindert werden konnte. Stattdessen behandelte er sie wie einen lästigen Parasiten.

»Müssten wir die Stelle nicht demnächst erreicht haben?«, rief sie ihm zu und beendete damit die Stille, die sie so bedrückte.

»Bald«, war die einsilbige Antwort.

»Sie sind nicht gerade der geborene Unterhalter, oder?«, brach es aus ihr heraus.

Er taxierte sie kurz. Dann meinte er: »Ich rede, wenn es wichtig ist.«

Daraufhin suchten seine Augen wieder das flache Ufer ab.

Die Gegend schien wie ausgestorben. Bisher hatten sie keinen einzigen Hinweis für die Anwesenheit der Goldsucher erkennen können.

»Ein idealer Ort für illegale Bohrungen«, ging es ihr durch den Kopf. Normalerweise wäre man de Vries nicht so schnell auf die Schliche gekommen.

Solange sie jedoch nichts fanden, würde man ihm auch nicht das Handwerk legen können. Sie brauchten Beweise.

Siennas Sonnenbrille war infolge der zunehmenden Feuchtigkeit beschlagen, weshalb sie die Gläser mit dem Hemd trocken rieb.

Danach ärgerte sie sich, da der Durchblick jetzt noch schlechter war. Kurzerhand hielt sie die Brille ins Fahrwasser, um sie besser reinigen zu können, doch sofort hörte sie Matheus‘ tiefe Stimme hinter sich: »Raus, sofort!«, rief er ihr ungehalten zu.

Seine bestimmten Worte hatten sie so erschreckt, dass sie das Gestell losließ und die Brille im nächsten Moment im Fluss versank. Sienna versuchte noch, nach dem Bügel zu greifen, was jedoch misslang. Wütend drehte sie sich um, erschrak jedoch, da er sich bereits dicht hinter ihr befand.

»Was...?«, stotterte sie vor Schreck. Zu mehr kam sie nicht.

Erst jetzt bemerkte Sienna, dass Matheus ihre Hand blitzschnell aus dem Wasser gezogen hatte. Verdutzt schaute sie in sein ernstes Gesicht.

»Wie oft habe ich Ihnen gesagt, dass Sie vorsichtig sein sollen!«, schrie er sie zornig an. Seine Miene war hart geworden.

»Sie befinden sich hier nicht auf einem Ihrer Schunkelkähne auf der Themse. Der Rio Pidiuaú ist sehr seicht und deshalb ein idealer Lebensraum für Piranhas und Alligatoren. Muss man Ihnen denn alles hundertmal sagen?«, schalt er sie.

»Als ob Ihnen das etwas ausmachen würde«, giftete sie zurück.

Seine Augen funkelten. Sie sah, dass sein Wangenmuskel vor Anspannung zuckte, doch Sienna hielt seinem Blick stand.

»Ach, bei Ihnen ist doch alles...« Matheus sprach nicht weiter, sondern kletterte über das Querbrett zurück zum Motor.

Aufgebracht schaute Sienna ihm nach, und da sah sie es: Es war nur ein ganz schmaler, gerodeter Uferstreifen, der die reiche Vegetation für einige Meter unterbrach und Zugang zu einem lehmigen Feld im Hintergrund gewährte. Das mussten die ersten *garimpos,* die Becken der Goldsucher, sein.

Wie eine lange Narbe zog sich die baumleere Fläche durch das satte Grün der *selva*. Sie befand sich neben Matheus, dem die Wut ins Gesicht geschrieben stand. Er ging am Rand eines der vielen quadratischen Wasserbecken entlang, die terrassenartig hintereinander angelegt worden waren.

Matheus trat mit dem Fuß gegen die rote Erde des Abhangs, sodass ein paar Brocken in das trübe Wasser fielen und dieses leicht aufspritzte.

»*Droga*«, hörte sie ihn fluchen. »Sie zerstören alles.«

Tatsächlich war das Ausmaß der Erdumwälzungen vom Fluss aus kaum erkennbar gewesen. Erst jetzt, als sie sich selbst über die *garimpos* bewegten, offenbarte sich ihnen die verheerende Vernichtung des Urwalds.

»Sehen Sie diese dünne Humusschicht?« Dabei zeigte er auf eine nur wenige Millimeter dicke dunkelbraune Linie im oberen Bereich des Bodenprofils. »Darunter sind unsere Böden völlig nährstoffarm. Nur die dichte Vegetation hält die organische Schicht zurück. Wenn allerdings gerodet wird, sind die Mineralien rasch ausgeschwemmt. Dann wird das alles hier eine regelrechte Wüste.«

Sienna sah sich schockiert um. Mit Wehmut dachte sie an den Ausflug mit Iracema in den noch intakten Dschungel bei Iquitos.

»Haben Sie schon einmal etwas von den Hungerflüssen gehört?«, fuhr er fort.

Sie schüttelte den Kopf.

»Schwarzwasserflüsse wie der Rio Negro sind rein wie destilliertes Wasser, aber so sauer wie stark verdünnte Säure. Sie leuchten zwar wie goldfarbener Tee, aber es fehlen ihnen beinahe jegliche Nährstoffe. Die dichten Wurzelfilter der Pflanzen entziehen ihnen die Mineralien. Wenn sie nicht mehr sind, stirbt der Boden für immer.«

Sienna wusste nicht, was sie sagen sollte. Betroffen starrte sie in die lehmfarbenen Tümpel.

»Die Kerle gehen immer nach demselben Schema vor: Erst roden sie, dann heben sie Gruben bis zu acht Metern Tiefe aus und durchsuchen das Sediment nach Goldstaub. Dabei werden riesige Materialmengen aufgeschwemmt. Jede Ausbeute über ein Gramm Gold pro Tonne Erde lohnt sich für die *garimpeiros*.«

Sienna wagte es nicht, etwas zu sagen. Sie sah ihm sein Entsetzen an.

Er lief ein Stück weiter und entfernte sich vom Flussufer. Langsam folgte sie ihm.

»Ah, da steht noch eine der *caixas*. Sie haben sich nicht einmal die Mühe gemacht, die Waschrinnen wegzuschaffen. De Vries muss sich seiner Sache sehr sicher sein.«

»Warum sind sie mit einem Teppich ausgelegt?«, fragte Sienna neugierig.

»Ganz einfach: Im Flor des Teppichs bleibt der Goldstaub hängen«, erklärte Matheus.

Dann lachte er zynisch auf. »Jetzt kommt aber erst der eigentliche Skandal, denn die *garimpeiros* kämen niemals an das Gold, wenn sie kein Quecksilber einsetzen würden.«

»Quecksilber? Das ist doch hochgiftig!« Sienna erinnerte sich, wie ihr Flávia eingebläut hatte, mit dem Fieberthermometer vorsichtig zu sein, wenn sie als Kind wieder einmal unter einer Angina gelitten hatte.

»Glauben Sie, das kümmert de Vries? Quecksilber verbindet sich mit Gold zu Amalgam. Später verdampfen es die Goldsucher über dem Gasbrenner, wobei giftige Dämpfe frei werden, die zu Nervenerkrankungen führen. Doch das schnelle Geld ist den Leuten wichtiger als ihre Gesundheit«, schloss er.

»Was denken Sie? Warum sind die Goldsucher fort?«, begann Sienna.

»Sie haben ihr Ziel erreicht und sind auf Gold gestoßen. Das besagen ja auch die Unterlagen, die Sie bei de Vries gefunden haben. Wahrscheinlich will er die Sache rechtlich unter Dach und Fach haben, bevor er hier in großem Stil weitergräbt. Sonst würden die Bodenschätze den Paratari gehören.«

»Sie denken, die Behörden spielen dabei mit? Ich meine, es gibt ja nicht nur den Präfekten, sondern auch andere Ämter.«

Er lachte traurig. »Sie kennen Brasilien und die Korruption, die im Land herrscht, nicht. Natürlich schafft er das mit seinem vielen Geld.«

Kopfschüttelnd ging er in Richtung der oberen Becken. Sienna blieb stehen und schoss ein paar Fotos des ausgedehnten Terrassenfeldes. Die Bilder würde sie zwar in keiner Weise für ihre Kautschuk-Story gebrauchen können, aber sie fand, dass eine derartige Umweltsünde dokumentiert werden sollte. Vielleicht schrieb sie später einen Artikel über dieses Thema. Allerdings musste sie zuvor erst glücklich nach England zurückgekehrt sein. Und das war im Augenblick ein riesiges Hindernis.

Dann bemerkte sie, dass der Film voll war. Sie hatte auf der Ilha de Marajó wohl zu viele Aufnahmen von Caterine gemacht. Unnötige Fotos, dachte sie im Stillen.

Zum Glück befanden sich die Ersatzfilme noch in ihrer Umhängetasche, die Matheus im Bug des Motorbootes verstaut hatte. Unschlüssig sah sich Sienna nach ihrem Begleiter um, doch dieser hatte schon den oberen Rand der *selva* erreicht. Er schien sie völlig vergessen zu haben.

Daher beschloss sie, den Weg zum Ufer allein zurückzulegen. Bei jedem Schritt musste sie aufpassen, da der Untergrund sehr uneben und vom Regen ausgewaschen war. Auch jetzt zogen bereits bedrohliche Gewitterwolken am Himmel auf, und von der goldenen morgendlichen Sonne war nichts mehr erkennbar. Sienna überlegte, ob sie es noch rechtzeitig vor Beginn des Regens zurück zum *sítio* schaffen würden.

Sie war beinahe beim Boot angelangt, das im seichten Wasser vor sich hindümpelte, als sie plötzlich aufschrak. Obwohl sie im Gegenlicht nichts erkennen konnte, erschien es ihr, als hätte sie Motorenlärm gehört. Doch das konnte nicht sein. Matheus hatte ihr gesagt, dass das Gebiet um den Rio Pidiuaú völlig abgelegen wäre. Wer sollte sich hierher verirren?

Wahrscheinlich hatte sie sich alles nur eingebildet. Sie sah in dieser Einsamkeit wohl schon Gespenster.

Etwas umständlich kletterte sie auf das Langboot und packte ihre Tasche, die sie sich über die Schulter warf, um damit wieder an Land zu gehen. Der Filmwechsel würde ihr am Ufer besser gelingen als auf dem schwankenden Boot.

Der monotone Lärm wurde lauter. Nein, sie hatte sich nicht geirrt. War es Raoni? Sienna erinnerte sich, dass Matheus ein paar Worte auf ein Stück Papier gekritzelt und dieses auf Raonis Schreibtisch im FUNAI-Büro gelegt hatte. Würde er kommen und sie unterstützen, vielleicht sogar mit Matheus ihre baldige Ausreise realisieren? Sienna frohlockte schon innerlich, denn mit Raoni würde sich die Anspannung, die zwischen Matheus und ihr herrschte, etwas lösen. Die aufgezwungene Zweisamkeit der letzten vierundzwanzig Stunden hatte ihr arg zu schaffen gemacht.

Wieder suchten ihre Augen den silbernen Horizont ab. Jetzt erkannte sie die Umrisse des Bootes, das sich in großer Geschwindigkeit näherte. Sie blieb wie angewurzelt stehen, denn langsam ahnte sie, wer sie aufgespürt hatte. Sienna fror bis ins Mark.

»*Bom dia,* Senhora Davis«, grüßte Benedict de Vries übertrieben höflich und zog sogar den Hut vor ihr. Er saß, perfekt für einen Ausflug in den Dschungel gekleidet, im Mittelteil des Motorbootes, während Francisco da Cunha mit dem schmalen Querbalken vorne am Bug vorliebnehmen musste. Gesteuert wurde das Gefährt von einem breitschultrigen, sehr kräftigen Mann, den Sienna bereits auf dem de Vriesschen Anwesen Irajá gesehen hatte. Damals hatte sie ihn für einen der Leibwächter des Großindustriellen gehalten, was sich jetzt zu bewahrheiten schien.

Einer Eingebung folgend, legte Sienna ihre Tasche etwas versteckt unter einen der schiefen Bäume und ging auf die Ankömmlinge zu.

Das Boot erreichte das Ufer. Wo war nur Matheus? Hatte er nichts vom Motorenlärm mitbekommen?

Sienna war unfähig zu antworten. Mit großen, angsterfüllten Augen starrte sie die drei Männer an, die nun an Land kamen und sich nur noch wenige Meter von ihr entfernt befanden.

De Vries strich sich die Hose glatt. »Ah, diese Hitze«, stöhnte er. »Dass ich mir das in meinem Leben noch einmal antun muss.«

Er blickte ihr direkt ins Gesicht. »Ja, Senhora Davis, daran sind allein Sie schuld. Ich hatte nicht mehr vor, an den Rio Negro zurückzukommen. Viel zu viele unliebsame Erinnerungen, wissen Sie.«

Sienna verstand nicht.

»Sie sind überrascht? Das kann ich mir denken. Hatten Sie angenommen, ich hätte nichts von Ihrer Spionagetätigkeit in meinem Haus mitbekommen?«, sagte er sarkastisch. Der Industrielle genoss Siennas Verblüffung und Unsicherheit sichtlich.

Da Cunha grinste hinter dem Rücken seines Arbeitgebers. Sienna konnte es nicht fassen. Wie hatte sie sich nur verraten? In welcher Verbindung stand da Cunha zu de Vries? Sie hatte angenommen, er wäre lediglich ein Laufbursche des Präfekten.

Endlich hatte sie sich wieder ein wenig gefasst. »Wenn Ihre Aktivitäten hier legal wären, Senhor de Vries, dann müssten sie Ihre Dokumente auch nicht verstecken.«

»Fein gesagt. Das war richtig mutig von Ihnen, Sienna.«

Es fiel ihr auf, dass er sie mit ihrem Vornamen ansprach. Sollte dies ein positives Zeichen für sie sein? Vielleicht erinnerte sie ihn ja an die eigene Tochter und er würde ihr kein Leid zufügen. Schließlich war auch de Vries ein Vater.

Aber wo war nur Matheus? Am besten, er zeigte sich gar nicht, dachte sie. Wenn die Männer ihn entdeckten, würde die Angelegenheit aus dem Ruder laufen. Schon zu oft war er mit der SDA aneinandergeraten.

»Senhor da Cunha, schön, Sie wieder zu treffen«, sprach Sienna den Agenten an. »Wie ich sehe, beschäftigen Sie sich nicht ausschließlich mit trockener Aktensuche.«

Er trat einen Schritt vor. »Im Gegenteil, Senhora. Aber ich muss zugeben, dass Sie ein schwerer Brocken für mich waren. Ehrlich gesagt hatte ich mir meine Arbeit mit Ihnen etwas einfacher vorgestellt.«

Seltsamerweise freute das Sienna, auch wenn ihr das in der augenblicklichen Situation nicht half. Francisco da Cunha hatte kein leichtes Spiel mit ihr gehabt. Sie war also nicht so naiv, wie er sie eingeschätzt hatte.

»Wie haben Sie es entdeckt?«, fragte sie nun de Vries, der einige Meter den Hang hinaufgegangen war, um einen Schattenplatz zu finden. Sienna sah, dass er stark schwitzte.

De Vries lachte in sich hinein. »Ein Brasilianer hätte bestimmt nichts bemerkt. Da bin ich mir sicher. Aber Sie, Sienna, haben vergessen, dass ich ein sehr ordentlicher, beinahe penibler Mensch bin. Ein Nordeuropäer eben. Wenn mein Papierblock in der Schublade nicht gerade liegt, dann merke ich es. Wenn einer meiner Stifte verrutscht ist, lässt mich das aufhorchen. Und wenn ich dann noch sehe, dass irgendein Schriftzug auf den Block durchdrückt, dann ist es für mich ganz normal, dessen Oberseite zu schraffieren, um zu sehen, wer hier etwas geschrieben hat. So habe ich das in einer längst fernen Zeit gelernt.«

Sienna zuckte zusammen. Sie hätte das obere Blatt abreißen sollen, als sie das Papier wieder zurück in die Schublade legte. Wie hatte sie nur so unvorsichtig sein können! Auf diese Weise hatte er eine Kopie ihrer Skizze erhalten.

»Ich sehe, das hatten Sie nicht bedacht, Sienna. Aber keine Sorge, solch ein Fehler wäre auch anderen passiert.« Er legte den Arm um da Cunha, dem diese Geste unangenehm zu sein schien, und meinte: »Francisco hätte sich wahrscheinlich ebenso verräterisch verhalten, nicht wahr? Das liegt einfach in der Familie.«

Der Angesprochene biss die Lippen zusammen. Seine Augen funkelten wütend, aber er hielt seinen Zorn unter Kontrolle.

Es schien de Vries großes Vergnügen zu bereiten, da Cunha vor ihr bloßzustellen. Er liebte es, mit Menschen zu spielen.

»Schon sein Vater war ein Versager«, fuhr de Vries fort. »Wie gut, Francisco, dass der Präfekt und ich uns deiner angenommen haben. Wer weiß, in welcher Gosse du sonst gelandet wärst.«

Da Cunha befreite sich aus der Umarmung und trat zwei Schritte zur Seite, doch de Vries lachte weiter.

Sienna fiel auf, dass etwas nicht stimmte. Wo war nur der dritte Mann? Rasch schaute sie sich um. Der Hüne stand genau hinter ihr, sodass sie sich jetzt wie eine Gefangene fühlte.

Auf einmal begann er: »Es war einfach ein bisschen zu viel, Sienna. Ihr überfallartiger Besuch auf meiner Insel, dann ihre Schusseligkeit mit dem Getränketablett. Schließlich erhielt ich gestern noch einen beunruhigenden Anruf meines langjährigen Freundes Betancourt. Dieser wunderte sich, weil eine englische Journalistin vergangene Woche wegen eines Interviews nachgefragt hatte. Als er mir ihren Namen nannte, war mir klar, dass Sie vor Belém bereits in Manaus gewesen waren. Sie hatten mir also nicht die Wahrheit gesagt.«

Sienna schluckte.

»Ich habe noch einige Kontakte nach Europa. Also habe ich mich beim British Board of Journalism nach Ihnen erkundigt. Sie arbeiten tatsächlich für den Londoner Evening Star. Wenigstens diesbezüglich haben Sie nicht gelogen.«

Was würde jetzt kommen? Hatte er noch weiter geforscht?

»Es war nicht schwierig, an die Telefonnummer Ihrer Redaktion zu kommen. Eine Ihrer freundlichen Kolleginnen hat mir einiges über Ihren beruflichen Misserfolg berichtet. Sie war sehr auskunftsfreudig, und ich glaube, die junge Dame zählt nicht zu Ihren besten Freunden.«

Sein Lächeln wirkte unecht.

»Lindsay«, durchfuhr es Sienna. Diese falsche Schlange! Was hatte sie de Vries erzählt?

»Sollten Sie nicht schon längst wieder in England sein, Sienna?«, hörte sie de Vries fragen.

Sie war unfähig zu antworten.

»Ihrem Chef gefällt Ihre Eigenmächtigkeit ganz und gar nicht, hörte ich. Anscheinend will er sie bald vor die Tür setzen. Aber wahrscheinlich wird er Sie gar nicht vermissen, wenn Sie nicht mehr in London aufkreuzen.«

Wie sollte diese Sache hier enden? Sienna verspürte Panik in sich aufsteigen. De Vries würde nicht das Risiko eingehen und sie entkommen lassen. Plante er bereits, sie hier zur Strecke zu bringen?

Nie hätte sie geahnt, dass sich die ganze Geschichte so gefährlich entwickeln würde. Plötzlich dachte sie an ihren alten Vater, der ihren Tod sicherlich nicht überleben würde. Sienna machte sich schreckliche Vorwürfe. Für ihre Story hatte sie alles riskiert. Konnte ihr Matheus überhaupt noch helfen? Bekam er mit, was hier geschah, oder hielt er sich viel zu weit entfernt vom Ort des Geschehens auf?

Sie war kaum mehr fähig zu sprechen, denn der Kloß in ihrem Hals wurde immer größer.

»Und wie haben Sie sich das vorgestellt, Senhor de Vries?«, krächzte sie daher. Sienna musste Zeit gewinnen, bis Matheus aus dem Dschungel zurückkam und bemerkte, was am Ufer vor sich ging. Das war ihre einzige Chance.

»Wie wollten Sie an das Land der Indios kommen? Schließlich handelt es sich hier um ein staatliches Reservat.«

Sein Gesicht verzog sich zu einem zynischen Lachen.

»Wie gesagt, mein guter alter Freund Betancourt ist gestern aus Brasília zurückgekehrt. Er lässt dort seine Beziehungen zu den obersten politischen Kreisen spielen, um diese von der Bedeutung der Bodenschätze am Rio Pidiuaú zu überzeugen. Den Schreibtischtätern in unserer Hauptstadt ist es völlig gleichgültig, ob dieses oder jenes Stück Urwald einem indigenen Volksstamm gehört. Vergessen Sie nicht, dass die Indios keinerlei Lobby haben.«

»Sie meinen?«, fiel ihm Sienna ins Wort.

»Das Land wird einfach getauscht. Kein einziger Ureinwohner wird sich aufregen. Die Paratari erhalten sogar noch ein paar Hektar mehr als bisher, und jeder ist zufrieden.« Seine Augen glänzten vor Freude. »Es hätte alles so einfach sein können, wenn Sie sich nicht eingemischt hätten.«

Sienna wurde plötzlich alles klar. Sie hatte eins und eins zusammengezählt. »Und mit dem Gewinn aus dem Goldgeschäft wollen Sie dann in die Ölförderung vor der Küste einsteigen, richtig?« Sie trat ihm jetzt kämpferisch entgegen.

Er schmunzelte. »Gar nicht schlecht kombiniert. Wirklich schade, dass ich Sie nicht mehr in meiner Firma einstellen kann.«

Sie wusste nicht, ob er den letzten Satz tatsächlich ernst gemeint hatte.

»In der Tat werde ich damit genug Einstiegskapital für die Off-Shore-Produktion von Erdöl haben, was mich, wenn alles klappt, zu einem der einflussreichsten Männer Brasiliens machen wird. Nicht umsonst war unser Staatspräsident Ernesto Geisel, übrigens ein guter Freund von mir, jahrelang Chef der Petrobrás«, erklärte er.

Entrückt blickte er zum Horizont, als träumte er von einer glänzenden Zukunft in der Ölindustrie. Es war ihre Chance. Sie nutzte seine Unaufmerksamkeit und drehte sich blitzschnell um. Ihre einzige Rettung bestand darin, in den Dschungel zu entkommen, wo sie sich vor den Männern verstecken und darauf hoffen konnte, mit Matheus zusammenzutreffen.

Sienna rannte in Richtung des bewaldeten Gebiets im seitlichen Bereich der Schürfbecken, aber sie kam nicht weit. Der kräftige Bodyguard hatte sie eingeholt und zu Boden geworfen. Sie kauerte im lockeren Sandboden und sah entsetzt zu dem großen Mann auf. Da spürte sie etwas Hartes unter ihrer rechten Hand. Hektisch gruben ihre Finger tiefer. Der Leibwächter durfte nichts bemerken, weshalb sie ihn mit ihren Augen abzulenken versuchte.

Da! Sie hatte das Gesuchte gefunden und fest umgriffen: Es schien sich um einen langen Nagel zu handeln, den die Goldsucher wohl im Uferboden verloren hatten. Dieses Metallstück erschien ihr nun die einzige Verteidigungswaffe zu sein. Sie klammerte sich mit ihrer ganzen Hoffnung daran.

»Zieh die Wildkatze hoch, Eduardo«, befahl de Vries. »Wir können doch die junge Dame nicht im Schmutz liegen lassen.«

Sienna war sich nun sicher, dass sie de Vries nicht mehr würde entkommen können. Da hörte sie das Klicken einer Pistole.

»Lassen Sie sie los«, sagte Matheus ruhig. Er stand neben einem überhängenden Baum der Uferböschung und musste sich ihnen wohl von der Seite her genähert haben. Niemand hatte ihn kommen hören.

De Vries brauchte einen Augenblick, um sich von seiner Überraschung zu erholen.

»Ach«, meinte er, »wenn das kein Glück ist. De Nóbrega höchstpersönlich. Ich habe nicht geahnt, dass Sie ein Team sind. Wir werden also an diesem Tag zwei Fliegen mit einer Klappe schlagen.«

»Das glaube ich nicht«, antwortete Matheus. Mit ernstem Gesicht winkte er Sienna zu sich, ließ dabei aber die Männer nicht aus den Augen. Sein wacher Blick verfolgte jede ihrer Regungen.

Sie stand langsam auf und bewegte sich nun vorsichtig in seine Richtung, wobei sie jedoch an den drei Männern vorbeigehen musste, was ihr Angst machte.

»Francisco, das geht auf deine Kappe«, beschwerte sich de Vries.

Da Cunha verstand nicht und schaute verdutzt zu seinem Arbeitgeber.

»Du hast es nicht einmal geschafft, dich über die Beziehung unserer verehrten Miss Davis zu diesem *caboclo* zu informieren. Aber was soll man auch von einem wie dir erwarten?«

Der Agent kochte innerlich, antwortete aber nicht. Sie sah, wie er sich beherrschen musste.

Sienna ging langsam Schritt für Schritt weiter. De Vries hatte sie bereits hinter sich gelassen. Nun musste sie an da Cunha vorbei, was ihr nicht weiter schwierig erschien, da dieser mehr mit sich selbst als mit ihr beschäftigt war.

Viel größere Angst jagte ihr allerdings der Leibwächter ein. Sie sah, wie die Wangenmuskeln in Matheus' Gesicht zuckten, und konnte sich vorstellen, wie sehr er sich zusammennehmen musste, um nicht die Kontrolle zu verlieren, denn genau dies bezweckte de Vries.

»Ich hatte mich noch gefragt, wie Sie, Sienna, zu einem Boot kommen konnten und wer Sie in dieses Niemandsland gefahren hat. Dass Sie jedoch meinem gefährlichsten Gegner so den Kopf verdrehen würden, hätte ich, ehrlich gesagt, nicht erwartet.«

Er schaute zu Matheus hinüber und rief ihm in verächtlichen Ton zu: »Na, *mestiço*, gefällt dir die schöne Lady? Das ist etwas anderes als eine der Wilden in deinem Dorf!«

Dann lachte er. Anscheinend störte es ihn nicht im Geringsten, dass de Nóbrega bewaffnet war. Dieser kochte vor Zorn. Seine Augen verengten sich, doch er hielt die Pistole noch immer direkt auf de Vries gerichtet.

»Sienna, komm her«, sagte er bestimmt.

Der Nagel in ihrer Faust stach ihr in die Haut, während sie weiterging. Noch einige Meter, dann würde sie bei Matheus in Sicherheit sein. Sie sehnte so sehr seine Nähe herbei.

Da geschah es: Mit einer Schnelligkeit, die sie dem schweren Mann nicht zugetraut hatte, stürzte sich Eduardo auf sie und zog sie wie ein Schutzschild vor sich selbst. Den kräftigen Arm hatte er um ihre Brust gelegt und hielt ihr seine eigene Waffe an den Hals.

Sienna spürte, wie der Lauf in ihre Haut drückte und sie kaum noch atmen konnte. Nicht einmal zum Schreien hatte er ihr Zeit gelassen. Alles hatte sich entsetzlich schnell abgespielt.

»*Ótimo*«, rief de Vries erfreut. »Ich hatte schon gedacht, du kämst nie mehr in die Gänge, Eduardo. Nun weiß ich wieder, wofür ich dich so fürstlich bezahle.«

Er wandte sich an Matheus, dem der Schreck ins Gesicht geschrieben stand.

»Und Du, Halbblut, gibst jetzt brav deine Pistole bei da Cunha ab. Eine elende Verschwendung, Indios auf die höhere Schule zu schicken und studieren zu lassen. Ich hab's ja immer gesagt, dass ihr alle zu nichts zu gebrauchen seid.«

»Nein!«, schrie Sienna so gut sie konnte. »Nein, tu's nicht!« Sie wusste, wenn er die Waffe übergab, würden sie ihn ebenso wenig leben lassen wie sie selbst. Sienna wollte nicht, dass er starb.

Die Anspannung war Matheus anzumerken. Er sagte kein Wort, ließ aber die Hand sinken, warf die Pistole jedoch nicht in da Cunhas Richtung, sondern ins dichte Buschwerk hinter sich.

»Erschieß ihn«, befahl de Vries eiskalt.

Sienna begann zu zittern. »Nein!«, schrie sie hysterisch.

Nun wandte sich de Vries ihr zu. »Ach, die Zuneigung beruht also auf Gegenseitigkeit. Wie interessant.«

Dann meinte er ernst: »Ich hatte Sie, wenn ich aufrichtig bin, intelligenter eingeschätzt, Miss Davis. Dass Sie sich mit diesem Mischling einlassen ist eine wahre Schande.«

Eduardo hob die Pistole und zielte in Matheus' Richtung. Sienna erstarrte.

»Jetzt oder nie«, dachte sie. Auf jeden Fall musste sie den Bodyguard ablenken.

Sie umklammerte den Nagel fest mit ihren Fingern, holte leicht nach vorne aus und stieß ihn so fest sie konnte in Eduardos Oberschenkel, den sie an ihrer Rückseite spürte. Hierbei löste sich ein Schuss aus seiner Waffe.

Ein gequälter Aufschrei hinter ihrem Rücken sagte ihr, dass sie den Leibwächter mit dem verrosteten Metall wirklich getroffen hatte. Jedenfalls schien er starke Schmerzen zu haben, denn er ließ sie augenblicklich los.

»Verdammt!«, schrie er und sank auf den Boden herab. »Das ist doch nicht...«

Sie rannte, ohne sich umzusehen, in den nahen Wald, wobei es ihr gleichgültig war, ob sie auf dem feuchten Untergrund ausrutschte oder ob ihr eine Dornenranke die Haut zerschnitt. Einige Male fiel sie beinahe hin, dann fand sie das Gleichgewicht wieder und lief weiter. Nachdem sie einen schmalen Bachlauf überquert hatte, ließ sie sich außer Atem in einer Mulde nieder. Von hier aus hatte sie, verborgen hinter schützendem Gestrüpp, die Möglichkeit, zu verfolgen, was sich unten am Ufer abspielte.

Keuchend hielt Sienna den Kopf knapp oberhalb des Buschwerks. Die Szene, die sie am Ufer sah, ließ ihr das Blut in den Adern gefrieren. Mit ihrer Flucht hatte sie rein gar nichts erreicht.

Im Gegenteil: Matheus lag am Boden und schien am Bein getroffen, während sich Eduardo mit da Cunhas Hilfe fluchend hochzog und schwerfällig zu de Vries humpelte, der nun die Waffe in der Hand hielt.

In der nächsten Sekunde, so dachte sie, würde er Matheus erschießen.

4

Um nicht loszuschreien, biss sich Sienna auf die Lippen, bis sie bluteten. Ihr Herz pochte ohne Unterlass, sodass sie den eigenen Pulsschlag erschreckend laut hörte.

Was sollte sie tun? Hatte es irgendeinen Sinn, sich zu erkennen zu geben? Dann wären sie wieder am selben Punkt angelangt wie zuvor. Doch sie musste etwas unternehmen. Auf keinen Fall konnte sie zulassen, dass Matheus vor ihren Augen umgebracht wurde. Sie wusste jetzt, dass sie darüber nie hinwegkäme. Viel zu viel hatte sich in den vergangenen Tagen zwischen ihnen abgespielt.

Ein Insekt lief ihr über den Unterarm, aber sie reagierte nicht, sondern hatte nur Augen für das Drama unten am Fluss.

Zu ihrer Überraschung stand de Vries immer noch mit hocherhobener Pistole vor Matheus. Einige Male drehte er den Kopf leicht zur Seite, um mit dem verletzten Leibwächter zu sprechen, der sich vor Schmerzen wand. Sie musste ihn mit dem Nagel recht tief getroffen haben. Insgeheim beglückwünschte sich Sienna dazu.

Nein, es hatte keinen Sinn. Von hier oben bekam sie nicht mit, was am Ufer gesprochen wurde. Also begann sie, sich geduckt anzuschleichen, wobei sie hoffte, dass die Männer davon nichts mitbekämen.

Als ein Ast unter ihrer Sandale knackte, erstarrte sie und bemerkte erst jetzt, dass sie nur noch einen Schuh trug. Den anderen musste sie auf ihrer Flucht verloren haben. Doch sie bewegte sich weiterhin vorsichtig vorwärts.

Bald hatte sie etwa den halben Weg geschafft und hörte auch schon de Vries' Stimme. Die Kuhle neben einem Büschelfarn schien ihr ein geeignetes Versteck zu sein. Flach legte sie sich auf den feuchten Waldboden und hob langsam den Kopf. In der Tat war die kleine Senke ein ideales Schlupfloch, denn sie befand sich nur wenige Meter oberhalb des Grasstreifens, auf dem sich ihr weiteres Schicksal entscheiden würde.

»Das ist ein völlig verrosteter Nagel, *patrão*. Wie soll ich damit nach Iquitos fahren?«, beschwerte sich Eduardo. Schmerzverzerrt verzog er das Gesicht und stützte sich an einem Baum ab. Man sah, dass er versuchte, das verletzte Bein zu entlasten.

»Jammer nicht so herum«, fuhr ihn de Vries an. »Wofür habe ich dich eigentlich eingestellt?«

»Damit ist aber nicht zu spaßen, das Bein könnte sich entzünden, wenn wir...«, begann da Cunha, wurde aber sogleich von de Vries angefahren:

»Ich weiß nicht, was für Waschlappen ihr seid. Wir haben hier früher im Dschungel ganz andere Strapazen ausgehalten – mit Ausnahme deines Vaters natürlich, Francisco. Der war schon immer ein Schwächling.«

Auch jetzt konnte er es nicht lassen, da Cunha seine ganze Verachtung zu zeigen.

Immer noch hielt de Vries die Pistole auf Matheus gerichtet, der mittlerweile sein linkes Bein ausgestreckt hatte und mit der Hand auf die blutende Stelle an der Wade drückte. Auf diese Weise wollte er wohl den Blutstrom stoppen. Sienna schmerzte es, ihn so ausgeliefert zu sehen.

»Der Mestize hier ist noch ein ganzer Kerl. Der weint nicht gleich los wie du, Eduardo. Daran solltest du dir ein Beispiel nehmen«, fuhr de Vries fort.

»Senhor, ich möchte hier aber nicht draufgehen!«, erregte sich der Leibwächter. Er war schon ganz bleich im Gesicht.

»Wir sollten wirklich nach Manaus zurückkehren und Eduardo in eine Klinik bringen«, schlug da Cunha jetzt vor. So viel Mut hatte ihm Sienna gar nicht zugetraut. »Nach Iquitos können wir auch morgen noch fahren.«

Sienna erstarrte. Erst in diesem Augenblick wurde ihr klar, weshalb die Männer so dringend zum Indiodorf wollten. De Vries war nicht nur wegen ihr hier, sondern hatte bereits die Verträge zur Unterzeichnung dabei. Diese wollte er höchstwahrscheinlich noch heute den Paratari zur Unterschrift vorlegen.

Sie sah, dass de Vries mit sich rang. Einerseits wollte er sofort zu den Indianern, um den Handel perfekt zu machen, andererseits wusste er, dass er den Bodyguard zu einem Arzt bringen musste.

Matheus zeigte einen verächtlichen Gesichtsausdruck. Auch ihm musste klar geworden sein, was de Vries plante und dass er es nicht verhindern konnte.

Dieser missdeutete die Mimik seines am Boden liegenden Gegners.

»Kein Grund zur Freude, *caboclo*, du wirst diese Sache hier trotzdem nicht überleben«, sagte er zu Matheus.

Wie konnte sich dieser nur dermaßen beherrschen?

Siennas Herz dagegen pochte wie wild.

Mit einem Blick zum immer dunkler werdenden Himmel befahl de Vries zähneknirschend: »Los, Francisco, bring Eduardo zum Boot. Dann nimmst du dir die Axt da hinten bei der zweiten *caixa* und zerstörst das andere Langboot. Aber richtig, hast du gehört? Ich möchte keinen Rest davon mehr sehen.«

Da Cunha nickte stumm. Er schien zufrieden, weil de Vries auf seinen Vorschlag eingegangen war und sie in Kürze nach Manaus zurückkehren würden. Es war ihm anzusehen, wie unwohl er sich im Urwald fühlte.

Sienna reckte den Kopf, um besser sehen zu können, denn nun verdeckte ihr ein großes Blatt die Sicht.

Da da Cunha den humpelnden Eduardo fortgebracht hatte, entdeckte sie nur noch de Vries, der zu ihrem Erstaunen die Pistole sicherte und am Abzug herumspielte. Geschickt wirbelte er die Waffe in seinen Fingern herum. Er schien Erfahrung damit zu haben.

»Schade, dass du von deinem Liebchen nicht mehr viel haben wirst, nicht wahr? Hübsches Ding, muss ich zugeben. So viel Geschmack hätte ich dir gar nicht zugetraut. Hat sich aber leider nicht mit dir eingelassen, was, de Nóbrega?«

Wieder lachte er.

»Wer hat dir überhaupt diesen christlichen Namen gegeben? Ein paar mitleidsvolle Missionare?«

Matheus Augen wurden schmal.

De Vries sprach weiter: »Nein, die Kleine weiß, was sich gehört. So weit lässt sich diese Miss Davis nicht herab. Deine ganze künstliche Zivilisation nützt dir dabei nichts. Du bist und bleibst für immer ein Wilder.«

Er machte eine Pause, dann fuhr er fort: »Glaub mir, ich hab' da Erfahrung. Man kann euch nicht mit ein oder zwei schlauen Büchern zu Weißen machen. Das geht immer schief.«

»Auch Sie werden ihr gerechtes Ende finden«, war endlich Matheus zu hören.

Wollte er de Vries provozieren? Sienna ballte vor Anspannung die Hände zu Fäusten, bis sie die Fingernägel im Fleisch der Handflächen spürte. Sie wusste jetzt, was sie für Matheus empfand, auch wenn diese Erkenntnis vielleicht zu spät kam.

»Das glaube ich nicht, Indio. Wenn du auch nur ahnen würdest, wie oft sich das schon viel härtere Kerle als du gewünscht haben. Ich bin im Laufe meines Lebens mit ganz anderen Problemen fertig geworden – und ich habe immer gewonnen. Leider kann ich dir nicht ausführlich berichten, wie groß mein Sündenregister ist. Du würdest staunen, wen du vor dir hast.«

Da Matheus nicht antwortete, ging er einige Schritte auf ihn zu. Er schien den Verletzten nicht mehr zu fürchten.

Sienna spürte ein Stechen und Kribbeln auf der Haut ihrer Beine, bewegte sich jedoch nicht. Würde er nun sein Vorhaben in die Tat umsetzen? Ihr stockte der Atem.

»Schmerzen? Unangenehm, so eine Wunde am Bein, was?«, fragte er überheblich. »Ich weiß, was ich mit dir mache: Ein einziger Schuss wäre ein viel zu rascher Tod für dich. Nein, du sollst noch etwas leiden. Ein langsames Ausbluten ist ganz nach meinem Geschmack. Na, was meinst du? Wie lange wird es dauern, bis die Lebensgeister aus dir gewichen sind? Einen halben Tag oder einen ganzen? Du bist ja ein zäher Bursche. Vielleicht hat dich auch bis dahin schon ein Jaguar geholt, oder du bist das Opfer eines Schlangenbisses geworden? Wer weiß? Hier ist alles möglich. Jedenfalls hat es dann ein Ende mit dem ewigen Widerspruch von Seiten der FUNAI.«

Sein Gesicht zeigte einen zufriedenen Ausdruck.

»Genau. Das gefällt mir besser als ein einfacher Tod mit der Pistole. Viel zu human. Ich war diesbezüglich schon immer recht einfallsreich, aber leider gibt es dafür keine Zeugen mehr.«

Da Cunha kam zurück.

»Senhor?«, fragte er und schaute von Matheus zu de Vries. Er war sich nicht im Klaren, wie diese Angelegenheit ausgehen würde.

»Alles erledigt?«, erkundigte sich de Vries.

»*Sim*, sein Boot ist ein Schrotthaufen, und Eduardo liegt bei uns im Bug. Er hat Kreislaufprobleme. Wir sollten rasch aufbrechen, denn das Wetter verschlechtert sich.« Nach einer Pause meinte er zögernd: »Was haben Sie jetzt mit de Nóbrega vor?«

»Du kannst ganz beruhigt sein, Francisco. Ich werde ihm kein Haar krümmen. Er bleibt zurück in seiner Heimat, der Natur, und wir liegen heute Nacht bequem in unseren Betten in Manaus. Du hattest recht: In meinem Alter schätzt man ein weiches Ruhelager sehr. Früher habe ich meine Nächte viel zu oft auf dem Urwaldboden verbracht – das muss nicht mehr sein. Und in Iquitos können wir uns mit einem Verletzten auf keinen Fall blicken lassen. Die Wilden würden uns viel zu viele Fragen stellen. Ich kann es mir nicht leisten, dass der ganze Deal platzt.«

Da Cunha schien froh zu sein, nicht Zeuge eines Mordes zu werden. Auch Sienna atmete kaum hörbar auf. Wenn sich die Männer tatsächlich entfernten, hätten Matheus und sie vielleicht eine minimale Chance.

In der Ferne rumorte es. Das Gewitter musste weiter westlich bereits begonnen haben.

Auch de Vries hob den Kopf in Richtung der schwarzen Wolkenwand, die bedrohlich auf sie zuzog. Er machte ein skeptisches Gesicht.

Das Krabbeln auf Siennas Haut wurde schlimmer. Endlich sah sie an sich herab und musste den Schrei in der Kehle zurückhalten: Ihre Schenkel waren von einer Unzahl von schwarzen Ameisen bedeckt, die wild über sie hinwegliefen. Instinktiv strich sie die Tiere von sich fort, was deren Bewegungseifer jedoch noch erhöhte. Sienna musste sich mit aller Kraft zurückhalten, um nicht die Flucht zu ergreifen, was de Vries sicherlich auf ihre Fährte gelockt hätte. Vor lauter Ekel schloss sie daher die Augen und versuchte, ihre Empfindungen auszuschalten, was ihr nur mäßig gelang.

»Und die Kleine?«, hörte sie jetzt da Cunha sagen. »Was machen wir mit ihr? Soll ich sie suchen?«

Sienna war wieder hellwach.

»Nein, nicht nötig. Entweder ist sie schon über alle Berge, oder sie verläuft sich bald im Dschungel. Die *jacarés* und *onças* werden den Rest erledigen. Senhora Davis werden wir auf jeden Fall nicht mehr lebendig wiedersehen. Es wäre meines Wissens das erste Mal, dass ein Stadtmensch hier überlebt hätte.«

Sienna schluckte.

»Im Grunde hätten die Dinge keine bessere Wendung nehmen können. Nun muss ich meiner eigenwilligen Tochter keine ihrer wahnwitzigen Ideen mehr abschlagen, denn sie wird nie mehr etwas von der vermeintlichen Starfotografin aus England hören. Und morgen besitze ich dieses Land hier mit all seinem Gold.«

Dann ging er in Richtung des Flusses davon.

5

Sienna hatte gewartet, bis der Motorenlärm immer leiser geworden war. Erst als sie sicher sein konnte, dass ihre Peiniger die nächste Biegung des Flusses hinter sich gelassen hatten, schlüpfte sie unter dem schützenden Farn hervor und rannte hinunter ans Ufer.

»Matheus! Matheus!«, rief sie schrill, da sie die Angst um ihn schier wahnsinnig machte.

Als sie sich durch das dichte Blattwerk eines Bitterholzbaumes zwängte, verlor sie die Sicht auf die Freifläche unterhalb der *garimpos*. Umso mehr wunderte sie sich, dass Matheus nicht mehr an der Stelle lag, wo er zuvor von Eduardo niedergestreckt worden war. Lediglich einige Blutspuren im Sand zeugten davon, dass sich hier vor wenigen Minuten ein Gewaltakt zugetragen hatte.

»Wo bist du?«, schrie sie erneut und sah sich hektisch um.

»Keine drei Meter von dir entfernt, Sienna. Ich dachte nur, etwas Schutz vor dem Regen würde mir in meiner momentanen Situation ganz guttun«, hörte sie ihn sagen.

Sein schwarzer Humor sollte sie wohl beruhigen, doch sie spürte die Anspannung in seinen Worten. Er konnte sie nicht täuschen.

Tatsächlich lehnte er am Stamm eines großen, überhängenden Baumes, wohin er mehr schlecht als recht gekrochen war.

Sienna kniete neben ihm nieder. »Bist du schwer verletzt? Ich konnte das von dort oben nicht richtig sehen. Gottlob, dass dieser Teufel dich nicht getötet hat«, entfuhr es ihr.

»Ich dachte mir, dass du nicht blindlings in die *selva* verschwindest – zumindest hoffte ich es. Schließlich bist du ja ein vernünftiges Mädchen.«

Sie überhörte seine Ironie.

Stattdessen machte sie sich an seinem Bein zu schaffen. Er hatte bereits versucht, den Stoff seiner Hose aufzureißen, um die Wunde zu begutachten.

»Lass mich das ansehen« sagte sie bestimmt.

»Es ist nichts weiter als eine Fleischwunde«, beschwichtigte er sie. »Seine Kugel hat mich nur gestreift.«

»Wie willst du das wissen, wenn du den Schenkel noch nicht einmal untersucht hast?«, gab sie zur Antwort und riss die Hose bis zum Knie auf.

Als Sienna das tiefe, kreisrunde Loch an der Außenseite der Wade sah, aus dem noch immer Blut floss, hielt sie für einen Augenblick inne. Noch nie zuvor hatte sie eine Schusswunde gesehen. Sie musste sich mit aller Kraft beherrschen, damit ihr nicht speiübel wurde. Matheus durfte nicht bemerken, welchen Schrecken ihr der Anblick seines Beines einjagte.

»Zeig her«, meinte er und lehnte sich schwerfällig über den blutigen Schenkel. Kaum merklich verzog er den Mund. »Hätte schlimmer sein können«, sagte er trocken, doch sie spürte, dass auch ihn der nicht abebbende Blutstrom beunruhigte.

»Wir müssen die Blutung stoppen. Das ist erst einmal das Wichtigste«, fasste sie zusammen. Dunkel erinnerte sie sich an einen Erste-Hilfe-Kurs, den sie im letzten Schuljahr in Oxford absolviert hatte.

»Danke, darauf wäre ich nicht gekommen. Gut, dass hier überall so viel Verbandsmaterial herumliegt.« Er konnte seinen Sarkasmus nicht lassen.

»Warte«, rief sie ihm im Aufstehen zu. Es war ihr soeben etwas Wichtiges eingefallen.

Wo hatte sie nur die Tasche abgelegt? Sie konnte kaum mehr klar denken. An diesem Uferstreifen sah alles gleich aus. Unter welchem Baum hatte sie nur gestanden, als sich de Vries‘ Boot dem Gelände genähert hatte? Sie musste sich jetzt konzentrieren, denn der Tascheninhalt konnte vielleicht Matheus‘ Leben retten.

Während Sienna die Büsche durchsuchte, trafen sie die ersten Regentropfen. Sie hob den Kopf und blickte zum Himmel, der eine beängstigend dunkle Farbe angenommen hatte. Wenige Sekunden später zuckte ein Blitz auf der anderen Seite des Flusses und ließ einen ohrenbetäubenden Donner folgen. Die Gewitterfront bewegte sich geradewegs auf sie zu, doch sie hatte noch immer nichts gefunden.

»Sienna! Was treibst du da unten?«, rief ihr Matheus zu. »Lass das! Es ist gefährlich. Stell dich sofort unter!«

Obwohl es erst zwei oder drei Uhr nachmittags sein konnte, war es bereits so dunkel wie kurz vor Sonnenuntergang. Bei diesen Lichtverhältnissen würde ihre Suche gewiss erfolglos sein, überlegte sie

Da leuchtete der nächste Blitz für einen Sekundenbruchteil das Schilf zu ihren Füßen taghell aus, und Sienna entdeckte den grauen Sack, der schon einige Regentropfen abbekommen hatte. Schnell ergriff sie den Riemen und eilte durch den Regen zurück zu Matheus. Mit klitschnassen Kleidern kam sie bei ihm an.

Der Baum, unter den er sich geschleppt hatte, bot ihm etwas Schutz, doch lange würden die großflächigen Blätter die Tropfen nicht abhalten können.

»Wir müssen unter einen der Unterstände der Goldsucher. Die scheinen dicht zu sein und ziehen die Blitze nicht so an wie dieser Riese hier«, meinte er und sah kritisch zur Baumkrone hinauf.

»Okay. Schaffst du das, wenn ich dich stütze?«, fragte sie.

Er sah ihr direkt in die Augen, antwortete aber nicht. Sienna hatte diesen weichen Ausdruck bisher noch nicht kennengelernt. Jetzt aber fehlte ihr die Zeit, darüber nachzudenken.

Sie nahm seinen linken Arm und half ihm, sich aufzurichten. Dabei entging ihr nicht, dass er seine Schmerzen zu unterdrücken versuchte. Hinkend und auf sie gestützt, humpelte er die wenigen Meter zu einem der einfachen Schutzdächer der *garimpeiros* hinüber.

»Setz dich hin und streck das Bein aus. Ich werde sehen, wie wir es hochlegen können.« Sienna entdeckte ein paar Bretter in der Ecke des Baus, die sie nun unter seine Wade schob.

Dann machte sie sich an ihrer Tasche zu schaffen und kippte den gesamten Inhalt auf den Erdboden.

»Ich hätte in Manaus einige Sachen aus dem Koffer einpacken sollen. Das hier ist nur meine Schmutzwäsche«, erklärte sie wie zu ihrer Entschuldigung.

»Nette Höschen«, kommentierte er, als einer ihrer Slips neben ihn fiel.

Sie schüttelte irritiert den Kopf. »Geht es auch ernster? Ich finde unsere Situation, verdammt noch mal, nicht gerade lustig!«, entfuhr es ihr. Sienna erschrak, da sie sonst nie fluchte.

Einen ihrer Sweater hatte sie als weiche Unterlage unter seine Wade gelegt. Zufrieden nahm Sienna zur Kenntnis, dass die Blutung infolge der Hochlagerung nicht mehr so heftig wie zuvor war. Sie schien sogar ganz aufzuhören.

Hektisch suchte sie weiter nach ihrem Kosmetikbeutel. Ihr Gesichtsreinigungswasser musste zur Desinfektion dienen. Es war nicht ideal, aber besser als nichts. Sie goss die bläuliche Flüssigkeit reichlich über die Einschussstelle und drückte eine ihrer Socken darauf, die sie zuvor zur Kugel geformt hatte. Danach zerriss sie eines ihrer T-Shirts in lange Streifen und wickelte diese bandagenartig um den Schenkel, bis sie fest verknotet waren.

Als sie ihr Tun beendet hatte, atmete sie zum ersten Mal richtig durch.

Matheus, der sie die ganze Zeit beobachtet hatte, pfiff anerkennend durch die Zähne. »Besser hätte es selbst die alte Iracema nicht gekonnt. Nur die geheimen Heilkräuter fehlen noch.«

Sienna wusste nicht, ob sie lächeln sollte. Sie fühlte sich völlig erschlagen. Die Furcht und die Aufregung der vergangenen Stunden zollten langsam ihren Tribut.

»Was ist eigentlich das hier?«, fragte Matheus und hielt Înes' Paillettenkleid und die schwarzen Pumps hoch. Ob er mit seinem Humor die Ausweglosigkeit ihrer Lage überspielen wollte?

»Ach, das«, antwortete Sienna. »Das habe ich mir in Belém für de Vries' Party ausgeliehen. Die Ehefrau eines Museumsdirektors war so freundlich...«

»Du überraschst mich immer mehr, weißt du das, Sienna?«, sagte er leise.

Bildete sie es sich ein, oder sahen seine Augen glasig aus? Sienna fasste an seine Stirn, stellte jedoch keine erhöhte Temperatur fest. Auf keinen Fall durfte sich die Wunde infizieren, dachte sie beunruhigt. Hatte sie alles richtig gemacht? Sie überlegte.

»Geht es so fürs Erste?«, erkundigte sie sich fürsorglich.

Er nickte.

Wolkenbruchartig entleerte sich um sie herum der Himmel. Dicke Tropfen fielen auf die bereits ausgewaschene rote Erde herab und verwandelten die *garimpos* in wahre Schwimmbecken. Neben ihrem Unterstand, der bisher tatsächlich noch dicht geblieben war, flossen Ströme einer bräunlichen Brühe hinunter zum Fluss.

»Wie lange wird das Gewitter dauern?«, fragte sie.

»Ein bis zwei Stunden, schätze ich. Zum Glück sind wir nicht in der Regenzeit hier. Dann säßen wir tagelang fest«, erklärte er müde.

Sienna wusste nicht, was das an der Tatsache, dass sie diesen Ort sowieso nicht verlassen konnten, ändern würde, aber sie wollte ihm nicht die Hoffnung nehmen.

Da bemerkte sie, dass er seinen Kopf an ihre Schulter gelehnt hatte und eingeschlafen war. Sie wagte es nicht, sich zu rühren und verfolgte mit gesenktem Blick, wie sich der Regen über dem Urwald ergoss.

Für Siennas Empfinden befanden sie sich am Ende der Welt. Sie fühlte die schiere Verzweiflung in sich aufsteigen. Am liebsten hätte sie laut losgeheult, aber sie musste jetzt stark bleiben. Er brauchte sie.

Wie Matheus vorausgesagt hatte, ließ der Regen am Ende des Nachmittags nach. Als er aufwachte, tröpfelte es nur noch ein wenig.

»Weshalb hast du mich schlafen lassen?«, beschwerte er sich und wollte aufstehen. Schmerzverzerrt sackte er jedoch in seine Ausgangsposition zurück.

»Hätten wir einen kleinen Verdauungsspaziergang unternehmen sollen?«, fragte sie spitz.

Ihre Nerven lagen blank. Sie hatte sich während der vergangenen Stunden viel zu viele Gedanken gemacht und war sich sicher, dass sie hier in diesem Dschungel sterben würde. Auf Hilfe war nicht zu hoffen.

»Du musst die Pistole suchen«, sagte er mit kräftigerer Stimme. Die Ruhe hatte ihm gutgetan.

»Was?«, entfuhr es ihr. Sie verstand nicht.

»Die Waffe, die ich fortgeworfen habe, als de Vries kam. Das hast du doch mitbekommen, oder?«, fragte er.

»Wozu?«

»Wir brauchen sie, Sienna. Ich habe nur noch dieses Messer hier.« Er zeigte auf einen Dolch an seinem Gürtel. »Soll ich damit einen Jaguar kitzeln, wenn er sich anschleicht?«

»Ist doch egal, wie wir sterben«, antwortete sie gleichgültig. Eine bisher unbekannte Lethargie hatte von ihr Besitz ergriffen.

»Du wirst hier nicht sterben, hast du gehört, Sienna?«, fuhr er sie an. »Du suchst jetzt dort hinten im Gestrüpp die Pistole. Ich habe sie vorhin absichtlich ins Trockene geworfen.«

Da sich Sienna noch immer nicht bewegte, rüttelte er an ihrer Schulter und sagte streng: »Sienna! Los! Wo ist dein Kampfgeist geblieben?«

Als sie sich in Richtung des Ufers bewegte, rief er ihr etwas nach, das sie nicht verstand.

»Was?«, fragte sie missmutig, da sie immer noch nicht begriff, aus welchem Grund sie nach der Waffe suchen sollte. In dieser Einöde erschien ihr jegliche Unternehmung sinnlos.

»Was ist mit deiner Sandale, Sienna? Und was hast du mit der Haut an deinen Beinen gemacht?«, fragte Matheus, der ihr nachschaute.

Sie zuckte mit den Schultern. »Kollateralschäden des Dschungels«, antwortete sie trocken. Auf keinen Fall durfte sie vor ihm zugeben, wie sehr die Ameisenbisse juckten, die sich über ihre gesamten Unterschenkel zogen und diese völlig entstellten.

Mit Hilfe eines herumliegenden Astes kontrollierte sie den unübersichtlichen Schilfstreifen, in den Matheus die Pistole geworfen hatte. Sie rechnete sich keine großen Chancen aus, die Waffe hier zu finden.

Was, wenn sie jetzt auf eine dieser Giftnattern treten würde, vor denen sie alle gewarnt hatten? Sie trug nicht einmal eine schützende Sohle unter dem rechten Fuß.

Allerdings wäre es sicherlich ein rascher Tod. Sie hatte einmal gelesen, dass man von einem Schlangenbiss nach dem ersten Schmerz nicht mehr viel mitbekam. Auf jeden Fall war es besser, als von einem Jaguar zerfleischt zu werden.

Ihr fiel die Geschichte der Isabel Godin ein, die vor mehr als zweihundert Jahren allein durch den Urwald geirrt war. Vor wenigen Tagen hatte sie Raonis Erzählungen noch als interessant und abenteuerlich empfunden, niemals jedoch damit gerechnet, selbst einmal in eine vergleichbare Situation zu geraten. Wie hatte diese bewundernswerte Frau angesichts dieser Herausforderungen nur durchgehalten?

Auf einmal blinkte etwas weiter hinten in der Uferböschung. Vorsichtig trat sie einen Schritt vor und wollte schon nach dem glänzenden Metall greifen, als über ihrem Kopf plötzlich ein ohrenbetäubendes Gekreische erscholl.

Sienna hob gerade den Blick in Richtung der Baumkrone, als das Tier auch schon herabgesprungen war und nach der Pistole im Dickicht griff. Es handelte sich diesmal nicht um eines der Totenkopfäffchen, das Siennas Notizbuch hatte stehlen wollen, sondern vielmehr um einen Kapuzineraffen, dessen dunkelbraune Haube beinahe einem modernen Bürstenschnitt glich.

»Nicht noch einmal«, schoss es Sienna durch den Kopf. Sie würde sich nicht erneut austricksen lassen. Rasch bückte sie sich und streckte die Hand aus. Doch auch der Affe hatte es auf das glänzende Stück abgesehen. Mit bösem Lippenfletschen zeigte er sein beeindruckendes Gebiss. Sienna erstarrte und blickte auf die gelben Zähne, die wie Palisaden aufgereiht waren.

Dann packte sie schnell zu und umschloss die Waffe fest mit ihren Fingern. Doch das Tier schlug seine langgliedrige Hand auf ihre Faust, sodass die Krallen tief in ihre Haut kratzten. Instinktiv zog sie den Arm zurück, doch da biss der Affe zu.

Sienna schrie kurz auf und rieb sich den Handrücken, wo zwei kleine Bissstellen erkennbar waren. Ohne sein Ziel erreicht zu haben, floh das Tier rasch hinauf ins schützende Astwerk.

»Mist«, sagte sie zu sich selbst, war aber erleichtert, trotz aller Gegenwehr des Tieres noch immer die Pistole in Händen zu halten.

Matheus würde zufrieden mit ihr sein.

6

»Ist er das?«, fragte er und hielt ihr den Schnappschuss entgegen, den sie im vergangenen Juni auf einem romantischen Spaziergang durch Glendurgan Garden aufgenommen hatte. Das Bild zeigte Charles neben dem kleinen Wasserlauf, der nach der schmalen Schlucht in den Helford River mündete. Es war ihr letzter gemeinsamer Ausflug nach Cornwall gewesen. Danach hatte die

Sitzungsperiode des Unterhauses geendet und Charles fand keinen Grund mehr für eine mehrtägige Abwesenheit von seiner Familie.

Sienna hatte das Foto völlig vergessen und seit ihrer Abreise nach Brasilien nicht ein einziges Mal aus der Tasche gezogen.

»Wie kommst du dazu, in meinen Sachen zu wühlen?«, fuhr sie ihn an. Für einen Augenblick vergaß sie, wie schwer Matheus verwundet war. Sie war ärgerlich, weil er die Fotografie entdeckt hatte.

»Dann trifft meine Vermutung also zu«, antwortete er für Siennas Geschmack viel zu ruhig.

»Welche Vermutung?«, meinte sie spitz und riss ihm das Bild aus der Hand, um es wieder in der kleinen Seitentasche zu verstauen. Ohne Rücksicht auf das Papier stopfte sie die Aufnahme zu den anderen Utensilien. Dass das Bild mehrfach knickte, kümmerte sie nicht.

Sie war wütend, wusste aber nicht genau, warum.

Dann erst bemerkte sie, dass er noch etwas anderes in der Hand hielt.

»Was hast du mit dem Schuh angestellt?«, entfuhr es ihr. Sein breites Grinsen brachte sie fast zur Weißglut. Sie fand, dass ihre momentane Situation absolut keinen Anlass dafür bot.

»Ich habe das Ding nur ein bisschen urwaldtauglicher gemacht«, war seine einfache Erklärung.

»Der Pumps gehört mir nicht einmal, und du hast ihn völlig ruiniert«, sagte sie fassungslos, denn Matheus hatte einfach den schlanken, hohen Absatz abgeschlagen. Der restliche Schuh wirkte wie amputiert.

»Zieh ihn an«, meinte er in bestimmendem Ton, der keine Widerrede zuließ.

»Was? Einen halben Schuh?«, fragte sie entgeistert.

»Genau. Es wird zwar nicht sehr bequem werden, aber immerhin hast du dann etwas Schützendes um den Fuß. Du kannst unmöglich weiter barfuß herumlaufen.«

»Warum nicht?«

Er ging nicht darauf ein, sondern erkundigte sich nach der Waffe, die sie ihm stolz präsentierte.

»Halte den Lauf um Himmels willen nach unten, Sienna. Und gib die Pistole her. Sie ist noch immer nicht gesichert«, fuhr er sie an.

»Dir scheint es ja wieder richtig gut zu gehen, was?« Seine strenge Art regte sie auf.

Matheus sah sie kurz an, doch er wollte sich nicht mit ihr streiten.

»Hast du am Ufer etwas von dem Boot gesehen?«, wollte er wissen.

»Ja, es ragt nur noch ein Teil des Bugs aus dem Wasser. Den Rest hat da Cunha versenkt. Er hat ganze Arbeit geleistet.«

»Und die Kiste?«, hakte er nach.

»Ich habe keine Kiste entdeckt.«

Er schien enttäuscht zu sein.

»Wieso? Was ist daran so wichtig, Matheus?«

»In der Kiste waren die Walkie-Talkies. Mit viel Glück hätte ich damit Kontakt zu Raoni aufnehmen können.«

Sienna wurde plötzlich klar, dass er sich Gedanken darüber machte, wie sie doch noch gerettet werden könnten. Durch die nicht funktionierenden Funkgeräte sah ihre Lage jedoch noch aussichtsloser aus.

»Weiß Raoni denn, wo wir sind?«, fragte sie mit bebendem Herzen, denn auch sie fühlte jetzt etwas Hoffnung in sich aufkeimen.

»Keine Ahnung, ob er meine Notiz richtig deutet«, war die kurze Antwort.

Er schob seinen Körper weiter an die Wand des Verschlags, sodass er jetzt gerade saß und meinte: »Komm her, Sienna, du musst mir jetzt ganz genau zuhören. Es geht um dein Leben.«

»Nein, das tue ich nicht. Auf keinen Fall!« Sienna schüttelte abwehrend den Kopf. So etwas konnte Matheus nicht von ihr verlangen. »Ich lasse dich nicht allein.«

»Das musst du aber. Mit mir kommst du nicht weit«, wobei er auf sein verletztes Bein zeigte, dessen notdürftiger Verband zu Siennas Erleichterung noch nicht durchgeblutet war.

»Ich werde mich sofort im Dschungel verirren. Hier sieht es überall gleich aus«, gab sie zu bedenken.

»Dafür hast du ja den Kompass. Lass dir erklären, wie er funktioniert. Siehst du, Sienna, die Nadel hier muss...«, begann er, doch sie ließ ihn nicht ausreden.

»Das hast du dir echt fein ausgedacht: Ich soll in einem halben Schuh, mit einer Pistole, die ich nicht bedienen kann und einem

Kompass, den ich nicht verstehe, durch den Urwald laufen und dich ohne jede Verteidigungsmöglichkeit hier liegen lassen. Dann sterben wir auf jeden Fall, und zwar beide, Matheus.«

Er verzog missmutig das Gesicht. Es war ihm anzusehen, dass er sich über ihr Verhalten ärgerte, doch er blieb immer noch ruhig.

»Sei vernünftig. Noch einmal, Sienna: Wir befinden uns hier.«

Matheus griff zu einem kleinen Ast und begann, eine Skizze in den feuchten Ufersand zu zeichnen. »Wie du siehst, ist das die Halbinsel zwischen dem Rio Pidiuaú und dem Rio Apuaú.«

Wie um sicher zu gehen, ob sie auch begriffen hatte, schaute er ihr direkt ins Gesicht. Sienna erkannte ein etwa rechtwinkliges Dreieck, dessen Seiten die beiden genannten Flüsse darstellen sollten.

»Hier fließt der Rio Negro«, erklärte Matheus weiter und zeigte auf die Hypotenuse. »Klar?«

»Ja«, antwortete Sienna leise und starrte auf den Sand. Dort, wo die Spitze des Dreiecks sein musste, skizzierte Matheus eine enge Landbrücke, die die Halbinsel mit dem Festland verband.

»Wir sind hier unten, etwa auf halber Höhe des Rio Pidiuaú. Wie du siehst, ist der Fluss eine Sackgasse.«

Das hatte er ihr bereits in Manaus erklärt. Sie nickte.

Dann klopfte er mit dem Stock auf eine Stelle auf der anderen Seite der Halbinsel. »Und dort liegt Iquitos.«

Er wartete ihre Reaktion ab.

»Was?« Sie sah ihn mit großen Augen an. Tatsächlich erschien ihr das Indiodorf auf seiner behelfsmäßigen Skizze recht nah. Jedenfalls war es auf dem Landweg direkter zu erreichen als per Boot.

Er lächelte.

»Deshalb, Sienna, möchte ich, dass du jetzt sofort aufbrichst. Es ist noch gut zwei Stunden hell. In dieser Zeit könntest du die Hälfte des Weges bewältigen. Morgen früh schaffst du dann den Rest und bist vor de Vries in Iquitos, um die Dorfbewohner zu warnen. Auf diese Weise kommt dieser Teufel nie an das Gold.«

Sie überlegte, dann fasste Sienna einen Entschluss: »Wir beide oder keiner«, sagte sie bestimmt.

Sie hatte nicht erwartet, dass Matheus' Körper so schwer war. Es musste bereits eine Stunde her sein, seitdem sie aufgebrochen waren. Um sein linkes Bein zu schonen, stützte er sich teilweise auf sie und benutzte zudem einen Spaten, den sie weiter oben in einem zweiten Unterstand gefunden hatte, mehr schlecht als recht als Krücke. Sienna wusste, wie sehr ihn jeder Schritt anstrengte.

Neben ihrer Umhängetasche trug sie noch die Pistole, deren grundlegende Funktionsweise er ihr zur Sicherheit erklärt hatte, sowie den Kompass bei sich. Sie hoffte, nie in eine Notlage zu geraten, in der sie beides auch wirklich gebrauchen musste. Noch gab Matheus den Weg durch die *selva* vor. Auch wenn sie nur langsam vorankamen, war sie für jeden Schritt dankbar, denn er brachte sie fort von jenem Ort der Verzweiflung, wo de Vries sie beide beinahe umgebracht hätte.

Matheus hatte keine klare Entfernungsangabe bis Iquitos genannt. Wahrscheinlich wusste er selbst nicht genau, wie lange es durch den Urwald dauern würde. Schließlich benutzten die Menschen hier am Fluss vor allem das Boot, um von einem Ort zum anderen zu gelangen. Noch nie zuvor, so sagte er, hätte er die Halbinsel zu Fuß durchquert.

Sienna fragte sich, wie er sich dennoch so gut orientieren konnte.

»Mit deinem englischen Gentleman wäre dir das nicht passiert«, keuchte er.

»Du sollst nicht reden, sondern lieber deine Kräfte sparen«, ermahnte sie ihn. Sienna hatte festgestellt, dass er jedes Mal, wenn die Schmerzen stärker wurden, zu sprechen begann.

»Wie heißt der Kerl überhaupt?« Er ignorierte ihren Einwand einfach.

»Charles«, antwortete sie kurz. Ihr war nicht danach, sich über Charles Hennesy zu unterhalten. Nichts lag ihr momentan ferner als ihr Leben in London.

»Und wo ist der Haken bei Charles?« Matheus stöhnte auf. Sie bemerkte, dass er sich stärker auf sie stützte. Er brauchte eine Pause, wollte es jedoch nicht zugeben.

»Ich habe Durst«, sagte sie und überging seine Frage.

Ihre gesamten Wasservorräte waren mit dem Motorboot versenkt worden. Da nach dem heftigen Regenguss die Sonne wieder erbarmungslos auf die Erde brannte, hatte die Hitze stark zugenommen.

»Da«, meinte er und zeigte auf einen großblättrigen Busch mit einer wachsartigen Oberfläche. »Knicke eins der Blätter um. Dann hast du etwas zu trinken. Im Innern sammelt sich das Regenwasser über Stunden.«

Sienna tat wie ihr geheißen und brach noch gleich zwei weitere Blätter für Matheus ab. Es tat gut, wieder etwas Feuchtigkeit im Mund zu spüren.

»Gegen deinen knurrenden Magen kann ich nichts ausrichten, Sienna. Der Urwald ist nur scheinbar so üppig. Im Grunde wächst hier unten im ewigen Dämmerlicht fast nichts.«

Sienna atmete tief ein. In der Tat war sie hungrig, hatte aber gehofft, dass Matheus dies nicht bemerken würde.

Immer noch wunderte sich Sienna, wie rasch die Sonne in den tropischen Breiten unterging. Nur wenige Minuten blieben ihnen, um sich ein geeignetes Nachtlager zu suchen. Sie hatte keine Ahnung, wie weit sie bisher überhaupt gekommen waren und ob sie sich auf dem richtigen Weg befanden. Aber alles war besser, als untätig auf den Tod zu warten.

Matheus ging es schlechter. Sie hatte einen breiten, leicht modrig riechenden Baumstamm ausgewählt, an den er sich lehnen konnte. Dabei bemerkte sie, dass sich seine Haut heiß anfühlte und er stark schwitzte. Mit geschlossenen Augen saß er auf dem Urwaldboden und sprach kein Wort.

Sie kontrollierte den Verband, fürchtete aber, die Schichten aus Baumwollstoff zu lösen, da sie keine erneute Blutung riskieren wollte. Wahrscheinlich war es sicherer, alles so zu belassen wie es war. Frische Kleidungsstücke für neue Binden standen ihr sowieso nicht zur Verfügung.

Sienna wühlte in ihrer Tasche und suchte nach dem Waschbeutel. Wenn sie Glück hatte, befanden sich darin noch einige Aspirin-Tabletten als Notfallmedikation gegen ihre Kopfschmerzattacken, die sie öfter nach durchgearbeiteten Nächten plagten. Voller Erleichterung hielt sie die angebrochene Packung in der Hand. Zunächst einmal konnten die weißen Tabletten Matheus helfen.

Da sie keine Ahnung hatte, was sie in Anbetracht der baldigen Dunkelheit noch tun sollte, setzte sie sich neben ihn und schloss die Lider. Die vergangenen Stunden hatten ihr alles abverlangt.

»Als ich deinen Namen zum ersten Mal hörte, erinnerte er mich an die Farbe der Böden hier am Amazonas. SIENNA – eine Farbe wie Ocker, heller im Winter, dunkler im Sommer«, flüsterte Matheus plötzlich.

Sie erstarrte.

»Ich dachte, das würde passen«, sprach er ruhig weiter.

Obwohl sie ihm ihren Kopf zuwendete, konnte sie sein Gesicht in der Dämmerung nur schemenhaft erkennen.

Noch nie war er so persönlich geworden.

»Eine Farbe wie Schokolade mit Karamell«, fuhr er stockend fort.

In der Tat hatte Trevor Davis diesen Namen gewählt, weil er ihn an die eisenoxidhaltigen Böden seiner geliebten Toscana erinnerte.

Dass jetzt Matheus ebenfalls diese Verbindung erwähnte, berührte sie zutiefst.

»Falls ich es nicht schaffe, Sienna, dann möchte ich, dass du eins weißt...«, hörte sie ihn sagen und erschrak. Er atmete ganz oberflächlich, als würde ihn jedes Wort Kraft kosten.

»Was redest du da? Natürlich erreichen wir Iquitos«, versuchte sie, ihn zu beruhigen, obwohl sie selbst immer mehr daran zweifelte.

»Schon bei unserer ersten Begegnung habe ich befürchtet, dass du etwas in mir berührst. Das ist mir zuvor noch bei keinem Menschen passiert.«

Sie hielt den Atem an.

»Ich wusste es ganz genau, als ich dein Medaillon sah«, fuhr er fort.

Unwillkürlich führte sie ihre Finger an den Anhänger, der auf ihrer feuchten Haut klebte.

»Das Medaillon?«, fragte sie überrascht. Sie erinnerte sich, wie er einen Blick auf das Schmuckstück geworfen hatte und dann erstarrt war.

»Was ist damit, Matheus?«

»Du hast keine Ahnung, welch seltene Blüte darauf eingraviert ist, nicht wahr?«

Für eine kurze Zeit öffnete er die Augen und sah sie direkt an.

»Nein«, stotterte sie. »Ich habe es von meinem Vater geschenkt bekommen. Früher trug es meine Mutter. Es war ihr … Verlobungsgeschenk.«

Er lächelte und schloss erneut die Lider. »Dann passt es«, flüsterte er.

»Wie meinst du das?«, hakte sie nach. Matheus durfte jetzt nicht einschlafen. Sie wollte alles wissen.

»Matheus«, sagte sie etwas lauter. »Bitte, erklär es mir.«

Er hatte Mühe, die Stimme zu erheben, weshalb sie ihr Ohr dicht an seine Lippen hielt und seinen heißen Atem spürte.

»Cattleya jongheana heißt die Orchidee. Eine heutzutage äußerst seltene Pflanze. In der Natur ist sie beinahe ausgestorben. Eigentlich findet man sie nur noch in den Orchidarien der Züchter.«

Sie begriff nicht.

Nachdem er tief eingeatmet hatte, sprach er weiter: »Wusstest du, dass es 25000 Orchideenarten auf der Welt gibt? Sie sind wahre Überlebenskünstler, da sie bis in die höchsten Höhen der Baumriesen wachsen und von dort die Nährstoffe mit ihren langen Luftwurzeln aufnehmen.«

Sienna ließ seine Worte auf sich wirken.

Matheus stieß einen kurzen Schrei des Schmerzes aus, da er das Bein bewegt hatte, dann fuhr er leise fort: »Dass auf dein Medaillon gerade eine der seltensten Pflanzen des Amazonasgebiets eingraviert ist, war für mich ein Zeichen. Ich ahnte, dass du mein Schicksal sein und tatsächlich meinen Panzer knacken würdest, Sienna. Aber ich wollte es nicht wahrhaben.«

Sie spürte, wie sein Kopf zur Seite fiel und bettete ihn an ihre Brust, wobei sie behutsam den Arm um Matheus legte.

Was hatte er gesagt? War es nur ein wirres Gefasel, bedingt durch das hohe Fieber, gewesen oder hatte er die Wahrheit gesprochen?

Auf einmal sah sie die Dorfstraße bei Carrara vor sich, auf der der Laster beinahe quer stand. Ihr Vater war wie von Sinnen zu dem schwer beladenen Gefährt gerannt und hatte sie einfach bei dem vor Schreck zitternden Giovanni stehen lassen. Dieser versuchte mehr schlecht als recht, sie von dem grauenvollen Anblick abzuschirmen, was ihm jedoch nur mühsam gelang. Unter den dicken Reifen des Lastwagens hatte sie bereits den leuchtend gelben Rock ihrer Mutter entdeckt, der über und über mit Blut beschmiert war.

Wie immer, wenn sie sich an diese Szene erinnerte, begann ihr Herz wie wild zu schlagen. Ihr wurde speiübel und sie atmete immer oberflächlicher und schneller.

Es war ihre Schuld gewesen, dass Francesca gestorben war, denn sie hatte an diesem Morgen nicht auf sie warten wollen. Stattdessen hatte Sienna den Vater gedrängt, ohne die Mutter ans Meer vorzufahren. Nur deshalb war Francesca auf der kurvigen Gebirgsstraße mit dem Fahrrad allein unterwegs. All die Jahre hatte sie sich das nie eingestehen wollen, doch jetzt wusste sie es.

Matheus regte sich neben ihr. Mittlerweile war es um sie herum Nacht geworden, und sie konnte nicht einmal mehr sein Gesicht erkennen.

So strich sie ihm zärtlich über die verschwitzten Haare und flüsterte voller Angst die Worte »Cauré, bitte, Cauré, stirb nicht. Ich liebe dich. Du darfst nicht auch noch sterben.«

7

Die fremdartigen Geräusche aus der Dunkelheit nahmen an Intensität zu. Sienna vermutete, dass sie aufgrund ihrer zunehmenden Angst nun jeden Laut überdeutlich wahrnahm.

Als Matheus noch wach gewesen war, wollte sie ein Feuer anzünden, doch er hatte nur den Kopf geschüttelt. Nach dem heftigen Gewitter war das Holz noch viel zu nass. Sie musste sich nicht damit abmühen, denn es würde nicht brennen.

Mit einer Flamme, die ihr die wilden Tiere vom Hals hielt, hätte sich Sienna jedoch viel sicherer gefühlt. Nun blieb ihr nichts anderes übrig, als mit der irrationalen Sicherheit, die ihr die Pistole in der Hand vermittelte, neben Matheus auszuharren und in die schwarze Nacht zu starren.

Die Minuten krochen dahin. Eine Vielzahl an Insekten bewegte sich über ihre Haut, und mit Ekel dachte sie an ihre entzündeten Beine. Auch ihr Handrücken, in den sie der Affe gebissen hatte, schmerzte stärker, weshalb sie die Finger so wenig wie möglich bewegte.

Würde sie wirklich schießen, wenn ein Jaguar käme? Matheus hatte ihr in Grundzügen gezeigt, wie man die Waffe ruhig in der Hand hielt und zielte. Aber sie war sich dessen bewusst, dass ihr nur wenige Patronen zur Verfügung standen.

Welche Distanz hatten sie auf ihrem beschwerlichen Pfad durch den Dschungel zurückgelegt? Sienna versuchte nicht einmal zu schätzen, wie weit sie sich von den *garimpos* entfernt hatten. Dennoch hoffte sie, dass Matheus sie trotz seiner abnehmenden Kräfte auf den richtigen Weg gelotst hatte.

Jetzt, da sie wusste, was sie für ihn empfand, wollte sie sich nicht mehr kampflos ihrem Schicksal ergeben. Sie mussten das Indiodorf erreichen. Dort würde sich Iracema um Matheus' Schusswunde kümmern und ihn hoffentlich retten können.

Das wilde Gekreische nahm zu. Sienna fühlte sich der Natur völlig ausgeliefert und zog die Beine noch enger an den Körper. Hinter jedem Busch oder Baumstamm konnte in der nächsten Sekunde ein Tier hervorkommen, das sie angreifen würde. Am liebsten hätte sie die Augen geschlossen, doch stattdessen starrte sie hinaus in die Nacht, ohne etwas zu erkennen.

Sie spürte Matheus' Kopf an ihrer Schulter ruhen. Er atmete schwer und schien starke Schmerzen zu haben. Ihre letzte Aspirin-Tablette hatte sie ihm vor einer Stunde gegeben, doch sie wusste, dass die Wirkung zu schwach war, um das Fieber völlig zu senken. Höchstwahrscheinlich hatte sich die Wunde am Schenkel infiziert, und Matheus benötigte dringend Antibiotika, um die Bakterien in seinem Körper zu bekämpfen.

So sehr sie sich auch bemühte, die unablässig über ihre Haut kriechenden Insekten abzuwehren, es nützte nichts. Im nächsten Augenblick waren sie wieder da. Ja, sie schienen sich zwischenzeitlich sogar vermehrt zu haben! Sienna war zumindest in diesem Fall froh, kaum etwas sehen zu können.

Da hörte sie es: Das Geräusch war undefinierbar und völlig anders als all die Laute zuvor. Sie hielt den Atem an und blieb bewegungslos an den Baumstamm gelehnt sitzen. Sienna wünschte sich, unsichtbar zu sein, doch sie wusste, dass das nachtaktive Tier, das wahrscheinlich hier um sie herumstrich, eine gute Nase haben musste.

Was sollte sie tun?

Hastig tastete sie nach ihrer Umhängetasche und durchsuchte das Nebenfach. Sienna atmete auf, als sie das harte, rechteckige Gehäuse in der Hand hielt. Lange hatte sie sich in London überlegt, ob sie den schweren Stabblitz überhaupt nach Brasilien mitschleppen sollte, doch jetzt würde ihr das teure Geschenk ihres Vaters auf eine ganz andere Weise als beabsichtigt nützen. Siennas einzige Sorge war, ob die Akkus infolge der Feuchtigkeit noch funktionierten.

Sie richtete das Gerät mit beiden Händen vor ihren Körper und fühlte sich damit seltsamerweise etwas sicherer.

Es war keine Sekunde zu spät, denn nun knackte ein Ast in ihrer unmittelbaren Nähe. Auf jeden Fall wusste Sienna jetzt, wo sich der Angreifer befand und konnte den Blitz in dessen Richtung halten. Mit angehaltenem Atem wartete sie das nächste Geräusch ab und betätigte dann rasch den Auslöser. Sofort erschien das Gebüsch für einen kurzen Augenblick taghell. Sie sah die langen, ovalen Blätter der Bodenpflanzen, die bis auf die Erde reichten. Wer jedoch für das Geraschel im Laub verantwortlich war, konnte Sienna nicht erkennen.

Sie beschloss, ein zweites Mal auf den Knopf zu drücken. Obwohl sie mit der Energie der Akkus haushalten sollte, richtete sie den Blitz etwas weiter nach rechts. Da sah sie die Katze. Wie angewurzelt stand das feingezeichnete, etwa kniehohe Tier inmitten des Buschwerks und blickte sie aus großen, runden Augen an.

Sienna hatte das Raubtier nur für den Bruchteil einer Sekunde sehen können, fühlte jedoch, wie die Angst in ihr hochkletterte. Noch einmal löste sie den Blitz aus und sah zu ihrem Schrecken, dass sich ihr Angreifer noch nicht vom Fleck bewegt hatte.

Musste sie jetzt zur Waffe greifen? Würde die Wildkatze sonst über sie herfallen?

Plötzlich bemerkte sie, wie sich Matheus regte. Er richtete sich auf und seufzte:

»Was tust du da, Sienna? Warum blitzt du wie verrückt durch die Nacht?«

»Ich...da vorne hat sich ein Tier versteckt, und ich weiß nicht, ob es ein Jaguar ist«, antwortete sie ängstlich.

Er machte sich an seinem verwundeten Bein zu schaffen. Wahrscheinlich versuchte er, es bequemer auf den Stamm zu legen, den ihm Sienna als Stütze untergeschoben hatte.

»Das war kein *onça*, sondern ein Ozelot. Glaub mir, der Kerl hatte sicher größere Furcht als du selbst. Er frisst nur Ratten, Mäuse oder Kaninchen und ist etwa so groß wie einer eurer Haushunde in England. Sicher ist er schon über alle Berge.«

Nach einer kurzen Pause meinte er: »Du solltest dich ausruhen. Morgen steht uns ein langer Marsch bevor.«

Dann schlief er wieder ein.

Tatsächlich musste sie trotz ihrer guten Vorsätze, wach zu bleiben, am frühen Morgen eingenickt sein. Den langen Stunden der dunklen Tropennacht gegenüber hatte sie keine Widerstandskraft mehr besessen. Zu sehr belasteten Sienna die Ereignisse der vergangenen Tage und zehrten an ihren Ressourcen.

Siennas erster Gedanke, nachdem sie die Augen geöffnet hatte, galt Matheus. Sie hatte die Wache an seiner Seite sträflich vernachlässigt und fürchtete sich nun davor, ihn anzusehen.

Langsam bewegte sie den Kopf und stellte überrascht fest, dass er neben ihr saß und völlig wach war.

»Matheus«, entfuhr es ihr. »Wie geht es dir? Es tut mir leid, ich bin eingeschlafen und...«

Er machte eine beschwichtigende Geste. »Alles ist gut. Wir leben ja noch.«

Sienna fiel auf, dass er etwas frischer und erholter wirkte. Seine Stirn glühte nicht mehr wie am vorigen Abend. Hatten die Aspirintabletten doch etwas bewirkt? Allerdings wusste sie, dass die Temperaturkurve immer einen morgendlichen Abfall zeigte, um dann über den Tag wieder anzusteigen. Am besten gab sie sich keiner falschen Hoffnung hin.

»Wir sollten weiter«, sagte sie, während sie aufstand und sich die Erde von den Shorts klopfte. Dabei stieß sie einen unbeabsichtigten Schrei des Schmerzes aus, da die Bisswunde an ihrem Handrücken auf einmal wie Feuer brannte. Rasch rieb sich Sienna über die gerötete Stelle, an der noch immer die Zahnreihen des Kapuzineräffchens erkennbar waren.

»Was hast du da?« Matheus hatte zu ihrem Leidwesen alles beobachtet.

»Nichts«, antwortete sie und versuchte, den Arm hinter dem Rücken zu verbergen. »Wir müssen los, Matheus«, mahnte sie.

»Zeig mir deine Hand«, forderte er sie auf.

Sienna schulterte die Tasche, deren Inhalt sie hastig zusammengepackt hatte, und bemühte sich, ihm beim Aufrichten zu helfen, doch er beharrte darauf, zuerst ihre Verletzung zu sehen.

Trotzig streckte sie ihm den Arm entgegen. »Bitte.«

»Du bist gebissen worden?«, fragte er erstaunt, während er den Handrücken betrachtete. »Warum hast du nichts davon erwähnt?«

»Das war nur so ein kleiner Affe«, versuchte sie, die Sache herunterzuspielen

»Wann?«, hakte er nach.

Sie zuckte die Schultern. »Das ist doch nicht wichtig. Wir müssen nach Iquitos. Hast du das schon vergessen, Matheus?«

»Wann?« Er beharrte auf einer Antwort.

Sienna verzog den Mund. »Gestern. Gestern Nachmittag, als ich die Pistole suchte.«

Er schien nachzudenken. Dann sagte er: »Vor etwa 14 Stunden also.«

»Ja, aber jetzt ist es viel dringender, dass wir vor de Vries im Indiodorf sind. Warum ist dieser Kratzer so wichtig?«

Sie hätte weinen können, da er noch immer auf der Erde saß und keine Anstalten machte, sich zu bewegen.

»Weil du mit Sicherheit keine Tollwutimpfung hast, Sienna«, war seine kurze Antwort.

Sienna fühlte sich, als ob sie einen Schlag in den Magen erhalten hätte.

Mit entsetztem Blick hockte sie sich neben ihn und hörte ihm zu.

»Im Grunde müsstest du schon längst eine passive Immunisierung erhalten haben. Dabei geht es um Stunden, Sienna. Verstehst du? Um Stunden.« Er sah sie eindringlich an.

»Und wenn nicht?«, begann sie vorsichtig. Ihr wurde gleichzeitig heiß und kalt, als er über die Gefahr sprach, in der sie sich befand.

»Das Rabiesvirus ist absolut tödlich«, erklärte er.

»Aber es gibt doch sicher etwas, was man mir in Iquitos spritzen kann, oder?« Zu ihrer Beruhigung benötigte sie jetzt dringend eine positive Nachricht.

»In Iquitos nicht, aber in Maravilha. Du erinnerst dich, Sienna. Dort gibt es eine Krankenstation.«

»Und wer sagt, dass der Affe überhaupt Tollwut hatte? Vielleicht war er ja gesund, und die ganze Sache ist total übertrieben.«

»Natürlich, Sienna, aber bei einem Tierbiss im Dschungel darf man es nicht darauf ankommen lassen«, meinte er ernst. »Danach ist jegliche Therapie sinnlos.«

»Bist du denn geimpft?«, erkundigte sie sich mit gesenktem Kopf.

»Alle FUNAI-Mitarbeiter sind geschützt. Schließlich bewegen wir uns fast ausschließlich in der *selva.*«

Sienna sah vor sich das Bild eines tollwütigen Fuchses mit schaumigen Lefzen. England war tollwutfrei, aber Flávia hatte ihr einige Male erzählt, wozu erkrankte Tiere in ihrer Heimat Portugal fähig waren. Ihr wurde schlecht.

Matheus nutzte die Gelegenheit und sprach eindringlich auf sie ein: »Umso wichtiger ist es jetzt, dass du sofort aufbrichst – und zwar allein.«

»Was?«, sie schaute ihn fassungslos an. Wie konnte er nur so etwas vorschlagen?

»Sienna, du kommst mit mir nicht schnell genug voran. Das weißt du. Sei ehrlich zu dir selbst«, mahnte er.

Sie schüttelte vehement den Kopf. Das konnte nicht sein Ernst sein.

»Wir haben höchstwahrscheinlich knapp die Hälfte geschafft. Den Rest bewältigst du auch noch. Du kannst das. Ich weiß es«, ermutigte er sie.

»Und was soll ich deiner Frau und deiner kleinen Tochter in Manaus sagen, wenn du nicht mehr wiederkommst?«, fragte sie. Der Gedanke an sein Kind war ihre letzte Chance. Ein Vater würde nicht kampflos aufgeben, überlegte sie.

»Meine Tochter? Was redest du da?« Er schüttelte den Kopf. »Lass uns keine Zeit mit Scherzen vertrödeln. Du musst aufbrechen. Los, nimm die Pistole und den Kompass, dann...«

Sienna konnte es nicht glauben. Selbst in dieser ausweglosen Situation im Dschungel belog er sie noch. Warum konnte er nicht wenigstens jetzt ehrlich zu ihr sein?

»Ich habe dich gesehen, Matheus. Damals beim *mercado municipal.* Warum lügst du mich an?« Sie kniete vor ihm und sah ihm direkt in die Augen. Nun musste er sich der Wahrheit stellen.

Plötzlich lachte er laut los. Sienna hätte ihm in seinem Zustand kaum mehr diese Kraft zugetraut. Ungläubig starrte sie ihn an. Er machte sich über sie lustig. In solch einer verfahrenen Lage, in der ihnen beiden der Tod drohte, lachte er sie aus.

Sie kniff die Augen zusammen, und Ärger stieg in ihr hoch.

Dann sah er sie mit einem schelmischen Lächeln an. »Ich hatte nicht angenommen, dass du die Szene so interpretieren würdest.«

»Was gibt es da groß zu deuten?«, entfuhr es ihr. »Du hast eine Familie in Manaus. Ist ja auch ganz normal. Was geht mich das schon an?«, meinte sie schnippisch und drehte den Kopf zur Seite.

Sie spürte, wie er ihr Kinn mit zwei Fingern umfasste, damit sie ihm geradewegs ins Gesicht blicken musste. Sein Ausdruck wurde auf einmal ernst: »Hör gut zu, Sienna. Du hast mich mit meiner Halbschwester Juruna und ihrer kleinen Tochter Jaci gesehen. Ich kümmere mich manchmal um die beiden, denn Juruna hat es nicht leicht. Jacis Vater hat sie mit der Kleinen vor zwei Jahren sitzen lassen. Ich habe dem Mädchen nur ein Geschenk gemacht.«

Sienna konnte kein Wort entgegnen. Mit großen Augen sah sie ihn an. Sie benötigte ein paar Sekunden, um zu begreifen, was er gesagt hatte: Er war frei, hatte weder Frau noch Kind. Wie hatte sie sich nur so in die Sache hineinsteigern können!

Mit tränennassen Augen fiel sie ihm in die Arme und flüsterte: »Wir gehen zusammen nach Iquitos. Lass uns sofort aufbrechen.«

8

Die Sonne hatte ihren Zenit noch nicht überschritten, als er zusammenbrach. Während der vergangenen Stunde hatte sich Matheus mit äußerster Kraftanstrengung immer weiter durch den Urwald gekämpft. Immer wieder war er keuchend stehen geblieben, um Luft zu schöpfen. Voller Sorge hatte Sienna seine fahle Hautfarbe und die müden, tief liegenden Augen bemerkt. Sein krankes Aussehen ängstigte sie zusehends.

Da der feuchte Boden infolge des ausbleibenden Regens trockener geworden war, sanken sie nicht mehr so tief in die Erde ein wie am Tag zuvor, was ihr Fortkommen etwas beschleunigte. Auch die Waffe hatte Sienna bisher nicht gebrauchen müssen, wofür sie äußerst dankbar war. Allerdings schmerzte die Bisswunde am Handrücken noch stärker, und Matheus, der sich bei jedem Schritt auf sie stützte, erdrückte sie beinahe mit seinem Gewicht. Die ganze Zeit über hatte sie befürchtet, dass er aufgeben würde. Jetzt war es soweit.

Er war bereits mehrfach gestolpert, aber nun richtete er sich nicht mehr auf, sondern blieb einfach neben einem riesigen Kapokbaum liegen.

Sie kniete neben ihm. »Matheus«, forderte sie ihn auf. »Komm, steh auf!«

Doch er schüttelte den Kopf. Sienna erkannte, dass ihn das Sprechen enorme Kraft kostete, weshalb er nur leise flüsterte: »Es ist soweit. Du musst allein gehen. Ich denke, es ist nicht mehr weit.«

Sie gestand sich ein, dass er recht hatte. Unter keinen Umständen konnte er weitergehen. Es war bereits ein Wunder, dass er es bis hierher geschafft hatte. Und wenn sie ebenfalls an Ort und Stelle bliebe, hatten sie überhaupt keine Chance. So bestand wenigstens die Möglichkeit, dass sie Iquitos erreichte und dort Hilfe holen konnte.

Dennoch blieb sie unschlüssig neben ihm sitzen. Unwillkürlich führte sie die Finger der gesunden Hand zum Medaillon und betrachtete die feine Gravur, als würde sie diese zum ersten Mal in ihrem Leben sehen. »Cattleya« hatte er die Orchidee genannt, die darauf abgebildet war, sinnierte sie. Einer plötzlichen Eingebung folgend öffnete sie den winzigen Riegel an der Seite des Schmuckstücks. Gespannt wartete Sienna, bis die beiden quadratischen Teile aufklappten. Was hatte ihr Vater gesagt, als er ihr das Kleinod in Oxford übergab? Sie sollte dessen Inneres erst dann betrachten, wenn sie ihr passendes Gegenstück gefunden hätte.

Sienna war sicher, diesem nun in Gestalt von Matheus begegnet zu sein.

Als sie erkannte, wer auf der Miniaturfotografie zu sehen war, musste sie ihre Tränen zurückhalten, denn es war eine Schwarz-Weiß-Ansicht ihrer glücklich lachenden Eltern. Dann fielen ihr die beiden ziselierten Worte auf der anderen Seite auf. Sie kniff die Augen zusammen, um besser lesen zu können.

»Sempre insieme« stand auf italienisch auf der Rückseite des Medaillondeckels, und sie wusste, dass dieses »Für immer zusammen« auch für Mattheus und sie galt.

Das Abschiednehmen fiel ihr schwer. Sienna wusste nicht, was sie sagen sollte. Sie liebte diesen harten, rechtschaffenen und so eigenwilligen Mann, unter dessen rauer Schale unvergleichbar viel Güte und Liebe steckte. Sie mochte es, sich mit ihm zu zanken und seinen trockenen Humor zu spüren. Und sie brauchte jemanden, der ihr freundlich, aber bestimmt ihre Grenzen aufzeigte. Genau so ein Mensch war Matheus. Auf keinen Fall durfte sie ihn verlieren.

Als sie weiterlief, fühlte sie noch seinen zarten Kuss auf den Lippen. Viel zu rasch hatte sie sich von ihm entfernt. Jetzt konnte sie nicht mehr zurückkehren, auch wenn sie es nicht ertrug, ihn entkräftet und krank auf dem Waldboden liegengelassen zu haben. Sienna wusste, dass nun alles von ihr abhing.

Das Gebüsch kam ihr dichter vor. Die scharfen Blätter und Dornen zerkratzten den letzten Rest ihrer gesunden Haut. Instinktiv tastete sie nach dem Pistolengurt, den sie sich umgeschnallt hatte, um beide Hände frei zu haben. Die Tasche mit dem mittlerweile wertlosen Inhalt hatte sie bei Matheus zurückgelassen, da sie schnell vorankommen musste.

Nach einer Weile stand sie vor einem schmalen Wasserlauf, der ihr den Weg abschnitt. Er schien nicht tief zu sein. Dennoch fürchtete sie sich davor, das abgestandene, braune Nass zu überqueren. Vorsichtig setzte sie einen Fuß vor den anderen und blieb mit dem absatzlosen Pumps im Morast hängen. Kühle, nasse Erde umschlang ihre Fußsohlen. Voller Ekel zog sie das Bein zurück, verlor dabei aber Înes‘ ehemals eleganten Schuh, da dieser im Matsch stecken blieb.

»Auch egal«, sagte sie leise zu sich selbst und überquerte, ohne weiter nachzudenken, rasch den Sumpf. Sienna atmete auf, als sie auf der anderen Seite ankam. Sie stolperte weiter durch den Dschungel und befürchtete schon, im Kreis gelaufen zu sein, als sie den Baum sah. Wie angewurzelt blieb sie stehen und studierte die vielen parallelen Schnitte, die seine Rinde verunstalteten. Konnte es wahr sein? Sienna erinnerte sich an den Morgen, als sie mit Iracema durch die *selva* gegangen war, um zu lernen, wie Kautschuk gezapft wurde. Hatte dieser Baum nicht genauso ausgesehen wie der, über dessen vernarbte Oberfläche sie nun mit ihren schmutzigen Fingern strich? Sie ging einen Schritt um die Hevea brasiliensis herum und schrie vor Freude leicht auf: Tatsächlich, es war Iracemas Kautschukbaum, denn hier hing ihr kleiner roter Plastikbecher.

Nun wusste Sienna, wo sie sich befand. Der Baum, dessen unfassbare Geschichte sie überhaupt erst nach Brasilien gebracht und dessen Milch Tausende von Menschen in tiefes Leid gestürzt hatte, würde ihr den richtigen Weg weisen. Sie war gerettet.

Nur einen Augenblick hatte sie gebraucht, um sich zu orientieren. Durch die langsam lichter werdenden Baumreihen konnte sie bereits das sich spiegelnde Wasser des Rio Apuaú erkennen. Wie Matheus vorausgesagt hatte, musste sie bis zur Spitze der dreieckigen Halbinsel gelangt sein, wo diese mit dem Festland über einen dünnen Streifen verbunden war.

Iquitos konnte nicht mehr weit sein. Sie schöpfte wieder Hoffnung und beschleunigte ihre Schritte. Über welche Pfade war sie der alten Iracema nur gefolgt? Der Ausflug ins Indiodorf war erst eine Woche her, doch die Zeit seit ihrer Ankunft kam ihr wie Jahre vor.

Da ihre Armbanduhr nicht mehr funktionierte, konnte sie die Uhrzeit nur schätzen. Es musste zwei oder drei Uhr nachmittags sein. Ob sie zu spät kam? Wenn sich de Vries in Manaus noch ein reichliches Frühstück gegönnt hatte und erst am späten Morgen aufgebrochen war, bestand eine reelle Chance für sie.

Sienna rannte weiter, verfing sich in einer riesigen Staude und glitt auf einem moosbedeckten Baumstamm aus, der quer über dem schmalen Pfad lag. Dabei schlug sie sich das Knie auf, beachtete das dünne blutige Rinnsal, das ihr über die Wade lief, jedoch nicht.

Weiter vorne, direkt hinter den Farngewächsen glaubte sie, schon die ersten Langhäuser des Dorfes auszumachen, als sie jäh zurückgerissen wurde. Etwas Undefinierbares legte sich auf ihren Mund und drückte so fest zu, dass sie keinen Laut mehr von sich geben konnte.

Sie spürte, dass es ein Mann war, der sie fest an sich gezogen hatte und nun rücklings weiter in das Gestrüpp des Dschungels führte. Sienna versuchte, um sich zu schlagen, doch sein Griff lockerte sich nicht, sondern verstärkte sich sogar, je mehr sie sich wehrte. Es half nichts. Sie saß kurz vor dem Ziel in der Falle.

Tränen der Wut liefen ihr über die Wangen.

Dann roch sie den herben Duft. Sie kannte das After Shave! Wo und an wem hatte sie es nur zuletzt gerochen?

Noch bevor sich die Hand von ihrem Mund löste und sie sich umdrehen konnte, fiel es ihr wieder ein: Es war der Duft, den Dan in ihrem Hotelzimmer verströmt hatte, während er dort auf sie gewartet hatte.

»Dan! Wie um Himmels willen kommst du hierher?«, keuchte sie, da sie erst wieder nach Luft schnappen musste.

Vor ihr stand der besorgt dreinblickende Dan Snyder neben Raoni und einem weiteren Mitarbeiter der FUNAI, den man ihr als Unaí vorstellte.

Da Dan nicht antwortete, sondern sie nur ungläubig von oben bis unten musterte, fragte sie aufgeregt weiter: »Die Polizei hat dich doch verhaftet. Wie kannst du jetzt hier sein?«

»Sienna, setz dich erst einmal«, begann er vorsichtig und machte eine Handbewegung in Richtung Unaís, der ihm die Feldflasche reichte. »Du hast sicher mächtigen Durst.«

»Nein, ich kann jetzt nicht, Dan. Wir müssen ins Dorf, um Schlimmeres zu verhindern. De Vries...«

»Ich weiß, Sienna. Er ist bereits da«, erklärte er.

Dann meldete sich Raoni zu Wort: »Wir beobachten ihn schon eine halbe Stunde lang. Bisher ist noch nicht viel passiert.«

Sienna sah sie verwirrt an. Woher wussten sie überhaupt Bescheid?

»Sienna, bitte entschuldige meine rüde Begrüßung«, begann Dan verlegen. Es war ihm sichtlich peinlich, sie in Angst und Schrecken versetzt zu haben.

»Aber wir wollten nicht, dass du mitten ins Dorf läufst und alles zunichte machst.«

Sie zog die Stirn in Falten. »Was habt ihr denn vor?«, fragte sie neugierig.

Noch bevor sie erfahren würde, wie Dan und Raoni auf ihre Spur gekommen waren, musste sie sicherstellen, dass Matheus gerettet würde.

»Ihr müsst ihn suchen, Raoni«, bat sie eindringlich. »Matheus ist schwer verletzt. Ich habe solche Angst um ihn.«

»Wo ist er?«, forschte er nach. Sein Gesicht hatte einen besorgten Ausdruck angenommen.

»Ich habe ihn vor ungefähr einer halben Meile zurückgelassen. Er konnte sich nicht mehr auf den Beinen halten und hat mich fortgeschickt«, erklärte sie angsterfüllt.

Zu ihrer Überraschung stieß ein weiterer Mann zu ihnen, der wohl zuvor in der Nähe des Dorfes Ausschau gehalten hatte. Sienna erinnerte sich, ihn schon einmal im Büro der FUNAI gesehen zu haben. Diesmal trug er jedoch nicht die übliche khakifarbene Uniform, sondern hatte Hemd und Hose ausgezogen. Wahrscheinlich, um nicht aufzufallen, überlegte sie.

»Und, Piatã, wie sieht's in Iquitos aus?«, wurde er sofort von Raoni ausgefragt.

Während sich der junge Indio wieder ankleidete, berichtete er:

»De Vries sitzt mit da Cunha und einem seiner Gorillas im Großen Langhaus. Sie haben den Rat der Männer einberufen. Momentan tauschen alle nur Höflichkeiten zur Begrüßung aus, aber ich denke, er wird in der nächsten Stunde auf das Thema zu sprechen kommen.«

»Gut«, meinte Raoni. »Dann kannst du mit Unaí nach Matheus suchen. Er braucht dringend medizinische Hilfe. Seid vorsichtig mit ihm, habt ihr gehört?«, ermahnte er sie.

»Warte«, mischte sich Sienna ängstlich ein. »Die beiden wissen doch gar nicht, wo sie ihn finden können. Ich muss mit, um ihnen den Weg...«

Schon war sie aufgestanden und wollte die Indios begleiten, als Raoni sie zurückhielt: »Ich denke, Piatã und Unaí werden in der *selva* erkennen, woher Sie gekommen sind. Sie haben im Wald eine Spur wie ein Bulldozer hinterlassen.«

»Mit Verlaub, Sienna, du siehst schrecklich aus«, kommentierte Dan ihr äußeres Erscheinungsbild. »Im ersten Augenblick habe ich dich nicht erkannt.«

»Dan, ich bin froh, überhaupt noch am Leben zu sein«, antwortete sie gereizt. Sie wusste nicht, wie die Sache hier weitergehen würde. Immer noch steckten ihr die Anstrengungen ihres Überlebenskampfes im Dschungel in den Knochen, aber sie war erleichtert, nun nicht mehr allein zu sein.

»Wie kommt ihr nur hierher?« Sienna war etwas ruhiger geworden.

Dan antwortete nicht, sondern betrachtete sie nur von oben bis unten. Dann reichte er ihr erneut die Wasserflasche.

Hastig trank sie daraufhin einige Schlucke.

Nachdem sie sich mit dem Handrücken den Mund abgewischt hatte, fragte sie weiter: »Was ist mit deiner Verhaftung, Dan? Als die Polizisten kamen, bin ich fast verzweifelt.«

Dan lächelte. »Nun, ich fand es auch nicht gerade amüsant. Die Sache war von Betancourt eingefädelt. De Vries muss irgendwie Wind von deinen Nachforschungen bekommen haben, Sienna. Jedenfalls hat er wohl seinen alten Freund, den Präfekten, aktiviert, um mich, den unliebsamen Fragesteller, schnellstmöglich auszuschalten.«

Sienna schaute verlegen auf die Erde, da sie sich eine gewisse Mitschuld an seiner Gefangennahme gab.

Er setzte sich neben sie auf einen morschen Baumstamm. »Nach dir haben sie auch gesucht. Weißt du das?«, erklärte er.

Sienna nickte. »Deshalb bin ich ja halb wahnsinnig durch die Straßen geirrt.«

»Lourdes berichtete mir, dass sie dich in ihrer Vorratskammer versteckt hat. Grandioses Weib, die Alte.«

Ungern erinnerte sich Sienna an die unendlich langen Minuten in der feuchten Dunkelheit des Abstellraumes.

»Aber...«, stammelte Sienna, »...wie habt ihr beide zusammengefunden? Ihr kennt euch doch gar nicht!«

Raoni grinste und klopfte Dan freundschaftlich auf die Schulter. »Ihr Kollege hier kann bestens kombinieren.«

»Hm?«, hakte Sienna nach.

»Du weißt ja, dass ich seit unserer ersten Begegnung vor dem Archiv bis zu deiner Abreise nach Belém über fast jeden deiner Schritte informiert war, Sienna«, begann Dan.

Sie nickte missmutig. Keineswegs hatte sie vergessen, dass er ihr nachspioniert hatte.

»Betancourt hat mich nur über Nacht festgehalten, um seine Macht zu demonstrieren. Er wollte mich einschüchtern. Jedenfalls bin ich gestern Morgen frei gelassen worden – mit der Auflage, innerhalb der nächsten 24 Stunden aus Brasilien auszureisen.«

Sienna rechnete nach. »Die sind um«, stellte sie fest.
»Das ist es mir wert, *my dear.*«

»Nachdem mir Lourdes alles Weitere berichtet hatte, dachte ich mir, dass es nur einen einzigen Ort geben kann, an den du dich gerettet hast: Zu Raoni.«

Er schien sie gut zu kennen.

»Schließlich hattest du zu ihm so etwas wie ein Vertrauensverhältnis aufgebaut.«

Raoni schmunzelte.

»Ich machte mich also auf den Weg zum FUNAI-Büro, wo ich ihn tatsächlich antraf. Nur hatte er weder etwas von dir gehört noch gesehen. Allein dein Koffer stand unter seinem Tisch und war nicht abgeholt worden, was ihn stutzig machte.«

»Und nun erzähl du weiter«, forderte er den Indio auf.

Raoni kratzte sich am Kopf. Dann meinte er: »Matheus war seltsamerweise nicht im Büro erschienen. Das ist sonst nicht seine Art, wissen Sie. Er wohnt ja quasi im Nebenraum. Aber er hatte mir eine Nachricht mit einer verschlüsselten Botschaft hinterlassen. Zunächst verstand ich seine wenigen Worte nicht, aber als dann Dan aufkreuzte, war alles klar.«

»Was hat Matheus geschrieben?«, fragte sie neugierig.

»Er schrieb auf Tupí-Guaraní, unserer Sprache, damit die Information nicht in falsche Hände gelangt.«

»Und was genau notierte er?« Sienna wartete gespannt auf Raonis Antwort.

»DER HABICHT IST IN SEINEM HORST UND WACHT ÜBER DIE ROTE ERDE, stand auf dem Blatt Papier«, erklärte er.

Sienna lächelte und spürte ein Gefühl der Wärme in sich aufsteigen. Der »Habicht« deutete auf seinen Indionamen Cauré hin, und das Nest sollte mit Sicherheit sein *sítio* darstellen. Wer die rote Erde war, wusste sie selbst am allerbesten.

Matheus hatte sie also schon damals beschützen wollen.

9

»Nun ja«, begann Dan. »Es dauerte nicht lange, bis ich Raoni davon überzeugt hatte, dass kein völlig übergeschnappter Reporter vor ihm saß, sondern etwas Ernstes vorgefallen sein musste.«

Die Blicke der beiden Männer begegneten sich.

»Ich versuchte daraufhin, Matheus über Funk zu erreichen, aber das führte zu nichts. Niemand meldete sich«, meinte Raoni in seiner ruhigen Art. »Das allein machte mich schon stutzig.«

»De Vries... er hat das Funkgerät zerstören lassen«, erklärte Sienna, wurde jedoch gleich von Dan unterbrochen: »Das haben wir dann auch bemerkt, als wir am Rio Pidiuaú ankamen und das versenkte Langboot entdeckten.«

Sie waren ihnen also bis zu den *garimpos* gefolgt. Sienna konnte es kaum glauben.

»Wann wart ihr dort?«, fragte sie aufgeregt.

Raoni wollte etwas sagen, doch Dan hielt ihn zurück. Es schien, als kostete er die Wirkung, die sein Bericht auf Sienna hatte, bewusst aus.

»Alles der Reihe nach, Sienna. Gestern Nachmittag erreichten wir Senhor de Nóbregas hübschen Pfahlbau, zu dem er dich am Vortag gebracht hatte. Wir erwarteten, dort mit dir zusammenzustoßen – in der Hoffnung, die weiteren Schritte in Ruhe gemeinsam zu planen.« Er seufzte. »Leider war dem nicht so. Du musstest dich ja unbedingt in die Höhle des Löwen wagen, richtig? Abwarten ist nicht dein Ding.«

Sie machte ein betretenes Gesicht. Mittlerweile war ihr auch klar geworden, wie unvorsichtig die Fahrt zu den Feldern der Goldgräber gewesen war.

»Nicht ganz, Dan. Matheus wollte mich nicht mitnehmen, aber ich...«

»Du hast deinen Kopf durchgesetzt. Etwas anderes hätte mich auch sehr gewundert«, bemerkte er beiläufig.

Mit einem schelmischen Blick, den Raoni hoffentlich nicht zu deuten wusste, fuhr er fort: »Übrigens ein höchst romantisches Örtchen, dieses *sítio* mitten im Nirgendwo.«

Sienna schluckte. Was bezweckte er mit dieser Anspielung? Ahnte er etwas?

Nun mischte sich Raoni wieder ein: »Das Wetter war so schlecht geworden, dass wir beschlossen, nicht weiterzufahren. Es hätte einfach keinen Sinn gehabt. Daher blieben wir über Nacht in Matheus' Hütte. Ich weiß zum Glück, wo der Schlüssel versteckt ist. Dort ließen wir dann das Gewitter über uns hinwegziehen.«

Matheus! Sie hoffte, dass die beiden Männer ihn unversehrt finden würden. Warum tauchten Unaí und Piatã noch immer nicht auf? Unmerklich hielt sie den Atem an.

»Komfortables Interieur in diesem Pfahlbau, muss ich zugeben«, war wieder Dan zu hören. »Hat man dem Stelzenhaus von außen gar nicht angesehen.«

Er schien sie aus der Reserve locken zu wollen.

»Schön, dass du es gemütlich hattest, Dan«, kommentierte sie und erinnerte sich an die bangen Stunden während des Wolkenbruchs.

»Aber wie kamt ihr nach Iquitos?«, forschte sie weiter nach.

»Du hast mir in der *pousada* doch den Plan gezeigt. Also wusste ich, wo die Becken der Goldsucher ungefähr liegen mussten. Raoni konnte es kaum glauben, als ich ihm von diesem seichten, abgelegenen Fluss erzählte. Nie hätte er vermutet, dort auf Gold zu stoßen.«

Raoni nickte ernst und verzog dabei den Mund. »Es ist eine Schande«, meinte er leise.

Iquitos lag wie ausgestorben vor ihnen. Von ihrem Aussichtsplatz im Buschwerk konnten sie das Dorf gut überblicken. Im Gegensatz zu ihrem früheren Besuch zeigte sich diesmal kein Mensch auf den vom Regen ausgewaschenen Wegen zwischen den Häusern. Sienna erinnerte sich, wie sie vor einer Woche nichtsahnend über dieselben Lehmpfade geschlendert war und ihr die Kinder mit der Schlange einen gehörigen Schrecken eingejagt hatten. Wie lange lag ihr damaliger Spaziergang zurück? Was war in der Zwischenzeit alles passiert!

Die Geschehnisse der vergangenen Tage hatten ihr gesamtes Leben umgekrempelt. Nichts war mehr so wie zuvor.

»Warum ist niemand zu sehen?«, fragte sie Raoni.

»Das gebietet der Respekt«, erklärte er.

Sie begriff nicht.

»Wenn der Rat der Männer zusammentritt, geht es um ernste Angelegenheiten, die äußerst wichtig für das ganze Dorf sind. Das bedeutet, dass beispielsweise Kindergeschrei enorm stört. Wir lassen unseren Jüngsten normalerweise viel Freiraum, aber schon die Kleinen beachten diese Regel und bleiben in dieser Zeit mit den anderen in den Langhäusern.«

Sienna hatte verstanden. Sie hoffte nur, dass de Vries nicht schon alles für seine Zwecke geregelt hatte.

»Heute Morgen erreichten wir dann die *garimpos* und waren schockiert, als wir die Blutspuren im Unterstand entdeckten«, sprach Dan weiter.

Sienna versuchte, sich an die bedrohliche Szene am Flussufer zu erinnern, als de Vries sein wahres Gesicht gezeigt und den verletzten Matheus bedroht hatte.

»Und da wusstet ihr gleich, was passiert war?« Sienna konnte es nicht glauben.

»Oh, diese Indios sind wirklich gut, Sienna. Sie haben im Dschungel sogar eine deiner Sandalen gefunden. Sah ziemlich malträtiert aus, das edle Stück!«

Der Zynismus war typisch für ihn. Betrachtete er augenblicklich nicht sogar ihre zerschundenen und schmutzigen Füße? Wie konnte er in dieser Situation nur so ruhig bleiben?

»Zunächst einmal machten wir uns riesige Sorgen um euer Wohlergehen. De Vries wäre es durchaus zuzutrauen gewesen, euch einfach irgendwo im Wald zu verscharren.«

Daran hegte auch Sienna keinen Zweifel. Sie wunderte sich immer noch darüber, dass er es nicht getan hatte.

»Allerdings wussten wir nicht, von wem das Blut stammte, schöpften also wieder Hoffnung. Außerdem stufte Raoni den Blutverlust nicht als extrem hoch ein. Wir mussten aber bedenken, dass der Regen bereits viele Spuren weggespült hatte, sodass uns nur diese Pistolenhülse hier blieb.«

Er hob triumphierend die Hand. Zwischen Daumen und Zeigefinger hielt er eine kleine Messinghülse, die er ihr stolz präsentierte.

»Es ist eine 45-er Hülse. Raoni erklärte mir gleich, dass die FUNAI dieses Kaliber nicht verwendet. Daher konnten wir uns zusammenreimen, dass einer von euch verletzt sein musste.«

Sienna dachte an Matheus. Noch immer waren die Männer nicht mit ihm erschienen. Sie hätte doch mitgehen sollen, um ihnen den Weg zu zeigen. Wieder machte sie sich große Vorwürfe.

»Ich wollte sofort nach Iquitos fahren, um de Vries zu stellen, aber Raoni hatte eine bessere Idee«, erklärte Dan, wobei er dem Indio zulachte.

»Ich fand es klüger, von der anderen Seite her zu kommen, wo uns niemand erwartete. Außerdem hofften wir, dass Sie und Matheus ebenfalls diesen Weg nehmen würden, da das Boot ja zerstört war. Im Grunde gab es keine andere Möglichkeit – wenn Sie nicht bereits tot waren«, schloss Raoni.

»Wie lange wart ihr unterwegs, Sienna? Einen Tag und eine Nacht etwa?«, fragte Dan.

»Das kommt ungefähr hin, Dan«, erwiderte sie.

»Nun, wir haben es in weniger als zwei Stunden geschafft. Sind einfach diesen braunen Fluss mit dem Boot hochgefahren, bis er zu einer Sackgasse wurde. Raoni erklärte mir, dass wir von dort aus zu Fuß weitergehen sollten, denn von der Landenge aus wäre es nicht mehr weit bis zum Dorf. Und einen Vorteil hätte die Sache auch noch: Auf diese Weise würde uns niemand sehen. Wir hatten ja keine Ahnung, mit wie vielen Leuten de Vries anrücken würde.«

Er wollte in seinen Erzählungen fortfahren, als das Gebüsch raschelte und plötzlich ein schmaler, nur spärlich bekleideteter Junge vor ihnen stand.

In flüsterndem Tonfall sprach er in seinem indianischen Dialekt mit Raoni und erhielt daraufhin von diesem eine Geldmünze zugesteckt.

»Was ist?«, entfuhr es Sienna. Sie war schrecklich nervös.

»Der *moço* hat für mich etwas in Iquitos herumspioniert. Er sollte mir Bescheid geben, wenn es zwischen de Vries und dem Rat der Männer ernst wird«, erklärte Raoni. Sein Gesichtsausdruck wirkte besorgt.

»Und das ist es jetzt?«, fragte Sienna ängstlich.

Raoni nickte.

»Dann also los«, war Dan zu hören.

Raoni zögerte: »Das Problem ist nur, dass das Versammlungshaus recht abseits steht und die Fläche davor gut zu überblicken ist.«

»Das heißt?«, fragte Sienna.

»Es wäre besser, wir könnten uns von der anderen Seite durch den Wald anschleichen«, erklärte er.

»Dann müssen wir sofort damit beginnen«, meinte Dan in einem Tonfall, der keine Widerrede zuließ.

Sie sah, dass Raoni abwägte. Sienna wusste, er wollte lieber so lange hierbleiben, bis die beiden Indios mit Matheus zurückkamen.

»Oder nicht?«, hakte sie zweifelnd nach, doch Raoni war nun ebenfalls einverstanden.

»Es ist an der Zeit«, murmelte er langsam und sagte ein paar unverständliche Worte zu dem Jungen, der immer noch in ihrer Nähe war.

»Wartet! Ich habe eine Idee«, meldete sich Sienna zu Wort, bevor die Männer aufbrechen konnten. »Wie wäre es, wenn ich de Vries etwas ablenke, bis ihr nahe genug am Langhaus seid?«

»Du willst Dich als Köder anbieten?« Dan runzelte die Stirn. Ihr Vorhaben schien ihm nicht zu gefallen.

»Nein, Senhora, wir brauchen keinen Lockvogel. Das ist zu gefährlich«, mischte sich nun auch Raoni ein.

»Warum nicht?« Sienna verschwieg, welchen Widerwillen sie dabei empfand, de Vries noch einmal entgegenzutreten.

Leise ging Sienna zwischen den Hütten hindurch zum großen Beratungsplatz am Ufer, wo das größte der Langhäuser stand. Mit jedem Schritt wuchs ihre Anspannung. Sie rieb sich unwillkürlich über die gerötete Hautstelle an ihrem Handrücken. Matheus hätte sie schon längst zur Krankenstation nach Maravilha geschickt, doch zuvor musste sie diese Sache noch zu Ende bringen.

Ebenso wie die anderen Bauten der Indios stand auch das Versammlungshaus auf mehreren Pfählen, damit ihm die Fluten des Rio Negro nichts anhaben konnten. Nur die Längsseiten besaßen Wände aus getrockneten Pflanzenfasern, die offenen Kopfenden jedoch erlaubten einen direkten Einblick ins Innere.

Sienna atmete tief durch, als sie den Sichtschutz der Bastmatten verließ und geradewegs auf die gerodete Freifläche zulief, auf der man sie in wenigen Sekunden sehen würde.

Tatsächlich saß Benedict de Vries auf einem der niedrigen, bemalten Indiohocker und hatte eine Landkarte aufgeschlagen. Er deutete auf das Papier und schien den Männern des Stammes etwas zu erklären. Neben ihm erkannte sie da Cunha, der missmutig vor sich hinstarrte. An einem Pfosten weiter hinten lehnte ein hünenhafter Weißer, der wohl de Vries' neuer Leibwächter war. Der großgewachsene Mann beobachtete mit wachen Augen jede Regung im Langhaus und hatte auch Sienna als erster entdeckt. Ein Ruck ging durch seinen Körper, und er nahm instinktiv Haltung an. Zum Glück kannte der Bodyguard Sienna nicht.

Sie stand nun gegenüber der Treppe, die hinauf in den Indiobau führte, und blieb vor der ersten Stufe stehen.

»Wie ich sehe, Senhor de Vries, hatten wir dasselbe Ziel«, rief sie ihm entgegen und wartete seine Reaktion ab.

Hoffentlich zitterte ihre Stimme nicht zu sehr. Er durfte nicht mitbekommen, wie viel Kraft es Sienna nach ihren Erlebnissen im Dschungel kostete, dies hier durchzustehen.

Nur wenige Sekunden benötigte de Vries, um sich von dem Schrecken, den ihre Anwesenheit in ihm hervorrief, zu erholen. Beinahe bewunderte ihn Sienna dafür, wie sehr er sich unter Kontrolle hatte.

»Miss Davis«, entfuhr es ihm, als würde er sich über ihr Zusammentreffen freuen. »Sie überraschen mich immer wieder. Wohl war Ihr Weg nach Iquitos etwas beschwerlicher als der meine.« Es war die formvollendete Begrüßung eines Gentlemans einer Dame gegenüber. Keiner der Zuhörer hätte aus dem Gesagten schließen können, dass er Sienna am Vortag noch den Tod gewünscht hatte. Nur seine blitzenden, hellblauen Augen verrieten seine innere Anspannung.

Fieberhaft schien de Vries zu überlegen, wie sie es hierher geschafft hatte. Ahnte er, dass sie nicht allein war?

Jedenfalls machte er auf die anderen den Eindruck, ganz Herr der Lage zu sein.

Sienna musste nun rasch handeln.

»Glaubt ihm kein Wort«, rief sie in Richtung der versammelten Männer. »Er will euch hintergehen!«

Gemurmel erhob sich im Langhaus. Die Indios schauten von ihr zu de Vries, zuckten mit den Schultern und konnten sich nicht erklären, was vor sich ging.

»Was er euch anbietet, ist alles Betrug«, erklärte sie hastig. »Unterschreibt auf keinen Fall!«

Sie hatte mitbekommen, wie de Vries dem Hünen ein verstecktes Zeichen gegeben hatte, woraufhin sich dieser in ihre Richtung begab.

Der Niederländer selbst war aufgestanden und versuchte, die heftig diskutierenden Männer zu beruhigen. Mit einem gespielten Lächeln im Gesicht meinte er: »Die junge Frau ist krank und weiß nicht, was sie sagt. Seht sie euch an. Wahrscheinlich hat sie hohes Fieber und steht unter Schock.«

Dann wandte er sich an den Leibwächter: »Milton, kümmere du dich um sie und bring sie rasch zu einem Arzt. Ich denke, hinter der Senhora liegt eine harte Zeit.«

Der Bodyguard, der sie um zwei Köpfe überragte, ging auf sie zu. Sie sah seine kräftigen Arme, die sie gleich ergreifen wollten.

Wie lange würde es denn noch dauern, bis Dan und Raoni den Urwald hinter dem Langhaus erreicht hätten?

»Ich war nie klarer als heute, Senhor de Vries. Danke für Ihre ehrliche Fürsorge. Ich kenne Ihre guten Absichten.«

Daraufhin sprach sie wieder zu den Männern. An einige Gesichter erinnerte sie sich noch von ihrem letzten Besuch in Iquitos. Erwartungsvoll ruhten die Blicke der Indios auf ihr.

»Seid vorsichtig, denn Senhor de Vries macht euch mit Sicherheit ein verlockendes Angebot für das scheinbar wertlose Stück Land am Rio Pidiuaú, aber nur, weil er dort Gold...«

Sie konnte den Satz nicht beenden, da Miltons starke Arme sich um ihren Leib geschlungen hatten. Ihre Gegenwehr nutzte nichts, im nächsten Augenblick würde er sie von hier forttragen.

»Schlimm, schlimm«, hörte sie de Vries' Worte. »Was Fieber mit diesen Fremden aus Europa machen kann. Sie sind dann nicht mehr Herr ihrer eigenen Worte.«

Schon wendete er sich wieder den ihn unschlüssig anblickenden Indios zu und meinte: »Ich hoffe, ihr wisst es zu schätzen, dass euch der Präfekt im Namen des Bundesstaats Amazoniens die doppelte Fläche Land drüben auf der anderen Flussseite geben möchte. Für meinen Sojaanbau ist das betreffende Areal, das ihr mir abtreten sollt, nur deshalb so wichtig, weil es direkt an meinen bisherigen Besitz grenzt.«

Die Indianer waren hin- und hergerissen. Sienna sah, wie sie durcheinander sprachen, was de Vries nicht zu gefallen schien. Ungeduldig wartete er ab, dass sein Bodyguard Sienna wegbrachte.

Dann hörte sie Raonis dunkle Stimme und drehte sich ruckartig zu ihm um. Er stand wenige Schritte von den ersten Bäumen der *selva* entfernt auf dem Versammlungsplatz und sagte: »Ihr Spiel ist endgültig aus, Senhor de Vries.«

An die völlig perplexen Indios gewandt, erklärte er: »Die Senhora hat Recht. Er wollte euch betrügen, denn seine Leute haben tatsächlich Gold am Rio Pidiuaú gefunden. Ich habe seine *garimpos* mit eigenen Augen gesehen. De Vries will euch um euer Land bringen.«

Raonis Auftauchen hatte verhindert, dass Milton Sienna wegführen konnte. Unschlüssig und auf die Anweisungen seines *patraõ* wartend, stand der Leibwächter neben ihr und war plötzlich vom Akteur zum Zuschauer geworden.

Niemand wusste, wie de Vries reagieren würde.

Dieser zuckte kurz zusammen, da er nun auch Dan ausgemacht hatte, der als stummer Beobachter wenige Schritte hinter Raoni stand.

»Hätte ich es mir doch denken können«, begann de Vries mit aufgesetzter Selbstsicherheit. »Seht ihr den *americano*? Das ist ein Spion aus den USA. Er hat die FUNAI bestochen und möchte, dass ihr leer ausgeht.«

Wie um seine Worte zu bekräftigen, fuhr er fort: »Erinnert ihr euch daran, wie euch die Amerikaner im großen Krieg als *seringueiros* ausgebeutet haben? Wie Sklaven haben sie euch behandelt! Auch jetzt gönnen sie euch nichts. Am besten, meine Leute erlösen euch von ihrer Anwesenheit.«

Daraufhin gab er Milton, der bereits nach seinem Pistolengurt tastete, ein eindeutiges Zeichen.

»Glaubt ihm kein Wort! Ihr kennt mich doch«, beteuerte Raoni, der nicht mit de Vries' Verschlagenheit gerechnet hatte.

Sienna hörte, wie de Vries zu da Cunha zischte: »Du Versager! Wie lautete dein Auftrag? Warum ist dieser *gringo* Snyder hier und nicht schon längst außer Landes? Auf nichts kann man sich bei dir verlassen, du Idiot! Genau wie dein nichtsnutziger Vater.«

Da Cunha antwortete nicht, aber sie sah, wie er die Fäuste ballte und die Zähne zusammenbiss.

Noch bevor Raoni nach seiner eigenen Waffe greifen konnte, war schon ein Lauf auf ihn gerichtet. Milton schaffte es problemlos, gleichzeitig Sienna mit einer Hand außer Gefecht zu setzen und die beiden Männer mit der Pistole zu bedrohen. Ihre Lage sah miserabel aus, musste sich Sienna eingestehen.

»Los, Francisco, mach dich endlich nützlich für das Geld, das dir Betancourt zahlt, und hilf Milton mit diesem Pack!«, befahl de Vries wütend.

Schon wies der Leibwächter mit der Waffe in Richtung des Bootes, auf das sie gebracht werden sollten.

Auch da Cunha griff zu seiner Pistole und fuchtelte damit vor ihrer Nase herum.

»Ich habe es mir überlegt«, hörte sie nun de Vries' geheuchelte Worte.

Er sprach zu den immer noch unschlüssigen Indios in einem sehr ruhigen Tonfall: »Da unsere Verhandlungen solch einen unerfreulichen Verlauf genommen haben, möchte ich euch großzügig entgegenkommen. Ich werde euch im Namen des verehrten *prefeito* Betancourt, meines Freundes, die dreifache Fläche Land drüben am anderen Ufer überschreiben.«

Erwartungsfroh schaute er in die Runde. »Na, ist das nichts? So ein Angebot gibt es nur einmal. Das muss euch klar sein.«

Er versuchte, die Indios unter Druck zu setzen.

Siennas Augen trafen auf Dan, der sie entschuldigend ansah. Er zuckte mit den Schultern und sagte pragmatisch: »Dumm gelaufen, was?«

Seine Gelassenheit regte sie maßlos auf. Schon wollte sie ihm Vorwürfe machen, als es geschah: Die starre Ruhe, die soeben noch auf dem großen Grasplatz geherrscht hatte, geriet ins Wanken, da plötzlich das laute Geschrei einer Frau erscholl. Sienna bekam aus dem Augenwinkel heraus mit, wie sich ein kleiner, schmächtiger Körper rasend schnell durch die Häuserreihen bewegte und animalisch kreischend direkt auf de Vries zurannte.

Mit einer wehklagenden Stimme, die Sienna erschaudern ließ, schrie die Person immer wieder die Worte »*Diabo*!« und »*Carrasco*!«

und krallte sich schließlich mit einem hysterischen Wehruf an de Vries, der sie abzuwehren versuchte.

»Lass mich, verdammtes Weib!«, fuhr er sie an und schlug ihr auf die Arme, doch die Frau ließ nicht los.

Immer wieder war ihr schrilles, ungezügeltes Klagen zu hören. Sie hämmerte mit den Fäusten auf de Vries' Rücken und versuchte, ihn an den weißen Haarsträhnen zu ziehen. Es war ein seltsames, abscheuliches Bild, das sich den Augen der Anwesenden zeigte.

Entgeistert verfolgte Sienna die groteske Szene.

Bisher hatten die schwarzen Haare das Antlitz der Angreiferin verborgen, doch als de Vries an der langen Mähne seiner Gegnerin riss, erkannte Sienna, wer die Frau war. Sie sah die durch die schwere Verbrennung entstellte Gesichtshälfte Porangas und wich entsetzt zurück.

In den Augen der Indianerin war blanker Hass zu lesen. »*Assassino*!«, rief sie jetzt mit wildem Blick.

Auch de Vries hatte die grässlich verzogene Haut mit den dicken Narbensträngen entdeckt und wandte sich angewidert ab.

»Du abscheuliche Fratze! Schluss mit diesem Irrenhaus hier! Weg mit dir, du ekelst mich an!«, donnerte ihr de Vries entgegen.

Als niemand eingriff, brüllte er weiter: »Was fällt dir ein? Bringt diese schauderhafte Visage von hier fort! Aber schnell!«

Endlich gelang es ihm, sich von der tobenden Frau zu befreien. Er warf sie mit voller Wucht auf den Holzboden des Langhauses.

Aus schmalen, hasserfüllten Augen sah ihn Poranga an und sagte das Wort, das alles veränderte. In derselben Sekunde hörte Sienna das Klicken einer Waffe.

10

Hatte Sienna tatsächlich richtig gehört? War diese grässliche Bezeichnung wirklich über Porangas Lippen gekommen? Noch immer hallten die vier Silben in ihrem Ohr nach.

CARNICEIRO! Zweimal hatte die Indianerin de Vries als *den Schlächter* bezeichnet. Es war unfassbar. Schließlich war Wilhelm Arnold offiziell seit siebenundzwanzig Jahren tot. Sienna selbst hatte die Meldung in der Zeitung gelesen. Dann erinnerte sie sich an das Gespräch mit Dan im Hinterhof der *pousada*, als dieser erste Zweifel am Tod des SS-Mannes geäußert hatte. Damals jedoch hatten beide angenommen, er verdächtigte Betancourt. Über den Präfekten gab es schließlich kaum Informationen, was dessen Aktivitäten vor Ende des Krieges betraf. Bei Benedict de Vries dagegen sah es anders aus: Er lebte bereits seit den Dreißigerjahren als Holzhändler in Brasilien. Jetzt sollte er dieser widerwärtige Verbrecher sein! Wie war das möglich?

In Siennas Kopf überschlugen sich die Gedanken, doch es blieb ihr keine Zeit, sie zu ordnen, da sie Matheus' entkräftete Stimme vernahm. Sie entdeckte ihn neben Unaí, dessen Pistole er in der Hand hielt. Matheus sah schwer mitgenommen aus. Die Augen lagen in tiefen Höhlen und der Schweiß lief ihm über das Gesicht. Er vermied es, das verletzte Bein zu belasten, weshalb er sich auf Piatã stützen musste.

Sienna kostete es alle Kraft, nicht unüberlegt zu ihm zu rennen. Schlagartig wurde ihr bewusst, was Matheus beabsichtigte. Wie konnte sie ihn nur von seinem Plan abhalten? Warum griff Piatã nicht ein?

»Du Mörder«, hörte sie ihn langsam zu de Vries sagen. »Jetzt wirst du deine gerechte Strafe erhalten!« Matheus sprach stakkatohaft, da er zwischen den Worten immer wieder Luft holen musste. Er hielt den Lauf der Pistole auf de Vries, der ihn mit starren Augen ansah.

Ob de Vries die Wahrheit bereits ahnte, ging es Sienna durch den Kopf. Nein, wahrscheinlich erinnerte er sich nicht einmal mehr an das Verbrechen, das er vor vielen Jahren an Poranga begangen hatte.

»Bitte, Matheus, nein!«, schrie Sienna plötzlich auf. Handelten die beiden Indios nicht, weil Matheus ihr Vorgesetzter war? Sienna zitterte vor Angst.

Kurz ruhte Matheus' Blick auf ihr, dann wandte er sich wieder von ihr ab und richtete erneut die Waffe auf seinen Widersacher, der, auf der obersten Stufe der Holztreppe stehend, eine perfekte Zielscheibe für ihn abgab.

»Du darfst das nicht tun!« Ihre Stimme überschlug sich. Sienna war außer sich vor Anspannung. Er konnte de Vries nicht töten. Darüber würde er später nie mehr hinwegkommen.

Doch Matheus' Miene blieb ausdruckslos. Sie war sicher, dass er abdrücken würde.

Leise und sanft vernahm sie nun Iracema, die sich langsam und ganz ohne Furcht dem Versammlungsplatz näherte. Ihre monotone Stimme glich beinahe einem Beschwörungsritual. Auch Sienna selbst fühlte, wie sie sich beruhigte und wieder etwas durchatmen konnte. Matheus musste es ähnlich ergehen, denn er wandte den Blick von de Vries ab und sah die Alte an. Als diese bei ihm angelangt war, strich sie ihm über die schweißnasse Stirn und nahm ihm mit der anderen Hand die Pistole ab.

Woher kam die Indianerin nur? Sienna erinnerte sich, dass Iracemas Haus am entgegengesetzten Ende des Dorfes nahe der Schiffsanlegestelle lag. Wer hatte sie darüber informiert, was sich hier zutrug? Dann erkannte sie den Jungen, der für Raoni in Iquitos spioniert hatte, und begriff: Der junge Kerl hatte Iracema auf die Versorgung zweier Verletzter vorbereiten sollen. Wahrscheinlich bekam Poranga, um die sich die alte Indianerin immer wieder kümmerte, auf diese Weise mit, dass ihr Sohn in Gefahr war, und hatte die Hütte verlassen. Hier vor dem großen Langhaus erkannte sie in de Vries ihren einstigen Vergewaltiger und stürzte sich auf ihn.

Hatte Iracema nicht berichtet, Poranga wäre die einzige Überlebende des Massakers in ihrem Heimatdorf, die das Gesicht des *Schlächters* gesehen hatte?

»Versündige dich nicht, mein Sohn«, sagte Iracema ruhig. »Du weißt es, er ist dein Vater.«

Sienna beobachtete, wie Matheus voller Anstrengung schluckte. Was musste er dabei fühlen, der Sohn des *carniceiro* zu sein und diesem nun gegenüberzustehen? Wie verkraftete er es, dass sein Vater, über den er nie ein Wort verloren hatte, noch lebte? Mit qualvollem Blick schaute er von Iracema zu Sienna und schloss dann die Augen. Er sackte in Piatãs Armen zusammen.

Auch de Vries war aufgeschreckt und musste diese Neuigkeit erst verarbeiten. Sie beobachtete, wie er die Hand fahrig zur Stirn führte, um eine Strähne zurückzustreichen. Was bedeutete es für ihn, einen erwachsenen Sohn zu haben? Einen Sohn, der durch einen schändlichen Missbrauch gezeugt worden war – noch dazu mit einer Indianerin!

Er stieß den Hocker, auf dem er vor wenigen Minuten noch gesessen hatte, mit dem Fuß zur Seite, sodass dieser polternd die Treppenstufen herunterfiel.

Das war das Signal für Sienna, sich von Milton loszureißen. So schnell sie trotz ihrer nachlassenden Kräfte konnte, rannte sie hinüber zu Matheus, der mit angewinkeltem Bein auf der Erde lag und stöhnte. Iracema musste sich jetzt sofort um ihn kümmern, wenn er überleben sollte! Die Angst um ihn kroch in Sienna hoch und füllte sie vollends aus.

Doch die Alte streckte nur die Hand in Porangas Richtung aus, woraufhin diese langsam und wie in Trance zu ihr schritt und Iracema umarmte.

Sienna hörte Dans Stimme wie durch einen Nebel. Langsam drehte sie den Kopf in seine Richtung und schaute ihn verblüfft an. Er stand nicht, wie erwartet, neben dem Leibwächter, sondern musste den Moment der Ablenkung ausgenutzt haben, um Milton die Waffe aus der Hand zu reißen.

»Also werde ich diese Sache hier zu Ende bringen«, murmelte er.

Er ging zur Treppe, stieg mit sicherem Schritt die Stufen hinauf und stellte sich breitbeinig vor dem zurückweichenden de Vries auf.

Man sah Letzterem an, dass er nicht verstand, was Snyder bezweckte. Mit wirrem, auf Dan gerichteten Blick tastete sich de Vries an der Wand des Langhauses entlang rückwärts. Wahrscheinlich hatte er angenommen, dass sich die Situation beruhigen und er dank Miltons Fähigkeiten doch noch entkommen würde. Er begriff nicht, was dieser amerikanische Journalist, der ihn ebenso hasserfüllt wie zuvor Matheus anstarrte, von ihm wollte.

»Brauchen Sie Geld, Snyder? Wir könnten ins Geschäft kommen. Ich würde mich großzügig erweisen«, begann er ihn zu umgarnen. »So viel verdienen Sie bei Ihrem New Yorker Schmierblatt nie. Journalisten sind immer käuflich.«

Dan spuckte vor de Vries auf die Holzdielen.

»Kommen Sie, Snyder, auch Sie haben Ihren Preis«, versuchte es de Vries erneut.

»Eliane Schneider. Sagt Ihnen der Name etwas?«, fragte Dan mit scharfer Stimme.

De Vries zeigte keine Regung.

»Natürlich nicht. Wusste ich's doch. Es waren einfach zu viele, stimmt's? Man erinnert sich nicht mehr an alle Opfer, die man damals gequält hat.«

Sein Gegenüber wurde aschfahl.

»Buchenwald? Die Totenkopfverbände der SS? Ihre unmenschlichen Versuche mit den Gefangenen? Wird da die Vergangenheit langsam wach, Herr Arnold?«

»Ich... es muss sich um eine Verwechslung handeln«, stotterte de Vries.

»Oh, nein, da bin ich mir ganz sicher, denn ich trage den Beweis Ihrer Schuld bei mir«, antwortete Dan.

Sienna war bis zum Äußersten gespannt, als Dan in die Seitentasche seines Hemdes fasste und ein abgegriffenes, mehrfach zusammengefaltetes Stück Papier herausnahm. Ein zynisches Lächeln glitt über Dans bisher todernstes Gesicht.

Erwartungsvoll hielt er de Vries die Zeichnung entgegen und rief: »Na, sind Sie das? Ein wenig älter sind Sie geworden, Arnold, einige Falten haben Sie bekommen, aber man erkennt deutlich die Ähnlichkeit mit dem Folterer und Mörder meiner Mutter Eliane.«

Nach einer Pause zischte er: »Und jetzt bist du dran, du Schwein!«

Sienna starrte auf die unwirkliche Szene, die sich im Innern des Langhauses abspielte. Die Indios waren schon längst zurückgewichen, sodass nur noch Dan und de Vries alias Arnold im Halbdunkel zu erkennen waren. Sie hatte Angst davor, in den nächsten Sekunden Zeugin eines Mordes zu werden.

Gleichzeitig wusste sie, dass ein Ende gemacht werden musste, da Matheus dringend Iracemas Hilfe benötigte.

Dann krachte der Schuss. Sienna hielt den Atem an. De Vries sackte zusammen und fiel auf den Boden. War er tot?

Als sie sich etwas gefangen hatte, starrte sie auf Raoni und schließlich zu Dan, der jedoch ebenso überrascht wie sie selbst zu sein schien.

Aber er hatte doch geschossen! Warum übte er Selbstjustiz und stellte de Vries nicht vor ein ordentliches Gericht? Sienna spürte den Kloß in ihrer Kehle. Sie hatte es geschafft, Matheus von einer unüberlegten Tat abzuhalten, doch bei Dan war ihr das nicht geglückt.

Plötzlich hörte sie de Vries' wütende Stimme. Er lebte also noch. Unter Schmerzen stützte sich dieser mit einem Arm auf, sodass er in eine beinahe sitzende Position kam. Sienna entdeckte, dass er aus der Schulter blutete.

Ungläubig starrte er auf da Cunha.

»Francisco, du Hund! Schnappst nach der Hand, die dich nährt. Wie kannst du so undankbar sein?«, rief er diesem zu.

Nun war klar, wer geschossen hatte. Tatsächlich hielt da Cunha seine Waffe immer noch auf de Vries gerichtet.

»Was haben Betancourt und ich alles für deinen Vater getan? Und auch dich und deine Mutter haben wir durchgefüttert. Schon vergessen, du Bastard?«, schnaubte er.

Da Cunha ging noch einige Schritte auf de Vries zu. Sein Gesichtsausdruck zeigte eine ungeheure Kälte. Sienna hielt die Luft an. Es war ihr klar, dass hier in den nächsten Minuten ein schreckliches Unglück geschehen würde.

»Wegen Dir hat sich mein Vater zu Tode gesoffen, de Vries. Er konnte mit seiner Schuld nicht weiterleben, aber Du und der Präfekt haben ihm ja verboten, sich zu stellen«, erklärte da Cunha mit hasserfülltem Blick.

»Wäre auch schön blöd gewesen, wenn man gerade Vater geworden ist«, antwortete de Vries. »Dekker hatte schließlich Verpflichtungen dir und deiner hübschen Mutter gegenüber, in die er sich Hals über Kopf verliebt hatte. Völlig unvernünftig das Ganze. Ein Flittchen war sie, nichts anderes.«

DEKKER. Der Name schwirrte in Siennas Ohren. Demnach war Dekker, der Präsident des FC Nacional de Manaus, da Cunhas leiblicher Vater. Wie hätte sie das ahnen können?

»Oder meinst du, dein unfähiger Vater hätte diesen Job ohne unser Zutun bekommen? Wir haben ihm ein sicheres Pöstchen verschafft, an dem er nicht viel anstellen konnte. So war Friedrich Kurz schon immer: Ohne Schneid und Pflichtgefühl.«

Sienna war aufmerksam geworden? Wie hatte er Dekker bezeichnet? Friedrich Kurz?

Da Cunha richtete den Lauf der Waffe direkt auf de Vries, als wollte er ihn zum Schweigen bringen.

»Ja, das hörst du nicht gern, Francisco. Dein Vater war ein Waschlappen. Friedrich ist nur wegen des Sports zur SS gekommen. Hatte irgendwelche romantischen Vorstellungen vom stählernen, vollkommen gebauten Menschen. Sonst interessierte ihn nichts am ganzen nationalsozialistischen System. Im Sport war er gut, eine richtige Kanone, das muss man ihm neidlos lassen. Nur als es dann ans Eingemachte ging, zeigte sich der ganze Feigling in ihm. In Buchenwald kamen ihm dann sogar Skrupel. Dabei wurde es hier doch erst richtig interessant.«

Sein Gesicht glich einer Fratze.

Dans Gesichtsmuskulatur spannte sich an. Er musste sich zurückhalten, um sich nicht auf den am Boden liegenden de Vries zu stürzen.

»Wenn wir für unsere Versuche nur mehr Zeit gehabt hätten. Sicherlich wären durch unsere neuen Erkenntnisse einige Kameraden mehr an der Ostfront gerettet worden. Doch nach Stalingrad sah alles anders aus. Wir wussten, dass etwas getan werden musste.«

Er holte tief Luft.

Dann fuhr er fort: »Als Ende 1944 ein paar körperlich harte Männer für die Sabotagearbeiten im brasilianischen Dschungel gesucht wurden, war das die vermeintliche Chance für deinen Vater. Er meinte, hier könnte er ein neues Leben beginnen und alles, was im KZ vorgefallen war, vergessen.«

De Vries lachte auf. »Doch da hatte sich Friedrich geschnitten. Er war einfach zu schwach dafür. Konnte nicht vergessen.«

»Hör auf!«, brüllte ihn da Cunha an. Man sah ihm an, dass er außer sich war.

»Nein, mein Junge, jetzt wird es erst richtig spannend.« Es bereitete de Vries großes Vergnügen, den anderen mit seinen Erzählungen zu quälen.

»Willst du wissen, wie unser Auftrag lautete? Hat dir dein feiner, ach so edler Vater, auch alles erzählt? Nicht? Dann will ich dieses Versäumnis nachholen...«

Seine sadistische Ader kam nun vollständig zum Vorschein. Jemand musste ihm Einhalt gebieten, sonst würde ihn da Cunha erschießen, doch weder Dan noch Raoni bewegten sich von ihren Plätzen.

Starr und entsetzt hörten alle de Vries zu, als er berichtete: »Schon mal etwas von dem Guayana-Plan gehört? Dahinter steckte die Idee, alle drei Guayanas zu erobern. Das Gebiet sollte dann als NS-Brückenkopf in Südamerika dienen. Der Gedanke war genial: Erstens wollte man von Norden her die deutsche Kolonisierung des beinahe menschenleeren Urwalds organisieren, und zweitens wäre es möglich gewesen, von hier aus die USA in der Karibik zu bekämpfen. Alles ideale Voraussetzungen für ›ein Volk ohne Raum‹, wie wir uns in diesen Zeiten sahen.«

De Vries' Worte sprudelten nur noch. Wollte er seinen Zuhörern noch einmal seine vermeintliche Einzigartigkeit demonstrieren? Nach Jahrzehnten des Schweigens schien es ihm zu gefallen, endlich die Wahrheit sagen zu können.

»Seit dem vereitelten Cohen-Plan, dem Umsturzgedanken einiger brasilianischer Kommunisten im Jahr 1937, war Präsident Vargas auf der Hut. Er zeigte offene Sympathie für Hitler und Mussolini. Bald darauf war das Deutsche Reich der wichtigste Handelspartner Brasiliens.«

De Vries stöhnte und tastete nach der verletzten Schulter. Das Blut lief ihm bis zur Hand herunter und tropfte auf das braune Holz, doch er hatte sich heiß geredet. Alle Dämme waren gebrochen.

»Ja, es gab schon Jahre zuvor viele von uns Nationalsozialisten hier im Land – geschützt von den konservativen Kreisen der katholischen Kirche. Heute will das niemand mehr hören, aber es ist die Wahrheit. Das änderte sich erst nach Pearl Harbor, als die Japaner die Amerikaner angriffen. Danach konnte Getúlio Vargas nicht anders und musste dem Reich ebenfalls den Krieg erklären. Aber er tat es nur halbherzig. Gerade einmal 40000 brasilianische Soldaten schickte er an die europäischen Fronten. Das sind weniger Menschen als er mit seinen Versprechungen in die Kautschukhölle des Amazonas lockte.«

Man sah ihm deutlich an, dass die Schmerzen zunahmen.

Sienna schaute auf Matheus, dessen Kopf in ihrem Schoß lag. Sie hoffte, er wäre eingeschlafen, doch er hörte jedes Wort, das sein grausamer Vater sprach. Was musste nur in ihm vorgehen?

»Unser Auftrag war, die Erfolge der Amerikaner bei der Latexgewinnung zu sabotieren. Da auch unsere Feinde von den malaysischen Kautschukplantagen abgeschnitten waren, sollten wir ihre Erfolge in Brasilien im Keim ersticken. Ich denke, wir machten unsere Sache recht gut dafür, dass wir verdeckt arbeiten mussten. Jedenfalls nahm die amerikanische Gummiproduktion von 1940 auf 1944 um nur läppische 6000 Tonnen zu, was kaum erwähnenswert ist. Wir haben unsere Order also mehr als erfüllt. Meistens halfen uns sogar die Indios, da sie sich von uns ein Ende ihres Sklaventums erhofften. Nur wenige Dörfer widersetzten sich...«

Sein Blick fiel auf Poranga, die ihren Kopf immer noch an Iracemas Brust verbarg und von dieser mit einem leisen Singsang beruhigt wurde.

Das war also die Mission der Männer gewesen, als sie das Dorf der beiden Frauen bei Santarém gestürmt und ein Massaker unter den Bewohnern veranstaltet hatten.

»Haben Sie den echten de Vries eigenhändig umgebracht oder erledigte das irgendein Handlanger für Sie?«, mischte sich Dan ein.

Sein Gegenüber lachte böse.

»Der Niederländer Benedict de Vries war kein übler Kerl. Er machte mit uns Deutschen ein paar Geschäfte, stattete uns mit den nötigsten Utensilien für den Urwald aus und verschaffte uns wichtige Kontakte. Ein politischer Mensch war er allerdings nicht, eher ein Krämer, der mit jedem Handel trieb – Hauptsache, er strich einen saftigen Gewinn ein. Das ging so lange gut, bis es eng um mich herum wurde. Man war mir auf der Spur. Klaus hatte seinen niederländischen Kunstnamen de Wit schon längst abgelegt und war durch die Ehe mit einer Brasilianerin bereits seit Kriegsende im Land eingebürgert. Er hatte sogar angefangen, eine vielversprechende Polizeilaufbahn einzuschlagen. Aus lauter Wehmut über seine verlorene elsässische Heimat hat der Kerl auch noch das deutsche Bitzenhofer in das französische Betancourt umschreiben lassen. Ich habe ihn damals mehrfach gewarnt, dass dies zu offensichtlich wäre, aber er wollte nicht auf mich hören. Nun, die Ähnlichkeit ist ja nicht einmal Ihnen aufgefallen, Mr Snyder.«

Er sah Dan offen ins Gesicht, als erwarte er im nächsten Augenblick den Todesstoß.

»Und bei Ihnen begann das neue Leben mit einem kaltblütigen Mord«, stellte Dan fest.

»Es war so verlockend. De Vries war damals schon recht vermögend. Außerdem gab es zu dieser Zeit nicht viele Europäer, deren Identität man einfach so übernehmen konnte. Aber Benedict und ich – wir ähnelten uns mit unseren blonden Haaren und den blauen Augen. Er war weder verheirat noch hatte er Kinder, sodass ich mir auch darum keine Sorgen machen musste. Und in der Gegend um Santarém habe ich mich seither nie mehr blicken lassen, um kein Risiko einzugehen.«

Mit einem ungläubigen Blick auf Poranga meinte er weiter: »Wer hätte auch ahnen können, dass das Luder überlebt hat?«

»Und dann haben Sie de Vries 1949 einfach so zur Strecke gebracht«, forderte ihn Dan heraus.

»Ja, seine Knochen liegen wohl immer noch irgendwo da draußen verscharrt im Dschungel, wenn die wilden Tiere sie nicht mittlerweile ausgebuddelt haben.«

An da Cunha gewandt, fuhr er fort: »Dein Vater hat danach seinen ersten Anfall bekommen, Francisco. Ich weiß noch, wie er kurz darauf mit einer Alkoholvergiftung in die Klinik gebracht wurde. So ein Schlappschwanz!«

»Er konnte sich selbst nicht mehr ertragen. So oft wollte er sich stellen und Buße tun, aber du Hund hast ihm immer wieder Geld für seinen Schnaps gegeben. Schließlich hat er sich vor lauter Verzweiflung zu Tode getrunken.«

»Jeder ist seines Glückes Schmied«, ächzte de Vries. »Bitzenhofer und ich haben beide etwas aus unserem Leben gemacht, Francisco. Auch dir hätte es mit unserer Unterstützung ganz passabel gehen können, aber du bist derselbe Verlierertyp wie dein Vater. Zu nichts fähig und...«

Da krachte der Schuss aus da Cunhas Waffe, und Benedict de Vries alias Wilhelm Arnold sackte tödlich getroffen zusammen.

Siennas Schrei blieb ihr in der Kehle stecken.

LAGO ACARÁ, JUNI 1977

Obwohl sich Amanacy bisher im Hintergrund des überdachten Stelzenbaus gehalten hatte, waren ihre drängenden Gesten nicht zu übersehen. Stumm, um die Aufmerksamkeit der Kinder nicht zu stören, gab sie Sienna ein Handzeichen, das diese zum Aufbruch mahnte.

Sienna nickte kurz. Sie hatte verstanden. Noch ein letztes Mal ging sie durch die Reihen der Pulte und kontrollierte aufmerksam, was das Dutzend Schüler von der Tafel abgeschrieben hatte. Eine Schülerin hatte das »o« mit einem »a« verwechselt, ihre Sitznachbarin tat sich schwer damit, die einzelnen Buchstaben zu verbinden.

»*Senhora, por favor*«, meldete sich ein etwa neunjähriger, aufgeweckter Junge, der Sienna besonders ans Herz gewachsen war, um ihr stolz zu zeigen, dass er bereits seine ganze Tafel vollgeschrieben hatte.

Sienna lächelte ihm zufrieden zu. Sie konnte sich vorstellen, dass Matheus ebenso eifrig gelernt hatte, als ihn Pater Riley damals in Maravilha unterrichtet hatte.

Matheus! Ohne Iracemas fachkundige und beherzte Fürsorge, würde er heute nicht mehr leben. Nach de Vries‘ Tod und der darauffolgenden Festnahme seiner beiden Begleiter hatte sich die alte Indianerin sofort um Matheus‘ infizierte Schusswunde gekümmert, die stark verschmutzten Verbände entfernt und das angeschwollene Bein gesäubert. Obwohl Sienna selbst am Ende ihrer Kräfte war, hatte sie sich nicht davon abhalten lassen, Iracemas Tun mitzuverfolgen. Nie würde sie vergessen, wie dunkel die Haut rund um die Einschussstelle ausgesehen hatte. Auch die aufsteigenden streifenförmigen Verfärbungen in Richtung des Knies konnten nichts Gutes bedeuten.

Iracema hatte zu ihrer Naturmedizin gegriffen, deren Zusammensetzung sie niemandem verraten wollte, und den Unterschenkel frisch verbunden.

Mit einem vielsagenden Blick hatte sie Raoni zu verstehen gegeben, dass ihre therapeutischen Maßnahmen im Grunde nur einen Aufschub darstellten und Matheus dringend Infusionen mit hochdosierten Antibiotika erhalten musste. Diese konnte er jedoch nur in Maravilha bekommen.

Auch für Sienna war die lange Zeitspanne seit dem Affenbiss bereits als äußerst kritisch anzusehen, um noch eine prophylaktische Wirkung der Passivimpfung zu gewährleisten, hatte sie gewarnt.

Raoni und Inaí hatten die beiden Verletzten kurzerhand zu de Vries' Schnellboot gebracht und waren mit ihnen zur Missionsstation gefahren. An die Fahrt dorthin konnte sich Sienna kaum noch erinnern. Nach ihrem Überlebenskampf im Urwald und den schrecklichen Geschehnissen im Indiodorf befand sie sich in einem fast tranceartigen Zustand. Ihre Lebensgeister waren wie ausgelöscht.

In Maravilha hatte der sonst so gesprächige Alasdair entgegen ihrer Erwartungen äußerst pragmatisch reagiert und sofort ihre Behandlung organisiert. Mit ernstem und konzentriertem Gesichtsausdruck war er an den Bootssteg geeilt, als man ihn zu den erschöpften Neuankömmlingen ans Ufer gerufen hatte. Von der ersten Sekunde an war der Missionar Herr der Lage gewesen und hatte die Schwestern im kleinen Dorfkrankenhaus mit klaren Anweisungen herumdirigiert.

Erst als Matheus' Kugel entfernt war und dieser am rettenden Infusionsschlauch hing, hatte sich der alte Missionar zu ihr gesellt und ruhig nachgehakt, um alles über die Hintergründe ihrer Verwundung zu erfahren. Er wartete sogar ab, bis ihr die Spritze mit dem Impfstoff verabreicht worden war, um ihre Geschichte zu hören. Sienna war ihm dankbar für die Zeit, die er ihr gelassen hatte, und wusste sein überlegtes und umsichtiges Verhalten sehr zu schätzen.

Matheus hatte in den folgenden Tagen unter starken Schmerzen gelitten. Auch dauerte es, bis das Fieber nachließ und er endlich etwas Nahrung zu sich nehmen konnte. Wenige Tage später hatten sie noch einmal alle um sein Leben bangen müssen, als die Wunde trotz des Antibiotikums eiterte und seine Temperatur erneut stark anstieg. Er war kaum ansprechbar, hatte sich hin- und hergewälzt und wirres Zeug geredet. Zwei Nächte hatte Sienna an seinem Bett gesessen, hatte gehofft und leise gebetet.

Dann endlich war Matheus fieberfrei.

Sienna schloss kurz die Augen, um sich zu sammeln. Die Erlebnisse in Iquitos und Maravilha gingen ihr immer noch sehr nahe, denn sie wusste, wie schrecklich ihr Abenteuer in der *selva* hätte enden können.

Der kleine Junge in der ersten Reihe hatte sich umgedreht und winkte freudig nach hinten. Sienna amüsierte es, dass immer häufiger auch die Mütter der Kinder unter irgendeinem Vorwand vorbeikamen und den Unterricht von einer Ecke des Unterstandes aus mitverfolgten.

Sie nahm sich fest vor, später auch den Frauen Lesen und Schreiben beizubringen, aber zunächst einmal stand die Eröffnung der Tucano Lodge an, denn sie mussten dringend Geld verdienen.

Matheus hatte seinen Traum von einer Lodge der ganz anderen Art am nördlichen Ufer des Rio Negro unweit des Lago Acará mit ihrer Unterstützung verwirklicht. Weitestgehend entsprach der vollständig aus Holz bestehende und sehr weitläufige Komplex dem Modell, das sie damals in seinem *sítio* entdeckt hatte, aber zu ihrer Freude waren auch einige ihrer Ideen umgesetzt worden. Eines dieser Projekte war die Schule für die Indiokinder, die sie sich gewünscht hatte.

Die imposanten Baumhäuser und über lange Brücken verbundenen Wohntürme hatte er auf dem Land seines Stammes, der Paratari, errichtet und bezahlte diesen hierfür eine jährliche Pacht. Mit einer Steghöhe von 20 Metern war es eine gewagte architektonische Konstruktion, die seinesgleichen am Amazonas suchte, doch die Bauten mussten für die immensen Fluten der Regenzeit gewappnet sein. Für Sienna stand fest, dass die Reisenden, die sie in Kürze erwartete, begeistert sein würden.

Es sollten keine Massentouristen sein, sondern Menschen, die sich der Natur verbunden fühlten und ein noch beinahe unangetastetes Stück Urwald kennenlernen wollten, um es auf sanfte Art zu erforschen. Mit leichtem Unbehagen erinnerte sie sich an die Pauschaltouristen in ihren bunten Hemden, die sie im Hotel in Manaus gesehen hatte.

Gemeinsam hatten sie sich viel überlegt, um die Lodge interessant und zu etwas Besonderem zu machen. Neben botanischen Ausflügen in den Dschungel, Tierbeobachtungen und Delfinschwimmen waren auch Raonis Vorschläge, die Gäste Piranhas fischen oder auf einer Sandbank mitten im Rio Negro baden zu lassen, aufgegriffen worden. Seiner verrückten Idee mit der nächtlichen Krokodilpirsch hatte sie anfangs nichts abgewinnen können, da sie diese zu sehr an ihren ersten Abend in Iquitos erinnerte, aber Alasdair hatte sie schließlich doch dazu überredet. Man müsse den Leuten etwas für ihr Geld bieten, hatte er gemeint. Zähneknirschend hatte Sienna akzeptiert.

Amanacy winkte nun nicht mehr, sondern sprach sie direkt an: »Sie müssen los. Unaí wartet schon am Steg auf Sie.«

Ihr Gesichtsausdruck zeigte Ungeduld. Von dem schüchternen jungen Zimmermädchen aus dem Tropical war nicht mehr viel übrig geblieben. Das freute Sienna, denn Amanacy war zu ihrer rechten Hand in der Lodge geworden und übernahm immer wichtigere Aufgaben. Wenn Sienna selbst nicht anwesend war, konnte sie sich völlig auf Raonis Verlobte verlassen.

Nach Matheus' Genesung war es eine von Siennas ersten Unternehmungen gewesen, Amanacy in eine geschützte Umgebung fernab von Sérgio zu bringen. Hier am Lago Acará blühte die junge Frau sichtlich auf.

»Gut, Kinder, dann habt ihr jetzt frei, aber vergesst nicht…« Ihre letzten Worte wurden vom Geschrei der davoneilenden Schüler übertönt, die das Toben am Flussufer dem Unterricht sichtlich vorzogen.

Sienna lachte still in sich hinein und erinnerte sich an ihre eigene Schulzeit.

Sie packte ihre Unterlagen zusammen und klemmte sie sich unter den Arm. Dann ging sie mit Amanacy zum ersten der zahlreichen Holzstege, die die Wohntürme miteinander verbanden. Matheus hatte ausgerechnet, dass man, wenn man alle Wege zusammenzählte, an die vier Meilen über die Brückenkonstruktionen laufen konnte.

»Und? Kommt Raoni in Santarém klar?«, erkundigte sie sich.

Ihre Begleiterin lächelte glücklich. »Er ist Ihnen und Matheus ja so dankbar.«

Matheus' Entscheidung, Raoni für ein Jahr auf die Forstwirtschaftsschule nach Santarém zu schicken, war für alle die beste Lösung gewesen, denn nach dieser Ausbildung würde Raoni die

Leitung des FUNAI-Büros in Manaus übernehmen. Bisher pendelte Matheus zwischen der Stadt und der Lodge hin und her, sodass sie ihn oft tagelang nicht sah. Wenn Raoni seine Stelle antrat, konnte Matheus ständig bei ihr sein und sich mehr um die Lodge kümmern.

Sie liefen am kleineren der beiden Pools vorbei, die in die Böden der Decks eingelassen waren. Zu Siennas Missfallen war er immer noch nicht mit Wasser gefüllt. Stattdessen zimmerten die Arbeiter bereits seit Tagen am Dach der Tamanduá-Suite, dem schönsten und beeindruckendsten ihrer Baumhäuser. Der behaglich eingerichtete Schlafraum war kreisrund um den Stamm eines mächtigen Mahagonibaumes gebaut worden und erlaubte einen einzigartigen Blick aus schwindelerregender Höhe.

»Sagen Sie Piatã bitte, dass er sich um die Hängematten kümmert. Es sollte an jedem zweiten Pfosten eine hängen.«

Amanacy nickte. Auf ihr Gedächtnis war Verlass.

»Ach, und dann soll er mir die *macacos* vom Hals halten, ja? Da hinten bei den Delfinbeobachtungspunkten am Fluss ist schon wieder eine ganze Horde.«

Sienna übersah absichtlich Amanacys Schmuzeln. Mit Sicherheit hatte ihr Raoni von ihrer Abneigung gegen Affen und dem Vorfall in Iquitos erzählt. Immer noch flößten ihr diese diebischen Kerle einen gehörigen Respekt ein.

Sie schaute zum Himmel, an dem sich bereits die ersten Wolken zusammenzogen. Ein Schwarm Araras verließ kreischend und mit aufgeregtem Flügelschlagen die Äste eines Kapokbaumes, auf dem sie ausgeharrt hatten. Die leuchtenden Farben ihres Gefieders hoben sich vom zunehmenden Grau über den Baumkronen ab.

Sienna wusste, dass sie sich beeilen musste, um nicht in den Regen zu kommen.

Nachdem sie noch bei den Männern vorbeigeschaut hatte, die die Innenwände der kleineren Baumhäuser am See mit bunten Farben strichen, gelangte sie zum Herzstück der Lodge, dem Langhaus, das nach den typischen Bauplänen der Indios gebaut worden war. Hier befand sich die Rezeption, an der sie hoffentlich bald naturverbundene Menschen aus aller Welt empfangen durfte – und das Museum.

In Erinnerung an Batistas Berichte über die Entstehungsgeschichte des Amazonas, die faszinierende Tier- und Pflanzenwelt und das Leben der Ureinwohner hatte Sienna in diesem Raum Vitrinen mit Ausstellungstücken aufstellen sowie Informationstafeln und Karten anbringen lassen. Ihr ganzer Stolz war ein wunderbarer Federschmuck in rot-gelb, der als Blickfang über der Eingangstür hing. Der Professor hatte keine Ruhe gegeben, bevor er dieses Unikat für sie aufgetrieben und ihr geschenkt hatte.

Bei der Erinnerung an den rundlichen Mann, der ihr bei ihrer Suche nach Arnold eine nicht zu unterschätzende Hilfe gewesen war, zog ein Lächeln über Siennas Gesicht.

Sie bemerkte, dass Amanacy zum Hauptsteg schielte, der an den Rio Negro führte. An der Anlegestelle würde Unaís Motorboot auf sie warten.

Noch ein letzter Blick Siennas fiel auf das Beet neben dem eindrucksvollen, überlebensgroßen Holztukan, der das Wahrzeichen der Lodge darstellte. Als sie die drei hübschen rosa Blüten mit einem überlangem gelben Callus sah, griff sie unwillkürlich an ihr Medaillon.

Vor zwei Monaten hatte Matheus sie mit einem kleinen Setzling überrascht. Sofort hatte sie gewusst, dass es sich bei dieser an sich unscheinbaren Pflanze um die *Cattleya jongheana* handeln musste, die nur noch äußerst selten im Regenwald zu finden war. Vor Freude strahlend war sie ihm in die Arme gefallen und hatte vor Rührung sogar ein wenig geweint.

Ja, auch Matheus war weicher geworden. Das zeigte er ihr immer häufiger.

Zwar verging kaum ein Tag, an dem sie nicht stritten, doch ging es dabei um belanglose Themen, die sich um den Bau oder die Organisation der Lodge drehten. Sienna sagte sich dann, dass sie beide eben sehr meinungsstarke Menschen seien. Meist waren diese Unstimmigkeiten auch rasch gelöst.

Viel schlimmer zu ertragen war es, wenn er, der soeben noch lachend durch ihr neues Reich spaziert war und sich gemeinsam mit Sienna über die Baufortschritte informiert hatte, plötzlich abwesend wurde und gedankenverloren über den Fluss sah. Sein

Gesichtsausdruck schien dann ganz entrückt, und sie wusste, dass sie ihn in diesen Momenten nicht ansprechen sollte.

Selbst nachdem sie miteinander geschlafen hatten, schien er sich manchmal in eine andere Welt zurückzuziehen. Für Sienna war es anfangs schwer zu verstehen gewesen, wie Matheus, der sie so wild und ungestüm geliebt hatte, der mit seinen Zärtlichkeiten Seiten an ihr entdeckte, von denen sie nichts geahnt hatte, sich nach einer Zeit größter Nähe wieder ganz von ihr abwenden konnte.

Anfangs hatte sie die Schuld bei sich gesucht und geschwiegen, doch dann sprach sie mit Iracema, obwohl es sie einige Überwindung kostete.

Wissend hatte die alte Indianerin genickt und ihr erklärt, wie schwer es Matheus nach all den schrecklichen Geschehnissen, die sein Leben begleitet hatten, fallen musste, zu einem Menschen Vertrauen zu fassen. Es würde dauern, hatte sie Sienna erklärt, aber mit Geduld käme sie zum Ziel, und er würde sich ihr immer mehr öffnen.

Und tatsächlich, die Augenblicke, in denen er sich in sein eigenes Schneckenhaus zurückzog, waren seltener geworden, und Sienna hoffte, sie würden eines Tages ganz verschwinden.

Vom Hauptsteg her vernahm sie Laute ausgelassener Freude. Die Stimme eines Kindes rief immer wieder *mais, mais* und lachte dann voller Begeisterung weiter.

Erst als Sienna das geschnitzte Eingangsportal des Langhauses verlassen hatte, entdeckte sie Matheus. Er nahm seine kleine Nichte Jaci ganz für sich ein, weil er das Mädchen im Kreis um die eigene Achse herumwirbelte. Natürlich wollte Jaci kein Ende finden und bat um immer neue Spieleinlagen. In den kräftigen Armen ihres Onkels fühlte sie sich augenscheinlich bestens aufgehoben.

Sienna blieb stehen und lächelte. Es gefiel ihr, wenn Matheus seine liebevolle, feinfühlige Seite zeigte. Auf keinen Fall wollte sie die glückliche Szene stören.

Jetzt warf er die Kleine, die ohne Unterlass kicherte, hoch in die Luft und fing sie mit festem Griff wieder auf. Sienna beobachtete, wie sich die Muskeln unter seinem Hemd anspannten und wieder lockerten. Sein attraktiver Körper, an den sie sich in der Nacht voller Sehnsucht schmiegte, bezauberte sie immer noch völlig.

Auf den ersten Blick wirkte er wieder ganz genesen, aber sie wusste, dass er vor den anderen seine Schmerzen nur unterdrückte. Fühlte sich Matheus unbeobachtet, zog er das Bein etwas nach, um es zu entlasten. Die vereiterte Schusswunde hatte eine tiefe, unschön verheilte Narbe in der Wade hinterlassen, doch er konnte froh sein, überhaupt noch zu leben.

Auf einmal schnellte Jacis Zeigefinger nach vorne. Sie hatte wohl etwas Interessantes am Ufer entdeckt und forderte Matheus auf, sie abzusetzen. In diesem Moment drehte er sich um und sah Sienna in die Augen. Sie spürte die Wärme in seinem breiten Lächeln und wollte schon einen Schritt auf ihn zugehen, als Jaci seine Hand nahm und Matheus die Stufen zur Anlegestelle hinunterzog. Wie zur Entschuldigung zuckte er mit den Schultern und folgte seiner Nichte ergeben.

Einmal, nachdem sie sich geliebt hatten, war Matheus sehr persönlich geworden. Er hatte ihr erzählt, wie schwer es ihm fallen würde, an de Vries als seinen Vater zu denken und wie wenig er sich vorstellen könne, selbst ein guter Vater zu sein. Vielleicht musste er in Anbetracht der verbrecherischen Taten Arnolds so fühlen, aber seine Worte hatten ihr Angst gemacht.

Als sie ihn jetzt so ausgelassen mit Jaci spielen sah, begann sie zu hoffen.

»Es wird alles in Ordnung kommen. Beunruhige dich nicht«, hörte sie eine Frauenstimme.

Rasch drehte sich Sienna um und erblickte Juruna, Matheus' Schwester. Auch sie arbeitete seit einigen Monaten in der Lodge und war für das kleine Restaurant neben dem großen Pool zuständig.

Sienna verstand nicht und schaute Juruna fragend an.

Diese lächelte nur vieldeutig und rief nach ihrer Tochter, die gerade einen Nasenbären streichelte.

»Ich dachte schon, Jaci würde nie mehr aufhören«, kam ihr Matheus lachend entgegen. »Nun darf sich erst einmal ihre Mutter um sie kümmern.«

»Ich sehe schon, du bist völlig entkräftet«, kommentierte Sienna amüsiert. Nachdem er eine Geste der Ermüdung gezeigt hatte, nahm er sie in die Arme und gab ihr einen Kuss.

»Du scheinst dich nicht zu freuen, dass ich schon hier bin«, beschwerte er sich.

»Doch«, meinte sie etwas gedehnt, »aber ich hatte gehofft, dass du mich begleiten würdest. Du weißt doch, dass ich …«

Matheus grinste. »Nein, *querida*, das machst du schön allein. Ich würde dabei nur stören. Es ist deine Sache.«

Sienna seufzte. Sie wusste, dass er recht hatte.

»Ich halte in der Zwischenzeit hier in der Lodge die Stellung. Raoni wird morgen nach Manaus kommen und mich im Büro vertreten.«

Unaí hatte das Boot startklar gemacht und reichte ihr die Hand, um ihr an Deck zu helfen. Nach einem Augenblick des Zögerns nahm sie seine Hilfe an.

Als er den Motor anwarf, hörte sie, wie ihr Matheus ein *boa sorte* zurief. Ja, Glück konnte sie heute wahrlich noch gebrauchen.

MANAUS, JUNI 1977

Sienna saß in der nüchtern ausgestatteten Flughafenhalle und betrachtete die weißen Lettern der Anzeigetafel. Sie hatte noch genügend Zeit, konnte sich also für ein paar Minuten auf den geschmacklosen grünen Kunstledersessel setzen, der ihr die beste Aussicht auf die große Glasschiebetür bot. Vereinzelt traten die Passagiere der zuletzt gelandeten Maschinen hindurch und sahen sich suchend nach Bekannten oder wartenden Taxifahrern um. Vor einigen Monaten war auch sie selbst hier angekommen, ohne zu ahnen, dass diese Reise ihr gesamtes Leben verändern würde.

Ihre Nervosität wuchs. Sie hätte jetzt gerne Matheus bei sich gehabt.

Der Metallzeiger an der riesigen Wanduhr tickte. Eine weitere Minute des Wartens war um. Bisher gab es noch keine Meldung einer Verspätung. Sienna wusste nicht, ob sie sich darüber freuen sollte, und biss angespannt auf der Unterlippe herum. Wieder schaute sie zum Glasdurchgang, dann auf ihre Armbanduhr.

»Ob sie sich mögen werden?«, ging es Sienna durch den Kopf. Mit der rechten Hand griff sie an das Medaillon und umschloss es fest mit den Fingern, bis das Metall hart in ihre Haut drückte.

Seit sie mit Matheus über ihre Schuldgefühle gesprochen hatte, wusste sie, dass der Unfall nicht ihretwegen geschehen war. Schließlich war sie damals in Italien ein Kind gewesen, das die Folgen seines Tuns nicht hatte abschätzen können. Niemand hatte sie für Francescas Tod verantwortlich gemacht – auch nicht ihr Vater. Das hatte sie zuvor nie so gesehen.

Auf einmal ließ ihre innere Unruhe nach und sie atmete langsamer.

Sienna dachte an England. Der Juni war im Grunde der schönste Monat auf den Britischen Inseln. Vor einem Jahr noch hatte sie mit Charles die wundervollen Rhododendrenanlagen von Trebah Garden bestaunt.

Charles. Sie konnte sich wieder an ihn erinnern, ohne einen Stich in ihrem Innern zu verspüren. So missgönnte sie ihm nicht einmal, dass ihm Premier Callaghan einen einflussreichen Posten im

Justizministerium verschafft hatte, den Charles vergangenes Frühjahr auch stolz annahm. Sienna hatte es sogar über sich gebracht, ihm zu seiner Beförderung schriftlich zu gratulieren. In ihr regten sich keinerlei Gefühle mehr für ihn.

Sie wusste nun, wen sie liebte und dass sie den Menschen, nach dem sie auf der Suche gewesen war, in Matheus gefunden hatte.

Viel wichtiger war ihr indessen der Kontakt zu Douglas und Rachel. Beide hatten in ihrer Heimat eifrig die Werbetrommel für die Tucano Lodge gerührt. Ihr Kollege vom Feuilleton ließ sogar seine Beziehungen zu britischen Künstlern und Regisseuren spielen, die als Geldgeber in das Vorzeigeprojekt investierten. Erst kürzlich hatte er ihr geschrieben, dass sich ein berühmter französischer Naturfilmer für einige Zeit bei ihnen am Rio Negro niederlassen wolle, um die unberührte Unterwasserlandschaft des Amazonas zu erkunden.

Wieder war eine größere Menschenmenge durch die Glastür getreten. Suchend verfolgten Siennas Augen jeden einzelnen Reisenden, obwohl sie wusste, dass der, auf den sie wartete, noch nicht unter den Angekommenen sein konnte. Einige Geschäftsleute in beigen Anzügen eilten durch die Halle, Familien schleppten überdimensionale Plastiktaschen hinaus zu den Sammeltaxis und perfekt geschminkte Stewardessen stöckelten in Richtung der Gates.

Sienna schmunzelte, wenn sie sich daran erinnerte, wie Dan und Matheus Betancourt gegenübergetreten waren. Sie hatten den Präfekten mit allem konfrontiert, was sie über seine Vergangenheit wussten. Danach war er zu jeglichen Zugeständnissen bereit gewesen – wenn er nur seinen Kopf retten konnte.

Lange hatten sie zu dritt debattiert, wie sie vorgehen sollten. Es gestaltete sich als schwierig, Dan von seinem Rachefeldzug abzubringen und ihn von einer anderen Taktik zu überzeugen, doch schließlich gab er nach: So erpressten sie Betancourt um das ausgedehnte Stück Land nördlich des Rio Apuaú, das seither den Paratari als Reservat diente.

Sie ließen dem Präfekten überdies nur wenige Wochen Zeit, um seinen Rücktritt von allen wichtigen Ämtern vorzubereiten, wofür der bald Siebzigjährige als Grund gesundheitliche Beschwerden angab. Sienna empfand kein Mitleid mit ihm. Schließlich war er gut davongekommen, und überdies würde ihm sein gesamter Reichtum bleiben.

Zuvor jedoch hatte sich Betancourt um das Gerichtsverfahren gegen Francisco da Cunha gekümmert. Sie hatten beschlossen, auf Notwehr zu plädieren und dies auch vor Gericht zu bezeugen. Auf diese Weise konnte ein Freispruch für den früheren Laufburschen Betancourts erreicht werden. Bereits einen Tag nach dem Gerichtsurteil verließ Francisco da Cunha Manaus. Wahrscheinlich würden sie nie mehr etwas von ihm hören, nahm Sienna an.

Einzig die Sache mit Caterine de Vries lag noch wie eine große Schuld auf Siennas Seele. Nicht nur, dass sie das junge Mädchen belogen und wissentlich getäuscht hatte – sie war auch verantwortlich dafür, dass dieses nun ohne Vater dastand. Wie Sienna gehört hatte, war Caterine im März in die Vereinigten Staaten aufgebrochen, wo sie Filmwissenschaften studieren wollte. Vielleicht war es gut, dass sie sich auf diese Weise von dem Erwartungsdruck, der jahrelang auf ihr gelastet hatte, befreien konnte.

Sienna wusste nicht, ob sie jemals den Mut aufbringen würde, der Tochter von Benedict de Vries gegenüberzutreten. Sie hatte auch keine Ahnung, wie Caterine auf die schockierende Nachricht, einen Kriegsverbrecher und mehrfachen Mörder als Vater zu haben, reagiert hatte. Würde sie jemals Interesse daran haben, Matheus, der immerhin ihr Halbbruder war, kennenzulernen?

Mit Grauen erinnerte sie sich daran, wie Dan zum toten de Vries gegangen war und dessen linken Oberarm untersucht hatte, um letzte Gewissheit zu haben. Die längliche Narbe einige Zentimeter oberhalb der Ellenbeuge war der endgültige Beweis für Arnolds SS-Zugehörigkeit gewesen. Vermutlich hatte er sich, nachdem er in die Rolle des niederländischen Kaufmanns geschlüpft war, die Blutgruppentätowierung chirurgisch entfernen lassen.

Der Flug, auf dessen Ankunft Sienna wartete, war auf der Tafel ganz nach oben gerutscht. Das bedeutete, dass es in wenigen Minuten soweit sein würde. Sie strich zärtlich über ihren Bauch und lächelte. Auf einmal wusste sie, was ihr Juruna mit ihren beruhigenden Worten hatte mitteilen wollen. Wie konnte sie nur von Siennas Schwangerschaft wissen? Man sah ihr noch kaum etwas an. Nicht einmal Matheus hatte etwas bemerkt.

Bisher hatte sie ihm nichts davon gesagt, weil sie sich vor seiner Reaktion fürchtete. Immer wieder dachte sie an seine Zweifel, ein guter Vater zu sein.

Nachdem sie ihn mit Jaci am Flussufer spielen gesehen hatte, konnte sie sich jedoch keinen besseren vorstellen.

Sienna atmete tief ein. Es würde schon alles so kommen, wie es sollte.

Înes hatte ihre Anwesenheit für die Zeit nach der Geburt angekündigt, um ihr in den ersten Wochen behilflich zu sein. Nur ihr hatte sie sich anvertraut. Sienna wusste, wie gerne Batistas kinderlose Ehefrau diese Rolle übernehmen würde, und sie freute sich auf deren mütterliche Unterstützung.

Lediglich Dan konnte zur Eröffnung der Lodge nicht anreisen, da er eine neue Stelle angetreten hatte: Seit April berichtete er für einen wichtigen amerikanischen TV-Sender als Korrespondent aus Israel, wo nach Menachim Begins Wahl zum Ministerpräsidenten große Veränderungen bevorstanden. Aber er hatte versprochen, gleich nach dem für November geplanten, heiß erwarteten Besuch des ägyptischen Präsidenten Sadat in Tel Aviv zu ihnen nach Brasilien zu kommen. Er hatte beruflich wieder Fuß gefasst, was Sienna freute. Die Geschehnisse im brasilianischen Dschungel hatten auf ihn wie eine Erlösung gewirkt.

Sienna rechnete es ihm überdies hoch an, dass er auf alle Rechte bezüglich der Story, die sie vergangenes Jahr im Evening Star veröffentlicht hatte, verzichtete. Auf diese Weise gebührte ihr allein der gesamte Ruhm. Die Geschichte über die untergetauchten Alt-Nazis hatte wie eine Bombe eingeschlagen und war wochenlang nicht nur in Großbritannien, sondern auch in Deutschland und den Niederlanden eifrig diskutiert worden. Nachdem man Sienna für den British Award of Journalism vorgeschlagen hatte, war Bob mehr als zufrieden mit ihr gewesen. Er hatte ihr sogar die Leitung eines ganzen Ressorts angeboten, doch sie hatte dankend abgelehnt.

Ihre Zukunft lag hier am Amazonas.

Gleich würde er durch die Schiebetür treten. Siennas Augen füllten sich vor lauter Vorfreude mit Tränen. Es war so lange her, dass sie sich gesehen hatten. Dazwischen lag ein ganzes Leben, denn bei ihrer Abreise im vergangenen Sommer war sie noch ein völlig anderer Mensch gewesen. Ob sie ihm jetzt besser gefallen würde, fragte sie sich.

Die Nachricht, dass Flyer an einem Dezemberabend friedlich neben dem Kamin im Wohnzimmer eingeschlafen war, hatte sie sehr mitgenommen. Unwiederbringlich stand der Tod des lieben Hundes für das Ende ihrer Kindheit und Jugendzeit. Doch er ermöglichte es auch, dass sie nun ihren Vater hier in Manaus, ihrer neuen Heimat, empfangen konnte. Und er hatte Sienna versichert, einige Monate zu bleiben.

Wie würde er sich fühlen, wenn er sein erstes Enkelkind in den Armen hielt?

Als Trevor Davis in seinem alten ausgebeulten Trenchcoat durch die Glastür trat, sich suchend umsah und dann lächelnd in ihre Richtung blickte, wusste sie, was er dachte: Sienna war an ihrem Ziel angekommen. Sie war zu Hause.

HISTORISCHE ANMERKUNG

KAUTSCHUKSKLAVEN

Die von der Regierung Vargas in den Urwald gelockten Männer gingen auch nach Ende des II. Weltkriegs leer aus. Erst 1988 erhielten sie aufgrund einer Verfassungsreform eine kleine Rente. Schließlich flossen 70 Jahre nach der ersten Rekrutierung der Gummisoldaten geringe Entschädigungen. Dennoch hatten die meisten ehemaligen Kautschukzapfer das Nachsehen, da sie die nötigen Dokumente nicht mehr vorlegen konnten.

Bislang haben nur 11900 der mehr als 55000 angeworbenen *seringueiros* von der brasiliansichen Regierung das Entschädigungsgeld für ihre jahrelange Marter erhalten – eine Einmalzahlung von umgerechnet rund 7800 Dollar.

DAS GUAYANA-PROJEKT

Im Jahre 1935 wagten sich mehrere deutsche Abenteurer unter Leitung des Tierfängers und Zoologen Otto Schulz-Kampfhenkel im Rahmen einer geheimen Expedition in das Amazonasgebiet. Ihr Ziel war die Eroberung der drei Guayanas für das Dritte Reich. Der spätere Offizier Schulz-Kampfhenkel unterbreitete dem »Reichsführer SS« Heinrich Himmler die Idee, den brasilianischen Dschungel als geeignetes Expansionsareal für das deutsche Volk in Betracht zu ziehen, doch bei der NS-Führung stieß das Projekt nur auf mäßiges Interesse – zumal Französisch-Guayana den Nazis bereits als U-Boot-Brückenkopf diente.

Heute erinnert lediglich ein verwittertes Kreuz am Rio Jari an den nationalsozialistischen Größenwahn.

MILITÄRDIKTATUR

Nach dem mit amerikanischer Unterstützung durchgeführten Staatsstreich von 1964 wurde Brasilien bis 1985 von einer Militärdiktatur beherrscht. Es war die Zeit des Kalten Krieges, der die

Machthaber in ihrer Angst vor dem Kommunismus prägte. Die Zensur und die Folterung politischer Gefangener wurden im Jahr 1978 durch den deutschstämmigen Präsidenten Ernesto Geisel abgeschafft. Von nun an begann eine vorsichtige Demokratisierung, die die freien Wahlen von 1985 ermöglichte.

INDIGENE VÖLKER

Im heutigen Brasilien leben noch rund 900000 Indigene in ca. 240 Stämmen. Damit machen sie nur noch 0,4 % der Bevölkerung aus. Sie siedeln in 690 Territorien, die sich fast ausschließlich im Amazonasgebiet befinden.

Trotz des jahrhundertelangen Kontakts zu europäischen Kolonisten haben sie ihre Sprachen und Bräuche meist aktiv verteidigt, obwohl sie der massiven Enteignung ihrer Stammesgebiete oft hilflos ausgeliefert waren.

Auf diesen entstanden nach der Rodung riesige Viehfarmen sowie Soja- und Zuckerrohrplantagen, die immer noch zur Austrocknung der gesamten Amazonasregion beitragen.

Auch durch Goldfunde im weitverzweigten Flusssystem werden die Lebensräume der indigenen Völker aktuell immer stärker bedroht.

KAUTSCHUKGEWINNUNG HEUTE

Nachdem Henry Ford in den Vierzigerjahren des 20. Jahrhunderts am Amazonas gescheitert war, versuchte sich der Reifen-Multi Michelin im Süden des Bundesstaates Bahia. Nach zwanzig Jahren verkaufte der Konzern im Jahr 2004 seine Plantagen aufgrund von Unrentabilität.

Noch immer ist der Pilz Microcyclus ulei eine starke Bedrohung für den südamerikanischen Kautschukbestand. Es wird sogar befürchtet, dass sich die Blattfallkrankheit weiter auf Asien und Afrika ausbreiten könnte.

Daher wird fieberhaft an einer Lösung geforscht. Gegen den Pilz resistente Arten, entstanden aus gezielten Kreuzungen, sollen Abhilfe schaffen. Bis heute ist jedoch das Problem der mangelnden Erträge dieser Neuzüchtungen nicht gelöst.

BEGRIFFSERKLÄRUNGEN

aeroporto	Flughafen
aldeia	Dorf
alfândega	Zoll, hier: Zollhaus
almoço	Mittagessen
americano	Amerikaner, hier gemeint US-Amerikaner
assassino	Mörder
avenida	Allee
barca	Kahn
boa tarde	Guten Tag (Gruß am Nachmittag)
bom dia	Guten Morgen/ Guten Tag
borracha	Gummi
branco/a	Weißer/Weiße
búfalo	Büffel
caboclo	Caboclo (von Tupí kaa'boc); (oft abwertend) Nachkomme aus den Ehen zwischen portugiesischen Siedlern und indianischen Frauen in Brasilien
café da manhã	Frühstück
cafezinho	Espresso
Ca-Hu-Chu	weinender Baum (Tupinambá für Kautschukbaum)
caixa	Waschrinne der Goldsucher
capivari	südamerik. Wasserschwein, großes Nagetier
carabinieri	Polizisten (ital.)
carniceiro	Schlächter
carrasco	Henker
casa	Haus

centro	Zentrum
cerveja	Bier
chefe	Chef
chegamos	Wir sind angekommen
cidade	Stadt
claro	klar, natürlich
com certeza	sicher, gewiss
com liçenca	Pardon
desculpe	Entschuldigung
deserto/a	einsam
diabo	Teufel
diretor-geral	Generaldirektor
doces	Süßigkeiten
droga	Mist
edifício	Gebäude
empregada	Angestellte, hier: Zimmermädchen
empregado	Angestellter
escritório	Büro
farinha (de mandioca)	(Maniok-)mehl
fazenda	Farm
feijão	Bohnen
filha	Tochter
fora!	hinaus!
fridge	Kühlschrank
FUNAI	Fundação Nacional do Índio: Brasilianische Behörde zum Schutz der Indios
garimpeiro	Goldsucher
garimpo	Goldmine, Goldsucherbecken
golfinho	Delfin

gringo	Ausländer
grupo	Unternehmensgruppe
Guaraní	größte Volksgruppe Brasiliens vor der Kolonialzeit
guarda	Wächter
ilha	Insel
indígena(s)	Ureinwohner/in
inglese (ital.)	Engländer/in
isso	hier: genau (Ausruf)
jacaré	Kaiman, Alligator
jeito brasileiro	brasilianische Art unbürokratisch Probleme zu lösen
lancha	Motorboot
lençóis	Bettlaken; Dünenlandschaft
loiro/a	blond
loja	Geschäft
mais	mehr
malt	engl. Maltwhisky
manga	Mangofrucht
maniçoba	Gericht aus Maniokblättern (Amazonasgebiet)
mapa	Landkarte
mar doce	Süßwassermeer
mercado (municipal)	(Stadt-)markt
Mercado Ver-o-peso	Markt in Belém
mercearia	Gemischtwarenladen
mestiço	Mestize: abwertender Begriff für einen Nachkommen eines weißen und eines indianischen Elternteils
moço	Junge
moça	Mädchen

motorista	Autofahrer
my dear (engl.)	meine Liebe
namorado/a	Freund/in
não	nein
noivo	Verlobter
nonna (ital.)	Großmutter
nordestino	Bewohner des Nordostens Brasiliens
nossa!	Ausruf der Überraschung, des Erschreckens; Abkürzung für Nossa Senhora! (gemeint ist die Hl. Maria)
oi, olá	hallo
onça	Jaguar
ópera	Oper
ótimo	klasse, super
padre	Pfarrer
pai	Vater
palácio	Palast, Schloss
pão de queijo	brasilianische Käsebällchen
Paratari	Indigene Volksgruppe im Bundesstaat Manaus
pátio	Innenhof
patrão	Chef, Vorgesetzter
peixes	Fische
Polícia Civil	vgl. Kriminalpolizei
policiais	Polizisten
por favor	bitte
pororoca	poro'roka (Tupí für großer Lärm): Gezeitenwelle am Amazonas
porteiro	Pförtner
pousada	Pension
praça	Platz

praia	Strand
prefeito	Bürgermeister
prefeitura municipal	Stadtverwaltung
prisão	Gefängnis
querida	Liebling
rede	Hängematte
rua	Straße
saúde	Prost
selva	Urwald
semente	Samen
senhorita	Fräulein
senhor/a	Herr/Frau
seringueira	Kautschukbaum
seringueiro	Kautschuksammler
serpente de leite	Dreiecksnatter, Milchschlange
sim	ja
sítio	Landhaus, Rückzugsort in der Natur
SPI	Serviço de Proteção ao Índio: Amt zum Schutz der Indios
suco	Saft
taxista	Taxifahrer
Tories	Konservative Partei in Großbritannien
tube (engl.)	Metro in London
Tupí	eine der größten indigenen Volksgruppen Brasiliens vor der Kolonialisierung
vereador	Stadtrat
zona franca	Freihandelszone

Weitere Titel der Autorin:

DIE HÄLFTE DER NEUEN WELT

Roman
398 Seiten
2016
ISBN 978-3-9818090-0-8
eISBN 978-3-9818090-3-9

Drei Jahrhunderte, drei Ziele, drei Schicksale. Abenteuer, Liebe, Verrat.
Die junge deutsche Ärztin Júlia, die eigentlich nur den letzten Wunsch ihrer verstorbenen Mutter erfüllen will, der zu allem entschlossene Bauernjunge Benício aus den Bergen Portugals und der Kapitän Gaspar de Lemos, Mitglied der Flotte des Brasilienentdeckers Cabral, haben scheinbar nichts gemeinsam - doch ihre Schicksale sind auf rätselhafte Weise miteinander verbunden.

In Brasilien gerät Júlia in einen Strudel von Ereignissen und zwiespältigen Gefühlen für dieses an Gegensätzen reiche, faszinierende Land.